TROIS

三个吻

（下册）

KATHERINE
PANCOL

［法］卡特琳娜·班科尔◎著

唐洋洋◎译

BAISERS

湖南文艺出版社
HUNAN LITERATURE AND ART PUBLISHING HOUSE

博集天卷
CS-BOOKY

献给你……

让我们在热吻中启程，

走向未知的世界。

——阿尔弗雷德·德·缪塞[1]

1. 摘自缪塞《五月之夜》，译文参照《缪塞精选集》（缪塞著，李玉民编选，山东文艺出版社，2000 年 11 月）。选段译者为王文融。（本书注释如无特殊说明，即为译注。）

Trois baisers

第三部

这是一个奇怪的一月的下午。是那样一个日子：你觉得有什么事要发生——一件会改变您的生活轨迹的事。说不清是什么事，只能看着时光流逝，仿佛在倒计时。

距离年初午夜的许愿已经过去一个星期。玻璃窗旁插着的凤仙花枝条抽了新芽，粉色白色的花怯生生地开了。阳光打在方砖上，苍蝇嗡嗡地叫着，一阵柔和的风掀起白窗帘，黄绿色的垃圾车经过，震得玻璃都在颤抖。

在圣沙朗多媒体图书馆长的长条形办公桌后面，卡米耶·格拉桑在追查借出去后没还回来的书和 CD。他标出这些粗心的人的名字，记下来，要给他们发邮件或写信。他懒洋洋的，每两分钟就把鼻子上的黄色的小圆眼镜往上推推，转过手腕看时间。

卡米耶·格拉桑——这个名字是他要求这样取的，当对方微笑时，他就说我喜欢，这才是关键，不是吗？——他是个认真的男孩子，有自己的习惯。他每天都在图书馆对面的"好胃口"餐厅吃午饭。这是他的奢侈之举，他的小疯狂。七欧元五十分的套餐。有蛋黄酱配白煮蛋，土豆油浸鲱鱼，番茄沙拉，熔岩巧克力蛋糕。配一杯加柠檬水的啤酒。他喜欢油腻、重口味、甜的东西。否则还有什么必要吃饭，不是吗？食物会陪伴着他，他朋友很少，总共就两个，都住在蒙托邦，很少见面，用桑德里娜的话说，他需要吃"有身体的"饭菜。在食物消化的过程中，他觉得自己是"有人陪伴的"——桑德里娜也同意这一点。食物会缓慢地到达结肠，抚慰着他，让他感到昏昏沉沉。偶尔想睡觉，他就在办公桌后面的椅子上打个盹。胳膊要交叉，不要掉下去。这种风险还是要承受的。

午饭后，圣沙朗市图书馆的人不多。下午也不多。晚上快到五点半时人稍微多一些，但并非天天如此。

他有时间读书，有时间照料从城市绿化区的垃圾桶捡回来放在窗边的花。他给它们修枝、喷水、施肥。他喜欢植物和书的陪伴。在这里没有人叫他热代翁，没有人扭着他的手腕，把他摔倒在地。他上一份工作是消防员，当时他总是被……怎么说？**被骚扰**。这么说不够光明磊落，但只要一有机会，同事们就在背后拿他取乐。例如，早上他要做一百五十个俯卧撑，这时总会有人把一桶冰水浇到他的脸上。或者一边用皮鞋跟踩他的腰，一边大喊："抱歉，我没有把你算进去！"然后伸出手，把他扶起来，再把他撂倒。或者在他要给水泵打蜡时，把他的手捆在背后。"热代翁，你的鼻子是干什么用的？"

他的名字像个女孩，下巴上又没有一根胡子，还能有别的办法吗？

当消防员是他父亲的主意。他说："这样他才能长大。"这样他就没有时间读书了。懦弱的男人才会读书。

卡米耶·格拉桑低下头，他想到了《欧也妮·葛朗台》里的一个片段：

> 无论境况如何，女人痛苦的原因总比男人多，忍受的也比男人多。男人有力量，可以施展威力：他行动，前进，忙碌，思考，拥抱未来，并从中获得安慰。……女人留在原地，直面痛苦，丝毫无法排解，一直坠落到痛苦的深渊底部，测量着它，还常常用愿望和眼泪把它填满。……感受、爱、受苦和奉献永远是女人一生的主题。

他觉得自己就是个女人。

他父亲气疯了。

他强迫儿子去当消防员。

卡米耶不得不妥协。

直到众所周知的那一夜，惨剧发生了。

他是唯一的目击者。队长来调查的时候，他不得不回答问题。他颤抖得厉害，裤子都弄脏了。不，不，他什么也没看到，什么也没听到，什么也想不起来，只是到了那幢房子，跟他在一起的是……

然后，一片空白。

这件事被压了下去，这样更好。

他无法忍受更多的审问。

但这并没有消除折磨着他的羞耻感，尤其是他醒来的时候。他的心里有一个大窟窿，通往深渊。

每天早上，他都感觉自己在往下滚。

"你要爱惜自己，卡米耶，你脆弱着呢。"桑德里娜反复对他说。

桑德里娜说得对。她的内心有一只眼，能看到一切，阅读未来、评价过去、解释现在。他相信她的判断。

她想知道一切。我每天在做什么，我遇到了谁，某个女人穿了什么衣服，某个男人说了什么话，他们是否善良，他们没烦你吧？她会打听经常光顾图书馆的男男女女的情况。他们是不是一家之母，是少年，还是成熟的男人。我喜欢成熟的男人。他们让我安心。他们散发着羊毛衫和止咳糖浆的味道，让我感到平静。他们要求不高，对我来说足够了。

至于桑德里娜，我不会把一切都告诉她。

她知道得够多了。她知道我的时间安排，我的公务员身份，她知道我签的是无固定期限合同，工资属于 B 档，负责预算，以及买书、杂志、DVD、CD，管理人员都是这一档，工资大概在一千八百欧元。她希望我能属于 A 档。她责骂我，我说要耐心！我们在圣沙朗，不在华尔街。不管怎么说，我不知道现在的人是怎么花钱的，但现在的钱已经没有以前值钱了。

有些日子，我什么也不想跟桑德里娜讲。另一些日子……比如，我差点被家乐福那些畜生弄残废那天。我说是雷·瓦伦蒂的女儿把我拉出来的……桑德里娜震惊不已。"她应该很强壮，才会威胁那三个家伙！""也没有那么强壮，"我对她说，"高大，没错；魁梧，谈不上。她就像一株高大的金色藤本植物。""有点像你，我爱的你？"桑德里娜觉得我很有魅力。某些晚上，只剩下我们两个人时，她会给我梳头化妆。她把镜子递给我，说："看看你多美啊！"这种话听起来总会很受用。那天她还说瓦伦蒂的女儿肯定知道怎么自卫，因为她有那样一个父亲。对了，她父亲其实不是亲生父亲，这件事所有人都知道，她还是个孩子的时候，就承受过各种磨难了。

"他打母亲，强奸小姑娘！有那么一些人，我们会觉得，他们活在世上除了惹人烦，还能干什么呢。我用'惹人烦'这个词是客气！"

我什么也没有说。原因我知道。我们在消防队值班的时候瓦伦蒂跟我炫耀了。他给我讲了女人的故事，讲了她们是怎么像发情的母狗一样追求他的。他伸出舌头，舔着空气，摩擦着裤裆。他觉得我在性这方面不是很主动。"你是哪边的，卡米耶？"我很高兴那天晚上斯泰拉出现在了家乐福，否则那三个蠢货会打我的脸。

我再也不会晚上去购物了。

卡米耶·格拉桑看着手表。下午四点四十五了。再过一个小时他就准备关门了。他整理了书和散落的杂志。关上电脑，关灯。脱下罩在衬衣外面的天蓝色夹克，再脱下他过生日时桑德里娜送的背心。他已经三十二岁了，想到这一点他就冒汗。那件背心是桑德里娜是在乐都特[1]买的，精致、裁剪得当，栗色中带点深红，颜色很漂亮。

他用眼镜盒里的人麂皮擦了擦眼镜，重新戴上，用指尖推了推，调整好位置。四点四十八。他可以继续读书了，读的是《伤心咖啡馆之歌》，卡森·麦卡勒斯著。这一个星期以来，他每天都跟这位作家约会。安德烈·布勒东说："写作，就是约会。"他在笔记本上摘抄了一些句子。"如果您觉得日常贫瘠无味，不要指责它，指责自己吧。告诉自己，你还不够诗意，无法召唤丰盈。"

哎哟！他忘了标注作者[2]。

这句话让他想起蒙田那句："生活不过是条过道。在这条过道上，至

1.乐都特（La Redoute），法国时尚购物平台。
2.莱纳·玛利亚·里尔克。——原注

少要撒满鲜花。"阅读是一场对谈，可以聆听杰出人物与您谈论生活、爱情和灵魂。

他把手放在脑袋上，得买一种洗发水，让他纤细的头发显得更有型。他抚摸着颈背。最近他剃了那里的毛发。手指下方长出了新的绒毛，像擦鞋垫一样。他闭上眼，任由自己温柔地抚摸着……

入口的大门突然打开，一位高挑的金发美女走进来，我的天哪！一开始，他没有认出她来。她穿着迷你裙，搭配黑色羊毛连裤袜，上身穿一件酒瓶绿色派克大衣，有点像军大衣，但又有着某种说不出来的异样。她一头浓密的金发梳在脑后，凸显着带棕色阴影的蓝眼睛。然后这个画面与另一个画面交叠在一起，他喊道："斯泰拉·瓦伦蒂！"说着，他伸出一根指头指着她，仿佛想出了电视竞赛节目里的正确答案。

"您还记得吗？我们在家乐福见过面。"

"您在这里工作？"她一边把一个很大的褡裢包放在他的办公桌上，一边问。

"对，我是这里的负责人。"他垂下躲在黄色眼镜后面的眼睛说道。

"这份工作很适合您。"

"我当不了泥瓦工，这是肯定的！"

他透过斯泰拉·瓦伦蒂的目光猜测，她正在想这**究竟**是个男孩还是女孩？他经常遇见这种既模糊又确定的目光，正在寻找蛛丝马迹。他不想让她再猜下去了，于是赶紧说："但我以前当过消防员！"

她惊呆了。

"消防员？在圣沙朗？"

"对。没当很长时间，但也算当过……"

斯泰拉·瓦伦蒂的目光黯淡下来。她拔下一根眉毛。

真蠢啊！消防员，圣沙朗，**雷·瓦伦蒂**！为什么我不假思索就说出了口？

"那天晚上的事得谢谢您。您救了我，我当时要完蛋了。"

"噢！没什么。"

她的手指在眉毛里快速滑动，她眨了眨眼，打着战。

"没有您，我很可能会被痛打一顿。"

"那些人与其说是恶毒，倒不如说是蠢。"

"不一定，"他抬头望着天说，"您面前的我还算是有经验！"

这句话，他是当成一句玩笑话说出来的，但她并没有微笑。她咬着上嘴唇，靠着她的包，目光在他身上游移，仿佛在回忆往事。然后她恢复了平静，说道："我想找本书，是给我儿子的……艾米莉·狄金什么的。"

他点头，觉得很好玩。

"您是想说艾米莉·狄金森？"

"对，没错。"

"您儿子多大了？"

"快十一岁了……"

"他读艾米莉·狄金森？"

卡米耶·格拉桑惊讶地睁大了眼睛。眼镜后面，他的白眼珠很白，黑眼珠很黑。他的皮肤上有疤痕，凹陷的脸颊黯淡无光，脖子跟患了厌食症的苍鹭的脖子差不多。

"其实……还要复杂一些……是他的朋友……您有这位什么夫人的书吗？"

"我连她的全集都有。您知道，她很出色。她是一位伟大的诗人……"

"我们不说'女诗人'？"

"如果您愿意也可以。关键在于她写了什么，不是吗？"

斯泰拉放松下来，微笑着。

"您说得对。"

"您不知道我有多高兴。这本书**从来**没有离开过图书馆，它是我坚持买来的。"

他握紧小拳头，捶着胸膛，开心极了，脸都涨红了。

"这么厉害？"斯泰拉有些惊讶地说。

"书就是我的命。别人可以夺走我的一切，但只要我还能读书，我就是幸福的。"

"您在圣沙朗可能会有些孤独。"

"儒勒·列那尔说：'幸福就是自己开心，而不是让别人觉得自己开心。'"

她温柔地笑了，他成功地驱散了她眼里的乌云。

"我爱上书了。我还记得我打开第一本小说时的情形。我那么喜欢它的味道，于是我把它翻过来，放在脸上。它不再是一本书，而是一朵里面写了字的花。"

"您当时多大？"

"我应该是十一岁……"

"那本书的书名是？"

"《汤姆·索亚历险记》。"

"没听说过。"

"我不停地说：'是的，就是这样，完全是这样！'我把我最好的朋友抱在怀里。随后，当我把它合上的时候，我心想我得重读一遍，马上就读。于是我又读了一遍。我闻到了不一样的花朵的味道。"

"所以您又继续……"

"是的，我见证了一个又一个的奇迹。"

"您可以为我儿子推荐一本吗？"

"让我想一想……"

他又起胳膊，皱着眉头，歪着头，咬着嘴唇，说："不行，不行。"又用一根手指轻轻拍着脸颊。斯泰拉感觉他在集中注意力。

"这很重要，您知道……人们经常会给孩子读过于庄重的书，这样会让他们感到沮丧。得慢慢开始，拉着他们的手，陪伴他们……"

"我从来不读书，我没有时间，我得干活，农场里有牲畜……"

他没有听到，他去给汤姆找书了。突然，他颤抖起来，一边喊一边用小拳头捶着胸膛："塞林格的《麦田里的守望者》。他会喜欢的，我确定。"

他气喘吁吁，仿佛刚跑完马拉松。

"讲的是什么？"

"讲的是一个被中学开除的男孩，在回到父母家之前在纽约游荡，经历了一连串悲惨又滑稽的奇遇。我们就像在他的脑海里，跟他一起怀疑，一起害怕，用他的语言……"

"没有暴力场景吧？"

"没有，我不会允许自己……"

"好的，我试一试。我相信您。"

她浅浅一笑，仿佛在靠近他。

这次轮到他惊呆了。

如果她知道呢！

如果她知道那一夜发生了什么，知道他多么懦弱，雷·瓦伦蒂多么卑鄙，她就绝对不会冲他微笑了。她会立刻去警察局揭发他。

雷·瓦伦蒂是恶魔。他外表英俊，内心堕落。他拥有的，不过是两腿之间的那堆玩意儿，让女人们为之疯狂。有一天卡米耶问桑德里娜是不是也喜欢雷。她回答说："我不是，但我有一个女友喜欢过他。"

卡米耶·格拉桑往后推了推椅子，站起身，因为起得太快，椅子翻倒了。斯泰拉看着他，吓了一跳。他脸红了，叽里咕噜地道了歉，朝"S"区域走去。J.D. 塞林格（J.D.Salinger），《麦田里的守望者》。

这天晚上，他有话要讲给桑德里娜听。

*

斯泰拉回到农场时，阿德里安的车没在。快八点了，飞蛾绕着照亮了院子的那盏灯打转儿。阿德里安回家越来越晚，走得越来越早。不知道他在忙什么。晚上，他躺下的时候，会从后面搂住她的脖子，说："我工作是为了我们。"

月亮高挂，闪着光，夜空黑色中泛着紫色，星星像是上面戳的孔，就像大头针的头。天气如春日般柔和，池塘里植物生长，广阔、葱绿、气势磅礴，在黑夜里窸窸窣窣地晃动，让人觉得仿佛置身丛林。然而这是**一月**！牲畜不知所措。它们还是一身冬天的皮毛，粗糙、肥厚，天气暖和得让它们受不了。跳蚤和寄生虫滋生，它们没有在冬天冻死。驴长了湿疹斑块，嘶叫着，在谷仓的门上蹭着，蹄子乱踢。兽医说它们会习惯的。对，等到了夏天，温度又会像冬天一样。它们会疯的。季节如此反常，今年夏天的收成又会如何呢？

汤姆穿着睡衣，在看电视。或者说，他在一边摆弄脚指头一边换台。他洗了澡，梳了头，闻起来香香的。

"嗯！"斯泰拉俯身吻了他，"真想把你吃掉啊！"

"我饿了，"他抱怨道，"苏珍做了丸子，我饿了。"

"把你的一只手切下来吃吧。"

"真有趣！"

"我是世界上最有趣的妈妈！"

"这可不一定！"

"苏珍在家吗？"

"在。"

他换了台，然后想起来：

"啊！她让我告诉你，你得去找兹比格。他种的一棵树倒在了地头上，把篱笆砸烂了……"

"哪片地？"

"池塘后面那片。乔治去市政厅问了，那片地是兹比格的，但他不想跟兹比格说话。我不知道为什么。所以你得去。"

"如果我也不想跟兹比格说话呢？"

"那你得去问乔治。我饿了！"

笼子里的鹦鹉埃克托尔骑在一个毛绒玩具上，尖叫着，怒气冲冲地啄着玩具。

"它是怎么回事？"斯泰拉说，"要把它开膛破肚了！"

"在交媾，我想。"汤姆说。

"我不准你这么说话！"

"我不会说它在做爱，妈妈。它是一只鹦鹉。它十七岁，正当年少。它会交媾。"

"不，它在发情。哎，它平时的确比现在平静。"

"苏珍会在它的食槽里倒溴化物，把它弄晕。她应该是忘了。她受不了它交……它发情时的尖叫。"

科斯托和卡博在围着笼子转，被埃克托尔旺盛的性欲吓到了。

"不过，它们俩倒是喜欢这场表演。"汤姆微笑着。

斯泰拉摆弄着派克大衣的纽扣，观察着埃克托尔。毛绒玩具支撑不了多久了，棉絮已经露出来了。

"我去图书馆给你借了书。你为什么没告诉我那本书是艾米莉·狄金森写的？我在图书管理员面前像个傻子一样。艾米莉·狄金什么东西！"

"我之前也不知道，我甚至不知道那是谁。"

"是一位伟大的美国女诗人。他没有告诉你吗，你假想的伙伴？"

汤姆皱着眉头，又着胳膊放在胸前，生气了。

"我什么也不跟你说了。"

*

阿德里安在火车站开了车，回农场之前在圣沙朗转了一圈。他行驶在环城大道上，仪表显示时速一直是八十公里，他转啊，转啊，想让自己平静下来。他从康福拉玛家具市场前经过，厨房可分二十个月付款，洗衣机降价百分之三十，他认出了"零活先生[1]"圆嘟嘟的红色字体和那里的拍卖成交价，以及麦当劳和里面的免费无线网络。"卡戈拉司[2]，与您相伴三十年"。忠诚，忠诚，黄色的横幅在呼喊。

他从巴黎回来，都站不住了。就像在酒吧里喝了一整天劣质威士忌，就像抽烟一直抽到过滤嘴那里，烫到了手指。

他喝了两杯咖啡，洗了澡。他在滚烫的喷头下面站了很久。他张开嘴吞进去一些水，清洗了**体内**。浴室铺的是带橙花的紫色方砖。毛巾磨坏了，闻起来像发了霉，坐浴盆嵌在洗手盆下面，在他涂肥皂时塑料帘子还掉下

1.零活先生（Mr Bricolage），法国园艺家居装修品连锁超市。
2.卡戈拉司（Carglass），世界上最大的汽车玻璃维修和更换服务供应商。

来了。

这应该是一家妓院。

但他只找到了这家。

那个微笑既意味着宣战也意味着和解的女孩推开门时，并没有抱怨什么。他在电话里把名字、酒店的地址和房号告诉了她。她准确无误地重复了一遍。

"我大概不到一个小时到，"她说，"我还有一项工作没结束。您看可以吗？"

"我把钥匙留在门上。"

他躺在床上等她。他没有脱鞋，不知道为什么。他点了一杯咖啡，然后又点了一杯。量很多。杯子沿上有红色的口红印。

他转了转杯子，找了块干净的地方。

打开平板电脑。博尔津斯基发来很多邮件轰炸他。他无法静下心来思考。他的目光游弋到门边，又漫不经心地回到屏幕上，盘算着估价、成本价，还有如何压缩开支，如何招募一个或两个团队，一个白天工作，一个夜晚工作。他订购的木材搅碎机要怎么付钱？他还要买第三台搅碎机，用来搅碎纸板和普通纸。他一个人肯定做不到，必须通过博尔津斯基。**必须**。他**需要**跟库尔图瓦谈谈。你陷进去了，老兄，你陷进去了。因为你一直在往后拖……

他一边等女孩，一边想，我在这里做什么？他在栗色的床罩上摩擦着鞋子。

她进来了，她扑向他，他把她紧紧搂在怀里。

大地，夜晚，阳光。

就算有人告诉他，如果你跟她发生关系，你就会死，他也会回答："我不在乎。"

他推开她，想评估一下有多危险。她咬了他的手。他闭上眼睛，手指在她浓密的头发里滑动，扯她的头发，扯得很用力。她盯着他，目光似乎在说：我最想要的就是你，但我不会任由你摆布。他把她按倒，让她动弹不得。

他成了她的主人。她大喊。他也跟着喊。他的脑袋垂到她胸前，他说："抱歉，噢，抱歉。"他又一次占有了她，连嘴唇都擦破了。他像一个轻车熟路的入室盗窃犯。

他们宣战，他们和好。

他们摆脱对方，只是为了更好地继续。他们惊诧地对视，用一根手指触碰对方。

然后他瞥了一眼床头柜上的手表，看了看时间，喊道："我得走了！该死！"

他冲进浴室。

他回到房间时，她已经走了。

他不知道她的名字。

*

佐薇倒在法里德的咖啡店长椅上，正在努力写一篇关于维克多·雨果的论文。她给蕾雅打了电话求救，说："快来，我要完蛋了。"但是蕾雅没有来。

法里德在她面前放上第二杯热巧克力，还有一块用玻璃纸包着的斯派库鲁斯饼干，她摆弄着，没有下定决心要不要撕开。

"你想让我帮你打开吗？你看起来精神不好……"

"不，不，我只是……"

"你在等蕾雅，她没来，你有非常重要的事要告诉她。"

他摇了摇头，眼里带着笑意。

"我女儿跟你差不多大，我认识这种表情，就像落难公主坐在长椅上。"

"呃，你完全搞错了。"

"我不喜欢女孩子失恋的样子，心绪大乱。男孩子呢，他们会假装一切都好。女孩子，一眼就能看出来。"

"我跟你说了，你完全搞错了！"佐薇生气了。

"我只是说说而已，随便聊聊。"

他离开，去招待吧台的顾客了。

自从抛弃了她的荷兰未婚夫之后，蕾雅就变得让人琢磨不透了。

"他的诗歌曾让我陶醉，最后我都称他为'郁金香'了。我咔嚓一下就把他抛弃了。我把他的脸书删掉了，手机也拉黑了。现在我有钱了，有钱人想做什么就做什么。钱让人安心，有钱人可以随便花。我喜欢乱花钱，这样可以放松，一直压抑自己是很累的。"

她不停地"体验生活"。

"我全都尝试了，不管男孩还是女孩。我还没去过放荡的聚会。我应该会去……虽然……我不确定会不会喜欢。"

她转了转手腕上的链子。

"你看到了吗？爱马仕的。猜猜多少钱？"

她宣布了她买的所有东西的价格。

斯派库鲁斯饼干在巧克力里化了。

佐薇用勺子在杯子里搅了搅，把还没有吃到就化开的点心碎屑翻到上面。她把维克多·雨果的书摊开放在膝盖上。她的论文主题是："维克多·雨果是如何创造了马拉美那句名言所说的'虚假诗句的明确魅力'？从卡西莫多的哀叹中寻找灵感，他爱上了美丽的埃斯梅拉达，然而她眼里只有迷人的腓比斯。"

不要看脸蛋，
年轻的女孩，要看心灵。
英俊小伙子的心往往丑陋不堪。
在有些人心里，爱情留不住。

年轻的女孩，松柏不漂亮，

没有白杨那么挺拔，

但到了冬天依然枝繁叶茂。

唉！说这些又有何用！

不漂亮的人就不该活着；

美只爱美，

四月扭过身子背对着一月。

美是完美无缺，

美就无所不能，

美是唯一不会只存在一半的东西。

有什么东西重重地落在了长椅上，落在了佐薇身边，声音像喇叭一样洪亮：“你看到约翰尼·德普了吗？情况不妙吧，嗯？”

蕾雅瞥了一眼佐薇膝盖上的书，纠正道：“啊！我以为你在偷偷摸摸地读《这里》[1]杂志。”

“你忘了我们的计划里还有雨果了？你的文科预科一年期永远也读不完了。你昨天晚上干了什么？”

“我试了蜂窝杯，是花了十六欧元在亚马逊上买的。”

“那是什么？”

“一种作用于蜂窝组织的吸杯，可以破坏脂肪，会造成瘀青，但很有效。”

蕾雅用手摸着大腿。

“我减了四厘米，我可以喝法奇那[2]了。”

她朝法里德打了个手势，点了一杯法奇那，看着手表。

“我半个小时之后有约会，但我觉得我会放弃。”

1.《这里》（Voici），法国明星和女性杂志。
2.法国的一种碳酸饮料，为橙子和柠檬等水果的混合口味，内含果肉。

"是个男的？"佐薇说。

"女的，很惹人烦，她太爱自拍了。此外她还有条小狗，她把所有的时间都花在了狗身上。太无聊了。"

"那就别去了。"

"你说得对，我还是集中精力幻想吧。"

"幻想什么？"

"ASOS[1] 的一款背带裤。我看到了一条牛仔的，标准款，122.99 欧元。还有一条黑色的，74.99 欧元，也是标准款。我在犹豫。"

佐薇用拳头捶了捶桌面。

"我得跟你谈谈，蕾雅。我是认真的。"

蕾雅把棒棒糖从嘴里拿出来，她的嘴唇和牙齿都变成了蓝色的。

"说吧，开始吧。"

"我还爱着加埃唐。"

"你的未婚夫不再是上帝？"

"蕾雅！"

佐薇不想再说了。她皱着眉，停住了。

"我听着呢。"蕾雅说。

佐薇看着她，似乎在说：真的吗？你在听我说？

"好。星期五，我和罗马尼一起在米卡多玩。我们过后要去电影院看《丛林之书》。我们先玩了马里奥赛车。这时加埃唐进来了……"

"进了米卡多？他住在那个街区？"

"他穿着一件花园绿色的开司米套头毛衣，朝我打招呼，说'佐薇你好'，语气很温柔，他微笑起来有三个孔，你知道……"

"你是想说酒窝？"

"他把我拥入怀中，感觉很好。我不想离开。我抱着他，什么问题也没问。我感觉他的怀抱就是个好地方。"

"然后你们一起走了。"

1.ASOS，全球性时尚服饰及美妆产品线上零售商。

"呃，没有……有个女孩来了。是他的女朋友。"

"他有女朋友了？"

"是。他松开了我，或者说，把我从他身上扯了下来，仿佛我是一块沾满脓液的旧橡皮膏。"

"真疯狂！"

"那个女孩叫玛丽，她的头发像热带草原的狮子一样，牙齿洁白，腰身与十分的硬币差不多。她吻了我的脸，对我说：'你就是佐薇？我经常听人说到你，哎呀，哎！'我想她感觉应该很尴尬。加埃唐拿过一把椅子，放在她面前，然后，他说……他说……"

蕾雅伸长脖子，睁大眼睛，想知道发生了什么。她跺着脚，忍不住了。

"他对女孩说……'坐下吧，我的爱人。'我差点死掉。我气爆炸了。我能吐出一座维苏威火山来。我想大喊，你的爱人是**我**！不是**她**！"

"哇！真火爆！"

"我转过身对着任天堂的屏幕，对那个女孩说：'你想玩一局吗？'"

"你为什么要这么说？"

"我不知道。但我知道我技术高超，没有人能打过我。马里奥赛车，你知道吗？"

"知道一点。"

"是一款很厉害的赛车游戏，你可以发射乌龟壳和闪电，可以通过吃蘑菇来增速。总之，我选择了路易基这个角色，玩了人生中最好的一局。我炸掉了马里奥。我努力不再去想这件事。加埃唐和她在他们的公寓里，加埃唐扶着她穿溜冰鞋，加埃唐睡觉的时候抱着她，做爱的时候抱着她。我把她炸掉了，炸了三次。我朝她转过身，咽下满腔怒火，微微一笑。**游戏结束**[1]。这是最大的报复。"

佐薇低下头，叹了口气。

"可是我想吐。"

"他不知道，她也不知道。"

1.原文为英语。

"可是他刚刚给我打电话了，想知道我好不好，我觉得我还爱他。我想告诉他，但我不敢。如果他还单身，那就是另一回事了。蕾雅，我该怎么办？"

蕾雅把吸管插到法奇那里面吹泡泡，气泡在杯底噼啪作响。她想打嗝但忍住了。

"这玩意儿，全是气！"

"这可是法——奇——那！所以……我要怎么办？"

"什么也不做。"

"我不给他回复？"

蕾雅检查了她的丽派朵芭蕾舞鞋，是红色亮面的。她脱下，抚摸着，用袖子擦了擦，又重新穿上。她抬起头，目光茫然地看着佐薇。

"这是妈妈送给我的礼物，因为我写的关于马里沃的论文得了七分。通常我只能得四分。"

"她真好。"佐薇气冲冲地埋怨道。

"她坏透了。她把我买进来，再卖掉，对我进行评估。就像在交易所一样。"

佐薇移开桌子要起身。蕾雅伸出一条胳膊抓住她，强迫她坐下。

"我给你讲个故事，你要如实地回答我，嗯？"

"好哇。"佐薇抱怨道。

"想象一下……你跟加埃唐坐在这里，就在这张长椅上。你们前一天复合了。"

她神秘兮兮的，法奇那的吸管滑到了鼻子下面，晃着肩膀，仿佛在跳巴西桑巴舞。

"瑞恩·高斯林[1]走进咖啡馆，朝你们走来，说：'**你们好**。'因为他很有教养，然后他对着**你**——佐薇·柯岱斯说……"

轮到佐薇屏气凝神，听蕾雅说出每一个字了。

1.瑞恩·高斯林（Ryan Gosling, 1980—），加拿大演员、歌手、导演，代表作品有《爱乐之城》《恋恋笔记本》等。

"……他说：'佐薇，刚才看到你从街上走过，我想我**必须**跟你谈谈。'"

"他怎么知道我的名字？"

"这个，没人在乎！这不重要。"

"呃……如果……就更好了。"

"没人在乎！他继续说：'佐薇，**我为你疯狂**[1]，你就是我命中注定的女人……'"

"那他的妻子呢？就是伊娃·门德斯。他要拿她怎么办？"

"他补充说，自从他看到了你，就忘记了一切，**一切**！他的脑子里只剩下你了。"

佐薇直起身子，陷入沉思。

"你正在犹豫，他单膝跪地，说：'佐薇·柯岱斯，我爱您爱到疯狂，跟我走吧，去浪迹天涯。'他一会儿用'你'，一会儿用'您'，这很正常，他不习惯，那么……你要怎么办？"

"我会跟他走。我会说：'好的，我们要去哪里？'"

佐薇眼睛里闪烁着点点星光，如同在看一场芭蕾表演。

蕾雅打了个响指。

"结束了！醒醒吧！你不爱加埃唐。你完全忽略了他，要跟瑞恩走。这个故事的寓意在于：你不爱加埃唐，你爱他，只是因为别人把他抢走了。困境解决了。"

佐薇低下头，玩起了勺子，搅着杯子底部的一块即将化掉的糖。

"你说得没错。"她沉默了许久以后说。

"我也会思考，在我有时间也有欲望思考的时候。大多数时间里，我不思考，我只是重复大家都在说的话，这样更放松。"

佐薇莞尔一笑，舔了舔勺子，若有所思。

"瑞恩·高斯林。我都信以为真了！"

"这是你的问题，佐薇，你什么都相信！"

---

1. 原文为英语。

*

　　叶莲娜·卡尔霍娃躺在里兹大酒店两千欧元一晚的可可·香奈儿套房大床上，撕下一小块羊角面包，在牛奶咖啡里蘸了蘸。这天上午，她瞥到了旺多姆广场的一角，看到一截柱子。昔日，拉马丁曾在那里发表演讲，指挥巴黎的反抗运动。结局并不好。路易·拿破仑·波拿巴成为共和国主席，随后发动政变，成为拿破仑三世。她只有来巴黎时，才会允许自己吃一顿如此丰盛的早餐，因为只有法式早餐如此味美。她翻阅报纸，浏览时尚版面，看了纽约、伦敦和米兰最新的时尚表演，心满意足地想着三周以后奥尔唐丝的那一场。啊！那个阴险女人见了，会大吃一惊！她想不到我会再度露面。她会哑口无言，野牛一样的颈背会挨上重重一棒。表演结束后，我会登上 T 台……一想到要看见她那可怜的脑袋，我就兴奋不已。我会凭借大师之手指挥一切。一切都会悄悄进行。我找到了工作室，招募了首席裁缝和帮手、订购了布料、在支票上签了名。**你好，巴黎！准备行走在狂野的边缘吧**[1]……复仇的味道凉凉的，甚至冰冷刺骨，但沉醉其中就好了，就不用管温度。她自以为平静，我得把她斩草除根。这得感谢那位门房，她身上散发着被抛弃的资产阶级的臭气和匆忙的味道……

　　篮子里还放着另外两个羊角面包，摆在一块正方形白色餐布上。面包被烤成漂亮的金黄色，蓬松、柔软、蜂窝一样的面包心散发着新鲜黄油的香气……不该这样，我不应该这样的，这是禁止的，这真是疯了……她一手抓住一个羊角面包，用手指撕扯下一小块，涂上一层她最喜欢的苦橙果酱。她满嘴食物，连口水都成了果皮香味的，想到了格朗西尔没有来这里揉捏着她。她想念这位强壮魁梧的情人，他有力的手，他琥珀色的皮肤紧贴着她白皙的皮肤，还有他的嘴，让她唱起温柔而单调的歌……她摇了摇头，驱散了自己的幻想。他拒绝跟她一起来巴黎，理由是他从来不坐飞机。

1.原文为英语。

她怀疑他在纽约有情妇了。我理解他，他把半挂车一般的身躯献给我，已经很客气了。我都这个岁数了！她叹了口气，肚子里涌过一阵激烈的欲望。今天晚上我可以叫个男人来……一个懂得服侍我的殷勤男人。我去告诉宾馆的门房。

西斯特龙的数字和总结让我厌烦。他总想占理，他越来越容易生气，他似乎很忙。但他有哪怕一个好理由吗？奥尔唐丝声称他办事不干脆。他呢，说她不靠谱。这两个人都忍受不了对方。

她扑向第三个羊角面包。四百三十七大卡，比一块巧克力面包或一块涂能多益巧克力酱的面包还要高。有脂肪、有糖、有胆固醇。有的人选择羊角面包是为了自杀。

她不会自杀。

恰恰相反。

奥尔唐丝·柯岱斯时装表演举办的那天，她会坐在第一排，坐在灯光下。

她舐湿了食指，捏了一点羊角面包的屑，又舐了舐。她掀起餐垫，检查下面是否还藏着一个甜酥面包，叹了口气，伸了个懒腰。真难过，这么大的床只有一个人睡。她拿起电话。要求跟门房诺埃尔先生通话。

"诺埃尔……我是卡尔霍娃伯爵夫人。"

"您好，伯爵夫人。今天上午的阳光美极了，广场上的阳光美得不真实，还有……"

"省省吧，别像描述明信片一样，我又不是游客。"

"这是条件反射。我能为您做点什么，伯爵夫人？"

"今天晚上我想要一个年轻小伙子。"

"一个……"

他哽住了，她不得不等他喘上气来。

"一个年轻小伙子。英俊、专注、温柔。最好是黑人。只要一夜，但如果他能等我一睡着就离开，我会更高兴。我不喜欢跟别人一起醒来。"

"那您……"

"我会出个好价钱，一万欧元一夜。要知道我经验丰富，温柔、香香的，不管是在巴黎，纽约还是其他首都城市。"

门房又一次哽住了。

"说得清楚一些，我可不像那些装腔作势的女人，直挺挺地躺在那里。"

"一万欧……或许我可以推荐我自己……"

"您,诺埃尔! 您就别想了。我们认识多长时间了? 况且我要求'年轻',您可别忘了。"

"抱歉,伯爵夫人……"

"我等您电话。日安,诺埃尔! "

诺埃尔·贝尔热挂了电话，算了算伯爵夫人的年龄。如果他没算错，她应该九十二岁了。

谁说年龄越大欲望越低?

*

菲利皮内夫人俯身看着她的一位认真的小帮手莉拉干的活，检查了这个款式的垂坠感和"感觉"如何。三个星期前，菲利皮内夫人受雇成为首席裁缝。她事先跟奥尔唐丝谈过了。她们互相观察、互相提问、互相欣赏。菲利皮内夫人不会为自命不凡、装腔作势和对一切一窍不通的人工作。她有名气，与她一起工作的都是最厉害的裁缝。她不需要出售自己。她的退休生活过得很舒服，在十六区有一幢漂亮的公寓。她热爱高级时装，手艺好，动动手就能做出新款式，仿佛拥有魔法，所以不用到处找工作。这一点要说清楚，奥尔唐丝·柯岱斯也明白。

她得承认，她们的合作很愉快。

这个小姑娘并不任性。她是个勤奋的人。她有天赋，严格、专心。有些灵感让她看了都目瞪口呆。

奥尔唐丝把款式解释给她听，把草稿交给她，由她来制作完成。十八个款式。有连衣裙、大衣、裤子、宽松款套头毛衣、衬衫、铅笔裙。风格别致，宽松、强调线条、显瘦。然后，她们发现了这种布料! 奥秘就蕴藏

023

在材料本身的结构里。简直是个奇迹！菲利皮内夫人为之迷醉。她穿上一条红色针织裙，十分紧身，长袖、圆领，简简单单。这是一条下午穿的裙子，搭配高跟鞋或平跟鞋均可。她转过身照镜子时，不禁发出一声尖叫。镜子里的是她吗？修长的身材，让她回忆起年轻的时候……她跑到壁橱边，去找她发福以后就收起来的鲁布托鞋子，穿上，回到镜子前面。她开心地叫了起来，摸了摸自己的脉搏，称了称体重，没有异样。她呼喊着这是个奇迹。她跑去按了女邻居的门铃，对方只说了一句话："我要一模一样的。不管多少钱，我就要**这条裙子**！"

菲利皮内夫人手下有六个帮手，听她指挥。她监督每件衣服的制作。起初是一块布料，随后变成真正的款式。剪刀剪不破，熨斗烫不坏。叶莲娜·卡尔霍娃在巴拿马路二十二号租了一间工作室，将墙壁刷成白色。每个人工作时都咬着嘴唇，刮一刮鼻子，往上拉一拉背带裤，发绺垂落下来。奥尔唐丝·柯岱斯系列服装即将拉开巴黎高级时装季的序幕，时间是一月底。向一位默默无闻的初学者致敬。一个不为人知的女孩要举行舞会，您知道吗？她从哪里来？她跟谁睡过？所有的媒体、名流、博主、摄影师，还有皮卡尔先生邀请的女顾客，届时都会到场。就是那位让-雅克·皮卡尔先生？是的。日期是他选的，宾客名单是他定的。他迷恋这个小姑娘，引发了一场轰动。巴黎流言四起，奥尔唐丝·柯岱斯，奥尔唐丝·柯岱斯……流言蜚语吱吱作响，挠抓着你，嘎吱嘎吱，这个女孩是谁？值得一去，你觉得呢？你去吗？皮卡尔若非胸有成竹，是不会冒这个风险的。这位男士有自己的要求和标准。但这位奥尔唐丝·柯岱斯，她来自哪里？她求学于伦敦圣马丁学院，你知道，如今所有的设计师都出自那所学校。啊对，还不错。她的资助者又是谁？一位年迈的俄国老伯爵夫人。一个涂脂抹粉，打扮得跟马车轮子一样的老古董，靠卖画支付各种费用。但她并不小气。她是同性恋？不是，真奇怪。以前她住在巴黎，嫁给了一个富得流油的骗子。你真蠢！富得流油的骗子，这是同义叠用，骗子必然富得流油。哎呀，真刺激，我们得去看看，她在哪里表演？伯爵夫人会为她租下香榭丽舍的下半条街。在花园里举行。她会让交通阻塞。不会？我看会。不可能！

谣言流窜，变得荒诞不经。皮卡尔成了年轻女孩的父亲、伯爵夫人的情人，伯爵夫人成了最后一位沙皇的后代。她逃到纽约是因为，七十岁时她引诱了一个俄国黑手党年轻的儿子。那个男孩用鲜血写下她的名字，死在了浴室里。

奥尔唐丝听到了这些谣言，很开心。如果她能在里面加上两具尸体、一条藏在卡芒贝尔奶酪里的蟒蛇、一场钻石烟花、一些可卡因粉末、几个吊死在厕所里的太监，那么她只要十八分钟就能成名。

也就是一场时装表演的时间。

什么她都得盯着：布料的选择，完全按照图纸制作，纽扣、饰带、刺绣。还有上两遍浆，纹路的方向，在领子和里子上穿孔，镶花边，环形卷边，衬里压平，袖子下方和后背加软褶皱。只缺一件有褶皱的上衣了！

高级时装，**非常高级的时装**。法式精湛。

她在威卢克斯玻璃窗下放了个床垫，她裹在被子里睡觉。在洗脸池里洗漱、刷牙，把头发梳上去扎个发髻，开始干活！没有时间回家回答母亲和妹妹的问题了，也没有时间想念加里，或者开一瓶琵博葡萄酒了。

她把半身模特、成卷的布料、桌子和剪刀搬到了巴拿马路。周边是非洲布料店，烤玉米的穗子，破了肚的西瓜，穿着五颜六色、飘飘荡荡的长袍在人行道上走的女人，像葡萄粒一样悬挂在她们腰间的小孩。

她也会忙里偷闲。

去见他，见那个让她如饥似渴的男人。

总是同样的惯例。他给她打电话，问她在哪里。在附近找一家酒店，短信告诉她房间号。虚掩着门，他穿鞋躺在床上，手指交叉，摩擦着大拇指，等她推开门。

他们在床上翻滚，一个小时，两个小时。交缠。松开。提防着。

那一刻她不再有姓名，她像一块石头一样坠入深渊，水浸没她的脑袋，熊熊燃烧的海绵在她的肚子里爆开，她沦陷，她语无伦次，她散了架，觉得自己死了，使劲踢一脚，然后上浮，再上浮，充满力量，焕然一新，清洗干净了。

　　我对他一无所知，而且我什么也不想知道。

　　我只想让他的身体压在我身上，虽然他很重。

　　在可怕的酒店里偷偷摸摸约会。

　　我们不说话，我们低声号叫。

　　我们不亲吻，我们啃对方的嘴。

　　我们回到了森林和冰川覆盖大地，灰黄的光线冒充太阳，靠喝马血、吞食温热的动物内脏活着的时代。

　　他抱着我，我变得粗暴、激烈。他搂紧我，把我压碎，我屈服、顺从，心怀恐惧。我舔他的手。

　　片刻之后……我踢他一脚，逃脱，啊，你以为你能抓住我？

　　他目光冷冷的。他拿过一支烟，点燃，火柴还闪着光，他不动，吐出烟雾，回过头，等待我祈求他。

　　等待我在脏兮兮的地毯上爬。

　　我们不说话，没有必要。

　　或许有一天我会哭泣。

　　哭泣我失去了这个男人，因为他赋予了我这个女人生命。

　　以前我不知道她就住在我的身体里。

　　她打车去宾馆，他在那里等她。出租车上，她在笔记本上乱写。写下一个词，把它变成纽扣，变成开襟短上衣，变成被推倒的女人，变成得到满足的男人。

　　爱情，**不是**；欲望，**是**；诱惑，**是**；吸引，**是**；喜爱，**不是**；柔情，**不是**；快感，**是**；眷恋，**不是**；炽热？

　　炽热。

这个词点燃了白纸。燃烧着它。

"炽热，"她意醉神迷地重复道，"炽热。"

出租车停下，她跑着爬上楼梯，扑向他。

回工作室以后，她拿起一把剪刀，把一块又厚又软的灰色针织布料裁剪成一条裙子。她套进去，把领口开低，剪小，再增大。确认垂坠，展开袖子。

收腰，改成紧身的。用这种有名的布料再做一件……

这还不够。

她眯起眼睛，寻寻觅觅，尚未决定。她还要继续找。她不比别人机敏，也不比别人聪明，但她会花更多的时间寻找。她沉思，她继续。不能让他把我当成别人，爱情会占据一切，要让它填满所有的地方。她又拿起针织布料和剪刀。

她找到了！

有一天，菲利皮内夫人让她出去透透气，说整天关在屋子里不好。于是奥尔唐丝出门去看外祖母。她想让昂丽耶特解释一下佐薇说的那些话是什么意思。

不能让这个小姑娘成功！您明白吗？

我做好了一切准备。

布告牌上写着看门人值班的时间。昂丽耶特会随心所欲地修改。这一天，布告牌上写的是"十五点三十分关门"。现在是十五点二十九分。

大楼入口庄严而冷漠，散发着冰凉的大理石的气息，让人肃然起敬。仿佛可以看到一位逃亡的殿下或隐居的教皇下楼。住在这里的人应该会觉得不得不压低声音说话。

奥尔唐丝敲了门，生硬的两下。

昂丽耶特身体僵直，阴沉着脸打开门，她刚吃完饭，一只手捂住塞满食物的嘴，准备把这个胆敢不让她吃完最后一口饭的烦人精打发走。

看到外孙女，她面露喜色，忘了牙上还沾着菠菜叶。

"你来看我了！今天真是上帝保佑！看看你，多美啊！"

她双手交叉放在胸前，闭上眼睛，兴奋不已。

"还好吧，昂丽耶特，你平静一下。我害怕这么外露的感情。"

"真是太久了。等待自己爱的人是多么痛苦！我以为你再也不想见我了。我还想我是不是伤害到了你。可我怎么会呢，我那么爱你！"

"你平静一下，太恶心了！"

昂丽耶特没听到，昂丽耶特傻傻地微笑着，仿佛她是个牧羊人，在跟圣母讲话。一道口水流到了她的下巴上。

"你真美啊！还有这件毛衫！真是一件珍品！款式是你设计的吗？"

"这不是'毛衫'，昂丽耶特。这是套头毛衣，就这么简单。没错，这个款式很宽松，但依然是套头毛衣。对，是我设计的。"

"抱歉，我的小猫咪。"

"现在也没人说'我的小猫咪'了。哎，你有多长时间没说过甜言蜜语了。你都不知道该用什么词了。"

"你知道，我很少有情绪波动。除了我的小长毛狗会叫着,蹦蹦跳跳……"

昂丽耶特是那种分不清什么是同情心，什么是多愁善感的人。机械毛绒玩具会让她感动，但如果某位母亲因为孩子快要死去而泪流满面，在大厅里等待紧急叫来的医生，她却会上去顶撞。就是心绞痛而已，太装腔作势了！

"人类真是靠不住，你相信我。我见过很多事，不是什么好事。"

她从眼睛里挤出一滴泪，把手放在外孙女的手上，装模作样地呜咽起来："你为什么不经常来看我？"

"我得工作，我没有时间浪费，此外你让我产生不了这种欲望，你的牙上有菠菜。"

昂丽耶特不再为自己辩护。她微笑着，意醉神迷地凝视着外孙女。她扒开嘴唇，清理了牙齿，道了歉。然后，面对着奥尔唐丝愤怒的神情，她把从发髻上落下来的一绺头发理好，问道："哪阵风把你刮来了，亲爱的小姑娘？你不是来看我这双美丽的眼睛的吧，我猜？"

奥尔唐丝叹了口气，如释重负。

"我更喜欢你清醒的时候。我们可以谈谈了。"

奥尔唐丝向她讲述了佐薇听到的话。

"这个女人指的是谁？她说的是我吗？"

"绝对不是！你搞错了，我的小猫咪。"

昂丽耶特站起身，打开门，取下告示牌，把收工时间往后推迟了，回来坐在奥尔唐丝对面。

"这样，他们就会安生了。他们会等，我讨厌他们！如果不是被逼无奈，要赚钱活下去，我才……"

"我不在乎，接着说我感兴趣的。"

昂丽耶特叹了口气，她希望外孙女对她多一点同情。

"我知道的不多。那位年纪很大、操外国口音的夫人让我监视住在七楼保姆房的一位女士。这幢大楼没有电梯，厕所在楼上。真悲惨！"

"所以她说的'小姑娘'指的是她？"

"那人比她年轻二十岁。你想想！"

"叫什么？"

"妮科尔·塞尔让。很漂亮的女人，七十岁左右。高挑、短发、金色的发绺总是打理得很好。她的膝盖真有弹性。每天爬好几次七楼，身体不错。她应该没有多少钱。"

"老太婆为什么让你监视她？"

"我没有完全弄明白，但是……这位妮科尔·塞尔让是她的敌人，既是情敌，也是生意上的敌人。她应该是偷了她的男人，还对她使了阴招。"

"你知道来看你的这个女人的名字吗？"

"她给我留了电话号码和……"

"给我看看！"奥尔唐丝命令。

昂丽耶特朝一个庄重的餐柜走去，打开一个抽屉，递给奥尔唐丝一张纸片。

"果然是这样，"奥尔唐丝一边看一边咕哝道，"是叶莲娜·卡尔霍娃。她资助了我。真是疯了！"

"她想知道关于这个女人的一切。谁来看过她？她几点出门？几点回来？她的信件呢？她是通过巴黎高级时装工会找到的地址。"

"她的敌人就住在**你的**楼里！"

"我很少见到她，我把保姆房的信件放在用人楼梯底下的信箱里。我从来不上去，太累人了！"

"妮科尔·塞尔让，"奥尔唐丝想了想，"叶莲娜从来没跟我说过她。妮科尔·塞尔让……我得上谷歌查一下。或许她也在时装业工作。"

"或许不是，我试试能不能查清楚。"

"你已经跟她汇报过了吗？"

"还没有，这位塞尔让不怎么出门。她画水彩画，应该不只是画烟囱和壁炉！"

奥尔唐丝轻蔑地耸了耸肩。

"有一天她房间的门虚掩着，我伸进头去看了看，房间里全是她的画，她走路都走不了。我不知道伯爵夫人为什么会惊慌成这样。"

"这是老太婆的怪癖。人老了就会失去理智，什么都怕。"

"我谢谢你了！"

"你不老，你只是恶毒，恶毒的人会一直活着。"

昂丽耶特脸色沉了下去，叽里咕噜地抱怨着。

"你想让别人说你善良吗？"

昂丽耶特摇了摇头。

"啊，不想！"

"那就别像个小孩一样闷闷不乐了。"

昂丽耶特听到"小孩"这个词，微微一笑。

"你说得对。我希望别人尊敬我，为了赢得尊敬，得让别人怕我。"

"所以叶莲娜是害怕这位妮科尔·塞尔让……你去监视她，发现了什么就告诉我。"

"有一个男人时不时来看她，我看到过他在院子里。一个僵硬、挺拔、穿着得体的家伙。他是从用人楼梯上去的。"

"或许是个旧情人。你去问问，跟她成为朋友。她应该很寂寞。"

"上了年纪的人都这样。"昂丽耶特叹了口气，打开了眼泪的闸门。

"啊不！你别再哭了！我再也不来看你了。"

"威胁，你马上就威胁我。你不喜欢爱哭鬼，那我就不哭了。我去监视。这样有趣多了，我也能帮上忙了。"

昂丽耶特的眼里闪过一道亮光。

"你会邀请我参加你的时装表演吗？"

"我告诉你，妈妈会在那里，坐在第一排。我把你放在最后面。"

"但也不要太远！"

"这得取决于你能告诉我什么样的消息。"

"我先告诉伯爵夫人，还是先告诉你？"

"先告诉我，你知道怎么拆信？"

昂丽耶特耸了耸肩膀，似乎在说，你拿我当傻子吧？

"你拆开她的信件，如果有什么有趣的东西，你就拍下来发给我。你有手机吧？"

"当然了，是业主送的。"

"你会用吗？"

昂丽耶特又耸了耸肩膀，抬头望天。

"在这方面我是个真正的怪杰。"

"那你就拍照片，发给我。"

昂丽耶特开始坐立不安。她确定会再见到奥尔唐丝，确定能参加她的时装表演。

"你赚钱了吧？"她贪婪地问。

"赚了很多！靠我的博客！"

"你有存款吧！"

"肯定，我没有时间花钱。"

"你把钱放好了吧？"

"不是放好了，是堆起来了。"

"你想让我帮你看管吗？"

"绝对不想。"

"你错了，我很擅长钱生钱。在我和钱之间，是有感情的。我爱它，它爱我，我们互惠互利。"

奥尔唐丝看了看手表，起身甩了甩长发，手链叮当作响。

"我得走了，我还要干活。"

"这就走？我做了奶油泡芙，我们可以喝杯茶。"

"我讨厌奶油泡芙。除了糖就是糖，堪比毒药。下次，你给我买点厚切野生鲑鱼片……"

"厚切？"

昂丽耶特咬了咬嘴唇，沮丧起来。

"是很贵，"奥尔唐丝说，"可是如果我们相爱，就不会计较这个。"

她的电话响了，是那个男人，他就是这么给她打电话的。她转过身，她的声音听上去很不安。

"您有空吗？"他问。

"我有一小时。"

"您在哪里？"

"靠近蒙索公园的地方。"

"皇家蒙索酒店，您觉得可以吗？"

奥尔唐丝微微一笑。以前是妓院，现在是宫殿。他签了一份大额的军火合同？他有着流氓的头脑，能跨越火线把手榴弹卖给叛军。她忍住没问他问题，那样就会在他们之间建立联系。她拒绝。

昂丽耶特看出了奥尔唐丝脸上的困惑。

"我把房间号用短信发给你。"

奥尔唐丝挂了电话，看到了外祖母猛禽一般的目光。

"情人还是爱人？"昂丽耶特低声说。

"一家大商店的买家。"

"希望你表现得强硬，不妥协。"

"我比这厉害多了。"

"很好。就该这么对待他们……"

她又苦涩地加了句："对待男人。"

*

皇家蒙索酒店的一个房间里。

他要像对待女王一样对待她，对待这位巴黎女郎。埃德蒙给了他一个大信封，羞怯地称之为"款待费"，是用来邀请客户，用奢华把他们淹没的。有时候为了让他们在正确的地方，也就是在页面右下方签字，得帮他们扶着钢笔。

那位巴黎女郎让他想起阿拉米尔的女孩们。她们会出门与驻扎的军人发生关系，回来时嘴唇因为笑声和卢布而迷醉。

她们不会以此为耻。她们在夜里灰黄的灯光下说笑。抱在一起，这样就不会绊倒了。

她也有着同样的粗野，同样的直率，用同样的方式寻欢作乐。露着牙齿。他把她紧紧搂在怀里，闻着她的头发，舔着她的嘴和皮肤上的小点点，仿佛听到了阿拉米尔的姑娘走在路上发出的笑声。他摇摇晃晃地走在灰色的路上，闻着流浪狗的味道，听着醉酒的蠢货倒在旧轮胎里叫喊，还有一边嚷一边捡起旧衣服，害怕被人偷走的家伙。这一切全都在这位巴黎女郎芬芳的头发里。

*

苏珍解释说："我要去喂牲畜，"瞥了一眼烤箱，"我还在烤猪腿呢，别忘了，好吗？否则今天晚上你们就没的吃了。"汤姆嘟囔道："好的，好的。""你跟你母亲说了篱笆被刺槐树砸烂了吗？""说了，说了。""她怎么说？""我不记得了。"

他打开母亲从图书馆借来的书。J.D.塞林格的《麦田里的守望者》。
他刚在书的两边支起胳膊，目光落在**第一页**上，就像中了电击。

你们要问我的第一件事，是我出生在哪里，我倒霉的童年是什么样的，还有我的父母在生我之前干了些什么，诸如此类大卫·科波菲尔式蠢话，可是这些我全都不想讲。而且我也不想向你们一一讲述我的完整自传。我只想给你们讲讲去年圣诞节前我遇到的那件疯狂的事，在那儿我身体垮了，不得不来此休养。[1]

这，是一本**书**？

他把书翻回去。看了出版社的名字，译者的名字。看了出版日期。一九五一年。跟中世纪差不多吧。一本语气跟他一样，或者差不多的书。跟《伊利亚特》《奥德赛》《小王子》不一样，那是学校强迫他看的。有时候里面也会有飞驰之美，但不会像这本一样把他击倒在地。

他把胳膊弯成九十度，感受着词语。

我呢，我很愿意去个能看到两三个女孩的地方，哪怕她们是在挠胳膊、擤鼻涕，或者只是在傻傻地笑着。

老尤利西斯和织布的佩涅洛佩，还是算了吧。荷马谈到女孩时，总让人闻到樟脑球和绣花桌布的味道。他从来不会掀起裙子看。

词语在他的眼皮底下噼啪作响。他嬉笑着，心想霍尔顿·考尔菲尔德老兄真是我的哥们儿。或许他能在达科塔的事上给我出出主意。舌吻。一阵战栗沿着脊梁往上爬。他渴望再多读几页，看看书里有没有讲到性，或者类似的东西。他翻着页，寻找着"性""舌头""舌吻"之类的词，在

---

1. 根据法语译出，下同。

靠近一百七十七页的地方找到了这个段落：

　　跟一个我不太喜欢的姑娘在一起，我始终没有真正的性欲——我是说真正的性欲。我是说我得先喜欢她。否则，我对她连一点点混账的欲望都不会有。

　　他跟达科塔就是这样，他是真的喜欢她。首先她跟任何人都不一样，她起初很美，然后变丑，再变得很美，熄灭，点燃，熄灭，点燃。她什么都不怕，她作文写得很好，她在纽约生活过，她能把眼球翻过去，她有一只手被切掉了，她说英语，她的名字据说是一部有独眼巨人和奇妙仙子的3D 电影。她不仅仅是一个可以与之缠舌头的女孩。

　　他同意霍尔顿·考尔菲德的观点。

　　今天晚上他没有时间读完了，他要拿着这本书，藏到床垫下。

　　他有了一个新朋友。再加上脑子里跟他说话那个，就有两个了。两个绝妙的小伙伴，可以跟他们**分享**一些事，还不会惹得他们**勃然大怒**。如果他觉得别人不理解他，他就会勃然大怒。他会拳打脚踢，憎恶全世界。他母亲说："汤姆，别装高傲了。"他不是装高傲。他只是气恼。大人们理解不了。可是在变成总是火急火燎的笨重机器之前，他们也曾年轻过。

　　这本书他永远也不会还。他就说他弄丢了。到了晚上，他要用这些词语做成一个个小三明治。

　　苏珍进了门，微微有点跛脚，跟胡克船长一样变了形的手里拿着一大棵卷心菜，发出一声尖叫，让汤姆从书里回过神来。一阵黑烟从炉子里飘出来。一股烧焦的味道钻进喉咙。苏珍手里的卷心菜掉到地上滚了起来，她抓起一块抹布，打开烤箱。她咳嗽着，喘不上气来，拿出烤焦了已经皱得像葡萄干一样的猪腿，扔到桌上。滚烫的烤盘刚好撞到了汤姆的书。

　　"停！你要把我的书烫坏了！"

"没的吃了。"她用抹布捂着鼻子，呻吟道。

"呃……我们吃卷心菜。"

"说得容易，我的小家伙，说得容易。你来清理这一堆，烤箱，还有烤盘。就不能让你一个人待着，不然你准会干蠢事。"

她捶着胸膛吐唾沫，威胁不给他吃晚饭了，让他直接上楼回房间。他不在乎，他有书。还在放鞋子的抽屉里藏了一盒小学生牌饼干。

况且，吃晚饭的时间，也没什么意思。他父亲回家晚，母亲向他投去怒气冲冲的目光。他们默默吃饭，目光随着在灯罩下面乱飞的苍蝇移动。

*

火车靠近桑斯，阿德里安用手背把玻璃上的水汽擦干净。他很喜欢能在玻璃上写字，可以做个总结，他站在人生的转折点。不是第一次了。他要问自己一些**恰当的**问题。一旦他找到**恰当的**问题，回答起来就容易了，这样他就能走上**恰当的**道路了。

当他离开阿拉米尔时，**恰当的**问题是：我在阿拉米尔有**未来**吗？

当时他二十岁。是在十五年前。一道闪电劈开了他的脑袋，离开这个国家！这里没有任何对你有益的东西。跑到西方去。

他收拾了全部家当，出发了。

如今，他该想一想了。**采取一项策略**。确定顺序，权衡利弊，估算、预想、决定。**行动**。

他闭上眼睛，在脑海里写字。

博尔津斯基。大步向前 / 后退。他什么也没有签。

埃德蒙·库尔图瓦。通知他 / 不通知。与他合作 / 不合作。

我在银行那笔可疑的贷款。承认 / 什么也不说。

侯赛因·布布·莫里斯。让他们参与 / 或者不。

仓库那台搅碎机。独自启用／跟博尔津斯基一起启用。等着买第二台和第三台?

斯泰拉。跟她谈谈／让她远离这一切。

微笑宣战的女孩。这段风流逸事该如何了结?

这次,他没有找到**恰当的**问题。

他停下来,思考。没有别的了吗?

注意,你这家伙,注意。你忘了一件事,一件重要的事。好好想想,就在不远处,很熟悉。感觉很友好,可是……根本不友好,简直有些**危险**。

如果你发现不了,**那你可能会跌倒。**

列车摇摇晃晃,帮助他一步步思考。他清空大脑,吸了口气,等着这口气慢慢吸入,停下,数到六,呼气。重新开始。他平静下来。他的想法变得流畅而清晰,开始井井有条。一个句子突然冒出来:"*他诡计多端。*"

这是谁说的? "*他指明了道路。他要伤害你。*"

他把下巴放在握紧的拳头上,屏住呼吸,一,二,三,四,五,六,放松。重新开始。他的鼻孔张开,又闭上。他的肺填满了空气,让他产生一种无所不能的感觉。他品味着这种圆满,得到了满足,只有弱者才会惊慌。如果有人想要我的命,那就让他来取吧。就像他不得不跟人打斗的时候,要比对方思考得更快。他的身体放松下来,最后一次呼气。"*他嫉妒,他想要你的命*"。

据说当别人开始讨厌你的时候,你就成功了。他对这个闲逛的可怜人做了什么? 他为什么要讨厌他?

他在记忆里挖掘。一些名字涌现出来。博尔津斯基? 米兰? 布布? 侯赛因? 莫里斯? 他们对什么感兴趣? 他缓慢地重复着每个名字。什么也感觉不到。最近是谁惹恼了他? 甚至威胁了他? 一个画面在他的记忆里颤抖,然后消失。抓不到。

在这种情况下,他停止了思考。他选择了一个无关紧要的细节,玻璃的一角，挎包的颜色，鞋带的形状，集中全部注意力想着。就这样，他因为短路而愤怒的大脑变得四分五裂，去寻找答案。每一次都能成功，就像面对女孩一样。你不理她们，她们就会来与你擦肩而过。

除了宾馆里那个女孩。

她**从来不**打电话给他，总是他提议。他对她**一无所知**。她的年龄，她的名字，她的职业。他们在床上时，时间变了样。它越过当时的环境，进入另一个维度。

他的目光落在两个正翻阅烹调杂志的女人身上。

"今天晚上，你要给雅克做什么？"

"面条和火腿，还有带鱼。我饿死了！"

"他会长得跟圆木头一样的！"

"当你们跟吉尔一起来吃晚饭的时候，你见过他是怎么狼吞虎咽地吃奶油焗蘑菇扇贝的吗？"

"他只给我们留下了两三个。其他的全都进了他的嘴！"

"他跟木桩子一样。我就是这么跟你说的！"

用新鲜奶油来焗扇贝？

他更喜欢用大蒜和香芹来煎，煎到刚刚熟，热热的，软软的。如果煎的时间太长，扇贝很快就会变硬。奶油焗蘑菇扇贝和蒸苦苣的味道，配一点巧克力舒芙蕾，是皮卡尔家的舒芙蕾吗？一场混乱的谈话，一个车撞到树上的故事……

杰罗姆。

自从他跟朱莉在一起之后，他就膨胀了。这个癞蛤蟆是他的表兄。他恶毒地膨胀了。他那个弄断车轴，让他讨厌的人撞到树上的故事很可能是真的。那天晚上他肯定不是偶然提起这件事的。他究竟知道什么？他是**嫉妒**，还是已经备好了弹药？

于是阿德里安在清单上加了一条：**杰罗姆。**

这样他就回到了第一个问题：要不要把银行贷款和博尔津斯基的事告诉埃德蒙？

*

在搅碎机下面，布布把眼镜架在了帽子上，远远地看着侯赛因。

侯赛因打开了收音机，边听边分拣废钢铁，把里面的旧电池找出来。不能把电池埋在废钢铁里面，酸会泄漏，造成污染。布布了解侯赛因，知道他开着收音机是为了防止胡思乱想。

昨天他靠近的时候，侯赛因哼起了收音机里正在放的歌。是赫诺[1]的最新歌曲，大意是不要烦我，我还站在这里。那意思是你走吧，老兄，让我安静安静，没什么好说的了。

布布没有坚持。他去洗澡了。

侯赛因生气是因为莫里斯和布布丝毫没告诉他阿德里安的事。因为他们跟踪阿德里安的时候没有带上他。布布想解释说，他们**不确定**看到了什么。正因为这样，他们没有说。他们感觉是在揭发阿德里安。

如果他们吐露，这个消息就会扩散，就会飘到埃德蒙·库尔图瓦，或者杰罗姆的耳朵里。这对阿德里安不利。

他们不是故意保守秘密的，他们害怕后果。有时候微不足道的细节也会招致灾难。

这是一个秘密，只有他们两个知道。如果第三者也知道，就不是秘密了。

就成了新闻发布会了。

*

从背影看，埃德蒙·库尔图瓦是个让人震撼的男人。他静止不动的时候，像个大块头拳击运动员。甚至可以说，这是个很有力量的男人，只要他不转过身来。

埃德蒙·库尔图瓦的目光是那么忧伤，以至于连他的力量都消失了。人们在背后害怕他，当面却能把他打倒。这不过是一位陈腐的老先生。一

---

1. 即赫诺·塞尚（Renaud Séchan, 1952—），法国歌手、词曲作家。

位试图与时间对抗的六十二岁的老先生，耷拉着胳膊，游荡，等待。

等待什么？他不知道。

他落魄不堪。他丧失了斗志。他任由第一个想要来扭断他胳膊的小傻瓜摆布。

他得说点话给自己打打气。可是只有在一切顺利、头脑清醒的时候，这些话才会近在嘴边。他呢，他脑袋里只有完全搞不懂的语法规则。对他来说，世界变得过于复杂了。

他没有**愿望**了。没有**欲望**了。别人对他说话，他不听。或者只听一两个词。他只满足于在那部让他落泪的电影结尾，像小丑一样扮鬼脸，就是那种别人在他的脑袋上把鸡蛋敲破，他呜咽着，用不怎么准的声音咯咯咯叫的小丑。电影的名字叫《蓝天使》。他呢，他就是那位老教师拉特，别人会在他头上做煎鸡蛋。

更糟糕的是，他觉得无所谓。

他花越来越多的时间在书房里修时钟和手表。晚饭过后，他妻子上楼去卧室，他就把自己关在书房。困意袭来，他就摇摇晃晃地走到海军蓝天鹅绒的沙发旁，蜷着腿躺在那里睡觉。

一天晚上……

索朗热蜷缩在客厅的沙发上看杂志。朱莉当时应该是三岁。她已经睡了。桌子收拾干净了，洗碗机装满了，小台布整理好了，他们来到客厅，两个人都沉浸在书或者杂志里。

索朗热·库尔图瓦当时已经是一个干瘪的女人，鼻子很长，嘴唇外翻，胳膊像鸡翅膀一样紧贴身体，永远一副责备的神情。她整个人都流露着不满和失望，只有在她确信**打败**别人赢得一分时，她的脸才会发光。不管这个人是她的女儿、丈夫、一个家庭主妇、一个商人，或者是在播电视新闻时被她用手指着，挑出语法有错误的记者。她只尊重**位高权重**的人。要达到什么标准才能属于那种上层阶级？没有人知道，她自己也不知道。埃德蒙问她的时候，她耸了耸肩膀，嘟囔道："你连他们的脚踝都够不到……"

每当他的目光落在她身上,他得费好大力气,才能想起自己**为什么要娶她**。他想起了火车上的一次相遇,他做了什么动作,就是把行李箱放在行李架上。她对这个动作报以微笑,他也微笑回应,还说了句话,引发了第三个微笑,然后……三个月之后,他们结婚了。

就发生在雷要求他让莱奥妮怀一个孩子,如果他不听话就把他摧毁之后。[1]

"我受够了整个城市的人都觉得我生不出孩子,"雷敲了埃德蒙的门之后大喊,"或许我真的生不了,但我不在乎。让她怀个孩子,就没人再说这事了!否则他们会没完没了地烦我。你知道圣沙朗的人是怎么叫我的吗?**不生育的睾丸!**你是我的哥们儿,让她怀个孩子吧!"

雷的自尊心在流血,埃德蒙要修补它。

雷把莱奥妮推到他的怀里,命令他"跟她发生关系",打开了客厅的电视,让莱奥妮和他坐在客厅的床上,胳膊搂住各自赤裸的身子,盯着脚看,不说话也不碰对方。

他什么也都修补不了,对莱奥妮的爱让他不知所措。他看着她回到雷的怀抱,心想这是把她交回了刽子手手里。

他坠入了浓重的绝望。索朗热是他抓住的第一个救生圈。

这天晚上,应该是 1984 年,索朗热在读女性杂志上的一篇文章。"性会溶解在酒精里,还是说喝醉了才会高潮?"埃德蒙一边喝威士忌,一边越过她的肩膀辨认出了文章标题。然后他坐到浅黄褐色皮革扶手椅上,打开了《费加罗报》。他一边翻阅,一边观察着那个陌生人,那个成为他妻子,但依然陌生的人。

她倚着扶手,读了几行,摩挲着裙子上一个假想的点,又回过神来看杂志,把一根手指放在嘴里抠出一点她正在吮吸的食物,做了个鬼脸,再

---

1. 参见《姑娘们》第一卷。

看杂志，收了收腹，忍住了一个嗝儿，确认她指头上的月牙形白斑没有问题，重新开始看杂志，酝酿着一个哈欠。

"你读的东西好像没什么意思。"埃德蒙微笑着对她说。

那段时间他还在努力。他给她送花、送手链，送从巴黎带回来的拉·芭哲瑞女包。他希望他们俩能继续下去。因为他娶了她？因为他们有了孩子？因为他们得过一辈子？或者因为他想忘记莱奥妮？忘记莱奥妮。忘记莱奥妮。

"噢，你知道……这是一篇关于高潮的文章。看起来丝毫不撩人。"

"但是报纸上经常讲这种事，所以你读的……"

她可能想到了一句轻蔑的评语，实际上，她当时可能确实很轻蔑。她挺起胸，朝他投去忧郁的目光。

"呃……这些文章，你最好读一下。至少你就知道该怎么办了！"

他绷直了身子，把鼻子伸进威士忌里。她又等了几分钟，把杂志卷起来握在手里，仿佛在给他机会重新开始对话，但见他一言不发，她站起身。

"我上楼睡觉了。"

"晚安，我在下面再待一会儿。"

他浏览着报纸，但什么也看不进去了。

所以他在床上不行。

在床上不行。在床上不行。在床上不行。**在床上不行。**

他强迫自己辨认文章的标题，"电视二台《真相时刻》接待让－玛丽·勒庞""第十四届冬奥会在南斯拉夫萨拉热窝举行""苏联契尔年科接任安德罗波夫""弗朗索瓦·密特朗接受卢浮宫金字塔方案""巴斯克地区[1]谋杀案"……

他已经忘了巴斯克地区是哪里了，忘了南斯拉夫是哪里，也忘了密特朗和让－玛丽·勒庞是谁。

但是他明白了他**在床上不行。**

从这天晚上开始，他养成了晚上独自摆弄手表和闹钟的习惯。很快，晚饭之后他甚至都不再费力气去客厅或者夫妻二人的卧室了，他就在海军

---

1. 位于西欧比利牛斯山西麓，在法国、西班牙边境一带。

蓝天鹅绒小沙发上睡觉。

一天晚上，他把自己关在书房，面对着几十个弹簧、镊子、小刷子、锉刀、螺丝刀和油瓶，一边用准确的姿势修理着，一边想起了一个名字。

莱奥妮。莱奥妮。莱奥妮。

他闭上眼睛，下巴抵着胸膛。莱奥妮，莱奥妮。他听到了回声，多么浪费，多么浪费。

这天晚上，他产生了让自己过上另一种生活的想法。跟莱奥妮一起。这种生活是他编造出来的，但他要真真切切地过上这种生活。

没有那么难。

他只要想想就够了。相信什么人或什么事，这是很重要的，否则生活就过不下去了。它就会变成一块没有指针的手表，飘飘荡荡。

然后大概三个月前，储蓄银行的克里斯蒂安·普吕埃给他打来了电话，要跟他谈谈，说有人以他的名义申请了十万欧元贷款。"说得更清楚一些，申请是阿德里安·科苏利诺提交的，他确保是以您，库尔图瓦先生的名义在行事，这让我们有些惊讶，我知道您信任他，但也不至于因此……"

埃德蒙·库尔图瓦沉默了几秒钟。普吕埃问他是不是还在听电话，埃德蒙谎称有别的电话打进来："我稍后打给您，普吕埃先生，我稍后打给您。"

如果不知道说什么，就只好重复着，确保对方听到。

他愣愣地坐在书房里，目光一片茫然。他把手指伸进面前放回形针的茶托，拿出几个，抬起手，松开，捡起落到边上的，放回茶托。再来一遍，发出轻微而美妙的金属碰撞声。这声音让他平静下来。阿德里安背叛了我。阿德里安放弃了我。阿德里安背着我行动。这一次，我是**真的**孤身一人了。

回形针如细雨般落下。他抓起一个没有落到茶托里的，一个偏离了直线的。孤立了它，扭着它，拧着它，让它顺从。

再回到阿德里安的背叛这件事上。

在银行打来电话之前，他一直觉得自己跟阿德里安结成了盟友。

在他到达废钢铁厂时，他朝他敞开了怀抱。他喜欢他执拗的神情，他坚实的手腕，他在工作中的耐力。他六点半之前开工，而且别忘了他就睡在工地上，晚上只吃一盒罐头和一片面包，然后洗澡，躺在仓库角落的行军床上，把套头毛衣卷起来垫在脖子下，读一本旧语法书。埃德蒙听到他在重复："您同意吗，先生？""我想去火车站买一张票""下一班火车是几点？"

阿德里安会跟朱莉组建家庭。他们会生个孩子。会是个男孩，肯定的。他们会接手生意。小男孩会成为他们的继承人。他埃德蒙呢，就坐在桌子一头，把周末吃的羊腿切开，把煎土豆分给大家。他会切得厚厚的，证明废钢铁厂生意兴隆。小男孩会叫他祖父。

但让阿德里安一见钟情的，是斯泰拉。

埃德蒙处境尴尬，所以理解不了他们的爱情故事。他自己的感情生活里只有失败和羞辱。他宽慰自己说，虽然他没有让女人着迷的外表，但他有铸造一个帝国的谋略；他虽不是废钢铁业的头号人物，至少地位显赫。

他想方设法帮阿德里安拿到了证件，他带他进了这一行。阿德里安去巴黎签合同，阿德里安在巴黎的豪华餐厅用餐，阿德里安出入夜总会，为的是"给客户下套"。阿德里安可以谈论博纳尔[1]或沃霍尔的展览。阿德里安会剥龙虾。阿德里安到哪里都游刃有余。

埃德蒙送他去码头，他跟他握手告别。合同签好了，钱已赚到。

既然阿德里安不会娶朱莉，那就让他当自己的合伙人吧。两个人一起做生意，也不算多。

之后杰罗姆进入了朱莉的生活。这个男人耿直得像个飞去来器。他胆小怯懦，徒有幻想，自视甚高。他跟人握手时，都不用手指攥住对方。

1.皮埃尔·博纳尔（Pierre Bonnard，1867—1947），法国画家和版画家，后印象派与纳比派创始成员之一。

一个小时后，埃德蒙·库尔图瓦给储蓄银行的普吕埃打了电话。

"把十万欧元贷给他吧。"

"可是，库尔图瓦先生……"

"他跟您说过是干什么用的吗？"

"购买一台二手搅碎机用于搅碎塑料。他声称您知道这件事，是您想投身新的……"

"他想自己另立门户。"

"我跟您想的一样。"

"塑料……"埃德蒙嘀咕道，"塑料！背着我！不跟我一起。"

为什么阿德里安没有跟他说这件事？他觉得我太老了？他想跟其他人合伙？他已经跟威立雅这样的巨头签了合同？

"他跟我说您已经同意了，说您深思熟虑，决定开展这项业务，从而更加多样化……"

"从而更加多样化……"

"说如果您愿意，他会为您充当门面，替您抛头露面。"

"真奇怪！"

"我也是这么想的，库尔图瓦先生。所以我才给您打了电话。"

"把钱贷给他，我来做担保。"

"可是……"

"塑料就是我们的未来。他想得比我快，如此而已。要公正地对待他。在文件上，要写这台搅碎机的归属人是我……因为付款人是我。"

"但是他以自己的名义签了购买合同。"

"资助他的人是我！"

埃德蒙一拳捶在了桌子上。

"最后一件事，不要对他说您已经跟我谈过了。我想知道他能走到哪一步。"

"在背叛您之后？"

"或者想出一大堆无稽之谈。因为总有一天他得来解释这件事。我想让他当面跟我谈谈，不管他是不是被迫的。我想把他握在掌心。"

他又恢复了食欲。他又有了战斗的欲望。

*

小马塞尔打开了当天上午用 DHL 送来的包裹。他解开一堆绳子带子，一想到里面装的东西就激动不已。

是一件鹅牌羽绒服，跟他的小伙伴汤姆的一样。只不过他选了一件**连帽的**。他怕冷。

圣诞夜他跟这位新朋友连通时，瞥到了这件羽绒服。汤姆发出惊喜的尖叫，穿上，亲吻了父亲，又亲吻了母亲、外祖母和其他两位老人。他不想跟这件衣服分开了。到了洗澡时，他才勉强同意脱下来。小马塞尔立刻在网上订购了一件一样的。

这天上午，他的寄来了。

他把衣服摊开，平放在办公桌上，抚摸着，欣赏着。他选了一件黑色的，是直筒形的，帽子填充了狼毛，上面两个暖手的口袋加了绒布衬里，下面两个口袋是带盖的。制造于加拿大。因为一月份在促销，只花了一半的钱。这笔交易很划算。

他穿上它，觉得自己庄重起来。发现袖子上有一个口袋，里面还有一个。真讲究！他照了照装在门上的镜子，一副神气活现的样子。他耸了耸左肩，又耸了耸右肩，拿出一管发胶，梳了一遍头发，然后又梳了一遍。再瞥一眼镜子，帅气地打个招呼，兴奋极了。

若西亚娜走进办公室，在桌子上放了一碗谷物、一份热巧克力、几片全麦面包和一个带壳水煮蛋。她看了一眼儿子，发出一阵长长的赞叹声。

"真是个漂亮小伙儿！连侯爵见了你，都要嫉妒到流汗了。"

"噢，母亲！你不过是在毫无意义地奉承我！"小马塞尔脸红了，但对镜中的影子并无不满。

他又端详了一会儿，然后回过头问："你不觉得我变了吗？我的脸圆起来了，脖子变长了，嘴唇丰满了，头发长长了，额头往外鼓，上半身也伸展开了。"

"这是真的。"若西亚娜一边把托盘放在儿子对面,一边表示赞同,"我给你做了一个带壳水煮蛋。煮的时间延长了。以前三分钟就够了,现在得四分钟。这让我困惑。"

"你知道,我有了一位新朋友。他叫汤姆,住在桑斯附近。他圣诞节的时候也收到了一件同样的羽绒服。"

"你们是通信认识的?"

"可以这么说。"

"我是想说在网站上……现在的人好像都这样交朋友。"

若西亚娜努力跟上潮流。自从她辞去了马塞尔·戈罗贝兹的专职秘书一职,成了他的妻子、他儿子的母亲,她就把自己献给了这两位男人,其余的一切对她来说已经无所谓了。

"汤姆把小伙伴们用的词教给我,给我讲述学校里的生活,女孩子的裙子,还有正在流行的夹克。"

"他多大了?"

"很快就十一岁了。"

若西亚娜咳嗽了一声,表示责备。

"现在就想女孩子的事,还有点小,不是吗?"

汤姆爱上了一个叫达科塔的女孩,女孩让他晕头转向,这件事我是不会告诉你的,坐在椅子上沉思的亲爱的妈妈。这跟你无关。我得帮助汤姆征服达科塔,要调整一下策略,虽然在感情方面,我也并不精通。对我来说这是一门全新的学问。我会勾引五楼的女邻居,但我不确定能否征服一位我**心爱的**女人。这要复杂得多。我跟奥尔唐丝的关系就证明了这一点。各种电路会纠缠在一起,会短路。我想说一个词,说出口的却是另一个。我会脸红、会出汗,心快要跳出来了,得吃一大堆阿司匹林。

奥尔唐丝来过以后,小马塞尔把汤姆的印记留在了他的清单里,决心要跟他成为朋友。他几次闯入汤姆的世界。第一次,是为了低声告诉他艾米莉·狄金森的诗。连接并不顺畅,但他们还是联系上了,从那之后他们就开始通信,只是汤姆不知道。他进入汤姆的大脑,跟他说话。汤姆还不会回答。这也正常。他对量子数学、弦理论和弹性时间一无所知。没关系。等他们更亲密一些之后，他们就可以连通彼此的大脑了，汤姆就会被重新编码。在此期间，他就是小马塞尔最好的朋友。

没有必要补充，波普利纳嫉妒到冒烟。

她扭动身子，尖叫，在头发里接了假发，复述《星际大战》里的对话，涂樱桃红色的口红，学习卷大麻烟卷。

她在卷大麻烟卷这方面可没什么天赋。

我应该找到达科塔的"痕迹"，与她连通。我暗示汤姆在操场上靠近她，这样我就能偷走她的印记，跟踪她。达科塔跟我的心上人不一样，我的心上人会吻**我的嘴**，低声说"我爱你"。真挚的爱情誓言把虔诚的骑士与优雅的贵妇联结在了一起。自此以后，我就不是以前那个小伙子了，哈哈！我被迷住了，嘿嘿！我为她痴狂，吼吼！我累坏了，呼呼！

他大笑起来，办公桌下面的脚在鼓掌。

他心爱的秘书选择了这时候进来。他看了看挂在门上的宜家钟表的时间，八点半，波普利纳的准时让瑞士人都为之兴奋。

她颈上围着粉白格子围巾，搭配一件同色调的手提包，一副蝴蝶翼眼镜。衣着透着一缕春天的气息，在这寒冬时节让人惊诧，与不论何种场合都穿着的灰色厚长筒袜和橙色帆布鞋很不搭调。

"你还好吗，波普利纳？"

她竖起领子，吹了吹头发，发绺垂落在眉间。她走过去，坐到办公桌后面。

"很好。"

若西亚娜吃了一惊，转过头。

"你们今天有很多工作吗，波普利纳？"

"平静如水，我很喜欢这样。"

"您得好好照顾自己，我的小姑娘。不要强迫自己完成我儿子要求的工作量。他不知道停下来，而且有时候……"

"你太担心了，我会处理好的。"

若西亚娜眨了眨眼。她咽了咽口水，站起身。

"好，我就不打扰你们工作了。日安！"

她刚跨过门槛，就听到波普利纳放声大笑。

"这老板娘，有点笨啊！"

"您怎么了！"小马塞尔喊道，"您疯了！"

波普利纳耸了耸肩，似乎在说，您刚才没看到吗？她从笔袋里拿出一支眉笔，让小马塞尔在她的眼睑上画一道黑色的长眼线。

"对了，他会撕碎您的夹克的！是您偷来的吗？"

"不是。"

"我捕捉到了。我什么都知道，您懂吧。"

小马塞尔倒退了一步，以示惊讶，她究竟知道什么？波普利纳轻轻摇了摇头，打开电脑，输入密码，削了削铅笔，打开博客。

"她没有把你喂得太饱吧，五楼的老女人？"

"波普利纳，您没有必要大惊小怪！我有了一位新朋友，当然，他年轻，他有自己的语言，但是我欣赏您，您没有必要改变，这样无济于事。"

"我提了五楼女人的事，让您火辣辣的，不对吗？您不知道我已经知道了。祝贺您。您真是太厉害了。好了，我们开始吧？我已经火力全开。得激励我一下，我可以全身心地投入。"

*

蒙德里雄夫人正在黑板上写"莫里哀，《飞天医生》，第四幕"。

马上就有十个学生举手表示要朗读这一幕。汤姆在犹豫。他觉得莫里哀很难表演。没错，但他想打动达科塔……鹅牌派克大衣对她一点作用都没有。他犹豫着，最终还是举起了手，但是萨米比他更快。他几乎是冲到了老师脚下。萨米是班里成绩最差的，但在朗诵诗歌和表演话剧方面很出色。"我要成为演员，"他预言，"我太喜欢虚构的人生和拥有多重人格了。"他一副高贵而嚣张的样子，大喊："后退，卑鄙的奴才，让我的随从先过去！"

女孩子为他疯狂，问他要签名。

"好，司加纳列尔，就由你来演。"蒙德里雄夫人决定，"请用他的语气来朗读。"

其他学生发出一阵嘘声，只好乖乖听话。如果他们抱怨太多，老师就威胁他们背语法。坐在第一排的迈赫迪朝着他的伙伴萨米竖起了大拇指。

萨米一跃而起，张开胳膊，起的调子很高，声音抑扬顿挫：

"不要觉得我是一个普通的医生，一个平庸的医生。在我看来，其他所有的医生在医学领域都是侏儒。我有独特的天赋，我怀揣秘密。**致敬，致敬**。'罗德里格，你有心吗？'是，**大人，不，大人**[1]。**一生都是如此**[2]。不过，我们还是看看吧……"

他的长篇独白结束了，于是回到座位，坐了下来。他很想知道老师的看法，咬得嘴唇都出了血。

整个班的人都摇起了手，就像歌曲《这样做做做》[3]里一样。这是老师的窍门，免得掌声雷动，椅子翻倒，书本乱飞，口香糖从嘴里拉出来，粘到旁边的桌子上。

萨米咬紧的嘴唇和狡黠的眼睛后面藏着骄傲。

"如果他只是位仆人，怎么会懂拉丁语，夫人？"莉拉问。

"嘿，他查了谷歌！"雅德噘着嘴瞪着眼睛喊道，似乎在说她真是无知。

"**蠢，真蠢！**[4]"达科塔耸了耸低声说。

她像厌倦的女孩一样噘了噘嘴。

汤姆想接上她的话头重复一遍，啊对，真蠢啊！但他恢复了镇定。这样不算机智。他会落入她手中。对于这种女孩，得给她惊喜才行。

"当时是十七世纪，"蒙德里雄夫人指出，"不，他不能在谷歌上查怎么翻译成拉丁语。他们讲拉丁语，那是当时的通用语言。"

"那句话是什么意思，夫人？"

---

1. 原文为西班牙语。
2. 原文为拉丁语。
3. 一首关于牵线木偶的童谣。
4. 原文为英语。

"生生世世都是如此。"

达科塔在白纸上快速写着，低声说"阿门"。

"做弥撒用的是拉丁语，"她嘀咕道，"他们就是这么学的。真是一群蠢货！我真想离开这所中学，这里的人全都是石棉做的！"

她开始哼唱：我信唯一的天主，全能的圣父，天地万物，无论有形无形都是他所创造的，我唯一的主、耶稣基督，天主的独生子[1]……

汤姆盯着她。她没有看他，说："这是人们做弥撒时唱的一首拉丁语圣歌，得去现场听。我喜欢圣歌、大管风琴和乳香的味道。"

汤姆依然没有说话。

这个女孩知道得太多了。他永远达不到那个高度。

然后到了"班级生活"时间，老师会跟学生们讨论他们遇到的问题。这时候我可能有机会。我不能错过。蒙德里雄夫人决定用这段时间来谈论"拒绝 Staive"。"Staive"这个词的意思是"走开，你说的东西我不感兴趣，我不在乎"。蒙德里雄夫人想教要对他人感兴趣，为他们提供帮助。

她让大家写下"为了更好地了解我，别人需要知道的三件事"。写好以后她会收起来，然后大声读出来。

"好好想想，我希望听到**真情实感**，不想听陈词滥调。所有人都知道'陈词滥调'是什么意思吧？不知道的举手……"

汤姆咬着比克笔头沉思。他专心想了想，写下"我爱诗歌，我爱艾米莉·狄金森，如果别人觉得无聊也无所谓，我愿意就行"。

他很想让达科塔看到。

让她嫉妒艾米莉·狄金森。

蒙德里雄夫人夸奖了他。她觉得阅读诗歌**太棒了**，而且读的是那么好的诗歌！她特意强调了**"太棒了"**，让所有的学生都赶紧去读艾米莉·狄金森。

有个穿红色连帽卫衣、搭配同色眼镜的男孩，叫达维德·勒布伦，听到"诗

1.原文为拉丁语。

歌"这个词，就做了个鬼脸。他吐了吐舌头，仿佛要吐了，弯腰弯到了课桌底下。

威廉·朗贝尔写得简明扼要："我不幸福。"蒙德里雄夫人问，什么东西能让他微笑。他挠着桌子边缘，说他不知道。他补充说他不抱太大希望，很想提前离开。

手腕上有个小十字架文身的瓦妮莎·扎弗兰写的是："我说话的时候从来不思考，给我带来了麻烦。"

然后蒙德里雄夫人读到了达科特写的。

"我小时候讲越南语，现在我还会写，我的母亲昏过去了，然后她死了，我想找凶手报仇。"

蒙德里雄夫人脸色苍白，用这张纸捂住胸口，靠着椅背。

*

办公室的窗户玻璃后面，杰罗姆正在观察工地上来来往往的人。每天晚上，侯赛因都是最后一个去洗澡的。他任凭莫里斯和布布从他面前经过，也不跟他们说话。

杰罗姆拿出梳子。他决定要爱打扮一点。换好一点的发型，穿得好一点。每天早晚剔指甲、刷牙。

一天晚上，在男人们收工时，杰罗姆摔上办公室的门，拦住了侯赛因。

"你有事跟我说吗？"侯赛因吃了一惊，问道。

杰罗姆和他从来不是朋友。他们在同一个工地工作，但也仅此而已。杰罗姆就是个装饰品，就像邮局广场上的圣女贞德雕像一样。侯赛因听人谈起过他不幸的婚姻，不久之前又见证了他与朱莉的幸福。得知杰罗姆要娶老板的女儿，他觉得很奇怪。他很喜欢朱莉。她不会沉浸在斤斤计较和卑鄙行径中伤害自己，如果杰罗姆能让她幸福……

有时候，面对神气活现的杰罗姆，他都想笑。那家伙晃着肩膀，手插在口袋里，指责喝咖啡磨洋工或者在工地上开车开得太快的员工。他就差一个哨子和一个违纪记录本了。

出于对朱莉的尊重，侯赛因忍住了。

杰罗姆靠近他，流露出一丝家长式的作风，让侯赛因感到不习惯。

"我想知道，一切都还好吗？"

"一切都好。"侯赛因表示。

杰罗姆微微一笑，略显嘲讽。

"你确定？"

"我跟你说了……"

"你知道，我觉得我应该承担一点责任……"

杰罗姆低下头，像听忏悔的神父一样一本正经。

"你什么不跟其他人说话了？你有问题吗？"

"没有。"

公路另一侧的森林里，夜幕已经降临。侯赛因瞥到了黑暗里的车灯。更远处的田野里，一条狗在汪汪叫，一辆卡车在鸣喇叭。

"就连阿德里安，你也不跟他说话了。你似乎生气了。"

"我不知道你在暗示什么。"

"你很清楚我想说什么，侯赛因。你可以信任我。我听你讲。"

他又流露出家长式作风。很快，他就会称呼我"我的孩子"，把手搭在我肩膀上了。

为了迅速转换话题，侯赛因退了一步：

"可以说，我有点累……但我不想拿我的问题来惹别人心烦。"

"我可以帮你吗？"

侯赛因吓了一跳，眼睛里闪过嘲讽的光芒。

"因为你现在当上了领导，你就有这个权利了？"

"不管怎么说，是比以前好了点。"杰罗姆在炫耀。

"那又有什么用？"侯赛因问道，觉得杰罗姆像做柔体表演的杂技演员一样尽量蜷缩身子，又不断膨胀的样子很好笑。

"呃……不一样了……"杰罗姆说，想找一个恰当的词，但他太懒了，找不到。

他用拇指擦了擦额头，想了想，跟自己达成了一致。

"我变成了另一个男人。变得更成熟了，可以说。"

他神情严肃地朝天扬起下巴，侯赛因敲了敲他的肋骨。

"我不这么觉得，我的老兄！你还是以前那个老无赖！我认识你的时候，你还垫着尿布呢。"

侯赛因比他年长十岁。他看到杰罗姆来到废钢铁厂，干起活来像个新手一样不规范。他见过他一开始犯的那些错，帮他避免了警告处罚。

这突然的一击把杰罗姆拉回了现实，他冷笑道："很快我就是老板了。"

"我还是该干什么干什么。"

"等我当了老板，我会注意维护工地上的氛围。团队协作和彼此信任是很重要的，这样才会形成激励。"

他庄严地、一字一顿地说着，目光落在搅碎机上。这样显得他像个梦想家，一副主导生意进展的大老板姿态。

"你说得很对！"侯赛因打趣道，"没有什么事能比一群哥们儿拼命工作更好。只要能赚到大钱就行。别忘了等你当了老板……"

他用拇指摩挲着其他手指，发出点钱的声音。

"那你告诉我，你跟莫里斯和布布之间发生了什么。说不好，如果我需要副手，你可以……"

"滚蛋吧，杰罗姆！"

*

朱莉看着杰罗姆在房间里踱来踱去，穿着她在不二价帮他选的蓝白条纹睡衣。她把被单扯上去遮住鼻子，在镶绿色和栗色花边的被单沿儿下面微笑。

我的男人，只属于我的男人。我们要结婚，半年以内结婚。这是真的。她感到幸福极了，她陷入了幸福的窘境。多亏了杰罗姆，她才变得跟**其他所有的女人**一样。她用直陈式将来时来描述她的幸福。

我们要结婚。

我会变成拉罗什夫人。

我们会买一幢房子。

我们会管理废钢铁厂。

我们会生一个宝宝，也可能生两个。一个男孩，一个女孩。

她没有采取任何避孕措施，这件事她没告诉杰罗姆。如果她怀孕了，那将是一个惊喜。

他在房间里踱来踱去。他思考的时候不想被人打断。

这天晚上，他们在他家睡觉。

他不喜欢在她家睡。在她父母公寓楼上的小公寓里。他说，她母亲不喜欢他，她父亲看不起他。

"别说了，你这是自己伤害自己。"她微微一笑。

他承诺他要变得优秀、大胆，就像……他嘴里说的是"其他人"，心里想的是"阿德里安"。朱莉知道。她觉得这太幼稚了。世上又不是只有**一种**模范男人。我爱杰罗姆，爱他的味道，爱他那我觉得并没有那么大的鼻子，爱他那一圈红棕色的头发，爱他的有的地方泛着粉色的秃脑袋，爱他像自行车车把一样的上半身，爱他在房间里走的时候，俯身的时候，吻我的时候，躺在我身上的时候。

就算在他家里睡觉，我也无所谓，虽然护墙板是塑料的，天花板上的霓虹灯照得我的脸色像棵芹菜，而且因为离工厂太近，房间闻起来有股臭鸡蛋味。街角的人说这是钱的味道、付款单据的味道，我觉得是臭味，不过我不在乎。

我跟**我的男人**睡在一起。

床头柜上的小收音机播了一条新闻快讯，阿富汗发生了一起谋杀案。又好像是伊拉克，或者土耳其，或者摩加迪沙。她不清楚。她没有好好听，也没有记住伤亡人数。她的大脑拒绝接收这些信息。一个充满仇恨的人会变得疯疯癫癫，然后杀人。以上帝的名义。有时候人们相信同一个上帝，却依然互相残杀。因为他们没有以同样的目光看待上帝。她觉得宗教太多，比压根没有宗教还要糟糕。每天晚上的电视新闻都在播这个。她不知道该如何称呼这种暴力。于是她就称之为"那种事"。她驱散不了恐惧，她做噩梦。

比如，杰罗姆的脑袋被钢板切掉了。

她的男人穿着不二价买来的漂亮睡衣踱来踱去。他在沉思。他的脸颊边上长出了鬓发，但他没理会。刮胡子的时候他会注意让两边保持位置一致。右边的要更短一些。她摇晃着肩膀在被单下微笑。

她晃的幅度不是很大，怕撞到冰冷的被单。杰罗姆不怎么开暖气，他很节俭，不过外出的时候不会。他请她去米其林三星餐厅，点最贵的酒，给泊车小哥十欧元小费，餐桌上留二十欧元。他送了她一条项链，一条表链，一个金坠……毫不做作。她咬了咬心形的小钻石，差点把牙咬碎。

杰罗姆想弄明白侯赛因为何脱离了集体。莫里斯，侯赛因，布布，阿德里安，斯泰拉，就像一只手的五个手指头。那个时代似乎结束了。五个人里有一个做了什么事，破坏了这个团伙。只可能是阿德里安。其他人都是追随者。例如阿德里安做了个决定，让其他人都不满……对，但只有侯赛因不高兴，莫里斯和布布似乎是同意的。

这个思路不对。

他在房间里转了半圈。我不喜欢这件睡衣，太新了，太硬了。我更喜欢原来那件洗褪色了的绒布的，但朱莉想要新的。

新的假设：阿德里安在为自己偷偷谋划，打算赚很多钱。而且不能跟别人分享。莫里斯和布布知道，但他们向侯赛因隐瞒了这件事。侯赛因觉得自己受到了双重背叛：被阿德里安背叛，被他的两位同伴背叛。所以侯赛因阴沉着脸。

不错，我进步了。

但是莫里斯和布布为什么不在乎呢？他们也是同谋吗？

他又转了半圈。我不喜欢这件睡衣，凉气会钻进来，我会着凉病倒的。此外，天蓝色条纹太娘娘腔了。我总结一下：阿德里安刚开始干一件惹人不快的事。莫里斯和布布得到了线索。**他们得到了线索**。所以如果我够机灵，去问问他们，我就知道究竟是怎么回事了。你太厉害了，我的老兄！

只有我未来的岳父岳母那种傻瓜意识不到这一点。我又不能辞退他们。不管怎么说，我要亲吻他们，因为我要娶朱莉。将来当老板的是谁？是我。朱莉和我将管理废钢铁厂。阿德里安会慢慢滚蛋。听我指挥，你这个家伙！他不会乐意的。

杰罗姆突然停住了。

阿德里安会不会是因为这个而在密谋？

埃德蒙·库尔图瓦已经不再年富力强。阿德里安想取代他的位置。于是**他**就会当上老板，**我**就不得不**为他**打工。

向左转半圈。绒布毕竟比棉布柔软多了，也暖和多了。或许我应该打开暖气，不行！他挠了挠两腿之间，听到了广播里的一条新闻。阿富汗的一场谋杀，八十七人遇难，二百二十三人受伤。完美。并不是所有人都该活在地球上。以前有战争，可以大规模清理人口。在圣沙朗，我过得很安宁。没有人来烦我。

对，可是……我还是不知道阿德里安在干什么。

他那一副成功人士雷厉风行的做派让我生气。有段时间，别人的成功让我愤怒。这样有损高贵的品德。一开始，在俄国的时候，我并不恨他。我甚至还帮过他的忙。如今我对他已经没有好感。

侯赛因。或许他什么也不知道，但他可以帮助我**搞清楚**。替我收集信息。我去要挟侯赛因？如果他不帮我，我就威胁他，说要把他赶走？他再找工作肯定不容易。

他停住了，拿出梳子，梳了梳那一圈红棕色的头发。我得选一款香水，把梳子放回睡衣口袋里。得使劲塞，才能把梳子塞回去。口袋很窄。

我可以指控侯赛因偷仓库里的东西。现在是我在管库存。我把他拉到旁边，对他说我在怀疑他，向他提议：如果你告诉我阿德里安在搞什么鬼，我就不揭发你。他就不得不权衡一下了。

如果他不说，我就把矛头直指阿德里安。

我就说，是他在倒卖偷来的东西。

我这辈子运气还不错，总能有个好结局。我总是触碰底线，戏弄它，咬着它，果断跨过去，结果什么事都没有！既没受过谴责，也没被罚过款！说到我妻子……当我得知她跟一个在宾馆经营浴场的人，一个浑身肌肉、涂满防晒油的傻子好上之后，我气到窒息。当她用我们买六合彩赚来的钱，给他买了一辆哈雷摩托时，我再一次窒息。有一天，他滑着滑板从我眼皮底下经过，我什么也没说。我对哈雷摩托做了手脚，两人钻进了卡车底下。她的前胸紧紧贴着那个家伙的后背，最后用了锯才把他们俩锯开。摩托车什么也不剩了，最后的结论是意外。我很快就走了，带走了剩下的钱。不过也没多少了。

"你这是打算走个巴黎马拉松？"朱莉说。

杰罗姆停下，扯了扯睡衣领子，把前胸压平，刮了刮从口袋里钻出来的一截梳子。

"你已经转了四十五分钟了，而且越转越快。你在锻炼身体？"

"我在思考。"

"思考什么？"

"思考侯赛因。他怪怪的，你不觉得吗？他脱离了集体，似乎很不舒服。我在想他是不是隐瞒了什么东西。你注意到了吗？他不跟别人说话了。"

"过来，快睡觉吧！"

杰罗姆站到朱莉面前。

"你什么也没注意到？"

朱莉摇了摇头。

"睁开眼睛看看，我的小跳蚤。"

"你觉得他生病了？"

"他怪怪的……好像在酝酿什么可疑的事。"

"就像广播里听到的那种？你知道……就是'那种事'。"

"你在说什么啊？"

"他是恐怖分子？"

"啊，不是！我想说他不干净。他在搞不正当买卖。"

向右转半圈，是时候第一次提出怀疑了。

"我在想，他是不是在偷仓库的东西。"

"你胡说！"

"仓库遭受了损失，我告诉你。"

"遭受了损失？"

"有货物不见了。我刚才曾想跟他谈谈，但他对我……"

"别说了，杰罗姆！我了解侯赛因。"

"你**以为**你了解他，我的小跳蚤。"

"如果没有证据，你就不能指控别人。"

"那你现在就说，说我在骗人。"

"我从来没这么说过。"

"你刚刚说过了。你伤害了我，朱莉。我以为我们是一伙的……"

他拽了拽睡衣的腰带，摆弄着腰带扣，解下手表，放在收音机旁边的矮桌子上。躺到床上，关掉收音机，关灯。背对朱莉。

半夜，朱莉醒了。她冷。被子跑到了杰罗姆那边。他们没有亲吻就睡了，这还是第一次。她用光着的脚去蹭杰罗姆的腿。他动了一下，埋怨了几句，把被子拉上来盖住肩膀。

"哎……你不能开一下暖气吗？"

她轻轻抚摸着睡衣领子上面红棕色的头发，用指甲刮他的脖子后面。

他朝她转过身。

"我冷。"她低声说。

"那是因为我们没有亲热就睡了。"他伸出一条胳膊，把她搂过来。

他看了看闹钟，五点半。一个小时以后，他就要起床。他搂着朱莉，闻着她的头发的味道。

"我们去博库斯的餐厅吃饭怎么样，我的小母鸡？这个周末我们可以好好享受一下。"

"杰罗姆，别花那么多钱下馆子了！"

她拉过他的胳膊，绕住自己的脖子。

"我想让你为我感到自豪。你幸福吗？"

他把她紧紧搂在怀里，仿佛在打结。

"你觉得你闺密跟你一样幸福吗？"

"谁？"

"斯泰拉。"

"我一无所知。"

"那你觉得她同样……"

"别说了，这种事又不能拿尺子去量。"

"她跟她的俄国人在一起幸福吗？"

朱莉伸出胳膊，从他怀里挣脱开，反驳道：

"他不是什么俄国人，他是**阿德里安**。"

"这也不妨碍他是俄国人。"

"然后呢？"

"没有然后。他就是俄国人。"

"你又在乱说！他是我闺密的男人，我闺密跟我就像亲姐妹一样。你不要说我亲姐妹的坏话……"

他滚到一边，挖苦地看着她。

"我这是给你提个醒，我的小跳蚤。我再说一遍，有人在仓库里偷东西。是你让我当负责人的，不是吗？"

朱莉让人在仓库里装了监控摄像头，如果有不老实的客户在卸货时偷东西，她就能抓到。

"你查过录像了吗？"她问。

"我想先跟你谈谈，毕竟你是老板。"

"如果有人偷东西，会在监控里看到的。别再编故事了。既不是侯赛因，也不是阿德里安。"

*

斯泰拉停下卡车，在通讯录里找玛丽·德尔蒙特的号码。这是午餐时间，她带了放小女孩照片的信封。她要向玛丽提议，你帮我找到关于这个小女孩的信息，我就不烦你了。

玛丽和她以前是同学。玛丽是那帮姑娘里的一员，是西班牙语老师托莱多先生的宠儿。阿明娜、朱莉、斯泰拉和玛丽，四人产生了关联。或者四人之间就该产生关联。

卡车驾驶室里，斯泰拉聚精会神。

卡博和科斯托歪着头，深情严肃，仿佛意识到了这一刻的重要性。

她给了它们一块饼干，亲吻了它们的脸。

输入玛丽·德尔蒙特的号码。

打的是报社电话。她肯定会接。

"玛丽，是斯泰拉。**不要挂电话**。"

"可是我……"

"我知道你讨厌我，阿明娜跟我说了。"

"你为什么给我打电话？"

"我想给你看些照片。如果你帮我，那就再好不过了。如果你不愿意，我就加倍纠缠你。我说得够直白了。"

斯泰拉听到了玛丽沉重的呼吸。她应该是在啃指头，在想要不要挂电话。

"你有什么独家新闻？"玛丽压低声音问。

她工作的空间是开放的，害怕同事听到她说的话。

"我更希望当面跟你谈谈，你想让我来报社吗？"

"肯定不行！"

"那去哪里？"

玛丽想了一下，低声说："家乐福。下午六点。傍晚，我要去那里购物。冰箱里什么都没了。"

"哪个柜台？家乐福大着呢。"

"蛋糕柜台。"

"你在节食吗？斯泰拉笑了笑，以缓解气氛。

"你这个样子，我可不会帮你！"

只听生硬的咔嗒一声响，玛丽·德尔蒙特挂了电话。

斯泰拉看了看手表。她还有一小时。她要去图书馆还艾米莉·狄金森的书。汤姆觉得太复杂了。

"不过，他贪婪地看起了另一本！"她喊道。

卡米耶·格拉桑转身，背对着她。他在用扁扁的电镀钢喷水壶给植物浇水。他慢慢倒，免得洒出来。

"《麦田里的守望者》，如果我没记错的话……"他摘下一片发黄的叶子，揉搓着。

"他声称他弄丢了，其实是放在床垫下面了。他不想还，我赔钱给您……"

"让他留着吧！我来处理。管理财务的就是我。我很高兴他偷了一本书。"

"我怕您把他当成坏人。"

卡米耶放下喷水壶，用一张索帕兰卫生纸擦了擦滴到架子上的水。他手腕稍稍用力，确保表面擦干了。

他朝斯泰拉转过身。

"给凤仙花浇水很麻烦。尤其是这种，它叫洋凤仙，产自桑给巴尔[1]。如果浇水太多，它会腐烂，但如果浇水不够，它就会枯萎。"

他将开衫的袖子放下来，戴上黄色圆眼镜，看着她的眼睛说："您应该是个很好的母亲。"

"为什么这么说？"

她肯定是个好母亲，但她讨厌别人这么说。

"您关心儿子。您把他当作大人，而不是宝宝。您爱他，**并且**尊重他。"

斯泰拉没有立刻回答。她不习惯别人谈论她。

"有时候我觉得我太粗暴了……"

"关键在于，一个人小时候，别人给他播种了什么。您播种，然后他生长。永远是这样。"

"这是蒙田说的吗？"

---

1. 位于东非坦桑尼亚东部的半自治区。

"不。是我说的。这种传递，有时会很成功。"

"有时也会失败？"

"我母亲用牵狗绳自缢时，她给我留下了一句话。她想到了我。"

斯泰拉睁大了眼睛。他说话的口气，跟刚才提到浇凤仙花时一样。现在他穿上夹克，把东西收好，铅笔放在一边，比克笔放在另一边，另外还有手写的卡片和出版社目录。他打开电脑。调整了一下杯子的位置，把水瓶移开。

"这句话是留给我一个人的。至于我父亲，她早就不管了……"

"可是这……"斯泰拉结结巴巴，不知该说什么。

"这说明她真的爱我。这我是知道的，可是……写出来更好。尤其是对我这样的人来说。她的只言片语，我都可以保存下来，反复阅读。"

斯泰拉摩挲着左边的眉毛，揉搓着它，退了一步："并不是所有人都会这么做。"

"更重要的是，并不是所有人都会写她写给我的东西！"

他一边说这句话一边点头，仿佛是在祝福已经去世的母亲。

斯泰拉不喜欢听人描述死亡、事故和疾病。这会让人流口水。她听得到快感把他们的牙齿浸湿的声音。

她的手指在眉毛里滑过来滑过去。牵狗绳应该很长，得打一个结把脑袋套进去，再打一个结固定在梁上。那就不是不二价卖的那种牵狗绳。她从来没有拴过卡博或科斯托。她一吹口哨，它们就会过来。每次，他都要给她讲个故事，而且还是那种让人脖子脱臼、伸出舌头、瞪着眼睛、脸色发紫、吐在围裙上的故事。她应该从邮局寄一张支票来，把艾米莉·狄金森的书留着垫家具用。书很厚。

卡米耶·格拉桑一边辨认着电脑屏幕上的字，一边继续哀叹他可怜的母亲："她写道，洗衣服的时候要注意别把白色的和有颜色的混在一起，因为以后她不在了，就没法弥补损失了。"

"啊……"

"她把一堆褪了色的布条留给了我，"他笑着补充道，仿佛这是句玩笑话，"我母亲，她真是稀奇古怪。世间找不到几个像她这样的人！"

他看到屏幕上出现了一条信息，伸长了像患上厌食症的苍鹭一般的脖子，用拇指和食指捏着嘴唇，脑袋缩回肩膀里，厌恶地撇了撇嘴，删掉了那条信息。

"每次洗衣服，您应该都会想起她。"斯泰拉说。

"不。"他鼻子贴着屏幕，回答道。

"啊……"

"因为她没有死，她失败了。我父亲和我叔叔及时把她救下了。我怨了她很长时间。"

他朝她转过身，用像迪美斯涂改液一样白的白眼盯着她。他长了皮疹，脸颊发红，握紧了两只拳头，互相撞击着。

"她没有把巧克力蛋糕的食谱留给我。"

他嗓音提高，声音变得刺耳，变得像电锯一样。

"我很喜欢巧克力蛋糕。她知道！她知道！可她走的时候没有留给我。"

电话响了。

他摸了摸耳垂，拿起电话，拿出圣沙朗多媒体图书馆前台女接待员的声音说："您好！"

*

下午六点，斯泰拉在小学生牌饼干货架前等玛丽·德尔蒙特。她给汤姆买了两包，读了营养成分表，注意到了其中不规范的用语和"每块饼干六十三**千卡**"。

购物车车头出现在过道尽头，里面装满了啤酒瓶、冷冻比萨和日用品。玛丽·德尔蒙特扶着扶手，调整着方向，要推进 G 过道。

她脚步拖拖拉拉，控制购物车不要走得太快，免得冲到斯泰拉面前。她满脸都是责备。

"哎，你还好吧？玛丽！我又不会吃了你！"斯泰拉生气了，"你为什么阴沉着脸？"

"都怪你，害我惹上麻烦。烦**透了**。你因为雷的事情强迫我，你太过分了[1]。"

"你恰好帮到了我的忙。你真好。"

"你是想说我是个蠢货！你让我编了一条假头条新闻，'雷·瓦伦蒂：英雄的陨落。整座城市都在歌颂的那个人是骗子'，诸如此类。你跟我说这份报纸是给你看的，是放在你的房间里的，不会印刷。你是这么跟我说的！"

"真的吗？"斯泰拉说，假装不记得了。

"你把这个头条新闻拿到了他面前！他宁愿自杀，他跳入了火中。你以为我不懂你的计划？"

"有人对你评头论足吗？没有。别瞎想了！"

"因为你，他**死了**，雷·瓦伦蒂死了！"

"那又怎样？他是个**浑蛋**。"

"他宁愿死，也不愿意见自己名誉受损。"

"**他是个浑蛋，不是英雄。**"斯泰拉大喊。

玛丽堵住了耳朵。

一名穿着橙黑色紧身裤，上面还有蓝色鸭子图案的年轻女士盯着她，把女儿紧紧抱在怀里。

"那个女人，她真坏！"小女孩咬着挂在脏布条上的奶嘴，假装要哭。

"我们走，亲爱的。"

母亲在原地打转，她想知道后面发生了什么。

"他死的时候还是个英雄，真让人受不了。"斯泰拉继续说，"而且，我儿子的初中也要用他的名字来命名！"

玛丽·德尔蒙特低下头，把派克大衣的袖子搭在购物车扶手上，仿佛想把扶手擦亮。

---

1. 参见《姑娘们》第三卷。

"他*死*了，斯泰拉，他*死*了。"

"他没有死，因为那些人想让他复活！"斯泰拉喊道。

"妈妈！妈妈！那个女人，她吓到我了。"小女孩嚷道。

母亲拍了拍孩子的头，继续盯着斯泰拉。

"魔鬼不是我，夫人！别那么看着我了，走开！"

玛丽·德尔蒙特把斯泰拉拉到洗涤剂柜台旁边，那里没人。

"我以为，你想买蛋糕？"斯泰拉说。

"你平静一下。这次，你想干什么？"

斯泰拉从包里拿出写着"婊子"字样的信封，从里面拿出那一小块报纸，递到玛丽面前。

"你认识这个小女孩吗？"

玛丽·德尔蒙特摇了摇头。

"从来没见过。"

"这些照片是雷死后，我在他的保险箱里发现的。你看看背面写的……"

斯泰拉指了指靶子，还有裁纸刀留下的口子。

"你不会要告诉我，他对她怀有善意吧？"

"实际上……"

"我想知道她变成什么样了。她活着，还是死了？是被他杀了吗？他为什么要写'婊子'？你不能查查你的资料库吗？"

"你知道这些照片刊登的日期吗？"

"不知道，什么也没写。"

"没有日期，我就无能为力了。这就成了大海捞针。"

玛丽·德尔蒙特放在切口上的手垂落下来。斯泰拉抓住它。她仔细看着切口，仿佛解决方案就在眼前，但是她没看到。

玛丽盯着斯泰拉痛苦的脸。她猜测斯泰拉花了很长时间凝视这些照片。她想起了斯泰拉每次都不去游泳，谎称肚子疼。她不想让别人看到她身上的伤痕，她不想让别人同情她。

"小女孩应该是摆脱了他，"斯泰拉说，"他想把她找回来。对他来说这很重要。为什么？我不知道，但显然是这样。帮帮我，拜托了。玛丽，拜托了！"

斯泰拉喊破了嗓子，她把手里的小学生牌饼干盒子都捏坏了。

"住手！"玛丽说，"你要把它捏成碎片了。是给你儿子买的吗？"

斯泰拉点点头。玛丽把盒子弄平整，递给她。

"不知道还有没有一片完整的。"

"我受够了。"斯泰拉说，"我一直跟雷生活在一起，我看不到周围的一切，什么都无所谓。我听得到他笑，看得到他走路，闻得到他的香水味！有的人心胸宽广，但我的心被他完全占据了，被对他的**恨**完全占据了。我有一个我爱的男人，一个我爱的孩子，一个我爱的母亲，却被**他**纠缠住了。就像我小时候，我那么怕他，所以不管走到哪里都能看到他……"

玛丽从斯泰拉的手里拿过照片，把它翻过来。

"看看这里。"

"什么？"斯泰拉忍住泪水说。

"照片后面写的东西。'马尔科·蒙特－佩利案件开庭。这位被指控在欧洲贸易中贪污的商人提起了上诉，2007 年他曾被判处……'"

"然后呢？"

"我们在谷歌里输入蒙特－佩利，就能查到诉讼是哪年哪月开始的。"

"可这是写在照片**背面**的，跟小女孩无关。"

"我们通过这种方法确定日期，这样找起来更容易。"

斯泰拉叹了口气，点点头。

"我无话可说，你太厉害了！"

玛丽第一次露出了笑容。

"你啊，你太烦人了！听着，我找到照片的日期，问问身边有没有人认识这个小女孩，如果什么也问不到，那就到此为止。你不要强迫我做违法的事，你保证好吗？"

"我保证。"斯泰拉说。

"如果我一无所获，你不会杀了我？"她指了指斯泰拉，严肃地注视着她。

"我不会。"斯泰拉微微一笑。

"好，我回蛋糕柜台了。"

"当心，小学生牌饼干的热量是**每块**六十三千卡！"

*

她的发型很奇怪，蒙德里雄夫人一边想，一边走进初中校长费利埃夫人的办公室。她头顶很平，头发像小香肠一样落在脸的两侧。校长不是个优雅的女人，而且也不慷慨。她对下属礼貌却冷淡，对上司甜腻而奉承。

校长要跟她谈谈。

蒙德里雄夫人来敲门时，她简洁而生硬地说了句"进来"，指了指贴在耳朵上的电话，让她等着。

她支起胳膊放在桌子上，一边讲话一边摸着小臂，仿佛那是两只缺爱的小猫咪。她说："是的，不是，就算私立学校很抢手，那也不是我的错，对，我知道了圣热纳维耶芙学校的事，今年他们初一加了两个班！啊，只加了一个？您给他们施加了压力，不让他们开第二个？"她躁动不安，晃着胳膊上的肥肉，口气变得油滑起来："我会努力重振公立学校……对，对，起码的！"

蒙德里雄夫人站在一边等。她环视办公室，努力把这里的装饰和在这里工作的那个人联系起来。据说灵魂会附着在家具上，渗入其中。

阳光洒在窗玻璃上，烘烤着挂起来当窗帘用、已经褪了色的旗子，文件从金属架子上溢出来了，上面写着"学生手册""通知""纪律委员会""餐厅"。窗边摆着学生在校际越野障碍赛跑、全国听写比赛、英语挑战赛、数学竞赛等赛事中获得的奖杯和奖牌，还有一份写着安托瓦妮特·费利埃名字的最佳校长证书。

两张柳条扶手椅，一张上面放着一块淡紫色坐垫，另一张放着绿色的，正等待拜访者坐上去。

"可是我联系不上她！"费利埃夫人咬着拇指内侧说，"我什么办法都试了。"

校长的目光从蒙德里雄夫人身上扫过，命令她坐下。蒙德里雄夫人选择了淡紫色坐垫。

"正是这样，我叫来了他的法语老师，蒙德里雄夫人。蒙——德——里——雄……就是……我不知道……就是蒙德里雄。明白了，我再给您打电话。"

校长喘着粗气挂了电话，继续抚摸小臂。她在扶手椅里动了动，挪了挪屁股。交叉双腿，又打开。

"我该怎么跟您讲我正在操心的事呢，蒙德里雄夫人？"

她往前探了探脑袋，露出一个机械但自认为热情的微笑。

"您**必须**得到瓦伦蒂夫人的同意，把初中改成她父亲的名字……您知道我的打算吗？"

蒙德里雄夫人点了点头，所有人都知道费利埃夫人的打算。

"雷-瓦伦蒂初中，"校长继续说，"将是现代化的，雷是当今的英雄、人民的儿子，他证明了社会的上升通道，激励着年青一代。只是现在……我需要征得他家人，具体来说，也就是他女儿的同意。"

蒙德里雄夫人惊讶地后退了一步。

"可这不是我的……"

费利埃夫人打断了她。

"我想跟她谈谈，尝试了一百次。她在逃避我。她儿子在您的班上，您是他的主课老师，她不会不相信您的。"

蒙德里雄夫人狐疑地撇了撇嘴。

"你告诉她，您要跟她谈谈，然后取得她的同意。这种事您应该很擅长。"

她又机械地笑了一下，总结道："这样公众就会把目光投向我们中学，投向公立教育，这是我们所需要的。"

蒙德里雄夫人依然沉默。她的目光掠过写着急诊室、警察局、紧急医疗救护、消防队号码的单子，旁边还放了很多幅学生绘画，主题是祝贺校长女士圣诞快乐和新年快乐。

"然后我就可以组织庆典了，我打算办得隆重些。"

她两条小臂惊跳起来，仿佛小猫在抗议，于是她拍了拍。

"瓦伦蒂夫人从来不来参加家长会，"蒙德里雄夫人说，"她的理由很充分，汤姆成绩优秀，他肯定会拿到优秀学生公民证书。你知道他读艾米莉·狄金森吗？"

"艾米莉是谁？"

"狄金森。您知道，就是那个……"

"听着，这不是我的问题。我希望您得到她的许可。必须做到。否则……否则……"

她伸出手驱散了这个假设。

"所以我就指望你了。清楚了吗？"

蒙德里雄夫人从校长的语气里察觉到了威胁的意味。

"我试试，但我不能跟您……"

"别一开始就垂头丧气的！好吧！再看吧！"

她摆弄着面前笔筒里的铅笔和钢笔，推了推散发着香草味的蜡烛，把一朵纸花扔进垃圾桶，发出三声响，像三个音符。

"我还忘了！下周我们要拍班级集体照。你通知学生。"

她在纸堆里翻了翻，找到一张打印纸，看了一眼。

"下周五，上午。"

"可是今年才刚开始……"

"还有一件事，您之前想见我。是什么事？"

蒙德里雄夫人感觉预留给她的时间已经用完了。校长的耐心也耗光了。

她咽了口唾沫，忐忑地宣布："小达科塔·库珀……"

"她怎么了？"

"她写了一篇奇怪的作文……"

"她父亲是个卖葡萄酒的大批发商。很有权势！他给大区的人提供了很多工作机会。他从法国采购，然后卖到全世界。所以他才定居在了圣沙朗。"

她像在发表正式演讲一样，背诵道："他非常非常有权势！"

"正因为如此，您得读一读她写的……"

她把达科塔的三行字递给了校长。

*

　　喧闹的谈话声，咖啡壶的响声，服务生朝厨房喊话告知顾客点了什么的声音，让人愈发觉得热。约瑟芬坐在学校旁边的咖啡馆。她点了一份鲜榨橙汁，想冲刷掉嘴里的纸板味。她的头上好像戴了个铁箍，只要她一动，尖头就会戳进她的脑袋。这叫作焦虑，约瑟芬。你在害怕。害怕什么？
　　我不知道。

　　一股油腻温热的肉味让她感到恶心，邻桌的两名中国女人正在分食一筐面包和一碟猪肉。她们嚷嚷着，指着一块辣香肠，给它拍了照。约瑟芬盯着辣香肠、火腿和冒水珠的红肠看了一会儿，然后移开了目光。

　　她约了研究文学的三位同事，要讨论一下目前已经变得严峻的局势。人文科学处主任决定给历史学家们安排一个额外的研讨室。那些人不停地为自己谋求利益，声称他们的学科很重要，所以他们提出的每一条要求主任都让步了。米谢勒·莫尼耶是第一个发出宣战呼声的。谈论跨学科和横向研究什么用都没有，都是胡扯，我们文学工作者要抗争，否则就会消失。如果禁止启蒙时代的哲学家进入研讨室，你们能想象会怎样吗？
　　米谢勒·莫尼耶是百科全书派研究专家，研究伏尔泰、狄德罗、达朗贝尔等人。她拒绝放弃她所谓的"亲爱的小伙子们"。

　　屋里很热，取暖器热得发烫。辣香肠、倒扣在收银小票上的烟灰缸和橙色人造革长椅也是。服务生喊着："谢谢，再见，过会儿见，再见，不客气[1]。"收音机里反复播放一段无滋无味的话："我自我介绍一下，我叫亨利。"
　　我五十岁了，感觉世界在后退。我想坐在一棵栗子树下，再也不动。

1.原文分别为德语、英语、意大利语、意大利语、意大利语。

明天菲利普会在伦敦等我。

他为亚历山大组织了一场惊喜派对，庆祝他为年轻艺术家们创办了网站。他承诺带我去看一场展览、一场戏剧，到海德公园散步，吃司康，喝香柠茶。他让我重新粉刷了大门，把卧室里的床挪了位置，新买了一套无线音响设备。他会来火车站接我，向我张开他宽敞的怀抱，问我："你还好吗？我的爱？"我说："好。"抬起头，对他灿烂地微笑。

我掌握了灿烂微笑的技巧。

刚才，在学校旁边的"明白价"超市，我拿了瓶克里斯塔利纳矿泉水正要付钱，这时利内·贝尔图逮住了排队的我。她气喘吁吁，脸红红的，眼睛下面有两条遮瑕膏留下的白线，不停地扯着她黑色的圆领子。

"我热死了。你呢，你还好吧？"

我说："是的，很好，生活真美。"

"在为我们的会议抗争？"

我挥舞着女战士的拳头。

她大笑起来，轻轻地拍了我一下。

"有人约我写一篇关于文艺复兴时期的壁炉和烟囱的序言。让我，一个研究七星文库的专家写！对方是位很厉害的日本编辑。要用在一本装饰类书里。有漂亮的照片，用有光纸印刷。你想象不到是用小麦做的！"

"太棒了！"我喊道。

我拍拍手，露出灿烂的微笑。

"啊对！"利内说，"我想要很多很多钱，买很多马杰品牌的裤子。我们在咖啡馆里开会时见？我要先买点东西。"

约瑟芬想到了坐在卡车方向盘后面的斯泰拉，她穿着大靴子和两边开缝的橙色背带裤。斯泰拉把几公斤废钢铁装上又卸下。她是我姐姐，跟伊丽丝那么不一样[1]。伊丽丝，你会怎么看待斯泰拉？你应该会吸吸鼻子，

1.参见《鳄鱼的黄眼睛》和《乌龟的华尔兹》。——原注

或者觉得她"太好玩了。你看到她穿衣服的样子了吗？真是疯了，不是吗？"

然后你就把她忘了。

斯泰拉给她发来了小视频，介绍了她的卡车、她的狗、儿子汤姆和男友阿德里安。狗庄严地坐在卡车方向盘后面。汤姆在扮鬼脸，阿德里安把儿子的头发弄得乱蓬蓬的。她把邮件转发给奥尔唐丝和佐薇，让她们也看看。她不确定奥尔唐丝有没有时间看。斯泰拉和莱奥妮会来看时装表演，她让奥尔唐丝的助手留了两个位子，"柯岱斯夫人，我打电话来是为了跟您确认，您给斯泰拉和莱奥妮·瓦伦蒂预留了两个位子。您还需要其他位子吗？我们正在布置大厅……"她说需要，给阿德里安。他经常来巴黎。她出于好心，要邀请他来看时装表演。这样我们也可以趁机聚一聚。那天奥尔唐丝心里会想着别的事，但也说不准……

米谢勒·莫尼耶过来坐到她旁边。她戴一顶苏格兰贝雷帽，微笑着说："我要一份色拉米三明治配醋渍小黄瓜。"光彩照人。

她躁动不安，挺着肩膀，忍不住高声宣布："我儿子刚刚被调到了苏黎世。你知道，一切都在那里上演。我说的是商业世界的一切。据他老板透露，这是重大升职。我的小男孩……我太为他骄傲了！"

她舒服地吐了口气，摸了摸肋骨，宣泄着情绪。

"利内来吗？"

"来，我们在'明白价'遇到了。"

西比尔·朗塞勒加入了她们。她是十七世纪长篇小说——例如奥诺雷·迪尔菲的《阿斯特蕾》和斯居代里小姐的《大居鲁士》——研究专家。她的手腕、手指、脸颊和嘴唇上总是留着墨水痕迹。大家最喜欢开的玩笑，就是问她用钢笔干了什么。可是今天，没有人想开玩笑。她面色苍白，眼圈一块棕一块红。服务生问她吃点什么，她瞥了一眼邻座盘子里的一份黄色布丁，嘟囔道她也要一份。

"你怎么样？"米谢勒·莫尼耶舞动手指，像在弹一首玛祖卡舞曲，问道。

十二月十九日，她们就在这同一家咖啡馆互祝过圣诞快乐。因为当时是假期，学校没开门。她们谈论着红葡萄酒，白葡萄酒，按什么食谱做火鸡肉馅、烤木头形状的蛋糕。她们挤在长椅上，因为同样的使命停下了脚步，虽然各自的专业领域并不相同。四个喝了酒兴致勃勃的文学工作者笑着、抱怨着，因为她们又不得不承担年末的行政工作，而男同事们正在鸡尾酒会上自吹自擂，或者在国外开研讨会。"男女平等个屁！"说话大胆的米谢勒·莫尼耶说。

"你假期过得愉快吗？"她问。

"一般。"西比尔嘴唇颤抖着说。

"我正在跟约瑟芬说，格雷瓜尔被调到苏黎世去了。这是重大升职……"西比尔盯着眼前的布丁。

"我们圣诞节的时候庆祝过了。我说庆祝，还是委婉的说法。"

她忍住笑，又开始摸肋骨，把脖子拉伸到最长，就像一只正在表演杂技的长颈鹿。

"我从来都没想过他会升得这么快。你能想到吗，西比尔？他们年龄一样，格雷瓜尔和……我忘记你儿子的名字了！我真蠢！他们小时候总待在一起。我变老了，你们知道，是的，是的……"

她大笑起来，双手捂嘴，请大家原谅她老得这么快。

或许是这样。我也变老了，我害怕菲利普离开我，我害怕长胖，胳膊变得松松垮垮的，浑身长满棕色斑点，细血管爆裂开来，头发变灰，尿失禁，牙根暴露，心悸。这周我要穿什么衣服去伦敦？我还没看天气预报。火车几点出发？我是坐公交还是乘地铁去火车站？"算了，妈妈，坐出租车！"奥尔唐丝命令我，"现在你有钱了！"她说得对。那天晚上业主会议结束后，我们是步行回去的，她小心地避免跟我并排走路。我们之间的距离在宣布：这个女人不是我的母亲，我跟她没有关系。

躺下之后，我立刻关闭床头灯，滚到床边，把头埋进枕头里，哭了。

"你不怕变老吗，约瑟芬？"

约瑟芬微微一笑，用手敲了敲桌子。

"我聪明着呢，我拦住了时间的指针！"

"你呢，西比尔？你比我们年轻，是吗？"

西比尔把那块布丁送到嘴面前，黄色的尖尖已经塌下去了。

"西比尔！你怎么了？"

"我儿子……格扎维埃……"

西比尔哽住了。她的眼睛模糊起来，吸着鼻子，像在控制将她淹没的悲伤。布丁的边缘被她写着"《阿斯特蕾》，田园小说，长河小说，畅销小说"的文件压碎了。

"啊对！格扎维埃！"米谢勒·莫尼耶拍了拍额头喊道，"我想起来了。格扎维埃怎么了？"

"他自杀了。圣诞节上午。他女朋友离开了他。"

一块橡皮擦掉了声音和光线，抹去了大厅和咖啡馆里的人。一切都消失在一阵长长的沉默里。

约瑟芬伸出一只胳膊搂住西比尔，她号啕大哭，说："我不想告诉你们的，我以为我能忍受住，可是我不能，我不能……"她朝两位同事投去懊悔的目光，摸索着。

"对不起，西比尔，"米谢勒·莫尼耶说，"我在兴奋地打着转儿，你却……"

她们挤在橙色人造革长椅上，搂抱着，女性的痛苦让她们结成了联盟。想不出什么话，能在朋友的伤口敷上一块纱布。

*

亚历山大关上电梯门，在静默的黑夜里发出砰的一声，我得把整个楼的人都吵醒了，可我不在乎，他们有什么好睡的，十六区这些资产阶级？

他按了门铃，按了很久。脚步声响起，一个无精打采的声音问："谁？"

"是我，亚历克斯。"

佐薇穿着带粉色花边的白睡衣，顶着一头乱发出现。

"你不在伦敦，跟妈妈和菲利普在一起？妈妈对我说，你父亲为你组织了庆祝活动。当然，你不该知道的。"

亚历山大在楼梯平台上晃着身子，耷拉着胳膊。

"我离家出走了。"他说话的声音像个小男孩。

"你离家出走了！"

他摇了摇头低声说话，声音很小，她都不确定是否听到了：

"噢，佐薇，I'm in deep shit！[1]"

他踢了一脚行李袋，差点把它踢到门上，一只手伸进头发里，瘫倒在表妹的怀抱里。

"几点了？"佐薇说，被这个仿佛关节都脱了臼的硕大身躯缠住了。

她转过手腕，辨认出了表盘上的数字，喊道："凌晨三点！你太夸张了！我明天还有课呢。"

"啊……"他呻吟着，倒在地上，歪着脖子，腿分开，摆成一个巨大的 V 形，"我感觉不好。我想吐。"

为了证明说的是真话，他吐了吐舌头，舌苔稠厚发绿。佐薇后退了一步，感到一阵恶心。

"你满身酒气！你喝了酒！"

"我在火车北站附近游荡了一会儿。"

他垂下眼睛，憋着笑，没有说出他做了什么。佐薇知道这种既羞耻，又像在吹牛的微笑，它泄露了他想隐瞒的事。她耸了耸肩，像个厌倦了自己的孩子干蠢事的母亲。

"亚历山大……你真是缺乏理智！"

她又起胳膊，盯着他。

他后悔地朝她噘了噘嘴，眼睛里闪过一道神秘的光。他想起了他一直怀念的柔情，于是又投来忧伤的、庄重的目光。

"我喜欢你这样跟我说话的样子，我感觉我又有妈妈了。伊丽丝，我

1."我就在一坨屎里！"——原注

的母亲，'带着爱情的创伤，被遗弃在大海之滨郁郁而亡！[1]'"

他的脖子上有一道紫色的痕迹。

"噢，露拉比，如果你知道……我真的很想吐。我觉得我要……"

他靠着佐薇，尝试站起来。

"我要去卫生间，之后能清醒一点。"

他摇摇晃晃地走到了厕所门口，他坚持称它为"盥洗室"。他觉得这样感觉更干净、更严肃，有一点医疗或者政府的意味，两者随便选。这取决于你在想的是医疗还是政治，他没醉的时候曾这么说。她听到他关上门，等待吐出第一口胆汁。噢，我的表哥，跟你在一起我感觉变老了！可是我们一样大！正是一切才刚刚开始的年纪。但对你来说，感觉已经结束。

他回到客厅，坐在佐薇旁边。她给他泡了马鞭草薄荷茶。他闻到了一缕香味，把茶推开了，头靠在佐薇肩上，把她的手握在手中，手指交缠在一起。

"我爱并且会一直爱的表妹……"他庄严地一字一顿地说。

他破了音，像感冒了。佐薇俯下身。

"你哭了？"

他朝她抬起头，仿佛看穿了一切，宣布："我什么都不是[2]。一坨可怜的屎。最糟糕的是，所有人都知道了。如果只有我自己知道，我还可以安慰自己……"

他大笑起来，整个身体都在晃。

"我绝望的时候是不是很厉害？我要给你背莎士比亚的诗，讲的是满怀希望之后骤然跌落的故事。"

"你在说什么，亚历克斯？现在是凌晨三点！我的脑子可猜不了谜语！"

他把下巴埋进天蓝色套头毛衣的开口里，颈上系着灰色的围巾，显得他蓝绿色的眼睛格外黯淡。佐薇从来不知道他的眼睛是绿色的还是蓝色的，他母亲声称是蓝色的，奥尔唐丝说是绿色的。

---

1. 拉辛。——原注
2. 原文为英语。

"露拉比，我完蛋了，他会知道的。"

"你说谁？"

"我最爱、最尊敬的人。"

亚历山大弯着一根手指，揉了揉眼睛。

"他那么相信我，我简直要羞愧而死……"

"你父亲？"

"他以为我大获全胜扬帆远航，实际上我完蛋了。我没有资金支撑我的野心。"

"那卡拉瓦乔画的肘部呢？你应该会靠它赚上几百万。"

亚历山大冷笑着，放肆地抡着胳膊。

"旅行结束了！所有人都下了船！没有人愿意借给我一分钱，他们觉得我不够可靠。不要这样看着我，我太羞愧了，我是个**彻头彻尾**的失败者。"

"别这么戏剧化，就是钱的问题。"

"就是钱的问题！"

他突然一下子挺起腰，拍着额头。

"你生活在什么世界里啊，露拉比？醒醒吧！现在的一切都可以归结为钱的问题。**金牛犊**的事，你是知道的啊，你从头到尾读了圣经！"

佐薇把睡衣的袖子卷起来又放下，仿佛那是世界上最高贵的工作。

"我不这么觉得，我才不在乎呢。钱就像一只阴险的捕食动物，会把你生吞活剥。跟它在一起，你会变成烤肉串。"

亚历山大跳了起来，把围巾扔到了沙发上，迈着大步子在客厅里走来走去。

"烤肉串会给你解释的。"

他暂停了一下，摸了下鼻子，整理了一下思路。

"银行拒绝贷款给我。我需要四万四千七百欧元才能还清贷款，推出我的网站。"

佐薇仰头靠着沙发，眯缝着眼睛听。

"即使有卡拉瓦乔画的肘部，银行也怕受牵连，他们说那可能是赝品，说今天不会再有这种发现，在纽约做的真迹鉴定还不够。"

佐薇冷静地听着。

"他们更希望我会破产。都要破产了，我还能说什么？"

他抬起胳膊，向上天祈祷，喊道："**我被困在了阴暗潮湿的单人囚室里。**"

"停，亚历克斯！你父亲绝不会让你破产的！"

前所未有的激动让亚历山大的脸都变了形。他站起来，坐下，站起来，坐下，双手抱着脑袋，仿佛它要爆炸了。

"可是我**坚决**不要他的一分钱。我宁愿死！"

佐薇抬头看着天花板。

"露拉比，我说的是真的。我要自杀。我不知道用何种方式，但我下定了决心。"

他满脸平静，像经过深思熟虑做出决定的人。

"我是来跟你告别的，你是一个很好的人，永远不要怀疑自己，永远不要怀疑你心里的爱。"

他发出一阵坏笑。

"我曾经那么看不起这份爱，看不起这颗流淌着美好感情的心……看不起你的热情，你的天真，甚至是你的无知！"

佐薇伸了伸懒腰，又打了个哈欠。

"你的节目表演完了吗？"她看了看时间，说道，"预备班是很严肃的事。是要用功的。要想用功，得睡觉。"

"原谅我，我忘了你是个**严肃的**女孩。"

佐薇装作没有听见，站起身。

"你去住奥尔唐丝的房间吧。"

他显得很惊讶。

"奥尔唐丝在工作室睡，在巴黎第十八区的巴拿马路。她三周之后要举行时装表演。"

"啊……"他忍不住懊恼地喊了出来，"你把我当成孩子一样，打发我去睡觉。我发表了那么精彩的长篇演讲，结局却如此惨淡。"

他伸手去抓表妹，不让她往前冲。

"我困了，亚历克斯。"

佐薇挣脱开，把睡衣理平，盯着表哥的眼睛问："你需要多少钱？我的意思是要多少钱，你才能摆脱单人囚室。"

"四万四千七百欧元。"亚历山大叹了口气。

"你明天就会有的。"

"可是……可是……"

"你相信我吗？"

"生生世世。"

"那就去睡觉吧。去睡吧。"

这完全是亚历克斯的做派，凌晨三点突然造访，宣布他要死了。

他的样子很奇怪，身子那么长那么瘦，脖子上有一大块紫色的吮痕。也可能是勒痕？他是跟人打架了，还是有人吻了他？

现在我摆脱这笔钱了。"如果金钱无法带来幸福，那就把它交出来吧。"[1]我把它交出来了。我又变得自由了，自由了，**自由了**。当我们与生活达成一致时，它可以那么美。我害怕钱会改变我。起初，我没有意识到这一点，然后我迷恋上了它。我数着它的脉搏。我希望钱能生钱。这样我的钱就翻倍、就会增加。线条扭曲，面容忧虑。

她转头看着天空。窗户敞开，夜晚温和，月亮闪着光，她听到了街上的树窸窣作响，像包巧克力片的铝箔纸发出的声音。

如果奥尔唐丝在……我们会看月亮，思考在如此广阔的世界里，是否有另外一对姐妹也正躺在同一张床上赏月。

我跟奥尔唐丝聊得很多。

她提到了一些私密的事。一天晚上，她跟我谈到了加里，仿佛是在宽慰自己，向自己证明，**在她的生命里，永远有他的位置**。她问我，她是不是应该在收到那箱琵博干红之后**立刻**回复。我说这得看情况，你在指责他吗？于是她给我讲了卡吕普索的事，那个令人着迷的小提琴家，你知道，佐薇，她不算很漂亮，但很有魅力。这个女孩会让你觉得，她不会在人间

---

1. 儒勒·列那尔。——原注

停留太久，总有一天她的小提琴会带她消失，她那么好，应当只属于**上天**。

"这让你忧愁？"

"是的！"

"可是我们都没看出来！"

"我不会让忧愁走进我的心，忧愁不会起什么作用。相反，所有的位置都会被不幸占据。"

"你怎么知道会这样？"

"因为我看到了妈妈承受的一切，我决定我要跟她走完全相反的路。"

这也是一种解释。

奥尔唐丝有个长处，那就是她会提出问题，并自己做出回答。哪怕她的答案不正确。那也是她的答案。

所以，她才是**奥尔唐丝**，世间找不到第二个像她这样的人。

*

阿德里安从杰罗姆监视的平台前经过。

不久之前这里多了个红色的大箭头，箭头下写着："减速。监察办公室。"至于"监察"是什么意思，没有人知道。除了杰罗姆，因为箭头是他钉上去的。

阿德里安没有理会红箭头，加速前进。杰罗姆从办公室窗户里跳出来，去追卡车。

他打了个手势，让阿德里安停下来。

阿德里安摇下车窗。

"你需要什么？"

杰罗姆喘着粗气，踢了一脚前轮胎。

"你在用这辆卡车搞什么？"

"你看得很清楚，我在开它。"

"它是专门给斯泰拉运货用的。"

"谁说的？"阿德里安倏忽一笑，反驳道。

他挂了一挡。

杰罗姆跳到踏板上，手伸进摇下的车窗，抓住阿德里安的胳膊。

"**别碰我！**"阿德里安咬着牙命令。

"你回答我的问题了吗？"

"不想回答！"

杰罗姆盯着他，目瞪口呆。

"你不想？"

"不想。"

杰罗姆脸色苍白，抓着阿德里安的胳膊，在想如何尖酸地反驳他。他结结巴巴地说："你——你——你——你。"盯着阿德里安，一副不敢相信的样子。

"你最好下车，我要发动了。"阿德里安说。

他推开杰罗姆，摇上玻璃。卡车卷起一阵灰尘走远了，扬起一阵沙砾。

杰罗姆摔倒在地。

＊

快到中午了。太阳洒在办公室窗户正面。冬天什么时候来？哪里不对劲？什么时候开始的？他回到办公室，踢了一脚转椅。椅子撞到抽屉，弹到墙上，撞坏了。杰罗姆一挥胳膊，把桌上的一个文件夹挥到了地上。最新的库存单从里面掉出来。一列列数字，黑色表示入库，红色表示出库，黄色思笔乐荧光笔标出来的是结果。他留了两份概要表，一份是用铅笔写的，另一份存在电脑里。铅笔让他感到安心。可以擦掉、可以修改。莫里斯声称杰罗姆在干坏事。说他有自己的小黑市，说他利用黑市擦掉涂改数据。他这个人，总是要说别人的坏话！

一只蟑螂在沿着墙爬行，想躲到踢脚线下面。杰罗姆想用脚后跟把它踹死。结果没有踩中，他咒骂起来。然后他弯腰去捡文件。还差最后一个季度的。他回到办公桌前，翻了翻抽屉，打开其他文件看了看。"是谁偷走了我的库存单？哪个浑蛋进了我的办公室，偷走了我的单据？"

他冲到楼梯上，跑去找朱莉。

她俯身靠着办公桌，在研究数字。

杰罗姆站在她身后，吻了她的脖子。

"你在忙活什么，我的小跳蚤？"

她转了转椅子，吹走了垂到眼睛上的一绺头发，说："你说得对，有人在偷仓库里的东西。"

杰罗姆盯着朱莉阴沉而坚定的脸。他不认识这张脸，觉得有些可怕。

"你是怎么发现的？"

"今天早上我去了你的办公室，拿了最新的单据。我去了仓库，让莫里斯称了铜的重量。对不上，而且差了不少！差两百公斤。一公斤三点五欧元，你算算吧。如果有人每周从我这里偷走两百公斤，另外再加上我不知道的，那我就有麻烦了。"

她双手举过头顶，晃了晃，表示完全不知所措。

他看着她，没有作声。

"这种事从来没发生过，杰罗姆！从来没有！我们这里的人都是互相信任的。你很清楚。"

"你在摄像头里没发现什么可疑的事？"

"**什么也没有**。莫里斯、布布、侯赛因还有你来来回回，没有其他人。可能是有死角，或者是在其他地方交易的。我让莫里斯再加一个摄像头。有人在干坏事，这是肯定的。"

"我跟你说过了！"

"话说回来，我不敢相信。在这里干活的所有人我都认识，我无法想象谁会骗我的钱。"

他把她抱在怀里。她穿着橘黄色套头毛衣，是他在法尔富耶商店给她买的。他选的尺码有点小，但还是很适合她，显得胸大，所以……他希望她的胸再大一点。

"你来找我有什么事？"她问。

"阿德里安。他借了斯泰拉的卡车。"

"然后呢？"

"他拒绝在我的办公室前面停车。我不得不跟在他后面跑，他侮辱了我。他跟我说，他在干什么不关我的事，说他可以在工地上自由出入。可是我不傻，我看得很清楚车斗是空的，但昨天是装满的。"

"或许是斯泰拉让他……"

"斯泰拉昨天不在，她下午请假了。"

"正因为这样，他把卡车开回来了。"

"我不相信。"

"也许他是想帮忙装货？"

"这事不该由他负责，应该由斯泰拉负责。卡车只能给她一个人开，你应该考虑考虑定个规矩。你是老板。"

朱莉垂下眼睛，叹了口气。

他的手轻轻地掠过她的脸颊。

"不要着急，我的小跳蚤。偷我们东西的浑蛋得意不了多久了。我会抓住他，我向你保证。如果不是阿德里安，那最好。如果是他，那他得解释一下。现在你不是孤军奋战了，我就在你身边。"

*

女仆走了。煤气灶上的晚饭凉了下来。是一份巴斯克童子鸡[1]，放在灰色铸铁大锅里。只要热一热就行。她在餐厅布置好桌子，叠了两块白色餐巾，切了面包，上面盖上一块干净的布，免得变干。在白蜡烛旁放了一个打火机。留了一张字条，写着："苹果挞放在烤箱里，用八十摄氏度的火加热五分钟即可，不能更高。可以加一个香草巧克力球，冰箱里有。"她还写了附言："祝两位晚安，明天见。雅克利娜。"

达科塔看着桌子。少了一点色彩，他会觉得太白了。她瞥到窗户后面有一枝红罗宾石楠。她拿出修剪枝条的剪刀，出去把它剪下来，插到一个

1.用番茄、甜椒并伴以大米烹调的童子鸡。

长颈小花瓶里，想了想，又去剪了些树枝，让花束显得更丰盈一些。她满意地点了点头。

他要回来了，忙碌了一整天之后看到桌子布置得漂漂亮亮的，会很高兴。她要确保他晚上回来时开开心心的。

她听到前厅的门开了。于是起立站好，嘴边挂着微笑。

"晚上好，爸爸！"她喜气洋洋地说。

"晚上好，女儿。"

"你今天过得愉快吗？"

"我没停下过。你给我倒一杯威士忌？"

她熟悉这套仪式。两个手指捏着杯子。冬天不加冰块，夏天加冰块。她朝闪着光的桃花心木的吧台跑去，打开了底下的两扇门。

"真正的淑女是不会跑的。真正的淑女只会优雅地走动。"他脱下外套，解开领带说。

她倒了威士忌，数着步子朝他走来。她在杯子下面放了一块圆形的小纸板，以免在矮桌子上留下水渍。他拿起威士忌，坐在扶手椅上，摊开报纸。

灰色铸铁锅空了，只剩下几片发黑的月桂叶和一枝烧焦的百里香。他们把鸡肉和米饭都吃光了。苹果挞也吃完了，没有配香草冰激凌。他在关注体形。他选择的佐餐音乐是勃拉姆斯的协奏曲，现在已经播放完了。

接下来是一阵长长的沉默。他夸奖了鸡肉和苹果挞，他放松下来。

我这束花摆得不错，他吃完饭的时候看了好几次。

他推开盘子，做了个要站起来的手势，接着又改变了主意，坐了下来。垂下眼睛，咬着嘴唇，用嘴吸了一口气，又吐出来，右边太阳穴的青筋暴起，表示他在压抑愤怒。

达科塔两只胳膊肘靠在了一起。

"你没有告诉我，你的初中要改名叫雷-瓦伦蒂初中了。"他声音低沉地说。

她睁大了眼睛，脖子往前伸。

"别跟青蛙一样！我害怕这样。"

"我不知道这件事。"

"你不读报纸？"

她羞愧地摇了摇头。

"你应该读的。"

他站起身，用白色的餐巾最后擦了一次嘴。

"我明天就见不到你了，我很早就要出门。如果你需要什么东西，雅克利娜会在。"

"我不是小宝宝了。"

"又多了一个读报纸、展开有趣对话的理由。好好睡觉吧，不要忘了把蜡烛吹灭。"

她沮丧地低下头，他没有告诉她该读哪些报纸。

她哼着妈妈给她唱过的一首摇篮曲，收拾了餐具。声音很小，他没有听到。歌词是她自己编的。咕哩咕哩嗒嗒嗒，咕哩咕哩啦啦啦。

她的初中要改名为雷–瓦伦蒂初中？

晚上，为了入睡，她想象自己跟雷·瓦伦蒂单独待在一起，她把他放在椅子上，把他切成了几段。她烧了他的鼻毛，用火钩子把他的眼睛挖了出来，抓住他的耳朵、挠他，血喷溅出来，她鼓着掌，声嘶力竭地喊着："这还不算完！"

不过，她睡着了。

*

米兰住在贝尔格兰德路四十六号，位于拉雪兹神父公墓后方。阿德里安曾尝试向他讲述公墓的历史，为何巴黎人在很长时间里都对那里不满。直到后来巴黎市政府组织了大张旗鼓的迁移，把爱洛伊丝和阿贝拉尔，还有莫里哀和拉封丹的遗骸迁到这里，这座公墓才在短短几个月之内成了名正言顺的埋骨之地。米兰问："莫里哀和拉封丹是谁？他们杀了谁？"

这一天，阿德里安心想米兰或许是他的同胞，跟他来自俄国的同一个地方，但跟他毫无默契，也绝不是他的朋友。他还想到了，跟这个人同住一个房间并不舒服，他从来不会花力气动脑子，更坏的是，他还以此为豪。

他去看米兰，告诉他不要再用富凯酒店的小把戏了，用起来要有分寸。米兰会迅速拿出刀子，刺中目标。他喜欢告诉别人，他学会的第一个法语单词就是"dérouiller"（揍），例如，"我要揍那个家伙了"。

为了把话说得委婉一些，形成一种男人之间的默契，阿德里安要跟他讲讲杰罗姆的事，还有他们最近产生的一次冲突。米兰喜欢打架的事。他握紧拳头，绷紧肌肉。之后再告诉他，他们之间的联盟结束了，更容易让人接受。他还要补充道"只是临时的"，免得他爆炸。

米兰坚持下楼去咖啡馆谈。

"那里有个女服务员……我觉得我爱上了她。我不知道该如何下手。"

他走出浴室，腰间系着一条棕色毛巾，在找衣服。他的脚指头像放久了的卡芒贝尔奶酪，全是硬皮。有些脚指头上的趾甲裂开了缝，皮肤肿起来了，像发了霉。阿德里安心想他要怎么穿尖头鞋。

"我要穿什么衣服？"他擦着身子问。

他背上文身纵横。有数字、有字母，有一只振翅高飞、嘴里衔着一把刀的黑鹰。

"呃……你想怎么穿就怎么穿。"

"不！为了那个女服务员。我跟你说，我见了她会紧张。"

他摆弄着脖子上的纪念章。上面是扁脑袋的圣母，俯身看着圣婴耶稣。

阿德里安瞥到了一条粗麻布裤子和一件黑 T 恤，上面写着一个俄国摇滚乐队的名字。阿德里安把衣服递给米兰，他正对着洗手池上方的一块小镜子梳头。

那位女服务员招待了他们，问他们要吃的还是喝的。她金发，气色有些差，妆很浓，流露出自以为比身边的人优秀很多的那种女生特有的轻蔑。

"两瓶啤酒！"阿德里安喊道，他不想对这位小姐过于殷勤。

他倒在陷下去的长椅上。

"你觉得她怎么样？"米兰担心地小声问。

他按摩着关节，缩着脖子，等待阿德里安回答。

"跟别的女人一样。"

"你的状态不正常！"

"这么说吧，我有些烦恼，而且我得跟你说件事。"

"你在烦恼什么？这里没有烦恼，只有朋友。"

女服务员放下两瓶啤酒。她把瓶子抵在肚子上，开了瓶盖。眼睛盯着天花板。米兰应该是之前就让她注意到了自己，因为她显然在故意忽略他。

阿德里安把啤酒倒进杯子，讲了杰罗姆、朱莉和他受到威胁的事。米兰一边听，一边摸着他的文身，Life is a joke。他捏着皮肤，扯起来，揉皱；阿德里安只能看到 Life is 或者 Li joke。仿佛一个字谜。

"这个浑蛋，我要替你制服他！"米兰打了个嗝，"让他再也不来烦你。"

阿德里安用瓶底拍着桌子，垂下眼睛。

"怎么制服？"

"把他干掉，就这么简单。"

"可是，米兰……"

"为什么不？给我一个好理由。"

"这是条人命啊。"

阿德里安抬起头，端详着他的同伴。他认为米兰不会那么快动手。自从上次的事发生后，这个家伙就疯了。

"你什么也不要怕，他们是专业的。干活干脆利落。"

"可我不想把他干掉啊！"

"拜托！我以为你心里容不下他。"

米兰轻轻一笑，意思是别再惺惺作态了。

"没错，但因为这个就让他消失……"

"价格不贵。大概五千欧元。"

"可这不是钱的问题！"阿德里安生气了。

"那是什么问题？我不明白。他们不认识你，你也不认识他们。订单是通过中间人下的，这样就会扰乱线索，查不到你这里……你要知道。要么那个家伙继续烦你，要么不再烦你。如果他烦你，砰砰两声，他就烦不了你啦！"

"必定是因为这样，才没有了道德的容身之地。"

"什么道德？"

"不该残杀邻人那条。"

"道德，这玩意儿会让别人糟蹋你。是娘娘腔的玩意儿。"

女孩来来回回，从他们身边擦肩而过。仿佛她是在故意招惹米兰，故意惹他生气才好玩。

阿德里安想到了那个巴黎女郎，两腿之间产生一股电流。那个女孩在床上可怕极了。他离开房间时，几乎没有力气去按电梯。她呢，她会走楼梯下去。她会打电话。大声说她要迟到了，但没关系，这不是世界末日。关于这个女孩的**恰当**问题，是**我何时**停下？

他拒绝思考这个问题。

他手指紧紧捏住啤酒瓶。

"我向你发誓，没有被逮到的风险。"米兰在坚持。

"你在做梦？人们最后总会坐在桌边，不是为了品尝三星级酒店的意式煨饭的。你已经做过这种事了？"

"我当过中间人。中间人越多，越不会被逮到。中间人是一种职业。这种职业或许在就业中心找不到，但可以获得收益。不要弄脏手，把没用的牌赶紧出掉，从交易中收取佣金，就像罗斯柴尔德家族[1]一样。"

"你还能安心睡觉吗？"

"你不会要告诉我，你母亲叫玛利亚，你是小耶稣吧！"

阿德里安的目光落在米兰的文身上，这次他完整地看到了：Life is a joke。生活是个玩笑。

"我还在震惊于你对那个女服务员不感兴趣。"米兰摇着头说。

他朝阿德里安投去略显厌恶的目光，意思是你真是个**同性恋**。

---

1. 罗斯柴尔德（Rothschild）家族，欧洲著名金融家族。

"你什么都不喜欢。你不喜欢我给你提出的解决方案，也不喜欢我带给你看的姑娘。我不知道谁会激起你的性欲。"

他叹了口气。用舌尖清理了一颗牙齿。吸了口气，把卡在里面的东西弄出来。歪着嘴，呼出一阵湿漉漉的水汽。从口袋里拿出一根火柴，把嘴里的东西抠出来。然后又伸出舌头去挖另一颗牙。

"你还是去看牙医吧。"阿德里安说。

"我没钱。对了……我们什么时候再去做生意？我需要钱。"

他摆弄着火柴，在指间转着，仿佛它是军乐队指挥手里的指挥棒。

"我们得停下。"

"为什么会这样？"

"我回到正轨了，我做的事是合法的。我想另立门户。"

"但你还是会需要我耍花招吧？"

"我想试试光明正大地做生意。"

于是在米兰眼里，他真的成了同性恋。加粗的**同性恋，同性恋，同性恋**，闪个不停。

"那我要靠什么生活？"

"等生意开始后，我来看看……在那之前……"

指挥一失手把指挥棒扔了出去，落在了桌子上。米兰把它捏断了。他在想该说点什么，喘不过气来。最后他吐了口唾沫："怎么，你把我抛弃了！朋友之间团结，多么好的事！你以为你能就此脱身吗？我也有朋友，他们可不是爱心熊！"

"是那些按照合同杀人，把没用的牌塞给别人的家伙？"

他忍不住了。这样做并不明智，但对他有好处。米兰让他感到害怕。他再也不想跟他有什么联系了。哪怕只是用一根细线联系着。

"就是他们！他们不会放过你的！"

米兰往桌上扔了一张钱，是啤酒钱，出去的时候抓了一把女服务员的屁股，她转了一圈，大声喊道："啊，不！他以为他是谁，您这位朋友？"

阿德里安耸了耸肩膀，站起身，朝她打了个手势，以示同情。他推开咖啡店的门，朝地铁走去。

他是来跟过去残留的他告别的。这么做或许是对的，或许不对。

他不知该如何回答这个问题。

*

昂丽耶特在七楼的楼梯平台上等。

她气喘吁吁。去保姆房没有电梯。

她是拿着海绵、水桶、漂白剂、粗麻布拖把和一罐"洁碧先生"上来的。她假装在打扫卫生。任务是监视妮科尔·塞尔让的房间。她把耳朵贴在门上，回过头，左看看，右看看，窥探着。**没有人**。妮科尔·塞尔让出去了。从她眼皮底下走的，但她什么也没看到。

她把水桶、粗麻布拖把、漂白剂和"洁碧先生"收好，下楼到了院子里，遇到了四楼的傲慢女人，她说："你不会太累吧，戈罗贝兹夫人？"她心里想着坏女人，挤出一个微笑。把自己关在了门房里。她怎么没看到妮科尔·塞尔让出去？门房有两个门，一个朝着大厅，另一个朝着院子。她同时监视着两个，仔细查看信件，每天拿着一整套工具爬七楼。她摇了摇头，低声咒骂了一长串，把一个大头针插进发髻里，然后又插了一个，再插一个，用发胶喷了喷。这让她放松下来。她打开电视，在播足球比赛。看着运动员的大腿，真是漂亮的腿！她平静下来，思考着。她出去的时候，妮科尔·塞尔让去了蒙索公园，在那里画花坛速写。没有人靠近她。

她正一边回想，一边觊觎着足球运动员的大腿，这时有人敲门。

"什么事？"她嚷道，"门房已经关了。"

"DHL，是塞尔让夫人的。"

昂丽耶特赶紧过去，打开门，伸出手。

"在哪里签字？"

"我得亲自交给她，这是一封挂号信。"

"我有塞尔让小姐的书面许可。不然您得自己爬七楼，而且没有电梯。我刚从那里回来，她不在。或者您过会儿再来。随您的便。"

快递员戴着波音发动机那么大的耳机。他的脑袋看起来像个吃了安非他明的青蛙。他同时听着嘈杂的音乐和昂丽耶特的话，尝试合成两种声音。他眯起眼睛，眨了眨，最后说："请出示一下文件。"

昂丽耶特去找来了，递给那个男孩。他似乎读不太懂。这小子的智商应该跟手电筒差不多！

"你留着吧，"昂丽耶特说，"我还有复印件。"

他把挂在脖子上的那只咬过的旧比克笔递给她，等她在原地蹦蹦跳跳地签了字。昂丽耶特乱写了一通。

快递员给她一个大包裹，晃着拳头走远了。昂丽耶特抬头看着天，她要去坐下，这个男孩让她头晕。

包裹上写着名字："妮科尔·塞尔让小姐。"

寄件人在地址下面画了两颗小心。多大岁数了！这是个来求爱的！昂丽耶特把白色大包裹翻过来又覆过去，上面缠着棕色透明宽胶带。想把胶带撕下来但又不被发现，应该不容易。

她坐在扶手椅上想了一会儿，包裹放在膝盖上。直到在一股看不见的力量的驱使下，她打开抽屉，拿出一把裁纸刀，扑向包裹，把它开膛破肚。一块黄色的压缩泡沫塑料露出来。她把它拿开，抽中一份用泡泡纸裹着的文件。里面掉出一张纸片，是一张手写字条："献给你，亲爱的，奥古斯特·罗丹的这幅画见证着我对你的爱。愿它陪伴你左右，直至我们相聚。罗伯特。"

所以有个无赖送了礼物给妮科尔·塞尔让。而且不是随随便便的东西！是奥古斯特·罗丹的画！她看了看寄件人的姓名：罗伯特·西斯特龙。西斯特龙，跟那座城市的名字[1]一样？

她要首先打电话给谁，是收买她的伯爵夫人，还是她心爱的奥尔唐丝？她困惑地笑着，嘴唇都变了形。在她的人生中，她要第一次拒绝利益的诱惑了：她要打电话给奥尔唐丝。

她会向妮科尔·塞尔让解释说，包裹收到时就是破的。这个世道就是这样，没有人还保留着职业良心，只剩下野蛮人了，就是诸如此类的话。

1.指的是法国上普罗旺斯阿尔卑斯省的市镇西斯特龙（Sisteron）。

这套陈词滥调她已烂熟于心。

*

这已经成了一种习惯。

傍晚，加里离开学校后就随心所欲地散步。**这些流浪汉的鞋子**[1]。他沿着百老汇一直走到哥伦布转盘，在那家酒水商店前停下来，那瓶琵博干红还庄严地端坐在皇室蓝天鹅绒的支座上。他用目光询问：奥尔唐丝为什么没有打来电话？**为什么**？那瓶酒没有回答。他扣上粗呢大衣的风帽，拳头插进口袋，朝第七大道走去，或者第六大道。无论下雨、下雪，还是风像砂纸一样刮着他的脸，他都步行。他认识那些商店、面孔和牌匾。它们印在他的脑海，让他感到安心。如果它们还在，那意味着世界末日还没有到来。那个小老头正坐在柜台后出售写着"我爱纽约"的 T 恤、挂锁和行李箱，耳朵贴着收音机，三轮出租车的司机正滔滔不绝地跟乘客说话，穿粉色罩衣的中国美甲师正在休息时间抽烟。更远一点的地方，在五十九号路和第七大道的拐角处，在一幢大楼的玻璃大厅里，他瞥到了看门人沃尔特的鸭舌帽和白发。他正在给一位拄拐杖的驼背老太太提供信息。他应该在告诉她，她不适合出门。加里自从来到纽约，就一直住在这幢大楼里。沃尔特带他了解了这座城市的微妙，地铁、天气、酒吧、公交，哪里可以吃到最美味的汉堡。他说与其浪费时间弹钢琴，不如去拍照片。你知道当模特能赚多少钱吗？然后把手指搓得沙沙作响。加里给他买威士忌。沃尔特把酒藏在接待处的柜台下，有时候夜里会喝上一杯。沃尔特的妻子玛乔丽刚刚过世，沃尔特没日没夜地工作。三个月的病卷走了五十年的婚姻，这种事是不该发生的！他抬了抬海军蓝的鸭舌帽，一边刮着颈背一边叹息；鸭舌帽的沿儿落在了鼻尖上，留下一道痕迹。

加里喜欢跟他谈论奥尔唐丝，但不确定他懂不懂。沃尔特说："你这是自作自受，在心猿意马之前，你应该想清楚。"

---

1. 原文为英语。

他说得没错，可是……

她为什么没有打来电话？

她没有对他冷眼相加，没有。他打电话给她时，她就用话务员一样的语气问："你好吗，加里？纽约天气好吗？你安排了音乐会？有比赛吗？有试演吗？"仿佛在背诵课文。她又说："我没有时间，要忙时装表演，你知道的，从黑夜忙到白天，要联系快递员，要做决定，皮革还没到，我在等布料，得重新确定袖子的尺寸，我们已经花了两天了，我需要更多的女工，但是我找不到，竞争对手已经把最好的都挖走了，派给我的都是缺胳膊的，昨天我花了一上午来回答《时尚》杂志中国记者的提问，我给她看了样品，她非常重要，就是她，决定着主编是否来参加时装表演，**我需要中国人**！叶莲娜让我头昏脑涨，皮卡尔让我头昏脑涨，他们用相反的意见来轰炸我，我不知道该怎么想了，他们比我懂，没错，但这是**我的**系列！我受够了，我受够了，我想消失在一座荒岛上，或者在漆黑的电影院里，什么也不做，什么也不说，吃着柠檬冰激凌，闭上眼睛数圆滚滚的南瓜。"

他嘟嘟囔囔，想到什么就说什么，然后什么也想不出来了，她总结道："我先挂了。"接着是咔嗒一声。

第二天他再打去电话，还是一样。

"没有时间，没有时间。遇到了新的困难，我们挤在工作室里，咖啡机漏了，水流到了桌子上，弄坏了一条裙子的上衣部分，得大声喊别人才能听到，他们全戴着耳机工作，我说不出话来了，我头疼，我已经两个月没来月经了，真是疯了！我吃起阿司匹林来跟吃药丸形状的糖果一样，而且雪上加霜的是，我的一辈子、我的职业生涯都要赌在这十八分钟上，赌在这十八个款式上，真是**疯了**！两周之后就要举行了，我们永远都准备不好了。我们再联系吧？*Ciao*[1]！"

她挂了电话。只听生硬的一声响，仿佛一记耳光。

他目瞪口呆，他都没能插一句话。

他凝视着对面那幢大楼的红砖、黑漆漆的排水沟、缠着彩带的圣诞树

---

1. 意大利语，意为再见。

枝条，那棵树看上去傻乎乎的，圣诞节已经结束了。然后他站起身，自尊心受到了伤害，人们会对男朋友、女朋友、狗和药剂师说 *Ciao*，但不会对爱人这么说。

她在让我为卡吕普索的事付出代价。

有时候，他都想介绍一番："你好，我叫加里·沃德，我是钢琴家，我毕业于纽约茱莉亚学院，我二十五岁，你记得吗？好好想想：我出生于苏格兰，我父亲抛弃了我，我母亲叫雪莉，我的外祖母伊丽莎白是英国女王。我们相识于库尔布瓦。当时我十四岁，我为你疯狂，你却根本不看我。我穿着不得体。"

他还可以加上："为了忘记你，我愿意把乐谱都撕了。只有它能让我平静下来。我在脑海里谱曲子。换一两个音符试试。或者我拿起锤子，敲打我能找到的一切。这样我能舒服一点。然后，我把锤子发出的声音记录下来，谱成曲子。这也是为了忘记你。"

你记得吗？

卡吕普索。

我永远无法跟奥尔唐丝解释卡吕普索的事，这就像把比基尼卖给因纽特人。

刚才，在我断奏拉威尔的《G 大调奏鸣曲》第二乐章失败时，我想打电话给卡吕普索：帮帮我，拜托了，帮帮我。这次断奏磕磕绊绊的。我的手指落在键盘上，像一棵被砍倒的树。我的拇指僵住了，它本该在我的手下滑动，去寻找琴键的。

卡吕普索会观察我的演奏，她会说："这是因为你没有提前准备，你应该预测到接下来的一个琴键，准备好去敲击它。还有"嗦"这个颤音？太沉重了，太沉重了！你的手指重得像铁砧。颤音应该是轻盈的、优雅的。

拉威尔不是干苦力的铁匠。你不够优雅，加里。第二乐章应该是轻飘飘的，像空气涌进来，充满诗意，像梦里的低语。你应该放松，再放松。"

卡吕普索把蜻蜓一般修长的手指放在黑白相间的琴键上，闭上眼睛，跟拉威尔交谈了一会儿，因为她的确会跟拉威尔**对话**，就像跟莫扎特和贝多芬对话一样，拉威尔从钢琴上下来，只为我演奏，为我演示。

卡吕普索，她就是有这种力量。

他沿着卡内基音乐厅走，回想起六十六号街誓言。回想说出口时自以为绝妙无比的词语。高傲而可悲的懦夫！谎言的泡沫破灭了。

我难过。我想让她在我旁边走路，听她抱怨天气冷，想听她问要不要去看电影。就像在巴黎的时候，到处都有电影院，还有看完电影之后可以坐下来聊聊的咖啡馆。我想让我的断奏变得完美无缺，让颤音缓缓流淌，让听众如痴如醉。我想成为拉威尔，或者贝多芬。

我是个庸才。

因为奥尔唐丝远在他乡，因为奥尔唐丝冷若冰霜。

她在跟别人约会。

她的语调出卖了她。那种**持续的连奏**[1]是在撒娇：加里，如果你知道就好了，知道他是如何把我压在身下，我如何战栗、如何呻吟。她没有**说**出来，但她的声音唱了出来。

上一次打电话是在周五，她对我说："微笑啊，加里，微笑啊，你心情不好。"我说："你怎么知道？"她未加掩饰，语气像个**得到了满足的女性**，神秘而娇俏，说："我就是知道。"这个回答里有种高高在上的感觉，是下午私会过情人的女人所特有的。

咪，发，升调"发"，嗦。"我有一个情人，加里，我有一个情人。"

1.原文为意大利语。

我努力微笑，但没有坚持到底。微笑最终变成了可怕而沮丧的鬼脸。我的脑袋里装满了想说的话。这些话旋转着，就像在洗衣机的透明窗里一样：对不起卡吕普索，对不起我忘了你，对不起我曾想象过我没有你也可以活下去，对不起如果我伤害了你，对不起没有了你我也很幸福。我脑袋里想的就是这些，我选择了把脑袋关起来，把我卷成一个球塞进洗衣机的滚筒里。

那个周五，我在走路。我闻着烤栗子的味道，看着广播城的灯光，数着红色的、白色的、蓝色的霓虹灯，心里想着还要多久太阳就会**完全**消失在洛克菲勒中心后面，我能不能一直走到时代广场，与此同时，我在重复着：她有一个情人，她有一个情人。奥尔唐丝在电话里笑："加里，你说点什么吧，你为什么一句话也不说？"于是我又想起了在鲁瓦西的卫生间和宾馆房间里的我们，仿佛在她的身体**里面**，在她的身体**里面**动是正确而且**正常**的。

当我回过神来，我说："喂，喂。"她已经挂了。

我永远也当不了拉威尔。

永远也当不了奥尔唐丝·柯岱斯的情人。

*

奥尔唐丝听到了他的沉默。

她宁愿挂掉电话。

昨天晚上，那个男人在宾馆等她。他还是那么高大，头发还是那么黄，眼睛还是那么灰，嘴唇还是那么薄。穿着鞋躺在床上。领带扔在青铜绿的扶手椅上，是一条假的帝国牌的，磨得闪闪发光。衬衣领子是解开的。他抽着烟，目光一片茫然。她的嘴唇轻微颤抖了一下，胯部收缩了一下。

她对他了解多少？他没戴结婚戒指，但是小马塞尔看到他身边有一个女人和一个小男孩。他住在外省——一张从巴黎到桑斯的车票从他的口袋里掉了出来。他总是周六给她打电话。他有口音。沙哑、卷舌、来自东方。他是俄国人？他的手上有茧子，一个指甲裂开了，指骨几乎被磨平了。他是干体力活的？对，但他的西装裁剪得当，衬衣的领子是意式的，做爱像女孩一样讲究。他看上去强硬而坚定，但是总会给服务员留一张钱。而且不是五欧元的！

不是扔在乱糟糟的床上。

而是折好，放在灯下面。

只有一次，她离开了。

他跟她约好在巴士底狱旁边的电影院见面。"我会坐在最后一排，应该没有人，这是一部阿尔巴尼亚艺术和实验电影，我是这么想的。"

她刚刚见完一位设计腰带的手艺人。她想要独家使用权。她不想看到这些腰带出现在其他任何时装表演中。他接受了，但开了天价。她打电话问伯爵夫人，伯爵夫人说："不管了！以个人身份投身高级服装业本身就是件疯狂的事，那我们就疯狂到底吧。我们得让法国手艺人活下去，他们是世界上最棒的。好了，够了 [1]，我跟罗伯特·西斯特龙在一起，他在缠着我看他的预算和负债表，但钱还是得花。我得喝唐培里侬香槟王，才能忘记这么多数字！"

她听到了酒杯倒满的声音，还有气泡和水晶玻璃的声音。

他们在最后一排见了面。她希望电影很难看，大厅空空如也。这样她就可以把手伸进他的裤子，一边轻轻抚摸一边看大屏幕，仿佛不是在做什么要紧的事，她就可以倒在他的两腿之间，然后……

他把她拉过来靠着自己，说："上次你为什么没有来？"

欲望消失了。

仿佛他用这个问题掀开了盖子。

她开始强烈希望其他人走进电影院，坐在他们身边。

她想逃跑。

---

1. 原文为意大利语。

她逃跑了。她踩着大杯子、糖果包装纸、皱皱的香烟盒和粘在地上的口香糖跑了，她笑着，她大声笑着，我总是想怎样就怎样，因为我**很清楚**我想要什么，没有商量的余地。正因为如此，我才是**活着**的，我要**碾压**所有的人，不论男女!

她兴奋极了。

她跑得喘不上气来。

他又打来电话。

他跟她约好在莱昂路一家脏兮兮的宾馆见面，那里靠近巴拿马路。

一月黯淡的阳光洒在磨旧了褪了色的粗糙地毯上。一双抽了丝的连裤袜挂在床脚，水龙头的水里有铁锈，浴巾都快变成透明的了。他点了一杯咖啡。把方糖放到嘴边，帮她咬碎。他舔着嘴唇，咬着嘴唇，直到她扑到他身上。

然后……她回到工作室。

她在调整时装表演。

她在规划表演之后的事。

有人下了订单之后，她要打电话给加工商，让他们生产款式。工作室有土耳其、越南、中国的，位于玛黑区，第一家是专门做裙子的，第二家是做大衣的，第三家是做裤子的，第四家是做夹克的。每家负责生产四到五件。每件八百欧元!"可是，柯岱斯小姐，这就是**高级时装业!**"每个人都回答："是，一切都会准备妥当，请您不要担心。"可是如果她连**一个订单都收不到**呢? 如果表演**失败**呢? 她胃里一阵恶心，跑去呕吐。她出冷汗、发烧、战栗，掌心和手指出了湿疹。我的一辈子都要赌在这十八分钟上。

十八分钟。

皮卡尔试着安慰她："你会成功的，原因有两个: 你的布料是革命性的，你富有创造力。所有人都可以穿你设计的款式，但与此同时，你设计的款式跟如今任何一款都完全不同。你的勇敢之处在于线条干净、朴实无华。你意味着永恒。看了你设计的衣服，大家都想马上就买下来。我正在引发轰动，让我来吧，你要有信心。"

她的布料是有弹性的，但表面又看不出来，结实，但又不失细腻，可以遮掩圆润的身材，生产于诺曼底的一家亚麻纺纱厂。叶莲娜坚持用法国的生产商。她不想在质量上打折扣。她说得对，纺纱厂按时按点交了布料，而且没有任何缺陷。

奥尔唐丝刚挂掉加工商的电话，就去第无数次地检查时装表演是否会顺利进行：十八个款式，十八位模特，两位发型师，十位发型助理，首席化妆师，还有几位化妆助理，鞋子、首饰、录音带、灯光、布景。别忘了还要安排餐厅，让这些人吃饭。

她坚信她的设计是独一无二的。一件衣服**要么美，要么丑**。差别就在于描绘线条的手法。要善于运用材料，让材料超越款式。让它不再仅仅是一条裙子、一件大衣，而是变成**所有人**都想要的**那条**裙子、**那件**大衣。一件黑色套头毛衣，或者一条黑裤子，只有裁剪得当、量身定做，才能成为高级时装。

这就是她想要证明的。

一天下午，她的手机响个不停。是昂丽耶特。她没有接。没有时间浪费了。

*

小马塞尔喊了一声，扯着衬衣，把它撕成了湿漉漉的碎片。

"母亲，给我拿衣服来，我又在流汗了！"

他的目光落在浸湿的纸页上，上面天蓝色的百乐因帕克钢笔墨水已经稀释开来。纸翘了起来，出现了湿乎乎的墨点。他刚刚画完一个螺旋桨样机的草稿，船装上这种螺旋桨，就可以把北极的冰变成能量！航行就不需要燃料了。这样就可以在冰山和银色的海豹之间进行远程航行了。他要重新开始绘制平分线、椭圆面，计算横坐标，测量、汇报、压缩、复制。他约好了两天之后跟工程师麦卡锡见面——他是专门从费城过来的。

他抱怨了几句，抓了抓脸。

波普利纳担忧地抬起头。

"您为什么盯着我，波普利纳？我出汗了，我知道，但请好心的您假装没看见吧。请注意分寸！我感觉我就像一只在笼子里啃香蕉的猴子。趁着您还在，给我扔点花生过来！"

波普利纳没出声，只是端详着他，闻着他的味道。

"您服用了含鸦片的物质，这样才能在禁区旅行，方便进行研究？"

她重新用起了优雅的词语。小马塞尔再也受不了听她大喊着城里年轻人的那套用词了。

"波普利纳，我的大脑太珍贵了，所以我不能让草、灰尘或树根破坏到它。我有太多计划需要制订，太多专利需要开发，不能失去哪怕一克脑脊髓灰质。"

"那您就是生病了，需要好好保养。"

"我没有**生病**，我只是**热**。这是天气的错，都一月了还没入冬。"

"您需要我给您买台风扇吗？"

"好主意！"

波普利纳站起身，穿上帆布鞋，套上防水衣，系上粉色波点围巾，离开了办公室，只留下湿漉漉的小马塞尔在原地若有所思。

他把手放在脑袋上，摸着骨头，速度很慢，如果不注意可能都觉察不了。骨头裂开了，移了位，让他的脸渐渐圆润起来，变得讨人喜欢了。**变得像人了。**他的手指掠过骨头的构造，研究着形状。我的骨头移动了，软骨在微微发颤，前囟闭合了，连接额骨和两块顶骨的冠状骨缝在摇动，颞骨和顶骨连在了一起，我大脑的八块骨头像海葵的触手一样张开了，并且在钙化。我又有了人形。我曾担心我最后会变成一张布列塔尼可丽饼。

我躯干挺直了，肩膀变宽了，也变强壮了，我可以撞开门了，能一手制住一头公牛，另一只手举起一位俄国女性举重运动员。为什么会出现这种变化？告诉我，思想的伟大星云，宇宙的科学，把你的回答镌刻在我这颗小小的人类大脑里。

他歪着头，闭上眼睛，用瞳孔在黑暗中画着两个红点。驱散多余的想法。放空。发出单调的声音，直抵他的内脏，让窗户也跟着颤动起来。两个点闪烁，靠近。他一直数到二十八。红点互相擦过。他往肺里吸满空气，再从闭着的嘴唇里吐出去。声音变了调。两个点撞在一起，搅在一起，燃烧起来。一个火球在打转，一道闪电击中了他。他绷紧身子，收缩着，发出一声大喊，思想变成金粉撒落下来，勾勒出了答案。

吻是上帝的签名，是爱情的烙印和承诺。它滋养你、弥补你。它落在嘴上、鼻子上、脸颊上，还有我们拒绝宣之于口的器官上，并留下一层保护膜。它滋养性情，修复脾、肝、肺，包扎并照亮灵魂，让心朝向一片广阔而充满希望的湖。它会从最黑暗的淤泥里迸射出火焰。不要嘲笑吻，否则你就要下地狱，被扔进地狱的烈火。从真爱那里得到三个吻，你就会得救。

奥尔唐丝！这就是造成我出汗、骨头弯曲、嘴唇变长的原因。她的吻让我圆满，让我充盈。她就是上帝在我的嘴唇上留下的签名。

昨天晚上，她来敲门。当时是晚上十一点四十六分，父亲和母亲在房间里玩赛马师骑马的游戏。我在研究正弦曲线形状的螺旋桨，计算直径和叶片的长度。奥尔唐丝把包扔在了沙发上，宣布："小马塞尔，你得解决我的困境，我可以**信任**叶莲娜·卡尔霍娃和让-雅克·皮卡尔吗？他们让我心烦。"

我丢下算式，伸过嘴唇，低声说："我要一个吻，公主，一个亲在嘴上的吻，宣告您的爱。我需要它来开动脑筋。你记得吗，在每场音乐会之前，莫扎特都会宣布'告诉我，您爱我，否则我就不演奏了'。"

我就是莫扎特。

她俯下身，用细长的手指扶住我的下巴，低声说："我爱你，小马塞尔，我爱你，我心里的小王子，你用**皇家挖土机公司**生产的挖土机把我卷走了。"

我颈背颤抖着，小脑在闪烁，我**看到了**。我看到了叶莲娜躺在里兹大酒店白色细棉布床上，在看电视里演的《纸牌屋》，往嘴里塞着绿色和粉色的土耳其软糖，在写着奥尔唐丝·柯岱斯名字的支票上签着字。"**因为她完全配得上这笔钱**，这个小姑娘。"

"你确定你看到的东西吗？"奥尔唐丝问，"因为我无法到你的位置上去，我**什么都看不到**。我只能相信你。"

"确定无疑：我这边是一颗大九角星。"

"现在查查皮卡尔。"

"我不是 GPS，我抗议。你要温柔地提出要求。"

"亲爱的小马塞尔，美妙绝伦无所不能的男人，请跟让－雅克·皮卡尔连通吧，拜托了。"

我又重新集中注意力，进入了让－雅克·皮卡尔的大脑。他在伊内丝·德·拉·弗雷桑热[1]家铺石板的宽敞客厅里喝马鞭草薄荷茶。他穿着一件黑色圆领上衣，一件海军蓝外套，摆弄着玳瑁小眼镜，转着它玩。他的眼里闪烁着光芒。在提到奥尔唐丝·柯岱斯时，他说了好些奉承话，我觉得还是别告诉她为好。过度的赞美会妨碍判断。

"这位男士很器重你，会尽一切努力让你成功。他百分之百是干净的。"

她皱了皱眉，表示怀疑。

"为什么我一想到他，就觉得身体里像有一只蝴蝶，耳朵里像有嘈杂的人声？"

"这叫作怯场，我的爱。"

"只是怯场？"

"我确定。"

---

1. 伊内丝·德·拉·弗雷桑热（Inès de La Fressange，1957—），法国模特、贵族、时尚设计师与调香师。

"那我就得救了。因为怯场这种事，我完全不在乎！我可以把它团成小球，从窗户扔出去。最后一件事，亲爱的小马塞尔，你可以到昂丽耶特的大脑里冒冒险吗？"

"这个，绝对不行！"我抬起手反抗。

"我只想知道她有没有在七楼保姆的事情上欺骗我……我觉得这个故事很可疑。"

"没门！"

"小马塞尔，求你了……"

她过来坐在我的脚下，搂住我的腿，抚摸着我的腿肚子，低声说："去吧，去吧，去她家转一圈，去去就来，不会有什么风险。"

"你的记性不好，我的爱人：我上一次进入昂丽耶特的大脑时，你记得吗……我们在居伊·萨瓦餐厅吃午饭，我吐出了一只老鼠，吐到了黑松露朝鲜蓟汤里。想一想我们周围人的脸色。还有酒店领班的脸色！"

"对，可是……他以为老鼠是饭菜里面的，那顿饭没有要钱。我们点了三百八十五欧元的菜，这桩生意不错！"

她大笑起来，撩了一下浓密的头发，抚摸着微微冒汗的脖子，露出一丛浅黄色的汗毛，味道像鹅卵石、海藻和淫乱的海星。我被剧烈的情绪往前顶了一下，我的身体带着我跨上一匹狂躁的战马，我抓着办公桌的边缘，憋着气一直数到二十八，才熄灭欲火。

她喋喋不休地说啊说啊，没有注意到我正在因为恐惧而颤抖。她哈哈大笑，滔滔不绝地说着餐厅里的那件事。

"老鼠跳了起来，躲到了面包篮里。真应该带它去做温泉浴。酒店领班想杀了它，但是你表示反对。我笑疯了！"

我恢复了知觉，回过神来。

"我们点了一个双人份甜点，里面有牛轧糖、栗子和冰激凌奶油！"

"那么，我的小未婚夫，我们去拜访一下昂丽耶特吧！"

"不！这个女人像火山冷却后的岩浆一样黑，像喷臭气的黄鼠狼身上黄色油乎乎的臭液一样黏。"

"小马塞尔，我想知道。我很担心这件事。只有你，只有你……"

一滴眼泪在她脸上滚动。一滴彩虹般的泪，倾诉着孤独和无尽的疲倦，圆滚滚的，缓缓流淌。帮帮她，小马塞尔，帮帮她，她很孤独，你知道的，她只有你可以依靠，在你面前，她流露了真情。《熙德》告诉我，一滴眼泪会让我鲁莽行事，你"年纪轻轻，这千真万确，但对于出身高贵的灵魂，是否英勇并不取决于岁数"。探索昂丽耶特的灵魂！你在害怕什么？"征服若无危险，胜利便无荣耀可言。"老高乃依激励了我。埃德蒙·罗斯丹[1]突然出现，他摘下宽毡帽，戒备着，大喊道："你的威严呢，小马塞尔？你的威严呢？"

我屈服了。

我的任务不就是跨越黑夜吗？跨越所有的黑夜？

我搂住我的美人的灵魂，我们出发去突袭昂丽耶特。我想让奥尔唐丝去探索平庸而常见的恶有多么深邃——就是人们以为不会产生什么后果的那种恶，让她去探索欲望、嫉妒、诽谤、贪婪、冷漠之类的卑鄙行为。我们去了一个地下场所，人类的灵魂都在那里等待审判。奥尔唐丝害怕，她颤抖着，我对她说："不要怕，抱紧我。"我们坠入了一条长长的走廊，那里悬挂着人的骸骨、备受蹂躏的躯体、淫乱的蝙蝠、晒干的蜈蚣、杀人的蜘蛛、水牛的脑袋、鳄鱼的下颌骨、豺的皮。草长得高高的、黏糊糊的，晃动着、吞噬着眼睛爆裂的脏兮兮的鸟。黑色的兰花释放出令人作呕的气体。含硫的蒸汽把空气都熏臭了。只听见叫喊声、喘粗气的声音、从深渊里传来的叫喊声。此外还有水池的响声、溺水者的号啕，他们用手指抓着污泥，嘴唇变了形，向我们求助。我们进入一个阴暗的山洞，里面铺满了腐烂的树叶，发出阵阵恶臭，于是奥尔唐丝吐了。她喊道我想回到地上！这是一个可怕的世界。我迅速转弯，但就在向后转的时候，我们瞥到了一个金块，放在一株很大的睡莲上。它闪着那么纯净、那么温暖的光，一对蜻蜓停在

1.埃德蒙·罗斯丹（Edmond Rostand, 1868—1918），法国作家、剧作家、诗人，代表作品有《西哈诺·德·贝热拉克》。

那里采着花蜜，等待交尾。金块上写着**奥尔唐丝**。昂丽耶特对外孙女的爱照亮了这个阴森的山洞。我让她看看这耀眼的光芒。

"你看清楚了，小公主，单是这个金块，就能把你的外祖母从地狱的坑洼里拯救出来。"

"地狱？"她喊道。

"地狱和魔鬼！"

我刚刚说出这个不该说的**名字**，我们俩就伴着石头的轰鸣跌落在地。一阵令人窒息的热流灼烧着我们的喉咙。我们身上沾满了厚厚一层漆黑的煤炭，像是从高炉里掉下来的两个疏通烟囱的小人。

"你觉得我们是从地狱回来？"她吐着火炭和煤块，问道。

"我们很幸运，没有被扣在那里当犯人。有的人永远都回不来了。"

她盯着我，一动不动，惊恐万分，画了个十字。她以前可是从未祈祷过。

离开时，她第三次吻了我的嘴，重复道："我爱你，我爱你，你是我的爱人。"然后离开了房间，低声说着："谢谢，这次地狱之旅让我无比受用，我成长了。"

三个吻。三个吻。

我动弹不得，被一股难以抗拒的力量侵袭了。它让我像一头发情的野兽一样咆哮着，身体靠在雌兽身上，精子在腰间沸腾。喜悦让我的身体四分五裂，我上蹿下跳，尖叫着，在我的母狮子身上留下了抓痕。我喊道："爱情是伟大的，爱情是万能的，爱情如同象牙号角！男人们忽略它，以为只有金钱才能让他们幸福，这真是愚蠢透顶！"

三个吻。只要三个吻，人就会蹦蹦跳跳，自由自在，冒出火焰，吐出烈火和星辰。

"抱歉，我的爱，我过了这么久才给你拿来干净的衣服。你换得太频繁了，我都找不到干净的了。"

　　若西亚娜迈着碎步在房间里走来走去，盯着坐在桌前的儿子，他的衬衣已经变成碎片。她用毛巾把儿子裹起来，给他擦干，训斥了他，把手伸进他的头发里，喊道："你的颈后长出了一团浓密的毛发，一直延伸到了枕骨上！可昨天晚上还没有的……"

　　所以那是在奥尔唐丝走后，在我睡觉时长出来的。我预料到了。我的头发变得坚韧了，脑袋在变圆，我变成了一个完整的男人。

　　"啊，母亲！如果你知道爱情有多大威力就好了。包括对毛发系统的影响……"

　　"我要预约一位皮肤科医生。"

　　"没用的，我有自己的小算盘。过后我再跟你谈，现在我还有工作。"

　　"你想要喝杯茶吗？"

　　"我更想要一杯威士忌。"

　　"波普利纳去哪儿了？"

　　"她去给我买风扇了。"

　　若西亚娜皱了皱眉，咬着嘴唇。因为悲惨的童年，她保留了节俭的意识，没有充足的理由就不会乱花钱。做"缝补、修理和翻新"之类的事让她感到自豪，然而这些动词已经从法国人的词典里消失了。马塞尔呢，他花起钱来并不难为情，叮嘱妻子也要这样。若西亚娜表示拒绝。他们因此大吵大闹，但最后总是以在婚床上激战、和解而告终。

　　"天确实热，但也不至于开风扇吧！这笔开销没什么意义。"

　　为了强调指责之意，她走远了，把高跟鞋踩得咔咔响。

　　事实即将证明，买这台风扇的钱是戈罗贝兹家最该花的一笔开销。

＊

　　斯泰拉养成了去多媒体图书馆的习惯。在两场约会之间，两次装货之间去。她不再在废钢铁厂停留。朱莉咕咕哝哝，一头埋进账目里，把路线图递给她的时候还在接电话，对她微笑时仿佛隔着一层玻璃。连**认认真真**

跟她讲话时，语气也怪怪的，问的问题也怪怪的。

你把卡车借给了阿德里安？我可以知道为什么吗？仓库里有活要干吗？那他为什么要去？

她目光躲躲闪闪，仿佛心怀愧疚。

还有，朱莉只透露过一次她的节食计划、她的婚纱、婚礼的准备工作和宾客名单。她们不再一起喝咖啡休息，讨论废钢铁厂、埃德蒙的心情、阿德里安的野心、杰罗姆修自行车的钳子、汤姆的成绩、苏珍的关节病。

她停在多媒体图书馆面前，去看她的女朋友卡米耶。想到"女朋友"这个词时她吸了吸鼻子。但她确实是这么觉得的，那是女人之间的默契。

她把车停在停车场，给了两条狗一块蛋糕，叮嘱它们**看好卡车**。如果卡米耶在忙，她就溜进图书馆的一个角落，如果他在照料凤仙花，或者在修补损坏的书，她就走上前。她说那里的氛围能让她平静下来。那么多书，那么多博学的心灵在房间里飘荡……就像一座教堂，不是吗？她浏览着一本漫画，想起玛丽·德尔蒙特没有给我打电话，她是害怕帮我吗？她接到了什么命令？我得去找找那个小姑娘的线索。

她抬起头，挠着眉毛。卡米耶从办公桌那边观察着她，他正在整理文件，查看目录，下订单，给一个小男孩的作业提建议，帮一位老太太找可以催眠的书。斯泰拉蜷缩在一张藤条椅里，就像卡在了里面，一副拒绝的神情，交叉着胳膊，缩着下巴。她摇摇头，重复道："这不可能，这不可能！"

"什么？"卡米耶问。

她惊跳起来，仿佛刚刚被他喊醒。

"他们要把初中改名为雷－瓦伦蒂初中。**我受不了。**"

听到她的痛苦，他的肩膀塌下来。

他身上突然起了一片红疹，然后又起了第二片、第三片。他挠着，抓破了皮。

"我见过校长了。昨天早上送汤姆的时候，我遇到了她。我没能打断她。她惺惺作态，扭着身子……'瓦伦蒂夫人，很高兴见到您……'我把她打发走了，挺粗暴的。"

她做了个鬼脸，用拳头捶了捶帽子。

"我对她说这不可能。如果他们一意孤行，我就对他们下手。她咬住嘴唇，向我保证这是上头的命令。省长、市长、议员执意如此，我完全无法阻止。于是我喊道：'因为他跟您上了床，您也被睡了？'我不该那么说的！所有人都看着我们。她脸红了，转过身，咒骂道事情不该是这样的！我不知道她要做什么，我不在乎。但是我**不同意**改名为瓦伦蒂初中。如果迫不得已，我就放火把它烧了！我受够了那些人，**受够了，受够了**。他们不知道我走到哪里都能看到他吧？他们不知道吧？这还不够，我还得每天听到他的名字？不如死了算了！"

她把脸埋进胳膊里，帽子滚到了地上，她耸了耸肩，漠不关心。

他应该帮帮她。

他应该帮帮她，**帮她**找到办法，免得这种事发生在她身上。如果别人知道了那天夜里发生了什么，他可能会丢掉多媒体图书馆的这份工作……这份工作，还有他的植物，他的 DVD，他的书，他昨天下班前放到最大音量听的《茶花女》的录音，都让他感到幸福。

看到她这样，他受不了。他觉得自己有罪。**你有罪**，卡米耶。不要欺骗自己，你是唯一能阻止她害怕的事发生的人。

晚上他跟桑德里娜谈到了这件事。她愤怒不已："那个瓦伦蒂是个畜生。我可以告诉你，小斯泰拉怕他怕到要死。还有她母亲莱奥妮！那个女人简直是个圣人！

"你还记得我在医院当清洁女工的时候？有好几次她大半夜来就诊，她被雷·瓦伦蒂狠狠地揍过。她咬着牙，连站都站不住，问能不能快点给她治，她要回家。她不想让他知道她来过医院……"

"没有人介入？"

"大家都怕，他掌握着这座城市。你想让我说实话吗？如果把初中改成这个浑蛋的名字，她会生病的。会生病的！"

桑德里娜用那把拒绝外借的特制斜边镊子给他拔眉毛。这种镊子已经停产了，她声称。拿着镊子的手在空中停留了一会儿，然后她摇摇头继续拔，说："我无法理解，无法理解。"

沉默笼罩了厨房——他们总是在厨房进行美容。直到大克雷坦进了门，大声喊道："你们好，母鸡们！在咕咕叫呢？"他打开冰箱，乱翻一通，想找一块肉饼或红肠，最后找到一片火腿，卷起来塞进嘴里，回过头，看着卡米耶说："有什么新消息，女装癖先生？"

卡米耶咬紧牙关。

"别再这么叫我了，这样并不有趣。"

"可这样能让我捧腹大笑！我们吃什么，今天晚上？"

还有一天，斯泰拉躺在扶手椅里，问："这么多书，您全都看过了吗？"

他微微一笑。

"当然没有，一辈子都看不完。"

他坐下来，打开一本。

"您正在读什么呢？"

"卡森·麦卡勒斯的《伤心咖啡馆之歌》。我喜欢这位作家，她既是女孩，又是男孩。"

"跟我们有点像，不是吗？"斯泰拉轻声说，把大靴子的后跟踩得咔咔作响。

她的目光扫过卡米耶剃过的金黄色的颈背，他纤细的头发，还有他那敏感的皮肤，动不动就变紫，上面涂着一层米色的粉。

"您化妆了？"她吃了一惊。

"必须化妆，我的肤色很难看。是桑德里娜教我的。"

斯泰拉没敢问桑德里娜是谁。

"我去了丝芙兰，"她说，"我买了很多产品。不知道中了什么邪。我想变成另一个人，一个**真正的**女人。可是现在我不知道该怎么用、按什么顺序用，用在哪里。我想我会扔掉的。"

"我可以给您化妆，如果您愿意。我是说，别扔垃圾桶了，找一天晚上来我家里，我可以教您使用。"

他们相视一笑，心想他们在一起会很愉快。

"就像到一个真正的女朋友家里……"斯泰拉说。

"您有朋友吗？"

"我有一个，但是这段时间以来……"

斯泰拉做了个鬼脸，意思是"我不明白发生了什么"。

"……她对我很冷淡。"

"这让您难过？"

斯泰拉没有回答。她不想回答是的，那样她会更难过。

"是真的吗？您真的要教我化妆？"

"您周三晚上有空吗？我住在体育场后面的磨坊路。没有人打扰我们。"

周三，大克雷坦会去找朋友玩滚球。他母亲去玩六合彩，中奖者可以得到一台微波炉。他们十点之前肯定不会回来。

"您把您在丝芙兰买的东西拿来。"

她鼓起掌。

"一场真正的女孩之夜！"

她闭上嘴，涨红了脸。

"抱歉，我不该这么说的……"

"您应该知道，我根本不在乎！后来，我都把这句话当作赞美了。"

"跟您在一起我感到很舒服。我心里觉得，您绝不会伤害我的。这句话，我对很多人都都不敢说。但在您面前，我很确定。"

这句话就像打了他一拳。他脸色苍白，喘不过气来。

他看上去很窘迫。

或许他不喜欢别人向他表露感情？

或许他不习惯？

两天之后，她壮起胆子："如果我请您给我念书，您不会觉得烦吧？"

"真的吗？要注意，书是危险的。"

"一本书，我倒是不害怕。"

她是用自豪的口气说出这句话的，言外之意是我经历得多了！

"我应该提前跟您说的。"

"开始吧。"

他冲她亲切地一笑,开始了:

爱首先是一种两人共有的体验。然而共有的事实并不意味着,对当事的双方来说,这种体验具有同样的性质。存在施爱者和被爱者,这是两个不同的世界。通常情况下,被爱者的作用,只是唤起沉睡在施爱者心底的无限爱意。一般来说,施爱者会意识到这一点。他知道他的爱会是孤独的。知道这份爱会带着他,慢慢走向一份新的孤独,一份更加怪异的孤独,而且让他知道如何撕毁这份孤独。于是施爱者便只剩下一件事要做:尽可能完全、尽可能深地隐瞒他的爱。构建一个全新的内心世界。一个奇异的、充满激情的世界,那里只需他一人即可。此外还要补充的是……

"停!"她喊道,"太悲伤了。"

她捂住耳朵,不想再听了。

她刚刚明白了什么可怕的事,肝肠寸断。很快,她和阿德里安就会分开,但不知道为什么会发生这样的事。

*

今天是全班合影的日子。

学生们按时到校,穿戴干净,梳好头发,穿上了最漂亮的牛仔裤、最漂亮的毛衣、用机器洗过的篮球鞋。他们很注意,别在操场上弄脏。女孩子的头发闪闪发亮,男孩子在发根上涂了发胶,女孩子涂了带亮片的草莓味拉贝罗唇膏,男孩子戴兔子耳朵,或者像足球队队员那样互相搂着肩膀。

萨米埃尔阴沉着脸,因为他父亲想让他打一条领带。弗兰克拽着蝴蝶结,骂道:"我不管,我要躲在老师后面,这样别人就看不到我了。"小米拉用金发挡住了脸,说:"不管怎么弄我都很丑。"昨天晚上,她掉了一颗门牙。

而且右边的眉毛上面有一块瘀青。

摄影师把拍照地点选在了大会议室里，每年年末的表演、庄严的会议和讲座都是在那里举行的。天花板上悬挂着金色的星星、彩带和花边。他取好了景，调好了灯光。费利埃夫人打开门，问他还需要多长时间准备，外面的学生已经等不及了。

诺亚、罗克珊、劳拉、萨米尔和朗瑟洛在操场的角落里原地踏步。五个脑袋凑成一个圈，窃窃私语，在密谋什么。汤姆听到了只言片语："她惹人烦""我要告诉我的哥哥""我也要告诉我哥哥""这事很快就能搞定""总是炫耀个不停，她以为她是谁？"。

今天早上达科塔是坐她父亲那辆有深色窗户的车来的。很快，几个人就聚在了一起。他并没有马上明白过来。他想得太专注了。他在想要不要穿羽绒服。如果摄影师让他脱下来，他就不得不把它随便放在哪儿，就看不到了。有可能会被人偷走。拍照那天整个班的人都要排队，个子高的人会趁机偷东西。对，可是……如果他能穿在身上，拍照就会很好看。他听着敲打声、叫喊声，还没有做出决定，这时轰鸣声响起。

达科塔在和劳拉在扭打，场面激烈。她嘴里咬着一绺金发，右脸颊上带着抓痕，流着血。她的左手缠着韦尔波绷带[1]，吊在那里，别人看不出她截过肢。劳拉的头在流血，她的左眼边上被狠狠地抓了一道，耳朵边缘被撕裂了。

两个女孩互相打着耳光，吐着唾沫，红着脸，袒胸露臂，身上沾满了唾沫。学监格尔塞先生把她们分开了，惩罚她们俩留校四小时，让她们去把身上洗干净，一个去二楼的厕所，另一个去一楼的。他陪劳拉去，蒙德里雄夫人跟着达科塔。

汤姆靠近那群人，假装没有在听。罗克珊解释道，劳拉很清楚那是她

---

1. 韦尔波（Velpeau）绷带，一种用有弹性的布料制成的绷带，用于止血或包扎。

的父亲，就故意激怒她，问"你真的吻了你父亲？"于是达科塔就生气了。她猛烈地打了她好几下，劳拉也打了她好几下，然后就停不下来了。"我受不了这个女的，她总是顶嘴，你们看到她跟我们说话的样子了吗？她以为我们都是狗屎。我呢，我拍照的时候，绝不会坐在她旁边。"

"我也不会！"另外四个人跟着说。他们互相拍着肩膀，碰着肘部，检查着身体。他们踏上了战争之路。

"我去给高个子传话，"朗瑟洛说，"他们会狠狠地揍她一顿！让她好不了。"

轮到初一 A 班拍集体照的时候，没有人愿意靠着达科塔。命令已经下达：要抵制这个乡巴佬。

蒙德里雄夫人激动不已，摄影师也已迫不及待。他让学生们按身高排好队，安排他们坐在长椅上，让个子矮的把手平放在膝盖上，命令他们不要叉着腿。

达科塔孤零零地待在一边。不能跟这群盛装打扮的乡巴佬一起拍照，她根本不在乎。

汤姆坐在高高的第二排，没有马上明白过来。他只看到了达科塔的脸，她的小黑裙，她的发簪，她粉嫩嫩、像一颗糖果一样圆嘟嘟的嘴唇，还有长得有些马虎、有些塌的小鼻子。别人可能觉得这个鼻子丑，但他不这么觉得。

"达科塔·库珀，过来！"

蒙德里雄夫人抓住达科塔的胳膊。达科塔挣脱开，打量着蒙德里雄夫人，表示**我可不是什么任人移动的物件**。

汤姆正准备挤出去，这时他突然捕捉到了诺亚的目光，仿佛在警告**他不要动，否则……**他耸了耸肩膀。萨米尔朝他俯下身，咬牙切齿地说："**谁也不要靠着这个乡巴佬。**"蒙德里雄夫人生气了，唾沫四溅地问："这是怎么回事？"

学生们一声不吭，挤在长椅上，结成统一阵线，反抗着。

"你们听到了吗？"

他们把胳膊搭在旁边同学的肩膀上，形成了一道不可跨越的屏障。

"发生了什么？米拉，告诉我。"蒙德里雄夫人命令道。

金发小女孩盯着鞋子。她耳朵尖都红了，默不作声。

"塞巴斯蒂安？你能给我解释下吗？"

塞巴斯蒂安·蒙特里谢是班上胆子最小的一个。他父亲神气十足地说："我儿子对我来说，就像百万美元。他成绩好的时候，我会把一切都给他，成绩差的时候，我就全部收回。我会把他赶到山洞里去，光着身子，那里黑洞洞的。这才是教育孩子！"

塞巴斯蒂安紧靠着旁边的人，没有说话。

"就没有一个人愿意给她让个位子吗？"蒙德里雄夫人恳求道。

汤姆在犹豫。萨米尔、马尔科和诺亚握紧了拳头。达科塔在检查指甲。她把细嫩的皮肤往后推，露出月牙形的白斑。

摄影师插话：

"蒙德里雄夫人，我还要给别的班拍照……"

"我知道，我知道……"

蒙德里雄夫人拍了拍胳膊，摇了摇头。她想了一会儿，然后抓起达科塔，把她挤进第一排的两个矮个子中间。

达科塔站起来，反抗道："我要跟高个子坐在一起。"

"啊！够了！"蒙德里雄夫人喊道，"你就坐在……"

"我不是**矮个子**。一旦别人把你当成**矮个子**，那你一辈子都是**矮个子**。"

汤姆跳了起来，他仿佛听到了外祖母的话："永远不要让别人虐待你，哪怕只有一次。第一次是最重要的，它决定了你的一生。"达科塔说得对。如果他任人宰割，如果他也听从命令抵制这个乡巴佬，那他就是个**懦夫**。当一天懦夫，等于永远是个懦夫。他把胳膊从旁边同学的肩膀上收回来，说道："我很愿意让她坐在我旁边。"

他的肚子里有一颗恐惧的球在滚动。他想上厕所。

"啊！"蒙德里雄夫人叹了口气，"谢谢，汤姆，谢谢！"

她把达科塔举起来放到长椅上。

"快，孩子们！我们浪费了太多时间了！戴眼镜的，摘下来，不然会反光，放进口袋里。微笑！挺直身子！一，二，三，*CHEEEEEEEEESE*（茄子）！"

汤姆在达科塔旁边微笑。他穿着羽绒服。

他没有当懦夫，他永远都不会当懦夫。

五点半，初中的栅栏门打开，学生们往外冲。格尔塞先生让他们排队。他威胁道，不听话就把他们留下来。于是学生们排好队，原地踏步。一个男孩在汤姆背后发出近乎歇斯底里的笑声，另一个用书包撞了他的腰。汤姆没有回头，他瞥到了达科塔的父亲在街角。库珀先生按下车窗，示意女儿快点过来。

"对了，他的头发真的白了。"汤姆低声对达科塔说。

"他不老，你没有权利这么说。"

"我只是说……"

"我讨厌你！"

她跳到旁边，跟他保持距离。

"因为我姓瓦伦蒂？当我叫汤姆的时候，你对我很好，甚至还吻了我，我提醒你……"

他靠上去，在她耳边悄悄说："我**恨**雷·瓦伦蒂。我不想用这个姓了。"

她回过头。头发抽打着她的脸颊，掠过她的眼睛，她往后退了一小步，盯着他，似乎已经糊涂了，说："可是你叫瓦伦蒂……"

"我想挖出他的眼睛，拔出他的舌头，可是他死了，我没法这么做！"

"他是你的外祖父！"

"他是个**垃圾**。他打我的外祖母，打我的母亲，还强奸了她。"

有一天，他听到母亲说雷·瓦伦蒂是一坨屎。这句话在他的脑海里回荡。他想了好几天。**一坨屎，一坨屎**。听起来很好玩。最后他记住了第二个词：**屎**。

达科塔仔细看着他，想知道他说的是不是真话。

"他差一点把我的外祖母**杀掉**，还狠狠地打我母亲耳光，把她打到**耳聋**。他就是**屎**。他对所有人都是这样。"

达科塔转过头，低声说了些话，但他没听懂。她看起来很生气，但不是生他的气。

"明天我可以送你回去，如果你愿意……"

"我不知道，我得想想。"

"我们以前是朋友，现在可以重新当朋友，就这么简单。"

他们靠近街角，她朝父亲打了个手势。他为什么会来接她？平时，她都是一个人走回去。

"你要去买东西？"汤姆说。

"去弄我护照上的照片，我得去拍张新的。"

他不喜欢护照的事。

"然后，我们要去巴黎，到大使馆。他应邀去那里参加晚宴，他想让我陪他。"

她露出浅浅的得意的微笑，把裙子抚平。

"他需要我。"

他更不喜欢这样。他说不清为什么，但他确定她父亲在计划什么事，是他不喜欢的。

"好。说好了，明天我送你回去。"

"我得想想，我跟你说了。"

深色车窗的汽车的车门开了。车里的人启动了汽车。达科塔上了车，晃了晃指头，但没有回头。这是一个小小的诚恳的告别，近乎友好。

明天，我肯定能送她回去。

她什么也没说，但**不意味着拒绝**。

他挥舞着拳头，肘部酸痛，高兴地喊出一声"YES"，扔出一块石子，差点撞到一辆汽车的发动机罩。哇！我差点敲碎风挡玻璃！这让他清醒了过来。他愣住了。他回想起那句"去弄我护照上的照片"。护照？**她要离开**？啊，不要！啊，不要！**她要离开**。那个白头发的家伙决定离开圣沙朗。

他朝兽医诊所后面的停车场走去，去那里坐车。这个时间，停车场空无一人，只有一位老先生在看汽车时间表，眼睛贴在数字上。现在是六点钟，天阴阴的，路灯还没有开，其实之前就已经坏了。灯泡被人敲碎了。这是年轻人最喜欢的运动：用石头瞄准正在发光的灯泡，扔出去。一天晚上，有个高个子拿来一支口径16的雷明顿枪——是他在祖父的工具间里找到的，把刚修好的两个路灯打掉了。

斯泰拉不再来初中接他，他觉得这样很好。当一个女孩跟你舌吻过以后，你就可以自己回去，不需要妈妈了。

他一直走到停车点，扯了扯书包的袋子，明天，我要送她回去，我要对她说一些聪明的话，在她家栅栏前吻她，在花园吻她，在台阶上吻她，然后……

"这件夹克是你的吗？你确定？"

等红灯的地方，一只大手落在他身上。这是停车点前面的最后一个红灯。一个大手抓住他的衣领，把他提了起来。是朗瑟洛的哥哥加斯帕尔。一个高一的大个子，脸上闪着油光，塌鼻子，一口烂牙。如果他出现在学校，那是被逼无奈。周五他不上学，因为他要把父亲前一天从汉吉斯买来的肉骨头剁开。加斯帕尔的父亲是肉店和猪肉食品店老板，他又矮又胖，敏锐的小黑眼似乎一直在窥探，他对你微笑的时候，说明他在酝酿什么歪点子，或者要给你一耳光。

汤姆抬起头，看到他的一只眼睛里闪过一道邪恶的光。加斯帕尔晃着他，让他喘不上气来了。汤姆挣扎着，脚乱踢，挥着拳头，但什么也没打中。加斯帕尔使劲晃着他。

"你回答啊，蠢货！"

"是——"汤姆尖叫。

空气已经进不了他的喉咙了，他要窒息了。他脑子里的血像在敲锤子。

加斯帕尔没有松开他，对着他的太阳穴打。五下，六下，七下。汤姆真成了练拳击用的球。他耳后有什么东西撕裂了。他的脑袋裂成了两半，巨石滚滚，火焰熊熊。

"是你的吗？"

"是——"汤姆喊道。

"你搞错了！"

大个子搂住他的脖子，把他往后拽，仿佛要把他的脑袋拽下来。汤姆努力挣扎，摔倒在地。停车场在往后退。他匆匆瞥到了兽医诊所的蓝色十字，画着小猫小狗在太阳伞下的那幅画，他想到了科斯托和卡博，然后什么也看不见了。血在他嘴里流，他舔了舔黏糊糊的液体，想吐。

又是一下。这次是在脑袋上，是用靴子踢的。靴子的头是尖的，很疼。他趴在地上，像要进入土里，马上死去。

血弄湿了他的眼睛。温热的红色的血流淌着，流进他的嘴里。他疼到无法呼吸。他赶不上车了。书包又去哪里了？他闭上还睁着的眼睛，感觉一只手把他提起来，摇晃着他，抓着他的胳膊，扯着他的袖子，把他的鹅牌夹克脱下来，警告他："不要再给那个小蠢货当护花使者了，否则你今天晚上换的这些还会再来一遍，直到你明白为止！"说着对方又是一阵晃，把他另一只袖子扯下来，踢了他的后背一脚，把他摔在地上，踩他的脸。我走不动。我没有骨头了，我骨折了。他瞥到一块石子，这块石子滚到他的额头下，滚到他的鼻子下，把他的嘴划破了，他喊了一声。他想哭。世界太丑陋了，太可怕了。他趴在地上装死。他张着嘴，仿佛一条在咬空气的鱼，咬着地面。世界太丑陋了，太可怕了。他稍稍抬起头，把石子移开，耳后被踢了一脚。他什么也听不到了。他的脑子里有铃声在响。他滚着，呻吟着。他希望大个子离开，他想爬上车，回到家，回到温暖的家，看到苏珍的面孔，回到妈妈的怀抱。他从来没想过这种事。他想过优秀学生公民证书，别人的祝贺，达科塔的嘴，她的小黑裙，绿色花园里的吻，但没想过这种可怕的事，这种充斥着仇恨和愚蠢的事，它意味着世界是臭的，人也是臭的。他不想活在一个发臭的世界。

大个子应该是走了，因为什么声响都没了。

只剩下沉默，他浑身都疼，他耳鸣，不停地耳鸣。他躺在地上，胸被压扁了，脸被压扁了，鼻子也被压扁了。

他吸了口气，感到一阵疼。他吐了口唾沫，感到一阵疼。他动不了了。他待在那里，额头裂开了，一动不动的地面会让他暖和起来。他想哭。他母亲不在乎，她不再来接他了；他的父亲也不在乎，他从来没接过他。地面闻起来有一股腐烂的味道，像雷下葬那天墓地里的味道。这是正常的，他想，下面埋着尸体。他不想到地里去，他不想变成尸体。

他站起来，跟跟跄跄，颤抖着。他的衣服不见了。

他摸索着，检查他的手机是不是被大个子拿走了，还是从口袋里掉了出来。黑暗里，他看不见。他擦了擦眼睛，太疼了。

一只猫走过来，蹭了蹭他，然后厌恶地逃走。汤姆开玩笑说："真让人难过。"他伸出胳膊，动作缓慢。他用手指摸索着，在找手机。只要一点点运气，只要一点点运气。他碰到了手机，他输入母亲的号码。他只记住了这一个号码。她接了。他想说话，但鼻子里有血泡。他结结巴巴地说："妈——妈——来……来……来——接——我！"他号啕大哭起来，他感到深深的恐惧，深深的恶心，"这个世界，它太丑了。"他结结巴巴地说。

"你说什么，我的爱？你怎么了？告诉我，告诉我……"

"妈——妈，救救我！救救我！"

"你在哪里？我的爱？你在哪里？我这就来。不要动。"

他听到母亲的声音，她像拿起了武器。母亲的愤怒像一条暖和的被子，裹住了他，他又说："妈——妈，妈——妈。"她又说："噢，我的爱，我的爱！不要动，我这就来。是谁让你这样的，我要杀了他。**杀了他。**"

她从来没这样跟他说过话。

这个世界并不总是丑陋的。

*

"她，就是时钟。只要她站着，你们就站着；她工作，你们就工作；她说话，你们就听着；她不说话，你们就闭嘴；她让你们吃饭，你们就饿；只要她不让你们离开，你们就留在这里。明白了吗？"

首席助理、第二助理、四个裁缝和四个实习生低下了头。菲利皮内夫人坐在办公桌前，观察着。

"作为补偿，我会给你们发三倍的加班工资。我会叫出租车送你们回去，会让人送来三明治和肉饼。我不希望任何人反抗，任何人抱怨，任何人问哪怕一个问题。在大日子到来之前，我们只剩下十天了。倒计时开始了。你们可以选择接受或拒绝，但要当机立断，再往后就太晚了。你们需要签合同。想走的就收拾东西走人。你们找西斯特龙先生，他会给你们结算已经干了的活。是不是，罗伯特？"

叶莲娜用拐杖指了指罗伯特·西斯特龙，他点了点头。

她坐在一张椅子上，挺着背，叉着腿，坐在巴拿马路二十二号那间工作室的正中间。因为没有电梯，她爬了六楼，在四楼休息了一下，利用这个时间给银行打了电话，然后又继续爬，身后跟着忠诚的西斯特龙。她把头发剪短了，现在是一头乱蓬蓬的红棕色头发，大红唇两边流着口水，脖子上围着一条绿色的蛇形围巾。她拄着一根拐杖，球形的拐杖头上镶嵌着假红宝石和真祖母绿，大笑着说："看看谁不该在这里。"她目光敏锐，盯着面前的男孩女孩。她看了一眼手表，好像开始用秒表计时了。

他们垂着眼睛，交换着目光，想在开始之前商量一下。

"不要觉得有压力，我还有一支备用队伍，他们在门后面急得跺脚。快一点，我们没有时间浪费了。"

首席助理阿梅勒是个高个子的黑人，穿着用世界各国国旗拼接成的碎布牛仔裤，踩着假的银色鲁布托鞋子，是从 H&M 买来的，她在房间里往前走了一步，宣布 count me in[1]！斯特凡尼娅，瘦长干瘪、吹嘘自己只吃大蒜和酸黄瓜的女人，过来站到她旁边，咬了咬指甲。奥利弗，脸上满是红棕色斑点的英国男人，扭了扭腰，嗓音甜腻腻的，低声说："我也是！"其他人赶紧跟上他们的步伐，生怕被丢下。

"完美！"叶莲娜宣布，"菲利皮内夫人，您记下每个人工作的时间。如果有人抱怨或拖延，您也记下来。这可不是开玩笑。我投了太多的钱，可能会输，也可能会赢。而且您也是：如果这个系列获得成功，您会得到一笔奖金，一笔丰厚的奖金！"

她转身看着奥尔唐丝。

"没有其他问题了？"

1."我可以！"——原注

"有。成千个问题，但不用问你。"

"我们正在跟皮卡尔布置大厅。所有的重要人士都会到场，我向你保证。今天晚上我要到卡尔家用晚餐。我希望你惹恼**所有人**，让**所有人**都讨厌你……如果他们说你的好话，那就麻烦了。"

叶莲娜朝罗伯特·西斯特龙的方向打了个响指。

"罗伯特，我们走！让人把车往前开一开。你看到了吗，奥尔唐丝，他们把你楼下的小便池拆除了，在那里种了两棵树，这是好兆头，不是吗？"

奥尔唐丝噘了噘嘴。某天晚上，有个家伙在两辆车中间尿尿，朝着她喊："哎，那个女的！别一边走路一边打电话了，否则我强奸你，你都注意不到。"

她要去学空手道。

她瘫倒在办公室里的一张椅子里，打开一瓶水，这时阿梅勒通知她，佐薇要见她。

"来这里？在工作室？你跟她说我在这里？"

"我没有别的选择。"

"我没有时间，阿梅勒！你应该保护我的，不是吗？"

她的电话响了。是昂丽耶特。她不停地打来电话，她想知道奥尔唐丝有没有给她预留时装表演的位置。奥尔唐丝按了"我在开会"。昂丽耶特很快回复了："给我打电话。我有劲爆消息。"奥尔唐丝抬头望天。劲爆消息！听起来像梅格雷探长[1]一样。

电话又响了。奥尔唐丝把它推给阿梅勒，她接了起来，讲的是英语。她把电话贴在胸上，动作夸张地比画着，像魔鬼附了身。

"这位美国记者已经打来三次电话了。他在《名利场》杂志工作，他要写十行关于你的字，再加一张照片，放在'跟踪人物'专栏，这是件大事，得去做。**得去做。**"

"我怎么说？"

1.梅格雷探长（commissaire Maigret），比利时法语作家乔治·西默农（Georges Simenon）多部侦探作品中的人物。

"随便怎么说。要高傲、冷淡,这样才能打动他们。你打开扬声器,我也听听。"

奥尔唐丝耸了耸肩。

"喂? Yes, yes…"

记者问她是不是下一个香奈儿。

她转着一缕头发,用英语缓缓答道:"我不想成为下一个香奈儿,贝夏梅尔或者穆塔黛尔。我想成为下一个**我**。"

阿梅勒竖起大拇指,扮了个鬼脸,像个吃了酸东西的猴子。记者牙牙学语般重复着,意思是贝夏梅尔和穆塔黛尔是谁。

"两位著名的法国裁缝,"奥尔唐丝回答,"您得看看杂志,老兄。"

"您想取悦谁?"记者又问。

"取悦我自己!如果您想取悦所有人,最后谁都取悦不了。"

"最后一个问题……这些想法您是在哪里产生的?"

"在我住的街区的公共小便池里。"

"什么?"

"您查查字典就知道了。"

她挂了电话,伸了个懒腰。

"**完美!**"阿梅勒喊道,"他们会为你疯狂的。"

"下一次,我要上封面。"奥尔唐丝抱怨。

阿梅勒玩着耳机线,用口香糖吹的粉红泡泡破了,糊在了鼻子上。

"那你妹妹呢,我怎么跟她说?"

奥尔唐丝挥了挥手,表示不耐烦。

"材料测试按时进行了吗?还有昨天应该到的织物、皮革和印花布呢?"

"我去检查。"

"露西明天会来试穿厚呢子大衣吧?"

"十点钟来。在此之前,别忘了你要见负责鞋子的那个家伙。他是特地从里昂过来的。好了……你妹妹怎么办?"

"让她进来。但下一次,别说我在这里。我不再有家人,也不再有朋友,我甚至连手机都不能用了。把它拿走,我不想看到它。如果**确实**有急事,你再告诉我，否则你就推到十天之后。明白吗？"

最后一个词她是喊出来的。阿梅勒后退了一步，又吹破一个泡泡。

"我在想，她毕竟是你妹妹……而且她看上去……"

"我没有妹妹，让她进来。"

诺拉推开办公室的门。

"我可以打扰你一分钟时间吗，奥尔唐丝？"

"你有十秒。"

诺拉把一条连衣裙的上衣部分放在办公桌上。

"这件低胸装的开口度可以吗？"

奥尔唐丝同意了。她的手机响了，是那个男人。他电话打得有些频繁，变得黏人了。她把手机扔给阿梅勒，喊道你来保管！诺拉铺开另一件，是一件长度到大腿的宽肩大衣。

"这上面扎的是明针，可以吗？"

"可以。"

"确定？"

"**确定！**"奥尔唐丝喊道。

"侧拉链的宽度呢？"

"我已经说过了：两厘米。你知道，就是一和三之间的数字，**二**。你记得吗？"

"还有最后一件事：你没有忘记卡特琳的未婚夫吧？你知道，就是那个 DJ，他今天晚上要过来，给你听时装表演的音乐。"

"几点钟来？"

"十点。"

"好，给所有人点好比萨和可乐。"

"我们有三个素食主义者，两个纯素食者，一个要无麸质的，一个要清真的，一个要洁食的。其他人正常。要怎么办？"

"你自己处理。"

奥尔唐丝回过头看着阿梅勒。

"让我妹妹进来！"

"哎，"佐薇说，"你这个街区热闹起来了。我差点昏倒在戈高的肉店门前。老板娘把灰色内脏和粉色肋骨摆在了人行道上，拍打了几下，把它们弄得好看一点，还用它们擦额头。人行道上全是坐在篓子上吃烤鱼和烤玉米的家伙。他们吐着舌头，吓死人了。真让人恶心！"

"我没有时间，佐薇。"

"苏伊士街，有个家伙在光天化日之下抓了我的屁股，还把一根手指往前伸。"

奥尔唐丝耸了耸肩。

"你没死吧？你想让我怎么办？就是这样的。"

"我知道，但毕竟……"

"快点，我还有一个系列要完成！"

佐薇翻了翻包，从里面拿出一沓纸。

"我有一个计划。"她神秘兮兮地宣布。

"然后呢？你太慢了，佐薇，你太慢了！快说明白！"

"你看了妈妈转发给我们的斯泰拉拍的小视频了吗？"

"没时间看。"

"你应该看的。拍得很有趣，很好，让我对你的系列产生了一个想法。"

"我不可能付你钱，我的预算很有限。"

"我会想出办法的，我这么做是因为我觉得有趣。"

佐薇小时候从来不买圣诞礼物，都是自己做。她会花几个小时在房间里裁剪、粘贴、涂色，贴小胶贴和闪光片，拆开、装上。有一年的圣诞夜，她做了一个平面的爸爸[1]，是用纸板做的人像，尺寸跟她们刚刚去世的父亲一样。她把它放在桌子上。她跟它说话、拥抱它。火鸡烤焦了，那个夜晚变成了悲剧。

"我要来拍你正在工作的照片，还有模特、助手、发型师、化妆师的照片，制作动画印在纸上，讲述这个系列的诞生，你把它放在来宾的椅子上。尺寸会别致优雅，我向你保证。"

"纸上动画？"

---

1. 参见《乌龟的华尔兹》。——原注

"你记得吗？我们在福袋里见过这种东西。那是一个贴满照片的活页记事本……如果你快速翻阅，就会变成动画。我已经做过一个了，名字可以叫'在特罗卡代罗广场的餐厅与莱奥妮和斯泰拉共进午餐'。你想看看吗？"

"我没有时间。"

奥尔唐丝在扶手椅里蹬着两条腿，然后改变了主意。

"我在里面吗？"

"我们都在。斯泰拉、莱奥妮、妈妈、你、我……甚至还有斯泰拉的男友。你没见过他吧？"

"我提前走了。"

"他很不错，甚至可以说是火辣辣！"

佐薇说出"火辣辣"这个词的时候，仿佛在舔在巧克力里浸过的手指。奥尔唐丝伸出食指威胁她。

"我去告诉加尔默罗会的修女们，你会被赶出修道院的。"

"我向你保证，他神情严肃。"

"对于男人，你又了解多少呢？"

"怎么说，也了解一点点……"

"加埃唐，然后就没了。"

"我没有全都告诉你。"

"你跟耶稣约过会吗？"

"别说了，好吗？"

她不高兴，眉毛皱在一起，像打了结。

"抱歉。就是说笑而已。好了，我还要干活。"

"你还没有回答我！你至少可以先看看我拍的视频。"

"佐薇，求你了，我已经来不及了。"

"我免费给你做。如果你不喜欢，那就扔掉。你稳赚不赔。"

奥尔唐丝想了想。佐薇十指交叉，仿佛在祈祷，在椅子上跳着。她像金龟子一样蹦蹦跳跳，像是要去吸食核电站。

"你真的坚持吗？"

"是的，是的，是的。"

"那好。你可以在这里停留、拍照，但不能打扰任何人。你不能说话，只能看看，咔嚓咔嚓拍照就行！"

"哟嚯！"佐薇喊道，"生活真美好！"

奥尔唐丝让她克制一下。

"等一下……你在读文科预科一年级，有时间吗？我不想让这个耽误你学习。妈妈会发疯的！"

"我可以**兼顾**。我不睡觉了，这样就行了！我太兴奋了！而且，不过是十天的事。我之后再补。你能把我的名字写在节目单上吗？万一有人想联系我……"

"那修道院呢，佐薇，修道院呢？"

"我们可以把上帝装在心里，然后制订很多计划。是他让我产生了这么多想法，还给了我付诸实践的精力。你不知道我有多幸福，而且我还可以一直跟你在一起。"

"别靠太近，我会咬人的！"

两姐妹击了掌。

奥尔唐丝抓起佐薇的胳膊，把她推到门旁边。

"走吧，梅里爱[1]，去干活吧。"

"我会再来巴拿马路的地狱！"佐薇喊道，"哟嚯！"

她的包撞到腰上，撞开了，一本记事本掉了出来。

"这是我的第一个视频，"她一边捡一边说，"拍的是那次午餐。"

她递给奥尔唐丝。

"你看看吧。这样你就能了解我想做什么了。"

*

佐薇下了六楼，在台阶上跳着、旋转着、尖叫着。我该怎么安排工作？

1.指乔治·梅里爱（Georges Méliès, 1861—1938），法国电影制片人、魔术师，为早期电影的技术和讲述方法做出了卓越贡献。

用特写镜头，全景镜头，变焦镜头，还是四分之三镜头？不，不用四分之三镜头，要细节，细节！用哪种尺寸？不能太大，也不能太小。得用足够厚的纸，不能用卡纸，但又要接近卡纸，要用有光纸吗？我要做多少册？这么多东西，我要怎么付钱？或许我太大胆了？**不！不！**我还剩下一些钱。我没有全都给亚历山大。生活真美好！生活真美好！

当我们与生活达成一致时，它可以那么美好。

*

埃德蒙在"时钟"药店一边排队一边原地踩脚，看了看手表，十一点五分，系紧围巾，用手捂着咳嗽。他肚子发胀，腹腔里像有一根棍子。胆汁反流，他什么东西都消化不了。每次试图吃饭之后，都要服用大量的柠檬酸甜菜碱。

昨天索朗热用拉锯一样的声音问他："你确定你没有得癌症吗？你瘦了。你脸色发黄。如果我是你，我会去看医生。"

她用涂了米白色香奈儿指甲油的食指擦了擦嘴角。她在故意惹他生气。

他再也受不了坐在她对面吃晚饭了，她嘴唇干裂，脸上的粉一块块的，下巴咔咔响，用贪婪的目光一遍又一遍地数着银叉子，因为小女仆是新来的。还有周日的晚餐！真让他厌恶。索朗热、杰罗姆和朱莉默默地吃着萝卜炖鸭子、冷冻鸡和泡在难吃的汤里的兔肉，剥着皮。索朗热每周都做新菜，但也无济于事，永远都是那么无滋无味。她做的饭寡淡无味。

同样无滋无味的酱料，同样反复咀嚼过的话，同样的吵吵闹闹。已经确定了，热尔松[1]投身政界了，他在想选择哪个党派。夫人要学习穿衣打扮，学习布置餐桌，这跟汽车修理厂可不一样！还有工地上的偷窃！兹比格出现在了录像带里。他正在跟一个背对着摄像头、戴着鸭舌帽的男人说话。分辨不出是谁。杰罗姆费尽心机暗示是阿德里安，但没有把他的名字说出来。朱莉按着刀坚持自己的意见，按得指关节都变白了。她一遍又一遍地切同

---

1. 参见《姑娘们》第一卷。

一片肉。最后,她说:"有可能吧。"刀掉到了地上,她不饿了。她脸上的线条变得模糊,想说什么但又什么也没说出口。

真是浪费!怎么会变成这样?

因为他没有注意?要非常小心,才能让生活和家庭都成功。这取决于细节,取决于语调。任何事情都不能马虎,任何东西都不能放过。不要因为懒,因为不知道想要什么,因为害怕,就闭着眼睛说事情会解决的。

如果一直闭着眼睛,就不知道自己的位置了。

一位用小梳子卡住发髻的白发矮个子女士让队伍停住了。她想知道药店要退她多少钱。上一次,女店员多收了她三欧元。店员同情她,正在计算。这家药店里什么都卖:拖鞋、普通鞋子、含芦荟精油的袜子、橡胶奶嘴、毛绒玩具、老年男性用的纸尿裤、老年女性用的纸尿裤、化妆品、发热眼罩、糖果、舒缓肌肤的湿巾、李施德林的各种漱口水,纯天然的、零添加的、全身护理的……还有美白护理产品、牙齿和牙龈保健产品。该如何选择?

矮个子女士把处方收好,另一位女士往前走了一步。他想把问题小声说给店员听。这里人太多了。他只要一些柠檬酸甜菜碱就够了,要一大瓶。他改天再来吧。他的目光落在"维生素"货架上,那里有几十个小瓶子。他正在辨认上面的字,这时听到店员喊:"啊!您有零钱吗,瓦伦蒂夫人?我要拿一点。"他认出那是莱奥妮的背影。

他用肩膀碰了碰她。

她看到了他,微微一笑。

"你好,埃德蒙。"她歪了歪头说。

他没有回答,专心看着她。她修长纤细的身体似乎透明,蔚蓝水润的眼睛在这张脸上转动,让人觉得要溢出来了。还有她的神情……似乎永远都是那么信任别人,只期待着最美好的事情发生,仿佛对方身上没有一丁点的恶意,也绝不狡猾。

"你怎么了?"他拽着围巾的角问。

他口干舌燥,不得不清了清嗓子。

"应该更顺利一点。"她痛苦地抽搐了一下说。

"噢……发生了什么？"

她看了看队伍和人群，往旁边迈了一步。他也跟着迈了一步。

"你有时间吗？"

"但你不是想买点东西吗？"

"可以等以后再买！"

然后他把她拉到了外面。

他抓着她的胳膊，感受到了她的热度、她的柔情。他想把手放在她的腰间，把她带走。

他应该吃下一个肉酱三明治了。

莱奥妮点了一杯茶。他也点了茶。她应该喝一点止咳糖浆，他也是。

"你们没有肉酱三明治了？"他又问。

她转着防水衣的袖子，开始用沙哑的声音讲述汤姆被别人打了。

"我就是为了他来这里的……斯泰拉没有离开他的枕边，她拒绝……"

她没把话说完，疲惫极了，靠着放在膝盖上的包。

"我不能逗留太久，斯泰拉让我……我得去开车。"

"我送你。今天上午我没在工地上见到斯泰拉。"

"她在照顾汤姆。他耳后被踢了一脚，好像……"

她的声音在颤抖。

"喝茶吧，这对你有好处。"

他拉起她的手，她说，唉！埃德蒙，暴力永远没完没了，是吗？他把嘴唇贴在她暴起的青筋上。

"你会看到的，会变好的。"

她看着他，仿佛愿意相信他的话。埃德蒙的目光鼓舞了她。她呼吸平静下来，叹了一口气，蜷缩着身子，喝了一点茶。

"你想要点别的吗？你饿吗？"

她摇了摇头。

"我感觉是在倒退，感觉一切都要重新开始。"

他轻轻吻了吻那只在自己手心变得温热的手。

"斯泰拉找到他的时候，他蜷缩在停车场，浑身是血。她拿了乔治的枪，想干掉那个浑蛋……愤怒让她疯狂。如果你知道……"

"她知道坏人叫什么吗？"

"汤姆说他什么也没看到。当时是晚上，那个家伙是从后面扑过来的。他偷走了汤姆的羽绒服，那是他的圣诞礼物。汤姆打着寒战，咬着牙……"

她放下茶杯，歪着头，叹了口气。

"她用被子把他裹起来了。他们在圣沙朗转圈。她想找到那个家伙。她不肯放弃。汤姆让她回去，他浑身都疼。这是他跟我说的。他说话的时候嘴唇都动不了了，太疼了。我们两个很亲近，你知道。我们弥补了以前浪费的时间。我们有自己的小秘密。"

她微微一笑，面色苍白无血色，仿佛很抱歉一直在说自己的事。

"斯泰拉把乔治的枪放在了卡车里。我害怕，埃德蒙。我害怕她会干蠢事。昨天晚上，汤姆睡着以后，她去了院子里。她在一片黑暗里，月色朦胧，我听到……她在跟雷说话。"

"跟雷说话？"

"她说他是浑蛋，还咬牙切齿地说：'你以为我看不到你，你以为我不知道是你秘密策划了这一切？'我走上去，抱住她的肩膀，让她回去。她说：'你听到了？你听到他在哈哈大笑了吗，听到他有多高兴了吗？我要杀了他。'"

"她需要休息。跟她说，让她休几天假。我来安排。"

"你真好心，埃德蒙。我都不知道该怎么办了……"

"阿德里安呢？他怎么说？"

莱奥妮尴尬地垂下眼睛。

"昨天夜里他没有回来。今天早上我出门的时候，他也不在。"

埃德蒙把车停在了院子里。母鸡在啄食沙拉叶子，两只猫搂抱在一起，在阳光下晒着肚皮。一把小镰刀扔在长椅上。一辆手推车挡住了去厨房的路。乔治应该在不远处。

他透过窗户瞥到了苏珍，莱奥妮推开厨房的门，他跟了进去。

"阿德里安回来了吗？"莱奥妮问。

"他在楼上，"苏珍说，"跟汤姆在一起。斯泰拉出门了。"

"出门了？去哪儿了？"

"阿德里安想跟她说话，她捣了一下他的肚子。那一下可真不轻！然后她就走了。她把卡车开走了。他没有动。他摇了摇头。是我让他上去的，我说汤姆出事了。"

"她没说去哪儿吗？"

"没有。"

"我的天哪！她的卡车里有枪。"

"什么枪？"

"乔治那把枪。"

"哎哟哟！得告诉乔治！他在我们家，正在换衣服。他推车赶驴子出了一身汗。"

"我去吧，莱奥妮，"埃德蒙说，"之后再给你打电话。"

"谢谢，埃德蒙。"

"您想喝杯咖啡或者喝杯酒吗，库尔图瓦先生？真羞愧，我什么也没问您。"

"你真好心，苏珍。我得回办公室了。斯泰拉可能会在那里。"

*

阿德里安坐在汤姆床边。他小心翼翼的，生怕撞到汤姆。汤姆躺在那里，瘦瘦的，冒着汗，睡梦之中指头还在动。他嘴角下垂，下巴上有一道干了的口水痕。

阿德里安看着窗户外面，树投下灰色的斑点，朝房间俯下身，照顾着这个孩子。

人们真的知道打击何时降临吗？

我当时不在场。

我从来不去初中接他。我心想他已经长大了，而且有斯泰拉在。而我，我十一岁的时候……

汤姆躺在那里，颈背陷在枕头里。他的鼻子和嘴唇都肿了，眼睛闭着，肿了，眼圈变成了紫红色。睫毛粘在了一起。上身微微抬起，肋骨上缠着一条绷带。他忍着呼吸，发出轮胎扭曲一样的声音。他皱着眉，呻吟着。金色的头发上粘着血。一只眼睛上方敷着一块纱布。另一块原来敷在耳朵上，现在落到了脖子上。棕色的污点把耳朵弄脏了。脖子上的伤口好像很深。

他为什么会遭到攻击？是因为优秀学生公民证书的事吗？他知道那不是什么好主意。总有一些浑蛋不喜欢好学生，朝他们下手。他想起来在阿拉米尔的时候，有一天他在课上讲了一部电影，老师表扬了他……于是就有三个人在荒无人烟的路上等他。他祖父对他说："你只需学会战斗，把他们痛打一顿就行了。"

斯泰拉……

斯泰拉……

她走得那么急……

她怒气冲冲。他看得到她额头上的青筋在跳，他想象得到她的血在隆隆作响，用低沉的声音讲述着浓浓的痛苦，缓慢，深沉，咚咚咚。

他要停止跟巴黎女郎在宾馆房间里约会。

问题在于："什么能阻止我跟她见面？"昨天夜里，他凝视着一只似乎在用责备的目光盯着他的仓鸮，想到了这个问题。

答案呢？他很久之前就知道了。

"如果斯泰拉和汤姆会受到伤害。"

这是他划定的界限。

昨天晚上，离开火车站时，他经过了仓库。

　　天已经晚了。他心想我要在那里待几分钟，利用这段时间检查门是不是锁好了。物资经常被偷。有一天，安蒂奥什家的一台拖拉机被偷了。光天化日的。格朗热家刚刚种上的灌木也在夜里被连根拔起。清晨，埃德·格朗热揉了揉眼睛。篱笆不见了！警察不再出警。他不确定有没有锁好防盗锁，用一根粗链子锁住大门。

　　防盗锁不在门上，而是躺在地上，被拔出来了。门摇摇晃晃，声音像鬼屋里的一样。

　　他骂了一句脏话，走进仓库。

　　这里被偷了。

　　少了一些欧洲的货盘、一台起重机、一些电池。电池的售价很高。痕迹都留在那里。一根烟躺在地上。不是烟头，而是一根烟。如果有这个东西，说明人刚刚走，他们应该是被打断了，还会回来的。

　　他要等他们。

　　他把车藏在远一点的树丛后面，回到仓库。

　　他想找一根铁棍。结果真找到了一根，很重，是圆的。对方有几个人？一个、两个，还是三个？那就一个个逮住。他有优势，那些家伙不知道他在等他们。

　　会是谁？在这片区域到处掠夺，偷农作物的？打听过他的情况，然后跟踪他的家伙？米兰的帮手？还是博尔津斯基的？

　　他摊开在火车上读的报纸。是《队报》。他通过看报了解俄国足球俱乐部的赛程，尤其是叶卡捷琳堡乌拉尔足球俱乐部的，它在甲级联赛中位列十二。他把报纸铺在地上，摘下已经不再显示时间的手表。上面永远是十点二十分。如果要打架，他不想把手表弄碎。他脱下大衣，裹住身子，躲在灰黄色的搅碎机后面。

　　他睁着一只眼，铁棍就在手边，小心地不发出声音，拿出手机通知斯泰拉。他写道："柳芭，今天晚上我不回去了，我要工作。柳芭，我真想你啊。"

仿佛他要离开很久才能再见到她一样。

他守了整整一夜。他凝视着搅碎机光滑的侧面，他辨认出一只猫头鹰修长的翅膀在黑暗中缓缓掠过，起起伏伏。借着黯淡的月光，他瞥到了那只仓鸮扁平的脸、细长的眼睛和白色的前胸。它盯着他，仿佛在问："你要如何面对你的人生？"神情里透着责备，几近蔑视。他点了一根烟，握紧了铁棍。博尔津斯基不干净。在比例问题上，他那么容易就退让了。他还有别的计划，在等待机会选择合伙人。或者他想吓唬我，让我放弃。他咬着脸颊内侧，等待着声响，守了整整一夜。天下起了雨，空气浑浊，雾气腾腾，细细的月牙也像被水浸湿了。"你要如何面对你的人生，阿德里安·科苏利诺？"面部扁平、神情严肃的仓鸮问道。

他又点了一根烟。

太阳照在他脸上热热的，于是他醒了。他伸出一只胳膊，去搂斯泰拉。柳芭。柳芭。结果扑了个空。看了看时间。九点半了！

仓鸮飞走了。

他把仓库的门关上，溜走了，但没锁防盗锁。他还得回来，很快就得回来。

*

汤姆往旁边歪了歪头，阿德里安猜测他脖子上的伤口有七八厘米长。上面还有鞋底的印子。有人穿着靴子踢他？是米兰的尖头鞋？米兰雇了个人，要给我施压？意思是他想在我的新生意里分一杯羹？

他看着汤姆，是我的错，是我的错。

米兰的尖头鞋。他握紧了拳头，用一只拳头敲了敲另一只手的手掌。

是我的错。

汤姆稍稍睁开一只充了血的眼睛，瞥到了父亲，气息微弱地说："爸——爸。"

"我的儿子！"

"你去——哪儿了？"

"我在干活。为了妈妈，为了你，为了我们。我有一个大计划。你会为我感到自豪的。"

汤姆咽了咽口水，皱了皱眉。

"你想喝点什么吗？"

汤姆表示要喝。

"喝水？"

他表示不喝。

"可——乐。"他一字一顿地说。

阿德里安轻声一笑。

"你确定？"

"冰——可——乐。"

"好的，长官！"

*

她走了也好。不然她可能会骂他是浑蛋、肮脏的家伙、西瓜虫，她会打爆他的眼睛和肠子，把他埋在枯叶底下，穿着靴子狠狠地踢他。她身体里仿佛有一阵龙卷风在上升。它盘旋，盘旋，摧毁一切。不能让汤姆听到，已经够了，他已经够痛苦了。她走了也好。

他回来的时候，双手插在口袋里，当时是上午十点。她什么也没问。他本可以回答，他工作了整整一夜。为了他们。每次都是同样的借口。

如果他双手插进口袋朝她走来，用灰蒙蒙的目光向她讲述一个瞒不住的谎言，说她会看到，他无比地爱她，无比地想要珍惜、保护她，如果发生不幸，也会照顾她，那她简直会发疯。

真是个浑蛋。

她走了也好。

*

如果说兹比格房前的橡木篱笆没有倒下来，还得多亏了那些荆棘。最好直接跨过去，不要打开篱笆，否则它就会倒，兹比格会指控你把它弄坏了，要求你给他修好。所有人都知道这一点。大家都从上面跨过去。

当斯泰拉瞥到草丛里有只狐狸时，她一条腿踢了出去。是一只狐狸的尸体，尾巴被剪掉了。腐烂的尸体上围了一群苍蝇。兹比格杀它是为了拿奖金。五十欧元。市政府让人拿着尾巴去领奖金。这只动物像是睡着了，它的皮毛是红棕色的，像烤焦了一样，仿佛是在太阳底下晒了很久。它的嘴被一群苍蝇盖住了，勾勒着一个平静的微笑。

她要跟兹比格谈一谈倒在田间篱笆上的刺槐树。乔治咨询了市政府管理地籍的部门，兹比格要为此负责。他应该把树弄走，把篱笆修好。

她穿过院子，驱赶着牛虻，什么时候天才会冷到把它们都冻死？她走过去，听到一阵音乐声，是一支她熟悉的、可以唱出来的曲子。一首吱嘎作响的间奏曲。我不知道兹比格是音乐迷，她捧腹大笑，笑一笑对她颇有好处。

我提前告诉过他，我要杀了他。

他回来的时候吹着口哨，双手插在口袋里。

他选择了汤姆浑身是血这一天。

是谁攻击了小男孩？她害怕极了，连思考的时间都没有了。她拿起乔治的枪，仿佛她能迎面遇上攻击者似的。

仿佛他们约好了一样，仿佛她知道是谁一样。

这是她的错。她威胁了初中校长，她应该是把这件事告诉了……雷·瓦伦蒂的一个同伙。比如，热尔松。他投身了政界，跟市长、议员成了朋友，改名为雷－瓦伦蒂初中肯定是他的主意。目的是自吹自擂，博取眼球。她拒绝以后，就变成了他们的眼中钉。他警告过她一次。想想你最喜欢的狗图米耶尔[1]吧。想想它是怎么完蛋的。被割了喉，从厨房的门扔了出去，血凝固了，身子还是热的。想想那个深夜，你一脚踢到了门前的狗身上。想想你的号叫，你的绝望。

这件事永远没完。

兹比格住在农场的一幢旧楼里。百叶窗噼啪作响，门互相碰撞，斑驳的墙皮里长出了枯草。院子里堆积着一些辨认不出来的物品的骨架，溢出来的垃圾，裂了的汽车座椅，冰箱，还有猫吃完的空罐头。成群结队的猫。每天上午，他都要花一个小时开罐头。他嗓音低低的尖尖的，故做风雅，显得疯疯癫癫，对它们说："我的小家伙们，如果兹比格不在，你们该怎么办啊？我的小可爱们，该怎么办啊？就得吃骨头和鱼刺了，就得拼命地喵呜喵呜，可是兹比格在呀，兹比格知道怎样给他的小家伙们赚钱……"

他呼了口气，挪动了一下，仿佛在推一台混凝土浇筑机。

她敲了敲门，然后又更使劲地敲。她用袖子里子擦了擦玻璃，把鼻子贴在窗户上，瞥到了兹比格。他在伴着音乐左右摇摆，扬起一只胳膊，喊了一声，巨大的肚子溢了出来，颤抖着，像醋栗果的果酱一样。他正伴着席琳·迪翁的一首歌跳舞。他把一个洋娃娃抱在怀里，咬着它的嘴。

"我想飞越海洋，遇见飞翔的海鸥，回忆过往的一切，或者走向未知，我甚至想拯救地球，但在此之前，我得跟父亲聊聊，跟父亲聊聊……"

他把脸埋进玩具娃娃金色的长发，吻了它……

这是他最漂亮的一个玩具娃娃，是他今年夏天在短枪射击中赢来的。他把它放在床底下，想找点乐子的时候就拿出来。他从来没有进入过一个女孩的体内。他想象着那里软软的，热热的，像鸭绒盖脚被一样令人窒息。他对着玩具娃娃，看着它粉红色的脑袋、它充满信任的大眼睛。它永远笑意盈盈。有人按它的肚子时，它会用尖尖的嗓音说"kiss me darling"。

---

1. 参见《姑娘们》第一卷。——原注

"Darling"在英语里的意思是"亲爱的"，"*kiss*"的意思是"吻"。这是阿德里安教他的。Kiss me darling. 吻我，亲爱的。他用手帕擦了擦黏糊糊的玩具娃娃，把它放回床底下。

玩娃娃是因为他穷，席琳在喊爸爸。

他从来不认识他的父亲。

在他出生前的一天，他父亲宁愿离开。

他恨了父亲很长时间。

在长大成人的过程中，他重新审视了自己的判断，觉得父亲是个很好的家伙，非常聪明。他清楚从他母亲那里，他什么都得不到。理应把她抛弃。也正是因为如此，他离开了。甚至有可能，他根本不知道自己有个儿子。有一天，如果他出于好奇经过这里，他们就会相遇。他该怎么称呼他？先生？爸爸？仁慈的上帝啊，那一天，他会期待他做些什么？在那之前，他单曲循环听席琳·迪翁的这首歌。它让他哭泣，这对他有好处。他父亲是个男人，真正的男人。跟阿德里安一样。

只要听到席琳的这首歌，他就仿佛**看到了**阿德里安。他把仓库租给了他。这事不该让任何人知道，阿德里安一边说，一边做了个用拉链把嘴拉起来的手势。他还投来冷酷的目光，警告他如果他乱说，他就毫不犹豫，**该怎么办怎么办**。他看到这道目光时战栗了一下。他溜到棚子里，从床底下拿出玩具娃娃，摩擦着，想着那个**冷酷**的目光。他想贴着阿德里安，弄脏他的脸，被他踢着，挨他的耳光，被他责骂。他会用拳头打他的嘴，骂他是肮脏的乡巴佬，是死胖子，会在他身上尿尿。他无法解释，但觉得美妙不已。

他摩擦玩具娃娃时，就会想到那个**冷酷**的目光。

他把旧仓库租了出去，这样就有钱给猫买罐头了。他就是人们所说的赢家，他父亲会以他为豪。

斯泰拉往门上踢了一脚，把它踢开了。兹比格惊跳起来。他还在乱动，他的脸下半部分粘着红色的污迹，就像个小丑。

席琳声嘶力竭地喊着："我得跟父亲聊聊，跟父亲聊聊"。兹比格从口袋里掏出脏手帕，擦了擦嘴。他的下嘴唇耷拉着，仿佛扯着它的皮筋断开了。

"穿上衣服！你真恶心！"

他把衬衣整理好。

"这么说，是你开了我的卡车？"

"不是我，我没有开你的卡车。"

"前几天，我在里面找到了席琳·迪翁的一张 CD。而且，它现在还在那里。"

"不是我？"

"你为什么要开我的卡车？"

"不关你的事！"

"是**我的**卡车。"

"他让我帮他，我就帮了他。我把 CD 忘在了卡车里。不过我还有一张……"

"我不在乎你的 CD，我说的是我的卡车。"

"我知道，我不傻。"

"你偷了我的卡车。为什么？"

"我没有偷，我很老实。"

"你很老实，但你没经过我的同意就开了我的卡车。"

"他说我可以开，前提是我什么也不说。"

"他是谁？"

"他也是，他干了不老实的事。"

"停，兹比格！'他'指的是谁？"

"你只要去仓库那边看看就知道了！"

"哪个仓库？"

"博斯罗家农场后面那个。"

"废弃的那个仓库？"

"没有废弃。那是我的，我租给了他。"

"你租给了谁？我完全不明白你在说什么。"

"他不想让我说，他威胁过我。"

又是一阵冰冷的寒战，撕扯着他的五脏六腑。他的肚子里在燃烧，他想贴着一棵树、一扇门摩擦。他摩擦起来才会觉得舒服。

"你可以告诉我，我们认识很久了，我一直都在帮你。"

"他不想。"

"你不老实，我要告诉朱莉。卡车是她的，你会冒很大的风险，兹比格。这是偷窃，是**偷窃**。"

他生气了，满脸通红。脸上的汗珠闪着光，脸激动地抽搐着。他咬着肿胀的指头，上面有些小伤口结了痂。脚指头从穿烂了的旧篮球鞋里面冒出来，发出馊奶酪的味道。

"浑蛋，兹比格，你从不洗澡吗？"斯泰拉做了个鬼脸。

他从桌上的塑料袋里拿出一半发霉的三明治，吞进肚子里。

"我没有不老实，你问问你丈夫就知道了。"

"阿德里安？"

"他没有告诉你他在仓库里干坏事，嗯？他没告诉你吧？去吧，去问问他。我没有不老实。我呢，我可看见了，我看见了。"

"我完全没听懂！"

"那个仓库，是我租给他的，亲手交给他的。他不想让任何人知道。连你也不行。不老实的人是他，不是我。是他，还有另外一个人。他们两个都爱大块头兹比格。"

他咧嘴一笑，露出沾满白色酱料的牙。

斯泰拉端详着他。在他们小时候，在男孩子朝她扔石子，女孩子逼她喝尿时，她就会保护自己。他流着口水，嘴角也沾满了白色的泡沫，她拉着他的袖子，把他拽到了远处。

他可能没意识到，他刚刚泄露了阿德里安的秘密。

她上了卡车，挂了一挡。起重机是歪的。她忘了回正。早晚会结结实实地歪倒的。

仓库出现在了博斯罗家的农场后面，在第三个拐弯处。一条坑坑洼洼的石子路一直通到门口。卡车颠簸，起重机摇摇晃晃。斯泰拉放缓速度，驶过最后几米。

她推开仓库的两扇门。

灰黄色的搅碎机立在那里，威严肃穆。这是一台二手样机，斯泰拉注意到。是他付的钱？哪儿来的钱？

这，就是他的秘密？

就因为这个，他才神神秘秘的，还消失了？

所以他不按时回家，还沉默寡言？

她茫然地笑了起来，伸出双臂，转着圈。转啊，转啊。一阵幸福将她淹没。她想潜入水中，去摸水里的鱼和白色的贝壳，把它们穿成项链。她踢了一脚，然后往上浮，再往上浮。她又笑了起来，把两只手插进口袋，脚后跟踩在土里，驱走了没有用的愤怒。

角落里，有一台小型起重机、一个水槽和一辆叉车。

这就是他的秘密。他正要谋划自己的生意，靠这台处理塑料的搅碎机。

背着埃德蒙？

她继续检查。绕着搅碎机转了一圈，瞥到地上有张报纸。俯下身去看标题，是《队报》，写着昨天的日期。昨天夜里他是在仓库里睡的。

然后，她还看到了阿德里安的手表，放在报纸上。

她倒在报纸上，拿起手表，十点二十分，十点二十分，把头埋进膝间，听着自己的心跳停了下来，十点二十分，十点二十分，十点二十分，十点二十分。

昨天夜里他是在仓库里睡的。

*

阿德里安坐在汤姆的床上，讲述他在十四岁时，是如何遇到了村里的巨人奥布拉佐夫。

"他想杀了我。"

"为什么？"

"因为我竟敢直视他，这是不允许的。所有人到了他面前，都得低头。"

"你是故意那么做的？"

"我当时分心了。他以为我是侮辱他。"

"他比你高？"

"比我高，比我壮，能抬起一匹马。没有人能打得过他。他把村里的小伙子吓得不行。别人一瞥到他，撒腿就跑。"

汤姆沮丧地叹了口气。

"你是怎么做的？"

"我下定了决心，反正都要死了，怎么都一样。我一直都是这么做的，小……"

"你告诉自己你要死了？"

"是的。"

"可是为什么？"

"因为只要我没死，我就还活着，而且活得很好！"

"这样有用吗？"

"这给了我力量，我打败了他。你也这么做，就会赢。场面会很难看，但你会赢。你知道打你的是谁吗？"

"不知道。"汤姆咬着嘴唇说。

"我知道你是知道的。"阿德里安微微一笑。

他的笑容很奇怪，灰色的眼睛闪过一道黄光。仿佛一头在夜里偷吃东西的狼，就是漫画里那种。

汤姆沉默了。

"这不重要。但是，你要去找到这个家伙，跟他打一架，就当自己要死了。好吗？"

汤姆皱了皱眉头，这是一个蠢主意。好吧，他父亲当时十四岁，比他现在大三岁，他习惯了打架，而且……

"否则在学校里，大家就会说你害怕，说你是个懦夫，哪个女孩都不想吻你。"

汤姆变得不安。他的耳朵在发热，绷带下面在发痒。

"你只能做点疯狂的事，才能弥补。"

"什么样的事？"

"生吃一只老鼠，从贝乌斯桥上跳下去，或者，我也不知道了。但如果你去打架……"

汤姆抓了抓一小块发炎的皮肤。跟加斯帕尔打架！那就像被黑洞吞进去了一样。他的腿在被单下面颤抖，他想尿尿。

"爸爸，你知道，他真的比我壮很多。"

"正是这样。之后你就能把所有的姑娘都收入囊中了，而且再也不会有人来烦你了。"

他父亲在胡说八道。当然，达科塔肯定会……会觉得他是个窝囊废（loser）。她会用拇指和食指朝他比画一个 L。Loser！ Loser！真丢人！

他们刚刚和好。

他咽了咽唾沫，把腿伸直，这才停止颤抖。

"你可以教我打架吗？"

阿德里安微微一笑，抚摸着汤姆的头发。

"可以，我的儿子。"

汤姆很喜欢父亲叫他"我的儿子"。这就像是在保护他，意思是我爱你，我就在这里，但又没有添油加醋。他几乎感觉不到疼了，几乎不再害怕了。

"我们等你恢复一下，再开始练习？"

汤姆点了点头。阿德里安伸出手，伸到儿子面前。

"一言为定！"

他瞥到自己的手腕上什么也没有。

他把手表忘在仓库了。

*

斯泰拉回到农场时，正好遇到苏珍在鸡舍里，她正在用果皮和不新鲜的面包喂鸡。斯泰拉靠近围栏，把手指伸进洞里，问苏珍阿德里安在不在。

苏珍耸了耸肩膀。

"他走了，就像对着油毡布放了个屁那么快。他丢了手表。这算多大事？那块手表都不走了！"

"他没说去哪里？"

"没有，他没有时间解释这个解释那个。"

斯泰拉微微一笑。她瞥到了井栏上的螺丝刀。应该是她放在那里的，忘了拿。她靠着栏杆，蜷着一条腿，闭上眼睛。一切都在回归正轨。她需要想一想。为什么他没有向她吐露实情？他害怕她会告诉朱莉？她已经不再跟朱莉说话了。

"汤姆怎么样了？"

"他想起床，我给他唱了蕾蒙娜的歌。他没有再动，没动！"

"今天晚上，我能在你们这里睡觉吗？可能明天也是？"

"很严重吗？"

"差不多，"斯泰拉微微一笑，把苏珍沉重的手握在手里，"我需要一个人待着。"

"为了总结一下？"

"可以这么说。"

一阵幸福的波涛从她胸间涌出。没有别的女人，只有那台灰黄的搅碎机，放在仓库里，看上去傻乎乎的。

"如果你把手枪放回原处，我会很高兴的。"苏珍嘀咕道。

"你怎么知道是我拿了？"

"你没用吧，我希望？"

"不能说我没有用。"

"那我就不得不告诉乔治了，他会气炸的。"

"你会那么做吗？"

"让男人们去应付吧。汤姆也是个男人了，不是小宝宝了。把手枪收好，否则……"

"好的！你赢了！"

"马上就去！"苏珍埋怨道。

"好！你别生气了。"

"我没有生气，我是在解释。对了，你跟兹比格说了刺槐树的事了吗？"

"天哪！我忘干净了！"

"这可好！我得有三个脑袋才能应付你们！什么时候才能松口气呢？"

*

埃德蒙沿着香榭丽舍大街往下走。

埃德蒙走在世界最美的街道上，脚步轻快。

埃德蒙容光焕发，埃德蒙神气活现，埃德蒙自吹自擂。

他从他的牙医、医术高超的雅库医生设在巴尔扎克路的诊所里走出来。

在黎视坊[1]停了下来，选了一副新眼镜，"很时尚。"售货员说。

在娇兰专柜买了一瓶香水。

他朝拉博埃西路走去，他以前的裁缝就在那里。他进了门，说："您好，巴尔内斯先生，您还记得我吗？"巴尔内斯先生微微一笑，回答说："我怎么会忘了您，库尔图瓦先生？"此人是精明的商人，绝妙的裁缝。他的手又细又白，牙齿漂亮，眼睛湛蓝。像勿忘草一样。只要您走进他的商店，这双眼睛就能测量出您的尺码，计算好要怎么修改。

埃德蒙说："我想让我的衣柜改头换面，这段时间我有些粗心，给我看看布料，给我讲讲裁剪、里子、纽扣、坎肩、衬衣和领子。"巴尔内斯先生弯下腰又直起，展示着，铺开布料，抚平皱纹。埃德蒙定的货能把两个衣橱、三个壁柜和几个抽屉都装满。冬天的呢子，春天的棉布，夏天的纱，秋天的开司米。被他拒绝的只有亚麻，他不喜欢亚麻起皱的样子。

"您会成为优雅的典范。"巴尔内斯先生欠了欠身，总结道。

"但愿如此，因为我有大事要做！"

他决定重新征服莱奥妮。

---

1. 黎视坊（Grand Optical），欧洲顶级个性专业眼镜连锁品牌，总部位于巴黎。

自从他们在药店相遇以来，他给她打了好几次电话。他用担忧的语调说起了汤姆，要了一份详细的体检报告。

只是为了听听她的声音。

她热情地回答了他，幸福地咯咯笑。他们去城里喝了咖啡。他给她讲了个故事，说有个男人想在几个小时里学会英语，还不花一分钱。最后他找到了一个巴基斯坦人的地址，此人吹嘘他可以在六小时内教人学会英语，价格是每小时四欧元。

"……于是他来到一幢旧旧的小楼前，敲了敲门。一个穿拖鞋的巴基斯坦人给他开了门。男人心存怀疑地问：'您不是英语老师吧？'

"'If if...'

"'您确定？'

"'If if...Between...between...[1]'"

她大笑起来。

他微微一笑："你听懂了？那你是懂英语的？"她脸红了，说："是啊，埃德蒙，我学过。"他觉得自己太傻了，轻视了别人。他感到羞愧，向她道了歉，她垂下眼睛。

这一天，他心想我要去巴黎，我要让我的衣柜改头换面，我要追求她。

他刚刚走出巴尔内斯的商店，莱奥妮就给他打来电话。

"埃德蒙？我打扰你了吗？"

"没有，我刚刚告别……"

他差点说出"我的裁缝"。那样就太蠢了。他感觉露出了马脚。

"……我的银行工作人员。可以跟你通话，没问题。"

"我想问你一点事。如果打扰到你了，你就告诉我，好吗？"

"我什么都可以为你做，莱奥妮。"

---

1. 用正确的英语，应该是："Yes, yes...come in, come in..."——原注

他的心脏激动不已，在胸膛里翻着筋斗。

"你愿意教我开车吗？"

"当然可以……"

"我有驾照，但我全忘了……我不想依赖乔治或斯泰拉，最后成为他们的负担。比如说，我想去拼接工作坊的时候。"

"十分乐意，我……"

他又差点露出马脚。差点说出"我亲爱的，我的爱人，我从二十岁开始就在等你，我珍惜你，因为你，我连气都喘不上来"。他幸福到快要爆炸了，他的心怦怦直跳，要从衬衣里跳出来了。

"……我亲爱的。"

他哼着歌，沿着拉博埃西路往下走。

他哼着歌，在找停车场的票。

他弄丢了吗？那得付罚款。

很贵吗？金钱买不了幸福。

他要给莱奥妮上驾驶课了。

他打了转向灯，在马提尼翁路拐了弯，在香榭丽舍大街上面闯了红灯，一个开轿车的人朝他按了喇叭，骂了他，在他面前来了个急转弯。他得平静下来，否则索朗热会怀疑的。他得装出狡黠的样子。"狡黠"，多么好玩的词！

他要给莱奥妮上驾驶课了。

他回到圣沙朗，坐在工作台前。把放大镜固定在右眼上，拿出镊子和针。俯身对着一个黑色大理石、配布罗科[1]擒纵器的钟表。那是他在一堆废铁里找到的，碎了一半。已经很多年不走了。这是个宝贝！

他端详着表盘一侧的擒纵器。两个红宝石半圆柱体按照钟摆摇动的节

1.阿希尔·布罗科（Achille Brocot, 1817—1878），法国钟表匠。布罗科擒纵器就是以他的名字命名的。

奏摇过来摇过去，卡住了擒纵器的齿轮和精致的锯齿。他装上主弹簧，把钟摆拨到表壳后面。钟表又重新开始走了，这是个好兆头。莱奥妮和我，莱奥妮和我。他说着胡话，目光落在钟摆上。可是走了几圈后，表又停下了。他瘫倒在凳子上，叹息道："在床上不行，在床上不行，在床上不行。"他得再拆开、清理干净、上油，然后再把擒纵器装上去。要花些时间。莱奥妮和我，莱奥妮和我。他擦了擦额头，调整了一下放大镜，眼睛贴在上面看。

一切又要从零开始。

他注意到每次尝试时，都是右边的红宝石卡在了齿轮里。于是他想到了在表壳下面放一块垫片，以确保水平。如果幸运的话，这样就行了。莱奥妮和我！莱奥妮和我！时隔这么多年以后，钟表又复活了。他只需参照自己的手表来确定这个钟走得快还是慢，然后调节走时就可以了。于是，他通过调节把摆锤固定在摆杆上的螺丝，把摆锤向上调了又向下调。这个工作漫长且乏味，但最后的精确度出乎他的意料。

他要给莱奥妮上驾驶课了。

*

卡米耶在一张有小格子的卡片上画杠子，线条之多让他惊讶。七条杠子，七天没有消息了。卡车不再停在多媒体图书馆前面。斯泰拉·瓦伦蒂不再背着大背包，从卡车上下来。他习惯了她的到访，习惯了她往后戴的帽子，她穿着靴子的长腿，她摆弄的眉毛，她像狼一样窥伺的眼睛，还有她那副别人无法忍受的怪样子。

他们很少说话。他们没有说什么要紧的事，但他觉得他们之间有关联。而且这种关联在日益增强。

下一次，如果她来，他要跟她谈谈，他要争取一下，他要第一次向她敞开心扉。

如果她来……

他在"好胃口"餐厅吃了午饭。他没有喝加柠檬水的啤酒,他思路混乱,深深的恐惧让他无法承受。因为她**知道了**?因为她**知道了**那天晚上发生了什么?她太难过了,太生气了?太鄙视他了?

如果她鄙视他,那将是件恐怖的事。但是她有理由这么做,不是吗?想想那天夜里的事,想想吧。你自己不**羞耻**吗?

我想让她来,我想她。

他突然觉得他爱她超过一切,甚至超过爱桑德里娜。那是一种出乎意料的、绝对的爱,但不是肉体上的。不,不,绝不是肉体上的。最近几天,他等待着她,周身充斥着无限的幸福和希望。他想,她会进来的,她会倒在藤条椅里,用靴子的后跟踩着地,可能说话,也可能不说话,但她就在那里,就在我面前。我可以忙我的事,同时被她的存在所包裹。他高兴到喘不上气来。找不到任何一个词,任何一个形容词来描述这种爱。他寻寻觅觅,但一无所获。在这种爱里,你愿意把一切都给对方,但是**丝毫**不求回报。一开始他想,这不过是我一厢情愿的臆想,我几乎没有朋友,所以一旦有人可以扮演这个角色,我就赶紧冲上去。随后他不得不承认事实,他想她,而且非常想。

他沉浸在思考里,沉浸在卡片的杠子里,这时门开了,像被人从铰链上扯了下来。

她进门了。

她倒进藤条椅里,把大背包扔到地上,跷着腿,声称:"你知道吗?汤姆被人打了,打得很惨!"

"被谁啊?"

"我确定这是瓦伦蒂搞的鬼。雷的朋友想吓唬我,因为我拒绝让初中改叫他的名字。"

"可是瓦伦蒂,他已经**死**了!"

"他死了,可是我呢,我看得到他,听得到他说话。你别说我疯了,那样倒是容易了。"

"那这是谁干的?"

"他那伙朋友，他们人数众多。不算有勇气，他们干坏事从来不敢留名。太狡猾了！去年，他们把我的狗的喉咙给割断了，那是我最喜欢的狗。**割喉。**您不知道吧？"

卡米耶摇了摇头。

"初中的事，不能那么做。如果迫不得已，我就放火把它烧了，但它永远也不能叫瓦伦蒂初中。"

她站起身，抓起背包，朝办公室走去，扯了扯金色的发绺。

"好了……我来不是为了这个，我想给汤姆找点书。他待不住。他想起床，去打架！不管不顾的！"

她生气极了，气喘吁吁。

"周三晚上您没有来我家，我一直在等您。"

"我们约好了？"

"我要给您化妆的。"

"啊，对……"

她摇了摇头，觉得很好笑。

"我得承认，我当时没有心情。"

"那下个周三呢？您有空吗？"

他那么高兴！她和他在厨房里化妆，吃杏仁烤蛋白，他父母玩滚球或六合彩。

"说到底，为什么不呢？这样我也能散散心。"

"啊！"他喊了一声，松了口气，"您可以早点来吗？这样我们时间更充裕些。我要买一张比萨，一瓶酒。"

"为什么不呢？"她重复道，想得出了神。

"晚上七点？什么都交给我，您只要出现在餐桌前就可以了。"

"我很感动。"她温柔地说，语气里又带着一点点讽刺。

她似乎很真诚，所以她应该什么也不知道，没有生我的气。不过……**她也不可能知道。**当时在现场的只有我和他两人，其他人什么都没看到，而且那个人死了。**死了。**

"现在，给汤姆选本书！"他噌的一下站起身宣布，很开心摆脱了这个负担。

"漫画也要,他会很喜欢的。"

他在过道里走来走去,上面挂着牌子,"法国小说""外国小说""青春文学""名著"。

他仰着头看了一会儿"名著",伸出手,抓过一本书,得意扬扬地挥舞着。

"《大卫·科波菲尔》。他会喜欢的。"

"这本有点厚吧?"

"读起来很容易。而且,他需要卧床,不是吗?"

"他被禁止走动!"

"您可以让他读读……"

"这是个什么故事?"

"是一个小男孩的故事,他母亲改嫁了,继父虐待他,为了摆脱他,还把他送进了寄宿学校。这世上所有的苦难,他都要去逐一经历。但他会获胜。这本书是用第一人称写的,书里写了一大群人,一个比一个吸引人。他会很喜欢这本书的。"

他使劲拍了拍书,确信他选得没错。

"我也曾是个跟别人不一样的、受过虐待的孩子,所以我知道……"

"您受过虐待?"

"在某种意义上,是的。"

"被您的父母?"

"因为我不一样。"

他紧紧抱着那本书。

"特别是青少年时期,很难遇到其他的也不一样的人。尤其是在外省。在巴黎的话,会容易一些。"

"别人说您是……"

她闭上嘴,脸红了。

"是的!是的!您可以说出口的,同性恋,娘娘腔,娘炮,基佬,弱鸡!十三岁的时候就搞同性恋,这就跟班上的最后一名一样,会惹所有人发笑,但说到底,会非常孤独。"

"我想象得到……"

"我每天晚上上网，有时候周末去巴黎。在巴黎，我才会感觉真实地存在。我爱巴黎。您可以跟别人不一样，没有人朝您脸上吐唾沫……"

"您是在几岁的时候，意识到您跟别人不一样的？"

他母亲想要个女儿，给她戴玫瑰花，帮她涂指甲，涂睫毛，涂口红，涂脚指甲。会把除毛的镊子借给她。当医生告诉她，她刚刚生下的是男孩时，她转过身对着墙，一连两天都不愿意看他。

他父亲高兴极了。之后他被取名为米歇尔，跟普拉蒂尼[1]一样。在这件事上她说了不算。但到了给他填报户籍时，她选择了卡米耶这个名字。

她给他穿裙子，戴饰带，帮他洗长发，帮他把头发扎起来，给他读精灵故事，给他买了一顶公主的王冠、一根魔法棒和一双松鼠皮拖鞋。她给他报古典舞蹈课，带他去美发店、化妆品店和美容院。

"今天我们继续。我们每个月去一次巴黎，到那里购物，在美发店做一次头发，还做全身脱毛。"

"您让人给您脱毛？"

"是的，跟桑德里娜一样。我们两个一起去。"

"桑德里娜，是谁啊？"

"呃……我母亲。"

"您叫她桑德里娜？"

"她更愿意这样，她说这样显得我们更像闺密。"

卡米耶十八岁时，他父亲带他去了沙利的店。他给儿子**买了一瓶酒**，

---

1. 米歇尔·普拉蒂尼（Michel Platini, 1955—），已退役的法国足球运动员，世界足球巨星。

还**买了**一个姑娘。她叫达尼，就像一个黑头发黑脚指甲、涂黑口红的巫婆。卡米耶既没有碰香槟，也没有碰那个女孩。他父亲破口大骂："你身上是哪里不对劲，浑蛋！我在你这个年纪的时候，已经混在一群丑八怪中间了，只是为了锻炼自己。不管年轻的还是年老的，不管是肥婆还是美人。"

"可是美人们，她们并不想要你。"

他挨了一个耳光。

"你把她关起来，享用这位小姐，明白吗？我已经付了钱，她不会退给我的。"

女孩看着他，伸出圆润的舌头，舔着像杀虫剂罐子一样圆鼓鼓的、肥肥的黑嘴唇。

"你知道该怎么做吗？"他父亲咆哮道。

所有人都看着他们，就连二楼阳台上的小伙子们也不说话了。卡米耶能想象到，从楼上看，这是怎样一场三重奏：妓女胸部裸露，噘着嘴；他愣在那里，满头大汗；他父亲正在大喊："我来告诉你！"

卡米耶冲到了厕所里。

"其实，"斯泰拉说，"在那种情况下很难有什么勇气。"

"他把我丢在了那里，对着那个女孩。她很好心，抓起我的手，放在她的两腿之间。我不想伤害她，但我就是不行。她把钱塞进胸衣，让我回家。我是走回去的，我父亲没有等我。我在隆冬的深夜里走了十五公里，只穿着牛仔裤和 T 恤。我着了凉，病倒了，后来发展成了肺炎。我住进医院，做了胸膜剥离手术以后，又被送进疗养院住了一年。真是惊险不断！在疗养院，我总算落了个清清静静。我读书读到眼都花了，我爱上了一个驼背的矮个子。他叫雷蒙，想成为舞蹈家。他每天做两小时的扶杠练习。他确信'不一样'的不是他，而是别人。他给了我很大安慰。离开那里时，我被治愈了。"

"您总算清静了……"

"也不完全是。但我学会了不去在乎。"

"您是怎么做到的？"

"就是自己做到的。不管别人怎么想，我都不在乎了。这样有好处！"

她的目光落在大钟的指针上，五点五十分。

"我得走了！我们聊啊，聊啊，时间都溜走了。"

他把狄更斯的书递给她，把办公桌上的东西整理好。

"我来想想给您的儿子选什么漫画。我周三晚上给您。您有我的电话吗？万一您有事来不了……"

他一边说，一边穿上黑色大衣，拿起搭在椅背上的一条黄色围巾，跟他的眼镜很相配。他的腿很细，细得像两根针。他穿着低跟靴子，脚趾涂着透明指甲油，袖子衬里上别着一枚小徽章："穿戴好再出门。[1]"

外面，天已经黑了。一辆车正要起步，轮胎吱吱响。四个家伙在大喊大叫，收音机的声音也很大："他被判了十五年，年，年，萨姆不能缓刑，刑，刑。"卡车里，两条狗在玻璃上蹭着脸。

"我去让他们小声一点。您的车停得远吗？"

"就是那边那辆白色的小克里奥……"

斯泰拉打开车门，狗跳着、嬉闹着。她对着它们吹了口哨，它们跟上她，在她后面跑。

卡米耶停在车前。

"啊，不要！他们又开始了！"

他肩膀垂了下来，耷拉着胳膊，像个厌倦了生活的驼背小老头。

"什么？"

"他们把我的一个轮胎扎爆了。他们经常这样对我。我要花一大笔钱！幸运的是，桑德里娜跟汽车修理厂的一个人是朋友。但毕竟……"

"'他们'是谁？"

"我不知道，我不认识他们。"

1.原意为"穿好雨衣再出门"，在 20 世纪 80 年代被用作预防艾滋病的标语，以提倡使用安全套。

"您把车停到远一点的地方就行了。停到很远的地方。"

"我想过，但一直没做，我心想他们会厌倦的。我真是太相信人性了。"

他摇了摇头，吸了吸鼻子。

"好，我给桑德里娜打电话。"

"干什么？"

"换轮胎，我不会换。"

"您会把指甲弄断的。"斯泰拉微微一笑。

"还会毁掉我的优雅！"

他苦涩地微微一笑，把眼镜扶正。

"我来吧。需要的东西您有吗？"

"您以为呢！我早准备好了。我有两个备用轮胎。"

"我只要花三分钟就够了。首先，得拉好手刹，这样更保险。"

卡米耶照做了，然后又回到斯泰拉旁边，站在人行道边上。两条狗追着飞舞的树叶跑啊，叫啊，突然停住，然后又开始跑。他看着它们，觉得很好玩。

"我很想帮您。"

"周三您补偿我，给我修指甲。"

"还要做个黄瓜面膜。我自己也做，要加一点柠檬汁，这样可以收缩毛孔，清洁皮肤，提高光泽度。"

"我需要吗？"她一边说，一边把车轮罩踢了下来。

"不需要，您的皮肤太完美了，但总归是有好处的。您还可以做发膜。用蛋黄和橄榄油做，自己在家里做。我所有的产品都是自己做的。"

她拧开上方的螺帽，然后拧开其他几个，换了轮胎，拿起扳手拧上螺帽，装上车轮罩，肩膀也在用力。

"您可以相信我。"他补充道。

"我相信您！"她回答，"如果说我还相信什么人，那就是您了！"

她检查了轮胎，把千斤顶和扳手收起来，站起身，把一绺碍事的头发吹到旁边，在背带裤上擦了擦手，转身看着卡米耶。

他站在那里，目光躲躲闪闪，看上去很不舒服。

"我说了什么惹您不高兴的话吗？"

"没有，怎么这么说？您在想什么？"

"没什么，什么也没有。"

"好啦，周三见。不要来得太晚。"

他登上克里奥。

真是个奇怪的男孩！这是第二次发生这样的事了。我跟他说了些友善的话，他就给自己上了两道锁，把自己锁了起来。我几乎听得见转钥匙的声音。

奇怪，奇怪，这个男孩真奇怪。

不过我什么时候喜欢过正常人？

*

这天上午，当斯泰拉从乔治和苏珍家里出来时，阿德里安在院子里逮到了她。她依然在他们家睡觉，但想方设法按时回去，免得汤姆觉察到什么。她会溜进厨房，喂狗、生炉子，给汤姆生炉子，拿出谷物片、一个碗、一个勺子，把早餐做好，放在托盘上，把面包切好、烤热、煮咖啡。

他拦住了她的路，只留下一条窄窄的通道，窄得就像"T"上面那条杠。

"你对我阴沉着脸？因为那天晚上的事？因为我晚上没回来？所以，你就打算一直在外面过夜？"

"怎么这么多问题！你是做调查问卷？"

"我给你发了短信，说我不回来了……"

"骗人！"

"……我有活要干。"

"我没收到短信。"

"你在耍什么把戏，斯泰拉？"

"我没耍，我从来不耍什么把戏，这一点你很清楚。可能是我们受够了对方，可能是**你**受够了。"

她用尽所有的力气，强调了"你"。他原地愣住了，拔了一根长长的草，放在嘴里嚼。她来到厨房，一边开始每天早上的例行忙碌，一边透过窗户监视着他。

他在看手机。

或许他真的发了短信？那她为什么没收到？

他在抽烟。他要证明，他确实给她发了短信。他在找，找那一天，那个时间。短信确实在。就在正确的地点，正确的时间。内容也是正确的。

"柳芭，今天晚上我不回去了，我要工作。柳芭，我真想你啊。"

对，但是他把短信发给了那个巴黎女郎。

*

当蒙德里雄夫人想知道孩子们**究竟**在想什么，或者他们在学校或家里有没有遇上麻烦时，她就会让孩子们写作文。"晚上睡觉前，我会……""我感觉很好的时候，是在……""我害怕的时候，是在……"他们会讲述一段回忆、一段情绪、一个噩梦。不要出现拼写错误，她指出，仿佛那才是练习的目的。通过这种方式，可以让他们开口说话，知道他们经历了什么。她为这种方式感到羞愧，但想到有几次她挖出了一些家庭问题，又得到了安慰。初一的孩子依然会想说什么就说什么，敞开心扉。去年，小托尼诺写道："晚上睡觉前，如果父亲还没回来，我会很高兴。"他们把这个情况报告给了社工。结果证实，他父亲很粗暴。这段时间以来，蒙德里雄夫人一直在留意米拉和达科塔的作文。米拉目光躲闪，如果别人靠她太近，她就会走开。她的作文跑题了，似乎在逃避所有的私人问题。而在达科塔的作文里，"死"这个字眼出现的频率太高了。上一次的主题是："你有一个朋友，跟我们讲讲他（她）的事吧。"达科塔写道：

"要想交朋友，就不能有手表。不要着急，慢慢来，要用心。他垂下眼睛时，你就数数他有几根睫毛。慢慢来不是件容易的事。别人会觉得你笨拙而可疑。他们会扯你的头发，让你在楼梯上摔倒，可能会把你伤得很深。我有一位朋友，我把所有的时间、所有的注意力都花在了她身上。她死了，但我会为她报仇的，她会安息。我答应了自己。"

"我很确定地对自己说，这个孩子想告诉我们什么东西，我确定。"

蒙德里雄夫人坐在校长面前。费利埃夫人很愿意接待她，但没有听她说话。她目光躲躲闪闪，被桌上的手机吸引了。

这几天，费利埃夫人收到了几封恐吓邮件。第一封写的是："雷－瓦伦蒂初中，真的吗？真是开玩笑。"

第二封："这绝对不是什么好主意，绝对不是。"

第三封："您很了解雷－瓦伦蒂，是吗？您这个夜猫子。"

第四封："不能这么办。我奉陪到底。"

第五封："如果您冥顽不灵，那可得小心了，怕是要惹上大麻烦。"

第六封："我知道您的一些事，政府会惩罚您。"

发件人字斟句酌，没有拼写错误，发件网址一直在换。

她可以把手机交给警察局，提起投诉，但邮件暗示政府会惩罚她，让她不安。她真希望这个无趣又慵懒地坐在她面前的老师能自己走开。总是这个人，她怎么老有问题！

可是蒙德里雄夫人在坚持："我感觉这个小姑娘在求助。"

"我知道，我知道。您已经跟我说过了。您选择随意一点的题目吧，她会放松一点。"

她垂下眼睛，刚刚又收到一封邮件。

"比如，您买房子的钱是哪里来的？"

她翻过手机，把手掌贴在上面，朝蒙德里雄夫人抛去愤怒的目光。

"您肯定能找到比当侦探更有趣的事情吧！"

蒙德里雄夫人清了清嗓子，继续说："我还想跟您聊聊小米拉·约约维奇。她……"

"告诉我，蒙德里雄夫人，您就这么痴迷这些小姑娘，要一直说她们吗？您得当心了。您会牵扯不清的。"

"我不允许您……"

"呃，我就要这么做！如果您过度关注危险的孩子，就会变得可疑，这就是我心里的想法。"

蒙德里雄夫人犹豫了一下，然后跟跟跄跄地站了起来。

关门之前，她又回过身，正好捕捉到了费利埃夫人惊恐的目光，仿佛有一群警察在追她。

是什么让她如此害怕？

所以她才这么烦人？

*

这天夜里，奥尔唐丝只睡了一个半小时。

一周以后，就是她的**大日子**。

时装表演换了地点。省长没有同意封闭香榭丽舍大街的下半段，只有在紧急情况下才能那么做。得另找地方。阿梅勒认识一个家伙，可以把他在玛黑区中心的画廊租给她。不过，约翰·加利亚诺[1]已经在一个很有钱的女性朋友的独栋别墅里开工了，别墅位于圣叙尔皮斯教堂后面。这会给她带来好运。得最终确定来宾名单了，六百封邀请函。只有四分之一的人会来，让-雅克·皮卡尔预测。如果出点什么乱子，那就更好了！不要忘了大明星，比如，德纳芙[2]、玛索[3]、歌迪亚[4]，中等明星，小明星，说唱歌手，博主，还有钻来钻去不受欢迎的人。安托瓦妮特答应会把蕾哈娜带来。她

---

1. 约翰·加利亚诺（John Galliano, 1960—），英国著名时装设计师。
2. 凯瑟琳·德纳芙（Catherine Deneuve, 1943—），法国演员，代表作品有《白日美人》《最后一班地铁》。
3. 苏菲·玛索（Sophie Marceau, 1966—），法国演员，代表作品有《初吻》《勇敢的心》《芳芳》。
4. 玛丽昂·歌迪亚（Marion Cotillard, 1975—），法国演员，代表作品有《玫瑰人生》《两小无猜》《漫长的婚约》。

们一起上过美国《时尚》的封面，可谓形影不离。她们把照片发在脸书和照片墙上，一大群粉丝就会为之疯狂。"肯定会引发一阵骚动。"皮卡尔丝毫不惊讶地宣布，"但是私人飞机、豪华轿车、保镖、豪华旅馆、钻石、名包、裙子都要花钱，叶莲娜知道吗？""她要卖掉郁特里罗的一幅画。"奥尔唐丝回答，"碧昂丝或蕾哈娜会让她粉丝如潮，社交网络爆炸，而我将成为时装周高高在上的女王。"完美。

她睡着了。

她梦到她双手涂满滑石粉，免得出汗；梦到她打翻了一罐大头针，预示着要发生争执；梦到了一种类似于丝平绒的平绒她；梦到了一把剪刀落到地上，象征着死亡。

她梦到了模特们穿着完美的裙子飘飘荡荡。裙子看上去波澜不惊，却是对女性的升华，把她们变成了一颗星星、一株藤条、一个幻影。

只差一个小玩意儿了，正是这个"小玩意儿"让她烦恼，**让出席者理解她用的布料的真正魔力**。理解她用的饰带，它吞没了身材，吞没了胯部，吞没了脂肪，同时又雕刻着身体。

要采取电影镜头的形式，把它解释清楚。

她寻寻觅觅，啃着指头，想不出来。

这个不值一提的小玩意儿毁灭了她的夜晚，她的午休，她的梦。

阿梅勒在她面前挥舞着手机，把她叫醒。

"查查你的短信吧，要爆炸了。休息半小时，然后回来干活。西斯特龙在门口跺脚，按我们的说法，他急得像埃亚菲亚德拉冰盖火山。"

"因为您**还会**讲冰岛语？"

"我的外祖母是冰岛人。"

"冰岛人？你在逗我玩吧？你皮肤黑得像鞋油。"

"她是冰岛籍海地人。她背着我母亲，从海地游到了雷克雅未克。所以就算你像疯子一样工作，也够不到她的脚踝。"

"我又不是在比赛！"

奥尔唐丝打了个哈欠。要了一杯很浓的黑咖啡和一份多加蛋黄酱的炒蛋。她睡眼蒙眬地浏览了短信。没意思，什么玩意儿。她翻啊，翻啊，完全不感兴趣。然后她发现了那个男人的一条信息，她已经把他忘了！

"柳芭，今天晚上我不回去了，我要工作。柳芭，我真想你啊。"

这条信息不是发给她的。

应该是发给小马塞尔看到的那个美女的。那位女士像他的主人一样爱着他，把手放在他的大腿上，眉毛飞舞。小马塞尔描述过她的样子。她个子高挑，金发，声音尖尖的、颧骨突出，眼睛大大的、蓝蓝的，平静，忠诚，强硬。她发誓，如果他背叛她，她会杀了他。

他是她的男人，她是他的女人。

她想回复：我十分理解您！我的男人叫加里·沃德，他英俊而忧郁，长着一张大嘴，手指修长，这样正好，因为他是钢琴家。他穿着倒人胃口的粗呢大衣，遇到什么比赛都会赢，他会用力地接吻，让风跟着灌进来，他永远不会让我难过，因为我知道他属于我，我属于他，尽管有时候我们会绕路，会走岔路，会迷路，但这就是生活，不是吗？生活的道路并非永远笔直，您就是我经过的一个岔路。

"好了吗？你结束了吗？阿克塞勒问……"
"还要两分钟！"
"有急事！"
"那我的咖啡呢？蛋黄酱炒蛋呢？"
"别急，这就来！"
"哎，阿梅勒，我刚才不是想说你外祖母的坏话。我对她十分尊重。"
"我知道，可怜的笨蛋。你假装会咬人，但你的心跟卷毛狗的心一样！"

奥尔唐丝不确定是否喜欢最后一条评价。

昂丽耶特的一条短信出现在屏幕上。

"奥尔唐丝，我的小羊羔，打电话给我。我遇到了重磅消息。关于妮科尔·塞尔让，七楼的那个女人。在这个消息面前，连世纪盗窃案都成了毫无价值的椋鸟尿！"

这就是我的外祖母，她说起话来就像超级特工117[1]。

奥尔唐丝正要给昂丽耶特打电话，这时阿梅勒回来了，贴着门低声说："警告！警告！火山爆发！"

罗伯特·西斯特龙。

工作室的人见了他，就像遇到了流感。他每一次来，都会说一些刻薄的话。他不理会助手们，侮辱艺术家，挥舞着数据，吐露一些阴郁的预言，离开的时候连隔板都在震动。

罗伯特·西斯特龙是个身材矮小、干瘪的男人，像军人一样挺着胸。他就像一条挥舞的鞭子，要求看账目。一条鞭子，外加一撮剃须刀片一样的小胡子。

"什么账目？"奥尔唐丝打了个哈欠，"账目不归我管。"

"但钱是您花的！"

"也许吧……"

"怎么会这样，也许吧？您把钱从窗户扔出去了！"

"您去找叶莲娜谈，我不感兴趣。"

"您想让她把所有的画都卖掉？"

"画又不是您的，您为什么要对她的钱斤斤计较？"

---

1. 法国电影《超级特工117》中的人物。这部电影讲述的是法老王家庭后代想夺回王位，秘密宗教组织K想操纵政府，法国总统也派来了密探117来蹚浑水的故事。

他结结巴巴，小胡子都湿了。她冷着脸，竖起眉毛，让他走开。他从头到脚打量了她，戴上手套，把鞋子踩得咔咔响，把门砰的一声关上。

真是个烦人的黄鼠狼！总是来找她吵架。一开始，她心想，他是在戏弄我，不对，他固执，他竖起了标枪。奥尔唐丝抓起电话，一边用铅笔画着一款大衣的接缝，一边等叶莲娜接听。电话接通后，奥尔唐丝猜到她应该不是一个人，有个男人在她身边咯咯笑。据她判断，这个男人很可能赤身裸体躺在大床上，因为笑声和香槟酒塞子打开的声音就近在咫尺。

"希望您告诉那个矮子，让他别再踏进工作室一步。所有人都被他惹恼了，首当其冲的就是我。"

"他在关心我的利益，奥尔唐丝，他觉得你花钱太多了。蕾哈娜是怎么回事？"

"您得知道您想要什么！凡尔赛宫可不是用火柴盒搭起来的！"

"他对我忠心耿耿，他是个可靠的男人。"

"他穿过了巴黎城，为的就是喋喋不休地跟我说钱的事，就在离我的首演只剩几天的时候。您觉得这正常吗？"

"忘了他吧，我给他找点别的事干。我心情太好了，我在里兹大酒店玩。啊，奥尔唐丝，我正在把衰老变成一场美妙的海难！"

奥尔唐丝听到了两只酒杯碰撞的声音、一个女人嘶哑的笑声和一个男人喊"客房服务"的声音，叶莲娜咯咯笑着，挂掉了电话。

*

汤姆已经卧床一星期了。

很快，他就可以起床了。

他母亲要他答应，等她来了再下地："你对我发誓好吗？你对我发誓？"他发了誓。她还做了一连串奇怪的动作：摆动手和手指，斜着眼睛，扭着舌头。

她好像真的很生气。而且不仅仅是生气，她满脸都是眼泪，眼睛下面，嘴上，下巴上，脸颊上，眉毛上。

她看着他吃东西，他每吞一口，她就咽一下口水。她用一块方形洗脸巾给他擦脸。她在里面倒了几滴玫瑰水，闻起来香香的，他闭上了眼睛。她用古龙水给他擦胳膊和腿，闻起来也香香的。

埃德蒙送了他一台平板电脑，结果被他母亲没收了。他大吼大叫。她只好允许他每天玩一小时，不能再长了："我希望你读读书。"

有时候他父亲和埃德蒙会坐在他的床边。他们很少说话。两人之间笼罩着某种尴尬，好像不认识对方，只是在牙医的等候室里遇到了。他心想这是因为我在，他们不想谈论生意惹我厌烦。

每天，埃德蒙都来找莱奥妮，给她上驾驶课。他穿着漂亮的衣服，围着漂亮的围巾，戴着新眼镜。他坐在床边，等莱奥妮梳洗整齐。

她漂漂亮亮地来了。她买了一双高跟鞋，虽然不适合开车，但车门打开时，埃德蒙看到她，张大了嘴，伸长了脖子，眼睛变成了两弯幸福的湖泊。

有一天，他问汤姆："你害怕回学校吗？"汤姆觉得这个问题有点傻，但还是原谅了他。埃德蒙不知道跟他说什么，只能想到什么就说什么。他没有花心思，他所有的心思都花在了莱奥妮身上。他当然害怕，他会遇到加斯帕尔。加斯帕尔保证，如果汤姆再跟达科塔见面，他会再痛打他一顿。

他不可能放弃达科塔。

白天，苏珍照看他。

汤姆有个执念：挠痒痒。把纱布掀起来，把莱奥妮织毛衣用的针伸进去，挠个不停。可是苏珍看着他。她把那根长针夺走了，藏了起来。她把刀、放垃圾的报纸、水盆都搬到了他的床尾，连择葱、削萝卜、削土豆的时候，眼睛也不离开他。她忙完之后，就让他背课文。

"对了，苏珍，你为什么还要继续照顾我们？你可以待在家里看电视……"

她转了转眼睛，叹了口气。

"看电视！如果看电视能让人变聪明，你就不会问这种问题了！"

"你有自己的家，有乔治，你不需要……"

"我希望自己能派上用场。如果我没有你们，还能做些什么呢？你这是在挖苦我？谢谢你了。"

"你就从来没想过结婚？"

"我有乔治。"

"可他是你哥哥！"

"那又怎样？重要的是爱，而不是跟他能做什么！"

"你从来没想过生孩子？"

"我有你们，有你，有莱奥妮，有你母亲，对我来说，这就够了，相信我。拿起你的书，读吧。别再问问题了。"

他已经读完了《麦田里的守望者》，并为之折服。霍尔顿·考尔菲尔德说到他爱上了一位叫简的女孩，这让他想起达科塔。她拿着新护照，飞到哪里去了？她父亲是否已经决定让她去纽约上完今年的学？这个白头发、开深色车窗汽车的家伙，什么事都干得出来。霍尔顿·考尔菲尔德应该不会喜欢这个家伙。

我希望你们不要因为我们不搂搂抱抱，就觉得她是一根冰棍。这就大错特错了。比如说，我们总是握手。噢，好吧，这不算什么。但就算是握手，她也很厉害。大多数的女孩，如果你握住她们的手，就像从握手的那一瞬间开始，那只手就死了一样；或者正好相反，她们会不停地晃手，仿佛这样你才会觉得有趣。跟简在一起，那就不一样了。我们会去电影院什么的，到了就握住手，一直待在那里，直到电影看完，不会换位置，也不会在手上大做文章。跟简在一起，即使手上出了汗，也不用担心。你只能说，你很幸福。真的很幸福。

他可以说一模一样的话。达科塔的吻让他很幸福，真的很幸福。还有她移动舌头的方式……

这也挺疯狂的，无论是中世纪还是今天，人们相爱的方式是相同的。

医生说他很快就可以回学校了，休息一星期足够了。

每天晚上，他父亲都早早地从巴黎回来，给他上拳击课。他在衣柜镜子前面跳来跳去，教了儿子两三招。

"儿子，首先，要**防守**。下巴缩回脖子里，耸起肩膀，从右向左，再从左向右移动肩膀。接下来，把右拳头贴在下颌骨右边，保护好下巴。你应该知道，下巴跟脑袋相连，而脑袋是疼痛点的中心。明白吗，儿子？"

汤姆听着，像在学校里记笔记。

"然后你右肘贴着身子，保护好肝和肋骨，然后跳起来。双脚**千万别**一动不动。两边的肘部贴着身子，拳头护住脑袋，弯腰弓背，蜷成一团，用最小的面积对着敌人，让他不要碰触到你的身体，然后你就打，乒乒乒，转圈，乒乒乒，再打，乒乒乒，再转圈，绷紧脚面支撑住，然后一记猛烈的勾拳，打在那个家伙的肝上。"

他父亲停下招数，模仿起对面那个挨打的家伙。

"然后你退出那个家伙的领地，抓住他的颈背，朝他的裆部狠狠地打一下。"

"裆部？"

"你比他矮，这是唯一能伤到他的方式。"

"爸爸！我会被谋杀的！"

"我知道，儿子，我知道，的确是这样。但你没有别的选择。"

阿德里安把汤姆的头发抓得乱蓬蓬的，重新在原地跳，比画着招数，乒乒乒，转圈，乒乒乒，转圈，向右，向左，向右，向左。

"你要当着初中所有人的面向他发出挑战，他就不得不跟你打。立刻攻击，不要等。哪里疼就打哪里，裆部，肝，肋骨，最后再照着肚子踢一脚。"

汤姆绝望地看着父亲。

"我绝对做不到！他的身高是我的两倍。"

"这是肯定的。"

"我要被痛打一顿了。"

"这也是肯定的……当你出招的时候，你记着要用肩膀保护好自己，缩着脑袋，抬高肩膀，摆出防卫的姿势。"

"爸爸！"

"要一直在原地跳，就像这样。"

他动了动，挥舞着胳膊和腿。他目光空洞，眼睛几乎变成了金色的，射出一道微弱的、遥远的黄光，预示着危险。

"爸爸！爸爸！你吓到我了！停！"

阿德里安放慢速度，目光茫然，然后加速出发。

"爸爸！你在哪里？爸爸！"

阿德里安停住了。他的膝盖破了，挺着胸，颈背朝后仰，耷拉着胳膊。

"是的，儿子。"

"爸爸……你吓到我了。"

"我知道你害怕，你想让全世界都知道吗？"

汤姆摇了摇头，眼泪在他的眼皮下涌动。他浑身都疼，不知道还能不能跳起来，乒乓乓，转圈，乒乓乓，转圈。

"你会看到的，儿子，这只是一段苦日子，熬过去就好了。"

斯泰拉不在时，他就把儿子带到驴棚后面的小树林里。他让儿子戴上一副旧拳击手套，那是他在一家旧货店里发现的。

他指着一棵树，吼道："打倒这棵树！打倒这棵树！向右，向左，向右，向左！乒乓乓，打倒这棵树！"

他一直在重复："你会看到的，儿子，这只是一段苦日子，熬过去就好了。"

*

这些都被看到了。

周一上午。高个子的加斯帕尔在中学的围栏前溜达，挥舞着胳膊，像一只正在休假的大猩猩。他瞥到了汤姆，走上前，鼻子贴着汤姆的鼻子，高声冷笑道："窝囊废，窝囊废，窝囊废。"他的呼吸散发着烟草、啤酒、馊掉的面包片上涂着一层猪油的味道。汤姆想吐。他的脸扭曲着，后退了一步。高个子的加斯帕尔用又粗又红的指头比画了个表示侮辱的L。朗瑟洛跟他会合，低声说着："窝囊废，窝囊废。"还跺着脚，把人群吸引过来，把他们围在了中间。

格尔塞先生在操场上留意着他们。

"快走！快走！冷静点！别在外面逗留。"

汤姆的手一直插在口袋里。他死死地盯着加斯帕尔的眼睛，装出一副苦大仇深的样子，希望吓到对方。

"噢！这条糊涂虫！"加斯帕尔喊道，"他以为他这张老鼠脸能吓到我！他想保护自己的女人！保护他的蛋黄！那个乡巴佬，至少还算不赖吧？"

他原地转了一圈，让所有人为他鼓掌，隔空挥舞了几下，龇着牙，低声号叫着，重复着"蛋黄，乡巴佬；蛋黄，乡巴佬"。

汤姆生气极了。他往前跳了一步，膝盖对准加斯帕尔的小腹，狠狠地踢了一下，他哀号着倒下了，手抓着裆部。汤姆扑向他，让他躺在地上动弹不得，用尽浑身力气打他。乒乒乓，右胳膊，左胳膊，乒乒乓，注意下巴，脑袋缩在肩膀里，乒乒乓，他对着那一堆肉打。打倒这棵树，打倒这棵树，让他鼻血四溅，撕裂他的嘴唇，扯他的耳朵，乒乒乓，汤姆的伤口苏醒了，在流血，他的嘴唇紧贴着牙齿，他的嘴里有铁锈的味道，他勉强可以看得见。他抬起膝盖，用尽全力，对着加斯帕尔的裆部又是乒乒乓一顿踢。加斯帕尔号叫着，蜷缩成一团自卫。汤姆已经筋疲力尽，他用尽了所有的力气。他喘不上气来，与其说是在呼吸，不如说是在吐唾沫。如果他不换个策略，那他就要输了。对方太强大了。他站起身，一副战士的神情，用下巴对着加斯帕尔，冷漠地说："滚开，让我清静清静。"他听到自己的声音，觉得有点怪，他突然想起来自己那么矮。这不正常，应该是对方获胜才对。他想摸摸自己的手，想知道它们是否还属于自己。学生们看着他，他们往后退了一步。加斯帕尔站起身，摸着裆部，面部扭曲。他叫了弟弟，大声喊道："朗瑟洛，该死的浑蛋！做点什么！"汤姆大笑起来："哎，那个家伙！他在弟弟后面哭了起来！你真没用，你真没种，你只会耍假把式！"

乓，他抓住他的颈背，用膝盖顶了他的肚子。这一击完美无缺，跟他父亲展示的一模一样。加斯帕尔受了惊，又倒下了。他在地上爬，扭曲着，像一条被切成两段但依然在挣扎的蚯蚓。

这根本不正常！这不可能！我是在做梦吧。我要醒过来，放弃这部电影。加斯帕尔的嘴唇上粘着口水，眉毛在流血。他脸朝着地，被压扁了，脸下面的污泥里掺着血，成了一个泥坑。

汤姆骄傲极了，他挺起胸膛，转着圈，惹得众人一片喝彩。"哇！"学生们喊道，"你太厉害了，瓦伦蒂！"矮个子们喊得声嘶力竭，仿佛汤姆为他们报了仇，因为大个子们曾在操场和楼梯上弯下腰打他们。

汤姆接受着喝彩，身披荣光，抬起拳头宣告胜利，这时，他的肋骨突然挨了一拳，他被撂倒在地。他的鼻子被埋在了沙砾里，然后脑袋上又挨了更重的一下，然后又是一下。那个家伙在用脚后跟踢他，乓乓乓。他的眼皮在跳，眼里有一团红色和黑色的东西，他看到太阳在旋转，看到了学校的围栏，他被困在了围栏后面，脑袋上有个窟窿，刚刚用力睁开一只眼睛，就瞥到了朗瑟洛的马丁靴的底。

他醒过来时，正躺在地上。他动弹不得，太疼了，他在许愿呼唤死神，呼唤那群淘气包，呼喊血龙战车[1]。一只金色的小山雀刚刚停靠在他沾满血的嘴上。它啄着他的嘴唇，用它圆圆的柔滑的喙减轻了他的痛苦，在他裂开的肉上滑动。一只山雀，是真的吗？他微微睁开一只眼睛，瞥到了两片嘴唇正在靠近，就像两块粉红色的小海绵，两片嘴唇轻轻掠过，低声说："闭上眼睛，我要来治愈你。"

一个会说话的吻！我简直是发狂了！

吻是上帝的签名，是爱情的烙印和承诺。它滋养你、弥补你。它落在嘴上、鼻子上、脸颊上，还有我们拒绝宣之于口的器官上，并留下一

---

1. 法国动画电影《精灵兰尼和韦恩的圣诞前夜：淘气鬼和乖乖宝》中的情节。

层保护膜。它滋养性情，修复脾、肝、肺，包扎并照亮灵魂，让心朝向一片广阔而充满希望的湖。它会从最黑暗的淤泥里迸射出火焰。不要嘲笑吻，否则你就要下地狱，被扔进地狱的烈火。从真爱那里得到三个吻，你就会得救。

他接受了这个吻，品味着、品尝着。一团火焰穿越他的身体。一缕缕新鲜空气从天而降，阳光抚摸着他的脸庞，然后……

另外两个吻落在他的唇上。他的胳膊贴着身子，颈背靠在清新的绿草坪上。他的齿间有蜂蜜在流淌，呵护着他、抚慰着他，肌肉里仿佛渗入了铁屑，四肢全都恢复了力气。他厉害得像一头驴。

他睁开一只眼，眨了一下，被阳光照得晃眼，他认出来了，是达科塔，她正朝他俯下身，长长的黑发形成了两道保护帘，粉红色的嘴唇充满着温柔的怜悯。达科塔，还有她身上如同刚割过的青草、长苔藓的树干、潮湿的树林一般的味道。她跪在地上，照看着他，为他保暖。他听到她的呼吸声此起彼伏，疼痛仿佛变成了眼皮下面的一个黑点，变得模糊。

三个吻。三个吻。

当我被卑鄙的对手攻击时，她给了我三个吻。当时我正在收集喝彩声，他从背后攻击了我。真是恬不知耻！"征服若无危险，胜利便无荣耀可言。我年纪轻轻，这千真万确，但对于出身高贵的灵魂，是否英勇并不取决于岁数。我们战斗，并非因为怀揣着胜利的希望！不！不！知道徒劳无功，才更加壮美！我很清楚，到最后你们会把我打倒在地。没关系，我战斗，我战斗，我战斗！"高乃依和罗斯丹唇枪舌剑，对他念出了他们最美丽的诗行。他接过这些话，就像接过临终圣餐。"你是个男人，我的儿子。"老吉卜林声音洪亮，神情严肃，他从英国来，刚刚下船。

他半眯着眼睛，高声说话。每个人都竖着耳朵，等着这个孩子说话，低声说他在胡言乱语，伤得很严重。

"虽然您不愿意，我还是带走了一些东西……"他打着滚嘀咕道，"没有一条褶皱，没有一个污点的东西，虽然您不愿意，我还是带走了……"

"你重复一下，*我的爱人*[1]。"达科塔低声说。

他摇摇晃晃地站起身，耳畔响起老罗斯唐的话，他向前走了一步，高高举起一条胳膊，喊道："是……是……**我的威严**！"

他恢复了力气。三个吻弥补了他遭受的耻辱、欺凌和背叛。

"为什么是三个吻？"他问达科塔，她紧紧靠着他，说他是罗密欧，是她的罗德欧，他不确定是否听懂了。

"这是一副灵药，我的爱人，一副救命的爱情灵药。"

救命的！他感官混乱，他看到了一千只萤火虫，看到香料面包，看到火灾，他患上了多头蚴病，倒在一堆苹果里。

*

与此同时，在巴黎，小马塞尔筋疲力尽，倒在了办公桌上。他喊道："快来帮忙！来人帮我换衣服，揉一揉我的上半身，把我的脚浸湿！我的脑袋要爆炸了，快，给我一根香蕉，让我恢复一下精力！我救了我的朋友，我救了我的朋友，是的，但我付出了惨重的代价！"

他成功了。终于！他刚刚结束了最恐怖的一段旅程，终有一天，这段旅程会让人类失去最为宝贵的财富，那就是**自由**。不过目前来说，这是赫拉克勒斯[2]才能完成的工作。这是一段很短的旅程，但通往无限远的地方，被绝对禁止。没有硝烟，不需要电脑，不用建发射台，不用在圭亚那建基地。只要一点脑浆，还有一些物理、化学和大脑构造知识。它违背了所有的法律，所有的协议，它战胜了时间，控制了空间，**渗入了灵魂和思维，进入了一个男人和一个女人的心**，远距离控制他们，让他们走上同一条道路，让他们命运交汇。

1.原文为英语。
2.古希腊神话中的大力神。

他成了人类命运的主人。

他刚刚坐在了上帝的右边，可是全知全能的上帝，任由每个人创造属于自己的命运。而他，**违背**了人类的自由意志。

他准备好重新开始了，这是肯定的。真是奇怪极了！

他是通过哪种巫术做到的呢？

通过波普利纳买来的一台风扇，因为他抱怨**一月就这么热**。

她是把风扇夹在胳膊底下带回来的，小马塞尔一开始以为那是一堆废铁，结果发现是一台风扇，因为通电之后，就有风刮出来。是一阵微风，有点像哮喘，根本满足不了小马塞尔。他一脚踢开这台机器，但它继续在角落里噼啪作响。他忘记了扇叶的隆隆声。

直到他开始抱怨剧烈的头痛、恶心和耳鸣。人们以为是牙的问题，带他去看了牙医；以为是肝的问题，不让他吃巧克力；以为是他工作太多，于是他不得不每天下午都去看电影。

就这样，有一天，他看到了一部讲述一位法国科学家在探险的电影。这位科学家差点自杀，因为一台旧风扇发射了低声波和超低声波，它们对人类十分危险。这些声波会进入大脑，让人脑中产生画面，滋生忧伤和暴躁的情绪，让他发疯。这个人怀疑他周围的人想杀他，然而罪犯就在通风罩里，它的名字叫作**风扇**。

一台旧风扇可以发射低声波和超低声波。

小马塞尔丢下冰激凌筒，拍了拍额头。

他想起前来拜访的加利福尼亚研究者曾讲述过，他们通过在低压条件下使用超声波，激活了深受科学家喜爱的一种动物的神经元，这种动物叫秀丽隐杆线虫，是一种身长一毫米左右、身体透明的虫子，它有三百零二个神经元，所以很容易对其进行研究。他们利用低声波，成功**控制**了某些神经元，**改变**了它的脑回路。实际上，他们还保证，在低于一兆帕的压力下发射的超声波可以穿过颅骨和脑组织，但不会引起损伤，而且**实验对象似乎也不会遭受痛苦**。

小马塞尔屏住了呼吸。他分泌着唾液，口水流了出来，他催促那群加利福尼亚人赶紧坐上波音747，去取一条秀丽隐杆线虫，把它当成马戏团的海狮来养。

至于后来的事，不知道为什么，他忘了。

就这样，这部电影唤醒了他的记忆。

就这样，低声波和超低声波的秘密被揭开了。人们远离这些声波，是因为它们会导致损伤、头痛、恶心、脑血管意外和心搏停止。他研究了这些声波的频率、辐射和速度，学会了控制它们，按照它们的频率进行冲浪。频率调好后，他选了两只豚鼠，侵入它们，让它们在声波上航行。他随心所欲地指挥和操纵着它们的心灵、思维和灵魂。他没有选择身长一毫米、只有三百零二个神经元的可怜的虫子，而是选择了两个会反抗的思维，两个钢铁般的灵魂，两颗纯洁而坚韧的心灵。他求助于杰出人物，召唤了高乃依、罗斯丹、吉卜林，用他们最有名的长篇大论来激励他。

这个方法成功了。

他把一个害怕的男孩变成了英勇的战士，让一个倔强的女孩产生了温情的爱。他用**超低声波成功地**做了一场手术。

他将成为世界的主宰。

他要进入他亲爱的母亲、各种食谱的狂热爱好者若西亚娜的大脑，**命令**她不要再吃了。他要**命令**这个世上最大的富豪把钱捐给穷人。他要**刺激**最恐怖的独裁者的神经元，直到他们像羊羔一样咩咩叫，唱起哈瑞奎师那[1]，头发里插满花。总之，他会**重塑**这个世界，会成为**大人物、大师、主宰、皇帝，掌管一切的一切！**

小心，小马塞尔，大脑不要膨胀！

最早发现这件事的不是你。有人赶在你前面，检测到了低声波和超低声波。他们也曾尝试侵入思维、心灵和灵魂。目的是照顾病人，治愈神经衰弱、

1.哈瑞奎师那，印度教的传统唱颂。

湿疹和出现问题的大脑。其中有备受尊重的专家，也有不值一提的。呃……根本不值一提。例如在第二次世界大战期间，那些人的称呼是以"纳"开头的，以"粹"结尾的。你想让我唤醒你的记忆吗？那就抑制你的喜悦，垂下眼睛，不要自吹自擂。不要滥用这种新方法！

小马塞尔抗拒着内心的声音：可是我工作起来就像疯子一样！我挥汗如雨地处理公式、脑回和神经元。我学会了把我的信息黏附到声音的高速公路上。你以为手指轻轻一叩，就能把老高乃依、风尘仆仆的罗斯丹和严厉的吉卜林召唤来？我工作那么努力，连我爱的人都忽略了。我抛弃了我生命中最重要的女人，她正在紧张地准备时装表演；抛弃了五楼的女人，她正要教我印度《爱经》里的重要角色——蓝粉斑点的长颈鹿。我不再见任何人，不再想任何人。

所以我完全有理由膨胀！

他在一生之中，到目前为止，一直是严肃地对待事物。接受自己的"怪异"，忙于研究和学习。知识、科学和神圣内在之河蜿蜒铺展，形成一片广阔的三角洲，靠近大海。一条河与另一条河交汇，冲走了肥沃的冲积土。他扬帆远航，采撷着生活的玫瑰。

就在此刻，他明白了**根本不是这样**，内心那个声音说得对，他要注意这些低声波。人类不是秀丽隐杆线虫那种身长一毫米的小虫。把自己当成游戏的主人是件很危险的事。没有多少灵魂可以抵挡得住，它会失去翩然的风度，最后裹着纱布出现在妓院、银行、赌场和部委办公室。

当心低声波！

他突然产生了逃避自己命运的欲望。一种强烈而绝望的欲望。至少没有人知道我的秘密，他擦了擦额头，放心下来。

他抬起头，叹了口气，遇上了波普利纳尖锐的目光，愣住了，感官变得敏锐。

波普利纳**知道**。她读懂了他大脑里的想法。

*

"哎对了，已经形成习惯了。你喜欢上打架了。"埃德蒙坐在汤姆床边说。

他在等莱奥妮。他每次来找她，她都会迟到，每次他都欣喜地喃喃自语，呵，女人啊！

"你还直不起腰呢！为什么不穿件派克大衣？"

"介（这）样，就没人惹我了。"汤姆结结巴巴地说，他的嘴还不能张大。

他的上嘴唇裂了，说话的时候会往外翻。而且他不是在说话，是在发出咝咝的声音。他感觉他的嘴唇裂了，喝了血，成了吸血鬼电影的主角。前一天，他父亲把一件派克大衣放在了他床上，比之前那件还要好看。他本会高兴地跳起来的，但他动弹不得。这一次，遭殃的是脑袋。朗瑟洛用鞋底踩了他的头皮。他伤痕累累，到处都结了痂，到处都是缝合点。还有三条肋骨裂开了。又得卧床一周。他动不了，也笑不了，只能大口喘气，成了石棺里的木乃伊。拉美西斯二世[1]，说的就是他。他只能睁开一只眼睛。他一动都不能动，否则就像有一把剑劈开了他的脑袋。整件事里最让他生气的，是第一次打架时他被敲诈了。永别了，他崭新的派克大衣。他不得不穿上之前那件破破烂烂的夹克。真是耻辱！

于是昨天晚上，当苏珍给他拿来用绞菜机绞过的火腿和蔬菜泥时，他父亲把一件崭新的派克大衣放在了他的床尾。汤姆伸出胳膊，口齿不清地说："介（这）系（是）我想要的，介（这）系（是）我想要的。"他说话时嘴里含着口水，父亲没听懂。于是，他挺直身子，痛苦地扭曲着脸，伸出胳膊去抓那件大衣，父亲大笑起来。

"为了一件派克大衣，你愿意下地狱！"

"就是介（这）样！"汤姆口齿不清地说。

他父亲继续捧腹大笑。他看上去更高兴了，仿佛解决了一个棘手的问

---

1. 拉美西斯二世（Ramsès II，约前1303—前1213），古埃及第十九王朝法老。

题。但他只能独自睡觉。汤姆知道这件事。他母亲以为他睡着之后，就悄悄溜走。他们还以为我什么都不知道！有时候，他真同情他的父母，他们是那么天真。

在他穿鹅牌大衣时，他父亲又补充道："我去见了你的班主任，她让我给你带回来一些作业。"

"我还能拿到优秀学生公民镜（证）书吗？"

"当然！你现在成了英雄。加斯帕尔和朗瑟洛被赶走了，他们在脸书上炫耀把你打倒了，他们拍了你浑身是血躺在地上的照片。看上去可不怎么好看。"

"脏（蟑）螂，凑（臭）脏（蟑）螂！窝（我）会抓住你们的！窝（我）发四（誓）！"

"我为你白豪，儿子！"

"窝（我）不切（确）定能不能待（再）来一次。挨打阔（可）不好玩。窝（我）有点烦了。"

"现在没有人敢来惹你了，相信我。"

他愿意相信父亲的话。

父亲陪他的时间越来越长。汤姆怀疑他是在等斯泰拉，但不想表现出来。

"你连续被打了两次，都没有软弱，所以现在你长大了。"

"介（这），介（这）是肯定的！"

"我可以把我会的东西全教给你。"

"腻（例）如什么？"

"我在你这么大的时候，已经学会了用一张报纸或一盒火柴杀掉一个人……"

"介（这）是金（真）的吗？"

"我会用一把英国的钥匙，在三分钟之内让一个火车头停住不动，把一件大衣卷成球让火车头脱轨，跳上一辆时速八十公里的火车，吃让我发烧和浑身长痘的脏东西，为的是让别人不要靠近我，自己清清静静地待着……”

“介（这）些对你有用吗？”

“有用。但现在没用了……现在我生活在一个文明国家里……”

“我更喜欢介（这）样……”

“我也是，尽管暴虐依旧存在，只是隐藏得更深，而且依旧十分可怕。”

“对，但卢（如）果你不愿意看，你就看不到！”

“你说得对，儿子。”

*

　　埃德蒙在等莱奥妮。他们继续练习驾驶，一周练两到三次。午饭时间练，因为其他时间他都在忙，问题堆积在了一起。他通过威立雅集团的一名管理人员得知，博尔津斯基已经进军塑料行业。阿德里安应该是知道的。他心想阿德里安应该没有跟这位博尔津斯基成为朋友。前提是他没有贷十万欧元给阿德里安，让他与其合作。很可能是这样。

　　对塑料处理的热情让他兴奋不已，他很喜欢这种状态，尽管他觉得为时尚早，还要等一等，但如果威立雅已经行动，那就说明此事是**有利可图的**。他流起了口水。现在一切都能让他流口水。他心满意足：有一次，莱奥妮的手贴着他的胳膊；还有一次，莱奥妮对着他的脸呼吸；还有一次，莱奥妮抚摸了他的头发。有一天，也就是前天的晚上，莱奥妮把车停在农场的院子里之前，在车里**吻**了他。她俯下身，吻了他。一个匆匆的吻，但毕竟也是**一个吻**。他闭上眼睛，那个吻似乎又落在了他的唇上，于是他伸出手去摸。

　　这个吻有点草率。他注意到了她左手无名指上还戴着结婚戒指。这让他心碎。她明白过来，用坚决的目光盯着他，似乎在说不要生气，我要扔掉这枚该死的戒指。

　　然后她砰的一声关上了车门。

　　留下他一个人，想着唇上的吻痕。

他想一字一顿地说：**她吻了我，而且不是我要求的，她吻了我，在床上不行的我。**

他一动不动地待在车里。他的目光随她而去，看着她走上通往农场的小路。**她吻了我，她吻了我。**

这个吻，他等了四十年！他头晕，他笑，他闭着嘴，晃着肩膀，笑得直不起腰。他满心喜悦。

她吻了我，在床上不行的我。

他要重新用头脑征服世界。

他经营第一家废钢铁厂，是出于对朱莉的爱。

他要再开一家，为了莱奥妮美丽的眼睛。

接下来，他要弄清楚阿德里安扮演的角色。他为什么要偷偷贷这笔款？银行工作人员坚持认为阿德里安犯了错，埃德蒙不能不惩罚他。不能让他再犯一次，否则会养成习惯的！下一次，我要对他说什么？埃德蒙没有回答。埃德蒙是个慢热的人，每次挂电话的时候，他都在想，这不关您的事，普吕埃先生。

一天晚上，走出办公室时，他约定邀请莱奥妮共进晚餐。他不要给她打电话。他要直接去见她，就说这个主意是在来的路上想出来的。

在院子里，他跟乔治讨论了下午在维尔丹商场新买的切割机，然后推开厨房的门，跟苏珍打了招呼，闻了闻炖小牛肉，问莱奥妮在不在。

"她房间里亮着灯，"苏珍说，"我去通知她。正好，我要把衣服拿给她。"

他在厨房里溜达，给鹦鹉喂了一小块面包，它嘟囔道"谢谢"，然后用喙啄着笼子的栏杆，还想再吃一块。

"好，但你要告诉我，你的主人几点回来。"

鹦鹉叽叽喳喳，把羽毛啄得乱七八糟。埃德蒙撕下一块长棍面包，在它的小眼睛面前晃来晃去，它在栖架上晃着身子，想要抓住面包。

"我很想跟他谈谈，跟阿德里安，你知道。在废钢铁厂，总会有人打断我们。要么他有急事。他像一阵风一样飘过，把自己锁在办公室里。因为现在他有一间办公室了。这让杰罗姆嫉妒疯了。这个杰罗姆是个大醋坛子，也是个大坏蛋。他还要娶我的女儿！我唯一的女儿！你明白吗，鸟儿？等我的拐杖折断了，他就会接管废钢铁厂！"

鹦鹉叫着、喊着，觊觎着面包。埃德蒙把面包递过去，但面包掉到了笼子底部，鸟儿不得不从栖架上跳下来。

"你在想什么呢，鸟儿？还有，你叫什么名字？"

"它叫埃克托尔，"苏珍一边走进厨房一边说，"我给它喂溴化物，把它弄晕，否则它会强奸自己的毛绒玩具。"

她取下披肩，抖了抖，放在椅子上。

"莱奥妮马上就来。我跟她说您来了，要邀请她共进晚餐。我是不是不该说？"

"不，不，苏珍。你做得对。"

他摘下围巾，解开大衣。苏珍建议他坐下，给他倒了一点热红酒。用的是新食谱，加了橘子皮、柠檬皮、茴香和香草。她挪不开眼睛，在等他评判。

"了不起！"埃德蒙舌头抵住上颚，咂了咂嘴，说道。

"我没放太多香草吧？香草是我的最爱。做什么都要放一点！"

他请她放心。她把三层的下巴往回缩了一层，贪婪地看着他。

"您是个好人，埃德蒙先生。"

"您把这话说给我妻子听听！"他开玩笑说。

"噢！有那样的女人，她们不知道自己多幸福。"

他悄悄地瞥了一眼手表，问阿德里安几点从巴黎回来。

"小家伙不能动了以后，他回家早多了。真是个像老母鸡一样的好爸爸。谁会相信呢，不是吗？"

她没有回答，他要换个方式问。

"是他把作业带回来的吗？因为斯泰拉，她可忙坏了。从来没见过这么忙的一月！"

"说到这个，我就不知道他在干什么了。这个男人不好懂。"

她从下往上，再从上往下点着头，鼓着腮帮，强调着阿德里安有多么神秘。

他第三次尝试。

"他坐火车没遇到什么问题吧？"

"呃，没有……为什么这么问？"

"有人抱怨火车总是晚点，甚至会取消……"

"他不是个爱抱怨的男人，也不是个爱说话的人。我呢，我知道他什么时候要去巴黎，因为那时他会打扮成巴黎人的样子。当他留在这里时，就……怎么说……就是正常的！"

"跟我有点像！"为了获得她的信任，埃德蒙说。

"您的肚子是不是变小了一点？练习开车对您也有好处，是不是啊？我注意到了，有个东西会让人肚子变小，那就是爱情。"

埃德蒙脸红了。苏珍狡猾着呢，她岔开了话题，现在焦点成了他。

他永远也不知道阿德里安几点回来了。

苏珍走后，莱奥妮关上门，贴着冰冷的木头。她的手掌触摸着外面的湿气。夜一团漆黑，树冷得发颤，冬天终于来了。她差一点就要去拉下门闩了。埃德蒙邀请她共进晚餐。昨天，我吻了他。我吻了他。因为我当时确实想那么做。今天晚上，他回来了。我还想吻他吗？男人的口水留在女人的皮肤上，真恶心。男人总是干恶心的事，他们流口水，他们挠抓，他们乱摸，他们用力，他们移开。

不是所有人都这样，她内心有一丝微弱的声音在说。你不能以偏概全。听从你的直觉，不要强迫自己，你不用勉强自己做任何事情。你看到他有多温柔了吗？

她呼吸平静下来，上了楼。把自己关在浴室里，靠着笨重的白色洗手盆。

我吻了他。他想从头再来。抚摸我的胸，手在我的双腿之间滑动，他会弄疼我的。

只有在你不愿意，他强迫你的时候会这样。并不是所有的男人名字都叫雷。

昨天我不该吻他的。他会朝我扑过来，流着口水，跟蜗牛的口水一样。

但你不是被迫的！
不。我**吻**了他。

她回想不起来，跟雷在一起时连十分钟的幸福都没有。即使在结婚之前，他带她去看电影的时候。他往她的嘴里塞满了"米乔可"糖，然后吻了她。她吐了出来，喘不上气，他大笑，说他很喜欢焦糖味的吻，她不喜欢吗？真恶心。当时她没意识到这一点，但确实恶心。

她看着镜中的自己。她不该吻他的，她需要重获自由。自由，轻盈，在空中飞升。
"你准备好了吗？"她问镜中的女人。
"我准备好了。"女人回答。
"我们走吧。"
女人同意。

她放了水，等待水变热，打开洗手池上面的壁橱，瞥到了一个剃须刀片，把它放入热水中。刀片闪着光，水洒出来，变成了透明的水珠。她的手指掠过刀刃，一道小小的伤口沁出血珠，弄脏了白色的陶瓷。她用指尖按住伤口，止住血。
她需要换一种方式做事。
她需要决定这件事已经结束。

她需要翻过这一页。

她需要鼓起勇气。

她呼吸减弱，腿在颤抖，这让她想起她等待下午两点的体罚的日子。

几乎每天都有。

早上，如果她在准备早餐的时候，弄错了杯子、牛奶或者烤面包片的位置，如果她把刀放在了左边，叉子放在了右边，雷的眼睛就会着火，他会说："到下午两点，你会受到惩罚的。现在是八点半，你只有五个半小时的休息时间。做好准备吧，会流血的。"

每天下午两点，他都回来喝咖啡。

每天，如果她犯了错，她就要等。

费尔南德会数，"只剩四小时了，只剩三小时了，只剩两小时了，只剩一小时了"。莱奥妮连洗碗池在哪里，冰箱在哪里，桌子、椅子、盘子、冷水龙头、热水龙头、拖把在哪里都不知道。她会撞到家具，她的腿支撑不住了，当她听到门口钥匙声响起时，她连口水都咽不下去。

他把她推进房间，让她跪下，赤裸着上身，手背在背后。

一开始，他用皮带扣抚摸她。

然后，他一边打她一边骂。

直到她倒在地上，发誓她再也不这么做了，请求他原谅。

她曾以为人们结婚是为了幸福。

她把手放在脸颊上，瞥到了结婚戒指。戒指割破了她的皮肤，她的手指倾诉着过往的四十年，做家务、洗碗、洗衣服、给家具打蜡、缝缝补补。我成了他们的保姆，什么都干。

她以此为耻。

她把刀片对准无名指，想把镀金的金属切断。结果切破了皮肤，开始流血。这个办法是行不通的。

她已经试过肥皂了，戒指还是嵌在里面。

再试一下，内心的女人说。这一次，会成功的。把你那根手指放进冰水里。

她涂了肥皂，按摩了手指，拉伸着。戒指移动了一下，然后卡在了指关节处，又滑到了之前的痕迹里。

她从头再来。咬紧牙关，拽啊，拽啊。戒指在抗拒。"浑蛋。"她听到自己说。**浑蛋。下流。你死了。死得好！我再也不会任人摆布了。要不是我想吻埃德蒙，他是不会碰我的。**

她听到了自己的咒骂。她会说脏话。她会说，不论自己愿意还是不愿意。

她在手上涂了肥皂，按摩着手指，往上面吹气，慢慢地拽啊，拽啊，拽啊。

戒指像香槟塞子一样，爆开了。

*

还是跟往常一样，她停下来等红灯。卡车刹住了，起重机摇摇晃晃。她摸索着收音机，想调到一个没有傻子在傻笑，也没有广告的节目。她想到了玛丽·德尔蒙特。她为什么没打来电话？她每次想到这个问题，都是在等红灯的时候。

她打了玛丽的手机，结果是自动应答机接的。

她打了报社的电话，结果她不在。

"她什么时候回来？"

"完全不知道，您是她的亲戚吗？"

"是朋友。"

"试试她的手机，那样更容易找到。"

对方甚至没有问她叫什么。

斯泰拉感觉被迎面泼了一盆冷水。仿佛所有人都不关心玛丽·德尔蒙特的命运。

或者……

或者她有了照片上那个小女孩的线索？这让一些人害怕，给另一些人带来了麻烦？

绿灯亮起，一辆车按了喇叭，她耸了耸肩，怎么，这又不是巴黎！然后启动卡车。

还有谁会认识这个小女孩？

谁会跟她聊聊信封上写的这个"婊子"？

她肯定不会去见雷的朋友热尔松或朗塞尼，也不会跟公证员说这件事。他的两个小眼睛靠得太近，透着恶意。

她胡乱地敲着方向盘，换了台，听到了一则广告，伸出大拇指把弹出来的 CD 按了进去，席琳·迪翁开始唱歌。这是兹比格那张 CD。他没有拿回去。他买了好几张，他有的是钱！总是有这样的人，迷恋着某位艺术家。如果他离婚或扭伤了脚踝，他们就号啕大哭。听到他唱歌，他们会双眼湿润。对雷·瓦伦蒂来说，这位艺术家就是约翰尼，对费尔南德来说，是伊迪丝·琵雅芙。她听到"我毫无遗憾"就会哭，可是雷夜里来我房间时，她一根睫毛都不会湿。这些人，他们的心脏一定是装反了。或者是忘了什么零件。总之都是一回事。

费尔南德？

或许她听说过那个小女孩？雷什么事都告诉他母亲。雷对待她，就像对待自己的眼球。他把她抱在怀里，像抱着个布娃娃。是他最早诊断出她得了糖尿病，他阅读了关于此病病理的全部资料。他贪婪地查百科全书，预约巴黎的医生。他把母亲斜挎在胸前，出门去看医生。她呢，别看只剩下上半身和两条胳膊，但她高兴极了！费尔南德和雷！就是为了雷，费尔南德才学会了等莱奥妮一走，就用双手支撑着走路，从床头柜上跳到桌子上给他准备午饭，给他的靴子打蜡，帮他熨衣服。这个老太婆真像一只猴子。她幻想着与儿子重逢，跟他一起结束生命。她对此坚信无疑，正在制订方案，打算跟他一起逃到墨西哥去。

呃……如果费尔南德听说过这个小女孩，那我就去问她。就这么简单。

为什么我没想到？我是蠢还是怎么？去圣西尔方向，雏菊疗养院。

她往左转了弯，沿着棉纺厂的窄路往下走，突然停在了加布里埃尔街和佩里街的交叉路口，右转的时候越过了一条白线。她听到了车门砰的一声响，一辆车停在了她后面，她减速，以为会有两个警察突然出现："您的证件，夫人。"然后一阵吵闹……她把头缩进肩膀里，拍了拍帽子，算着她的驾照扣了多少分，真不是时候！朱莉已经生气了！她在座位上往下滑，弯腰驼背。可是什么也没有发生。她直起身子，朝疗养院方向开去，用拇指按了按 CD，席琳·迪翁又大声唱起歌。

她最后会爱上这首歌的。

在疗养院的走廊上，斯泰拉瞥到了阿明娜。她正抓着一个老太太的胳膊，扶着她迈着碎步往前走，老太太穿着一条紫色棉里睡袍，一双石榴红的拖鞋。

"你好吗？"斯泰拉问，笑容灿烂。

"一般。"阿明娜阴沉着脸回答。

"为什么啊？"

"我收不到消息了。"

"谁的消息？"

"我的美国男人。"

"我应该是错过了什么信息。"

"是啊！就是那天在咖啡馆里，我跟你说过的那个美国人。在丝芙兰之后去的。"

"啊，对！我确实去了！因为我把你的嘴唇冻裂了？他不喜欢？"

"这不好笑，斯泰拉。"

阿明娜跟老太太说了几句话，跟她解释说她要去储藏室找些药，让她在走廊的一张椅子上坐了下来。

"等我一下，我马上就回来。"

老太太朝阿明娜伸出裹着紫色棉里睡袍的胳膊。

"我觉得我得……"

"马上就回来！"

"可是我……"

阿明娜把斯泰拉拖进了旁边的房间里。架子上放着成堆的衣服,还有成堆的床单、餐巾和枕头,上面全都印着带疗养院名字的红商标。闻起来一股薰衣草味苏普利纳衣物柔顺剂的味道,让人感觉仿佛置身于花园中。

"啊,这里就像天堂一样!"

"根本不行!"阿明娜结结巴巴地说,俯身用手帕捂住嘴,"哦,斯泰拉!我曾经那么幸福。我以为我找到了梦中情人。"

"忘了他,就当他不存在。"

"当时那么美好!我们相处得很愉快,然后,突然一下子……什么都没了!他躲着我不见。他不再接我的电话。连个解释都没有!我疯了。"

"你做了什么事?还是说了什么?"

"不知道。或者可能是……但这也太蠢了!"

"走吧!"

"一天晚上,我对他说,初中要改名为雷-瓦伦蒂初中了。我是在报纸上读到的这个消息。他很喜欢别人告诉他什么事,他讨厌没有意义的谈话。为了他,我把所有的报纸和杂志都读了一遍。"

"然后呢?"

阿明娜深吸一口气,把头埋进手帕里,很大声地擤了鼻涕。

"然后他问我是否确定,我说确定,他起身就走了。然后,就没有他的消息了!可怕。"

她的嘴奇怪地扭曲了一下,仿佛她想号叫,但忍住了。

"他认识雷·瓦伦蒂?"

"他在医院见过雷一次,当时他的女儿出事了。我跟你说过,你还记得吗?她切断了手,在流血,失去了意识。是雷送她来医院的。小女孩的母亲也在。他晚一点才来。他接到通知时,还在出差。"

雷·瓦伦蒂又一次扮演了英雄的角色。他总有理由自吹自擂,让人以为他一直在圣沙朗的街道上巡逻,寻找机会披上超人的披风,立下赫赫战功。

"这事过去两个多星期了,感觉就像过了一个半世纪。我曾经那么迷恋他,我啊。"

"我们不会迷恋一个男人。我们会迷恋一条狗，一个咖啡品牌，一个枕头，但不会迷恋一个男人。"

"住口，斯泰拉，你在胡说八道了。"

"可能吧，我又不是情感问题专家。"

"可是为什么，在我说到瓦伦蒂时，他就关闭了心扉？"

"有一种可能，那就是他在这段时间里知道了强奸他妻子的就是瓦伦蒂。只要是移动的东西，瓦伦蒂都会扑上去！她身材娇小吗？"

"很娇小，就像亚洲人一样。"

"嗯，这就对了……你找到答案了。好了，我得走了，我得去见费尔南德了。"

"这不公平！为什么他不解释一下呢？"

为什么他是个男人？为什么他没有爱上我？为什么你只是他的消遣？为什么你给自己编造了一个白马王子的故事？

"听着，阿明娜，他会回来的，这是肯定的。你对他说初中**绝不会**改名为瓦伦蒂初中。这样他就会平静下来。"

"你是怎么知道的？"

"我就是知道。别哭了，费尔南德在房间里吗？"

"在，但你要当心。她拉着一张臭脸，连暴风雨见了都会绕路。她把所有人都惹恼了！好了，我去用水冲冲脸，我不想让别人看到我哭了。"

走出薰衣草味的房间时，斯泰拉瞥到了穿紫色棉里睡袍坐在椅子上的老太太。她用右手扯了一下衣服下摆，把衣服从大腿上移开。她脸上有泪水在流淌。

她脚下有个黄色的水坑在蔓延。

*

斯泰拉推开门，瞥到了那张床，是空的。她回过头，搜寻着费尔南德。

她应该是下楼去游戏厅看电视剧了。她要利用这段时间来翻她的东西，说不好会发现什么。她伸出手，刚要去碰摊放在桌上的一个米色硬壳文件夹，刚看到**"贝罗师傅事务所，费尔南德·瓦伦蒂夫人继承"**，就听到厕所里传来声音，是抽水马桶的声音，接着门开了，费尔南德突然出现，用胳膊支撑着往前走，倒在了床上。

"你简直像装了弹簧！"斯泰拉喊道。

斯泰拉虽然讨厌她，但这个老太婆还是让她惊愕不已。

"你见识到了吗？我七十七岁了，依然身强体壮！想想还有那么多老人，整天躺在床上或扶手椅里无所事事！真是萎靡不振！我正在记巴黎的地图呢。"

"为什么？你要去跑接力赛？"

"客气一点，小姑娘。不然你就走开。我没有时间给你浪费。"

"正好，我也没时间。我要问你件事……"

她不要计谋了，她要开门见山地问。万一这个老糊涂虫猜到她在耍花招，会起疑心的。

瞧，她从来没见费尔南德穿过这件鼓鼓的海军蓝短裤，把它紧紧套在腰上，用一枚很大的安全别针别住了。一条短裤，但没有腿从里面伸出来。她真像一只可笑又不幸的鸟！她有着搬家工人一样的胳膊，还有一头黑发——她还在染发，都是为了雷："他不喜欢我白发的样子。"戴着滑冰鞋形状的手套，为的是方便走路。

"真漂亮，你的短裤！"

"我会在外面套上大衣，如果我出去的话……"

"你要出去？去哪里？"

"这与你无关，我问过你去哪里吗？"

她盖着鸭绒盖脚被坐好，把它抚平，摸着它，平铺在自己周围，用手背抚摸着它，把小毛球摘下来。

"没有，可是说真的，费尔南德，你**真会**出去吗？我是说到大马路上？"

费尔南德把眉毛耸到了天花板上，嘟囔着什么东西，斯泰拉没听懂。

"说清楚点，我什么也听不见。"

"如果你是来骗我的钱的，那就别费力气了。你骗不到了，一分钱也骗不到了。"

她把拇指伸进嘴里，咬得咯咯作响。

"只剩下石板了，完蛋了，只剩下蛋上那层皮了！[1]你明白吗？"

斯泰拉微微晃了晃脑袋，表示震惊。

"这是些什么词啊！你上了教人行话的课？"

"你完全明白，别装傻。我一分钱都不会给你了，我另有打算。"

她往后仰着头，甩了甩黑发，从枕头下面掏出一管口红，胡乱抹了一通。她在每个耳垂上都夹了一对耳环，往肩膀上搭了一条红绿格子的围巾，把自己打扮成了巴布瓦迪[2]的妓女。

斯泰拉盯着她，张大了嘴。发生了什么？上一次，她还把老太婆玩弄于掌心呢，掏空了她藏在鸭绒盖脚被里的积蓄，给她讲她儿子在克利尼昂库尔门小纱巾路的生活，让她垂涎不已。这个方法起效了。老太婆任人抢劫，一句话都没说。肯定是有什么人来过了。可能是公证员，也可能是雷的哪个朋友。他们全都想要她的钱，费尔南德有钱。

"你没想到吧，嗯？你以为你还能继续抢劫我吗？哼，都结束了。而且，我想自己待着，你滚蛋吧！"

"所以我就没必要去见他了？"

"谁？"

"你儿子。"

"别管了。"

"他过得怎么样，你也不关心了？"

"别管了，我跟你说了，我想自己待着。"

"可是，费尔南德……"

"可是什么？"

"我们不能……"

---

1. "只剩下石板了""只剩下蛋上那层皮了"，这两句行话的意思是"什么也没了"。
2. 巴布瓦迪（Bab el-Oued），阿尔及利亚地名。

她想说，我们不能就这么算了，我骗了你那么多钱，正开心着呢。我给汤姆买了一件夹克，给动物们买了几袋粮食，我还存了一些钱，以防……这是我的宝库，跟《基督山伯爵》里的宝库一样。

"我们不能停止……"

"停止什么？"费尔南德像狗一样咆哮道。

斯泰拉差点说出"游戏"。

"滚蛋吧，"费尔南德吼道，"我再也不想见到你了！"

走廊里，斯泰拉靠墙站着，耷拉着肩膀。她蜷着一条腿，脚后跟贴着墙。

她完全没预料到会这样，她所有的计划都被打乱了。

有人来看过老太婆了。

有人掏空了她的被子。

有人在操控她。

她去找阿明娜，有人说她走了。

她给阿明娜的手机留了言。

她又从穿紫色棉里睡袍的老太太刚才坐的那张椅子前经过。老太太已经走了。尿已经被清扫干净了。

*

十一点钟，阿德里安走出巴黎－贝尔西火车站，挤进地铁，在平板电脑上查资料。有人告诉他，威立雅已经进军塑料处理业，他想在跟博尔津斯基见面共进午餐之前搞清楚。在广场酒店用餐，目的是"评估一下情况"，那个俄国人说。

在大厅里，他瞥到了博尔津斯基朝阿兰·杜卡斯餐厅走去。他让他先行一步。他要集中注意力，他要投入战斗。

唯一的问题：他不会提出任何建议，他还没有解决跟埃德蒙之间的困境。

博尔津斯基走起路来像一头大象，身体的重量从左胯压到右胯，再压回来，腰间的赘肉摇来晃去，仿佛一大块黄油在跳孔雀舞。实际上他并没有那么老。他穿着黑衬衣，外面套着红色长款上衣，搭配橄榄绿裤子和黑白相间的鞋子。没有人会注意不到他，行人纷纷回头微笑。

阿德里安正端详着他的背影，这时听到了一个熟悉的声音。上帝啊！博尔津斯基在前面，那个巴黎女郎在后面。他愣住了，然后往旁边挪了一点，拿出手机，假装在打电话，等她过去。她正在跟一个穿高跟鞋的高个子黑人女孩和一个穿着灰西装、黑马球衫、戴小圆眼镜的男人说话。

巴黎女郎！就在他面前。

她应该收到了他本该发给斯泰拉的那条短信。

她可能会微微一笑，放下手机，去想别的事。

他对她一无所知，除了她经常出入高档场所。之前是富凯酒店，现在是广场酒店。

她在跟穿黑马球衫的男人说话，语气里透着责备："我还以为这事解决了？你们已经找到了其他场地？"

"对，但以防万一……我们得有备用方案。阿梅勒想到了广场酒店。情况就是这样，你不要生气。"

"我没有生气。时装表演就在四天以后，可我们连在哪里举行都不知道！真让人沮丧，不是吗？"

"不一定真是这样，但如果你坚持要生气，如果生气能让你快乐，那就别憋着了！"

阿德里安走上前，他不敢有什么突兀的动作。他想最后一次闻闻她的味道，目光掠过她颈背的曲线，肩部的曲线。他想起，他们离别时，她的粉盒咔嗒一声响，是个蓝色粉盒，圆鼓鼓、滑溜溜、资生堂。想起她在梳的头发。想起她喷的香水，芦丹氏。想起她的包，里面的东西都被她倒了出来，她想找什么东西但没找到，纪梵希。还有她摘下又戴上的手镯，克里斯汀·迪奥。还有巴黎女郎跟情人在宾馆房间里发出的声音。

巴黎女郎在橱窗前停了下来，那里摆着一些彩色珠宝。她俯下身，用手指着一个托座，上面放着一条项链，讨论着，激动起来，突然愣住了。

她没有回头，但高声说："您在这里？"

他往旁边迈了一步。

"我知道我们会再见面的，"她补充道，"您没有跟我告别。"

穿高跟鞋的高个子黑人女孩和穿灰西装的男人回过头，想知道她是在跟谁说话，搜寻着大厅。他躲在一大束白色花朵和枝叶后面。他突然明白过来。

她应该是瞥到了他在橱窗里的身影。

她莞尔一笑，他把这个微笑视作温情的象征，然而昔日里的她充满戒备。他想问，您是做什么的？

但当他走上前时，她消失了。

"我要给您讲讲这些年的工作教会我的事情，科苏利诺。"

博尔津斯基稳稳地坐在椅子里，把餐巾放在膝盖上，盯着阿德里安，仿佛在评估他，然后接着说："所有人都想成功。所有人都想赚钱，都想有漂亮女人在床上，有豪车，有豪宅。但在终点线上，很少有赢家。为什么？"

他往前俯下身，抓起一块面包，在上面涂上黄油。

"因为要想赢，就不能意气用事，要毫不犹豫地杀掉一个家伙，哪怕刚刚跟他签过合同。只有走到这一步，才能闻到钱的香味。您不是个赢家，科苏利诺。"

他抓住正在往下滑的餐巾，把它夹在桌子和肚子之间，想掩饰住他打了个小嗝，然后用冰冷的声音说道："您在犹豫，一开始您就在犹豫。您做不了决定。往前走一步，再往后退两步，这对生意很不利。"

阿德里安没有回答，他在摆弄放在白桌布上的叉子的尖齿。

"您以为您是头狼，实际上是只小绵羊。"

博尔津斯基盯着他，面露嘲讽。

"自从上次我们两个谈过之后，您给我带来了什么？**什么也没有。**为什么？"

阿德里安很清楚为什么。

"再给我一点时间。"他说着，没有看对方。

叉子插进白桌布里，画着一道又一道的线。他正在画一座监狱。他很想逃之夭夭。这个家伙激怒了他，他总是教训他，总是居高临下，总是给他挖陷阱。

"很简单，科苏利诺。要么您向我证明我有理由跟您合作，要么我们就分道扬镳。"

"所以……"阿德里安的语气不带感情，目光没有离开监狱的栅栏，"您为什么要去勾搭威立雅的人？在这场生意里，您的合伙人是谁？是他们，还是我？这件事还没弄清楚。往前走一步，再往后退两步，这句话也适用于您。"

他突然抬起头，盯着他。博尔津斯基只能听着，他想反驳，但阿德里安阻止了他。

"我可以给您讲讲有人想追两只野兔，结果一只也没逮到的寓言。我呢，我也知道一些赢家和输家的故事。而且，我也可以要求您跟我解释解释。"

博尔津斯基的脸阴沉下来。他的下颌抽搐起来，勉勉强强张开嘴反驳道："这是谁告诉您的？"

"您自己去查吧。等您查到了，再决定是否给我打电话。谢谢您请我吃这顿饭。"

阿德里安站起身，放下餐巾，告了别，头也不回地离开了餐厅。

在地铁里，他看到一个又一个站过去。他到了协和广场站。他需要走一走。他买了一袋烤栗子，想让他的手指忙起来，免得胡思乱想。他把栗子装到口袋最里面，把他的大腿焐热了。干得漂亮，老兄，现在你没有别的选择了，只能去找埃德蒙·库尔图瓦谈谈了。否则你只能独自面对一台搅碎机——一台订购了但没付钱的，一笔巨额债务，还有挪用款项的指控。我怎么会陷入了这样的困境？我对所有人都撒了谎，我受够了撒谎。昨天，她问我，我的手表去哪儿了。我说我弄丢了，不知道丢在了哪里。她向我投来狡黠的微笑，就像一位母亲面对自己撒谎的孩子。我感到羞耻。

如果我对所有人撒谎，那我就什么也不是了。

*

　　叶莲娜推开贴着她睡觉的男人。他叫什么？她忘了。她换男人换得太勤。这个男人在床上不差，但过于多愁善感。得对他说："我爱你，你很英俊，你吻技如神。"难道这不**荒谬**吗？她要让门房给她换一个。门房储备了足够多的漂亮种马，所以她没必要被这个爱哭鬼缠住。况且她付了那么多钱！

　　经过一番锻炼，她饿了。她能把一整块在俄罗斯红茶里泡过的土耳其软糖吃下去。她伸出胳膊叫了客房服务，这时电话响了。凌晨四点钟？会是谁？一个跟她一样失眠的女人？一个在大床上迷失了自我的老太婆？

　　"喂？"她把贴在她腰间的男孩推开，说道。

　　"叶莲娜？是我，伊丽莎白。"

　　"伊丽莎白！发生了什么？您在哪里？"

　　"白金汉宫，我睡不着，我心想 we could have a nice little chat together[1]，您也睡不着吗？"

　　叶莲娜推开又翻过身压着她的男人。他在打呼噜，他喝了太多香槟。

　　"叶莲娜？您在听吗？"

　　"在，伊丽莎白。您很清楚，我一直都在您身边。"

　　两位女士已经认识六十多年了。叶莲娜不想算具体的数字，她只是说能装满一个该死的麻袋了。伊丽莎白笑了。在她的管家克劳福德小姐的帮助下，她的法语说得完美无缺。这位管家只跟她讲法语。

　　1951 年，她们在马耳他岛的小村庄瓜达曼加见面时，伊丽莎白还不是英国女王，但已经嫁给了菲利普，生下了两个当时还年幼的孩子。叶莲娜是陪让－克洛德·潘古安到这里来"做生意"的，伊丽莎白是跟菲利普来的，他当时是皇家海军军官，驻扎在岛上。

　　她们成了朋友。

1."我们两个可以好好聊一聊。"——原注

1953 年，伊丽莎白登上王位，叶莲娜以为再也见不到她了。圣诞节那天，当她收到有女王殿下签名的"圣诞快乐"卡片时，别提多惊喜了！她们养成了通信的习惯，当叶莲娜到英国时，伊丽莎白就邀请她去白金汉宫、巴尔莫勒尔堡或温莎城堡。

"加里怎么样？"伊丽莎白问，"我收不到他的消息了。"

叶莲娜是少数几个知道伊丽莎白与其侍卫总管生过私生子的人员之一。伊丽莎白厌倦了丈夫的风流逸事、旅游和沉默，一天晚上，她没有抵挡住侍卫总管温柔的好意。一夜缱绻后，她生下一个女儿，迷人又忧虑的小雪莉。她是由父亲和祖母养大的，但女王经常在白金汉宫接见她。二十岁时，雪莉跟一个粗野又异想天开的苏格兰人生下一个儿子加里，是跟威廉和哈里两位小王子一起养大的。一切都回归了正轨。从来没有人知道这件事，那些披露丑闻的可怕报纸也不知情，它们总会惹女王不高兴。

"我也收不到他的消息了，"叶莲娜想了想说，"过会儿我一挂掉你的电话，就打给他。"

"我不敢用我自己的手机打。您知道，我们王室成员是受监视的。就连一点小事，也会登上那些造谣生事、污泥四溅的报纸头条。"

"我知道，您这个行当也难！"

伊丽莎白深深地叹了口气，叹息声与她在加冕大典上戴的皇冠同样沉重。

"不说这个了，您怎么样，亲爱的叶莲娜？"

叶莲娜又一次推开了年轻的美男子，他刚刚伸过手来搂住她的腰。真是块狗皮膏药！他似乎已经筋疲力尽。她不得不承认，她很乐意这样。为了他，她使出了自己最厉害的招数。他就像窒息的金丝雀，尖叫的蚂蚱。可怜的小伙子都没有力气叫喊了。啊！我想起来了，他叫尼古拉。

"我很好，亲爱的朋友，我在准备几天以后的时装表演。"

"您说什么，亲爱的？"

"我的新系列。但不是我设计的，我只是资助人，所以……就是这样。"

"啊！您在想报仇呢！叶莲娜，您觉得这样明智吗？"

"没有人能阻止我。我找到了一个帮手，她叫奥尔唐丝·柯岱斯，会帮我报仇。这件事我也跟您说过了。她下周会推出自己的时装系列，我会坐在第一排，穿上皮草，戴上首饰，做好新发型，我选的新颜色会让我年轻二十岁。"

"您真是个执拗的人，叶莲娜。我喜欢您这个特点。"

"最后，我要登上舞台，接受大家的呼唤喝彩。复仇是最好的抗皱霜，我现在精力充沛着呢。"

她很想说，她每天夜里都会吃掉一个男人，但是她不敢。

"这么多年过去了，您应该忘记……"伊丽莎白叹了口气。

"绝对不会！我要复仇，然后我就可以死而无憾了。"

"您还像当年一样恨她，不是吗？"

那是 1972 年。

叶莲娜即将推出她的首个系列。她在忠实助手罗伯特·西斯特龙的帮助下安排好了一切。他是她的助手，她的会计，她的顾问，也是替她发号施令的人。还是她的情人。他正年轻，她渴望年轻的肉体。她的丈夫卡尔霍娃伯爵，原名让-克洛德·潘古安，跟一个比他小二十岁的女人产生了私情，这个女人想排挤她。

西斯特龙提醒过她："为了伤害您，这个女人什么都做得出来。她想要的是伯爵，如果您成功了，伯爵绝不会想离开您。她会破坏您的时装表演。"

叶莲娜耸了耸肩，说了句经典口头禅"放屁"，意思是您闭嘴吧，真烦人。

一连好多天，她画画、裁剪、修改。她的工作室聘用了五位工人，总共设计了五十多个款式。她租下了莫里斯酒店的大厅，请来了二十多位模特，邀请了国内外的媒体。

然后大日子来了。

五十多个款式的时装应该在早上六点送达，时装表演将于十一点半准时开始。

气氛紧张，大厅里渐渐挤满了人。记者、专栏作家、朋友、熟人。整个巴黎都在等，等待叶莲娜·卡尔霍娃成功，或者陨落。

叶莲娜在帘幕后观察着大厅。

伯爵坐在第一排。他带着拐杖，穿着卷毛羔皮领衣服。叶莲娜曾请求他到场。他同意了。尽管"第三者"怒气冲冲，打碎了几个花瓶，退回了几枚钻石戒指，威胁要离开他。

一切准备就绪。模特做好了发型，化好了妆，穿上了打底裤和胸衣，等待开始。彩排一切顺利。音乐，灯光，走过 T 台。就差衣服了。

叶莲娜等着卡车到来，她看着手表，问了西斯特龙，他跑来跑去打电话，派人到仓库去查。

"他是五点半出发的，应该已经到了。"他重复道，担心到出了汗。

卡车一直未到。

宾客等了一个小时。罗伯特·西斯特龙登上 T 台，宣布时装表演取消，有人把服装弄丢了。

后台的叶莲娜瘫倒在椅子上。这是"第三者"的计谋，她敢肯定，但她没有证据。

"我的眼泪太多了，我不能哭。我会死的。"

她和罗伯特·西斯特龙坐着唉声叹气，这时有个跑腿的人进来，递给了叶莲娜一个信封。

叶莲娜打开信封，把里面的一张大纸展开，上面写着"抱歉……"，署名是妮科尔·塞尔让。就是伯爵的情妇。

"我就知道。"叶莲娜只说了这一句。

一个星期以后，有人泄露了秘密，她这才得知是她的情敌收买了司机，让他永远不要把那个时装系列送来。她让司机绕道垃圾场，把它们付之一炬。叶莲娜的梦就这样破灭了。

她只身去了纽约，身无分文，备受摧残。

三个月之后，让－克洛德·潘古安在一场车祸中丧命。他都没来得及写遗嘱，于是巨额财产给了妻子叶莲娜·潘古安。

"您刚刚让我回想到了过去的事，亲爱的伊丽莎白。"

"抱歉。我不想让你再失望一次。"

"这一次，我会赢的，我的名誉会完好无损。您知道我邀请了她吗？"

"谁？"

"妮科尔·塞尔让。她会坐在第一排。"

"为什么？"

"等我登上 T 台，站在奥尔唐丝身边时，我想看看她那张脸。我会很高兴的。我让人监视了她一段时间，确保她一无所知，不会再耍花招。"

"您什么事都忘不了，不是吗？"

"尤其忘不了我受辱的时刻。"

她们又聊了一会儿，然后伊丽莎白打起了哈欠，宣布今夜到此为止。

"如您所愿，殿下！"

"别忘了跟加里谈谈。告诉他，我一找到用完就能扔的电话，就打给他。为了这件事得去趟郊区，但我忠诚的侍卫摔伤了右脚，他当时想去摘松树顶上的一颗漂亮星星。他是想讨我欢心，我觉得我有罪。"

"噢，伊丽莎白！他爱上您了吗？"

"胡说，亲爱的！[1] 您别光想着这个！"

如果您知道，亲爱的女王，如果您知道……

"Hasta luego[2]，朋友！"叶莲娜大声喊道，"只要我有消息，就给您电话。"

她叫醒了睡在旁边的年轻情人，他的鼻子紧紧贴在她前年刚塑过形的圆润乳房上。

"来吧，尼古拉！再玩最后一圈旋转木马，然后您就穿衣服吧。我刚打了一通电话，想自己待着。我把钱放在了门口的小桌子上，您自己拿吧。"

这是个测试。这样她就能发现哪些贪小便宜的人把不该拿的钱也装进了腰包，有教养的人会在大厅的花束上扯下一朵花斜着摆在桌子上，而粗心的人会忘记拿瓷花瓶后面的一两张纸币。

1.原文为英语。
2.西班牙语，意为"再见"。

她觉得这个游戏很有趣。

尼古拉终于离开了她，走之前还问了什么时候才能再见她。于是叶莲娜去冲了澡，在身上撒了粉色珠光粉，喷了迈索尔檀香香水，然后又回到床上，钻到被子里。

"喂，加里？我是叶莲娜。"

她忍住了一个哈欠。她很想再睡一会儿，于是决定开门见山。

"你怎么样，毛茸茸的大小伙子？你的外祖母女王殿下刚刚给我打过电话。你不该什么消息都不告诉她，她在担心呢。你是她的宝贝，知道吗？你要尊重她。"

"可是我……"

"而且，我希望你能参加奥尔唐丝的时装表演。就在几天之后，你想想办法吧。"

"她在赌气。"

"她是有理由的，不是吗？依我看，你是做了什么事，要求她原谅，或者求她**忘记**。我不喜欢'原谅'这个词。你有什么要为自己辩解的，毛茸茸的大小伙子？"

加里开心地微微一笑。他很喜欢"毛茸茸的大小伙子"这个称呼，他都想给这几个词弹上几个和弦。

"没有。或者说有，但您不会懂的。"

"还是试试吧，我洗耳恭听。"

"我一直无法断奏拉威尔的《G大调奏鸣曲》，因此十分沮丧。我的左手总是在同一个和弦上出问题。我已经试了几个星期了！"

"过几天来巴黎吧，断奏问题会迎刃而解。我给你寄一张不注日期的机票，这样你就没有借口了。我给你预订了里兹大酒店的一个房间。这样奥尔唐丝会很高兴的。"

"谢谢，叶莲娜。我拥抱您，珍惜您。您就像尚帝伊奶油，充满智慧和优雅。您还是一双碧眼吗，还是让您最喜欢的外科医生换过颜色？"

"还是一双大大的碧眼，我的爱。"

"我很高兴,如果您愿意,可以修补修补零件,但别的什么也不要动。您很出众。"

"谢谢,我的天使。你真会跟女人说话。给你的外祖母打个电话吧!她老了,你知道。"

叶莲娜挂了电话,踉踉跄跄地走到套房门口,把"请勿打扰"的牌子挂在门上。她抬起头,发现了一个异乎寻常的细节:那摞钱还放在门口的小桌子上。她数了数,一张都没少。

她忍不住一阵感动。

*

奥尔唐丝把头伸到睡袋外面,透过威卢克斯玻璃看着天空。漆黑。漆黑。漆黑。光秃秃的树枝摇曳着,仿佛想跟她对话。她闭上眼睛,命令大脑睡觉,睁开一只眼,瞥到了桌上的一瓶水。她按住一只眼球,闭上另一只眼,一瓶水变成了两瓶,圆圆的两瓶。她松开手,又变成了细长的一瓶。她在暖和的睡袋里笑着,在上面磨蹭着鼻子,她小时候很喜欢这个游戏。她又重新开始,细长的一瓶,圆圆的两瓶,细长的一瓶,圆圆的两瓶。佐薇就从来没成功过。"别啊,佐薇宝贝,你会成功的,用狗、猫、人、班里的老师和冰激凌球,都可以。"佐薇按啊按啊,但是一直看不到重影。她哀叹道:"为什么你能成功?你的每只眼睛里都有一台相机吗?""没有的事,我只是会调整力度,让重影出现。"把所有的东西都乘以二,太有趣了。

一个情人,两个情人。一个瓶子,两个瓶子。细长的一瓶水,圆圆的两瓶水,一个修长的情人……两个修长的情人!她爱那个男人的身体。我们可以只爱身体吗?但心和灵魂不是跟身体在一起的吗?还是说,身体必须要被心和灵魂所浸润,才会变美?或者才会变丑?

她捕捉到了威卢克斯玻璃上一道吓人的反光,仿佛它在诉说着黑暗、孤独和逝去的时间。

她感到了可怕的孤独。

独自面对着对她怀有恶意的光与影。一幕场景与之交叠,是她父亲死时的场景。那是在夜里，鳄鱼闪烁着黄眼睛，她父亲朝鳄鱼走去，水没到了腰部。

"够了，"她说，"够了！"

她命令大脑把这些画面抹去。

还是给我出个主意吧，告诉我如何展示布料。以电影剧本的形式，要表现得显而易见。一个情人，两个情人，细长的一瓶，圆圆的两瓶。

这个世界，不能只用一只眼睛看，要乘以二。

她一下子站了起来。

她想出了**主意**。很简单，非常简单。

细长的一瓶，圆圆的两瓶。她记在了手机上。

然后缩回睡袋。

第二天，让－雅克·皮卡尔拍着手走进工作室说："快点，快点，只剩三天了，加快速度，专心点！奥尔唐丝，今天我们要把大厅的布局定下来！"

奥尔唐丝咬着被针扎过的拇指，它看上去像个百岁老裁缝的拇指。她伸了伸懒腰，说："我想好了。"

所有人都伸长了脖子，一脸困惑。

"是这样……就在演出开始前，我们让两个圆嘟嘟、样貌诱人的女子登上T台，两人穿着女佣的罩衣，让人忍不住猜测她们的身段。她们拿着扫帚和桶，一个穿红罩衣，一个穿白罩衣。她们假装在打扫T台，挥舞着喷水壶，转着抹布，一块红的，一块白的，擦着额头，扭着身子，一只乳房露了出来，她们大喊："哎哟！"然后把它藏好。可以感觉到她们活力四射。她们说笑着，嬉闹着，头发用发带绑着，一条红的，一条白的。她们走到T台最里面，跟观众告别，消失了，走之前还喷了清洁产品，但其实是香水。然后时装表演开始，结束后，那两位女佣又笑着回来了，她们搂抱在一起往前走，穿着奥尔唐丝·柯岱斯设计的紧身裙，一条红的，一条白的。她们不再是两个圆嘟嘟的女子，而变成了两个身材**修长**的超模。观众目瞪口呆。你们觉得怎么样？"

菲利皮内夫人在微笑，让－雅克·皮卡尔点了点头，叶莲娜也是。阿梅勒认识一对英国双胞胎，她们以前是模特，可以请她们来做这件事。两人棕发碧眼，皮肤如牛奶一般，牙齿洁白。她们都成了家，生了孩子，长了几斤肉，但依然性感且有趣。能出演这种角色，她们会**非常开心**[1]。只要付钱让她们来巴黎的时候住进宫殿就可以了，那是她们梦寐以求的。

所有人都鼓起了掌。

奥尔唐丝竖起了大拇指，模仿着得意地鼓起肱二头肌的卡车司机。她拿过一支铅笔，随手画起了女佣穿的罩衣。一个红衣模特，一个白衣模特。慵懒、流畅。

皮卡尔说了大厅的布局，邀请函、记者、摄影师、博主、名流。他考虑周到，邀请函已经发出。

"不要想入非非，安娜·温图尔、马克·霍尔盖特、蒂姆·布兰克斯，这些人都不会来。妮科尔·皮卡尔，还有《费加罗报》的埃莱娜·纪尧姆和埃米莉·富尔会来。法国《时尚》杂志的爱玛纽埃尔·阿尔特答应我，她会尽可能到场，还有《她》的埃兰·奥多尔蒂。好，只要这些人不坐在我眼皮底下就行……我还邀请了一些博主，比如，基娅拉·费拉尼，加朗斯·多雷，汤米·托恩……如果他们能来，那就太棒了。不管怎样，我们都要把时装表演发布到网上。阿梅勒，你跟奥克塔夫一起负责这件事。还有你，泽尔达，别忘了邀请常备军。"

"这个词，是什么意思啊？"叶莲娜说。

"说的是年轻时尚达人、大学生、业余爱好者和初出茅庐的记者。他们也能引起轰动。今后，他们将走上重要的岗位，成为有用之才。"

叶莲娜撇了撇嘴。今后，她都不在人世了！她希望立刻成功。她还说了些别的话，奥尔唐丝没有听到，皮卡尔反驳了她，嘈杂声中突然听到一个名字：妮科尔·塞尔让。

这个名字让奥尔唐丝若有所思。

"您想安排在**第一排**的那位妮科尔·塞尔让是谁？"皮卡尔问叶莲娜。

---

1. 原文为英语。

"一位朋友。"

"她必须**坐在第一排**吗？"

"是的。"

"是很要好的朋友吗？"

"不是。"

"叶莲娜，您理智一点。我们要把名流安排在第一排，方便给他们拍照，您却塞给我一个默默无闻，而且对您也没什么用的人！"

"这很重要，"叶莲娜声音空洞地说，"我想让她死于心脏病发作。这是我的梦想。而且，这也会引起轰动！"

皮卡尔看着她，惊呆了。

"如果非要这么处理，我妥协！"最后他说。

"妮科尔·塞尔让，妮科尔·塞尔让……"奥尔唐丝嘀咕道。

她朝阿梅勒打了个手势，示意她把手机拿过来，然后翻了翻短信，找到了昂丽耶特那条。

"奥尔唐丝，我的小羊羔，打电话给我。我遇到了重磅消息。关于妮科尔·塞尔让，七楼的那个女人。在这个消息面前，连世纪盗窃案都成了毫无价值的椋鸟尿！"

她拨了外祖母的电话，开了扬声器，示意所有人安静。

"昂丽耶特，是我，奥尔唐丝。我刚刚读了你的短信。"

"可我发了已经有……"

"妮科尔·塞尔让是怎么回事？"

"你先向我问好，我真想知道是谁把你养大的。"

"昂丽耶特，我没时间。快说。"

"**奥尔唐丝！**"

"你还想来参加时装表演吗？"

"当然想！"

204

“那，赶紧说说妮科尔·塞尔让的事。”

昂丽耶特讲了送信人的事，还有她打开的那封信，那封信让她……怎么说呢，怎么说呢……她在想该怎么表达，喘着粗气。

“把那封信读给我听听。”

“等一下，我去拿眼镜。”

叶莲娜伸长了脖子，瞪着眼睛看着奥尔唐丝。

奥尔唐丝用手捂住电话，解释道妮科尔·塞尔让的门房不是别人，正是她的外祖母，真是个奇怪的巧合，不是吗？

“**你的外祖母？**”叶莲娜一字一顿地说，“原来是这样！**你的外祖母是门房！**”

“我给你读读这封信吧，我亲爱的小母鸡？”昂丽耶特接着说。

“别再叫我小母鸡或者小羊羔了！我既不是家禽，也不是山羊！”

“好，你别生气。那么……那么……”

她高声读起来。

“……‘献给你，亲爱的，奥古斯特·罗丹的这幅画见证着我对你的爱。愿它陪伴你左右，直至我们相聚。罗伯特。’信背面写着寄件人的名字：罗伯特·西斯特龙。你知道吗？这不是他送给她的第一件艺术品。她住的那个房间已经塞满了！”

工作室里一阵沉默。叶莲娜握紧了拳头，嘀咕道罗丹，**我的**罗丹，他把**我的**罗丹送给了情妇。皮卡尔转着眼珠，目瞪口呆。

“我马上派个跑腿的人去找你，”奥尔唐丝说，“你把西斯特龙的字条交给他。”

阿梅勒拨打了“啊喽跑腿”[1]的号码，朝奥尔唐丝点了点头，示意她把地址写下来。

“他这就来，昂丽耶特，待在门房里不要走。”

“时装表演的时候，你会给我安排个好位置吧？”

“会，但你一个字也别跟妮科尔·塞尔让说。不能让她知道你收到了

1.啊喽跑腿，欧洲快速运输服务公司。

邀请。"

奥尔唐丝朝叶莲娜转过身。

"我跟您说过了，我觉得这个西斯特龙不对劲。"

"门房是你的……"叶莲娜吞吞吐吐，从包里拿出一块绿色土耳其软糖。

"不可思议，是吗？您跟西斯特龙说过您邀请了妮科尔·塞尔让来参加时装表演吗？"

"没有。她应该也没有告诉他，否则他会告诉我的。"叶莲娜想了想说。她吸着土耳其软糖，嘴唇上粘上了一层绿色粉末。

"不一定。"

"肯定会！为了更好地欺骗我，他得假装是我这边的。我了解骗子，奥尔唐丝，我跟很多骗子打过交道。他偷我的东西、背叛我，但还要假装维护我。证据是什么？证据就是我什么都没察觉到。"

奥尔唐丝要了一杯加浓黑咖啡，拿开跟头发绞在一起的铅笔，咬着指甲。

"我们总结一下。西斯特龙跟妮科尔·塞尔让偷情，把您的一些画偷偷送给了她。得停止大出血，叶莲娜，否则您就会破产，再也没钱付账了。"

"但我还没最终表态！"叶莲娜咆哮道。

"好了！"让－雅克·皮卡尔抬高嗓门说，"我们继续说大厅布局吧？那就让塞尔让坐在第一排，并希望她不会当场毙命……"

叶莲娜的脸上浮现出一个狡黠的微笑。

"奥尔唐丝，你有蕾哈娜的消息吗？"皮卡尔问。

"我还在等安托瓦妮特的电话，但应该没问题。"

"完美。我要把这个消息散布出去，这样就会像疯了一样来好多人！"

奥尔唐丝坐在办公桌前，看着佐薇在工作室里拍的照片，要放在小视频里的。她把照片拿给皮卡尔看，皮卡尔浏览了一下，表示赞许。

"她以前拍过样片吗？"

"拍过，当时我们在一家餐厅举行家庭聚餐。我把它放在了一边，然后找不到了。我说拍过是因为……"

"因为你爱你的小妹妹。"

"够了！你是不是还要拿出小提琴歌颂一番！"

"你爱她，别辩解了。爱别人的能力不该被轻视。有时候是能力，有时候是天赋！"

"所以你在说我是天才？"

让－雅克·皮卡尔微微一笑，耸了耸肩，又耸了耸眉毛。

"我可以看看样片吗？把阿梅勒叫来，她应该知道放在哪里了。"

"完美，"皮卡尔看完以后宣布，"你妹妹真有天赋。她大有可为。"

"她想当修女！"

"真遗憾。最后一组镜头里的那个家伙真是仪表堂堂。"

"你说的是哪个家伙？"

"就是镜头瞄准的那个金发高个子，他不是很爱笑，但充满力量。她把这个人拍得非常好，她可是个修女啊！"

"应该是我姨妈斯泰拉的男人，他来的时候我已经走了。我当时跟菲利皮内夫人约好了。"

"她还承受得住吗，菲利皮内夫人？"

"承受得住。得考虑给她发一笔奖金，她工作起来像个疯子。那天晚上，她睡在了工作室里。我们的工作太多了，我给了她一件 T 恤和一把牙刷。她就像个假小子。"

*

天气晴朗，阳光洒在建筑物的正面，跳跃在人行道上、公交车上、红灯上，照得行人的头发发出橙色的、紫色的、金色的光芒。加里往前走着，翻来覆去地想我是个傻瓜！真是个傻瓜！因为我给她寄了一箱葡萄酒，就以为她会跳过来抱住我的脖子，**忘记**一切！忘记我跟卡吕普索在苏格兰度过了几个月，跟她看演唱会，参加比赛，一起坐飞机旅行，头靠在对方肩上，在机场喝苦咖啡，得了第一名以后欢快地跳起快步舞。那天晚上，她的睫毛一根一根地贴着枕头，那么直，我都想拔下一根，用它画五线谱……

一瓶酒就能让她忘记一切？

傻瓜！真是个傻瓜！

还有六十六号街誓言！

多么高傲！全是谎言！

我编了个借口，就是这样。

他沿着百老汇，朝联合广场方向走去。他需要见见人，见几十个人，几百个人，几千个人，看他们吃热狗、嚼口香糖、戴长耳朵大皮帽。叶莲娜的电话唤醒了他，让他被迫降落。他沉浸在断奏之中，手指被渐强音绊住了。叶莲娜向他发出了警告。回来吧，加里·沃德。跳上一架飞机，抢回你的美人，否则……

他立起厚呢子大衣的领子，加大了步伐。走路，就是整理、挑选、丢弃。找到之前没找过的东西。看到不想看的东西。脚步不会骗人，它会带着你直指要害。

傻瓜！真是个傻瓜！用一箱葡萄酒道歉！

道路中央的一个下水道口冒着白色的蒸汽，蒸汽上升，闪着光，膨胀，消失。他喜欢这样的喷发，让人觉得城市是建在火山上的。一阵阵蒸汽从内脏里喷出来。人行道下面大火呼啸，火焰喷射。在天与地之间，天堂与地狱之间，一座献给魔鬼与诸神的城市。

不是献给小傻瓜的。

他经过一家手相店，是一位通灵者开的。店铺特色贴在上面：读心术，脉轮平衡，灵气清除，能量水晶。人行道对面，两个男人正跪在放在沥青上的小垫子上祈祷。一股番茄酱和热奶油圆面包的味道，让他头晕。

傻瓜！真是个傻瓜！

三个穿宽松裤子、戴鸭舌帽的男人站在华盛顿广场的拱桥下。一个拉美人，一个黑人，一个白人。他们全都把一只手放在旁边人的肩膀上，另一只手放在心脏上，吸气，一只胳膊弯成弧形，清唱着《茶花女》里的一段。

Libiamo ne' lieti calici.[1] 三个低沉的、深邃的音。一起唱出来，悦耳动听。

"让我们高举欢乐的酒杯……"一位坐轮椅的女士在打节拍。一个十五岁的男孩，梳着脏辫儿，穿着破旧的范斯鞋子，一个膝盖放在滑板上，抓住了从肩膀上滑落下来的极速骑板背包。我多想回到童年，那时候我做梦都想要一个极速骑板背包，但我母亲不给我买！她反对品牌。她抵制品牌货，就像抵制真空包装火腿、白糖、工业生产的蛋糕、麦当劳、可口可乐、巧克力棒一样。

一个男人穿着鞋睡在长椅上，头顶上飘着一团充了气的氦气球。他抓着气球的绳子。他是怎么做到一边睡觉一边抓着绳子的？

一个女孩一边走路，一边用手机打字，背包背在前面贴着肚子，星巴克的大杯子稳稳地放在包上，然后手机放在杯子上打字。

在一个热狗摊上，一个戴着苏格兰羊毛帽的中国老人正在翻转蜂窝饼模具。他打开模具后，把十五个烤薄饼倒进纸袋，递给一位顾客。加里闻着薄饼甜甜的香气，从口袋里拿出硬币，递给中国老人，指了指离开的那个男孩手里粘着油污的纸袋，要了份一样的。

他要坐上第一班去巴黎的飞机。

*

斯泰拉睡不着。表面之下，神经乱作一团。费尔南德动了动手指就把她赶走了，而且她还**忘**了跟她说小女孩的事。然后，就在那之后，她在想费尔南德为什么把她打发走了。真是无法理解。我每两周都会把她亲爱的儿子的消息告诉她，她不感兴趣了吗？不可能。此事有蹊跷，绝对有蹊跷。什么事情正在酝酿，而我**浑然**不知。老太婆找到了活下去的其他理由。找到了其他盟友？有人跟她讲了同样的废话？目的是要她的钱？她在乔治和苏珍客房太窄又太短的床上，神经抽搐着，拉伸着胳膊和腿，缓解着痛苦。雨敲打着窗户，发出的声响对她来说是陌生的，因为她睡的不是**自己的**房间。

1.意大利语，意思即下文的"让我们高举欢乐的酒杯"。

等阿德里安不再**撒谎**，不再拿我当**傻子**，我就回家睡觉。我在等他告诉我，他在仓库里偷偷摸摸搞什么，告诉我他有没有跟埃德蒙说过这件事，告诉我他在跟谁合作，还有买这台灰黄色搅碎机的钱是哪里来的。他觉得我守不住秘密？

他应该是在到处找手表！她用鸭绒盖脚被捂着嘴偷偷笑。她把手表藏在了她的一只靴子里。这是女孩子的花招。他呢，他是个男人。是**她的男人**。她打起寒战。柳芭，柳芭，他不再叫我柳芭了。他们吵了多长时间架？

她打了两三个小时盹，最后跳下床，穿上大套头毛衣和背带裤，抓了抓头发，踮着脚尖，在黑夜里穿过院子，进了**她的**房子。她要去喂动物，给它们添水，给汤姆准备早餐，把木柴放进炉子里，这些事能让她平静下来。寒气像锯子一样锯着她的皮肤，切割着她抓水桶的手指，让她无法思考。她咬着牙往前走，用肩膀蹭了蹭驴子，让它们离开食槽一点，这样才能往里面倒粮食。

阿德里安正站在厨房里喝咖啡。他的上衣和一条大围巾晾在炉旁一把椅子的椅背上。木柴靠墙堆着。他去添了满满一炉子柴火，然后端起碗，在手里转着。

"你平时就是这个点回来？"他抱怨。

"你不睡觉？因为良心不安，睡不着？"

他皱了皱眉，稍稍往后退了一步，目光里透着疑问。

"你想说什么？"

"你做了亏心事，就会睡不好。"

"我为什么会良心不安？"

"你自己知道。"

"你在等我坦白……"

"可以这么说。"

"……然后你才会回来睡觉？"

"你什么都懂。"

"我该？"

"阿德里安，别拿我当傻子，我会生气的。而且我从昨天晚上开始就不顺利了……"

"怎么了？"

"你有秘密？我也有。"

他添了木柴，炉火呼呼作响，发出让人心安的声音。墙上闪烁着金黄色的光。

"汤姆在睡觉？"

"你在外面过夜的时候，都是我在看着他。我还是个挺酷的男人，不是吗？"

"他很快就能下地了，你不需要看着他了。"

"你会回来睡我们的床吗？"

"这完全取决于你。"

阿德里安的脸上闪过一个微笑。他看了看宜家的大时钟上的时间，五点二十。那碗咖啡喝完了。

地砖上结了一层霜，上面有小鸟爪子的痕迹。他们面对面坐着，想从对方的目光里找到蛛丝马迹。他们从来没有隔得这么远。一抹愁云从斯泰拉的眼睛里飘过。阿德里安把碗咬得咔咔响，仿佛在计算拳击比赛的得分。

"平局？"最后他口齿不清地说。

她摇了摇头，抓起水桶，去给动物喂水。她不想计算得分。她只想让他开口。沉默和孤独是一样的，让人崩溃。

"你别管了，我去吧。"

她把水桶递给他。两人的手擦了一下，一阵噼啪响，她赶紧把腿移开。他把她拉过来，抱在怀里。

"回来跟我一起睡吧。你不在我就睡不好。"

她摇了摇头。

"求你了……斯泰拉！"

她按着他的胸膛，挣脱出来。

"放开我。"

他抓住她的手腕，扭过去，贴在她的背上。怒火在斯泰拉的眼睛里燃烧。

"别这样！"

"原谅我。"

他忘了不该对她动粗。

"原谅我，柳芭，原谅我……我那么想要你，那么想……"

她直直地盯着他的眼睛，拉起他的手，对他说："来吧，来吧！"

斯泰拉睁开一只眼睛，米奇闹钟显示七点半了。她的电话响了。她伸出一只胳膊去摸。她感觉阿德里安的嘴就在脖子下面，在说不要接。她揉了揉眼睛，用一只胳膊支撑着，在地上的一堆衣服里搜寻手机。他们那么快就脱掉了衣服……就跟第一次一样。他们要饿死了。电话不响了。她又回到阿德里安身边，转过去贴着他。他伸出一条胳膊，抱着她，轻轻晃着她："柳芭，噢，柳芭！"她的嘴唇贴在阿德里安的耳后。

"我在呢。"

不知道为什么，她第一次觉得自己比他强大，比他自由，几乎可以说是充满威严。她闭上眼睛，一动不动，让这种感觉尽可能地持续下去。

电话又响了。

她伸出胳膊，抓起橙色背带裤、阿德里安的 T 恤和鞋子，终于找到了。是阿明娜打来的。

"斯泰拉？快来！费尔南德被卡车撞了！"

*

斯泰拉在疗养院门口见到了阿明娜。她们身后的玻璃缸里，鱼正在吐着泡泡游来游去。工作人员让住在这里的老人们待在自己房间里，给他们开了镇静剂。警察来了。救护车把尸体运走了。卡车司机没有停车。据一位消防员说，司机应该是没注意到撞了她，他没看到她，从她身上碾过去了，她那么矮，贴着路面。

阿明娜把斯泰拉拉到一边，把她带进了餐厅。

"她在床上留了张字条，说她要去巴黎见她儿子。"

"我编了个地址，克利尼昂库尔门的小纱巾路……我从来没想过她会去！"

"她写道：她受够了被困在这里。她要摆脱这里。"

"可她是怎么出去的？"

"接待处正好没有人，大门也从来不关。这里不是监狱！她约了五点钟的出租车。她想坐六点十分的火车。出租车应该是来晚了，她等不及了，往前走到了路上，去看车有没有来。然后卡车从她身上碾过去了。"

"奇怪的结局……"

"你不难过吗？"

"她这个人坏透了，只有听伊迪丝·琵雅芙的时候不坏。"

"我还是要向你表示哀悼。"

"我得告诉妈妈。"

莱奥妮正在摆弄衬衣的绣花领子，她抬起头用蔚蓝的眼睛看着斯泰拉，惨白的粉嘴唇微微张了张。她打起了哆嗦，最后微微一笑。

"噩梦结束了，亲爱的。再也没有姓瓦伦蒂的人了。"

斯泰拉心想，她真的要改个姓了。

*

这天晚上，等汤姆睡着以后，她踮着脚离开他的房间。她要回苏珍和乔治那里睡觉。

阿德里安在厨房里追上了她。

"你要去那里睡觉？我以为……"

"因为今天早上的事？那也太容易了。"

她表示不屑，态度坚决。

他摇了摇头说：

"好，问我问题吧。"

他不知她想知道什么事。巴黎女郎？仓库？搅碎机？骗来的贷款？

博尔津斯基？如果她先开口，他就能猜到哪些事她不知道。

"我会如实地回答你，我保证。"

"我听你讲，阿德里安。"

我不能先出招，那也太容易了吧。

"你想知道什么？"

"你向我隐瞒的事……因为你隐瞒了我一些事，不是吗？"

他低下头，拇指放在嘴唇上，轻轻咬着。

"对。"

"啊，你看……"

他想控制损失，不提巴黎女郎的事。如果他说出仓库和搅碎机的事，而她知道巴黎女郎的事，她就会劈头盖脸地说他在撒谎，说这是他的最后一次机会，但他没有抓住。

他的拇指在唇上移来移去，他在思考。

"有这么难吗？"斯泰拉说道，觉得好笑。

他不想说话的样子，跟汤姆一样。两人都会垂下眼睛，用拇指摩擦嘴唇。

"是谁告诉你的？"他怀着疑问发起了进攻。

"没有人，不需要什么大侦探。"

他集中精力，寻找着蛛丝马迹，她的神情如一位母亲，面对着做了蠢事的孩子。如果她知道了巴黎女郎的事，她应该不会这样。她不会这么**慈爱**，她会**暴跳如雷**。

"就在我的眼皮底下，阿德里安！这不难发现！我还在想，你怎么会以为我不会遇到。我整天开着卡车在乡下转。"

他松了口气，**不是巴黎女郎的事**，是搅碎机的事。

"你是自己发现的？"

"差不多吧。"

他想继续装作不想说话的样子，仿佛并没有**松一口气**。他想任由时间流逝，放松下来，她不知道，她不知道巴黎女郎的事！他已经准备好跟她坦白一切。

也要跟埃德蒙坦白。

他要和盘托出。

*

午夜时分，奥尔唐丝定了五点的闹钟。模特们过来，最后一次试了衣服、鞋子和配饰。奥尔唐丝检查了发型、妆容、灯光和音乐。助手们给每个女孩拍了照片，用大头针把她们的号码牌别在了衣服上。然后她给所有人都放了假，说："这是你们在自己家里睡的最后一个晚上了，好好享受吧，回来的时候别忘了拿牙刷。之后你们就不能离开这里了，我让你们睡觉，你们才能睡觉。"

她吐了三次，因为只剩下两天了，她明明需要三十天。她在工作室里感到窒息，她想去森林里散散步，跟中央公园的松鼠见面，跟加里肩并肩走走。

她没有给他打电话。

午夜时分。她没有困意。她一天喝了好几碗玛卡。这种粉末是用从秘鲁安第斯山脉里挖来的块茎研磨成的，是给战士们补充体力和能量用的，让她保持着旺盛的战斗欲。

午夜时分。她凝视着巴黎的夜空、巴黎的屋顶、巴黎的烟囱。我住在世上最美丽的城市，我即将推出世上最美丽的时装系列。远处的埃菲尔铁塔灯光闪闪。她觉得铁塔是为她一个人亮起的，感觉得到了安慰。

午夜时分，有人敲门。她走上前，问是谁。楼下的邻居已经被偷过三次了。

一个声音响起："是加里。"

"加里·沃德？"

"我找奥尔唐丝·柯岱斯。"

她莞尔一笑。加里。加里。**加里**！她咬紧牙关，默默喊道 Yes！Yes！**加里！加里！加里**！咽下一口唾沫。

"我找奥尔唐丝·柯岱斯，要为她庆祝。"

"我去看看她在不在。"

"如果有必要，我愿意等她九十九天。"

"她会受宠若惊，我想。或许也会感动。"

她伸出手，转动门锁，把门打开一条缝。

他在那里。一只刺猬刚刚绕开已经烂了的门毡，他就站在门毡上。她把一只手放在胸膛上，确认真的是他。确认玛卡没有让她产生**幻觉**。他拉起她的手，把它展开，亲吻了她的手掌。

"加里？"

他没有说话，嘴唇滑到了她的肘部。

"加里？"

奥尔唐丝的声音渐渐变弱，直至消失。

他们在门口搂抱在一起。在挂在衣架上的样品之间，在半身模特之间，在草稿、熨斗、裁缝尺、剪刀、饰带之间，在一块块布料、皮革、塑料之间，在插大头针的针座、纸板、铁丝、帽架、拱形架、铅笔以及菲利皮内夫人的草稿之间。他闻着她的秀发，她的脖子，她的前胸，她的腹部。她感觉他的呼吸进入了自己的身体。她在他的呼吸里游走，解开了她身体里的结，任由他的双臂游走，任由他的脑袋游走，任由他的颈部游走。

"加里！"

她闻着他的味道，他正在生长的头发，闻着他肩膀的凹陷，她的感觉那么强烈，那么强烈，她都忘记这种魔力了。

他把她抱在怀里，寻找卧室，一脚踢上门，在威卢克斯玻璃下找到一个床垫，把她放在上面。她抚摸着他的嘴，他的头发，闭上眼睛，假装在睡觉。

他看着她，意醉神迷。

他看到了她太阳穴上的金色绒毛。他躺下，把一只手伸到她的脖子下，把她的头发拨到旁边，在她的香唇上投下一个吻。接着是第二个吻，他咬着她的嘴唇，对她充满渴望，得把她唤醒。第三个吻，她睁开眼睛，微微一笑，接着又闭上。

"奥尔唐丝·柯岱斯？"

"加里·沃德？"

她搂住他的脖子，双腿钩住他的腰，她要打一个结，让他永远无法离开。

*

公证员的等候室没有变化。摆的还是同样的绿植，天花板上还是同样的聚光灯，墙还是刷成了同样的米白色，窗户上挂的还是同样的棕色窗帘。同样的绿植后面，扬声器里播放的还是同样的电梯音乐。三个月前，我和妈妈就是在这里等的。我即将发现那个装小女孩照片的信封。

不过还算有件新东西：一台电视正在播放一部纪录片，讲的是极地大体形鹿科动物的消失和冰川的融化。电视上放着一瓶精油和几个遥控器。斯泰拉按了一个按键，得知在弗吉尼亚州的里士满又发生了一起谋杀案。朱莉每次听到谋杀案的新闻都会颤抖。她称之为"那种事"。她会打寒战，挠着胳膊，冲到洗手间去呕吐，回来时眼睛红红的。埃德蒙说她太敏感了，她就不该看电视，也不该听广播。杰罗姆宣称这就是生活，暴力无处不在，以前我们不知道，现在我们知道。得习惯这件事。然后朱莉又用手帕捂住嘴，冲进厕所。

贝罗师傅对"那种事"会怎么想？

因为费尔南德的离世，三天前，公证员打电话让她过来。他似乎非常紧张，每说一句话都会清嗓子以示强调。

"首先我向您表示沉重哀悼……"

他叽里咕噜说了一通，仿佛不知道我根本不在乎她死了，在马路上被轧扁了，像一张苏赛特可丽饼。

他继续说。她认出了放在办公桌一角的那个有拉链的苏格兰手袋。她观察到他的两只小眼睛靠近了，闪烁着，仿佛他正在读的文件把他的五脏六腑撕裂了。当然是有原因的！费尔南德所有的钱都要留给斯泰拉，她唯一的继承人。

"总共有多少钱？"她问。

"七十六万七千五百欧元。"公证员咬着嘴唇，面露责备。

斯泰拉耸了耸眉毛，表示惊讶。

"当然，"他又补充道，"得扣除继承费和……"

我**有钱**了。我要在网上开个账户，这样就没人知道了。线上银行，匿名银行。然后我再好好想想这笔钱怎么花。

在想好之前……

我可以给汤姆买很多夹克衫了。

*

她把卡车停在了离卡米耶家一百多米的地方。这是一种习惯：她从来不把车停在目的地前面，这样别人就找不到她了。**这样雷·瓦伦蒂就找不到她了。**

这是一幢二层小房子。墙是灰色的，屋顶是红色的，墙皮剥落了，露出黑色的接缝。一条排水管垂在那里，往下滴水。花园里、台阶旁有一张生锈的圆桌和四把椅子。她的电话响了。是玛丽·德尔蒙特，她没有找到关于那个小女孩的任何信息。她表示抱歉，但她不会继续找了，报社工作太多，太累了，什么都很多。"唉！你不恨我吧，斯泰拉？"

斯泰拉低下头，一脚踢在楼梯的第一层台阶上。她想象着玛丽·德尔蒙特挂掉电话，长舒了一口气，哦唷！结束了，她再也不会拿那些蠢事烦我了。她讨厌玛丽·德尔蒙特了结这件事的方式。她讨厌她的头发、她参差不齐的牙齿。我希望她吃小学生牌饼干吃多了，浑身长痘。

卡米耶出现在台阶上。他应该是听到了脚步声。他系着一条围裙，上面有一群排成一队的小鸭子。斯泰拉忍俊不禁。

"请进，请进！外面潮湿。下了一下午的雨。有什么不好的事吗？"他注意到她神色不悦，问道。

"我在等消息，我满怀期待，然后……"

"什么消息？"

卡米耶接过斯泰拉的派克大衣，抖了抖，挂在衣钩上，然后邀请她走进飘着一股比萨和融化的奶酪味的厨房。

"一个小女孩的消息。瓦伦蒂死后，我在他的保险柜里找到了女孩的照片。雷在她的脸上画了一个靶子，信封上写着'婊子'。这个女孩八九岁。他们之间肯定是发生了什么事。他在找她，我指望玛丽·德尔蒙特能给我提供点蛛丝马迹，可是……"

卡米耶打断了她，问她要不要喝点什么，比如开胃酒？他在桌上放了些小茴香饼干、闲趣饼干、花生和圣女果。斯泰拉摇了摇头，用手刮了刮眉毛。

"我呢，我要喝一杯红马丁尼，"他扭着身子说，"我晚上最喜欢喝这个。我会等七小时，到了七点我就放松了。"他向左扭了扭胯，语气温和地补充道。

他开了一瓶酒，给自己倒了一小杯马丁尼，伸出一根指头揩走了最后一滴，舔了舔指头，叉着腿，手放在膝盖上

"哎呀，哎呀！别愁眉苦脸了，我们聚在一起就要开开心心。我先喝完马丁尼，然后给您清理一下皮肤，或者给您化妆，您自己选。"

斯泰拉扯着眉毛，若有所思。

"总是出这种事，他们总是合起伙来，最后赢的总是雷·瓦伦蒂。"

"他死了，瓦伦蒂。忘了他！"他说着，扬起一只手。

"可是我没法忘记他！他总是阴魂不散！"

"可是既然他已经死了……"

"对您来说可能死了，但对我来说没有。"

她低下头，刮着塑料桌布的边，桌布上画着喜气洋洋、用碎步小跑的小猫小狗。

"我心想，他是不是也在纠缠其他人……"

卡米耶小口品尝着马丁尼，目光空洞。斯泰拉抬起头盯着他。他回过神来，抖了抖身子，摆出丝芙兰售货员一般的职场微笑问道："我给您来一个冬日淡妆？"

"我最好还是走吧，我会把您的晚上浪费掉的。"

"别啊，别啊。我去看看比萨热好了没有，然后我们配上低度数的意大利葡萄酒，我是特意去商场为您买的酒。好吗？"

走廊里响起脚步声，斯泰拉转过身，看到一个穿灰色厚运动裤、戴青绿色绒球帽的男人走过来，他的眉毛那么黑，就像假的一样，他穿一件紫色夹克衫，脚踩橙色运动鞋，走起路来会发光。他在门口脱了鞋，换上拖鞋，走进厨房，把一个很大的家乐福的袋子放在椅子上。

"怎么，热代翁？你们在庆祝？这是你女朋友？"

卡米耶没回答。男人接着说："我们没玩成，雨下得太大了。到了我这个年纪，已经不能挨冻了。"

他打开冰箱，拿了一些火腿、一瓶啤酒、一些蛋黄酱、两片白面包，走到客厅，打开那里的电视。

"他叫你热代翁？"

卡米耶耸了耸肩，喝了口马丁尼。

"当他意识到我'不正常'以后，他就断定我有'可耻的癖好'。有一天，我被激怒了，就对他说：'我有可耻的癖好，那又怎样？'从那开始，他就给我取了热代翁这个外号。您听懂了吗？"

"没有。"

"热代翁·特兹马尼¹。如果特兹马尼夫妇生了个儿子，他叫什么名字？"

斯泰拉恍然大悟。

"热代翁！好尴尬！您为什么不搬走呢？您可以租一间工作室。"

"因为桑德里娜。我走了，谁给她染头发、做指甲、玩扑克的时候故意让她赢？"

斯泰拉摇了摇头。她想说，我想聊聊您的生活，不是桑德里娜的生活。

"还有唱卡拉OK，唱克洛克洛²的歌，周六参加城市跑步，去里蒙的

---

1. 热代翁·特兹马尼（Gédéon Teusesmanies），发音与"我有可耻的癖好"（J'ai des honteuses manies）相同。
2. 克洛克洛（Clo-clo），法国歌手克洛德·弗朗索瓦（Claude François）的昵称。

店里买巧克力，晚上两个人窝在沙发上看《给冠军的问题》？我们非常开心，您知道吗？"

斯泰拉微微一笑，想对他说是的，是的，您说得对。可是她的理解过于悲伤，所以她宁愿没有理解。

"卡拉 OK 是怎么唱的？"她岔开话题问。

"呃……我们推开桌子，化妆，打扮一番，放音乐，然后就唱啊跳啊。就像克洛德女郎一样，哎呀！"

他的眼睛在黄色的镜片后闪闪发光。

"您给我展示一下吧？"

他噘了噘嘴，恳求不要唱太久。

"您想听什么？《洒满阳光的星期一》[1]？"

他嗓音尖尖的，热情让他走了调。

她表示同意。他跳了起来，说等等，等等！他打开一个放扫帚的柜子，从里面拿出一件鸭蓝色的上衣、一条红领带和一顶金色假发。他调整了一下假发，在脸上擦了粉，涂上海军蓝色的睫毛膏，熟练程度令人惊叹。然后他又从电脑下面拿出一堆杂志，找到了克洛德·弗朗索瓦的这首歌，给两个扬声器通了电，握紧了小拳头，幸福地闭上眼睛，仿佛只等这一刻了。

他轻轻拍了拍假发，晃着一个假想的麦克风，清了清嗓子，做好准备。他下巴贴着胸膛，用的是充满雄性力量的嗓音，慢慢抬起头，向她投来忧郁的目光，然后……"看看你的手表，已经是八点，让我们温柔地相拥，一辆出租车把你带走，你就这样离开，我的小心肝，与千万人一起……"

斯泰拉手指张开贴在脸上，像海星一样，疯狂地想笑。

"……这是林中散步的好日子，我们去躺在金雀花丛中，觉得这再正常不过……"

他深吸了一口气，身体前倾，几乎要跪下来了，然后腰部发力直起身子，脚后跟跺了一下，向右晃，再向左晃，声嘶力竭地吼着："洒满阳光的星期一，

1.克洛德·弗朗索瓦的代表歌曲。

我们永远不会有，每次都是如此，当我们在玻璃窗后，当我们工作的时候，当天空那么美，路上也是那么美，洒满阳光的星期一！"

他扭着手，踏着步子，抬着膝盖。他的整个身子都在舞蹈，完全变了一副样子，他伸开胳膊，把他感受到的快乐播撒出去。斯泰拉站起身，鼓起了掌。

有人在她身后鼓掌。

卡米耶的父亲出现在厨房的门槛处，把正在嚼的冰糖细条酥从嘴里拿出来，大声说："你们做完洋娃娃了？我明天还得工作啊。"

"噢，可是……"卡米耶嘀咕道，"现在也不算晚啊。"

"什么，这还不晚！你以为你在哪儿？你看看你，打扮成什么样子了？"

"酷……"

"你真让我恶心。"

"我们什么坏事也没做，我们只是玩！"

"真厉害，热代翁！"

"别叫我热代翁！"

"你更想叫特兹马尼先生？"

"住口！"卡米耶哽住了，眼里含着泪，"真的烦死了！我究竟对你做了什么？"

"没做什么，你只是不正常！"

斯泰拉看着卡米耶的父亲，这个人像火腿一样又粉又胖，大啤酒肚，穿着苹果绿色的圣沙朗滚球协会 T 恤，上面有一块蛋黄酱污渍。

"怎么样才算正常？"卡米耶叹了口气，任由假想的麦克风掉到了地上。

"你是个基佬！**是个基佬！**你以为我今天晚上为什么没玩成滚球，嗯？"

卡米耶把脑袋缩进脖子里，像一只冬天里的乌龟。

"我告诉你：因为有个人指桑骂槐地说你，我受不了了！你毁了我的生活，倒霉的同性恋！"

卡米耶瘫倒在椅子上。他揉了揉眼睛，用鸭蓝色的上衣袖子擤了擤鼻涕，鼻头亮亮的，黄眼镜已经歪了，脸上现出一块块红斑。

"我儿子是同性恋，我还得高兴？我只有一个儿子，可他却是个女的！"

"您不该这样，先生，"斯泰拉插了话，"您真的不该……"

父亲回过身，打量着她。

"她在说什么，狗杂种？她以为她是谁，以马内利修女[1]？"

"您没有权利这么说！"斯泰拉挺直身子。

"我在我自己家里，我想说什么就说什么。你不高兴就给我滚！"

斯泰拉拿起包，朝门口走去，取下她的派克大衣。

"您不该让他这样对您，卡米耶。您身上美好的品质太多了。"

"真是要笑死了！"他父亲吼道，一拳打在门框上，"'您身上美好的品质太多了。'怎么，这是在看歌剧？他要像天鹅一样给我跳芭蕾舞吗，这个同性恋？"

"住口！住口！"卡米耶哭着大喊。

斯泰拉离开了，看都没看卡米耶的父亲。他冷笑道："就这样吧，滚。"

厨房里，克洛德·弗朗索瓦还在声嘶力竭地唱："**我们最好被干草的味道包围，我们更喜欢采摘葡萄，或者什么也不做，洒满阳光的星期一。**"

*

体育场后面的街道光线昏暗。斯泰拉注意到这边有一组小房子是一模一样的，全都带花园，有生锈的桌子和四把椅子，仿佛房子和椅子是从空中投掷下来的。

夜色里，她沿着刷成白色的人行道边沿往前走，暴力丝毫不会影响到她，她已经习惯了。她想象着卡米耶的父亲跟朋友玩滚球的样子。每个人都会炫耀孩子有哪些优点，比如，谁的儿子高中毕业会考评语是优秀，谁的开了公司、分了红利，谁的买了最新款 BM，谁的是足球队最佳队员，而卡米耶的父亲只好默不作声。他不能夸耀自己的儿子会化妆，会用睫毛膏，

---

1. 以马内利修女（soeur Emmanulle），天主教修女，法国备受敬重的女性宗教领袖。

戴着跟克洛德·弗朗索瓦的发型一样的假发。

她找不到卡车了。

她应该是走过了。

她转了半圈，又沿着人行道的白色边沿回到了昏暗的街道上。

卡米耶坐在卡车踏板上，蜷成一团，下巴贴着膝盖。他裹着鸭蓝色的上衣瑟瑟发抖，把那顶金色假发抓在手里，像一个梦想破灭了的人的头皮。他的额头上、脸颊上、鼻子上还有几道长长的睫毛膏痕迹，看起来像一匹蓝色的斑马。

他往旁边靠了靠，斯泰拉坐到他身边。

"我真想离开这里！去巴黎生活。但是我不能，桑德里娜在这里。我不希望她再次自杀。"

"是啊，不过……"

她差点说出口：您得首先考虑自己。但她忍住了。闯入别人的生活，给他们开药方，未免过于凶残。你开的药会害死他们。

"今天晚上我就离家出走了！"他骄傲地说，"这还是第一次。平时我都会在家里哭。今天晚上……我摔上了门。"

斯泰拉尽量不动声色，她不知道要说什么。

"我偷走了比萨和那瓶葡萄酒，还有两个杯子。我们可以野餐。夜色真美，不是吗？"

她活动了一下派克大衣口袋里冰冷的手指。

"您不想到卡车里坐坐吗？我可以开暖气。"

他表示同意。

"车门打开了，里面有狗。它们乖乖的，不会对您怎么样的。"

卡米耶拉开门。科斯托和卡博闻到了比萨的味道，紧紧挨着他。

"坐下，狗狗！"斯泰拉命令。

她转过身，摸了摸它们的脖子，从副驾驶前面的储物箱里拿出饼干，递给它们。两条狗坐下，但依然盯着塑料袋和比萨。

斯泰拉调了调座椅，裹紧了派克大衣。她打开收音机找电台，正好调到 RTL 频道的《夜曲》，是大卫·鲍伊[1]主题的一档节目，会三十分钟无间断地播放音乐。

"可以吗？还是您想听点别的？"

"我想我知道您在找的那个小女孩是谁。"黑夜里，卡米耶直直地看着前方，说道。

斯泰拉吓了一跳。

"但我不知道她在哪儿。"

"您怎么会知道？"

"呃，没错……我觉得就是她。"

她拍着方向盘，不可思议，真是不可思议！

"您愿意听我讲讲吗？今天晚上，我终于鼓起了勇气。你要抓住这个机会。"

他不禁扑哧一笑，像个还没变声的小男孩。他的嗓音变得纤弱又调皮。

她使劲点头，让他快点讲："求您了，快讲吧。"

"我认识她快两年了。有一天晚上，我在消防队值班。雷·瓦伦蒂来了。他来找他那帮朋友们，用他的话说，他跟他们一起'猎艳'。他穿着消防员的制服，他觉得制服会让姑娘们疯狂。那天晚上，他想拉我下水。我反抗也没用，其他人都是一伙的，他们强迫我去。请您相信，我根本不想去。"

他害羞地微微一笑，把上衣裹紧。

"您冷吗？"

"嗯，有点。"

"他什么女人都要。其中有位美人，很有风度，我很喜欢她穿衣服的风格，她是英国人，叫特纳小姐。雷让其他消防员逮住她，然后自己上，把她捆在消防卡车的散热器护栅上。她默默哭泣，然后他俯下身，轻柔地抚摸着她的乳房说：'你哭是因为快感吧，嗯？我的美人，我的小斑鸠？

1.大卫·鲍伊（David Bowie，1947—2016），英国摇滚歌手、演员。

你想到要跟我发生关系，所以喜极而泣？'"

"不！不是特纳小姐！"斯泰拉大喊。

"您认识她？"

斯泰拉没有回答，她回答不了。

"就是通过这位特纳小姐，雷·瓦伦蒂认识了小女孩的母亲。女孩的父亲想让她给女儿上英语课，他给的课时费很高。特纳小姐经常去女孩家。她跟女孩的妈妈成了好朋友。那是一位很漂亮的欧亚混血美女。高挑，纤细，乌黑的长发，眼睛非常美。特纳小姐应该是跟雷说起过她，雷就想把她搞到手。我不知道两人之间具体发生了什么……是不是成了情人。可是那天晚上，事情很不对劲……"

"跟往常一样……"

"我当时太懦弱，太懦弱了。直到今天我还在羞耻。我总是唯唯诺诺。但今天晚上，我鼓足了勇气。"

他挥舞着拳头，像在强调自己下定了决心。

"觉得自己很勇敢，这种感觉太好了。就像内心有一个巨人在成长。"

他打开比萨盒，撕下一块递给斯泰拉。狗在后排座位上直起身子，鼻子贴着他的肩膀。

"我能给它们一点吗？"

"一小块就行，不要太多。"

他撕了两块给科斯托和卡博。

"那天晚上，雷应该知道她丈夫不在家，家里只剩母女两个。他按了门铃。过了一会儿，她来开门。您要是见过她就好了！长长的黑发在肩上飘飘荡荡，杏仁般的眼睛温柔深邃，鼻梁高挺，鼻子精致，嘴上像有一道镶边，面部仿佛笼罩着超乎自然的光芒。我从未见过如此美丽的女人。她浑身散发着魅力，像一种磁力，我心想，这就是女人味，它会让男人为之疯狂。我们进了门。他巧舌如簧，好像是说街区里有煤气泄漏，他必须检查每一间房子。她有些惊讶，让他去一楼检查。他要求去二楼，让我在大厅里等他。过了很久，什么也没发生，接着我听到了女人的尖叫。有个男声喊道：闭嘴，闭上！你的嘴，快给我闭上！接下来又是沉默，间或传来一阵号啕。

我觉得她不想吵醒女儿，所以忍住了。"

"就是照片上那个小女孩？"

"我没看过照片，先听我讲完……我上了二楼，躲在门后听。我听到了声响，她喊道：'不要，不要。'他笑着说：'你不知道什么是快感，得挑逗挑逗你。'这时我感觉身边有人。一个小女孩正看着我。她长得跟母亲一模一样。她问：'你是谁？'我给她解释了。她朝我微笑，她没有害怕。她捧着一个迷你手机，尺寸跟信用卡差不多，可以当摄像机用。她对我说：'这是我爸爸从日本带回来的，我用它给叮咚拍了视频。''叮咚是谁？''是我的娃娃。你想看视频吗？'她给我看了，还提议给我拍。我当时只有一个想法，那就是把她拉到一边，免得她听到房间里的声音。我说：'好啊，当然好啊。'这时叫喊声已经停了。我拉起小女孩的手，让她给我拍视频。我很不自然，但依然在微笑。说实话，我已经无法思考了。我已经瘫软。"

"真是个浑蛋……"

"小女孩应该是感觉到了什么怪事正在发生，因为她跑开了。她朝母亲的房间跑去，抓着手机，还在拍视频。我听到她问：'妈妈？妈妈？'我也走上前。她母亲在床上，手被捆在背后，被雷压在身下。我只看到她的身子在奋力挣脱。雷直起身子，命令小女孩把手机给他，她拒绝了。他威胁她。母亲喊道：'快走，回你的房间，把自己反锁起来。'雷使劲打了她的嘴，她的脑袋滚到旁边。我没有听到她继续说话。小女孩喊道：'你是坏人，**坏人**，我要告诉我爸爸，他会**杀**了你。'他朝她走来，抓住她，但她挣脱了，撞了他，然后朝窗边跑去，窗户是完全敞开的。她站在窗边，雷走上前，伸出手说：'把手机给我。'我跑到花园里，心想如果她掉下去，也许我能接住她。我找到了二楼阳台的位置，才发现我无能为力。阳台正下方是一座雕塑，上面全是锋利的刀片。如果小女孩掉下来，会受伤的。然而事情就是这样进行的。雷吼道：'给我，不然我就把你扔下去。'她拒绝了。他把她推了下去。她掉在了雕塑上。我听到一声哀号，然后……她应该是失去了意识。雷像疯了一样去找手机。他咒骂道：'该死的！生产这么小的玩意儿是要干什么！又是日本人的好东西！'就在这个过程中，小姑娘的血都要流光了，她母亲昏了过去。"

斯泰拉听着，手紧紧地抓着大腿，惊恐万分。又是同样的噩梦。一个男人坐在卡车发动机罩上，哈哈大笑。正是雷·瓦伦蒂。她摇了摇头，闭上眼睛让他消失。

"雷打电话给了他那帮消防员朋友。他说他经过这里，听到了尖叫声，看到一个男人从里面逃出来，想去抓住他。他把母女二人送到了医院。母亲休克了，要马上把她救醒。有人通知了她丈夫，他随后也来了。小女孩失去了左手的手指，但是活了下来。母女二人什么话都没说，我自始至终都不知道为什么。我心想母亲保持沉默，是不是因为她是雷的情妇，害怕丈夫知道。雷多次去现场，试图找到手机。这起案件被定性为入室盗窃未遂，然后就结案了。"

"但您可以做证！并非没有证据。"

"我撒了谎。"

"可是……"

"我撒了谎。首先因为小女孩拍了我，这样我就成了同谋。其次雷也威胁了我。"

"他不害怕小女孩或者女孩的母亲说出一切？"

"我想他是害怕的，但是他有自己的说法。他说是女孩的母亲勾引了他，而那个小女孩就是个婊子。"

"他在信封上就是这么写的……'婊子'。她多大了？"

"大概八岁。"

"手机找到了吗？"

他脸红了。他嘴上说没有，但眼神出卖了他。

"手机找到了吗？"斯泰拉重复了一遍。

他激动起来，耸了耸肩膀，在袖子上擦了擦眼镜。斯泰拉用拇指拍着方向盘。她要等一等。广播里，大卫·鲍伊在唱《千万别让我失望》。

两条狗守着一块比萨。它们一副毕恭毕敬的样子，意思是它们是很乖的狗狗，她应该奖励它们一下。她撕下一块面皮，递给它们。她感觉平静极了，她有的是时间。她要实现目标了。初中永远不会改名为雷－瓦伦蒂初中。

"我捡到了，把它保存了起来。"他终于怯怯地说。

"您一直保存着？"

"是的。"

"可以给我吗？"

他没有回答。他目光茫然，仿佛在重温那场悲剧。

"在医院里，我问他为什么要把小女孩推下阳台。您知道他是怎么回答的吗？"

斯泰拉摇了摇头。

"不为什么。"

"就这样？"

"就这样。"

"您有小女孩的消息吗？"

"他们家的女佣是桑德里娜的朋友。她告诉我们，三个月以后小女孩的母亲自杀了。她头发全都变白了，不吃东西，整天哭。父亲和小女孩回到了纽约。"

"那幢房子在出售，"斯泰拉嘀咕道，"我在步行街的房产中介那里看过广告。"

我几乎可以确定，小女孩就是阿明娜在急诊室遇到的那个。所有的要素都吻合。但为时过早，我还不能告诉她。

她朝他转过身。

"您可以把手机给我吗？"

"我得考虑考虑。"

"您需要跟内心的巨人商量商量？"

"成长是好事，但也让人恐惧。"

他惨淡一笑，用舌头舔了舔已经融化了粘在牙上的奶酪，集中注意力。

黑夜里，一道手电筒射出的光正在逼近。斯泰拉关了发动机。他们伸长了脖子，分辨着是谁在往前走，结果瞥到了一顶绒球帽和一双闪着光的橙色篮球鞋。

"是我父亲，"卡米耶说，"他好像在找我。"

他钻到座位下，躲在仪表盘下面。斯泰拉也照做。

"我不希望他立刻找到我，我想让他担心。"

*

如果她突然出现，我会对她说，我会对她说……我想在上课时坐在你身边，我想让你问我很难的问题，但我能回答上来，我想每天送你回家，**跟你接吻**。

"托盘上的东西吃完了吗？"苏珍问。

我还要问她，你知道《麦田里的守望者》这本书吗？我要说出这本书的英文名，让她对我刮目相看。如果她说不知道，那我就摆出一副趾高气扬的样子，说你应该知道，你应该知道的，跟那些一本正经地自吹自擂，随时都要教育别人的家伙一样。

"你洗澡了吗？回答我，没礼貌的家伙！"

"还没有。别打扰我，苏珍，我在思考！"

"你思考，你读书，你确定你没病吗？"

我可以问问我那位朋友，要不要跟她谈这本书。或许这么做挺没意思。我很可能自取其辱。

他抱着脑袋，用力地想着给他出谋划策、把艾米莉·狄金森的诗告诉他的那位朋友。哎，对了！你能帮我把她叫来吗？你能进入她的大脑，告诉她怎么来我家吗？既然传递思想这种事确实存在，为什么不呢？

他母亲送了他一台可以联网的收音机。这几天，她不停地送他礼物。他可以收到全世界所有的电台。这天夜里，他听了一档节目，里面有一位一半英国血统、一半法国血统的秘密特工，讲到了人脑的无所不能和思想的传递。他确信这个系统已经调试好，被海峡隔开的两个人可以进行交流了。目前还不能用词语交流，但是可以用正方形、三角形和长方形交流。而他和他那位朋友则更进了一步，因为他们是用**词语**交流的。

有一天，他听到了："我叫小马塞尔，你呢？"他答道："汤姆。"或许他是在做梦，或许是别人让他服用的药物导致的。但他还是清楚地听到了："你好，汤姆！"

如果她在就好了……明天，他要回学校，他不能再等了。

"先生思考完之后，可以把衣服收好吗？先生现在长大了，而且我也不是先生的保姆。"

"苏珍，不要打扰我。如果我跟你说话，我就没法集中注意力了。"

苏珍大笑起来，把垂在额头上的一绺灰头发拨开。

"说得跟用力思考有用一样！要我说，我好久没中过六合彩了。"

"没错，正是因为你想得还不**够**多。妈妈呢，她会回来吃午饭吗？"

"会。去洗澡吧。她见到你还穿着睡衣，会不高兴的。"

他站起身，抱着脑袋，不想分散注意力。

"别忘了洗洗指甲，太脏了！"

他耸了耸肩膀。苏珍在胡说八道，就想分散他的注意力。她不相信思考的力量。

他从浴室出来，听到一楼有人说话。苏珍在跟别人说："他这就下来，请进，过来坐吧……"

他倚着窗户，用毛巾擦着身子。他们应该是进了厨房。他穿上一条牛仔裤和一件套头毛衣，再穿上袜子和一双新篮球鞋——也是母亲送的礼物，然后梳了梳头。

他扶着栏杆，走下楼梯。

瞥到达科塔和蒙德里雄夫人坐在餐桌前，他差点摔倒。

苏珍让他们喝点咖啡暖暖身子。蒙德里雄夫人说："不用，不用，您别麻烦了。"但是苏珍坚持："咖啡是今天早上弄的，还放在炉灶上，还没煮沸呢，我向您发誓！你呢，小姑娘，你想喝点橙汁吗？"

达科塔看了看四周。汤姆觉得难为情，达科塔的家那么漂亮，白台阶，黑栅栏，宽敞的窗户上装饰着小格子。他的心都碎了。

他正想该怎么办，苏珍瞥到了他，喊道："汤姆！有人来看你。"

他努力装出一副酷酷的样子，走下最后几层台阶，手插在口袋里。

"我们是来给你送班级合照的，"蒙德里雄夫人说，"达科塔坚持要陪我。"

跟在学校里相比，蒙德里雄夫人好像变矮了，鼻子好像也变短了。

"这是学校的礼物。你不用交十二欧元了！"

他想说没有必要，我母亲这几天给我的钱多得花不完，但最后还是说："非常感谢。"并涨红了脸。他的目光落在漆布上，注意到了一些洞，是用烟头烧破的。

他摸着照片，什么也没说。

"带你的朋友去看看驴吧。"苏珍说。

"你想看驴吗？"汤姆低声问达科塔。

他们出了门，在院子里沿着去谷仓的路往前走。

"你们家真漂亮。"达科塔说着，小心注意着脚下。

她穿着黑色釉面的鹿皮鞋。

"你真这么觉得？"

"是的，真是鼓舞人心。"

这话是什么意思？他得多读点书。

"你还没有走？"

"我们要回纽约，但我不知道什么时候。父亲说他还有事要处理，处理完我们就走。我想他指的是把房子卖掉。"

"你高兴吗？"

她没有回答。

在谷仓前，她停下了脚步。

"我不想把鞋子弄坏，这是双新鞋。"

"我们没必要进去。驴呢，我每天都见。"

"我在布朗克斯动物园见过，在圣地亚哥。你知道圣地亚哥吗？"

"呃，不知道……"

他还得看看地图。

"那里的动物园很美。"

她用一根手指转着额前的一绺头发。

"有一天，我在房间里，看着床尾的椅子，心想如果我不看它，它还存在吗？一件东西之所以存在，是**因为**有人在看它吗？"

他迷失在她漆黑的眸子和粉嘟嘟的小嘴里。你真真切切地存在，达科塔。无须怀疑。

"你知道，据说人之所以存在，是因为有人在看。椅子也是这样吗？"她继续问。

"你的脑子里还装着类似这种东西？"

他在想，他能不能回答上所有的问题。

"是的。例如，恐龙时代有鸟的歌声吗？"

他挠了挠脖子。

"我不知道。但我知道鸟没有声带，它们是靠振动软骨来唱歌的。是乔治跟我说的。"

"乔治是谁？"

"他是个……"

这件事解释起来也不容易。

"他以前是我外祖母家的仆人，现在他跟我们住在一起。"

"他多大年纪了？"

"比我的外祖母还老。有一天，我母亲说，我们要去给他过七十八岁生日，他浑身都是绿色。"

"你想说他长霉了？像羊乳干酪那样？"

他大笑起来。

"不。这是个俗语，意思是'他精力充沛'。"

"绿色，就是精力充沛的意思。我很高兴学到了东西。"

他努力装出开心的样子，但他心里最想的，是吻她。

当他们回到家时，斯泰拉已在厨房里。达科塔没有出声，远远地站在门口的阴影里。汤姆心想，这是因为她害羞，还是因为不想弄脏鞋子？这里到处都是污泥。谷仓里、路上、院子里，甚至连厨房的方砖上都有。土块是从鞋底掉下来的，他们从来没注意过这一点。

蒙德里雄夫人和苏珍正在讨论食谱。蒙德里雄夫人非常喜欢焦糖大头菜，苏珍在教她如何在不把糖熬煳的前提下熬成金黄色。

斯泰拉切了洋葱，要加在沙拉里。这样好吃又柔和，能增加一点甜味。她转身对着他们吸了吸鼻子，说："抱歉，剥洋葱的时候总会这样！"她对汤姆说："你还好吗，亲爱的？"

她开心的样子真让人疯狂。她总是微笑。而且还不是因为她不再跟爸爸一起睡觉了！她给自己买了耳环，沿着睫毛根部画了棕色的眼线，显得更加漂亮了。

斯泰拉注意到门口站着个小姑娘，她用手背揉了揉眼睛，然后又开始流眼泪。

"你好！你叫什么名字？"

达科塔往前走了一步，走到有光的地方。她黑裙飘荡，长发飘飘，微微一笑。

"达科塔。您好，夫人！"

斯泰拉放下刀，喊道："这不是真的！"

她张大了嘴，凝视着达科塔，仿佛在看一个幽灵。

"这不可能！"

蒙德里雄夫人和苏珍诧异地抬起头，斯泰拉恢复了镇定。

"这些洋葱整天害得我流泪！我受不了了！"

"我来帮你弄吧？"苏珍说。

"不用了，谢谢，你真好。只剩下胡萝卜没切了，沙拉马上就好了。"

苏珍布置好餐桌。蒙德里雄夫人看了看手表，苏珍让她放心，她能按时回学校。她切了面包片，倒了水，发了索帕兰卫生纸作为餐巾。斯泰拉把沙拉、切成片的肉饼和奶酪放上桌。她困惑极了，不敢直视达科塔。

她就是照片上那个小女孩，现在我可以确定了，就是雷从窗户扔出去的那个小姑娘。她们有着同样的头发、同样的刘海、同样的发绺，而且还用纱巾裹着左手。

汤姆觊觎着肉饼，把它递给了达科塔。乔治不在家。达科塔是个女孩，她很注意身材。她肯定不会切一大块。他眨着眼，看到她拿起刀切了一大块时，脸都变白了。苏珍发现了汤姆的失望，想分散他的注意力。

"你跟达科塔说过你的书了吗？就是你一直在读的那本。为了它，你连炉灶上的饭都忘了！你们知道吗？那天他差点把屋子都烧了。"

汤姆脸红了，在桌子底下踢了一脚苏珍。他不想当着所有人的面谈论他的书，不想像猴子一样表演。苏珍弯下腰揉了揉脚腕。她嘀咕道："还是讲讲吧！还是讲讲吧！"

斯泰拉听懂了他们的对话。她想出一个主意。

"对了，汤姆，明天我们可以带达科塔一起去多媒体图书馆，我们得去还书和 DVD。我到初中门口接你们吧？"

Trois baisers

第四部

她要求一个人待会儿。

就十五分钟。

她不想再听到别人喊奥尔唐丝！奥尔唐丝！还有记者的提问，摄影师的尖叫，后台怎么那么多人！那个染了蓝色长发拿着一把剪刀的女孩是谁？那个裹着黄色窗帘的胖女人是谁？那个朝对讲机大喊大叫的光头男人又是谁？

她想像玻璃窗一样平静而沉默。

模特们头上别着卷发筒，抹了口红，涂了粉，化了烟熏妆，在卡片面前等候。卡片上有她们的名字、照片、三围，还贴着即将展示的款式的拍立得照片。她们身材纤细，胸部高挺，胳膊细得像饿坏了的小姑娘一样，正在茫然地微笑，或穿着高跟鞋走来走去。她们在等发型师和化妆师，玩着手机，用英语互相斥责着。昨天，她们进行了最后一次彩排。奥尔唐丝调整了她们走路的速度和路线。DJ调高了声音，灯光师调暗了光线。为了让人听到，奥尔唐丝大声喊着："希望你们往前走时保持微笑，开心一点，你们是**绝美**的女孩，又穿上了**绝美**的裙子。那就扭一扭，转一转你们的胯，这样女人才想穿上这些衣服，女孩子才想微笑，连衣裙、半身裙和外套才会飘飘荡荡。"

"**你让我感觉如此年轻，你让我感觉有值得被唱的歌**"[1]，昨天我们试了鞋子、手链、项链、包、手袋，"**你让我感觉如此年轻**"，还有腰带、戒指，改了一个细节，换了一条裙子，扔了一件大衣，我勃然大怒，化妆师、发

---

1. 弗兰克·辛纳屈的歌。——原注

型师都不敢说话，化妆刷、梳子就挂在那里，等着我怒气散去，一切归位。我们改了裙子、改了大衣，皮卡尔说不算严重，这个美男子突然出现，他就没有按时到的时候，没有工作日程表。奥尔唐丝叹了口气，然后又生气了："那我的博客呢？你们谁想到了去拍个视频发在博客上？负责这件事的是谁？我想知道。"

菲利皮内夫人在喝浓缩咖啡，阿梅勒把顺序单弄得咔咔响，泽尔达在出汗，奥克塔夫在吃退烧药。

这是昨天晚上的事。

她工作了整整一夜。

今天，**到日子了，到日子了。**

一个人待会儿。只要十分钟，拜托了。我为什么要这么做？为什么我要这么折磨自己？这不人性化。我又不是被逼无奈。加里在哪里？我需要他。我讨厌你们，我害怕，我的生命要停滞半小时。不，我不害怕！我是最优秀的！我想要加里。加里！

加里紧紧抱着她："你看到那一大群人了吗？得加几把椅子，几张凳子，大家挤一挤。中国《时尚》杂志的主编会在第一排就座。美国《名利场》的记者也是。还有《纽约时报》的！《世界报》的！《解放报》的！《她》杂志的！嘉兰丝·多尔[1]！还有各种博主！他们都会来。皮卡尔集结了全部人马。你会大获成功的。蕾哈娜会端坐第一排。六千个闪光灯噼噼啪啪。照得人什么都看不见了！安托瓦妮特信守了诺言。我本以为她来不了的。她们给你准备了惊喜！不，我承诺过了，我什么都不会透露，别啊，别问我了！等等，还有菲利普、亚历山大、你母亲和佐薇，佐薇的视频拍得太好了，大家争相抢夺！还有马塞尔、若西亚娜、小马塞尔……对了，小马塞尔变了，我都快认不出他来了。他长大了，头发长长了，脸形变圆了，他要跟我决斗，但我完全没懂！他看起来是认真的。而且怒气冲冲！若西亚娜瘦了。某天早上她起床时，失去了食欲。她很高兴。叶莲娜狼吞虎咽地吃土耳其软糖。

---

1. 嘉兰丝·多尔（Garance Doré, 1975—），法国摄影师、插画画家、时尚博主。

她谈论结账和律师，可不是开玩笑。西斯特龙闷闷不乐。叶莲娜在谋划什么事，我确定。啊，我差点忘了，昂丽耶特被安排在一根柱子后面，戴着大帽子。一切都会非常顺利。别再担心了。"

奥尔唐丝听加里讲着，闻着他的香水味，感受着他脖子窝里的热度，内心平静下来，腹部放松下来，她的呼吸重新变得平稳："再跟我说一遍大厅会人满为患，他们都会来的，他们在谈论布料是吗？那种神奇的布料？"他的手掠过她的头发，对她说："你不要怕，你会成功的，但你要当心，因为一切都会很快，你以为刚刚开始，实际上已经结束了，要把握每一秒，微笑！"

他把一个硬壳的活页记事本和一个蓝色粉盒放到她手里。

"粉盒是你母亲给的。她不敢来后台，害怕打扰你。活页记事本是佐薇给的，你看看吧，很有趣。我呢，我要去大厅里。如果你什么也看不到了，什么也听不进去了，什么也想不起来了，头脑混乱，我再来给你讲。"

他吻了她，悄悄离开了。

"再见，奥尔唐丝·柯岱斯！"

只剩下她一个人。

她在找紧急出口，她想逃走。

她翻着佐薇的活页记事本，想让颤抖的手掌和弯曲的手指忙活起来。三分钟后，她即将面对……她不知道这算什么……她的命运？她揉了揉鼻子，打开蓝色粉盒。资生堂。这是她的幸运物件。她补了粉，摸着隆起的盖子，谢谢你，妈妈！然后又打开佐薇的活页记事本，里面是一些照片。第一句说明文字上撒了亮片：**我们都在，我们爱你！** 加里在扮鬼脸，伊菲姬尼微笑着挥舞着熨斗，菲利普和约瑟芬穿着一样的套头毛衣，从领口露出脑袋笑着，亚历山大戴着单片眼镜，叶莲娜扭着一块土耳其软糖，皮卡尔做了代表胜利的 V 形手势，还有阿梅勒、菲利皮内夫人、奥克塔夫、泽尔达，整个团队已经整装待发。接着是第二句说明文字：**你的新家庭也在！** 每个人都拿着一块有自己名字的布告牌摆好姿势，名字是用大写字母写的，像个惯犯一样。斯泰拉、莱奥妮，还有……

我认识这个笑容如此含蓄的男人。标牌上写着**阿德里安**。

就是宾馆房间里那个男人。

奥尔唐丝惊呆了，大喊了一声，回过头，确认房间里只有她一个人，没有人撞见她的秘密。一阵狂笑在她的喉咙里打转，我的天哪，这不是真的！宾馆里那个家伙是我"姨妈"的男人。她笑到肋骨都要裂了。

皮卡尔推开门："你过来吧？快点！别再臆想最坏的情况了！"

她回过头，笑得站不稳，笑出了眼泪。她摊了摊手，意思是我也没办法！他愣愣地看着她，由于身后有人催他，他只好关上门，宣布："这是因为紧张。有的人一紧张就会吐，有的人会晕倒，她呢，她傻笑。这也好！"

妮科尔·塞尔让坐在第一排，很惊讶自己竟能坐在这么好的位置，诧异地转着眼珠。是谁邀请她的？报纸上都在报道奥尔唐丝·柯岱斯，据说她的时装表演会是本周要闻，说她是让-雅克·皮卡尔的门徒。她收到了邀请，回复了参加。西斯特龙瞥到了她，瞬间脸色煞白，汗水打湿了额头。她朝他打了个手势，表示她也不知道为什么她会来这里。他咬着嘴唇。

大厅角落里，叶莲娜在慢慢品味。复仇的时刻到了。她就座之时，灯光会熄灭。她会坐在一排最边上，等待登台与奥尔唐丝会合。

灯光柔和下来。

穿女佣罩衣的两个女孩摇摆着身子，打扫完了T台。

倒数一、二、三声。就像在剧院一样，音乐突然响起。女孩们在后台排好队，最后补了一点粉，梳了梳头，补了补发胶，再加了点大头针。奥尔唐丝抚平了一道折痕，调整了一下腰带，扯了扯上衣的下摆，把一条褶皱缝了起来，松开一个夹子。

然后呢？

一切加速进行，她什么都看不见了。

十八条裙子，十八分钟。结束了。

她竖起耳朵。

没有一个人鼓掌。哪怕是出于礼貌的鼓掌。

他们不喜欢！

她拨开幕布，大厅浸没在一片黑暗之中。

聚光灯亮起，鼓声响起，然后……

双胞胎女佣扯下家务罩衣，露出紧身裙，光彩夺目。她们纤细、高挑、明艳动人。尖叫声四起，大家站起身，包掉在了地上，大衣也掉在了地上。他们喊道："哇！哇！"还跺着脚。

音乐停止。

又是一阵沉默。

皮卡尔把奥尔唐丝推上台。他的眼睛闪着光芒，高兴地咯咯笑着。又是一片黑暗。

音乐响起，达到高潮。

幕布打开，蕾哈娜和安托瓦妮特蹦蹦跳跳地出来了。蕾哈娜光着脚，穿着一条平纹细布裙，前后都是 V 领，蓬蓬的，像个淡紫色的球，安托瓦妮特穿一条铆钉黑色迷你裙。她们俯身，扭动腰肢，跳起了舞。蕾哈娜哼唱着《钻石般闪耀》。安托瓦妮特跟她合唱。大厅里频频尖叫，蕾哈娜最后总结道："好样的，奥尔唐丝·柯岱斯！"

大家为她鼓掌，伸出胳膊想要触碰她，她摇摇晃晃，双手捂着嘴，闭上眼睛，免得哭出来，不能这样！她走到叶莲娜面前鞠躬，朝她伸出手："谢谢，谢谢，这一切都多亏了您。"叶莲娜登上 T 台，站到蕾哈娜、安托瓦妮特和奥尔唐丝旁边，走在裙子、模特、闪光灯和彩色纸屑中间。

十八条裙子，十八分钟，结束了。

众人恭喜奥尔唐丝，拥抱她、搂着她，跟她说法语、意大利语、英语，她也回答 grazie, thank you, merci beaucoup[1]，微笑，皱眉。"我用的

---

1. 分别为意大利语、英语、法语的"谢谢"。

什么布料？那是我设计的，整个系列都是我设计的。""我的秘诀是什么？"这个问题真蠢！她用一只胳膊搂住叶莲娜，讲述了她们**美妙的**冒险。"我有什么打算？""还不知道！我感觉如何？哎哟哟！""我的灵感？雅克·德米、米歇尔·勒格朗、玛丽莲、简·拉塞尔、奥黛丽·赫本、劳伦·白考尔等人的电影，例如《一个美国人在巴黎》和《甜姐儿》。"

约瑟芬眼里噙着泪，不敢靠近。奥尔唐丝走过去，把她抱在怀里："谢谢，妈妈，圣马丁学院和这一切，都要感谢你，你……"她话都说不完整了。佐薇的眼泪都要流光了。菲利普摆弄着领结，亚历山大问她要了签名。皮卡尔低声说已经有五十多个订单了，真是**前所未有**，他强调着**"前所未有！""你成功了，你成功了！"**[1]叶莲娜嚷道。"菲利皮内夫人在计算，想到一个高级时装款式可以卖到五万欧元至……十几万欧元，我就醉了，疲惫地醉了。不，不，我们还是庆祝吧，"叶莲娜大声宣布，"今天晚上我们要庆祝！啊！我是凭着敏锐的嗅觉发现了这个姑娘。我的污名得以洗刷，我大仇已报。"她用目光搜索着人群，她要找到妮科尔·塞尔让，往她的额头上插两把匕首。

罗伯特·西斯特龙脸色苍白，浑身颤抖——仿佛有人给他涂了一层羽毛和沥青，摆弄着袖子。他斜眼看着妮科尔·塞尔让，她正在餐台狼吞虎咽，没有注意到他。他又斜眼看了看叶莲娜，她也没有注意他。当他走上前，询问她为什么要跟他冷战时，她回答说："你问得**真**不是时候，真冒失！"然后她回过头，心想好好享受最后的自由时光吧，我的小伙子，你和你的小情妇马上就要在铁窗后相见了！

斯泰拉、阿德里安、莱奥妮和汤姆觉得有些尴尬，站在稍远处，刚刚吃完一份咖啡冰沙。他们是一大早从圣沙朗过来的。"十一时三十分，蒙田大道广场酒店，奥尔唐丝·柯岱斯时装表演"，邀请函上是这么写的。约瑟芬让他们都来，她害怕人不够，座位空着，那就太可怕了。他们答复说好的，但又说他们很快就得走。阿德里安抱怨道："我对这个不感兴趣，

1.原文为英语。

这种聚会太蠢了，我还有别的事要做呢！而且，我也不认识那个女孩。"

"住口，"斯泰拉说，"你亲吻她，然后……"

"我亲吻她？"

"嗯，是啊……你们还会再见面的。"

"还会再见面？"

"阿德里安！"斯泰拉斥责道。

"好吧，但要速战速决。我跟她握握手，然后我们就走。天气预报说有狂风，我不想……"

"真扫兴！"莱奥妮叹了口气，她端详着吊灯、女人和裙子，到处闪闪发光，金碧辉煌，她对这些美轮美奂、充满现代感的东西一无所知，但又觉得十分适合自己。

"啊，对！我们留下吧，爸爸！那边的桌子上有那么多蛋糕！"

汤姆看着姑娘们。该死！圣沙朗怎么没有这样的姑娘？

她们全都住在巴黎？

这时发生了一件不寻常的事，一件奥尔唐丝没有预料到的事，仿佛她被一种陌生的力量所驱使。她打断了记者的一句话，穿过大厅，朝斯泰拉走去，说："你们能来，真是好心……"

她吻了斯泰拉。斯泰拉拽了拽正背对着他们的阿德里安的袖子，把他介绍给奥尔唐丝。

"这是阿德里安。上一次在餐厅，你们没见到……"

奥尔唐丝靠近阿德里安，朝他伸出手。

"你好，阿德里安。谢谢你能来。"她声音平静地说。

他几乎不动声色地往后退了一步。斯泰拉闭着嘴咕哝道："快，阿德里安！"

"好吧，好吧。"他看着奥尔唐丝，低声抱怨道。

她抓住他的手，仿佛想把这只胳膊扭断，让他跪下。

"你们亲吻一下吧。"莱奥妮微笑着说。

阿德里安躲躲闪闪，在犹豫。斯泰拉轻轻推了一下他的后背。

"我呢，我倒是很想吻您。"奥尔唐丝露出一个灿烂的微笑，没有松手。

她朝他俯下身，**吻了他一下**。

这是一个黑手党人的吻，命令道："您千万别说什么，闭上嘴，否则我割断您的喉咙。"接着是一个轻轻的吻，补充道："我跟您在一起度过了美妙的时光，希望这件事只有我们两人知道。"

他感到她的嘴唇轻柔而坚定地吻着他的面颊，嘀咕道："太让人陶醉了，您的……您的……时装表演。"

"您喜欢吗？"

"很喜欢。"

"你们享用过自助餐了吗？"奥尔唐丝接着用略显正式的语气，对所有人说。

"您不用担心，"莱奥妮回答，"这里太美了，我们都顾不上吃了。真希望以前就有人告诉我，有朝一日我能来广场酒店！"

然后奥尔唐丝转身对着叶莲娜、皮卡尔和记者，朝这边笑笑那边笑笑，但就在恢复公事公办的姿态前，她甜蜜地叹了口气。

这一声叹息让加里证实了自己的怀疑。

他的目光一直没有离开奥尔唐丝，密切关注着她的路线，还有她给那个目光阴沉的男人的吻。奥尔唐丝的身体贴着那个男人时，他捕捉到了一丝微妙的放纵，姿势亲密，近乎放荡，泄露了两位情人之间的私密对话，他们曾在欢愉中弄皱床单，手指扣住了禁忌的享乐。

这个家伙是谁？

这转瞬即逝的放纵意味着什么？

某天晚上，奥尔唐丝在电话里的声音都变了，这是他猜测的那个情敌吗？

他像是胸口被捶了一下，沮丧不已。他跑去问酒店门卫，离这里最近的钢琴在哪里。"当然是在吧台。"男人平静地回答。加里穿过几个大厅、几道走廊，走在带花枝图案的地毯上，打开吧台的自动门，坐在钢琴前，手指噼噼啪啪，演奏起拉威尔的《G 大调奏鸣曲》，**终于**完成了美妙的断奏，拇指果断，中指有力，动作完美无缺，让他不禁泪洒琴键。

"你看到那个弹钢琴的男人有多英俊了吗？"坐在吧台的一位白净女孩说，旁边是她的亲姐姐，刚从维埃纳[1]回来。

"你说得对，温妮弗雷德。可是他为什么哭？"

"音乐和眼泪是无法加以区分的。"

"这句话真美啊，温妮！"

"这不是我说的，是尼采说的。"

自助餐台前，两人见了面。

伸出四只手，去拿白餐布上堆成金字塔状的巧克力味、咖啡味、香草味马卡龙，结果抓到了对方。四只手都去抢这座甜点大厦，差点把它弄塌。这四只手属于两个小男孩，他们穿着同样的鹅牌派克大衣。

两人面对面，互相观察，彼此打量。

"你叫什么名字？"

"你呢？"

"不，你先说！"

"你想用咖啡味马卡龙换巧克力的吗？"

"我更想要巧克力的。"

"你跟谁一起来的？"

"我父母。他们在那边，红色长椅上。"

"那俩老家伙？"

"怎么，你想打架吗？"

"呃……他们不年轻了，就这个意思。"

"你父母呢，又在哪儿？"

1.维埃纳省（Vienne），法国普瓦图－夏朗德大区省份名。

"那棵塑料棕榈树下，那位高个子金发女士和……"

"可我认识她啊！"

"这倒是奇怪了，我们不住在巴黎。"

"呃，没错……我见过她，是在……总之我见过她。她旁边的男人我也认识！"

小马塞尔盯着汤姆。

"还有你，我也认识你！"

"真的？"

"你叫汤姆，你接连跟人打了两场架，你爱上了达科塔，你跟一只鹦鹉一起住在一座农场里。"

"呃，这……你真是个疯子。你是间谍还是什么？你有档案？"

小马塞尔大笑起来，他朝汤姆伸出手。他很想检查一下对方，他曾见过街上的男孩子们这么做，但还是不知所措。于是那只手就悬在半空中，然后无力地垂了下来。汤姆诧异地看着他。

"我呢，我叫小马塞尔，我是你的朋友。"

"妈呀！你真的存在！就是你，把那些诗告诉了我？"

"艾米莉的诗，还有我的诗。"

"你在这里干什么？"

"奥尔唐丝·柯岱斯，她是我的未婚妻。我们会结婚的。"

"你的未婚妻？"汤姆口齿不清地说，"可是……"

"我们现在还不能对外公布。"

"如你所愿吧。"汤姆说。

毕竟，他自己爱上的是一个被切掉了手指，会思考转过身以后椅子会变成什么样的女孩。

"我很想知道你是如何进入我的大脑，跟我说话的。"

"把马卡龙都吃光，再拿一瓶香槟，我们找个地方藏起来。我给你解释解释……我还要给你讲讲，我是如何跟五楼的女邻居发生关系的。"

这是他的强项，得炫耀一下。要当心，否则这种强力会反噬的。

大厅已经空了，记者和摄影师赶去参加其他表演了。蕾哈娜和安托瓦妮特走了。奥尔唐丝在咬指甲。这是一场胜仗？一场多么大的胜仗？推特和照片墙上是怎么说的？有多少人点赞，多少标签和主题签？速度太快了。几个月的工作，化作短短几分钟溜走了。

是时候把衣服和配饰收好装进卡车，把这个系列运回工作室了。明天就要与第一批女客户见面。需要对这个系列进行更新和整理，还需要确定价格，但这是叶莲娜和皮卡尔的活。今天晚上，我们要庆祝。大家好好发泄一下，大笑，讲一讲无聊的废话，回忆一些蠢事，喝喝香槟，我要即兴发表感谢演讲，我们要去马尔卡代街的菲琼餐厅，我想睡觉，我事前害怕极了！我多么希望能够放慢速度再来一遍。

"再跟我说一遍，我们成功了。"奥尔唐丝对正在按摩脚的菲利皮内夫人说。

"巨大的成功，你应该感到自豪。"

"有多大？"

"我很喜欢跟你一起工作。"

"有多大？"奥尔唐丝重复了一遍。

"愿我们万岁，姑娘们！"叶莲娜举着香槟杯，扑哧一声笑了出来，"我摧毁了妮科尔，开除了罗伯特，这场冒险成功了！太好了！"

一个脸色白皙、涂茶褐色眼影的帅小伙跟在她身后。他抱着叶莲娜的银狐犬，如同捧着教皇的拖鞋。

"你们没看到加里吗？"奥尔唐丝问。

"酒店吧台有一架很美的钢琴。"皮卡尔回答，顺势倒在了椅子上，心满意足地"哎哟"了一声。

加里坐在钢琴前。两个长发蓬蓬的女孩正听他演奏。她们凝视着他，聊着尼采。奥尔唐丝坐到他旁边。她低声说："这是拉威尔的《G 大调奏鸣曲》？"他表示没错。她真美，其中一位年轻女孩小声说；她真优雅，另一位说，应该是他的未婚妻。奥尔唐丝的头靠在加里的肩膀上。

"是他吗？"加里忍不住问。

"是的，我们扯平了吧？"

"我们扯平了。"

沉默了一会儿之后，他又很小声地说："奥尔唐丝·柯岱斯。"

*

早上，费利埃夫人手里拿着一杯咖啡走进办公室，瞥到自己的电脑被扔在一堆纸、文件、书和档案里时，不由得膝盖发抖，肚子缩紧。她得费好大劲才能坐下。电话响了，有人问她有没有收到总务处的邮件、食堂的邮件、财务处的邮件，还有波捷先生就体育馆地毯之事等待答复的邮件，还有，她为什么没有向马兰夫人确认预订管弦乐队？费利埃夫人回答说："我刚到，我还没来得及查邮件。"对方解释说，她必须立刻回复。她不得不**打开电脑，查看邮件**。于是，在一堆不值一提的邮件中，她看到了一条信息。

"你可以取消仪式了，你很快就会知道为什么。重磅消息。"

这就是那条重要信息。她的胳膊像明胶一样。她轻轻敲着，思考了片刻，打了市长的直线电话，结果是秘书接的，她催促道："快让他接电话，是急事！"周四早上，市长先生会请发型师来市政厅办公室，给他理发、修指甲。他有时间听她慢慢讲。

她想去抓装溴西泮的药瓶，结果没找到，应该是前一天都吃完了，于是她的手指在桌上胡乱敲着，她惊恐不安，想再找一片，可能思诺思[1]也行？她听到了市长的声音，对方有些生气地问："出了什么事，克里斯蒂娜？"

"又收到一封邮件！我受不了了！"

"您冷静一下。要说匿名信，我们这里每天都能收到，甚至还收到过子弹和棺材。法国人真是容易动怒。要是一收到警告信就惊恐不安……"

"我受到了干扰，我承受不住了。"

---

1. 一种安眠药。

"应该是哪个爱开玩笑的人在耍花招。他会泄气的，到了奠基仪式那天，他会在第一排就座。冷静一点，克里斯蒂娜！我认识的您，应该是更泼辣的！"

他油腻地大笑起来。她很清楚他在暗示什么，认为很不合时宜。

"我受不了了，埃尔韦。总是没完没了地威胁我。您站在我的角度想想。"

"我确实站在您的角度想了，确实想了。我紧紧地靠着您！"

油腻的笑声更加响亮。

"埃尔韦！这不是时候！"

他清了清嗓子，打起了官腔："我只是请您不要惊慌，我们会评估局势，我今天就跟维亚内先生谈谈这件事。他应该会给我打电话。"

"什么人，这是？"费利埃夫人问，仿佛看到了救世主令人心安的身影。

"他是教育部的办事负责人。他熟悉这种情况，他会向我们报告的！"

"可是我不需要报告！我只是不想再收到这些邮件了！"

"您看看您，克里斯蒂娜！您太心急了！千万不能着急。我们先去了解一下，看看是什么态……"

费利埃夫人没听完这句话就挂了电话，感觉备受打击。她拍了拍头发，舔了舔嘴唇，拿起那摞重重的、写着"雷－瓦伦蒂中学奠基仪式"的文件，这时秘书打来电话，告知她约见的人刚刚到了。

"约见的什么人？我的日程本上什么也没写。"

"瓦伦蒂夫人，斯泰拉·瓦伦蒂。她说她告诉过您了，她今天上午来。"

"瓦伦蒂夫人？让我看看我的时间安排……"

何不趁这个机会多了解她一下？或许邮件就是她发的。这个女人，她跟社会格格不入。

"让她上来！我跟她谈谈！"

我怎么没早点想到呢？就是她，肯定的！首先，她不停地在口头上冒犯我，然后又以书面方式纠缠我。她让我越来越焦虑，她撕扯我的神经，希望我落入她的网中，放弃我的计划。我要让你回到你该去的地方，你这种人，应该穿着细带泳裤出现在伊维萨岛[1]！我说话的口气不能再跟学生一样了。我正在迷失自我！这样下去，我很快就成了吃着哈瑞宝鳄鱼糖，看杰里米明星[2]的人了！

斯泰拉走进办公室，把包放在学生的作业纸和教师的汇报文件上。几张纸飘落到地上，费利埃夫人弯腰去捡。

"我简单说说。我把卡车跟别的车并排停了，不想让人把车拖走。"

"请坐，瓦伦蒂夫人。"费利埃夫人说，心想让她穿上细带泳裤到伊维萨岛，可不是件那么容易的事，这个对手似乎很难搞。

"我没时间坐了。好了……我包里有一份雷·瓦伦蒂跟您学校里一位学生的母亲发生关系的视频。我用'发生关系'这个词，是很委婉了，事实是，他**强奸**了她。对，他**强奸**了她。"

费利埃夫人盯着她，满腹怀疑，支着胳膊，张大了嘴，就像马戏团的一头海狮，正在等待把沙丁鱼咽下去。

"这位女士在大喊，她被捆在了床上。他呢，可以清楚地辨认出来，也能听到他的声音。他的用词，可以说十分粗俗。这还不够。他不仅强奸了这位女士，还把一个小女孩从窗户扔了出去。"

斯泰拉停顿了一下，等待费利埃夫人消化这些信息。校长拿过一本初中四年级的高级语法课本，紧紧抓着它，仿佛她的生命都系在这本书上了。

"我可以给您讲讲后来发生的事……视频里没有，但不难还原，尤其因为那个小女孩跟我儿子一样，就在初一的班里。她叫达科塔·库珀。"

费利埃夫人动弹不了了，仿佛被裹上了一层塑料保护膜。

"掉下来时，小达科塔撞到了一座由锋利的铁片拼成的雕像，她左手的手指被切掉了。我就不给你讲血到处流、手被砍断、送医院、父亲赶来、母亲状况很差这些事了……三个月之后，她自杀了……因此，我觉得，如果……并不明智。"

1.西班牙地名。
2.杰里米明星，原名杰里米·吉斯克隆（Jérémy Gisclon），法国电视记者。

费利埃夫人的脑海里闪烁着两个名字：达科塔·库珀，还有库珀先生。库珀先生……他是个重要人物。如果他知道我们想把初中的名字改成那个男人的名字……她用手揉着语法书，扭着它，像要把它拧干。

"您可以在 DVD 里看到强奸的画面。我存了备份，放在银行的保险箱里，免得您想出什么鬼主意。看看吧。您是一位理智的女性，如果不需要向上级汇报的话，您可以独立做出决定……"

费利埃夫人想开口，但斯泰拉示意她还没说完。

"我事先告诉过您，但您没有听我的。得学会听别人的话，费利埃夫人，不要鄙视别人，也不要给他们当头棒喝。您这样会招人恨的，会引发暴力行为。我没有别的要说的了。我走了。"

离开前，她翻了翻包，从里面拿出一个巨大的螺丝刀，嘀咕了一声脏话，然后耸了耸肩膀，把螺丝刀放回包里，又翻了起来，拿出一张 DVD，放在桌上。

"再见，费利埃夫人。"

费利埃夫人站起身，小声问道："呃……瓦伦蒂夫人……我想知道……您不要生气……我保证这件事我不会说出去的……我指的是……如果是您……我会长舒一口气的……"

"我的卡车停在别的车旁边，费利埃夫人。"

"我想知道那些邮件是不是您发的……"

"什么邮件？"斯泰拉扬了扬下巴问，仿佛有人出十万欧元让她回答这个问题，可她却不知道答案。

"就是我每天收到的那些恐吓邮件，有时候一天能收到好几封……"

"您的个人邮箱收到的？"

"是初中给我开的工作邮箱。"

"费利埃夫人，我既没有您的邮箱，也没有您的电话。算您幸运！您真应该听我的！"

她忍着怒气继续往下说，让校长战栗不已："我这个人只会当面算账，我迎战，我调整策略，我执行到底。我不会遮遮掩掩。再见，费利埃夫人。"

*

这几天，一切都非常顺利。

周二，她去接汤姆和那个小女孩，她叫什么来着？达莉达？塔加达？不……达科塔！哟嗬，出发吧，去多媒体图书馆。

卡米耶正坐在办公桌后面听歌剧，他闭着眼睛，用一支钢笔打着拍子。这场歌剧很吸引人，他很想再听一遍副歌部分。"女人善变"[1]，或者类似的句子。

她把汤姆和达科塔推到卡米耶面前。

卡米耶的脸一下白了，白得像粉笔，像涂了一层面粉。他咽了咽口水，垂下眼睛。汤姆和达科塔到走廊上去散步了，走廊旁边堆着一堆书、DVD、杂志和漫画。

"您是怎么找到她的？"最后，他问道。

"她就在汤姆的班上。"

"所以他们回到了法国……"

他摘下黄色的小眼镜，用一块脏兮兮的抹布把它擦亮。电话响了，他没有接。

他低声说："我把视频带来了。"

"您完全没有剪辑吗？"

"为什么这么问？"

"在视频里……"

"对，剪了我出现的那个片段。我希望这样。我想勇敢一点，但不能莽撞。"

"剩下的都保留了吧？"

"对。我保留了两个备份，免得……"

"别人肯定会问我，这份视频是怎么到我手上的。"

"您就说是有人放在您的信箱里的，这个人知道您无法忍受他们把初

1.原文为意大利语。歌词出自威尔第歌剧《弄臣》第三幕。

中改名为瓦伦蒂初中。"

他低下头，从包里拿出一个信封，递给斯泰拉。

"您看到了吗？"

"什么？"

"她没有认出我来。"

"正常。人小时候，会把所有无法忍受的事都从记忆里抹除。如果不这样，就无法成长。以后这些记忆还会卷土重来。那时候就会痛苦，非常痛苦。"

他继续用脏兮兮的抹布擦着小眼镜。

再难也不过就是这样。

生活进展顺利。能够掌握游戏规则的感觉太好了。这让人感到无限自由。我有了**一席之地**，不用再受苦了。这，不就是自由的定义吗？不就是尊严的定义吗？

而且，我还有了一个匿名银行账户。我**有钱了，有钱了，有钱了**。

阿德里安。

他应该意识到了有些事情在变化。

他们从巴黎回来后，他抓住她的袖口，不让她继续去乔治和苏珍家睡觉，把她拉到他们的卧室，跟她做爱，同时注视着她的眼睛。仿佛在跟她说话。仿佛在请求她原谅。原谅什么？她不知道。可是他已经很久没有在做爱的时候看着她的眼睛了。

他应该是做出了重要的决定。

*

阿德里安深吸了一口气，关闭了手机。

他不能再像傻瓜一样了。或者说得更难听一些，像……**骗子**一样。

经过巴黎之旅，他理清了思路。当那个巴黎女郎朝他走来时，他害怕极了。他以为她会当着所有人的面亲他的嘴。他转过身，听到了脑袋里血液噼啪作响，高呼着斯——泰——拉，斯——泰——拉。斯泰拉推了他一下，莱奥妮低声说："你们亲吻一下吧。"他惊呆了，想到要露馅，马上吓坏了，他的手出卖了他。他不能再把手放在巴黎女郎身上了，他想把她推倒。

她太棒了。她用亲在脸上的一个吻结束了他们的故事，扭了扭他的手，意味着结束了。到此为止。

于是他决定解决其他**所有**问题，博尔津斯基，埃德蒙，搅碎机，仓库，银行贷款。全部了结。

他踏上通往埃德蒙办公室的楼梯，心中希望只有他一个人在，希望他有时间听他讲，但更重要的是，希望他不要爆炸。这件事应该很难消化。背着他贷了十万欧元！

他结结巴巴地说："埃德蒙，我有一件事要向您坦白，一件我不会觉得自豪的事。我想向您郑重道歉。我失去了理智，我感到羞耻。在您为我做了那么多事以后……我真的很没用……"

他停住了。

埃德蒙看着他，什么也没说。

他把回形针收集好，举起来，然后撒在一个小碗里，像下雨一样，发出微弱而清脆的响声。他盯着坠落的回形针，任由阿德里安往下讲。

阿德里安在等他跳起来，说他是小偷，说他心机太深。他打算回答："您说得对，我理解，我会把钱还给您的，我不知道什么时候还，也不知道怎么还，但我会还给您的。"与此同时他还在想，我要跟米兰和他的尖头皮鞋和解。我需要他。我要想出一两条妙计，让自己改头换面。跟以前一样……跟以前一样。

"你以为我不知道？你拿我当傻子？"

阿德里安耸了耸眉毛，说道："啊？看起来，我才是傻子。"

埃德蒙把垂在肚子上的领带抚平，在扶手椅上往后仰着，把一个回形针扭变了形，再把它压平，挥舞着，仿佛想打架。

"银行工作人员通知过我了，我当时差点起诉你。"

"您知道了？"

"阿德里安，你真拿我当傻子！"

阿德里安低下了头，用食指指甲刮着拇指。

"还不只如此。"他说。

"你继续说！"

"我预订了另一台搅碎机，这次是处理木材的，但我不知道该怎么付钱，所以……"

"哎，所以你确实该跟我谈谈了，对吧！你注定了要失败！"

"我有很多想法，埃德蒙，但我没有办法实现。所以我想……"

"想什么？"

"我希望博尔津斯基、您和我，我们三个能合作。如果您愿意的话。"

"按我的条件？"

"按您的条件？"

阿德里安不知道埃德蒙的条件究竟是什么，但他没有别的选择。

而且……

他也不想活得像头母牛。

那天，他跟汤姆去散步。

他要去检查一下篱笆是否还牢固，驴有没有逃跑。他们穿过田野，邻居家的农夫正在那里放牛。两个人一边嚼着一根嫩草，一边往前走。汤姆模仿起了幸运的鲁克[1]。阿德里安指出，在以前，幸运的鲁克嘴里叼着的不是一根草，而是一根烟。汤姆震惊不已。幸运的鲁克会吸烟？这不可能。

然后汤姆宣布，他不想跟母牛一样。

1.幸运的鲁克，法国同名动画片主人公，是一位远离故乡、漂泊四海的孤独西部牛仔。

"你永远做不了任何决定。你无法思考。别人把你放到草地上，你吃草，别人在你耳朵上挂个标签，最后你就被包装好，送进了家乐福。你一生碌碌无为。"

"可是母牛也没有选择啊！"

"关键是没有勇气。它可以逃走，离开田野，哪怕尝一下自由的滋味也好。"

他应该是想到了《大逃亡》的史蒂夫·麦奎因。

"你有没有觉得，有的人活得就像头母牛？"汤姆说，"这些人没有勇气，宁愿最后变成家乐福里的牛排。"

阿德里安觉得这话是在说他。

"我来跟你解释，"埃德蒙继续说，"威立雅已经进军塑料、木材和纸这几大市场。"

"这个我知道。"

"博尔津斯基跟他们协商过，他想签一份协议。他没跟你说过这件事？"

"没有。我怀疑过，但是……"

"奇怪的合作人！他把你带上了贼船。这不算可怕，不是吗？"

阿德里安脸红了。他很想嚼一根草，让自己平静下来。

"我们要这么做，"埃德蒙继续说，"我们留着博尔津斯基，因为我们需要他。他跟威立雅的项目成不了。他们不需要他，但是我们需要，至少起步的时候需要。"

"啊……"

阿德里安觉得自己被超越了，他又回到了自己的位置上。他还不足以跟威立雅谈判，而埃德蒙可以。

"我们留着他，因为他有俄国和亚洲的人脉，了解那里的风俗习惯和办事方法，知道要付多少佣金。他会带领我们进军这个新市场。你呢，你慢慢就学会了，会建立自己的网络。我们需要他多长时间，就跟他合作多久。我来保障基础，你来扮演巡回钦差。"

阿德里安不想问这是什么意思，那样会显得更蠢，于事无补。

"您确定威立雅不会跟博尔津斯基合作？"

"威立雅什么人脉都有。博尔津斯基搞错了，他**只能**跟我们合作。"

埃德蒙把变了形的回形针扔回筐子，重新拿了一个，扭了起来。

"我本以为他会跟我合作的，结果他选择的是你。他应该是觉得我太老了，完蛋了。我以前肯定是这样的，但现在我恢复了勇气，准备好战斗了。我要重新赶超博尔津斯基。一开始我先不跟他说你的事。"

阿德里安的肌肉都缩紧了，老家伙要把他推到一边。他的右腿撞着桌子边缘。

"我要让他来一趟，有什么事都会告诉你。有件事我想知道，如果要投资，你会跟进吗？因为一开始得投一点钱。"

"您为什么要问我这个问题？您很清楚我不会。"

"因为我想让**你**自己想清楚这个问题。如果你想跟大人物玩，你就得表现得像个大人物，而不是从老板的银行账户里偷钱。"

埃德蒙提高了音量，把手里的回形针折断了。

"好，我明白了，"阿德里安说，"您给我上了一课。"

"你确实需要上一课，老兄！"

离开埃德蒙的办公室时，阿德里安撞到了正要进门的朱莉。

"噢，抱歉……"他阴沉着脸说。

"你还好吗，阿德里安？"

"还好，你呢？"

他没等对方回答就下了楼梯。

朱莉一直看着他，他跑下去的样子像个小偷。这段时间，男人们都怪怪的。杰罗姆不停地斥责她："说了你要小心阿德里安、莫里斯、布布和侯赛因，他不干净，难道不是吗？"她累了，她胖了，她感到沮丧。今天上午，她的胸衣没能扣上。显然，他们的时间都花在下馆子上了！

埃德蒙的胳膊平摊在办公桌上，在摆弄一个回形针。他的唇边挂着幸福的微笑。

"你看起来精神不错。"朱莉说。

"你是想说我精神**太好**了吧！"

"我想知道为什么。"

"我要复兴废钢铁厂，而且是大力复兴。"

"啊……怎么复兴？"

"我将来会第一个跟你谈谈。"

"现在为什么不谈？"

"现在还不够明朗。我有很多想法，占据了我的脑海！"

他把回形针扭来扭去。她总能看到父亲扭回形针。有的人说俏皮话，有的人玩字谜，有的人玩数独，有的人玩拼图，而她父亲扭回形针。

"我很高兴你好些了，这段时间你心不在焉的。"

"阿德里安唤醒了我。你有什么事要跟我说吗？"

"我只是想跟你聊聊，就这样。"

"明天再说吧。"

他穿上外套，把女儿的脑袋捧在手里，低声说："我爱你，亲爱的小姑娘。"她瞬间很想哭。

她抓住他，但他挣脱开了。

今天晚上，他要跟莱奥妮约会。

他们要去欧塞尔的电影院。影片是她选的。

朱莉下楼去杰罗姆的办公室找他。他在打电话，看到朱莉进来，他就长话短说。

"是的……是的……我们再通电话吧。**再见！**[1]"

朱莉用目光搜寻椅子。所有的座位都被占了，摆满了工具、篷布、零部件和油桶。一张置物架上放着一把崭新的小斧头。这是干什么用的？

她只好坐在办公桌的角上。

"你刚才在跟谁打电话？"

1.原文为意大利语。

"跟一个卖汽车的家伙，卖的是一辆旧奥迪。太漂亮了。这个款式已经停产了，有自动变速箱，挂一挡和二挡都能正常运行，但只要集中器一关闭，汽车就会启动安全保护，离合器就会打滑。这样就什么办法都没有了，就只能以每小时二十公里的速度回家了。对一台奥迪来说，真是太遗憾了！"

"一台奥迪！哦，对了……"

"为什么？我就没有权利开奥迪吗？"

他说话的口气像在咬人。他的嘴动了动，苦涩地撇了撇嘴。朱莉垂下眼睛看着套头毛衣，把上面起的毛球扯下来，拿在手里搓着。

"你上楼去看你父亲了？"

"他赶时间，没空跟我聊天。"

"我看到阿德里安急匆匆地下了楼。"

"我感觉他们制订了废钢铁厂的计划，爸爸说他后面会跟我谈谈。"

如果说有什么是杰罗姆不喜欢的，那就是"他们制订了计划"。在废钢铁厂的事情上，埃德蒙问过他的意见吗，**哪怕只有一次**？

"他们和好了吗？"他假装漫不经心地问。

"他们没有生对方的气，我很高兴，我不喜欢这段时间的氛围，我感觉一切都在流逝。这让我难过。"

"什么事都让你难过，你总是为一点小事哭哭啼啼。"

"应该是太累了……我不停地干活。每天晚上我们都出去，我不习惯这样，你知道。"

夜幕降临。深蓝色的天空覆盖着一条条黑色条带，还有一条宽的，是橙色的。就像孩子画的一幅画，预示着不幸即将来临。废钢铁厂的灯渐次熄灭，只剩下一盏照亮工地的白色大灯，还有搅碎机的红色闪光信号灯。上一次检查发动机是什么时候？明天，她就去检查。房间笼罩在一片昏暗中。她感觉到了孤独，低声说："我很高兴，我要去找我的闺密。"

"哪个闺密？"他说道，仿佛没有认真听。

"呃……斯泰拉，我没有别的闺密。"

为什么他的办公室没有椅子坐？他从来不接待任何人？这个问题她没

有问出口。他可能会再度咆哮。

她抬起头看着他。

他看着外面，朝着搅碎机的方向。一道白光照亮了他的脸。他眨着眼睛坏笑着，笑得嘴都歪了。

一切都跟他预想的不一样。事情正在摆脱他的控制，他要做点什么。

他盯着搅碎机，它朝漆黑的天空张着大嘴，庄严地立在院子中央。一切都在它周围运转。人们怕它、惧它、畏它。它吐出气体、火花和会害死人的金属屑，可不能靠近它。它不能出故障，维修费用昂贵。

如果它出了故障……

想出**好**主意需要耐心，需要等待。不是说来就来的，好主意让人垂涎。

他刚刚想出了一个。

哪天晚上，等工地上只剩下他和阿德里安时，他就去找他，告诉他有个搅不碎的东西掉进了给料槽里，堵住了发动机。他补充道，操作员说这是他的错，他没有检查放在传送带上的材料，所以要他来修。阿德里安会帮他取出搅不碎的东西吗？这件事需要两个人才能完成，而操作员应该已经气呼呼地走了。

在那之前，他会花心思跟阿德里安和解，他会向他道歉。当然，道歉是假的，但该哄还是要哄的。他会恭维他，顺从他的意思，这样他们就又是朋友了。不管怎么说，他们以前是朋友。

等到了搅碎机的滑槽边，他会让阿德里安到传送带那边，自己到操作员的位置上去，然后进行错误操作，也就是提起卷筒。阿德里安会失去平衡，掉进搅碎机。这种事在其他的工地上发生过。人们进行了调查，检查了场地，得出的结论是意外。干这一行是有风险的。

我不想伤害你的，伙计。可是你逼我。你不该把我当作一个不起眼的角色。你看看，你是怎么跟我说话的？你是怎么惹我心烦的？你的额头上用大字写着：你对我丝毫不**尊重**。现在，你还打算取代我在公司里的位置！

老头子根本不考虑我，他**直接**跟你谈生意。是你找的他，就是这样。你就像个蠢货，像个傲慢的蠢货。这是真的！我不过是想当你的朋友，这不是我的错。

这不是我的错。

这是明摆着的，所以他开心起来。

他朝朱莉转过身，一边梳着他的棕发，一边说："今天晚上我们下馆子吧，我的小跳蚤？"

*

奥尔唐丝把马塞尔和若西亚娜·戈罗贝兹公寓的门关上，他们的公寓位于库塞尔大街，蒙索公园对面。此前门是虚掩着的，她只要推开就行了。她喊道："有人在吗？"结果 阵沉默，让她感到诧异。她已经提前告诉过小马塞尔了，下午四点半她会过来，他回答说他会缩短他的散步时间，能见到她，他会很高兴。

"尽量按时到吧，我后天要去纽约，还有很多事情要做。"

电话里，小马塞尔的声音微弱，懒洋洋的。

"你还好吗？"

"我累了。"

"你感冒了？"

"医生说，是过度劳累。我用脑过度了。"

"这是你的感觉，这样会让神经元发热。你应该慢下来……"

"说起来容易做起来难，我根本无法停止思考。"

*

奥尔唐丝穿过厨房、餐厅、客厅，还有小马塞尔的办公室，全都空无一人。波普利纳也消失了。她把一份很大的文件摊开放在电脑旁边，上面写着"美国信件"字样，旁边还有一支口红和一个粉盒。她应该会在小马塞尔转过身去的时候补妆。

奥尔唐丝输入了小马塞尔的号码，结果是若西亚娜接的，她低声说："我们迟到了，小马塞尔正对着一棵树补充营养，他很需要这样。"

"需要什么？"

"需要树的能量。他筋疲力尽，头疼、心悸、情况危急。如果继续下去，我们得往他身上洒圣水了！你来找我们吧，我们在公园，在进门左拐的小路尽头。"

奥尔唐丝脱口而出："他不会死吧，啊？"

她不知道为什么要这么说，一道黑纱让她的心阴沉下来。她很害怕。

*

若西亚娜坐在长椅上等他，波普利纳陪在旁边。两位女士注视着小马塞尔，他正贴着一棵树，胳膊和腿叉开，搂住树干。他脸颊贴着树皮，闭着眼，像是睡着了。棕色的头发上起了泡沫，长长的睫毛变弯了，嘴唇颤抖着，微微张开。天气阴冷潮湿，他的嘴里冒出一小团一小团的蒸汽，形成一道白色光晕。人们回过头看着他，捂着嘴扑哧一声笑了出来："好奇怪的男孩！你觉得他是不是想把这棵树拔出来，种到其他地方？"

"这棵树对他来说太大了吧？"奥尔唐丝跟若西亚娜和波普利纳见了面，低声说。

波普利纳没有回答。她盯着小马塞尔的脸，他看起来得到了休息，但她依然紧绷着脸。

"这是一棵枫树，"若西亚娜说，"对人有温和平衡之效。如果你早点来，还能看到他在一棵桦树旁。桦树可以让人平静放松，可以缓解压力和焦虑。最后，他还会用一棵白蜡树，这种树会使心理和谐，帮助集中注意力。"

"好厉害的药方！"奥尔唐丝说着，差点大笑起来，"这三棵树的费用，保险可以报销吗？"

"别嘲笑他了！小马塞尔累了。他的大脑有点烧焦。他触了电。他当着波普利纳的面脱下衣服，扑向她，喊道："我是一头原牛——牛——牛[1]，我要变成一个老太婆——婆——婆。"波普利纳异常冷静。她不为所动，把衣服递给他，给了他一些生火腿片，任由他狼吞虎咽，直到他平静下来。"

两位女士相敬如宾，朝对方点了点头，像两个微醺的日本女人。

"这是烧焦了，"奥尔唐丝说，"我在想这些树能不能让他完全康复。"

"我们去看了伊韦医生，这个了不起的女人会用植物、精油给人治病，会顺势疗法，也会对抗疗法。她开了药方，让他晚上服用两片红景天治疗烧焦，并强烈建议我们每天带他去公园，让他接地气。我们劝他光着脚在草地上走走，闻闻花香，摸摸大树，跟蜗牛聊聊天，让他清空大脑，冷静下来。"

"树会吸收他多余的能量，调节他的大脑。"波普利纳解释道，但目光没有从小马塞尔身上移开。

"我们还给他上烹饪课。"若西亚娜继续说，"我们做了水果蛋糕、酥粒蛋糕、苹果挞和挪威蛋卷冰激凌。他很喜欢甜点。我们揉面、打发鸡蛋、刮香草棒、切苹果和梨……"

"他喜欢这个？"奥尔唐丝表示诧异。

"他非常喜欢！"若西亚娜说，"你真应该看看他接受治疗之前是什么样子：浑身发紫、颤抖、烧得不成样子。真让人难过。今天，他差不多已经康复了。我很高兴。"

奥尔唐丝朝她俯下身，离她很近，近到闻到了她粉嫩柔滑的身体散发的味道了。

"对了，若西亚娜……你瘦了很多。恭喜你！"

若西亚娜羞红了脸，十分娇俏。

"是小马塞尔帮我的。"

"他让你节食？"

1.原牛，一种体形庞大、力大无比的牛，杂食性，目前已灭绝。

"比节食厉害！他封闭了我大脑里的'食欲'机能区。然后我就不饿了。哪怕把圣奥诺雷蛋糕放在我面前，我也不会流口水。我不知道他是怎么做到的，但这真的有效！"

*

随后，在办公室里，小马塞尔把烧焦的原因告诉了奥尔唐丝：他想跟汤姆的大脑连通，进行同步。这时保险丝断了。他来到了尼安德特人的时代，以为自己是一头发情的原牛，想强奸波普利纳。到了最后一刻，他意识到是自己出现了谵妄，于是转移了性欲，扑向了生火腿。

"如果我扑向波普利纳，把她奸污，你知道会怎样吗？"

"她应该会很兴奋！她疯狂地爱着你。对了，汤姆是谁？"

"你的表弟。"

"我只有一个表弟，他叫亚历山大。"

"你还有汤姆，他的父母就是斯泰拉和……"

"噢！"

奥尔唐丝张大了嘴，一手捂住胸口。

"我和汤姆成了朋友。我是在时装表演时，在马卡龙金字塔旁边遇到他的。我们差点打起来，然后互生好感。好了，不说我了！你怎么样，脚踩金鞋的小公主？"

奥尔唐丝瘫倒在椅子上，挠着从发根里长出来的一颗痘痘。她皱了皱眉，捕捉着一个转瞬即逝的想法，努力把它固定下来。她吸了吸鼻子，叹了口气。

"要是你知道就好了，小马塞尔！我是那么……那么……我找不到合适的词语。"

"让我集中精力，帮你找个词。"

"小心一点，我不想让你再次遇到危险。"

"没事，没什么好怕的。等一等，等一等……"

他举起双臂，头发贴着颈背，被压平了，食指画了一条线："你看到我的头发变长了吗？"然后发出一阵兴奋的尖叫声，闭上眼睛，宣布："幻想，困惑，沮丧。"

"没错……"

"你本该感到幸福，但实际上并没有。"

他站起身，踱着步子，停在窗前，看着雨滴模糊了巴黎深灰色的天空。他揉了揉额头，继续踱步，然后宣布："幻想：你本以为能靠十八分钟变成享誉世界的明星，被需求、订单、学界的赞美和金钱淹没，你确实也获得了美妙的成功，但并没有你期待的那么妙不可言。所以你感到困惑，你不明白。你觉得一切都是那么单薄，无滋无味。你原本期待大写的**奥尔唐丝·柯岱斯**会出现在灯火通明的埃菲尔铁塔上。所以你沮丧。"

"一点都没错。我原本期待更多，我想要**巨大的**成功。我最后的希望就寄托在美国了。我后天出发，想把一切都带走。我要到波道夫·古德曼百货介绍产品，卡特先生加了一些行程，需求才是实实在在的，我希望有更多的约见机会。"

小马塞尔拍着桌子沿儿，咬着铅笔头。一股热流涌上他的脑袋，他瞥到了一条铺着红地毯的路，飘飘荡荡，通往一个宝座。一顶王冠飞起来，落到奥尔唐丝头上。他惊跳起来，回过神来，说："我感觉一件更大的事即将发生，我看到一条长长的铺着红地毯的路，闪光灯，光照，一辆突然出现的车，尖叫声……"

"一场谋杀？"

"肯定不是，是个幸福的场合。你不是主角，但钱都进了你的口袋。这件事跟你想象的并不一样，但它把你推向了全世界。一条红地毯。"

"一条会飞的地毯？"她打趣道。

小马塞尔的脸皱作一团，不再微笑。他想看奥尔唐丝，但脑袋已经麻木。

"永远不要对着红地毯吐唾沫，公主殿下，你要尊重地毯、亲吻地毯、抚摸地毯，它会让你闻名于世。"

"你还不是很清醒，小马塞尔。你确定你已经康复了吗？"

"我只能尽力而为，我还是很虚弱。"

他咽了咽口水，低下头。他多么希望了解奥尔唐丝的期待。她来这里就是找答案的，但他让她失望了。

"对了，是你促使我在时装表演之后，去跟阿德里安和解的吗？我感觉有人在遥控我。"

"是的……当时可不适合搞一场丑闻。"

"得承认，巴黎的男人有好几百万，可我偏偏在富凯酒店的楼梯上遇到了我姨妈的男人，真是不可思议！而且还跟他接吻了！"

小马塞尔耸了耸肩，一副听从命运摆布的样子。

"这就是生活，它那天就想开个玩笑。它朝我们眨眨眼，玩弄了我们。得跟上它的步伐，亦步亦趋地跟着，否则它就会抛弃我们。"

"在叶莲娜的事上，你是对的。她是靠得住的，有问题的是西斯特龙。叶莲娜把他赶走了，拿回了妮科尔·塞尔让房间里的画。他们两个都要接受审判，西斯特龙犯的是偷盗罪，妮科尔·塞尔让是窝藏和串通罪。"

"我知道。佐薇昨天来看我了，她全都跟我说了。她的小视频很成功。现在她不确定还想不想当加尔默罗会修女了。"

"她收到了很多邀约，皮卡尔会张开羽翼保护她的。"

奥尔唐丝抓起一缕头发，放在指间编起了辫子，咬着嘴唇。

"小马塞尔……我多么希望获得**巨大**的成功！"

"我知道，公主殿下，我知道。"

"之后我才能感受到自由，完完全全的自由。我可以自由选择**属于我的**道路，想做什么就做什么，想什么时候做就什么时候做。你愿意帮我吗？"

"说好了，只是得给我一点时间，让我恢复力气。"

奥尔唐丝搂住他的脖子，朝他俯下身，亲吻着他，低声说着谢谢。

"继续！"他要求道，感觉这股力量让他的身体热了起来。

"你是想说我比枫树、桦树和白蜡树这三种树加起来还要强大吗？那可是三种树！"

"三个吻……"他恢复了力气，喃喃自语道，搂住奥尔唐丝的腰，把她拉过来靠着自己。

＊

朱莉重读了一遍跟西部运输公司终止合同的邮件，心想"compte rendu"[1]中间是不是要加连词线，盯着这两个单词，仿佛它们说出了答案，然后她决定不加了，在末尾加了几句客套话，签了字。她又读了一遍，想了想，还是加了连词线，连起来更好，她决定了。

七点半，天色已黑，她又是最后一个离开工地的。她习惯了，她想回家，喝点袋装即食汤，然后睡觉。**睡觉。**

可是今天晚上杰罗姆想出去。她不敢拒绝，他怎么那么敏感了！他正在经历一段艰难时期。他不想谈这件事。她太累了，没有力气问个究竟。

她正要关上办公室的门，只听身后响起脚步声。她吓了一跳，转过身，发现是侯赛因。

"你吓到我了！你在这里干什么？不早了。"

"我想见你。"

"我赶时间。杰罗姆想出去，我得回家换衣服……"

她悄悄地看了一眼手表。

"我已经迟到了！"

侯赛因的手背来来回回地在脸上蹭。他还在犹豫要不要说，最后决定豁出去了："今天晚上我看到兹比格在仓库里，他把一些厚铝板装上了车。你知道，就是松贝克斯家的铝板。"

"你确定吗？这事可不是闹着玩的。"

"你了解我，朱莉，我从不……"

侯赛因的手插在工装裤里，在口袋里握起了拳头。前天，他撞到杰罗姆和阿德里安在搅碎机后面闲聊。杰罗姆哈哈大笑，阿德里安把一根钢棍投掷出去，在阳光底下闪闪发光。他们似乎和好了。从那以后，阿德里安从杰罗姆的办公室前面经过时，都会按喇叭，朝他打手势。这一切都让他

1.意为"报告、汇报"。

感觉很难过！他太难过了。如果杰罗姆指控他在仓库里偷东西，那就没人替他辩护了。他会失去工作，再找别的活可不容易。这片地区的工厂都关闭了。

"斯泰拉没开卡车？"朱莉问。

"她跟阿德里安回去了。"

"那报警器呢？杰罗姆应该开了报警器。"

"我什么也没听到。"

"这就奇怪了。"

"所以我才来告诉你。"

有件事是侯赛因不能告诉朱莉的。这件事是他亲眼所见：他看到杰罗姆关掉了报警器，关掉了仓库的监控网络，帮助兹比格把东西装到了斯泰拉的卡车上。

揭发老板的未婚夫，毕竟太冒险了。他很快就会知道，她要怎么处理这件事。女人有时候很复杂。

*

杰罗姆在面包上擦了擦刀，把它放在白色餐布上。

"他在胡说八道，这个侯赛因！偷东西的不是兹比格，是阿德里安。你看到他这段时间穿得有多好了吗？他的衬衣？他的鞋子？肯定不是在不二价买的！"

朱莉阴沉着脸。

"你不喜欢我送你的睡衣吗？"

"喜欢……我不是说你，我的小跳蚤。怎么说呢？他的衣服，都是高级货。他这是有钱了，是吧？谁都看得出来。可他的钱是从哪里来的？你能告诉我吗？"

朱莉拿着叉子在盘子里划来划去。她在龙蒿上涂了一层白色的酱，觉得有点恶心。"皇家朝鲜蓟"，菜单上是这么写的。她没有碰朝鲜蓟的根，也没有尝一口圣约瑟夫酒，虽然那是杰罗姆跟酒务总管讨论了很久以后选的。

"我啊，我不知道。"

"你想想这个问题。想一想。"

他摊开胳膊，摇了摇头。朱莉没有吱声。

"他偷东西，就这么简单。用斯泰拉的卡车。他关掉了报警器，切断了监控，噢哟！这不难理解！"

他拿起酒杯，喝了口酒含在嘴里，闭上眼睛总结道："你得听我说。我了解男人，也了解生活。这就是年龄大的优势。"

"这不像他做的事……"朱莉低声说，"而且你一直都在指责他，仿佛已经**认定**了就是他。"

"他跟我讲话很不客气。"

"他只是不爱讲话，仅此而已。他沉默寡言。"

"他看我的**眼神**也很不客气。他想让我明白，我不是什么重要人物，只不过是套牢了老板的女儿。"

"你把什么都混为一谈，杰罗姆。"

她不高兴地摇了摇头。她不喜欢这场谈话的走向。朝鲜蓟的根上糊了一层白色黏液，让她想吐。

"如果没有证据，就不该指控任何人。"她嘀咕道。

"你就直接说我撒谎吧！"他大喊，把盘子摔在桌子上，"啊，这样多好！"

杰罗姆提高了音量。他的脸涨红了，充了血，额头上的汗珠闪闪发光。

"你这样让我很尴尬，"朱莉说，"我都不敢直视斯泰拉了。"

"斯泰拉，跟她有什么关系？"

"你把什么都搅乱了，我都不知道该怎么想了，我累了，我受够了一直下馆子！"

"现在你又要指责我把你当王后一样对待？"他生气了。

他高高举起双手，让上天为他做证，把胡椒研磨器弄到了地上。领班斜眼看着他们。

朱莉生气地瞪了他一眼，两人疏远起来。他觉得自己被贬为无名之辈。

甚至更惨，被贬为了普通员工。恐惧攫住了他。如果失去了她，那他就失去了一切。

“好了，我们和好吧，来亲我一下。”他噘起嘴撒娇。

“不能当着所有人的面！”

“你以前可不会说这种话。”

她咬着嘴唇。

“你不爱我了。”他说着，自尊心受到了伤害。

“别说了，你真让我厌烦。”

“越来越严重了！现在我都惹你烦了！”

“今天晚上我一点都不想下馆子的……你应该能猜到的，可是你没有。你决定了我们要来，那就得来。我累了，杰罗姆。我一整天就跟打仗一样，我得给所有人想办法，我得计算，得写，得争辩……我从来没休过假，从来没休息过，从来没有娱乐。这一天天的，没完没了！”

他撕下一块面包。他之所以带她来餐厅——而且这不是一家随随便便的餐厅，这是米其林一星餐厅——是为了证明他们相爱，他们幸福，而且健康。证明他们能在一起，应该很自豪。能来这家勃艮第餐厅，应该更加自豪。这是他们最喜欢的餐厅。在这里，他们有专座、有最喜欢的菜品。这里的员工认识他们，会殷勤地接待他们。领班为他们准备了特制的开胃小点心。领班还问过他，等这道菜研制成熟以后，能不能取名为“杰罗姆－拉罗什舒芙蕾”。这让杰罗姆十分感动。可是她呢，她受够了！他从来没想过有一天竟会听她说出这种话。真相就是，她不爱他了。他只是她的一个过客。她这个任性的小女孩，被父亲宠坏了。她要抛弃他。他会成为所有人的笑柄。想到这里，他就陷入了难以忍受的焦虑。他抓起朱莉的胳膊，紧紧抓着她那条裙子的袖子，用力扯着，结果肩膀那里裂开了。朱莉生硬地挣脱开他，袖子被完全撕下来了。

“太恶毒了！”她说，“现在我成什么样子了？”

服务生看到了这一幕。他凑到朱莉耳边问：“要不要我把您的大衣拿过来，帮您挡起来？”

她涨红了脸，摇了摇头。

把盘子推开。

"我不饿了。你想吃就吃吧。我看着你吃。"

"说得跟多好玩一样!"

他喊来领班,要求结账,解释说妻子不舒服,他们想回去了。

"是有喜了吗?"领班低声说。

"真是那样就好了!"他喊道。

夜里,他紧贴着她,肚子贴着她的后背,低声说:"你以后千万不要当着所有人的面,那样跟我说话了!我像什么样子啊?"

她用胳膊肘撞了他一下,让他离开,咕哝道:"放开我,我要睡觉。"

他生气了。她怎么能这么跟他说话?为什么女人全都把他当成狗屎?他第一次没有成功,但是现在朱莉上钩了。或许他应该跟她坦白苏西是怎么死的。她被卷进了一辆卡车的车轮。如果她知道这件事,可能会对我客气一点!

"我对你做了什么?"他埋怨道,"我卑躬屈膝地讨你欢心,可是你连在餐厅里吻我都不愿意。你以为你是谁?"

"放开我!我累了!别再黏着我了。"

这句话太过分了。

他从背后握住她的胳膊,使劲扯她的头发,让她的身子弯成了弓形,下巴抬着,脑袋往后仰,一下子进入了她,要向她证明是谁说了算。朱莉激烈反抗,嘶吼起来。他逼迫她。他瘫倒在一边,嘟囔道:"你千万不要再那样跟我说话了,**千万不要!**"

过了一会儿,他看了看手表。五点了。

他听到朱莉在枕边哭。他没有再睡着,于是摸黑穿上靴子去了厨房,烧热水准备泡雀巢咖啡。他讨厌速溶咖啡,但没有时间现做一杯。屋子里静悄悄的,只听见锅炉启动的声音。等他有了钱,他就装个加热泵,好看又省钱,而且永远静音。他喝着咖啡,杯子上写着"胜于昨日,但不如明日"。手柄上还写着"我爱你",但被他弄坏了。从那以后,他就会被烫到。

这也是朱莉送给他的，肯定是女人用的杯子！

他关上门，朝斯泰拉的卡车走去。车是他前一天借来的，他谎称要检查，实际上是为了跟兹比格一起装铝板。斯泰拉把钥匙扔给他，嘟囔道："小心起重机，摇摇晃晃的。"他呵斥道："我又不是新手，你以为我是谁？"这个女人有时候真跟她男人一样傲慢。

如果有人指控兹比格，他也能洗脱得一干二净。如果有人问起兹比格的事，他就会和盘托出，第一个把同谋的名字说出去。兹比格就会被他骗。再见吧，牛犊，母牛，猪。只剩下两只手，空空如也。他没有惊慌，老兄，还要证据呢！可是没有证据，因为他把摄像头关掉了。

他去找兹比格，他们要把偷来的东西全都弄走，留着太危险了。

他上了街，他把卡车停在了水塔后面。他像冲刺一样跑过去，脚下生风。他检查过了，铝板装得好好的，不会在路上掉下来。今天早上就要送出去，不能再放在兹比格家里了。交易不能留下蛛丝马迹。真遗憾，获利不多，他要少下几次馆子了。这样也好，朱莉小姐的嘴挑剔着呢。他们要到茨冈人住的地方去，以低价卖掉。茨冈人很喜欢兹比格，他就以高价把劣等货卖给他们，也卖好货。大家都有利可图。侯赛因应该是告密了！他要洗脱得干干净净！这家伙留了个意外给他，而且不是意外之喜。

天还没亮，卡车大灯灯光昏暗，左边的灯时而亮起时而熄灭，暖气时而滚烫时而冰冷。他不知道哪个更糟，他朝兹比格的农场驶去，希望不要出什么乱子，希望茨冈人能付钱。否则……否则劣等货就只能留在他们手里，看起来像傻子一样！茨冈人会把消息传出去，他们就别想卖东西了。这种交易很棘手。得有手段，有权威，得获得别人的尊重。在生活中，有受尊重的人，也有不受尊重的人。我不想当后者。可是……为什么只有我一个人偏离了轨道？因为我把我的小老婆丢在了身后？因为我们吵架了？至少，我向她证明了控制权在谁手里。她不会再拿那个我看不上的俄国佬来烦我了。那个家伙，他不会惹我心烦太久了！

*

斯泰拉醒来，瞥了一眼米奇闹钟：五点半了。天还没亮。夜一团漆黑，没有一颗星星。阿德里安在睡觉，脸贴着枕头挤扁了。她靠过去，鼻子蹭了蹭他的前胸，闻到了杏仁奶油的味道。万一他出什么事怎么办？她感觉一场悲剧正在酝酿。她熟悉黑夜的每个角落，那里总藏着坏消息，她什么也改变不了。世界不是围着我转的，所有人都会遭遇不幸，也会感受幸福，这由不得我来支配。我只能下定决心重视每一秒，每一分钟。我感觉什么事正在降临。既有幸福，也有不幸。天还没亮，黑暗让她恐惧，让她压抑。她想撕碎黑夜，给它取一个名字，她不敢动弹，她在等待。

她不再希望触底。

*

将近六点钟时，杰罗姆来到了兹比格家。他绕道农场后面，卡车差点陷进车辙里，他踩了一脚加速器，卡车开始打滑、侧滑，而且前后颠簸。他把方向盘回正，把卡车开到正路上，心想躲开了。差一点就翻车了！

他擦了擦额头，抿了抿嘴唇，把卡车停在了谷仓前，去敲厨房的门。兹比格已经起床了，只听到他的破鞋在地上摩擦的声音。他打开门，站在门口。他的套头毛衣和棕色裤子硬邦邦的，上面沾着污垢、废油，还有什么白色东西，好像是胶水。

"该死！才六点！"兹比格端着盛牛奶咖啡的碗，往里面蘸面包片。

"得快一点，伙计，我们被出卖了。得把谷仓清空，赶紧去茨冈人那里。"

兹比格嚼着蘸过的面包，一道牛奶咖啡流到了下巴上，弄脏了毛衣。一只猫过来靠着他的裤脚，喵喵直叫。

"啊……"他说，仿佛要思考一下。

"我们得把存货清空，一点都不能留。"

"现在？"

需要赶紧行动，这让兹比格感到紧张。他蘸着面包片，嚼着，擦了擦下巴。

他要想办法逃避。

"再等等，不行吗？"

"不行。如果他们要来你家搜查，我们就会被逮住。"

兹比格的眼睛里闪过一道光，觉得好笑。

"呃，那我就说不是我干的。我说是你占用了我的谷仓……我只当没看见，因为你是我的朋友。但我从来没去过谷仓。"

混账东西！他看起来傻，其实狡猾着呢。

"可是昨天晚上，侯赛因看到了你把铝板装上卡车。他认出了你，然后告诉了朱莉，所以我才急着过来。"

"如果他看到了我，那他也看到了你。因为我们两个都在，所以你在说谎。"

杰罗姆想了想。没错，是这样。侯赛因应该也看到了他！他选择了瞒着朱莉。侯赛因又重新赢得了他的尊重。

"听着，我们不要拌嘴了，没时间了。把东西装上卡车，然后我们就去找你的朋友。"

"马上就去？"

"是的。赶快！"

"我们得提前通知他们啊……"

"上次去过以后，他们没搬家吧？"

"没有，我觉得没有。"

"那就走吧。这个点，他们应该在家。"

"怎么跟他们说？我们一下子全都拉过去，他们肯定觉得奇怪。"

"我们能找到办法，你先别急。我们就编个理由，比如，我们在等一大批货回来，不能再把这批放在你家了。类似这种。"

"他们不傻，这行不通的。"

"能找到办法，我跟你说了！快点！走吧！"

兹比格抬头看了看天，摇了摇头。

"没有月亮，不是好兆头，我们不该去。"

"该死的，兹比格！别想了，没用的！"

兹比格打了一个嗝，一个很长很响的嗝，嘴边泛起舒服的微笑。他摸了摸肚子，喝完了牛奶咖啡，吃完了面包，在袖子上擦了擦嘴，在裤子上擦了擦手。他脱下破鞋，穿上靴子和一件夹克，夹克上有约翰·迪尔公司[1]的绿色徽章，上面是一头飞奔的鹿。他跨过门槛，对着门踢了一脚，把门闩踢了下来，又端详着漆黑的天空。

"小心点，谷仓旁边很滑，昨天晚上我摔了一跤。"

"啊，"杰罗姆说，"所以你的裤子那么恶心？"

兹比格没有回答。他朝卡车走去，检查了车斗。铝板是前一天晚上装好的。他在袖子上擦了擦鼻涕，摇摇头，仿佛在干一件很蠢的事。

"要我说，我们就不该去。"

"兹比格，别说了！我们没有选择。你想进监狱吗？"

兹比格绕着卡车转了一圈。

"要想装货，得先卸货。"他说。

"为什么？"

"因为不这样就没有位置了……我们把所有的货都装上去以后，再把板材放在上面。得固定好，免得掉下来。卡车里应该有链子。"

"嗯，你说得对。"

"你知道卡车怎么用吗？"

"你是想问起重机怎么用？"

"嗯，起重机。"

"呃，当然知道……我以前是起重机司机，你可别忘了。"

"对，但这不一样，这是卡车的起重机。你以前用过吗？"

"这辆卡车的起重机，没用过。但它是个起重机，跟别的起重机没什么不一样。"

两个男人站在没有月亮的黑夜里，看看卡车，看看车斗，又看看起重机。

"有点歪吧？"兹比格说。

"没歪！你要找什么？我说了现在动手，就得现在动手！"

---

1. 约翰·迪尔（John Deere）公司，一家生产农机设备的美国公司。

"呃，我觉得歪了。"

"然后呢？"

"这不是好兆头。"

"该死的，兹比格！我们总不能赤手空拳，把这些板材搬下来吧！"

"呃，不能……"

"昨天晚上你装好了是吗？"

"呃，装好了……"

"呃，那好……我们把板材捆起来，你去驾驶室控制起重机，我把板材慢慢滑过去，这样就不会掉下去了。然后我们再装货，行吗？"

"好。但我更愿意去驾驶室控制起重机。"

"我刚才就是这么说的！"

"那好吧。可是如果今天有月亮，那就更好了……"

"兹比——格！"

兹比格转过身，吐了口唾沫。他嘟囔道："好吧，好吧，我什么也没说。"

他们拿出链子，抬起第一块板材，把链子卡进四个角的缺口固定住，用一把大挂锁把链子锁住，然后把挂锁挂到起重机臂上，确保能承受住板材的重量，兹比格就进了驾驶室。

        *

对斯泰拉来说，夜晚之所以危险，是因为她觉得恐惧离她不远。非但不远，简直就是夜晚的一部分。小时候，夜晚是平静而柔和的，没有危险，换句话说，门不会嘎吱作响，雷不会一边往里闯一边说："我的小可爱在做什么？她是不是叫我了，嗯？她想跟爸爸玩吗？"她心想，她要为这短暂的休憩付出代价了。她预感到危险在逼近，恐惧在加深。还不如每天夜里都发生不幸呢，因为她总会习惯的。这种预感可怕极了，吓得她张开嘴想大喊，但又喊不出来。

所以，她不想再睡觉了。

她感觉这天夜里一场不幸即将发生。

她绷直身子，伸出胳膊把它赶走。让它降临到别人身上，别找我，别找我们，拜托了。

*

只剩下一块板材要搬了。

兹比格在驾驶室里伸了个懒腰。他很想再喝一碗牛奶咖啡，但是杰罗姆不给他时间。再喝一碗牛奶咖啡，再吃一片涂黄油的面包。早餐是他最喜欢的一顿饭。他小时候，每顿饭都会喝牛奶咖啡、吃面包片。正因为这一点，他才觉得母亲是个善良的人。她没有不让他吃。否则她就是个坏女人，这一点他很清楚，她总是骗他，让他觉得她是个圣人，她骗起人来很厉害。他不知道她是怎么做到的，但她总能达到目的。她如果喝多了，就会强迫他跟自己一起睡觉。她看着长指甲的猫抓他的眼睛，扯他的奶头。她大喊大叫，穿着透明的黄色薄睡衣抱住他，身上一股呕吐物和红酒的味道。他的衣服上，两条胳膊中间的部分都被抓烂了，得用尽全身的力气压在她身上，才能让她闭嘴。只有这个才能让她平静下来，那就是把一个男人的重量加在她身上。她用胳膊拍打着，发出小声的尖叫，仿佛得到了满足。他本可以闷死她的，他有可能真的闷死了她。他记不得了。他很想跟父亲聊聊这件事，看看他们的意见是否一致。

他瞥到了席琳·迪翁的 CD，高兴得咯咯笑。真该死！他忘了这东西就在斯泰拉的卡车里。幸亏他买了两张！他甚至可以买三张的。现在他有钱了，他的诡计让他赚到了钱。

"你可以过来给我搭把手！"杰罗姆喊道，正在用链子固定最后一块板材，"什么活都是我干的！"

兹比格假装没听到。他看了看后视镜，瞥到杰罗姆正在把大挂锁挂到起重机臂上。他有什么好抱怨的，马上就结束了。这个人真是自命不凡。

"快来！"杰罗姆喊道，但是声音变小了。可别跟刚才一样，板材差点正对着我的脑袋砸下来。

兹比格把 CD 插进缝隙里。席琳的歌声在黑夜中响起，席琳的歌声取代了所有的星星、月亮和太阳，席琳的歌声飞到永远湛蓝的天空。席琳的歌声告诉他，他父亲会回来的，会把他抱在怀里，说道："我的儿子？我的儿子？"这时父亲的身体开始颤抖，他会倒在父亲的怀抱里。他只会变成一块猪油，与弥漫的爱意一同融化。他父亲会紧紧抱着他。两人都感动极了，不知道该如何说起了。

我多想忘记时间流逝，为了一声叹息，为了一个瞬间，在奔跑之后稍做休息，任由我的心带我离开……

"该死的，兹比格！这是什么音乐？我们现在不需要这个！你要集中注意力！快点。我扶住板材，你让它慢慢转动。慢一点！"

我想寻回我的轨迹，我的生活在哪里，我的位置在哪里，把金灿灿的过往，留在我温热的秘密花园里……

听到"温热的秘密花园里"这些词时，他感觉怪怪的，肚子热了起来。这种感觉一直冲上他的胸口，像地狱里的一根棍子。阿德里安的长腿被牛仔裤紧紧地裹着，跟席琳的声音混合在一起，还有阿德里安健壮的上半身，棕色的皮肤，肌肉发达的胳膊，铁灰色的眼睛，还有他的苦笑，仿佛有人对着他的脸吐了一口痰。该死！他真英俊！他瘫倒在方向盘上，多么美好！多么美好！他简直想死。

我想飞越海洋，遇见飞翔的海鸥，回忆过往的一切，或者走向未知，我甚至想拯救地球，但在此之前，我得跟父亲聊聊，跟父亲聊聊……

噢，爸爸！爸爸！

他在裤子上擦了擦手，朝卡车后面转过头。

"哎，杰罗姆！怎么样了？"

后视镜里看不到起重机。奇怪。他应该是把操作杆推得太用力了，所以起重机转过去了。席琳的歌声，他爸爸，还有阿德里安！可能是他父亲长得像阿德里安，不过应该是年轻的时候像，现在应该已经老了……

"你弄完板材了吗？我把缆绳卷起来？"

他闻了闻手指。不能让杰罗姆觉察到……他可能会生气。"我被这些板材烦死了，我的皮肤都被割破了，你却在这里，像个浑蛋一样！"杰罗姆会生气，还得跟他解释，他受够了解释。杰罗姆总是找他麻烦。

他打开车门，瞥到起重机倒在旁边，掉下来了！他说得对，起重机支撑不住。他瞥到了挂在起重机臂上的链子。链子被拉直了，仿佛承受了重量。这不正常啊。还有，杰罗姆为什么不回答？

他擦干净了，理了理衣服，下了卡车。

"杰罗姆？你在哪里？别干蠢事了！"

他要道歉，他要向他解释。他以为父亲来了，所以失去了理智，他昏了头。杰罗姆会理解的。

"哎，说话啊，杰罗姆？我们接下来可以换换，装货时你来操作起重机，我来弄板材。"

没有月亮的黑夜仿佛一条烟雾笼罩的隧道。夜晚，会让您跟生命建立关联，或者跟死亡建立关联。这得看情况，他一直在想这个问题。

"杰罗姆？"

他走了一步，撞到了一堆破布。还有一个长圆柱形的东西，一动不动地躺在那里，应该是从车斗上掉下来的。他用脚踢了一下，软软的、重重的，还热乎乎的。他去卡车里找了手电筒，又返回，照了照地面。

杰罗姆躺在那里，喉咙被切断了。他的脑袋上全是血，被砍下了一半，朝一边歪着。血喷涌而出，冒着大泡泡。他的嘴扭曲着，做着一个可怕的鬼脸，棕色的短发在冰冷的空气中飞舞。

拴着链子的板材立在他旁边，链子断开了，在没有月亮的黑夜里飘着。

*

"等我有钱了，我出门要坐一等座，让仆人帮我拿包，专门的秘书帮我排队，助理帮我安排约见、过滤电话，这样我就不会被打扰了……总之我会成为一个明星。"

通向鲁瓦西海关窗口的安全围栏里挤满了人，奥尔唐丝观察着他们，观察着叫喊打闹的孩子，靠在一起的情侣，还有一个在嘈杂的人群中打开行李箱换鞋的女孩，一个调节助听器的老头，一个像玩魔方一样摘下假牙收好的老太太。

"我害怕人群，害怕排队，害怕跟这一大群人挤在一起，害怕默默无闻。"奥尔唐丝吼道，她和加里在队伍里艰难前进。

跟以往每次坐飞机一样，她把喜欢的衣服全都穿在了身上，因为害怕行李会弄丢。她就像一个转动的轮胎，她在发牢骚。

加里穿着厚呢子大衣，站得直直的，在读《伊甸之东》。队伍前进一点，他就用脚尖把包往前踢一点。他让奥尔唐丝不要打扰他。

"你反反复复地读这本书，不烦吗？"

"这是一部杰作。"加里翻着页说。

"你可以读一本新的，或者跟我聊聊天。你跟我无话可说？"

"奥尔唐丝·柯岱斯，您闭嘴吧。"

"忽略身边的人，这样很没教养。"

"骚扰同类也是不礼貌的。"

"好，我放弃。我不想浪费时间和精力。在到达纽约之前，我都不理你了。"

"随便你！"

奥尔唐丝放弃了，看起了手机。她查了短信，注意到了其中一条，是一个陌生号码发来的。她打开短信，发出一阵尖叫，把手机递给加里。

"你看到的跟我看到的一样吗？"

加里回过头，他正在品味这些话：

他津津有味地跟医院里的朋友们讲着，如果他缠住那个女孩，会对她做什么。他打算把她的鼻子和耳朵切下来，让她把钱交出来。

"加里！**你看！**"

"奥尔唐丝！"

"好吧。我总结给你听：伊内丝·德·拉·弗雷桑热很抱歉没能来参加我的时装表演。她在纽约，说如果我也在，就邀请我去她住的酒店的吧台，一起品尝一下那里的俱乐部三明治。你觉得怎么样？"

他什么也没说。

*

雨水拍打着埃德蒙办公室的窗户。阿德里安进来，迎着风关上门。他对着手指吹了吹气，擦了把脸。

"这鬼天气！"他抖了抖湿透的雨衣说。

"我们是去参加葬礼，不是去参加舞会！"埃德蒙穿着一身黑衣，微微一笑，"你倒是好心，提前过来看我。我想跟你聊聊。"

埃德蒙搓了搓手。他笑容灿烂，整张脸都亮了起来，镜片后的眼睛闪闪发亮。他看起来不像震惊，更像松了一口气。

"不管怎么说，您至少要假装难过，可是您没有！"

"听着，阿德里安，我想告诉你：我感到高兴。我不喜欢这个男人，我不认为他能让我女儿幸福。"

"她似乎很爱他……"

"她是想说服自己很爱他，这不一样。只有一件事让我难过，那就是没有孙辈来接替我。"

"这也说不好，朱莉可能会遇到别的人……"

埃德蒙疑惑地噘了噘嘴。

"这是她的第一段认真的恋情……她需要过段时间才能恢复过来，爱上别的人，我害怕，唉……算了，我们说点别的吧。"

"这是一场意外，确定吗？"

"毫无疑问。起重机松了，缆绳割断了杰罗姆的脖子。"

"那兹比格呢？"

"他在胡说八道。他说这是席琳·迪翁和他父亲的错。我不知道他和杰罗姆是在明争暗斗什么，但依我看，他们在做不正当的买卖。杰罗姆需要钱，兹比格也贪财。我不在乎，我把案卷合上了。我有别的事对你说，我见过博尔津斯基了。"

"啊……"

阿德里安的心揪了起来。他感觉自己上了拳击场，手被捆在背后，要挨第一拳了。

"我向他提议三人联合，我掌握半数以上股权。你、我、他，我们三个人。他同意了，没说别的。威立雅放弃了谈判，他被抛弃了。现在你要决定要不要入股了。"

"股金是多少？"

这一拳要来了。阿德里安缩着脖子，弓着腰。他深吸了一口气。

"一开始是每人四十万欧元。"

"一开始……"他重复了一遍，语气担忧。

"之后再看，比如要投资、要买机器、找场地，等等。"

阿德里安的脸扭曲起来。

"我就算了吧，"他快速地挤出一个微笑说，"我没有钱。"

"我很抱歉。"埃德蒙说。

你看起来可不像抱歉的样子！别装了，老家伙。我要去别的地方试试运气。我不想看到这桩好生意就在我的眼皮底下，我却不能参加。

"我不知道不这样还能怎么办，"埃德蒙摊了摊手说，"三个人都应该入股。"

"您说得对。祝您好运，埃德蒙！我觉得我应该离开了。我不知道什么时候走，但我想活动活动了，去看看别处的风景。"

"随便你。"

"我把仓库里的搅碎机留给您，毕竟它属于您。"

"我也是这么打算的，我带你去墓地？"

"我跟斯泰拉一起去，过会儿见。"

*

朱莉看着杰罗姆的棺木下落到墓穴的污泥里。

她曾经那么多次梦到这种巧合！她在想梦境是否比现实更加强大，在想梦境是不是隐藏了什么东西，而这种东西会破坏她臆想出来的美好画面。如果一个人过于渴求什么东西，就会把它想象出来。她想象着有一幢房子、一个花园、一架给孩子们玩的秋千、一片金鱼塘、一个男人，也就是**她的**男人，他干完活回来，在车库里洗了手，这样就不会把家里弄脏了，他们把孩子们哄睡了，坐在沙发上看电视，他先睡着了，她微笑着看着他，这是**她**，那是**他**。

一本漂亮的书，由这些画面组成。

今天，她把这本书合上了，永远地合上了。

她三十七岁了，杰罗姆是唯一一个向她求婚的。

她站在坟墓前，看着由葬礼公司的两位职员抬着的木棺落入土中。她选了最贵的款式，里面有紫色的软垫。之后她才想到，他的头发是红棕色的，这样不好看，但为时已晚，不能换了。

她父亲向她保证这是一场意外，杰罗姆当时是在加班。他想带我下馆子？给我买珠宝，带我旅游？他很宠我。这让他紧张而狂躁，并且敏感。就像他们在一起的最后一夜……她不能说他们"做了爱"。只能说，他跟她"发生了关系"。这样更接近事实。

她把第一朵玫瑰扔在墓上，这是一朵白玫瑰。"我们天堂再见。"她一边扔一边低声说。

她站到旁边，等排队的人过来表示哀悼。雨落在她的脖子里，她立起大衣的领子，打了个喷嚏。

斯泰拉来到她身边，把手递给她。朱莉感觉到了她掌心的热度。她多么想念她！

"你想让我留下来陪你吗？"斯泰拉问。

朱莉说"好"，声音很小。

队伍不长。有废钢铁厂的员工，几个来看埃德蒙的客户，还有圣沙朗的一些商人。杰罗姆没有别的家人，只有一位堂兄，他穿着一身黄色礼服，旁边站着一位面无血色、脾气不好的女人，缩着脖子抱怨着。

朱莉听着悼词，拥抱，感谢，拥抱，感谢，不知道拥抱的是谁,感谢的是谁。雨水模糊了她的视线。母亲让她在头上戴了一条黑纱，褶子飘飘荡荡，挡住了她的眼睛。"妈妈，现在已经没人戴这种东西了！""有。这样至少可以保持优雅！""你想说，我看起来会像个灯罩吧！"穿黄色礼服的人靠近，低声说："他是我的堂弟，我的亲堂弟，是个充满道德感的人……"那个脾气暴躁的女人打断了他，说："他是个浑蛋，没错，是个杀人犯。他在人间没有付出的代价，到了地狱逃脱不了的！"

朱莉惊跳起来，睁大了眼睛，用力透过黑纱的褶子看着这个女人。穿黄色礼服的男人训斥道："你就不能闭嘴吗！现在不是说这个的时候！"然后把女人拉到了过道上。

朱莉跟斯泰拉交换了目光，斯泰拉用食指指着太阳穴，意思是她疯了。她父亲看了看手表，急得跺脚。莱奥妮没有来。

斯泰拉伸出胳膊搂着朱莉的腰。

"你听到那个女人说什么了吗？"朱莉说。

"别管了，那是个疯子！每场葬礼都少不了这种人。"

"没错，可是……说他是杀人犯！"

"她应该是在年轻的时候爱上过他，然后被他伤透了心，大概就是这种事。"

"呃，我不知道。不管怎样，她用了'杀人犯'这个词。"

"她疯了，我跟你说了。你镇定一点。你的脸全都白了，你还坚持得住吗？"斯泰拉说。

"还好，我只是觉得有点恶心。"

"靠在我身上吧。"

"谢谢你能来。"

"我会一直在你身边，傻姑娘。"

朱莉想放声大哭。傻姑娘！斯泰拉多久没有这么叫她了！傻姑娘！她备受安慰！但她**不能**哭。我是库尔图瓦的女儿，库尔图瓦废钢铁厂的经理。我要坚持住。我不能让母亲蒙羞，她看到杰罗姆下葬竟然很高兴，也不能让父亲蒙羞，他应该也没有不高兴。我埋葬的不仅仅是杰罗姆，而是我对平淡无奇的幸福的幻想，我作为一个**普普通通的**女人的幻想。妈妈在想都这样了，但我的婚纱钱她还是得付……爸爸失望是因为莱奥妮没有来。生活在继续，我会变成一个老姑娘。

两个抬棺人把铁锹放在脚边，等她示意往墓穴里填土，淹没她的男人。

她点了点头。他们拿起铁锹，有节奏地铲着土，撒到木棺上，发出噗哧……噗哧……噗哧的声音。随着土渐渐堆积，噗哧声变得越来越低沉。然后一点声音都没有了。结束了。

朱莉靠着斯泰拉。

"他走了，"她说，"只剩下我一个人了。"

"不！还有我呢，还有我。"

"我是说，只有我一个人面对生活了。"

"如果你愿意，我们可以结婚。"

朱莉在黑纱下微微一笑。

"我先告诉你，我要睡在床的右边，"斯泰拉紧紧搂着她说，"没的商量。"

"我睡哪边都行！"

"我有点打呼噜、磨牙，还说梦话。"

"我啊，我的脚会乱蹬！"

就在这时，她的肚子被狠狠踢了一下。她往旁边迈了一步，看着斯泰拉。

"是你吗？"

"什么？"

"你刚刚打了我的肚子一拳？"

"你疯了？我正在向你求婚呢！"

"你看！"

朱莉抓起斯泰拉的手，放在自己的肚子上。一下、两下、三下，像一场独奏。

"可是我……"朱莉结结巴巴。

她犹疑的微笑里泛过一道光。

"是的，傻姑娘，是真的！"

"是个宝宝！我要有宝宝了！这不可能！"

"不管怎么说，看起来的确是这样……"

朱莉搂住斯泰拉的脖子。

"哎！你要勒死我了！"斯泰拉反抗道。

"你意识到了吗？你意识到了吗？我一点都没注意到！我真是没用！我无论如何都没弄清楚我的身体里正在发生什么。"

抬棺材的人走近，询问是不是可以走了。朱莉表示同意，把装佣金的信封递给他们。

一个人都没了。大家都走了。因为下雨，他们不想再聚集在这里，也不想评论什么。至于杰罗姆，他们可能也没什么要说的。除了那个疯女人，她挽着穿黄色礼服的男人。

她父亲在远一点的地方等她，他在打电话。她母亲上了车，车门开着，在用舒洁纸巾擦皮鞋。她把卫生纸扔掉，关上车门。阿德里安在坟墓中间走，像在数步数，又像在准备打仗。他面色阴沉，忧心忡忡，咬着拇指。这些人都是她日常生活的一部分，但现在她不需要他们了。她仰起头看着斯泰拉。

"我要告诉他，他父亲是个英雄，你不要反对我，好吗？"

"好，只有一个条件。"

朱莉皱了皱眉。

"什么条件？"

"你把这个奇怪的面纱摘下来。"

*

奥尔唐丝走出皮埃尔宾馆，从派克大衣口袋里掏出手机。巴黎现在是几点钟？早上七点半。

小马塞尔应该起床了。小马塞尔起得很早，猫露屁股的时候他就会起床。"猫露屁股"这种说法[1] 其实是不对的，想到这个，她的脑子转了起来。她需要活跃一下思维，让各种想法翩翩起舞，尽管她知道用错词语，只能说明学识不深。人无完人，她一边穿过第五大道，一边总结道，向一个矮个男孩投去一个销魂的微笑，应该没有人会对他微笑。她感受到了好笑、调皮、喜悦、韵致、奢华、慷慨、好运，她跟伊内丝·德·拉·弗雷桑热一起匆匆吃了一个俱乐部三明治，然后……

然后……

她把她最美的晚礼服送给了对方。那个款式欲露还羞，紧致又舒展，遮肉又显山露水。颜色红红的，长长的拖尾，彰显着这条裙子的优雅。

"她答应你穿这条裙子去参加奥斯卡颁奖了吗？"小马塞尔问。

"我没敢问她，所以我得指望你了。"

"怎么指望？"

"呃……等她准备走大红毯，在她试鞋子、裙子、珠宝和手袋时，你就钻进她的脑子，让她选择**我的**裙子。对你来说，这就是小儿科！"

"我还很虚弱呢，我的爱人，我的电波……"

"小马塞尔，到了那天，你下午就去公园，到树旁边。你贴着树，就能元气满满了。"

"我试一试。你之后把确切的日期和时间告诉我？"

"今年有一项创新：轿车会把明星送到红毯的起点，他们会在众人瞩目下走出轿车，走上 red carpet……"

"Carpet？地毯？红地毯？你还记得吗，公主殿下，这条地毯会给你

---

1. "猫露屁股"（potron-minet），由"松鼠露屁股"（potron-jaquet）转化而来，所以后者才是正确的说法。"猫（松鼠）露屁股的时候"，意思是"黎明时分"。

带来好运。你还记得你离开巴黎前我跟你说过的话吗？"

"不记得了。"奥尔唐丝不得不羞愧地承认。

"永远不要对着红地毯吐唾沫，公主殿下，你要尊重地毯，亲吻地毯，抚摸地毯，它会让你闻名于世。"

"啊，对，我当时还以为你失去了理智。"

"真谢谢你了！"

"别生气，亲爱的小马塞尔！你得承认，你说话的样子不免让人觉得……"

"别说了，太伤人了。"

"我真诚地向你道歉。"

"你会看到，我说得对，一切都将始于这条红地毯。"

"我也希望如此……这是我的梦想。"

小马塞尔预感到她要哭了，于是像个强势的男人一样换了话题："叶莲娜怎么样了？"

"她精力旺盛。她又回到了她最爱的情人格朗西尔的怀抱，我在波道夫·古德曼的每一场表演她都会参加。"

"波道夫是谁？"

"哎呀，小马塞尔！这是纽约最高雅、最昂贵、最惹人赞叹的大商场。你可以在那里买到周仰杰、古驰、浪凡、普拉达、杜嘉班纳、亚历山大·麦昆、纪梵希……"

"别说了！我脑袋又要发热了！"

"我们每天都会把这个系列介绍给有钱的女顾客，她们会选择自己喜欢的款式，开出带好几个零的支票。叶莲娜把价格翻了倍，但也没用，什么也阻止不了她们。我很开心。但不能就这样结束，我想要**巨大的**，**巨大的**成功！几百万美元，几百万张照片，几百万个赞！"

"这些你都会有的，我的爱人！我还不知道该怎么做，但我会做到的。"

"奥斯卡是在半夜举行的。你得按洛杉矶时间连通，不要睡着了！"

"我会尽全力。"

奥尔唐丝感觉小马塞尔的语气里有一丝迟疑。她不愿意多想。

"跟你聊天我很高兴。我得回去找……"

找加里，她差点说出口。

"找我的草稿，我又开始画草稿了。"

这句话不完全对。

但也不完全错。

她跑去找加里，跟他这样讲讲，那样讲讲。跟他没头没尾地讲讲，正着讲讲，再反着讲讲。

*

加里坐在电脑前。在位于中央公园西的六十六号街的叶莲娜专属宾馆大厅里。奥尔唐丝瞥到他穿着格子衬衫，低头看着琴键。她猜测他留着周末的小胡子，光脚踩着踏板。

他没有听到她进来。

她倒在宽敞的红沙发上。她学会了等待。我老了，我老了。她朝一个装满凤尾草的镀银花瓶俯下身，检查着皱纹。二十五岁了，快三十岁了，四十岁也不远了！然后就是五十岁，我就死了。

他在弹奏拉威尔，《G大调奏鸣曲》。三月底，他要去波士顿演出。

他不沉迷于钢琴的时候，会约她在一些条件堪忧的小宾馆里见面，房间里装饰着毕加索的赝品，挂毯上画着月光下的鹿。他们觉得像进行了一次长途旅行，来到了蓬塔利耶或普瓦捷。

她在等他弹完《G大调奏鸣曲》。

她要给他讲讲伊内丝和红裙。

*

阿德里安反复思考，阿德里安在生气。他无法接受这个事实，博尔津斯基要与埃德蒙结盟，把他排挤出去。毕竟，费了好大力气才以低价买到这台搅碎机的人是他，找到仓库的人是他，最先跟博尔津斯基谈判的也是他。他**出局**是因为他**没钱**。他有想法、有意愿、有能力，但是**没钱**。银行拒绝贷款给他，银行职员连跟他谈谈都不愿意，他们不想在他身上浪费时间。这是条小鱼，小猎物，**走开**。

他摸着手腕。

自从他弄丢手表以后，幸运之星就离开了他。

他不喜欢这个想法。他不希望自己迷信。迷信意味着他是弱者。**出局**。这是事实。在这件事里，他表现得像个六岁小孩。他失去了一切，回到了起点。我要坐上郊区居民坐的火车，躁动不安。

杰罗姆这个傻瓜已经在地下了！在他被砍头前的几天里，他们和好了。杰罗姆向他道了歉，他觉得这件事很可疑。我永远都不知道他当时在想什么了，我不确定他是不是希望我好。

"你在想什么呢？"斯泰拉一边做咖啡，一边问道。

他没有回答，继续摸手腕。他穿越俄罗斯、白俄罗斯、波兰、捷克、德国，都没有弄丢手表，却在离他家两步远的仓库里弄丢了！真是可怜，他真可怜。

"你在想什么呢？"斯泰拉重复了一遍，从他的眼睛里读到了幻灭。

跟我说说！大方点。

他没有动，摩挲着手腕，目光茫然。

他在找手表，是吗？

她把滚烫的咖啡壶放在他面前，上了楼。她把藏着小秘密的靴子倒了个底朝天，里面有她外婆给的珍珠、汤姆的第一颗乳牙、汤姆的一绺头发、图米耶尔[1]的一张照片，还有阿德里安在一家廉价女性饰品店买来的结婚戒指，打算在他们结婚那天戴。她把靴子里的东西倒在白色的床罩上，拿起阿德里安的手表，下楼去找他。

他在喝咖啡，用勺子搅了搅，然后双手抱住碗。他把夹克领口扣起来。

1.斯泰拉的一条狗的名字，参见前文。

"你冷吗？"

他茫然地笑笑，没有回答。

"你在想你的祖父，是吗？你在墓地里走的时候就在想他。你还跟他说了话。"

他抬起头，对她微笑，这次是灿烂的微笑。仿佛他对她张开了怀抱，让她趴在自己膝盖上，轻轻晃着她。

她把手表放在桌上。他吓了一跳，赶紧捂住手表，怕被她拿走。他的额头贴着桌子，低声说："谢谢，谢谢。"

"不仅如此！"她神神秘秘地补充，"不要动。闭上眼睛。"

他照做了，手表还攥在手心。

她拿起一支铅笔，那是苏珍的，她会把在广播里听到的菜谱记下来，又拿起一张活页纸，写了一个大大的四十万。

然后把这张纸放在阿德里安面前。

"睁开眼睛。"

他看着她，疑惑不解。

她拿起笔，又加了个"欧元"。

四十万欧元。

他调整了一下戴在左手手腕上的手表，问道："埃德蒙跟你说过了？"

"说什么？"

"他让我出四十万欧元，这样才能合作做生意？"

"什么生意？"

他把胳膊架在桌子上，讲了一遍。

这次轮到她沉默了，她要想一想。

过了一会儿，她坐到阿德里安对面，胳膊交叉放在胸前，用谈判的口气说道："这四十万欧元是从费尔南德那里得到的。这笔钱，我很想去取出来。别问我为什么，我不会跟你解释的，就这样。我得想一想。今天不行，现在不行。"

她耸了耸肩，目光黯淡下来。她摇了摇头，恢复了平静。

"这笔钱能让我获得自由和独立。我可以把它投入废钢铁厂，投入新项目。有了这笔钱，我们就可以贷款了，银行会朝我们张开怀抱。只是有一点，阿德里安……"

她盯着他的眼睛。

"在这场生意里，我们是平等的，好吗？我不会继续搬生铁和板材了，不会再弯着腰干活了。我想要一份工作，一份有趣的工作。我不知道要做什么，但我会找到的。"

他大笑起来。放声大笑，意味着放松和幸福，他很自豪能做她的男人，她也自豪能做他的女人。这个笑比所有的婚姻都有价值。

"我不能拿你的钱，斯泰拉。"

"可是……"

"我向你**借**这笔钱，我会还你的。一个硬币一个硬币地还，一张纸币一张纸币地还。"

"没必要。"

"有必要。我用这笔钱，是因为它会帮我走出我坠入的窟窿。但我会还你的。它是你的，是你赚来的。你知道吗？我们两个，去打一场胜仗！"

"我们两个……"斯泰拉红着脸低声说。

他不怕她的目光。

"就像我们结婚了？"她壮着胆子说。

"就像我们结婚了。"

*

二月二十六日，星期日。上午七点。一阵暴风雪席卷了纽约，从叶莲娜公寓的窗户往外看，唯一一带颜色的斑点就是在黑灰银三色的天空下闪烁着的红绿灯。奥尔唐丝和加里蜷缩在宽敞的红沙发上看电视。

"求你了，加里·沃德，把我抱在怀里，紧紧地抱着我。"

"你怯场了？"

"比怯场还惨！"

ABC 频道正在直播洛杉矶的奥斯卡颁奖典礼。好莱坞的阳光暖暖地洒在明星要走的红地毯上。名人时装秀开始了。她们停下，让人拍照，往后仰头，哈哈大笑，故作娇媚，耸耸眉毛。不能有一条褶子，也不能有一个流露不良情绪的动作。*微笑，微笑，微笑。*[1] 开心，开心，开心。这里水泄不通，就像晚上六点钟的地铁。

"这样根本看不到我的红裙子，"奥尔唐丝哀叹道，"看看这些人！他们都挤在红毯上。"

"红毯长一百五十米。会有一个小位置是属于你的。"

"我不想要一个小位置，我想要**所有的**位置。"

"别再这么消极，喘口气。"

"这场表演有四千三百万观众观看。"染着浅金黄色头发、名叫亚历山德拉的记者宣布，她的嘴动来动去，像在嚼口香糖。

"四千三百万，加里！要是伊内丝穿我的红裙就好了！"

她对着屏幕使劲比画着，仿佛在让大家让开，给**她的**红裙设置一道屏障。

有人敲门，奥尔唐丝祈求加里不要开。

"我不希望有人打扰我们，这件事太重要了。"

"可能是叶莲娜。"加里一边起身一边说。

"不！可能是你的一个朋友，要来跟你讨论一晚上的和声和升调'发'。这是属于**我的**夜晚。"

加里开了门，叶莲娜钻进客厅。她腋下夹着一条开司米的粉色披肩和盛土耳其软糖的盒子。

"我要跟你们一起看奥斯卡，一个人看太凄惨了。"

"好，但我们得集中注意力，"奥尔唐丝命令，"只要伊内丝还没出现，谁都不要说话。过会儿，我就不管了。如果你们愿意，关掉电视都行。"

---

1. 原文为英语。

"现在，你直呼她伊内丝了？"叶莲娜问道，觉得很好笑，她把披肩叠起来，放在膝盖上。

"她是我的朋友。她要穿我的红裙，希望如此，我命令她！"

她把两根食指摆成牛角的形状对着电视，压低嗓音尖叫着，变成了施魔法的女巫。

"我还以为我是在看恐怖电影呢！"叶莲娜在颤抖。

一辆白色的轿车出现了。在即将越过红毯时，它停了下来，艾玛·斯通在一阵闪光灯里下了车。她穿着一条带金色亮片的裙子，品牌是……品牌是……克里——斯——汀·迪——奥——，记者破开每一个音节说道。克里斯汀·迪奥成了一块嚼过的口香糖，粘在脚底。

"呸！**无聊**！"奥尔唐丝喊道，"没新意！"

另一辆车开来，接着再来一辆，然后又来一辆，贴着红地毯停下。拥挤到了极点。女演员们挺胸再含胸，微笑，前进，停下，再出发。她们就像一群机械娃娃。仿佛可以看到组装用的钥匙就插在她们背后。记者们被拦在安全线以外，递过话筒，招呼着，唾沫四溅。摄影师喊着各种名字。

"快，让**她**快点来啊！我受不了了！我要死了！"奥尔唐丝埋怨。

她蜷缩在沙发的一角。加里朝她伸出手，想要抚摸她的肩膀，但很快又缩回来了。还是小心点吧，别惹她生气。

一辆很长的车在前进。发动机罩上有一面法国小国旗和一面美国小国旗在飘荡。

"伊内丝！伊内丝！"奥尔唐丝喊着，跳了起来。"我的上帝！她要穿我的裙子！我向你们承诺，我要为我住的这条街上所有无家可归的人提供三周的食物。"

加里惊讶地抬起头。

"真的？"

"嘘……看！"

伊内丝走出汽车。她的秀发光彩照人，微笑光彩照人，**一袭红裙**如一束长条状的火焰，这是一条绝美的带拖尾的**红裙**。奥尔唐丝挺直了身子，脸上没了血色，瞪大了眼睛。她手指交叉，祈求好运继续下去。

"她穿了我的裙子，她穿了我的裙子！现在她要对着四千三百万观众说出我的名字了！我觉得我要晕过去了。加里！加里，你在哪里？"

加里伸出胳膊，她瘫倒在他身上。

记者亚历山德拉靠近伊内丝。她提到伊内丝的书《优雅的巴黎人》销量连续几周占据榜首，向她表示祝贺。伊内丝谈到了奥斯卡，谈到了电影艺术与科学学院，谈到了她有幸来到好莱坞，谈到了她代表的是法国，还谈到了电影……

"这些没人在乎！谈谈我的裙子！给大家展示一下！说出我的名字！说啊！"奥尔唐丝大喊。

伊内丝双手合十，祈祷被提名的法国演员获选。她还提到了他们的名字、他们的电影，提醒大家法国电影十分重要，还提到了梅里爱和卢米埃兄弟的地位。

"没有人在乎梅里爱和卢米埃兄弟！他们已经死了！说出我的名字！"奥尔唐丝声嘶力竭地喊道。

伊内丝还在微笑，她谦卑地低下了头，就像一个希望你一切都好的好闺密。她长长的红裙飘飘荡荡，在屏幕上光彩夺目。

"转个圈，展示一下这条裙子！快，快啊！**快啊！**"奥尔唐丝吼道。

亚历山德拉感谢了伊内丝，摸了摸她的头发，动作那么轻柔，让人看了恨不得变成她的一根头发。

"谢谢，亚历山德拉，也祝您度过一个美好的夜晚！"

她谈到了所有人，唯独忘了我。

"祝法国好运！"亚历山德拉用法语说道，语调像软软的面条。

"谢谢，亚历山德拉！"伊内丝鞠了个躬，像个灵魂得救的佛教徒。

"我才不在乎她是不是叫亚历山德拉！"奥尔唐丝咒骂道，"说出我的名字！"

她绝望地叹了口气，跳起来，又坐回垫子上，直起身子喊道："往前走啊，不然裙子就要夹在车门里了！不是，她没看到吗？我的裙子要撕破了！要撕破了！"

她捂住眼，瘫倒在沙发上，对着沙发一阵拳打脚踢。

"她没有说我的名字！她忘了！而且如果她不动，那条裙子会撕破的！"

"不！你马上就会看到，她会回到记者身边，对她说：'对了，我穿的这条绝美的裙子，是奥尔唐丝·柯岱斯设计的。'然后她会对着摄像头微笑。"

"你在做梦吧！"奥尔唐丝愤怒不已，"完蛋了！她把我忘了！"

"真遗憾，"叶莲娜放弃了，"本来能给我们打个好广告的。"

"她——忘——了！我不敢相信！"

"这是她第一次走红毯，她太激动了……"加里试探着说。

"真是一场噩梦。我真希望轿车化成一阵烟消失，裙子烧成灰，撒在好莱坞！"

事情不是这样的。

轿车慢慢启动。裙子的拖尾被车门夹住了，布料延展，延展到最后形成了一道长长的红色屏障，把新来的人挡在了红毯外面。大家喊着让司机停车。他继续往前开，屏障继续铺展，把一堆记者、摄影师和名流挤倒在地，聚集了一群好事者的看台跟着摇摇欲坠。很多人在地上滚，有的跳起来尖叫着，男人弄掉了假发，女人弄掉了珠宝、假发套和胸垫。人群嘈杂到了极点。

伊内丝被两班人马挤在中间，挣扎着不想摔倒，还站在那里，如同一位不可撼动的首领，正迎战狂风暴雨。

司机终于刹住了车。他下了车，看到造成的损失，打开后车门，如同鞭子一挥，把布料松开。痛苦的伊内丝穿的裙子又恢复了原形。众人纷纷鼓掌，舒了一口气。刚才大家害怕极了，害怕发生了最坏的事。地震了？还是出了谋杀案？

伊内丝镇定下来，冷静地宣布她一点事都没有："华纳兄弟工作室下一部灾难片的开头也不过就是如此了。"所有人都笑了，表示赞赏。

"那我的名字呢？现在可以说了吧？"奥尔唐丝扯着一个坐垫，喘着粗气。

记者惊异不已，提醒大家注意，裙子一点都没有钩破。它又恢复了原形，裹在伊内丝身上，仿佛什么事都没有发生。这是什么怪事！**那些法国人哟，哈哈哈！**[1]他们没有石油储备，奇思妙想倒是一大堆，亚历山德拉嚼着口香糖，翻来覆去想着这句传诵千年的古话。

"您应该是想问，这是什么布料？"伊内丝纠正她，"这是一种革命性的材料，它贴合身体，具有塑形之效，能把普通女性变成性感女星！这种布料是由一位法国艺术家研制的……"

"这位**法国设计师**的名字是什么？"亚历山德拉觊觎着裙子，娇媚地问。

"奥尔唐丝·柯岱斯，"伊内丝笑容灿烂地说，"奥尔唐丝·柯岱斯，你们要记住这个名字，她很快就会与可可·香奈儿齐名。她是一位有才华、优雅、充满雄心壮志的年轻女孩。**典型的巴黎人！**"

奥尔唐丝喜极而泣。她说出来了！她说出来了！**四千三百万观众听到了！**

伊内丝不仅说出了她的名字，展示了这条裙子，而且还证实了这种布料确实是**革命性的**。

第二天，网络上、电视上、报纸上，所有人都在谈论伊内丝的红裙。**伊内丝的红裙。神奇的法国布料。**布料、裁剪、紧身效果、结实、充满魅力。美国国家航空航天局打算采购这种布料，给宇航员做衣服，商人们想用它制作降落伞、雨衣、汽车座椅、船帆和冲浪板。**"还能做什么？"**评论家问。

美国女性在电话本上搜寻这位法国女孩的地址，要找她买各种款式的衣服。

1.原文为英语，下同。

奥尔唐丝惊叹不已，她见证了自己的品牌走向顶峰。**巨大的成功，巨大的成功。**

她不能再等了，她要把一切讲给小马塞尔听。

"小马塞尔！小马塞尔！"

电话那头传来一阵咔嚓咔嚓的声音，像得了感冒，最后变成了痛苦的尖叫声。

"是……几点了？"

"小马塞尔？是你吗？"

"是……"

"你怎么了？"

"我找错了树。我搂住了一棵白杨。这种树是不吉利的，它是专吸能量的吸血鬼。它吸走了我所有的能量，给我塞了好多消极思想！"

"哎哟哟，可怜的你！"

"对不起，奥尔唐丝，在伊内丝的事上我什么也没有帮上。"

"你什么也没有帮上？" 奥尔唐丝大喊。

"没有。"

"什么也没有？"

"噢……我的爱人！真是致命的缺点！我搂住那棵树，以为那是棵白蜡树，会给我能量和创意，结果被打败了，灰心丧气，只有一个想法，那就是死。我睡了一天一夜，把伊内丝和裙子的事抛在了脑后。"

"这么说来……我跟你一样强大！"

"你为什么这么说，我的美人儿？"

于是奥尔唐丝仔仔细细给他讲了红毯的事，一边讲一边隐隐约约地觉得自己在慢慢变得无所不能。

伊内丝在红毯上介绍过红裙之后，订单暴增。人们寄来空白支票、密码写在名片上的信用卡，还要送她改装过的波音飞机。人们给他们开豪华旅馆、宫殿和皇家套房。人们争相抢夺**法国设计师**[1]Oortince Cortèèèèsse。还有人说她叫 Ooortin Cortaize。人们断言，她是马丁·斯科塞斯[2]的女儿，葛丽泰·嘉宝[3]的侄孙女，印度土邦主之妻普可拉妮的继承人。"不"，她反驳道，"我是**来自巴黎的法国人**[4]，我母亲叫约瑟芬，妹妹叫佐薇，我的狗叫杜·盖克兰。我吃羊角面包、长棍面包和风干灌肠，戴贝雷帽。"

女顾客订单不断、热情不减。甚至有人睡在了她的门毡上。她们在等一件衣服，它集合了这种**出了名的**布料，以及奥尔唐丝·柯岱斯**出了名的**裁剪。

让－雅克·皮卡尔和叶莲娜胳膊起起落落，已经完全应付不过来了。

奥尔唐丝想要休息一会儿。她蜷缩起来，躲到加里的钢琴下面，抚摸着她男人的脚踝和地毯的绒毛。我想要什么？想要女性漂漂亮亮的。还想要什么？想让所有的女性都能拥有奢侈和美丽。你害怕因为违反神圣的规则，惹得别人不愉快，或者引起愤慨？规则是我定的。好。你要怎么解释这种变革呢？我会说，这是时代使然！新系列应该在演出之后就能立刻买到，而不是要等四个月，而且只有寥寥几位特权人士才能买到。四个月啊！太久了！

名声只能持续片刻。

如果她没有抓住这个机会，疯狂销售各种款式，那她很快就会被遗忘。如何解决？只能不管别人的看法，抛弃高级定制时装的概念，投身高级流行服装业。这是一种普及的、快速的、即时的高级时装。这将是她的语言元素，跟罗兰·巴特的语言一样艰涩。高级流行服装应运而生。

接下来只需通知叶莲娜和让－雅克·皮卡尔。

---

1. 原文为英语。
2. 马丁·斯科塞斯（Martin Scorsese, 1942—），美国导演、编剧、制片人、演员。
3. 葛丽泰·嘉宝（Greta Garbo, 1905—1990），瑞典籍好莱坞演员。
4. 原文为英语。

叶莲娜喊道："不可能！"

让－雅克·皮卡尔挂掉了电话。

奥尔唐丝坚持己见。叶莲娜在思考，皮卡尔又打来了电话。皮卡尔在思考，叶莲娜又打来了电话。

他们也坚持己见。

奥尔唐丝又回到了钢琴下面。

她凝视着金色踏板上加里的脚踝，抚摸着它，抚摸着地毯的绒毛。

她要再给皮卡尔打电话。

"你生气吗？"她问。

"你都没跟我们谈谈，就决定改变一切。是的，我生气了。"

"勃然大怒？"

"差不多吧，但我主要是不想走向毁灭。做这种决定需要反复思考。我们不能头脑一热就行动。"

"有时候就是要快，要非常快。"

"这样做出的是错误的决定。"

"我们已经无能为力了，让－雅克。我们接到几百个订单。我们不知道该如何满足所有人了。"

"这很完美，你创造了欲望。"

"我害怕人们会忘记红毯时刻。"

"不会忘记的，我向你保证。我们需要提醒大家。我们得制定战略。我们要深思熟虑才能行动。"

"结果是什么？"

"你要等待。"

"我讨厌这个词。"

"在行动之前，你得再等一个季节。过了这个季节，才能充分评估新的经济需求，找到能够生产奢侈成衣系列的工厂，并对其进行考察……"

"高级流行服装，我要推出这个概念。"

"随你怎么说！没人在乎。还要招募一个新团队,因为这等于换行业了。"

"这样我得等到什么时候？"

"如果我们决定进军这个方向,你得在七月设计出一个新的高级服装系列, 然后等九月再介绍你的首个……高级流行服装系列。你要马不停蹄地工作……"

"这我倒不怕！"

"太好了。还有别的想法吗？"

"没有了。"奥尔唐丝嘀咕道。

"没有要补充的吗？连一句'谢谢你,让－雅克,你说得对'都省了？"

"谢……"

她停下,不说了。她不想说。

"好吧,"皮卡尔说,"等你知道想说什么了,我们再合作。在那之前, 先**干活吧！**"

*

这是一个灰蒙蒙的清晨。因为寒冷,初中的窗户上凝结了一层层霜。 老师们每遇到一位同事都会说: "已经不知道穿什么衣服了！前一天还像 在西伯利亚,第二天就像在迈阿密！真不敢相信这是三月！"这天上午, 达科塔没有来学校。昨天,他把她送回家时,她神情焦躁,像受了伤。她 躲开了他的目光,回答他的话也支支吾吾。他把她拉到黑栅栏后面那棵加 拿大枫树下,想跟每天晚上一样吻她,慢慢地呼吸着刚割过的青草的味 道……她扭过头。

"为什么？"他喊道,要求该得的权利。

"我不想。"

"是因为你转过身时,椅子就不存在了？你的问题很难回答。得多给 我一些时间！"

她从树上扯下一根树枝,观察着它,仿佛不为所动。她手指脱了皮,舔了舔血珠，闭上眼睛，她仿佛已经死了。**是的，死了。**她放弃了生命。

今天上午，她没来上学。

她可能真的死了。

他趿拉着鞋走出初中。

"你会把鞋磨坏的！"蒙德里雄夫人说，她正好从院子里经过。

她欢快地跑着。她决定在复活节假期前向他颁发优秀学生公民证书，举办一场盛大的庆祝活动。她忙得焦头烂额。

他推开想给他看新牙齿矫正器的米拉，还有买了安德玛新款篮球鞋的诺亚。那个牌子在美国风靡一时，他们还刚刚请了特迪·里内[1]代言！

"我不在乎。"汤姆咕哝道。

"你真没意思！"诺亚抱怨道，"你真让我心烦！"

"走开！再见！"

就算他不知道如何解释转过身时椅子是否存在，那也不是他的错。他在网上查过了，但什么也没找到。他问了乔治，乔治当面嘲笑了他。他父亲从来没听说过这种事，他母亲也是。他可以谈论狐狸和狐狸崽子的生活，还有烤猪蹄——因为他见乔治做过，会谈论康特雷尔先生的肉饼切片，鹦鹉的性生活，月亮对莴苣的影响，或者诸如此类的东西，但谈论不了椅子是否存在。对他来说，这太难了。她那种女孩，得时时刻刻给她**惊喜**。

他问了他母亲的朋友卡米耶。他也不知道。汤姆刚刚读了塞林格的一部中篇小说，让他想破了脑袋。*捉香蕉鱼的好日子*。他曾尝试跟达科塔聊聊。她是塞林格的粉丝，读过他所有的书。她没有灵感。

应付这个女孩真费劲。

他瞥到达科塔父亲的车停在道路尽头。他走过去，紧贴着车。

1.特迪·里内（Teddy Riner, 1989—），法国柔道运动员。

达科塔摇下车窗。

她的脸色看上去像吃了太多巧克力，眼圈是黑的，鼻子也歪了，不在脸正中间。

"你生病了？"他在人行道上刮着篮球鞋问。

"我要出发去纽约了。"她摆弄着后视镜，嘟囔道。

纽约是哪里？他先想了想，立刻反应过来，喊道："你要走了？"

"我父亲把房子卖掉了。他在等学校确定不会改名为雷－瓦伦蒂初中，然后离开。似乎已经定了，他去见校长了，我在等他。"

"你真的要走吗，不等这一学年结束了？"

"他给我注册了纽约的法国中学。"

"你什么时候走？"

"明天。"

"明天！"

但她什么都没跟他说！

"你知道这件事多久了？"

她沿着后视镜的边缘，弄湿了手指，把表面擦干净了。他不知道她是不是在难过。她心不在焉的，他不确定她是否难过。

"我们不会再见面了？"

"嗯，不会了。"

"你不会参加下周的优秀学生公民证书颁发仪式了……"

她试图把卡在后视镜里的一根嫩枝条抠出来。她咬紧牙关，眯缝着眼，扯着树枝。

他不知道该说什么。走不走，对她来说似乎都一样。

"呃，好吧……那么，再见了！"

"再见。"

她叹了口气，把一只手伸到大腿下面，轻轻晃了晃，又重复了一遍："那么再见了！"

然后摇起车窗。

他拔腿就跑，赶紧离开。

要远离这场不幸。

他母亲是怎么说的？她说失恋之苦都是要经历的，说这是一生中最灰暗的日子，但是之后就免疫了，就可以平静地相爱了。是啊，他要经历人生的第一场失恋了，真可怕。

他得问问母亲会痛苦多长时间。十个星期，还是十年，毕竟不一样。

如果是十年，他受不了。

他朝客车司机打了个手势，让他等一下。他跑过去，爬上车，坐在最里面。这样他就可以一个人待着了。不，十年，他受不了。但这种情况应该比较少。只有在电影里或书里才有。

他的手机响了，是一条短信。他没看，他不想看。他要跟她一样，不用手机，不用脸书，不用社交网站，那些东西是给白痴和肤浅的人用的。她是怎么说的？说那样会破坏想象力，浪费时间，破坏期待，破坏沉默。

他那么想她！他依然会说话，但永远言不由衷。

还有吻……永远不再有。

还有他送她回家时，她温热的小手放在他的手里……永远不再有。

她写得那么好的作文……永远不再有。

她眼皮上下翻飞的眼睛……永远不再有。

刚割过的青草的味道，剪刀一般的目光，在脸上歪着的鼻子……

他把脸贴在窗户上。窗户比冰块还要凉，皮肤像贴在了玻璃上一样。

然后他听到有人说："**给你的手机充电。**"他耸了耸肩膀。他不想。"**给你的手机充电。**""我不想充。"他重复了一遍。"**给你的手机充电，糊涂虫。**"

他突然明白过来，是小马塞尔。他学到了新词语。

他拿出手机，点了一下"信息"。他看到了。

"你是对的，很实用。"署名是**达科塔**。

*

　　朱莉让斯泰拉把杰罗姆住过的阁楼清理干净。得把钥匙交给房主，她不想碰杰罗姆的东西，把它们分类然后扔掉，不想面对杰罗姆的牙刷。

　　"你不会觉得烦吧？说真的？"

　　"不会，傻姑娘。"

　　"什么也不要拿给我，都给埃莫和蒙特罗吧。"

　　她抚摸着肚子，仿佛从今往后，杰罗姆就住在那里。她感觉自己对他的死负有责任。这很蠢，她知道，但她确实**梦到**过他死了。梦到他**被砍头了**，而且梦到过好几次。可能是因为梦境过于强大，于是变成了现实。这种想法让她病恹恹的。她宁愿想想未来，想想宝宝，想想米托西尔软膏[1]，想想母乳。

　　"至于家具，你把能装的都装到卡车上，然后倒在垃圾场。剩下的，房主说他会处理的。他在电话里听起来很友好，还慰问了我。"

　　"那证件呢？照片呢？"

　　"你先收着。等我坚强一点再来保管。"

　　斯泰拉拿了一百升的垃圾袋，还有海绵、橡胶手套、漂白剂和含氨水的晶杰牌清洁剂，然后就出发了。

　　房间里的陈设简简单单，一张桌子，两把椅子，一份邮局给的年历，钉在墙上。沙发陷下去了，地毯磨旧了，护墙板是塑料的，一眼就看得出来。有几个地方罩子破了，电线露在外面。有一个奇怪的细节：到处都有带花边的小桌布。这是为了遮盖污渍？电视前面的矮桌上放着一个空啤酒瓶，一片橡树的黄叶子撒落在地。

　　斯泰拉决定把电视搬走，她要把它送给埃莫。她打开第一个垃圾袋，把手边所有的东西都扔了进去。这副手套还真是戴对了。

---

1. 米托西尔（Mitosyl）软膏，一种用于治疗初生婴儿湿疹红臀的药膏。

她走进卧室。一只蜘蛛从她脚下爬过去，闻起来一股霉味和汗味。她打开百叶窗，取下床单，继续往垃圾袋里塞。

壁橱里挂着两件上衣、几条牛仔裤、一件派克大衣、几件白衬衫和几条领带。是为出入餐厅准备的？她弯下腰去捡鞋子，撞倒了一个木箱，把它翻了翻。里面放着他的证件。有几张发票、一份保险合同、几张说明书、几页银行单据。她要收起来放好，朱莉可能会用到。难道不应该让杰罗姆的家人来保管这些证件吗？他们还没结婚呢。不管了！她先都装起来，以后再说吧。她双手抓过一个档案袋，里面掉出一些证件和照片。看，那是他在棕榈树下出发时拍的。旁边是他的妻子，还有他买彩票的收益。他妻子长得像谁？

她从一堆照片中抽出一张。这是一位金发女士，穿着写着"我爱苏西"的 T 恤。这位苏西真不错，至少在照片上是这样。她笑着，金发，有酒窝，头上戴着蓝绿色的发卡。他应该很爱她。照片跟一小截报纸夹在一起，报纸讲的是一场悲惨的摩托车事故。为什么他要留着这个？

在苏西的照片上，杰罗姆用黑色比克笔写着："不该瞧不起我！""活该！""永远不会发现！"

永远不会发现什么？

那篇文章记录了这场事故，两具尸体嵌在了一起，受害者的丈夫杰罗姆·拉罗什是个起重机司机，他在两具尸体旁，伤心欲绝。但他用黑色比克笔写下这些评论时，可不像伤心欲绝！

接下来是葬礼的照片，是杰罗姆的一个朋友拍了寄来的，为的是"让他的悲痛成为永恒"。杰罗姆一身黑衣。他的上衣袖子太长，遮住了双手。他旁边还有两个人，斯泰拉认出来了，就是那位穿黄色礼服的先生；还有他的妻子，就是那位喊"杀人犯"的女士。她怀里抱着一个花圈，条幅上写着："献给我挚爱的妹妹。"

斯泰拉把这位朋友的信和照片、苏西的照片和杰罗姆乱写的字放下。她咬着嘴唇，耳畔响起葬礼上那位姐姐说的话："杀人犯，杀人犯。"

她给约瑟芬打了电话。

约瑟芬认真地听着。

"现在我该怎么办？我要报警吗？"

约瑟芬说她要思考两分钟，之后又打来了电话。

"你什么也别说。"

"我什么也别说？"

"不说。这件事不该你去做，也不该朱莉去做，应该让苏西的家人去做。我觉得那位姐姐很有勇气，不是吗？"

"的确！"

"那么……就让她去吧。"

"我也希望这样。我不想当告诉她这个坏消息的人。我要怎样告诉朱莉，她孩子的父亲是个罪犯，你能想象出来吗？"

"不能！你很了解他吗？"

"大概只知道他是朱莉的男人。"

她不想聊杰罗姆的事。她更想聊聊朱莉，聊聊等待孩子降生的她多么幸福。

"其他的呢？"约瑟芬问。

"一切顺利。汤姆拿到了优秀学生公民证书，阿德里安处理了很多数字，跟埃德蒙讨论。我要有一份新工作了，我要当朱莉的助手，还不错，不是吗？啊，对了，我还忘了：初中不会改名为瓦伦蒂初中了。我赢了！"

"校长不能用铜管乐队了，她不难过吗？"

"我不知道，也不在乎！对了，你知道那些匿名邮件是谁发的吗？这件事你不要告诉任何人，嗯？你保证？"

"斯泰拉！圣沙朗的人我一个也不认识！"

斯泰拉笑了。她的笑声突然温柔起来，像个孩子。

"是卡米耶，我在多媒体图书馆的朋友。没有人知道，他是昨天晚上承认的，他脸都红了。"

"你妈妈呢？"

斯泰拉捂着嘴扑哧一声笑了出来。

"她在跟埃德蒙喁喁私语,他们再也分不开了。他给她塞了好多礼物,还送了她一辆车!一辆白色带敞篷的雷诺丽人行。她真是惹眼!"

"埃德蒙的妻子呢?"

"她什么也没发现。"

"可能持续不了多久了……"

"停!你会给这对恋人带来不幸的!你呢,你怎么样?"

"我很好,我觉得我已经摆脱更年期抑郁症了。"

"因为……"

"嗯,是的……这可不是什么快活的事,我向你发誓!但现在好些了。菲利普是个好情人,他一直都是。我的运气真好。"

"佐薇呢?"

"她不会再回修道院了。她参与了一部动物片,打算画漫画,还有,你听了会笑死的,她现在太有钱了。她什么都不做,却能到处拿钱!"

"怎么回事?"

"她买了她姐姐的公司和表哥公司的股票,她姐姐的公司在纽约,表哥的公司在伦敦,两家公司都赚了钱。她就收股息。她这个人可是不喜欢钱,见了钱就像见了霍乱啊!"

"她还跟你住在一起吗?"

"是的,但我觉得她很快就会搬出去的。搬到离我不远的地方,一个人住。"

"你会去伦敦生活吗?"

"我觉得不会。因为英国脱欧,菲利普可能会回巴黎。"

"好了,我得去把垃圾袋装满了。再见,我的美人儿!"

"亲吻所有人!"

*

斯泰拉推开重重的床罩,看了看时间。米奇闹钟显示是六点半,阿德里安还在睡觉。他的鼻翼上有一道墨痕。她下了床，伸了伸腿，穿上背带裤和大套头毛衣，进了厨房，往炉子里添了火，用火钳拨了拨灰烬，让火重新烧起来。

她坐在锅旁边的台阶上。装着杰罗姆证件的垃圾袋就放在厨房的一个角落。她把袋子放进酒窖，藏在放酒瓶的格子柜后面。科斯托和卡博在她脚下睡觉。她抚摸着它们的耳朵。她翻了翻口袋，找到一个旧网球，扔了出去。它们跑过去捡起来，开始打架。锅烧热了，她伸出手，张开两个手掌，闭上眼睛：我接受，我接受已经发生的事，我接受已经降临的事，我接受已经离开的事，我什么也抓不住，生活就是这样。阳光和爱，夏天，冬天，幸福，痛苦，长大的汤姆，沉思的阿德里安，坠入爱河的妈妈，老去的苏珍，老去的乔治，还有鼓起勇气的卡米耶。任何东西都无法永远拥有，时间不行，爱情不行，阳光不行，生命也不行。我们做不到。七点了，闹钟要响了，我要给我的男人们准备早餐了。

要不我给他们做培根鸡蛋吧？

继《鳄鱼的黄眼睛》《乌龟的华尔兹》《中央公园星期一的松鼠好悲伤》及三卷本的《姑娘们》之后，您再度遇到了：

巴黎，在约瑟芬周围

普利索尼埃·柯岱斯一家

约瑟芬·柯岱斯：50岁，昂丽耶特·普利索尼埃和吕西安·普利索尼埃（已故）的女儿，安托万·柯岱斯（已故）的遗孀，菲利普·杜班的女友，奥尔唐丝和佐薇的母亲。伊丽丝·杜班（已故）的妹妹。斯泰拉·瓦伦蒂同父异母的姐姐。

安托万·柯岱斯（已故）：约瑟芬的丈夫，奥尔唐丝和佐薇的父亲。

奥尔唐丝·柯岱斯：25岁，约瑟芬和安托万·柯岱斯的女儿，加里·沃德的女友。

佐薇·柯岱斯：20岁，约瑟芬和安托万·柯岱斯的女儿。

昂丽耶特·普利索尼埃：72岁，吕西安·普利索尼埃的遗孀，与马塞尔·戈罗贝兹离婚，约瑟芬和伊丽丝的母亲。奥尔唐丝和佐薇的外祖母。

吕西安·普利索尼埃（已故）：昂丽耶特的第一任丈夫。约瑟芬·柯岱斯和伊丽丝·杜班的父亲。莱奥妮·瓦伦蒂的情人，与其生有一女，即斯泰拉·瓦伦蒂。

杜班一家

伊丽丝·杜班（已故）：菲利普·杜班的妻子，亚历山大的母亲，约瑟芬的姐姐。

菲利普·杜班：55岁，伊丽丝·杜班的丈夫，约瑟芬的男友，亚历山大的父亲。

亚历山大·杜班：20岁，菲利普和伊丽丝的儿子。

戈罗贝兹一家

马塞尔·戈罗贝兹：74岁，昂丽耶特·普利索尼埃的前夫，若西亚娜·朗贝尔的丈夫，小马塞尔的父亲。

若西亚娜·朗贝尔：46岁，马塞尔·戈罗贝兹的妻子，小马塞尔的母亲。

小马塞尔：7 岁，马塞尔和若西亚娜的儿子。

朋友和熟人

叶莲娜·卡尔霍娃：92 岁，俄国伯爵夫人，奥尔唐丝的资助者。

加里·沃德：25 岁，英国人，雪莉·沃德和邓肯·麦卡勒姆（已故）的儿子。英国女王伊丽莎白二世的外孙。奥尔唐丝·柯岱斯的男友。

雪莉·沃德：46 岁，加里·沃德的母亲，约瑟芬最好的朋友。英国女王伊丽莎白二世的秘密女儿。

卡吕普索·穆涅斯：加里·沃德的女友。技艺精湛的小提琴家。

罗伯特·西斯特龙：叶莲娜·卡尔霍娃的秘书和重要帮手。

蕾雅：佐薇·柯岱斯最好的朋友。

安托瓦妮特：超模，奥尔唐丝的美国朋友。

伊菲姬尼：门房，约瑟芬·柯岱斯的朋友。

加埃唐·勒弗洛克－皮聂尔：20 岁，佐薇·柯岱斯的前男友。

圣沙朗，在斯泰拉周围

瓦伦蒂一家

雷·瓦伦蒂（已故）：费尔南德·瓦伦蒂的儿子，莱奥妮·德·布拉沙尔的丈夫，斯泰拉·瓦伦蒂名义上的父亲。

莱奥妮·瓦伦蒂：62 岁，婚前姓德·布拉沙尔，雷·瓦伦蒂（已故）的妻子。吕西安·普利索尼埃的情妇，与其生有一女，即斯泰拉·瓦伦蒂。

费尔南德·瓦伦蒂：77 岁，雷·瓦伦蒂的母亲，斯泰拉·瓦伦蒂的祖母。

斯泰拉·瓦伦蒂：35 岁，莱奥妮·瓦伦蒂和吕西安·普利索尼埃的女儿，阿德里安·科苏利诺的女友，汤姆的母亲。

阿德里安·科苏利诺：俄国人，35 岁，斯泰拉·瓦伦蒂的男友，汤姆·瓦伦蒂的父亲。

汤姆·瓦伦蒂：近 11 岁，阿德里安·科苏利诺和斯泰拉·瓦伦蒂的儿子。

乔治和苏珍：兄妹，德·布拉沙尔城堡原来的仆人，斯泰拉、阿德里安和汤姆居住的农场的业主。不久前，莱奥妮也住进了这座农场。

库尔图瓦一家

埃德蒙·库尔图瓦：62岁，索朗热·库尔图瓦的丈夫，朱莉·库尔图瓦的父亲，废钢铁厂的老板。

索朗热·库尔图瓦：埃德蒙·库尔图瓦的妻子，朱莉·库尔图瓦的母亲，无业。

朱莉·库尔图瓦：36岁，埃德蒙和索朗热·库尔图瓦的女儿，杰罗姆·拉罗什的未婚妻，斯泰拉·瓦伦蒂最好的朋友。

杰罗姆·拉罗什：46岁，废钢铁厂员工，朱莉·库尔图瓦的未婚夫。

朋友和熟人

在废钢铁厂周围

博尔津斯基：俄国商人，与阿德里安·科苏利诺来往。

布布、侯赛因、莫里斯：废钢铁厂工地员工，阿德里安·科苏利诺和斯泰拉·瓦伦蒂的朋友。

米兰：俄国移民，阿德里安·科苏利诺的朋友。

兹比格：农民，农场邻居，与杰罗姆·拉罗什和斯泰拉·瓦伦蒂来往。

在斯泰拉·瓦伦蒂周围

卡米耶·格拉桑：32岁，圣沙朗多媒体图书馆员工。

阿明娜：圣西尔雏菊疗养院护士，斯泰拉·瓦伦蒂的朋友。

玛丽·德尔蒙特：记者，斯泰拉·瓦伦蒂的朋友。

在汤姆·瓦伦蒂周围

达科塔·库珀：11岁，美国人，汤姆的初一同班同学。

库珀先生：达科塔·库珀的父亲。

费利埃夫人：汤姆所在初中的校长。

蒙德里雄夫人：汤姆的老师。

著作权合同登记号：图字 18-2022-030

图书在版编目（CIP）数据

三个吻：全二册 /（法）卡特琳娜·班科尔著；唐洋洋译 .-- 长沙：湖南文艺出版社，2022.3
ISBN 978-7-5726-0006-7

Ⅰ.①三… Ⅱ.①卡… ②唐… Ⅲ.①长篇小说—法国—现代 Ⅳ.① I565.45

中国版本图书馆 CIP 数据核字（2022）第 025301 号

上架建议：畅销·外国文学

SAN GE WEN：QUAN ER CE

三个吻：全二册

作　　者：［法］卡特琳娜·班科尔（Katherine Pancol）
译　　者：唐洋洋
出 版 人：曾赛丰
责任编辑：匡杨乐
监　　制：邢越超
策划编辑：韩　帅
特约编辑：王　屿
版权支持：刘子一　文赛峰
营销支持：文刀刀
封面设计：梁秋晨
版式设计：潘雪琴
出　　版：湖南文艺出版社
　　　　　（长沙市雨花区东二环一段 508 号　邮编：410014）
网　　址：www.hnwy.net
印　　刷：三河市兴博印务有限公司
经　　销：新华书店
开　　本：880mm×1270mm　1/32
字　　数：614 千字
印　　张：20
版　　次：2022 年 3 月第 1 版
印　　次：2022 年 3 月第 1 次印刷
书　　号：ISBN 978-7-5726-0006-7
定　　价：79.80 元（全二册）

若有质量问题，请致电质量监督电话：010-59096394
团购电话：010-59320018

TROIS

三个吻

（上册）

KATHERINE
PANCOL

［法］卡特琳娜·班科尔◎著

唐洋洋◎译

BAISERS

湖南文艺出版社
HUNAN LITERATURE AND ART PUBLISHING HOUSE　博集天卷
CS-BOOKY

献给你……

让我们在热吻中启程，

走向未知的世界。

——阿尔弗雷德·德·缪塞[1]

1.摘自缪塞《五月之夜》，译文参照《缪塞精选集》（缪塞著，李玉民编选，山东文艺出版社，2000年11月）。选段译者为王文融。（本书注释如无特殊说明，即为译注。）

Trois baisers

第一部

七点十分。闹钟响了。米奇张开双臂遮住表盘，晃动着，两条瘦瘦的腿像在蹬自行车。**起床了，起床了** [1]，它带着鼻音喊。斯泰拉敲了敲米奇的脑袋，睁开眼睛。

又立刻闭上。

她紧紧闭着眼睛，不想睁开。危险，危险。不要动。小声呼吸。枕头上的左胳膊肘不要动，右胳膊肘继续贴在腰间。不要去挠发痒的眼皮。让别人以为她还在睡觉，她不在这里，躲在被单下瑟瑟发抖的不是她。

它卷土重来。

她的喉咙里仿佛有棉球爆裂了。这不可能，不可能卷土重来。一切顺利，请你平静。九月，汤姆升入了初中，此事顺顺利利，他只是换了词汇表，用了新发胶。阿德里安在废钢铁厂工作，埃德蒙·库尔图瓦给他安排的任务越来越多，他学习管理和市场，到国外出差。不久前，他拿到了法国的欧盟护照，上面写着阿德里安·科苏利诺。"我是世界公民了。"他捧着这本珍贵的证件说。他买了一条银灰色的领带、一套海军蓝西装、几件意式领子的白衬衫，还有一个公文包。莱奥妮穿着带花的半身裙和蕾丝短上衣，意醉神迷地看着蓝脑袋的山雀，还有打着转儿从树上飘落的红叶，在拼接工作坊学刺绣、做花边。苏珍一边按摩着腰，一边感叹大地平坦，读法国《星期日报》：约翰尼

---

1. 原文为英语。

遇到麻烦了，瓦妮莎赢回了第二局，米歇尔·奥巴马演技不凡！乔治从菜市场回来后，点评了一番圣沙朗的野猪，他负责照看花园、树木、牲畜和菜园，周日用肥皂洗他那辆红色甘果车[1]，然后瘫倒在沙发上看电视新闻。

每个人都找到了自己的标签。

一切顺利，我也很好。

她要重新睁开眼睛，数着一，二，三……我错了。也怪我，我总怕它卷土重来。

雷·瓦伦蒂死了，坠入了火中。你记得吧？[2]

是因为公证员的那通电话？

他说有新进展，要跟我们见面。

她不喜欢这种事。

前一天晚上，她吃多了。天气很好，十一月的夜晚恍如夏日，暖风轻拂大地，狗趴在地上吐着舌头。"我们得庆祝我签了个数额巨大的合同，"阿德里安说，"走吧，我们到外面吃饭，点上蜡烛，喝起美酒！"他拍了拍手，他们立刻在露台上架起了桌子，就像动画片里那么快。他们拿出刀叉、酒杯、盘子、面包、葡萄酒、奶酪、沙拉、香肠、生火腿、酸黄瓜和西红柿，还有苏珍做的砂锅，全都摆在红白格子的桌布上，汤姆加了些饼干和一份热尔韦巧克力冰激凌。他们坐下来，开了一瓶马孔葡萄酒。"为爱情干杯，为生命干杯，随便为什么干杯吧！"汤姆说，"生命、爱情，这些东西让人害怕！"于是他们就为驴、乌龟、鹦鹉、猪、母鸡、鸡雏、土豆和狗干杯，狗听了直起身子，对着砂锅流起了口水。他们喊着"祝你胃口好"，像打仗一样，叉子直直地对着天，胳膊架在桌子上。他们扑向盘子，狼吞

---

1. 甘果（Kangoo），法国汽车品牌雷诺的一个车系。
2. 本书后附人物介绍。——原注

虎咽地吃着糖渍柠檬酱牛肉，撕着长棍面包，吮吸着蘸了调味汁的面包，满嘴油光，又开了一瓶酒。噢哟，瓶底留给了汤姆，得让他知道，不管怎么说这玩意儿都比可乐好，他们又吃了一个冰激凌球，抚摸着吃撑了的肚子，感叹吃得太多了。她不得不把腰带松开两个扣，把胸衣的扣子解开。得小心点，别让人看见。已经入冬了，天色阴暗，这也不难做到。她心想，我真是头大母牛。她感到羞耻，想扇自己耳光。明天我就不吃了，我保证，我发誓，我为什么要吃成这样？阿德里安从桌子底下伸过手，她都没有力气去抓，他微笑着看着她，笑容倏忽而逝，对她说："走吧，我们去睡觉吧，我想要你，想要你……明天再收拾吧。"

他们把东西丢在桌上，上楼睡觉。

他们又吃又喝，又喝又吃是为了忘记公证员打过电话吗？

在电话里，他说："我需要跟您见面，有急事。"

"怎么个急法？"她把一绺金发拢到后面，拔着眉毛问。

"就是急，您和您母亲都得来，我等你们。周六上午见。"

"可是……"

他挂了电话。

不。她吃得太多，如此而已。她重了五公斤。胸衣也大了一个码。她的身体不再受她控制。他也跟她一起变胖了。很快，她跟他说话时，就会觉得他像个陌生人。她会把他藏起来，因为她感到羞耻。很快，她就得用别针把橙色的背带裤别起来。她心想：为什么我要这样暴饮暴食？

"这是因为幸福，"那天晚上阿德里安一边说，一边把她拉进怀里。"幸福让人长胖。"

"那我不想幸福了。"她回答道。

"再说一遍，"他语气生硬地说，把她推到墙边，"再说一遍！"他的手爬上她的背，又滑下来。

她说："我开玩笑呢。"然后吻了他。

他的嘴依然如同深渊。她抵挡着他的诱惑，不想立刻跌落。

她睁开一只眼，不动，等待着，麻木而恐惧。

她听到了阿德里安的呼吸声。微弱的鼾声起起伏伏。

他已经知道了。他知道关于她的一切。她想让他解释一下，为什么今天早上她想死。

但是她能对他说什么呢？他那么想活下去。

她活动活动肩膀，准备接受打击。吸一口气，解开喉咙里的结，神经里的结，肚子里的结。顺着这口气。十指交叉，祈祷不要这样。

浓浓的哀愁。

挥之不去的黑色的忧伤。

还有……

它碾碎了她。把她钉在床垫上，砍掉她的腿，砍掉她的胳膊，别想了，别想了，收起她的笑容，偷走她的吻，丢进垃圾桶。

不幸卷土重来。

她坐起来，脑袋垂在胸前，蜷成一团，慢慢滚下床，仿佛有人推着她。

仿佛做出决定的是它。

是不幸……

她下床做早餐。

*

"要你有什么用，大公鸡？你什么都看见了，可是动也不动一下。你任人宰割，一声不吭。你想听我直说吗？我觉得你恶心极了！你除了能让母鸡怀孕，还能干什么！得意扬扬，贪生怕死！你这个家伙，你啊！"

厨房的窗户大敞四开，窗后的阿德里安和汤姆听到斯泰拉喊出最后这几句话，吓了一跳。

"她生气了。"汤姆说，语气像地铁播报员。

"她不是生气，"阿德里安指出，"她是伤心。"

"我看不出有什么区别。"

"你别掺和。这是他们之间的事。"

"对，但倒霉的是我们。"

"把面包递给我，儿子！"

"小心！她来了。她要尖叫了。"

斯泰拉一脚踢开门，闯了进来。

"夜里来了一只狐狸，甚至有可能是两只。真是一场大屠杀！到处都是血，到处都是羽毛！母鸡全被偷走了，小鸡全被开了膛破了肚。血迹一直蔓延到树林里。昨天晚上是谁忘了关鸡舍的门？"

"不是我！"阿德里安和汤姆喊道。

"确定？"斯泰拉大声问。

"确定。"两人齐声回答。

斯泰拉怒气冲冲地盯着他们，吓得阿德里安和汤姆不敢眨眼。她叹了口气："应该是苏珍……她忘了检查门有没有关好。真烦人！什么也想不到！什么都会忘！"

汤姆张开嘴，想为苏珍辩护：她老了，她不可能什么都想到，她已经做了很多了，她一直在帮我们做各种菜肴、照顾牲畜、看管菜园、往炉子里添柴火，这样我们一起床就能吃到热热的饭菜……她有权利忘记关鸡舍的门。

然后他沉默了。

有时候他真怕妈妈。

斯泰拉瘫倒在椅子上，手抓着头发。自从雷去世之后，她就任由头发生长。浅黄色、接近白色的发绺垂落下来，蓬蓬的，散落在她的脸两边，像一位蓬头散发的印度大师身上的羽毛。为了打理好头发，她偷用了汤姆的发胶。

自从雷死后，她一直戴着一条小项链，项链紧贴着脖子，是用几种颜色的珍珠穿成的。

自从雷死后，她就揉眉毛，一根一根往下拔。

"住手！你会把眉毛都拔光的。"汤姆说。

"你倒是不在乎，你啊，我们没有母鸡了，也没有小鸡了……"

"还有单独养在水池边上的那些呢……它们也会再孵小鸡的。"阿德里安鼓起勇气说。

"只有两只母鸡和三只鸡雏！你可真容易满足！你们都不管农场的事，你们俩都是。"

汤姆低头对着盛巧克力的碗，一阵死寂，只听见锅炉那边传来打嗝一样的响声，像喘不上气来，速度变慢，化作一声叹息。

"什么声音？"斯泰拉竖起耳朵问道。

"是锅炉……它停下来了。"阿德里安做了一个鬼脸回答道。

"真是时候！已经入冬了。如果要换，得花不少钱。"

她停顿了一下，叹了口气："不管怎么说，我们都没钱了……"

"或许还能用吧？"汤姆说道，他看到了父亲坚毅的目光。

他明白他的感觉。阿德里安觉得自己很没用，因为他付不起买锅炉的钱。又没用又羞耻。一家之主应该有能力买锅炉。

"快点吃完早饭，你要迟到了！"斯泰拉下了命令。

汤姆把头埋进碗里，舔了舔碗沿上的牛奶。

"别吃得跟猪一样。把碗递到嘴边，不要把嘴伸到碗里。我受够了一直重复这点。你东西收拾好了吗？可以走了吗？"

"是吗……"

"是的，妈妈！他 × 的！你能好好说话吗？"

汤姆站起身，洗了碗，在搭在炉子栏杆上的抹布上擦了擦手，上楼去房间里拿书包。阿德里安刚刚收拾好。

"我今天去巴黎。"

"你这段时间经常去巴黎。我希望你有充足的理由。"

他过来站到斯泰拉背后，抱住她，喃喃细语，嘴贴着她的耳朵，说："别生气了，告诉我，我不能什么都靠猜，你得给我点线索。"

"好了，好了！"斯泰拉抗议道，想要摆脱他。

他抱得更紧了。

"别撒谎！"

他的嘴贴在斯泰拉的脖子上。斯泰拉开始颤抖。她双手交叉放在肚子上，控制住自己。闭上眼睛，屏住呼吸。

"会熬过去的……"

她打起了瞌睡，用工地靴的底摩擦着地面。那是一双圆头大黑靴。她想大叫，但这样不会把不幸吓跑。这个畜生。得让他占上风。她勉强挤出一个微笑。

"你今天要干什么？"

"我把汤姆送到学校，然后去废钢铁厂，有两大批货要装。朱莉知道你要去巴黎吗？"

阿德里安在她背后点了点头。

他默默地摇晃着她，把手放在她的心脏上，让它不再扑腾直跳。

"会好起来的，会好起来的……"

公证员为什么要打来电话？

为什么这么着急见她们？

雷又出招了？

雷·瓦伦蒂又射出了一支冷箭？

*

科斯托和卡博在车斗里跳。汤姆爬上卡车前排的座位，把书包夹在两腿之间。斯泰拉捡起掉在地上的一把大螺丝刀，装进背带裤的口袋。得调整一下后面的起重机，它向右歪了，会砸下来的。

"你拿联络本了吧？"她问，"我昨天签了字，放在你桌上了。"

"是呀。

"是的，妈妈。"

汤姆透过窗户往外看，嘟囔道："是的，妈妈。"

"为什么爸爸从来不给我签联络本？"

"把车门遥控器递给我……"

她让人装了一扇可以用遥控器控制的车门。

乔治太老了，控制不了两扇门了。

"你还没回答我的问题。"汤姆一边说，一边刮着卡在擦鞋垫里的小石子。

他说着，脑袋垂到了两腿之间。他做出这个动作，表示他不是在开玩笑，必须回答他。这个夏天他长大了，只是颈间还留着婴儿时代的细汗毛。

"我们既没结婚，也没签同居协议，这一点你很清楚。"

"对，可是……"

"他刚办好证件……在这之前，他都是非法移民。"斯泰拉一边回答，一边把遥控器放好。

"那他现在合法了？"

"是的。"

"不用躲躲藏藏了？"

"不用了。"

"我可以在学校里谈论他了？"

"是的。"

"那他就可以签我的联络本了……"

"那我得先告诉校长……"

"我可以跟他姓了吗？"

"那我们得先结婚，或者办类似的手续……"

"我不姓瓦伦蒂。"

"但在今天之前，你都姓瓦伦蒂。"

"我受够了别人叫我瓦伦蒂。"

"受够的不止你一个！"斯泰拉埋怨着，努力躲开了一辆朝她飞速驶来的小卡车。"不是啊……看看那个白痴！你以为他会减速吗？蠢货！"

她朝司机的方向大吼，司机朝她竖了个中指作为回应。

"蠢货！"她从后视镜里看了看卡车，重复了一遍。

"对了……你应该是很难过，所以才会动不动就生气。"汤姆说。

"谁跟你说我难过了？"

"没有谁，我就是说说而已……"

"哟，把你的意见咽到肚子里，好吗？"

"那也不妨碍……"

他摆弄着书包带，停顿了一下。

"雷·瓦伦蒂就是个浑蛋，我不想跟他姓了。"

斯泰拉不想回答了。

她把车停在学校前面，汤姆打开车门，喊着"过会儿再见"，跳了下去。她挂了一挡，这时站在大门口的校长朝她这个方向使劲比画起来。斯泰拉想，她在干什么？她可不能把公路上的家长抓起来。她确实给我打过几次电话，我一次都没回。她应该是想跟我说什么事，一件我**不想**听的事，肯定是坏事。

"瓦伦蒂夫人！瓦伦蒂夫人！"

斯泰拉摇下车窗，探出脑袋。卡车发动机震得车身发抖，她只能扯着嗓子喊。她听不清校长说话，但能通过她的口型判断。

"是我，费利埃夫人……"

"我得跟您谈谈……"校长声嘶力竭地喊，"是重要的事！我给您打过几次电话，可是……"

"我没有时间，我得干活，明天上午再说，我保证！"

"瓦伦蒂夫人……"

"得让她别再叫我瓦伦蒂夫人了！"斯泰拉嘟囔道。

整整一天，翻来覆去，这个也叫她瓦伦蒂夫人，那个也叫她瓦伦蒂夫人。简直像故意的。怎么样，瓦伦蒂夫人？他不在了，嗯？这座城市没有了他，我们每个人都想念他。他是个英雄，对吗？他死得多么壮烈！为他人献出生命，多么崇高的死！在这件事上，我们可以说雷·瓦伦蒂不遗余力。没有人会像他这样做，我跟您说。还有瓦伦蒂夫人，我指的是您母亲，她恢复过来了吗？可怜的莱奥妮！失去了他，她什么都没了。幸运的是，她还有您……您和您的小汤姆。那个小家伙，真不愧是瓦伦蒂家的人！

安全部门也介入了。"瓦伦蒂？瓦伦蒂，里面是 i 还是 y？""是 i。"她说，把元音发得很清楚。"雷·瓦伦蒂……今年夏天把孩子们从火里救出来的不就是这位消防员吗？就是那群在桑斯附近度假的人？一群德国小孩，对吗？是他吗？真的吗？您是他的亲戚？您是他的女儿！唉，还真别说，瓦伦蒂夫人，您的父亲真是一位令人钦佩的先生！您应该以他为豪！"

这句话成了老生常谈。银行寄给瓦伦蒂夫人的挂号信里这么说，学校就汤姆·瓦伦蒂一事写给瓦伦蒂夫人的信里这么说，公证员关于瓦伦蒂财产继承的信件里这么说，转到莱奥妮·瓦伦蒂夫人这里的雷·瓦伦蒂的养老金上也这么说……

斯泰拉·瓦伦蒂不想离开她的卡车去和女校长谈话。

"事情紧急吗？"她喊道。

费利埃夫人摊开胳膊，意思是当然紧急……斯泰拉打了个手势，表示再等等吧，慢慢启动卡车，不然看上去就像逃命一样。

"可是这很重要，瓦伦蒂夫人！"校长喊了最后一遍，放下胳膊。

然后她大声地埋怨道："唉，这个女人！什么都不尊重，真是毫无意义。我不得不到学校门口来等她，否则永远也见不到她。不管怎么说，我又不是在这里执勤的！"

一个学生的母亲走上前，她是小法布里斯·博迪龙的母亲。她想知道在这周末班里有没有安排外出。

"我儿子快十一岁了，我想知道我周五能否组织一次生日下午茶会，因为周六他父亲会去钓鱼，我很想……"

"不，博迪龙夫人，这周不能外出，应该有人告诉过你了……"校长打断了她，眼睛还直直地盯着斯泰拉远去的卡车。

"啊！我可以上午把我母亲送到医院，傍晚组织下午茶会……"

"可以这样，博迪龙夫人，可以这样。"

"因为我母亲气喘，肺里有响声，气流会冲到脸上，我跟医生谈过了……"

博迪龙夫人注意到校长丝毫不关心她母亲的健康问题，想保持礼貌，于是换了个话题："您向瓦伦蒂夫人宣布好消息了吗？在圣沙朗，大家只顾着说这一件事了！昨天在面包店，我前面的迪·苏扎夫人还……"

"我还没找到时间。她都没从卡车上下来。没见过她这么骄傲的……"

"太没礼貌了，费利埃夫人，太没礼貌了。这个女人真没有风度。更糟糕的是……对于这个消息，不知道她会怎么想。"

"您在跟我东拉西扯什么？"校长生气地转身对着博迪龙夫人说。

她耸了耸肩，抬头看着天，然后想了一下，忧心忡忡地低声问："您真觉得她能……"

博迪龙夫人觉察到校长的语气里流露出了怀疑，明白自己赢了一招，于是得意起来："费利埃夫人，有的人啊，你等她的时候，她永远都不来。"

"就差她来制造麻烦了！市长和省长都会到场，消防队队长也是，议员说他尽量来，还预约了铜管乐队……"

"提前这么久？"博迪龙夫人吃了一惊。

"铜管乐队很抢手！要想找到合适的，得提前下手！"

"那一天肯定会成为这座城市的一个重要日子……总之，我希望如此……因为有她在，什么都有可能发生。"

博迪龙夫人嘴里发出了声音，是嘴唇卷起来时发出的咝咝声，湿润润的，重复了好几遍，意在强调确实存在风险。这阵吮吸声吸引了费利埃夫人，她目不转睛地盯着对方。

"为什么您不邀请那位寡妇？"博迪龙夫人继续说，想保持优势。

"莱奥妮·瓦伦蒂？"

"她会立刻答应。她不会拒绝。"

"在这里上学的又不是她的孩子。再说了，做决定的似乎都是她女儿。"

"斯泰拉的脑袋，真是顽固！她可不好说话。"

校长摇了摇头，生气地说："总有一天我会逮住她的。"

"我全心全意地支持您，费利埃夫人，全心全意地支持您！"

*

斯泰拉看了看手表，迟到了，迟到了。好像她有时间跟费利埃夫人闲聊似的！首先，她想让她干什么？她填写了所有的文件，提供了所有的复印件，回答了跟汤姆的学籍有关的所有问题。这还不够吗？

一个穿绿色带亮片短裤，搭配黑色连裤袜的女孩正在等信号灯过马路。她一手拿着烟，一手拿着手机。她一边说话一边嚼口香糖，撇着嘴，像是在画着有弹性的八字。短裤特别紧，都卡进屁股里了。她就站在那里扭来扭去，想把裤子挤出来。

"真是个傻×！"汤姆可能会这么说。

她并不总能听懂他说的话。

汤姆是个好学生。他马上就要拿到优秀学生公民证书了。现在，他是班里积分最高的。在每个格子后面打钩，即可获得一分：帮生病的学生复印材料，阻止操场上的一场打架，捡起散落的纸，整理桌椅，把丢失的东西物归原主，上完体育课把体育馆的毯子卷起来。

或许是汤姆的行为堪称典范，费利埃夫人想祝贺她？

或许她想让朱莉安排学生们去废钢铁厂实习，使教学与实习进一步结合？

费利埃夫人对这所初中寄予厚望。她想把它变成一所模范学校。她应该首先给它取个好名字！一个严肃的名字会让人肃然起敬。玛丽·居里或让·饶勒斯[1]，一个让人俯首的名字。应该组织一场仪式，费利埃夫人在前

---

1. 让·饶勒斯（Jean Jaurès, 1859—1914），法国社会党领导人、历史学家、社会主义运动著名活动家。因呼吁反对战争和殖民扩张，遭狂热分子暗杀。

排就座。汤姆站在她旁边，胸前挂着优秀学生公民标志。

汤姆·瓦伦蒂。

汤姆说得对，是应该换个姓了。

用阿德里安的姓？

阿德里安·科苏利诺。斯泰拉·科苏利诺。汤姆·科苏利诺。

斯泰拉大声念道。收音机里，两名记者在拌嘴，其中一名说法国人就像煎饼一样："他们不停地改变主意，他们翻来覆去的，这个国家没有思想可言了，大家生活在一家巨大的煎饼店里！法国就是一家煎——饼——店！"

科——苏——利——诺。

还有结婚戒指，她必须一直戴着，还是只有去市政府的时候戴？

戴上戒指，就像一只养在格子笼里的鸡。

她切换了电台。

遇上了霍齐尔[1]的一首歌：《带我去教堂》，她微笑了一下。这是上天眨了眨眼？下了命令？我得结婚，得合法化？

我的爱人颇为风趣，她就像葬礼上的一声嬉笑，她不为世人所容[2]……她用手心拍着方向盘，跟着歌曲的节奏，用尽力气拍着，仿佛想说服自己，说到底，这个想法或许还不错，她高声唱着：**我虽生来带有罪恶，但我乐于此状，请赦免我的罪，阿门，阿门，阿门。**

阿德里安去领护照那天……

他穿了白衬衣、黑外套，往皮鞋上吐了唾沫，让它显得更亮。他用漂白剂洗了指甲，用小苏打漂白了牙齿，这样显得更白，苏珍曾保证。"但不会立竿见影啊！"斯泰拉快笑疯了。"当然会！你等着瞧！我想打扮得帅气一点，去领那本'珍贵的证件'。"

---

1. 安德鲁·霍齐尔－伯恩（Andrew Hozier-Byrne, 1990—），爱尔兰歌手，独立唱作音乐人。
2. 原文为英语。

他是这样称呼护照的。

科斯托和卡博围着他转，汪汪直叫，像马戏团的狗一样上蹿下跳。

"应该让它们当伴娘……"阿德里安开玩笑说，"总之，今天我要跟法国结婚了！"

他们三个人都去了，阿德里安、汤姆、斯泰拉，去市政府领珍贵的证件。

晚上，他们开了一瓶香槟，是酩悦香槟，因为阿德里安出生在乌拉尔阿拉米尔镇，那里的人只知道这一种香槟。如果能看到他成为法国和欧洲公民，他的祖父应该会很自豪。阿德里安把左手放在右手腕的手表上。那是祖父的手表。它停在了祖父去世的时刻。十点二十分。他一直没有去修。

"前进，祖国儿女[1]……"

他们喝，喝，喝。

汤姆跟跟跄跄地去睡觉了。

阿德里安笑着、唱着，背着俄语诗；阿德里安摇摇晃晃，在床上翻来滚去；阿德里安跪在地上，捡起几只袜子，把它们系成结婚花束的样子，扔到斯泰拉脚下。

"斯泰拉，你愿意嫁给我吗？"

斯泰拉前一秒还在举杯，朗诵着她一点都不懂的诗句。她愣住了，惊慌地张大了嘴，堵住耳朵，说："别……别……别这样！"

"为什么啊？"阿德里安问，"你不要我了吗？"

"要……要……可是……"

"你不想用我的姓吗？"他努力做到吐字清晰，声音糯糯的，舌头沉沉的，"你以此为耻吗？"

"以用你的姓为耻？"斯泰拉说。

"我的姓。阿德里安·科苏利诺的姓。"

他盯着她，仿佛他说的不再是法语。仿佛他又重新出发去了乌拉尔。仿佛他搞错了地址，弄错了故事，从市政府回家的路上弄错了房子。他看

---

1. 法国国歌《马赛曲》的第一句。

着自己周围。哪里不对?

他的目光又回到斯泰拉身上,变成了痛苦的祈求:"柳芭,柳芭,柳芭[1],你为什么不想要我?"

她无法给出解释。

她无法感同身受。

"感同身受"或"给出解释",换句话说就成了"我爱你"。

她做不到。

她看着他,感觉到了可怕的孤独。

她砰的一声关上门,跑了出去。

她爬到了树上。树枝刮着她的脸,她用胳膊肘推开了,一直往上爬,爬到了树顶。她蜷缩在阿德里安做的木吊篮里。树包裹着她,树摇晃着她。她嗅着冰冷的夜的味道、潮湿的苔藓的味道、粗糙的树干的味道、厚厚的油腻的土的味道、快要烧焦的枯叶在地里腐烂的味道,还有野马鞭草的香味、潮湿的蘑菇的香味。她闭上眼睛。树摇曳着,嘎吱作响,像是在低声哼着一首悠远沉闷的歌,仿佛想让她平静下来。

她感觉仿佛只有树能与她互相理解,与她同样孤独。

夜黑漆漆的,只有几点繁星。她把膝盖抱在胸前。"我受够了,"她低声埋怨着,用流到嘴边的眼泪吹起了泡泡,"我受够了出现在这个故事里。为什么我就不能换个故事呢?"

对着黑色和灰色的袜子说我愿意?

她拔着眉毛,不知该如何回答。

她咬住拳头,忍住哭泣。没有什么比躲在树里独自哭泣更可悲的事了。

最后,她哼唱起:"我的小宝贝如水一般,她就像一泓活水,她像小溪一样奔跑,孩子们追赶着她……"[2]睡着了。

1.俄语,意为"亲爱的"。——原注
2.出自法国歌手居伊·贝亚尔(Guy Béart, 1930—2015)的歌曲《活水》(L'eau vive)。

这首歌是妈妈哼唱过的。

在往昔的夜里。

黎明时分，她回到房间。

回到床上。

沿着阿德里安的身子，把被单拉下来。

把脑袋放在阿德里安的肚子上。

她呼吸着他肚子湿漉漉的味道，他胯部的皮肤是浅黄色的、滑滑的，血管是蓝色的、细细的，性器上方的毛发是金色的、糙糙的。她的手滑到他的身上，抚摸着他，轻柔地，平静地，仿佛重新回家，仿佛在絮语：噢，我多想嫁给你！

阿德里安在睡梦中活动了一下："柳芭，柳芭，"他把手放在她头上，抚摸着她，就像安慰一个孩子，并且保证，"我们再也不谈这件事了，好吗？"

第二天她产生了这个想法。她决定不能再这样下去了，这份重担让她疲倦。她要报仇。

*

或者，我可以姓普利索尼埃？

她朝俯瞰废钢铁厂的弯道驶去。湛蓝的天空泛着金属光泽，搅碎机高高的骨架清晰可见，清晰而笨重。旁边还有一堆汽车骨架在等着。黄色的、黑色的、绿色的、红色的车身，银色的散热器护栅，柏油黑色的轮子。这一堆汽车骨架竖立在那里，整整齐齐，没有凸出来的地方，仿佛一座高耸入云的铁塔。布布和侯赛因的活干得不错。

我改名叫斯泰拉·普利索尼埃？

吕西安·普利索尼埃，那是我的血亲。不，我的父亲，我母亲的情人。一个我不认识的父亲，一个我母亲只交往了短短三个月的情人。两个月无比幸福，然后他死了。七月十三日。这是个愚蠢的文字游戏，还没来得及放鞭炮，他就被炸倒了，倒在了扶手椅里。[1] 死因是心脏病。

斯——泰——拉——普——利——索——尼——埃？

她是约瑟芬同父异母的妹妹，奥尔唐丝和佐薇的姨妈。也是约瑟芬的姐姐伊丽丝同父异母的妹妹。但是她不算数，她已不在人世。我得问问是怎么回事……她留下了一个儿子，亚历山大。他应该有二十岁了。他跟父亲菲利普一起，在伦敦生活。对于我的新家庭，我知道的只有这么多。我只见过约瑟芬一次，她很是和善。那是在埃菲尔铁塔下面。在那个街区，一杯咖啡贵得跟一只眼睛差不多，而且根本没地方停车。

她减速，停在废品回收中心和废钢铁厂交叉路口的红灯前。这个红灯时间特别长，不知道为什么。远处，在工地入口，三辆卡车正排队等待装货。她猜测那是杰罗姆·拉罗什的身影，他走过去，挨个发文件给大家填。他向朱莉求了婚，然后某个周日下午，他们在库尔图瓦家订了婚。到场的人不多：有斯泰拉、汤姆和阿德里安，布布、莫里斯和侯赛因。索朗热·库尔图瓦抿着嘴唇，下巴缩在脖子里。她整张脸都写着："我应该对这个平庸的准女婿表现出满意。"正因为如此，她才没有捏住鼻子，给人递夹心油橄榄、鲑鱼吐司、熟肉酱和小西葫芦蛋糕片。她准女婿的胡子没有刮干净，两块发炎的斑块之间还残留着红毛。他的鞋子嘎吱作响。索朗热·库尔图瓦闭着眼睛吻了他。

"她吻我的时候就像用小镊子夹我，"杰罗姆悄悄告诉斯泰拉，"我知道，她想找个更好的女婿。"

这些词语如此简单、如此真实，让她无比忧伤。她无法辩驳，这是最可怕的。

绿灯亮起，斯泰拉启动卡车。路上泛起一层白茫茫的灰尘，飘在透明

---

1. 指他没有赶上 7 月 14 日法国国庆节的鞭炮就去世了。

的蓝色空气里，碎石路缺了一大块。得重新修路，市政府没有钱了。

她咳嗽着，摇起车窗。

她检查了一下后视镜，狗还在车斗里。它们被拴在边上，竖着耳朵。两个小伙伴一起监视着来往的车辆，有轻便摩托车经过时就汪汪叫。

她瞥到了废钢铁厂的大门，按下喇叭示意杰罗姆让开，这样她就能从旁边进去了。

斯泰拉·科苏利诺？斯泰拉·普利索尼埃？斯泰拉·瓦伦蒂？

换姓的时候，性格也会跟着变吗？

*

在桑斯火车站的站台上，阿德里安在等八点十分去巴黎的火车。

七点四十的火车取消了，没有提前通知。虽然这条线运量非常大，但一半的火车都停运了。法国国家铁路公司要省钱。他不得不站着，挤在脸色阴沉的乘客中间，他们一身牛奶咖啡和凉下来的烟草味，因为迟到澡都没洗。

大家在发牢骚，从早到晚。他们发牢骚，但他们乖乖地挤在一起，乱糟糟地靠着对方。

阿德里安不发牢骚，阿德里安也不乱糟糟。他知道，总有一天他会不坐这班火车了。他会住在巴黎的一间隔板房里，他会拥有一辆最新款式的汽车，配上穿制服的司机，后排会有一盏小灯方便他读报纸，还会有一件骆驼毛的大衣。他会成为科苏利诺先生，会管理自己的公司。他会口述信件让秘书打字，会踩在厚厚的地毯上，会有好几部电话，墙上会挂着名家绘画。祖父曾带他去阿拉米尔看电影，里面的人物就是这样生活的。

他家里还会有一位女厨师！

早上她会端着早餐托盘走进房间，询问："先生和夫人晚餐想吃什么？"

如果愿望十分强烈，就会成真。不该放弃梦想。得时不时地用指头弹它一下，让它重振士气。

他把车停在了火车站的停车场。

埃德蒙·库尔图瓦给他送来了档案里缺的一份材料。他是跑过来的，出了汗。他喘不上气来。他说："抱歉我的脸这么红，真是疯了，这个夏天还没结束！"

他把材料递给阿德里安。

"想想办法，得让他签字。"

"包在我身上。"

"这批货能赚一大笔钱。这是个大客户，叫弗拉基米尔·博尔津斯基，俄罗斯人。你们应该会相处愉快。"

仿佛这就够了，阿德里安想，仿佛全世界的俄罗斯人都会互帮互助。这就像声称所有人都情同手足一样。当然他们会像兄弟一样冲对方微笑，会像兄弟一样握手，但表面之下，很有可能是懦夫、无赖、垃圾和刺客。

他微微一笑。

"这个叫博尔津斯基的人我认识，我已经在废钢铁厂见过他了。就是我在切板材的那段时间。"

"你觉得他是哪种类型的男人？强硬、耿直的吧？"

"他没有看我，仿佛我不存在，在他眼里我就是个下人。但我也没时间看他……在俄罗斯，这种人我见得多了。他吓不到我。"

埃德蒙·库尔图瓦看上去很放心。

"你家里怎么样？"他一边把敞着的雨衣扣起来，一边问。

他胖了，衣服紧紧地裹在身上。

"斯泰拉还好吗？"

"还好，还好。"

"她现在应该很高兴……你有一份工作，有证件，雷也没法纠缠她了。局面对她来说更容易了。所以你也一下子轻松多了！"他心领神会地拍了一下他的后背，意思是你懂的，这是男人之间的话。

"是的。她很高兴。"

"那我也高兴……好啦，今天晚上见！你回来的时候给我打电话，给我讲讲？市场广阔，阿德里安，非常广阔，如果你干得跟上次一样好……那么……"

他搓了搓手，咧嘴微笑。他没敢说"我们会发财的"，但他确实是这么想的。然后他害怕起来，怕这么说会带来不幸，于是窘迫地改了口。

"总之……我们拭目以待吧！先别打如意算盘了……虽然的确……我希望，呃……"

阿德里安朝他俯下身，他看到了埃德蒙目光里的担忧。那是日渐衰老之人的担忧，想要把生意维持下去，每天都得抗争。与一落千丈的钢价抗争，与2008年危机后倒闭的工厂抗争，与吞并小钢铁商的巨头抗争。还要与黑手党抗争，与奸商抗争，与国家苛刻的法令抗争。

老虎老了，没有老虎的锐气了。

"会好起来的，库尔图瓦先生。您别着急……这又不是我们要签的最后一份合同！"

他差点说成"我要签的"。

埃德蒙叹了口气。他愣愣地待了一会儿，像是手脚被缠住了。他想说点什么，又不知道说什么。最后他清了清嗓子，嘟囔道："你有生意头脑。你是个头脑灵活的战略家。而且……你又会说这么多种语言，你会打动对方的！"

他应该是想到了他未来的女婿，那个永远不会打动别人的家伙。

他拉着扣起来的雨衣下摆，回到车里。

他看上去像个小男孩，脸颊胖胖的，穿得像班里的第一名，缩在衣服里。

一个老了的小男孩。

阿德里安微微一笑。埃德蒙·库尔图瓦是个好人，而且单纯。当他躲在卡车屁股里到达桑斯时，是埃德蒙·库尔图瓦收留了他，给了他好运，给了他一份在废钢铁厂的工作，给了他证件，让他变成了合法公民。没有埃德蒙，他会过得很艰难。

埃德蒙·库尔图瓦一直爱着莱奥妮。他的朋友雷·瓦伦蒂从他手里把她抢走了，当时他们二十岁。于是他就没法跟雷·瓦伦蒂当朋友了，不过也无所谓。他从来没敢表白。他总是远远地爱着莱奥妮。直至今日谈起她时，他还是会吞吞吐吐的。他在感情里缩手缩脚，就像在雨衣里缩手缩脚一样。他娶了索朗热·库尔图瓦。要摆脱这个人的魔掌可不容易！

于是他打听了斯泰拉的消息。如果阿德里安哪句话拐弯抹角提到了莱奥妮，埃德蒙疲倦的眼睛里就会闪过孩子般幸福的光芒。

男人和小男孩，经常是一回事。

埃德蒙出钱请人修了莱奥妮农场里的一幢房子。这样，你们都会觉得这里像家一样了，他说。一边是乔治和苏珍，另一边是莱奥妮，斯泰拉和阿德里安住得更远一些。他已经付了斯泰拉那部分钱。

那我呢，我能付钱买什么？

买桌子上的汤、电影票、汤姆的篮球鞋、斯泰拉脖子上的小项链。时不时还会买一瓶香槟。

都是些不值钱的东西。

我想要赚钱，金光灿灿的钱。

我不想穷下去了。

他有证件了。他不再是非法移民了。把肥皂盒藏在浴室的洗手盆下面，把赚的钱偷偷藏在那里的日子一去不复返了。

他想加入舞会，想得心痒痒。

他瞥到一个座位，座位对面是一个年轻女孩和一个男人，男人正在打盹，扭着脖子，头靠着上衣领子，张着嘴。他喘气时，就像有只黄鼠狼在他嘴里安了家。旁边的女孩做了个鬼脸转过身，撞上了阿德里安的目光。

她虽然年轻，但看上去筋疲力尽。皮肤干裂，酒糟鼻，金发丝细细的。

她用了一点绿色的眼影，显得脸色亮一点。她让他想起阿拉米尔的女人。他冲她微笑了一下。她回应了他，精神突然振奋起来。她拉了拉上衣，把头发弄得蓬松一点，仿佛在说："来吧，带我走吧，我很长时间没有感受过男人贴着我的热度了。"

他跟对方约好在香榭丽舍大街的富凯酒店见面。他预订了一张离门口不远的桌子。他想提前到，把一切安排妥帖。他不需要重新看一遍埃德蒙给他准备的材料。他知道如何打动那个俄罗斯人，让他签约。那个家伙像是从一部拍得很差的詹姆斯·邦德的电影里走出来的。他提上帝和普京，说着数字，挺着有三层肉的肚子，对滚珠轴承指手画脚。

这样不会打动他。他有一个秘密绝招，每次都能奏效。

还能奏效多久？

他不知道。

至于对斯泰拉，他也不知道。

她的眼睛如蓝色的火焰，头发如金色的火焰。

她的身体是敞开的，心是躲起来的。

我只害怕一件事，斯泰拉，那就是失去你。我不怕别的男人把你从我手里抢走，我怕的是那个落入火中的恐怖幻影。害怕一场死亡。很多事情我都不在乎，我可以一个人生活，而且能生活得很好，但我**需要**你。不管我们遇到什么事，你和我，我们属于彼此。我住在你心里。

我在你心里长大了。你让我变得更平静，更温和，也更健谈了。你让我敞开了怀抱。我学会了跟你一起微笑。学会了大笑。在遇见你之前，我从来不笑……我的第一次疯狂大笑……你为了让我高兴，买了一条裙子，结果穿反了。后背穿到了前面，前胸穿到了后面。当我们走进餐厅时，你脱下大衣……所有人都看着你，我大笑起来……

笑，就像爆开的阳光。

他是一个人在阿拉米尔长大的，面对着灰色的风、脏兮兮的沙子和污泥，他想学的唯一一件事，就是如何让阳光洒在自己身上——不靠任何人帮助。

因为在那之后，他就确信会一直幸福下去。

他遇到了斯泰拉。

当时他刚刚到达桑斯，躲在一辆运输板材的卡车里，还没有进废钢铁厂。朱莉对他说："我在工地上抓住你了，我倒要看看你会不会干活，你有证件吗？我们不在乎，我们先看看你饿不饿，然后再说。"

在那样绝望的境地里，朱莉真是神一样的女老板。

整整一天，他手上的皮都破了。胳膊拉扯着，大腿的力气也耗光了。他嘴里闪着金属屑的光，吐出来的唾沫跟黑炭一样。晚上，他洗完澡，吃了沙丁鱼罐头和面包，然后裹着被子，看词典、看语法，就这样学法语。布布和侯赛因帮了他。

然后有一天……

在工地上……他直起身子，擦了擦把他嘴唇都弄咸了的汗，看到她从卡车上下来。

橙色的背带裤，一头金发像鸡冠子一样，高高瘦瘦，流露敌意。

她完全吸引了他的眼球。她不说话，不笑，目光怒气冲冲，踢着轮胎、工字钢和车轴，如同表演愤怒的芭蕾。他目光迷离地端详着她，她一个眼神就让他的忧伤无影无踪，一个假笑就让他的孤独消失殆尽。他想用几个法语形容词来描绘她。如果用俄语，这种词能找到一麻袋！

他重新戴上头盔、手套和眼镜，嘴里塞着布条，继续用焊枪切板材，只是眯着眼睛，到处找她。

他们的初夜。

在他睡觉的仓库里的行军床上。

他们面对面，笨拙、沉默。手慢慢靠近，擦出火花。唇慢慢靠近，擦出火花。他们赶走了周围噼噼啪啪的空气。

他心想，我完蛋了，我再也离不开这里了。

当他们摆脱对方，他转到旁边，继续看着她，舔着她脖子凹陷处的汗水，甜甜的味道像水果一样，他低声说："我要向您道歉……我保证下一次我会发挥得很好很好。"她把温热的手放在他的嘴唇上，祈求道："不要说了，拜托，不要说了。"

我们总是在还原童年的场景。

他在阿拉米尔的童年，她在圣沙朗的童年。或许他们走到一起，正是因为这个？同样的不幸，同样的暴力，于是唯一可以确定的，唯一让他们安心的，就是我们都是孤独的，对吗？我们都是孤独的。

我们永远也无法了解别人的痛苦。

我们用自己的词汇来想象，用自己的痛苦来想象。但是痛苦不会不谋而合。我们只好把别人的痛苦置于一边。

斯泰拉想忘记，想抹除。她身上只剩下强烈的抗拒。这种抗拒让她活了下来。

他应该会用尽全力爱她，直至无法继续。

这一天会到来吗？

他希望不会。

那个筋疲力尽的女孩又向他投来失望的目光，像是在乞讨。她的眼睛似乎在说，你为什么不看我？你为什么不跟我说话？我今天晚上五点完事，我们可以见面吗？我经常在上午的这班火车里瞥到你。你没戴结婚戒指，你有女朋友吗？

他再次微笑，但这次是为了说再见。

斯泰拉让他变得纯洁而忠诚。她身上有那么多女人的影子，而他还没有把她们尽数吸引。

火车靠近巴黎，郊区从窗框里闪过。灰色的建筑，浑浊的天空，堆满自行车和树脂椅子的阳台，黑色的桥，点点红灯，仿佛正在呼喊的巨幅涂鸦。他开始学涂鸦时，是在阿拉米尔。他是一个小团伙的成员，他们会铤而走险，到人们去不了的地方喷颜料。他们的签名随处可见，就是他们那个团伙的签名——黑夜之狼。他们受人尊敬。他们踩着黑色的篮球鞋，戴着黑色的风帽，穿着黑色的厚运动裤，爬来爬去，在火车站和仓库留下神秘的记号。他们一直到了叶卡捷琳堡，在苏联时期废弃的工地周围的栅栏上留下了涂鸦。一开始，政府还打击他们。涂鸦是一种起源于西方的腐朽艺术，涂鸦者是国家的叛徒。把涂鸦艺术带到俄罗斯的是一群英国的小流氓，他们来俄罗斯是为了支持他们的足球队。他们画了长达几千米的数字和字母，其迅速程度和技巧让俄罗斯人嫉妒不已。阿德里安就是跟他们学的。他学会了用颜料炸弹，学会了无声无息地逃走。他经常害怕。后来政府放弃了，采取了截然相反的立场。涂鸦光荣，这是新艺术，第一流的艺术！彼尔姆[1]开了一家博物馆，展出了一些涂鸦和栅栏画。其中就有**他的涂鸦**和**他画的栅栏**。

发现这一点的时候，他爬上一家改造过的工厂最高的烟囱，用金色颜料喷了他的名字。

两天之后，他出发去征服欧洲。

他紧紧抓着卡车和火车。

当他的同伴米兰提到彼尔姆的这家博物馆时，阿德里安说那里展览的是我的作品！米兰捧腹大笑。阿德里安又说了一遍是真的……米兰诡异地微笑了一下，是那种不相信任何事的人会有的微笑。

阿德里安跟他的关系虽然紧张，但已经相当好了，好到可以做一笔生意，就是欺骗人的生意。这些年以来，他们建立了稳定的联系，那是被压迫者之间的一种默契。

如今，米兰住在拉雪兹神父公墓附近的一套公寓里。他离开了与阿德里安合住的保姆房。他买了尖头皮鞋、成条的金色香烟，戴上帽子，整了牙。不过也不算全整。只整了上牙。

米兰是阿德里安计划里的一部分。

他看了看手表——能提前到达富凯酒店。

1.彼尔姆（Perm），俄罗斯彼尔姆边疆区首府，位于卡马河畔、乌拉尔山西麓。

火车靠近贝尔西站，速度减缓。

人们挤在过道里。他们吞下最后一块饼干，用吸管吸着可乐罐的底。他们是怎么做到一边吃东西一边吵吵嚷嚷的？

他认出了两位女士，是圣沙朗来的。他听到她们在背后窃窃私语。

"是他吗，嗯？还不错嘛。"

"我的下午茶还能更好点吗！"

她们扑哧一声笑了出来，压低声音继续："你觉得他知道吗？"

"你问问。"

"你疯了吗？我可不敢。"

"这事准能把她逼疯了。"

"我明白，你设身处地为她想想。"

"但毕竟……"

火车突然刹住了，伴着钢板沉闷的嘎吱声，十四车厢的骨架晃了一下。目的地在接近。他竖起耳朵，但什么都听不到了。

突然，她们谈到了斯泰拉。

她们说了什么？

他忘了。他只听到了女孩子们的小音乐，她们谈起男人就像在品尝甜食，一点一点地啃着。

他不喜欢这样的亲昵。

*

朱莉看着黑色咖啡杯，在犹豫要不要加一块糖。她预订了一条婚纱，婚礼将在六个月之后举行，她不能变胖。一块糖，就一小块……加吧，就一块！我把它切成两块，这样就够我喝两杯咖啡了。我那么想变瘦。她的目光在茶托上白色的小方糖上来来回回扫过。她把它拿在手里。光滑、紧实、明亮！不！不！等我去那家最漂亮的婚纱店——"承诺"婚纱店第二次试穿时，我将无颜面对店员的目光和评论。那家店位于流放犯及抵抗运动路一百四十四号，在教堂脚下。

是我母亲把我拉到那里的。我更愿意对照目录在网上买。我不喜欢"承诺"这个词表示复数的"s"，我在想它是否意味着人们可以多次许下"爱与忠诚"的诺言。我害怕它会给我带来不幸。

"不，亲爱的，体形标准的女孩才适合网购，可是你呢，你需要修改，所以我们得量身定制。你应该高兴，我和你的父亲付得起这个钱。并不是所有的女孩都有这种运气。"

杰罗姆觉得我对他的胃口。他对我说不会有比我更漂亮的女孩。他想知道我选的婚纱是什么样的。我拒绝了。这会带来不幸。

杰罗姆的第一个吻，可不是标准的。那天晚上，他请我在餐厅吃过晚饭，然后送我回去。他开着那辆灰色的克里奥[1]，后视镜上粘着一个粉色的橡胶报警器，里程计上显示的数字是 153 153 千米。这个数字会带来好运，也很好记。他紧紧地抱着我，就像他当起重机司机时抱着方向盘一样。他把嘴唇靠在我嘴上，轻轻挤压了一下，几乎感觉不到，然后停了下来。我们闭着眼睛，嘴贴着嘴，贴了足足一分钟，他没有动，我也不敢动。我们呼吸着旁边的空气，以免打断接吻的旅程。这是一件私密到不可思议的事情。过了一会儿，我透过睫毛观察着他。我看不到他的整张脸，但是我瞥见的东西让我心绪大乱。他闭着眼睛，正在饮下我们的吻。他让这个吻落入他的喉咙、他的胸膛、他的整个身子，这个吻应该是让他的身子变热了，因为他满脸通红。这是一个量身定制的吻，一个与众不同的吻。

我心想我多么愿意与他开启旅程。

"哎，傻姑娘，你是不是在想，吃下你举起来的这块糖，婚纱接缝就会被撑开？"

朱莉吓了一跳，脸红了。

1.克里奥（Clio），雷诺汽车的一个系列。

斯泰拉走进办公室的时候悄无声息。

"你个蠢货！吓到我了。"

"你正在犯贪吃罪，被我抓了个现行。"

"我不该吃这块糖，我不该吃这块糖，我不该吃这块糖。"

"唉……那就扔垃圾桶吧！不要举着它，像举蜡烛一样！它会吓到你的。"

"你说得对。"

朱莉把糖扔进了办公室黑色的大垃圾桶里。

"问题解决了！谢谢你。对了，你拿着枪吗？"

斯泰拉惊讶地看着她。

"枪？"

"嗯……你口袋里……"

斯泰拉把手伸进背带裤的口袋里，拿出大螺丝刀。

"是修理后面的起重机用的。"

"这个更好！因为跟你在一起……"

"好，生铁呢，我去哪里找？"

"是一堆旧散热器，从一家工厂回收来的。又倒闭了一家！很快，得走遍全世界才能找到货了。法国已经没有货了。我对你发誓，在巴黎，人们不会做任何事来帮助我们，他们依然会像母鸡下蛋一样制定出愚蠢的法律，用各种各样的税费、独立劳动者社保制度、增值税等玩意儿把我们压垮。"

"你还是没有告诉我，我要去哪里找生铁……得抓紧了。你看时间了吗？"

"我要气死了！我们是在9001区，你想想吧……"

"朱莉，请你平静一下……我要去哪里？"

朱莉坐下来，用套头毛衣擦了擦手，戴上眼镜。

"在桑斯工业区，在莫雷那里，贝吕戈仓库后面。你得注意按照流程来，你装货的时候我不希望你身边有任何人。不要把车斗装太满，不然会翻！我更希望你拉两趟，虽然会多耗一点油。"

"好吧。"斯泰拉一边嘟囔,一边靠近咖啡机。

"一点废铁屑也不要留在工地上。我们没那么多钱。"

"明白了,傻姑娘!"斯泰拉打趣道,"说得好像我是第一次装货一样。你今天很奇怪,有什么烦心事吗?"

"然后你去鲁比艾斯那里,那里有一堆板材,他想低价卖给我们,他不想要了。"

"我要谈价格吗?"

"不用,是统包价。你只管装货就行了。"

斯泰拉看着咖啡机流出黑色的咖啡,往杯子里放了两块白色的糖。朱莉盯着糖块。

"阿德里安在巴黎干什么?"斯泰拉靠着墙,抿着咖啡问。

"让一个俄罗斯客户签一笔订单。事情是我父亲安排的,阿德里安只需要确定下来,但这个环节最难了。那个家伙想毁约。我父亲布置好战场,阿德里安得使出致命一击。他们两个搭档,配合得不错。"

朱莉的语气里流露出一丝遗憾。埃德蒙·库尔图瓦选择了依靠阿德里安而不是杰罗姆来做生意。埃德蒙对杰罗姆也不差,周日也会邀请他吃饭,但他无足轻重。他们订婚那天,埃德蒙整个晚上都在大厅的角落里,跟阿德里安一起出谋划策。朱莉抬了抬下巴,鼓励杰罗姆加入他们。杰罗姆没有动。他扯了扯袖子,舔了舔嘴唇。会不会有那么一天,我会以他为耻?她心想。

"因为我发现他经常去巴黎。"斯泰拉用脚踢着墙说。

"你去问我父亲。"

"我不是指责什么,可是……"

"你就不该跟一个生意人一起生活!"

她不假思索地说出了这句话。她听到了自己用的词,粗暴地回响着。尤其她还是用那种口气说出来的。她劈头盖脸说出这句话,仿佛是在责备对方。

朱莉低下头，低声说："对不起，斯泰拉。我只是心情不好，没别的意思。"

"我看出来了，傻姑娘。"

"钱越来越难赚了，有时候我很想知道我要往哪里走……"

"因为杰罗姆？"

"不是！"朱莉喊道，她笑得有点太大声了，"他啊，他带给我的只有幸福！"

有时候，在大白天里，她会倚着办公室的窗户，在院子里寻找他的身影。这是她的消遣。当她瞥到他时，她就会意醉神迷地想，这是我的男人，属于我的男人，他爱我，他觉得我美，我们会结婚，生两个孩子，会拥有一幢带阳台的房子。

他们的爱情故事，并不是抛个媚眼这么简单。

她认识他很久了。他一直在废钢铁厂工作，除了中间有几个月在国外。那段时间里，他是已婚的。他中了六合彩，他妻子想要看棕榈树和脚踏浮艇。还要热水，很多热水。然后他回来了，询问能否……

她再次雇用了他。

杰罗姆的妻子待在棕榈树底下，泡在热水里。朱莉是这么理解的。

有一天，她在喝咖啡，他来问她客厅里的窗帘要怎么选。他提到该如何选择布料和色彩时的样子打动了她。他勾起了她身上的什么东西。她感到莫名其妙的幸福。她坐在办公室里，拿出抽屉里的小镜子。她坠入爱河了吗？

或许爱情是悄无声息降临的，几乎是一场意外？

面对爱情，她更习惯于低着头，毫不犹豫地向前冲。她冲得太快，以至于男孩子们都毫无察觉。她默默无语，却又激烈地爱着。这种方式适合她，因为她不觉得别人会好好爱她，所以还不如自说自话。

她跟杰罗姆是慢慢来的。他们每天都见面。这样方便一些，因为他们两个都不算是大胆的人。

杰罗姆在办公室后面工作，他没有必要按规定戴头盔、穿靴子、戴眼镜和手套。他走动的时候没有任何保护措施。她不喜欢这样。她提醒他遵守秩序，但他说没有必要，他的屁股就像用螺丝钉固定在了椅子上一样，他走动的时候，最远也就是去工地入口处，跟卡车司机说话。连二十米都不到！他从不靠近搅碎机，也不靠近切板材的车间。

是的，可是……她做了一个吓人的梦：在一次装货过程中，一块钢板掉下来，切断了杰罗姆的脖子。这个梦她做了好几次，她没跟任何人谈起过。

杰罗姆的办公室在她下面，在一楼。那里有一扇很大的玻璃窗，正对着磅秤。装货和卸货的卡车就是在那里称重的。在窗口的玻璃后面，杰罗姆命令别人过磅，记下货物的重量，分发买入和卖出票据。有时候，当某个家伙表示不满，试图弄虚作假时，他就出来解决纠纷。

这时她就会瞥到他。

高楼上面的她，从他那里偷走了些许幸福。

他的头发已经不多了，只剩下脑袋周围的一圈，是红棕色的，在衣服领子上方翘着。他个子不高，有点驼背，裤筒飘飘荡荡。他的自行车里经常装着钳子。他骑自行车上班，往返都是五公里。你知道，他说，我得保持身材，我比你年纪大，我四十六岁了！他在朱莉的眼神里寻找着反对的意思，想确认自己还没那么老。娶老板的女儿，这事让他烦恼。尤其因为他来的时候两手空空。他只有一辆自行车和一辆二手克里奥。他给她送了礼物：放在浴室里的鹅卵石，放在杂物箱里的小剪刀，还有让·迦本[1]的一部老电影——《人面兽心》，那是他最喜欢的。

"这部电影讲的是一个男人杀死了所爱的女人，你知道爱情会让人做出什么傻事吗？"

"你会杀我吗，杰罗姆？"

"噢，不会！但这不是他能控制的，他脑子里有病。"

然后他继续补充，目光空洞："难怪我也出于爱情，做了一件很蠢的事……"

---

1. 让·迦本（Jean Gabin, 1904—1976），法国著名电影演员。

"对，但你并没有杀死你的妻子！"

整座城市都知道了他的事。城市越小，人们越会搬弄是非。人们确实再也没见过他的妻子。

"没有。"

他说这句话时仿佛有些遗憾。仿佛他这个人就缺乏勇气，思维也不够连贯。于是她颤抖起来。她开始说别的事。

因为说到底，这个男人带给她的只有幸福。

"如果惹你心烦的不是杰罗姆，那是什么？"斯泰拉追问道，她提出问题就一定要得到回答。

"是这个行业。什么都要变，所有的运作方式都要变。我得停下来，好好思考一下。需要做出调整。传统的废钢铁业已经完蛋了。连木材、纸盒和塑料都要节省了。我没有时间休息。我连看库房的时间都没有了！以前，我每天都有时间，每个周末我都能指望做几笔好买卖。"

"你太有趣了，连自己都不相信了。我连一根钉子都不敢捡了，哪怕是我自己的鞋里的！"

"我长着眼呢，没有人能从我这里偷走东西。现在我跟在时间后面跑，跟在客户后面跑，到处打补丁……如果我要看库房，也只能在经过的时候匆匆看一眼。"

"你父亲呢，他不能……"

"我父亲？他被抛弃了。他走的还是老路子，用的还是老一套。而且他也不擅长管理日常事务，只能指望我。杰罗姆曾提议帮我看库房……"

"你答应了，我猜？"

"是的。尽管……我不知道……我觉得这事应该由我来做，这是我的公司。"

"你们要结婚了，你应该信任他。"

"就因为这个……你想让我说实话吗？我都不知道我父亲是不是真的在管总账目，我说的是入库量有多少，花出去多少钱，借了多少钱，投了多少钱。我怕他在敷衍了事。"

"你有点夸张了吧？"

"得做出调整，我跟你说。不然就要撞墙了！"

"不会的……"

"会，斯泰拉，会。世界每时每刻都在变，我父亲却没有意识到。"

她的目光一片茫然。解释有什么用呢？广播里、电视里，大家都在谈"经济困难"，然后预言会回暖的，失业会消失、未来会更好，但朱莉知道这些都不是什么好词。这是一场革命，一场正在酝酿的混乱。下手最快的强者将幸免于难，弱者会死掉，几千人会垮掉。

"有阿德里安在呢。他会保护你父亲，他会帮他在废钢铁厂推进改革。"

这是一句谎话，斯泰拉知道。阿德里安会帮助埃德蒙·库尔图瓦，但也会把最大的一块蛋糕留给自己。阿德里安肚子饿，饿得要命。他试图掩饰这一点，但当他握着她的手，当他在餐桌上切面包，当他早上出发去工作时，她能感觉到他有多饿。他永远不会停下来，为她摘一朵雪莲花。

她不想看到朱莉难过，于是面对让朋友难过的事，她许下一个诺言，希望这个诺言能消除所有的忧伤。

朱莉颤抖着，微笑着看着她。仿佛她愿意相信这个谎言。

"如果他是个慷慨的人，就会向他睁开眼睛、与他分享。如果他想单打独斗，那他就只会把面包屑留给他，把最大的一块留给自己。公司会死掉，缓慢地死掉，逃脱不了。"

"你这话说的，仿佛你更相信第二种方案。"斯泰拉指出。

"阿德里安是个男人，他需要找到自己的位置，该他上场了。"

"阿德里安不是这种人，"斯泰拉反驳道，"他的一切都是你父亲给的。这一点他不会忘。"

"他人不错，这我同意。但能持续多久？你得承认，掌管大局的诱惑是很大的……尤其是他年轻，又野心勃勃，还硬拖着一个拒绝变化的老人。你想让我说实话吗？我理解阿德里安。我只是**不愿意**别人动我的父亲。"

朱莉越是谈论阿德里安，斯泰拉就越明白这位朋友说得对，就越害怕自己的好日子到头了。如果阿德里安真成了朱莉说的那样，那他就变了，他们的爱情也就变质了。

今天上午不幸卷土重来，是因为这个吗？

"看看你，再看看我，"这个想法让斯泰拉头晕起来，她继续说，"我们之间从来没用过阴招吧？"

"这不一样，我们之间从来不涉及钱。"

"有比这更惨的时候呢！比如雷·瓦伦蒂。你从来不害怕与他对峙。你是为了我才跟他斗争的。"

"因为我是你的朋友。"

"你看！友谊就是这个样子的。从不畏惧，为对方遮风挡雨。哎……阿德里安也会这样对待你父亲的。"

"我多么希望能够相信你的话！"

斯泰拉也多么希望能够相信自己的谎言。她希望这些话能跟橡皮一样消除阿德里安的贪婪。她抓起朱莉的手，跟她十指相扣，问道："哎，傻姑娘，是不是因为你正在节食，不能吃糖，所以看什么都很悲观？"

"不是。我多么想只关心婚礼、婚纱和节食，但是我要付发票，要下订单，要算增值税，真是够了！"

"你周六和杰罗姆一起来我家吃晚饭吧？"

"好啊。给你带点什么？"

斯泰拉正要说不用，但又改了口："香槟？"

"完美。杰罗姆知道一种很好的……他品位不错，你知道的，他会喝个精光！"

"他会为你精心烹制一些美味小菜吧？"

"他会带我下馆子。他买了一本指南，我们全都尝了一遍。几乎都尝了。"

"这也是一笔钱，哎呀！"

朱莉微笑着，无精打采的，然后站了起来。

"好了！干活吧！"她一边说，一边拿起一大堆等待处理的材料，"我们拖拉了好久。"

她递过要签字的单子。斯泰拉叠起来，放进口袋。

"嘿！"朱莉注意到，"你今天没戴帽子！"

斯泰拉把手伸进头发里，做了个鬼脸。

"我忘在家里了！这是个坏兆头。今天晚上之前，我肯定要遇到什么不幸的事了。"

"别这么说。"朱莉恳求道。

"每次我忘了的时候，就会遇上麻烦。"

"别说了！"

"它比我更加强大，我感觉到了。得承认，这方面的事我很擅长。"

听到最后这句话，朱莉的脸涨得通红。她拉了拉套头毛衣，想透透气，把垂落到眼镜上的一绺头发吹走了，我的天哪！这是真的！她忘记了**这件事**。斯泰拉似乎毫不知情！

"哎，傻姑娘，怎么了？"

"没什么。为什么这么问？"朱莉迟疑地说。

"你用套头毛衣扇了扇风，脸都红了。"

"我向你发誓没事……"

"等一等。你肯定知道什么事，但不想告诉我。不要撒谎。我连哑巴的谎言都能看穿。"

"别说了，斯泰拉！你要变成偏执狂了！"

"那你就让我放心：我没理由那样对吗？"

"我跟你说过了，什么事也没有啊！"

"你为什么这样大喊？"

"你在指责我知道了什么事，可是我不知道啊！"

"你什么都不知道？也就是说别人知道，但是瞒着我。是这样吗？"

朱莉摇摇头，她的鬈发像拉长的彩带，忽上忽下。

"跟我有关，对吗？"斯泰拉问。

"你在说什么啊？"

斯泰拉用双手扶着办公桌，朝朱莉弯下腰。

"我们是多久的朋友了？"

朱莉抬头看着天。

"我跟你说了，我什么都不知道！我总不能胡编乱造吧！"

"你不会撒谎，你不会弄虚作假，你甚至不会装模作样，所以请你告诉我吧。是阿德里安吗？你父亲赏识他，所以大家说他的闲话？别人说他坏话，这件事让你难过？"

"不是！没有的事！"

没错，这件事的确让她难过。她更希望父亲把兵器和铠甲交给杰罗姆，把手搭在他的肩上，对他说："废钢铁厂就是我的王国，现在也是你的了，因为我们是一家人了。"或者，"你和朱莉是天造地设的一对，这是我的生意，把它做大吧。"她曾这样幻想过。这将是她一生最光辉的时刻。她的两个挚爱融为一体了：杰罗姆和废钢铁厂。

但事情完全不是这样。

然而有一天，她误以为达到了目标。她父亲在说话，杰罗姆发表了意见，两人似乎达成了一致，她父亲发起进攻。他先说了些什么，似乎是要提议合作。她转过头对着自己的男人，幸福得快要爆炸了。他脸色苍白，动作迟缓，双手贴着大腿，这样别人就看不出他的手在颤抖了。她父亲停顿了一下，轻轻咳嗽了一声，把话题引向了别处。她心里有一个声音在呼喊："快啊，快啊！太晚了！"杰罗姆的目光变得奇怪、茫然起来，仿佛他被锁在了自己的身体里。

她发誓要忘记这一刻。

"你母亲觉得这桩婚事不好，就到处跟人说是我带坏了你？"斯泰拉继续说，"我知道，布布跟我说过。她声称你要学斯泰拉的样子结婚！"

"呸！我才不在乎我母亲怎么想！"

"那到底发生了什么！**告诉我**！我再也忍受不了秘密了。我受不了了。再也不行了。"

"可是，斯泰拉，我向你发誓我没什么要说的。"

"用你未来孩子的脑袋向我发誓。"

"永远别用生命发誓！你疯了吗？你没有这个权利。"

"如果你是我的朋友，你就应该对我说实话，因为你知道，我隐隐约约感到这事跟我有关……"

"我是你的朋友，我没有什么要对你说的。现在九点半了。我还要工作，你也是，去忙吧。"

斯泰拉想继续跟她对峙，企图让朱莉屈服，但面对朋友坚定的目光，她用手掌擦了擦办公桌，拿起卡车钥匙，抛向空中。

"再等等也没什么损失！"

"再见！"朱莉生硬地推了推鼻子上的眼镜，嘟囔道。

她听到斯泰拉走下办公室的金属台阶，诧异地想真是不可思议，圣沙朗除了她，所有人都知道。不得不说，她活得像个野人一样。她从农场到废钢铁厂，再从废钢铁厂回农场。她不开卡车时就在照顾牲畜、木材、菜园、男人和儿子。她从来不在商店、理发店或咖啡馆的露台流连。平时负责采购的是乔治。她一周去一次家乐福，买一大堆东西。她总是在傍晚去，那时候电视新闻即将开始，售货员在柜台前打着哈欠，过道上空空的。她把两个大购物车都装满，然后就回家，不跟任何人说话。

她不是个话多的人。

朱莉拿过单子，填上当天的费率，嘟囔道："我可不会告诉她。我得把这事留给别人，然后祝他好运。斯泰拉会杀了他的！我懦弱，这我承认，但我可不想当信使，因为带来了坏消息就被杀掉。她生活中遇到的打击已经够多了，她有权利喘口气。距离雷·瓦伦蒂去世才不过三个月，得让她平静一下。"

电话响了。莫雷等不及了："你派来的卡车在哪儿？我又不是只有这一件事！"

"是斯泰拉开的。她马上来,她刚离开。"

莫雷停顿了一下,压低声音,窘迫地说:"她知道了吗?"

"不知道。我可不会告诉她。"

"我也不会。我什么也不会说。再见,朱莉!"

"再见,让!"

*

仓库门口,布布、侯赛因和莫里斯正在晒着太阳喝咖啡。他们闭着眼睛,仰着下巴,感觉脖子、后背和胳膊上的肌肉晒热之后都松弛了下来。他们今天早上五点半就开工了。得把卡车装满,下午两点,这辆车会在加来坐上轮渡去英国。这堆旧发动机被卖给了一位英国收藏家,卖了一大笔钱。朱莉承诺他们如果能按时完成,就给他们发奖金。他们按时完成了。

他们看着斯泰拉和她的狗上了卡车,抬起手跟她打了招呼,看着她的车斗后面扬起一阵尘土,把蓝得耀眼的天空弄得浑浊起来。

"起重机往右歪了。"布布说。

"确实是。"侯赛因叹了口气。

"我知道阿德里安在酝酿什么。"莫里斯说,嘴唇紧贴着纸杯。

"我也知道。"布布没有动,说道。

"他在酝酿什么?"侯赛因问,他很生气自己不知道。

"他在酝酿。"莫里斯和布布说。

"对,但在酝酿什么?"

"如果他想告诉你,你就会知道的。"莫里斯表示。

"他告诉了你们,但没有告诉我!"侯赛因抗议,"我真不敢相信!"

"他什么也没有告诉我们,只是我们知道。"无所不知的布布指出。

"确实是这样。"莫里斯确认,他也无所不知。

"这样是怎样啊?"侯赛因生气了。

"有一天，干完活以后，我们跟踪了他，我们俩是骑着布布的轻型摩托车去的。"莫里斯一边继续说，一边贴着嘴唇把纸杯倒过来，不想浪费最后一滴咖啡。

"然后呢？"侯赛因怒气冲冲，"这个小把戏你们还要玩多久？"

"我们希望他先跟我们谈谈。正式谈一谈。我们想知道他是否要背着我们干这件事……"

"或许不会。"布布摇着头总结道，就像一位年迈的智者。

"你们害怕我会说漏嘴？"

"可能吧。"莫里斯说。

"嗯，伙计们……你们真让我难过，我跟你们说，你们真让我难过！"

侯赛因站起身，擦了擦嘴角的咖啡痕迹，戴上头盔，把纸杯捏碎，走远了。他们三个人总是在一起，相信彼此的一举一动，知道谁都不会不小心丢下焊枪，或者让脚底下的煤气罐或丙烷罐炸掉，所以也就知道，如果对方不说，那肯定是有理由的，而且是充足的理由，那就没有必要审问下去。

但这的确让人生气，因为他的同伴们猜到了一件事，他却不知道。他既生气，又难过。因为他突然感觉很孤单，也很可怕，因为他猜到了这件事的后果会很严重，他很想看看会有什么后果。

*

斯泰拉和汤姆每天都在乔治和苏珍家吃午饭。这变成了一项传统。乔治和苏珍以前就在城堡里，为莱奥妮的父母干活。后来他们退休了，继承了这座农场。当斯泰拉从家里逃出来时，两人收留了她，还有汤姆和阿德里安。不久之前又收留了莱奥妮。

汤姆拒绝去食堂。他试过一次。他吃了解冻的鳕鱼、橡胶一样的茄子、草药味的什锦蔬菜和一个巧克力蛋挞，蛋挞已经碎了，像干石膏一样。

斯泰拉声称这不可能，人们吃什么东西，就会变成什么样，她可不想让儿子变成干石膏。

有时候，斯泰拉勉强狼吞虎咽吃下一盘不冷不热的菜，就得出发了。汤姆学会了飞快地把饭吃完，母亲一做手势他就立刻站起来。

莱奥妮坐在桌子一头，穿着一件领子上有天蓝色缎纹绣花的衬衣。她在玩弄领子的角。她不敢相信自己的活做得如此精细，既没有手抖，也没出什么岔子。瓦莱丽祝贺了她。她把缎纹绣花拿给其他女士一一看过，想获得她们的赞赏。在拼接工作坊度过的这些时光，让她受到了鼓舞。她觉得，针线活比花言巧语有用。她开口说话的时候会忘记怎么说。她结结巴巴的，脸红了。

"你的领子好看极了，莱奥妮！"汤姆说，他知道外祖母在等待赞扬，"是你绣的吗？"

"你怎么知道的？"莱奥妮轻声笑了笑，缩了缩头。

莱奥妮笑着，仿佛挨了一下打。

"我只用看着你就知道了，"汤姆说，"你那么自豪，就像一盏闪闪发光的灯！"

"你真可爱。我真是幸运，有你这么一个外孙。"

她摩挲着领子，手指停留在刺绣的衬垫上。

"这是我自己绣的。瓦莱丽给了我很多建议，但是……"

"哎呀……都要扯破了！"

莱奥妮咯咯直笑，又伸出手去摆弄缎纹绣花衣领。

"你知道，"她继续说，"那辆蓝色卡车还在那里。今天早上，我看到它了，就在人行道上，在我们家正前方。"

"你看到谁在里面了吗？"

"没有。你觉得他们是在监视我们？"

"是雷的朋友们？"

"他们是来找我的？"

"不是！"

"自从他去世以后，他们就一直在生我和你母亲的气。"

"那他们也动不了你一根毫毛！我和爸爸，我们俩会好好保护你的。"

"不过……"

"你别着急，我来处理。"

他们先吃了一道甜菜苹果沙拉，是用大蒜醋酸沙司调味的，接下来吃了加无花果和梨子的肉饼，汤姆非常喜欢这个，乔治也是。他们吵着要最大的那块。这道菜出自圣沙朗猪肉制造商康特雷尔之手。他每周做一次，就是周五上午，在货架上放不了多久就会售空！得提前预订。

苏珍给汤姆切了厚厚的一片。

他确认了自己那份有多大，跟乔治的比较了一下。还好，他们俩的一样大。

他尝了第一口，眼睛亮晶晶的，嘴边挂着微笑，边吃边祈祷还能剩下一些，这样他就能再吃一点了。一想到会被乔治抢走，他就隐隐约约担心起来。他一点也不害怕小鸡啄米一样的莱奥妮，也不害怕漫不经心嚼来嚼去的斯泰拉，更不害怕左翻翻右翻翻，忘了吃饭的苏珍。不，他的对手是乔治。乔治每次都会偷走最后一块，汤姆连反对的时间都没有。

"我还要再吃一些肉饼，苏珍。"汤姆激动不已。

"当然可以，我的小人儿！今天上午，你在学校里过得怎么样啊？"

"我在英语老师进来讲课之前擦了黑板，拿到了一分。我有一百三十道杠，一百三十个打了钩的格子。我一直是班里的第一名。"

"不错啊！"苏珍喊道，把汤姆那块切得更大一点，以示奖励。

汤姆看着苏珍的刀比画着，又加了筹码："我背寓言的时候一个错都没出！'一只小羊在清澈的溪水旁饮水。一匹饥肠辘辘的狼想来碰碰运气……'"

"哎，我的老兄，"乔治喊道，他也不傻，"用不了多久，你就比我们有文化多了！晚上，你得给我们上上课！"

汤姆不确定乔治是不是在嘲笑他，但他一边道歉，一边看着苏珍把那一大块肉饼拨进了他的盘子里。

"还有，费利埃夫人来班里对我说，她必须见见你，妈妈！她应该是想跟你说说给我颁发优秀学生公民证书的事。她想组织一场仪式。"

"我去见她。"

"看起来挺急的，她打断了历史课……"

"她肯定会尽心尽力的，"苏珍挖苦道，"这是她第一次颁发这个奖项。她想自吹自擂一番……"

"她把我拉到了一边。我看上去很机灵的！"汤姆说着，嘴里塞得满满的，"我不太喜欢这样，太引人关注了。"

"我会跟她谈谈的。"斯泰拉说着，用剩下的一点面包把盘子擦干净。

如果阿德里安在，他会皱眉头的。他不喜欢她用面包擦盘子，说这种做法不够高雅。自从他去过巴黎之后，他就有了诸如此类的想法，什么高雅不高雅，上流不上流的。

"为什么不马上谈谈呢？"汤姆在坚持。

"因为我说了明天……"

乔治停下了正在切厚面包片的手。他沉默着，忘了肉饼的事。

"你不饿吗？"汤姆眼看着就要把盘子里的吃光了。

"饿……饿……"乔治漫不经心地回答，"我在想别的事。"

"可以跟我们说说吗？"斯泰拉疑惑地问。

乔治清了清嗓子，停顿了一下。

"今天上午我看到兹比格了。昨天夜里，他的鸡舍被光顾了。莫罗的也是。他说狐狸生了崽子，所以才来偷东西。"

"这算什么理由！"苏珍喊道，"你知道一夜之间损失了多少母鸡吗？"斯泰拉投去愤怒的目光。

"我跟你说过了，我的姑娘，我关了鸡舍的门。还锁了两道呢，如果你非要问的话……"

"所以在狐狸殿下面前，门是自己打开的，像被施了魔法一样！"

"我跟你说过了不是我！"苏珍气极了，快要哭出来了，"你看，你要把我弄哭了！"

她转过头，拽了拽罩衣的上面，咽下了痛苦。

"绣领子的时候，我用了有六股线的绕线筒，"莱奥妮的声音颤巍巍地说，"首先得把要绣的图案描个边……"

"狐狸应该是在教小崽子狩猎，"乔治接过话说，"所以洗劫了农场。它们把母鸡叼在嘴里带回去，放在小狐狸面前，展示如何抓住鸡的喉咙，把它们开膛破肚，全都吃光，还有……"

"狐狸可狡猾着呢！"苏珍嘟囔着，看到大家换了个话题，她松了一口气，"母鸡又那么笨！它抓来抓去，找小虫子，一边抓还一边扬起沙子，把自己的孩子都弄死了！"

"你为什么要给我们上一堂狐狸和狐狸崽子的课，乔治？"斯泰拉起了疑心，问道。

乔治像犯了错被抓住了一样，摊了摊手，表示自己是好意。

"没什么，我向你保证，没什么。我只是想跟你解释解释！"

"好像我不知道一样！这恰恰说明你在撒谎，你在想别的事……"

"接下来，得用排成竖排的针脚把轮廓填满，"莱奥妮解释道，"这样就有了立体感。"

她不喜欢大家扯着嗓子穷追不舍。她想抓过一件要绣的东西，专心看着针和线。

"那我在想什么呢，无所不知的夫人？"乔治一边吼，一边在大腿上抹了抹面包刀。

"我正想让你告诉我呢！因为你突然不说了，也不饿了，连肉饼都不碰了！我提出这个问题的时候，你吃了一惊。平时你都会跟汤姆抢。这一次，不知出了什么意外，你先是不吃了，看着苍蝇飞来飞去，还给我上了一堂课，讲起了狐狸和狐狸崽子的生活！"

"你气死我了，斯泰拉！饶了我吧！"

"要让针脚跟那条线垂直，针脚要密。"莱奥妮抓着桌子边缘说，"针脚之间不要留空隙。瓦莱丽说这是最难的地方。"

她转过头，到后面去了。当大家对她大喊的时候……她就像被一张蜘蛛网困住了。

"别再骂了！"汤姆看着外婆喊道，"看到没有，你们吓到她了！真是蠢货。为了母鸡和狐狸吵了半天！"

斯泰拉和乔治转过身去看莱奥妮，她正一边叹气一边摇头。

"对不起，妈妈。只是……我遇到的事太多了，还得等啊，等啊……"

等待不幸已经成了一种习惯。

这样活着太累了。

如果像她想的那样，上帝的确存在，那他为什么总要考验她呢？还不如让她在穷困中苦苦挣扎，那样还更加仁慈，因为她总会习惯的。

"今天上午公证员打来电话了，"莱奥妮说，"我不想跟他说话，斯泰拉。"

"他跟你说什么了，妈妈？"

莱奥妮盯着面前的杯子。她把手放在胳膊上搓了搓，让自己暖和起来。斯泰拉轻声重复了一遍她的问题。

"这很重要，妈妈，他跟你说什么了？"

"说事情紧急。他强调了这个词。他周六上午九点在办公室等我们。"

"我再给他打电话。"

莱奥妮痛苦地叹了一口气。

斯泰拉回过头对着儿子。

"我明天上午去见费利埃夫人。就这么说好了。只是因为……我不知道……我感觉……仿佛……仿佛一切就要卷土重来。"

"什么要卷土重来，我的傻姑娘？"苏珍生气了。

她的脸涨得通红，被灰色的头发遮住了，声音也变尖了："他死了，他死了。他不会复活的！"

一阵沉默笼罩了房间。阳光在防水桌布上移动，洒在咸黄油、面包、红酒瓶和融化了的奶酪上。两条狗在打哈欠，伸展四肢。它们过来坐在斯泰拉脚下，等着她把残羹剩饭扔给它们。它们尾巴拖着地，吐着舌头。它们在等待。

"或许是因为她只知道这个，只知道不幸，"最后乔治低声说，"得让她平静一段时间，这个小可怜……"

斯泰拉转过头看着他，她的脸那么柔和，没有丝毫防备，让他感到害怕，他垂下眼睛，离开了餐桌。

"那么……我可以把他的肉饼吃完吗？"汤姆一边问，一边把乔治的盘子摞到了自己的盘子上面。

*

巴黎里昂车站，阿德里安挤进地铁。一号线，拉德芳斯方向。车厢塞得满满的，乘客一个挨着一个，一张张脸贴在黏糊糊的、涂着画的车窗上。他们眼红地看着坐在座位上读书或玩游戏等待到站的人。

两个胖乎乎粉扑扑的英国女人坐在车厢的折叠座椅上，正仔细阅读巴黎指南。她们把H&M的袋子叠起来放在膝盖上，身子靠在上面。

阿德里安听到有人在抱怨这些没教养的人。他希望他们能克制一点，否则……

否则……如果每个人都要发泄自己的沮丧或生气，有的还是因为陈年旧事，那就没完没了了……

否则，他也要开始回忆了。

回忆往昔。

往昔就会涌上心头。

裹着灰色粗布大衣往前走的俄罗斯人。圆润丰满的女人。她们老了，年轻时浅色的撩人的皮肤、眼睛和头发，如今透着倦意，残存着些许生命的迹象，以及对幸福的期望。男人们棱角分明，隐约让人恐惧，常常沉默不语，永远步履匆匆。

他仿佛又回去了，回到了阿拉米尔的板房，或者莫斯科的地铁。同样的粗鲁弥漫在空气中。这种粗暴让人感到压抑。似乎都在监视他人，空气里承载了那么多的告密者，吓得人都不敢呼吸了，生怕……

说不清楚到底是在怕什么。

可能以前清楚，但现在忘了。

恐惧就像一股温热的、难闻的味道，悄无声息地潜入。它把人变成了战战兢兢、胆战心惊的蚂蚁，急火火地往左爬、往右爬，往哪儿爬都行。

如同一群迷路的人。

但千万不要停下，因为害怕……

人们真的知道打击何时降临吗？

恐惧的味道，贫困的味道。潮湿的毛衫味，难闻的汗味，墙角的尿味，流露着惊恐的人的味道。

不要说。千万不要说。什么都不要承认，什么也不要透露。说了就有可能被记下来，用来对付你。

假装什么都没有，假装什么都不知道。保持沉默。甚至连藏在心里也不可靠。笑的时候捂着嘴。到了晚上没有人听的时候，再低声说给自己听。面对一片漆黑。

仿佛装不下的一切会突然溢出。

突然溢出下水道。

下水道的味道传来。无时不在，无处不在。遍布街道，蔓延到床铺。

太强的食欲，太多的禁忌。

食欲是可耻的。需要压抑。

反抗，是为了证明自己还活着。

一切都在沉重的、逼人的静止中酝酿。

危险潜藏其中，随时爆发。

人们真的知道打击何时降临吗？

如今他是自豪的。我有一个家，有一份工作，很快我就会发财。走路的时候，他都想照亮空气。

但是恐惧、耻辱和贫穷是嵌入肌肤的。有时候，他都想缩成一团，一动不动，就像蜷缩在载他来法国的最后一辆卡车的软垫长椅上那样。他躺在闻起来咸咸的被子下面。他是在边境提着鞋子爬上卡车的。司机停下来吃东西时，他就下来尿尿。他在高速公路边上翻垃圾桶、捡残羹剩饭、喝瓶子底的水。

只要有穿制服的人拦住卡车，他就吓得不敢喘气。他听着声音。盖上被子，想他在阿拉米尔的祖父，想祖父满含爱意的目光。拯救我们的，就是爱，他在被子下面屏住呼吸想。

然后一位女士生气了。

她穿着灰色紧身套装，撇着的嘴像个变了形的括号，圆眼镜滑到了冒着汗的鼻子上，夹住了她的鼻孔。她嘟嘟囔囔抱怨着，突然受不了了，爆发了：

"坐下[1]，哎！坐下！别挤了，哎！"

大家面面相觑，偷笑着，是猎狗要见到血了那样的坏笑，她到底能不能把这两个英国胖女人从折叠座椅上赶走呢？

"可是……**坐下**，好吧？"她大声喊，"因为，呃，**因为人太多了！**"

最后几个字是喊出来的。她气喘吁吁，气急败坏。手指紧紧抓着金属杆。

年纪大一点的英国女人穿着一件黑色紧身套头毛衣，三层粉色赘肉从低腰牛仔裤上面挤了出来，夹克衫缩到了胸部下面。她站起身，一脸窘迫，跟女儿解释说，她们得站起来。长得跟妈妈一模一样的女儿照着做了，但鼻子没有从巴黎地图上移开。

"**我们不知道**，"妈妈在道歉，"**对不起！**"

那个凶巴巴的、穿灰色套装、鼻孔被夹住的女士抗议："你们不知道你们俩把地方都占了？睁开眼睛看看吧，真是！"

说出最后这句话时，她下巴动了一下，眼镜掉到了瘦瘦的胸上。

阿德里安看着那两个英国女人在出汗，愤怒的女士喘了口气，乘客们又打起了瞌睡。所有人挤作一团，尖酸乖戾，局促在各自的人生里，同样不幸。

他还在坐地铁，但很快就会结束的。他会有钱的，有很多钱。

---

1. 原文为英语，下同。

到时候他就换锅炉。

　　阿德里安第一次在富凯酒店用午餐时，白桌布上放着盘子，两边摆着那么多餐具，让他目瞪口呆。看着银餐具和小花瓶里的银莲花，他差点笑出声。

　　礼节真多！陈旧的仪式，似乎在羞辱他这个无知的冒失鬼。

　　放面包的小盘子弄得他很尴尬，他以为那是黄油碟。三只杯子，是盛水和红酒的。还有诸如不能用刀切沙拉叶子之类的习惯。

　　每道菜他都让客人先吃，然后加以模仿，免得出丑。

　　在回圣沙朗的火车上，他想起《泰坦尼克号》里的场景，凯西·贝茨——他很喜欢这位女演员——在莱昂纳多·迪卡普里奥耳边轻声讲解餐桌礼仪："至于餐具，很简单，从离盘子最远的开始用，每吃一道菜，就换离你更近的。"

　　他在圣沙朗练习过。他研究了吃肉和吃鱼分别要配什么红酒，吃奶酪和甜点要配什么酒，研究了各种质量的香槟，阿尔马尼亚克烧酒或梨酒端上餐桌时应该是什么温度的，还有波旁威士忌和普通威士忌的细微差别。还有餐巾要怎么叠，怎么放在膝盖上。要正对着盘子坐下，手可以放在桌子上，肘部不可以！还要坐得直直的。

　　用餐前千万不要抛出一句："祝你胃口好！"免得被当成乡巴佬。女主人动叉子之前，哪道菜都不能碰。

　　他学习如何把餐桌布置得漂漂亮亮的，这是一门艺术。要摆餐巾、桌布或台布、花、蜡烛、面包篮、漂亮的盐瓶、胡椒研磨瓶、细颈玻璃水杯、细颈滗酒器、水晶杯、桌布上五颜六色的石头、各种蜡烛。

　　他还学会了如何不卷舌发出"r"这个音。他一边刮胡子一边对着镜子练习"Groupe""clair""franc""trier""crapule"[1]，避免发出敲鼓一样的声音。

1.意思分别为"小组""清楚""法郎""分拣""坏蛋"。

看到他这么努力，斯泰拉一开始微笑，然后停住问道，他费这么大劲是为了谁。

他没有回答。一回答就会露出马脚，而他的计划要保密。

一天晚上，他在火车上摊开报纸，读到了这句话："幸福就是你发现自己有能力做一件你以为你做不到的事。"他合上报纸，闭上眼睛，心想的确是这样！的确如此。

他想要幸福，不想妥协。

在爱与恨之间，他犹豫了很久。他并非有意倒向一边，只是飘来荡去，迟疑不决，时而心满意足，时而心怀仇恨，无法真正做出决定。

奥布拉佐夫出现，让他倒向了一边。

奥布拉佐夫想杀了他，当着阿拉米尔所有男人的面跟他算账。

在跟奥布拉佐夫发生冲突之后，阿德里安选择了幸福。上天已经做出决定。上天命令他：加油，你这家伙，加油，你会赢的。哪怕只因为这道命令，他也要选择幸福的阵营。

下午一点，他推开酒店的门，在入口处逗留，握着公文包提手。接下来的几道菜、几个小时会决定他的未来。

他不害怕。

奥布拉佐夫说："退后一点，我要揍他。我要把他揍到屁股开花。"阿德里安表面平静，其实五脏六腑已被恐惧掏空。他想得清清楚楚：不要倒下，一下一下挨着，流血也不要理会，要忍住。他眯起眼睛，瞥到奥布拉佐夫在靠近。他肌肉紧缩，脚陷在淤泥里，挺直仿佛已经被坚固的锁固定住的胸膛，咬紧嘴唇，挨了一下，再挨一下，再挨一下，再挨一下，鼻子已经失去知觉，一只眼睛也已失去知觉，他已经看不清对手了，但手还能动，用拳头捶着对方……后来呢？他想不起来了。他站着离开了。他浑身是血，但没有倒下。他身体僵直，摇摇晃晃。这件恐怖而怪异的事让他沉醉：他，阿德里安·科苏利诺，一个瘦弱的男子，竟然击败了阿拉米尔的巨人。火光穿过他的头颅。他走着，被一种陌生而疯狂的幸福冲昏了头。

奥布拉佐夫的膝盖弯曲了。奥布拉佐夫倒下了，鼻子插进了阿拉米尔的泥土里。

轮到他了，服务生把他带到桌边。这是个战略性的位子，正对着前台，可以看到顾客进进出出，可以捕捉到经常光顾这家酒店的重要人士的目光。

"谢谢，斯特凡纳。"他对服务生说，但没有看他。

他快速塞给他一张二十欧元的纸币。

"您想要别的东西吗？"斯特凡纳欠了欠身以示感谢，问道。

"不用了，很完美。"

"如果您的客人有特殊需要……我知道如何满足他，我有各种各样的地址。"斯特凡纳低声说。

阿德里安点了点头，面露窘色。他不喜欢斯特凡纳亲昵的样子。

他在墙上的镜子里瞥到了巴黎的天空，灰暗而阴沉。天空像一头沉睡的鲸鱼。紫色的秋叶在地平线上飞舞着，将红棕色的雾气划出一道线。

他研究了地图，看了看手表，博尔津斯基已经迟到了十五分钟，他忍住了愤怒的叹息，把手指掰得咔咔作响，查看了邮件，就在这时，他的目光被正在门口等待的一个年轻女孩吸引了。

美丽……这个词太弱了。

得把这个词夸大、拉长，用无限把它填满。

一团栗色头发，闪着赤褐色或金黄色的光——具体是哪种他说不上来，面庞如一朵复古的花朵，眉毛浓密，嘴唇鲜红，眼睛像在发号施令，一件博柏利凸显着她修长的身形，双腿曼妙无比，踩着黑色的芭蕾舞鞋，腰身那么细，感觉伸出手臂就能环绕过来，普拉达的包从肩膀上傲然地垂下来，撇了撇嘴，仿佛厌倦了臣民致敬的公主殿下，倨傲地微笑着……

他从未见过这样的微笑。

他坐在椅子上后退了一点，打量着正在微笑的陌生女孩。华美、淡漠、冷若冰霜。然后又变得甜美、梦幻、温情脉脉。

如同一个谜。

她绽放了一个殷勤的微笑，让人联想到放纵、歌曲、鸭绒盖脚被、荒无人烟的暗礁之上红黑相间的天空。"马上起飞了，请系好您的安全带……"您喊道："好，好，这就来！"您伸出手。这个微笑让您飘飘然，把您紧紧搂住，带您来到世界之巅，您在那里飞翔，平静地赞叹，沉迷其中，几近残酷……您变成了国王，低语道："拜倒吧，臣民们！让队列通过！"短短几秒之后，微笑藏起来了，模糊了、消失了，把您扔在地上，把您摔坏了，您惊慌失措，受到了永久的伤害。

仿佛它的主人厌倦了过于温顺的俘虏，正在寻找一个会反抗的猎物。

这个微笑既意味着和解，又意味着宣战。

白桌布、蓝色和粉色的银莲花后面的他口水都流光了，愣住了。

她朝酒店领班耸了耸眉毛。

"我跟卡特先生约好了。"

男领班被她强烈的女人味淹没了，想要镇住她，重建愚蠢的男性霸权，于是让她耐心等待。

"我看到他了，他在等我。我可以自己过去，您看。我不会迷路的！"

酒店领班欠了欠身，把她带到了阿德里安的邻桌，一个五十多岁、穿西装打领带的人站起身，用英语做了自我介绍。

陌生女孩点了点头，问了好，把厚重的头发从右边拨到左边，坐下来，没有理睬落在她身上的无数目光。

博尔津斯基恰好在这个时候进了门。他挺着有三层肉的大肚子，穿着怪异的棕色裤子，前裆被撑开了一半，衬衣上还有圆形的汗渍，与领带正好相切。阿德里安憋住了笑。

他在工地上见到的正是这个家伙。像猫头鹰和秃鹫的结合体。他的脸上方是两个温柔的圆圆的小眼睛，让人想起在平静的夜里活动的那种鸟，下方是鹰钩鼻、薄薄的嘴唇，下巴往后缩，像那种食肉动物一样。它栖息在树枝上，等待着猎物，像猫头鹰一样叫着，想把猎物迷惑住，等它一靠近就立刻扑上去，把它撕成碎块，吃得一干二净，然后飞回树上，窥伺着下一个受害者。他跟埃德蒙·库尔图瓦做生意并非出于偶然。他应该是藏着什么主意。这种家伙总觉得跟自己谈话的人是蠢货，他只要一张口就能把对方搞定。

"抱歉，"博尔津斯基气喘吁吁地倒在椅子上，"我没打到车，不得不从酒店一直走到了这里。"

"您住在广场酒店，不是吗？"阿德里安微笑道。

"是的。"

"离这里五百米？"

"的确是。"俄罗斯人似乎没有领会到他话里的嘲讽之意。

他打开餐巾，夹到衬衣领子里，在肚子上摊开，抓过菜单，咕哝道："您有什么推荐？"

"所有的菜品都不错，出自皮埃尔·加涅尔之手，他是这里最有名的主厨之一。"

俄罗斯人一边搜寻着菜单，一边擦着额头。

"我请您。"阿德里安指明。

博尔津斯基把手贴在肚子上，把肚子塞进桌椅中间，快速浏览完菜单，决定选肥鸭肝和鸡蛋黄油嫩葱酱牛排。阿德里安选了蛾螺馅饼和烤鳎鱼配蒸蔬菜。他看了酒品单，选了一瓶圣埃斯泰夫的飞龙世家庄园 2006。

"他们这里的奶油千层蛋糕棒极了。"

"我看出来了，先生是这里的常客，"博尔津斯基打趣道，"您知道哪里有好餐厅。"

他笑了笑，调整了一下领带的位置，低声补充道："那先生知道哪里有坏坏的小姑娘吗？"

阿德里安摇了摇头。

"服务生斯特凡纳可以告诉您……"

他们说的是俄语，这样也好，阿德里安不想让邻桌的陌生女孩听到他们的谈话。

"太好了！我去问他。"

一位男士走进门，阿德里安友好地朝他打了个招呼。男士点了点头作为回应。

阿德里安朝博尔津斯基转过身。

"是一位客户。"

"啊！很好，很好！"俄罗斯人说着，把一大块黄油在面包片上涂开。

午饭开始。阿德里安介绍了他的生意，博尔津斯基宣布了条件和金额，阿德里安提出异议，博尔津斯基反对，阿德里安坚持。双方都不愿让步。

阿德里安喝下一口圣埃斯泰夫红酒。这个合同很重要，埃德蒙还指望他呢。

每当有仪表堂堂的人走进餐厅，阿德里安就微微抬抬手或点点头打招呼，对方先表示诧异，然后以同样的方式回礼。这里的每个人都互相认识，或者假装互相认识。这样会让您觉得自己很重要，能把胳膊伸得很长，能接触到部长和大老板。跟您打招呼的这个人，也是以前您认识的，只是现在忘了。没必要惹他不高兴。忽略这位陌生人友好的招呼，也许会造成不好的后果。或许下一场生意就会遇到他，还是打个招呼吧，又不花什么力气。

阿德里安一边打招呼，微笑，点头，一边听着客人的意图。

博尔津斯基继续往下谈，但声势越来越弱。阿德里安的手段迷惑了他。

每打一次招呼，阿德里安都会朝他欠一欠身，然后继续谈话，一副若无其事的样子。他要把埃德蒙·库尔图瓦从欧塞尔的一个仓库回收的一批货卖出去，包括三个火车头和六节车厢。三个大火车头是五十年代的，还有一些漂亮而且价值不菲的零件。

"您跟这些人都有生意往来？"博尔津斯基用刀尖指了指门口问道。

"有些是的。"阿德里安回答。

博尔津斯基晃了晃身子，嘴里塞得满满的。

"我说的不是笼统意义上的，我想知道他们是否……"

"是否是今天我们谈论的货物的潜在买家？"

"对。"博尔津斯基吃下一大块牛肉，右边的腮帮子鼓了起来。

"如果我们谈不成，我可能就要去问他们，"阿德里安大大方方地回答，"昨天我见了一位很感兴趣的客户。我没签合同是因为我们约了今天的午餐，不过……"

"您对我说这些火车头……"

"……品相极佳。您可以把它拆成零件，或者直接卖掉，卖给稍微……退后一些的国家。"

"您是想说'落后'吧？"博尔津斯基哈哈大笑。

他把杯子里的酒喝光了，拿过酒瓶给自己倒上。

"我不想瞒您，"阿德里安继续说，"您不是唯一要……"

"对，但我们来自同一个国家，我有优先权！"

阿德里安微微一笑，没有回答。在米兰来之前，他只需要保持态度暧昧就可以了，米兰会像以往的每一次一样，加速生意进展。

俄罗斯人吃了肥鸭肝和肉，喝了圣埃斯泰夫红酒之后，身子热了起来，开始高声说话，他的嗓音在餐厅里并不协调。邻桌的陌生美女回过头，耸了耸眉毛。阿德里安打了个手势，请她原谅客人的粗鲁。陌生女孩回过头。

她连生气的时候都那么美。

"如果我们今天达成一致，"阿德里安继续说，"我可能还会有别的提议，但目前我还不想谈。"

他确实谈不了，因为他不知道该如何安排。可以确定的是，他要活动活动了。谁活动不了，谁就会在两年之内死掉。是的，两年。可是要怎么活动呢？自己干还是跟人合作？以什么为基础呢？

"您不想跟我或库尔图瓦先生谈谈？"

这个人真狡猾，他已经明白了。

"我没有这么说。"阿德里安回答，摆出防御的架势。

"怎么都一样，"博尔津斯基断言，"我会是一个有趣的合作者，我们相互理解。您在这里有立足之地，我有钱，有很多钱。废钢铁业正在陷落，新产品正在涌现。今日调整定位的人会成为赢家。需要投资，要找到市场。这算是越线了……噢，越过不多，但也算越过了一点。"

他说着，仿佛读懂了阿德里安的心思。

他擦了擦嘴，打了一个饱嗝，不过他用餐巾捂住了，继续坚持："如果我付现金，三个火车头您能再便宜一点吗？"

"我说了不算，这件事我做不了主。"

阿德里安看了看手表，下午两点十五分。米兰要来了。

米兰进了门。

他不是走进来的，是冲进来的。

他把外套递给衣物寄存处的女孩，用裤子擦了擦尖头皮鞋，拉了拉衬衣袖子，遮住左手腕上的"Life is a joke"[1]文身。

他瞥到了阿德里安，朝他抬了抬胳膊。

他走到桌边，停了下来，无视博尔津斯基，直接用俄语对阿德里安说："哎……那天晚上我们见过面以后，我找到了一些低价出售火车头和车厢的懒家伙……您不会甩掉我吧？我们说的话还算数吧？"

阿德里安清了清嗓子，瞥了一眼博尔津斯基。

"这是谁啊？"米兰问。

"一位客户。"阿德里安简明扼要地回答。

"不是买火车头的吧？您已经答应我了啊。"

阿德里安没有回答。

米兰抓起他的胳膊，强迫他看着自己。

"回答我。不是买火车头的吧？"

阿德里安抽出胳膊，声音坚定地说："我向您介绍博尔津斯基先生。他来自莫斯科。"

1."生活是个玩笑。"——原注

米兰快速地向博尔津斯基点了点头，然后朝阿德里安转过身子。

"那天晚上我们差一点就签了。您不会想骗我吧？"

"我现在没有时间跟您谈，我正在忙。"

"我马上就找到了三个客户。三个客户！您明白吗？"

每说完一句话，他就抬起头看着两个人，确认他说的话产生了效果。

"您可不能因为这头大肥猪背叛我！"他苦笑了一声，脱口而出。

"博尔津斯基先生讲俄语，他完全听得懂您在说什么。"阿德里安打断了他。

"我的客户都是巨头，两位是南非的，一位是津巴布韦的。他们已经准备好了用金子和钻石付我钱。我对他们说货就在我手上，我说得很清楚了，不是吗？"

阿德里安朝博尔津斯基转过脸。

"请您原谅他，他不知道……"

"他出的价比我高吗？"米兰生气了，"他出多少钱买火车头？"

"没有必要生气。不管怎么说，我还没跟博尔津斯基先生达成一致呢。"

阿德里安说出这些话时，脸上挂着灿烂的微笑。博尔津斯基觉察到了危险。他把身子往前挪了挪，拦住了阿德里安的胳膊。

"错了，亲爱的朋友。我们刚要达成一致，这个家伙就来了……"

"什么价格？能跟我说说吗？"米兰用拳头抵着白桌布问。

"是您的两倍。"博尔津斯基坚定地回答。

阿德里安看着他，吃了一惊，口齿不清地嘀咕："您出得起这个价格吗？"

"我想摆脱这个家伙。我出双倍的价格，就这样吧。"

米兰入戏太深，咆哮起来，擦了擦额头，装出一副绝望的样子。

"但这不可能！这不可能！"

"事情了结了，"阿德里安说，"我们什么也没签，博尔津斯基先生的条件更加诱人。"

"你会为这件事付出代价的！"米兰发誓。

"我真是要吓死了。"阿德里安微笑着。

米兰奄拉着脑袋，咒骂着出去了。

他溜到红色大厅里，在一张桌子边坐下。只能看到他的后背了。他要给自己点一块牛排，一份肥鸭肝，一瓶红酒，还要吃两道甜点。然后把这些记在阿德里安的账上。

博尔津斯基的目光一直跟着他，嘀咕道："奇怪了，我从来没见过他。他是这一行的吗？他是从哪里来的？"

"我不知道。"阿德里安一边说，一边抬起胳膊喊服务生，想转移他的注意力，"您要甜点吗？"

"我丝毫不记得见过这张脸……"

"我跟他谈过，他出的价总是很高，而且总是付现金。这个家伙不坏，可能只是有点粗俗。"

"我得去打听打听，"博尔津斯基说，"他叫什么？"

"抱歉，"阿德里安站起身说，"我看到一个人，得去跟他说句话……一分钟就回来……"

他朝着大厅里面的一张桌子走去，桌子旁边是通向卫生间的走廊，他消失在博尔津斯基的视野里。他走上楼梯，在两节台阶之间停了下来，等了几分钟，足够博尔津斯基忘记他的问题了。没有必要让他知道米兰的名字。他可能会去调查，发现其中的奥秘。

阿德里安看了看手表。事情搞定了，他可以去坐下午五点十分回桑斯的火车了。

而且还赶得及去看仓库。

博尔津斯基观察着大厅。他在用目光搜寻斯特凡纳，让他帮忙找个女孩过夜。最好是金发，胖的。瘦的吸起来不带劲，还爱装腔作势。得抓着她们的脖子。这三个火车头他出的价有点高，但这种货不多见，他会狠狠赚上一笔的。这个男人，这个恶毒的俄国男人，他看上去有些疯疯癫癫的。他理解他。他也不想出双倍的价。这个科苏利诺真不错，他没有惊慌。他重新给他定了位，这是个疯癫的俄国人。

服务生端上一道奶油千层蛋糕。

"科苏利诺先生吩咐我，给您尝尝我们家的特色……这是我们特制的红色水果奶油千层蛋糕配……"

博尔津斯基打断了他："您是斯特凡纳吗？"

"不是，那边那个服务生是他。"

"您可以把他喊过来吗？"

阿德里安在楼梯上倚着墙，沉思起来。

得重新制定策略了。有几次，他和米兰说的都是同样的台词：吃惊、愤怒、生气。米兰演得太过了，听起来很假。得换一换策略，编点别的事。

但不要惹米兰不高兴。

他已经习惯了这么容易地赚钱。他对香烟、西装和尖头皮鞋的质量要求越来越高。他想搬家，想住到好的街区去："你知道，我就要成家了。我也拿到证件了。"

早在饿肚子的时候，他就认识了米兰。当时他还在非法居住，他们在同一个工地干活，等待着同一位圣诞老人：那就是证件下来。他们干活，后背、胳膊和大腿累到散了架。他们住在一个小房间里，那里勉勉强强可以放下两张床垫、一个微波炉和一个洗碗池。墙上有四个挂衣钩，可以把衣服挂在上面。

这还是不久之前的事。

虽然他们没有共同经历幸福，但那也算是他们的过去，他们勉强算是一家人，他们之间有某种类似于纽带的东西，让他感到安慰。

阿德里安摸了摸脸，做了个鬼脸。他得自己做生意了。他受够了给埃德蒙·库尔图瓦打工，虽然他相信他并不想跟埃德蒙对着干。

但他也不是很想跟埃德蒙合作。

他说不上来。这件事在他脑子里盘旋，没有答案。这件事让他疯狂，得找到解决方案。它已经成为当务之急。

他有场地，有仓库，有搅碎机。他**买了**一台搅碎机。接下来只要招到员工就够了。每天都有新的市场在被开辟，埃德蒙·库尔图瓦却看不到。他还保留着过去的思维方式，但现在需要的是规划未来。

未雨绸缪。

只有一个解决方案：开办其他的子公司，回收塑料、木材、纸板和有色金属。在这些领域大有可为。前提是**马上行动**。大型集团的人已经明白过来了，他们正竭尽全力投资。

但是他**真的**跟埃德蒙谈过这件事吗？还是只是话在嘴边？害怕他会同意，这样就不得不跟他合作了……

博尔津斯基了解市场，了解俄国的销路。不仅如此，他在印度乃至亚洲都有熟人。驶往欧洲的驳船载满了带两个球的玩具、劣等货和小型电子设备。人们在印度、中国和越南的港口把驳船堆满，堆得跟船舷平齐，驶回来时就空了。还可以装上废木材、废塑料和分拣过的纸，然后出口。**出口**。这样不用花一分钱！

阿德里安买了一台处理塑料的搅碎机。这次他是越线了。**越过很多。**

他还预订了一台处理木材的，但没有付钱。

他很想装第三台，处理纸板和普通的纸……

他叹了口气，轻轻咬着拇指的指甲，看了看手表。博尔津斯基的红色水果奶油千层蛋糕应该已经下肚了。

就在这时，他瞥到了那个微笑既能承诺和平，又能宣布战争的陌生美女。

她在下台阶，耳朵贴着手机，怒气冲冲的，眉毛皱成了一个小蝴蝶结。

"他很重，很重！他有那么厉害吗？"

她喘着气，感到恶心。

"我受够了有人控制我。西斯特龙已经在监视我了，弄得我好像会把两只手伸进钱柜偷您的钱。是的，我知道，他这么做是出于对您的忠诚，可是……西斯特龙再加上卡特，还要再加上谁？您不相信我吗，叶莲娜？不相信就赶紧说……"

阿德里安的注意力被吸引了，他侧过身子让她通过。他贴着墙。她没有理他，从他身边经过时，包撞了他一下。他推开包。她还是没有理他，抬了抬手，想抓住正从肩膀上滑下来的包带，想要抓住它，结果失去了平衡，晃了一下，尖叫了一声，朝阿德里安伸过一只手。阿德里安抓住她，把她拉起来，让她站好。他闻到了她的香水味，热热的，有胡椒的味道，像一块喷了香水的布在飘荡。

"放开我！您以为您是谁？"

她好像受到了侵犯，睁大了眼睛，头发从脸前面掠过。

"是一个避免了您重重跌倒的男人。"

他毫无预兆地松开了她。她摔下几层台阶，扶住墙，恢复了平静，然后回过头，吓了他一跳。

"我可能会摔死！"

他没有笑，因为他想得到她。

他转过身，上了台阶。

"真是个粗鲁的家伙！"年轻女孩喊道。

"您想怎么叫就怎么叫吧！"他说着，头也没回。

昏暗的楼梯里，欲望不请自来，钻进他们的脑海，扑扇扑扇翅膀，将他们拉近，然后漫不经心地飞走，仿佛轮到他们继续各自的故事了。

卖出三个火车头和六节车厢这件事刚刚了结，价格是埃德蒙在合同下面写的预估价格的两倍。这时，一个穿着粉橙色大衣，上面装饰着紫色格子，活像一颗糖果的女孩靠近他的邻桌，就是陌生美女刚刚坐下的地方，喊道："奥尔唐丝！奥尔唐丝！你在巴黎！[1]"

奥尔唐丝。原来微笑的女孩叫这个名字。

她不再微笑，气冲冲的，咬牙切齿地说："还用你说。"

"你！在这里！"

1.原文为英语，下同。

"没错，你走开。我又不是埃菲尔铁塔。"

阿德里安微微一笑，祈祷美国女孩听不懂法语。

"Oh! That's divine! I want to see you. Let's have coffee together! When do you want to meet？[1]"

"永远别见面。"

"What did you say？[2]"

微笑的女孩懒得再回答，转身对着面前的男人宣布："我会考虑的。您也从您的角度考虑考虑。但是您得给我自由，绝对的自由。如果有人监视我，我就什么主意都想不出来。您明白吗？"

男人看着她，仿佛没有全懂，但他同意了。

"如果我不能每天都画画，如果我设计不出裙子、纽扣，想不出用什么方法扣上上衣，那我就成了地毯上的一条金鱼。这是我的人生。就是这样。没什么好谈的。"

陌生女孩的音调变了，她在恳求。

男人听着，被她颤抖的嗓音和地毯上的金鱼这个说法吓了一跳。他嘀咕道："好的，好的。"让她放心。她怀疑地看着他，站起身。男人移开椅子，握了握她的手。

穿粉橙色大衣，上面还有紫色格子的美国女孩目送她走远。她本来把她当朋友的。

"Those French people…so rude![3]"

微笑的女孩听到了。她转过身，反驳道："我不跟穿得跟颗糖一样的人说话。"

阿德里安微微一笑。

只有巴黎的女孩才会有这么修长的腿，才会这么刻薄地反驳别人。

1."噢！太棒了！我想跟你聚聚。我们一起喝咖啡吧！你想什么时候见面？"——原注
2."你说什么？"——原注
3."这些法国人……真没教养！"——原注

*

下午的课刚开始。

在食堂吃过午饭的孩子们从口袋里搜出剩下的一点面包、"乐芝牛"奶酪和杏子干，用手遮着嘴嚼了起来。在家里吃午饭的孩子打开作业本，摊平，从笔袋里拿出比克笔，等待老师下命令。教室里飘荡着取暖器的味道、奶酪味和汗水味。一些孩子直直地坐着等着，另一些在膝盖上胡乱写字传话，这些话在老师背后飞来飞去，他们在决定上完课要去做什么。

校园里禁止使用手机。

费利埃夫人推开门，她身后还跟着一个小女孩。女孩长着完美的椭圆形脸蛋，柔顺的深棕色长发如帘幕一般，垂落在黑色圆领上衣上，一条胳膊上缠着绷带。

"蒙德里雄夫人，"费利埃夫人说，"我向您介绍达科塔，达科塔·库珀。她要加入您的班级。她是从纽约来的……"

费利埃夫人说"纽约"这个词的样子，仿佛这个新生是穿着宇航员的靴子、挎着装满流星的桶，从月球上过来的。

她停顿了一下，继续说："她在法国上了学，然后去美国待了两年。得帮助她赶赶进度，但这也不难，达科塔学识渊博，充满智慧。"

听到这些话，一半的学生冷笑起来，窃窃私语声越来越大，嗡嗡作响，**智慧，智慧，智慧**。费利埃夫人没有动，愤怒的眼珠转来转去。

"请大家好好迎接我们的小达科塔！"

达科塔·库珀站在费利埃夫人身边。她的鼻子跟猫鼻子差不多，眉毛上扬，朝太阳穴方向延伸，显得脸庞有点像亚洲人，眼睛黑黑的，颧骨高高的，嘴……

嘴红红的，嘴唇饱满，在这张苍白的脸上很显眼。嘴角下弯或上扬，表达着烦恼、惊讶、疏远、冷漠或节制的快乐。

她穿着一条宽褶子的黑裙，飘飘荡荡的，搭配黑色紧身袜和黑色厚底鹿皮鞋。她是在服丧还是怎么了？汤姆心里想着，突然觉得自己穿着"**重**

新发现你自己"[1]的 T 恤像个侏儒，但这已经是他最喜欢的一件衣服了。

"给她在班里安排个位置。"费利埃夫人坚持。

"这是当然！"蒙德里雄夫人回答，"我们正好在写作文。达科塔，过来坐在第一排，就坐在马里厄斯旁边，马里厄斯，给她一张白纸和一支钢笔。"

马里厄斯气呼呼的，反抗道："给她一支比克笔吧，夫人，我从来不把钢笔借给别人。那可是我亲手做的。钢笔是私人物品！"

"随便你……"

"我有钢笔。"新生平静地说。

费利埃夫人的目光一直没有离开达科塔·库珀，她看着她坐到马里厄斯旁边，从书包里拿出有爱马仕标志的笔袋，掏出一支威迪文钢笔，右手单手拧下笔帽。

"准备好了吗，达科塔？"蒙德里雄夫人一边盘算着笔袋和钢笔的价格，一边问。

"准备好了，夫人。"小女孩回答。

"那我们就开始练习吧，任务是：'你弄丢了一件非常喜欢的东西，请用三个不熟悉的词描绘一下，并在下面画线。'可以查词典。用十五分钟完成。"

她朝达科塔转过头："你需要我借你一本词典吗，达科塔？"

"不用了，谢谢夫人，我都记在脑子里呢。"

教室里又响起一阵喧哗，**在脑子里，在脑子里，在脑子里**。费利埃夫人的手指蜷曲着，紧紧抓着海军蓝羊毛衫上的扣子，她生气了："如果你们继续，我就让你们周六下午留校。"

喧哗声停下来，学生们专心写起作文。

费利埃夫人离开了，走之前还跟蒙德里雄夫人嘀咕了几句，每个学生都想知道她说了什么。第一排的学生捕捉到了只言片语："可怕的悲剧""出发去美国""家庭被毁""需要治愈的过去""可怜的孩子""尽

---

1. 原文为英语。

可能"。

达科塔没有听。

她俯身对着作业纸写着。她画出三个词。她重读了一遍。她的嘴唇有点颤抖。她放下钢笔，扣上笔帽，把它放回笔袋。

把缠着绷带的胳膊放在桌子上。

她周围的学生吐着舌头，抓乱了头发，挖着鼻孔，不停地挠着脸，瞥着邻桌的作业纸，翻着词典，嫉妒地看着已经写完的达科塔。

蒙德里雄夫人拍了拍手，提醒大家时间已经到了。她让马泰奥把作业纸收起来。叫喊声四起："我还没写完呢！这是欺骗，夫人！"

马泰奥把作业纸从最倔强的学生们手里夺了过来。

汤姆递过自己的作业纸。他非常想知道新生写了什么。他咬着拳头，愿望十分迫切，要是有人让她读一读她写的就好了！要是有人让她读一读她写的就好了！

祈祷起效了。

达科塔·库珀站上讲台。

用右手手指捏着作业纸。

她的左胳膊缠着一条蓝绿色调的丝绸纱巾，上面画着鸭子、池塘、野草和石头，仿佛可以听到水在汩汩流淌，鸭子在嘎嘎叫，风吹着草沙沙作响，池塘泛起一圈圈的涟漪。阳光穿过教室，洒在闪着光的纱巾上，显得这个孩子贵气又美丽。学生们都被她镇住了，默不作声。

"开始吧，达科塔，我们听你讲。"蒙德里雄夫人一边说，一边努力回想着一条爱马仕纱巾的价格。

一阵沉默，并非恶意满满，却也不友好。这个在学年中间突然到来，站在全班面前既不脸红也不发抖的女孩是谁？她以为她是谁？

汤姆在课桌下面握着拳。这个新生真是敢赌博。她有可能赢得尊重，也有可能惹得哄堂大笑，沦为笑柄。

她的目光变得空洞，又盈满感情，继而再空洞，再盈满，仿佛她是在用眼睛呼吸。

他觉得她是在驱赶周围的空气。她吸进一口气，语调平静地开始讲述：

"它是浅粉色、蓝紫色和橘红色的，微微泛着珠光，有点软，有点磨损了。上面有美男子的图案，闪烁着真正的希腊罗马式的光辉。其中有翩翩的美少年，有音乐迷，有奥林匹斯山的众神，众神为宙斯所妒，被丢进可怕的卡戎[1]的小船，送进地狱，看不到摆渡者的脸，也不知道他的年龄。正面有纽扣，五颜六色的纽扣。还有海藻和贝壳。我十分珍爱它。它是我的一切，我们寸步不离。它对我的生活了如指掌，我向它袒露一切。有一天，也就是不久前的一天，它让我的心都碎了。那是在布鲁明戴尔百货店，是七月的一个下午，沉闷而潮湿。我想到了它，于是在裤子里搜寻。我找了所有最深最隐秘的口袋。见鬼，它消失了。该死的日记本。"

沉默在继续。一些学生垂头丧气，叹息道："规则不是这样的，夫人！"还有一些吃惊地张大了嘴，似乎在说：这个女孩是从哪里来的？

"非常好，达科塔，"蒙德里雄夫人有些困惑地说，"现在你可以把你画出来的不认识的三个词写到黑板上了……"

"我认识，但不经常用。"达科塔纠正道。

"写到黑板上吧。"

达科塔拿起一支粉笔，写下"希腊罗马式""宙斯""见鬼"。

"那你肯定知道它们的意思了？"

"是的。因为我用了它们。"

蒙德里雄夫人咽了口唾沫，请其他孩子到黑板上来写。

上完课以后，学生们三五成群地站在走廊上，吵吵闹闹。有的在等家长，有的不用等人，就拖拖拉拉的，还有的趁还没回家，正在交换着手机里的

1.卡戎（Charon），希腊神话中冥王哈得斯的船夫，负责将死者渡过冥河。

照片和视频。

汤姆给母亲打了电话，他要坐客车回去。离农场不远的地方有一个站台，每个整点过五分钟都有一班车，最后一班是晚上八点。没有必要让她来接。

"我可能要晚点回去。你先写明天的作业，好吗？"

"好的，跟往常一样。再见！"

汤姆观察着达科塔。她走远了，宽褶子的黑裙飘飘荡荡，头发也随着这个节奏摇晃。

一个女孩在生气，她把挡在睫毛上的刘海拨开。

"我跟妈妈说了，我永远不会把衬衣塞进裤子里。**米斯金！**"

她的伙伴表示同意，面色凄惨。

"你母亲很严肃啊！"

"真让人感到羞耻，羞耻！"

"我姐姐找的那个男人，他真是太有品位了。那天晚上，他们一起出去，去参加了派对，嗯……开车回来的时候，他抓住她的头发，让她吐到车窗外面。"

"他不想让她把车里弄脏，仅此而已！"

"不！不！她说这是爱。因为之后他吻了她。我觉得他可爱极了。"

"他不嫌恶心。"

汤姆用胳膊肘推开人群，走到达科塔旁边，靠近她。

"你的作文，真是棒极了！"

"谢谢。"

"我呢，我叫汤姆。"

"你好，汤姆！"

她向他投来一个微笑，出卖了她眼睛里的严肃。她的眼睛如漆黑的水湾，跟池塘的底一样浑浊。汤姆不知道该看哪里，看她的微笑、她的眼睛，还是她圆圆的微微凸起的颧骨。这个女孩脸上的神情变幻不定。

米拉和诺亚赶上他们，推了推他们。

"你们怎么样，小情侣？"诺亚哈哈大笑。

"你太厉害了！"米拉嚷道，"他们还不认识呢。"

"因为我是心理学家！我不用知道也能猜出来。"

米拉是个金发小姑娘，发色接近麦芽糖，只要有人看她，她就会脸红。她患了哮喘，呼吸断断续续的，所以她就用手捂着嘴，就像一台扇叶坏了的电风扇。有时候她呼吸一急促，就变得不知所措。她用手捶着，嘴张大，但还是呼吸阻塞，喘不上气来。得让她躺下，拿一小瓶味道很重的醋给她闻闻，所以她口袋里一直装着醋。

汤姆听校医说她会周期性复发，说这个小姑娘害怕深呼吸，她父亲是个粗暴的男人，经常对家人拳脚相加。她和她的兄弟姐妹都挨过打。

诺亚的眼睛漆黑，像两颗葡萄，头发卷曲，穿一件写着阿联酋航空的长款 T 恤，斜戴着一顶安东尼·格里兹曼[1]的鸭舌帽。他会写自己的名字，对数字的顺序却会记错。上了两次四年级和两次五年级之后，他升入了初一。他不在乎，他以后要当足球运动员。他不需要上学。他只能指望老师放过他。"我会百倍地回报他们的。"他声称，仿佛可以决定法国队能在世界杯中夺得第几名。

"你看到我的鞋子了吗，达科塔？"他问道。

他穿着红黑相间的篮球鞋，白色的鞋舌上有乔丹的签名。

"一百八十欧元！真疯狂，不是吗？简直太有型了。"

达科塔礼貌地莞尔一笑。

诺亚拿出手机，拍了张照片。

"你给鞋拍照？"达科塔表示惊讶。

"我发到脸书上，给我的小伙伴们看看。"

"他们对你的鞋感兴趣？"

诺亚迟疑了一下，有些窘迫："呃……是啊。"

"我呢，我更愿意拍我的朋友们。"达科塔说。

"我父母不愿意。他们说脸书很危险。"

"你发篮球鞋经过你父母允许了吗？"达科塔问。

---

1. 安托万·格里兹曼（Antoine Griezmann, 1991—），法国足球运动员。

诺亚意识到了严重性，皱了皱眉头，向米拉投去目光，想让她告诉他这个女孩疯了。他考虑了一会儿，得出结论，松了一口气："哎，你有毛病吧你！那你在脸书上发什么？"

"我没有脸书。"

"呃……你没有脸书？"

他用手敲了敲头。

"你有苹果手机吗？"

"我没有手机。"

"噢！这个女人！真是无敌。"

他惊讶得连嘴都闭不上了。

"我没有手机，我没有脸书，但我也过得很好！"

"你是个傻子吧！"

"你这么觉得，我可不这么觉得。"

诺亚不知道怎么回答了。他在寻求汤姆和米拉的支持，但他们俩都在忙着看达科塔调整纱巾的位置，按摩脖子后面，把头发捋平。我真想跟她一样啊，米拉心想，那样我就有能力把他们都赶走了，就不会再害怕了。这个女孩是个外星人，汤姆想，我们甚至没有想过，得问问她胳膊里有什么。她跟任何人都不像。如果去操场的话，她肯定会被打。他已经想要保护她了。

他靠近她。她的黑色圆领上衣散发着刚割过的青草的味道。他伸出一只胳膊，装作若无其事的样子，想搭在达科塔肩上，让另外两个人看看，还得指望他……就在这时，新生干了一件奇怪的事。

这件事搅乱了他们的心神。

下午五点了。十一月蓝灰色的天空慢慢黯淡下来，太阳消失在一条条的云朵后，一阵微风吹着枯叶，发出低沉的唰唰声。建筑物被染成了红色和金色。四个人都在等红灯亮起，然后他们就可以穿过尚·饶勒斯大道了。诺亚忍不住斜眼偷看既没有脸书，也没有手机的达科塔，发出怜悯的苦笑。米拉在想达科塔的胸部发育了没有，如果发育了，那发育的时候疼吗？汤姆不知道伸出去的这条胳膊要怎么办，他的样子蠢极了。于是他收回胳膊，挠了挠头，正要问一个关于纽约的问题，这时新生做了一个幅度很大、引人注目的动作，她把头往后仰，下巴对着天空，保持一动不动，停留了一会儿，然后头回正，闭上眼睛，用阴森森的声音咕哝道："现在，**女士们先生们**[1]，双手捧住心口，咽下唾沫，因为要发生一件可怕的、让人目瞪口呆的、前所未有的事了，你们要见证一个从未见过的场景了……"

她伸出一只胳膊，摊开一只手，手指握成钩形，隆起背，缩着脑袋，扮演着一个邪恶的驼背人，前后摇晃。她变成了一根铁丝，变成了皮影戏里的巫婆。

他们注视着她，感到很不舒服。

"一个活死人的幽灵！"她声音嘶哑地喊。

她突然半睁开眼睛，露出两个呆滞的眼球。那是两个白色的斑点，水汪汪的，上面有银色条纹。一个幽灵的眼睛！她冷笑着，挥着手，用脖子画着圈，发出阴森森的咕噜声，把三个孩子吓得在人行道上呆住了。米拉喘不上气来了。诺亚伸出胳膊去碰达科塔，想确认她还活着。汤姆往后退了一步，盯着她。

然后，确认了效果已达到，确认已经吓到他们的灵魂之后，她完全睁开眼睛，大笑起来，说："我骗到你们了吧，嗯？"

米拉扇着风。诺亚将信将疑，仔细看着她，想弄懂她在搞什么鬼。汤姆很想说点什么，但什么也说不出来。

达科塔会在操场上引起一阵恐慌。

在回农场的车上，他坐在车前部，就在司机的正后方，思考起来。

为什么有的女人会让人肃然起敬，有的女人就任人欺凌呢？他很想知道答案。以米拉和达科塔为例，两个女孩，年龄相同，身高相同，一个总

---

1. 原文为英语。

是胆战心惊，在家里任人殴打，另一个却发号施令，不在乎别人的议论。又是一个想不出答案的问题。斯泰拉会说，我不知道，这是学校里的作文题吗？父亲会耸耸肩。苏珍会说，摆好餐具，切面包吧！而莱奥妮……

莱奥妮。

她的脑子里都是洞，她正在努力填补。晚上睡觉之前，她会在卧室的门上锁上三道锁。她把牙齿咬得咯咯作响，血液像凝固了一样。她开着灯睡觉，怀里还抱着热水袋。

但他提出的问题，她总会回答。

阿德里安曾尝试教她开车，但只要他动作生硬一点，比如抬起手，向她展示怎样转方向盘或打方向灯，她就会丢开一切，双手抱住自己，缩起脑袋。"我又不会打你，莱奥妮！你往前开，会开回来的，跟骑自行车一样！听我说，相信我，不要惊慌。我们重新开始吧？"

这也无济于事。她冲出汽车，躲进卧室，锁上三道锁。

为了安定心神，她去刺绣、缝衣服、粘东西、吸鼻烟，汤姆看着她做这些事。他的外婆太娇小了。她会讲过去的事。讲她的青春年代，讲她上大学时跟男孩子一起看电影、参加集市聚会的日子。

一天晚上，有个集市艺人送了她一朵用蓝色的纸折的玫瑰。他的左耳戴着一个耳环，就像一个海盗。

汤姆什么都可以问她，她永远都不会反对。

"你结婚时从来没想过逃跑吗？"

这天晚上，他们在电视上看《大逃亡》。史蒂夫·麦奎因第十七次尝试逃跑，刚刚回来。他平静，嘴边挂着微笑，戴着手套，拿着棒球。酷。真的酷。

"跟史蒂夫·麦奎因结婚的时候？"莱奥妮微笑道，"他可是个漂亮小伙。"

她用"漂亮"来形容有魅力的男人。

她摘下眼镜，用袖子里子擦了擦。

"我当时没有多少力气逃跑，我不知道他是怎么做到不被毁灭的。"

"哎……你最终还是摆脱了。"

"因为雷死了，费尔南德被关起来了。"

"干得漂亮！那个女人就是个婊子。"

"别这么说。这句话从一个小男孩嘴里说出来可不好听。"

"但事实如此！"

"你觉得我应该去看看她吗？"

费尔南德住在圣西尔－拉里维埃疗养院，距离圣沙朗三十公里。她存了养老的钱。她按月付养老金。她不希望有人拜访，不养猫，不养狗，没有孙子来骗她的钱。她拒绝别人给她洗漱和梳头。她每周五上午洗澡。一个人洗。"不能因为我高位截肢，就把我当残疾人！"她裹着鸭绒盖脚被，用手支撑着爬。"别碰我的被子！得找一天把它洗一洗，瓦伦蒂夫人！"她跳到椅子上、床上、凳子上，就像一只长尾猴。不管冬天还是夏天，她总是戴着一顶用钩针钩的灰色软帽。她一直腿疼，所以截了肢。她习惯不了。她一边看电视，一边等儿子回来。因为他肯定没死。她收到了消息。是谁告诉她的？她不肯说。但她就是知道。他耍了花招。他跳入了火中，消失在来找他麻烦的人面前。"他可是个机灵鬼，我的雷蒙德！"他回来以后，他们要一起离开。她唯一偶尔会接待的人，是公证员。啊，是的！有这么一位夫人。她身材高大，戴着珐琅眼镜，身穿米色长款防水衣，用纱巾遮着脸。没有人知道她是谁，因为她不把名字告诉门口的人。费尔南德和她会秘密长谈。

不准别人进入房间。

"停，莱奥妮！你想去看她？她是怎么对你的？"

"我真蠢，是吗？"

一阵哭泣哽住了她的喉咙。

他在摆弄手，按着手背上沟壑般的蓝色粗血管，就像在用手指按压煮得太烂的意大利面条。

"我不是个聪明人，你知道。费尔南德和雷，他们也总是这么说我，我呢，我觉得他们说得对。人到了最后总会变成别人说的那样。"

史蒂夫·麦奎因遭到纳粹士兵的追击，跳上摩托车，穿过铁丝网。

"你觉得他跟爸爸像吗？"汤姆问。

莱奥妮心不在焉的，于是他又问："人们说他很像爸爸。走路的样子一样，浅浅微笑的样子一样，摄人魂魄的目光也一样。爸爸也那么酷。他是从俄国逃出来的！"

莱奥妮眯起眼睛，继续说："你知道，汤姆，当别人第一次试图贬低你，第一次打你，第一次伤害你时，你就要离开，马上离开。过后就太晚了。只有第一次才算数，它会决定你的整个人生。"

"反过来也成立吗？"他问道，祈祷史蒂夫·麦奎因不要死在冲锋枪下。

"怎么反过来？"

"想象一下，你干了一件可怕的事。一件不会让你引以为豪，一件让你觉得羞愧极了的事……这种事是有可能发生的，不是吗？"

莱奥妮点了点头。

"你会永远变成一个浑蛋吗？哪怕这种事你只做了**一次**？"

莱奥妮不知如何回答。

德国士兵在铁丝网里抓到了史蒂夫·麦奎因，他浑身是血。他会被扔回单人囚室，但他还是面带微笑往前走，把棒球抛向空中。

这天晚上，汤姆辗转反侧，难以入眠。

他害怕变成浑蛋。这是真的，他想，只要**一次**，哪怕只有一次，他也永远是浑蛋。如果不是故意的呢？如果是因为恐惧和懦弱呢？也算数吗？

第二天，上完课以后，他下定决心靠近达科塔，不能放走她。他给妈妈打了电话，说他要自己坐车回去。她说："怎么又这样！那你上完课以后干什么？"

"什么也不干。只是现在我长大了，我可以自己回去了……"

这样对斯泰拉来说也方便，她得去家乐福买一大堆东西。

"好的。但你别拖拉，还得写作业呢。我去买东西。你想让我给你带点明虾吗？"

汤姆说好，这样她会高兴的。她牢牢记住了他喜欢吃虾，因为有一天在餐桌上，他拿了两次。

穿宽褶子黑裙的小姑娘迈着碎步走在他前面。在她穿过马路之前，他跑着追上她。

"你住得远吗？"他问达科塔。

"不远，在共和国大道十九号。"

"那是个好街区……"

他的夹克衫和书包让他感到羞愧，他想象着好街区，金灿灿的生活，有深色车窗的豪车，父亲做生意，母亲出入美容院，从头到脚散发着香味。

"你呢，你住在哪里？"达科塔问。

"在一个农场里，离这里五公里。"

"你喜欢那里吗？"

他从来没想过这个问题。

"呃……不过是住处而已。"他尴尬地说。

她快速瞥了他一眼。空气中似乎有剪刀的响声，咔嚓，咔嚓。她应该会觉得他傻乎乎的。

"纽约是什么样子的？"为了化解尴尬，他问。

"你从来没去过吗？"

她又一次用目光剪断了他。如果一个女孩让你心动，你会不会总觉得自己笨极了？

"说说吧，怎么样？"

"我描述不出来，"她耸了耸肩膀宣布，"这不是一件事，而是一百万件事。会让人觉得仿佛一直生活在电影里。"

他想起圣沙朗已经倒闭的电影院。上了锁的围栏后面堆放着广告单、易拉罐、烟头等垃圾。一对居无定所的夫妻用纸盒裹着身子，在前面睡觉。

"描绘圣沙朗，只需三四个词就可以了，但是纽约……需要一本词典。"

她叹了一口气，低声补充道："我回到这里，也是被逼无奈。"

他不敢问为什么。这个女孩很擅长消灭问题。

他闭上嘴，斜着眼看她。

她肩膀低垂，嘴角陷落，沮丧不已。她的鼻子看上去像是迷了路，似乎已经不在脸上了。一切都错了位。她变得丑陋而苦涩，甚至恶毒。就像一个没有牙的老太太，在乞讨一碗米饭。

美貌会这样蒸发吗？我看着她，她很美，我转过身，又看了她一眼，她变丑了。

就像一个魔法。

他们默默地走着，一直走到一座庄严的白房子前面，它位于一道很长的黑栅栏后面。

"这是你家？"

"是的。"她毫无激情地说。

"真美。"

她冷漠地撇了撇嘴。

"是……是……非常美！还有花园……那么大的花园！是你父亲在维护吗？"

她宽容地微笑着，咔嚓，咔嚓。

"不算是。"

他又说了句蠢话。他弯下腰，透过栅栏仔细观察着房子，喊道："还有这座雕塑！"

他指着一匹直立的铁马，它是用铁板、弹簧、铁杆、生锈的盖子做的，竖起的鬃毛是用锋利的铁片插起来的。一个牛仔骑在上面，腿绷直，往前伸着。

"哇！我从来没见过这样的雕塑！"

"你经常看展览吗？"

这句话的语气是讽刺的，几乎算是恶毒了。

"我讨厌这座雕塑。"她低声说。

汤姆的脑海里回响着一个低沉的声音，在命令他离开。有什么事不对劲。

是因为他呢，还是她？

"我得赶紧走了，不然赶不上车了。明天见！"

他扯了扯领子，又扯了扯袖子，交叉双臂，又摊开。他穿着这件夹克，样子蠢蠢的。得让妈妈给他买件新的。她肯定不愿意。她会说他们没钱。不过……如果他有一件黑色鹅牌夹克，不带皮毛领子——那东西太女孩子气了，他就可以把拇指插在口袋里，潇洒地走路了。那样就太酷了。总而言之，他就要变成史蒂夫·麦奎因了。

这时，一切都在加速加快，如同一道闪电。

达科塔靠近他，踮起脚，刚割过的青草的味道让他头晕，她闭上眼，吻了他。这是一个缓慢的，几乎算是娴熟的吻。

一个舌吻。

美妙，充满快感，他的颈背、肋骨和肚子一阵热一阵冷。他伸出胳膊，想让她紧靠着自己，但她逃走了。拉开重重的黑栅栏，又砰的一声关上。

她往房子跑去，爬上楼梯，在台阶中间停住了，回过身。

他靠着栅栏，抓着铁杆。她吻了他！这是个什么样的女孩啊！什么样的女孩啊！无敌了！

她身上的书包跌跌撞撞，往左扭一扭，再往右扭一扭，上了台阶，又下来。然后停住了。

她要干什么？

让脑袋上长出羚羊角，再套上美人鱼的尾巴？

他瞥到她的眼里闪过一阵光，在跟他对峙。她脸上的一切都那么有序，那么整齐，鼻子那么娇小，嘴……她仿佛涂了口红。她那么美，他不禁咬了咬嘴唇，确认自己不是在做梦。

毕竟是一个舌吻，一个舌吻！

他们远远地对视，打起了旗语。他们的胳膊和腿从左边移到右边，再从右边移到左边，一、二、三，他们自言自语地说着自己不懂的事情玩。用手捂着嘴，憋着笑。加油猜，快猜！加油，你那么漂亮，加油！你喜欢这样的我吗？这样呢？这样呢？还有你的吻，噢！太疯狂了！他们喘不过气来，肺里鼓鼓的，捶打着胸口……

然后……突然刹住了。

达科塔一动也不动。

立正，僵直，全神贯注。她微微点了点头，意思是你准备好了吗？我要走了。

"是的，是的，"他举起拇指回答道，"加油，达科塔，给我模仿一下丛林里浑身是泥的士兵，幸运转盘，还有以为自己是鲨鱼的兔子，我全都买了！"

噢！我多么希望你再吻我一次……

还是舌吻。

她用右手食指指了指左胳膊，掐了一下左手指尖；绽放一个灿烂的微笑，把纱巾从左胳膊上拉了下来，露出一只白手套，里面有一块精致的纱布，裹着左手。

手套和纱巾掉到了地上，达科塔用脚踢开了，她微笑着，无拘无束。她站起身，变了个戏法。

她挥舞着一只没有或者说几乎没有指头的手，一条胳膊的末端是紫色的残肢，只有一两根截断的手指，就像烧焦的蜥蜴爪子。他看不清楚，离得太远了。

他睁大了眼睛，两条胳膊沿着身子垂下来。

她看着他，更加缓慢地迈出最后一个舞步，都有些不自然了。

"明天见，汤姆！"

她向他抛出一个既忧伤又默契的微笑，已经不像是一个小女孩的微笑了。

黑裙飘扬，飞舞在台阶上，继而消失。

就在她摘下白手套之前，他已经准备好了大喊：

"哎！达科塔，你愿意跟我交往吗？"

他们会在教室里高喊**"汤姆恋爱了，汤姆恋爱了，汤姆恋爱了"**，模仿着亲嘴的动作，像猴子一样挠着痒痒，给像吮吸东西一样亲吻的人鼓掌，把糖果和铅笔扔得到处飞。我了解他们，我得迎战他们，或许还要把他们揍一顿，尽可能地让他们尊重我们。

就在她摘下白手套之前，他的心皱成了一团，因为想到了她可能会拒绝。

她摘下白手套，一切都变得烟笼雾罩。他的脑子里装满了禁忌的想法。

这个女孩让他肋骨疼。他气喘吁吁地跟着她。他认识她不过一天，却已筋疲力尽。

他跑着去赶车。我不能错过，我不能错过！斯泰拉会一整晚都拉下脸：不能指望你啊，你还是个孩子，还是个孩子。妈妈会怒气冲冲，喋喋不休，于是他跑啊跑啊，跑到了停车点，这时车正好从车队里开出来，他冲到路上，冲到车轮旁，车突然刹住，车门打开……

得救了！

这件事情在他脑海里变得清清楚楚。

禁忌的想法不复存在，嘈杂声不复存在。就是这样冲出来的，并且显而易见。如同一道闪电。

他爱她。是的，是的，他爱她。

他想再吻她一次。

明天他就问她那个问题："达科塔，你愿意跟我交往吗？"

你肯定会需要我的。你是个女孩子，是个不循规蹈矩的人，别人会朝你按喇叭的。看看埃卢瓦吧。他又肥又胖，于是别人就在楼梯上踢他的小腿。让他卷起裤腿，你看吧。至于你……你的作文那么厉害，眼睛像吸血鬼一样，还有一只残疾的手……他们不会放过你的。螃蟹钳、蜘蛛爪、胡克船长[1]，戴上你的连指手套吧，你的左手会冻感冒的！你逃不掉的。我会陪在你身边。谁敢先来碰你，我就让他变成马路边上的一幅画，我保证。

他没有时间好好看她的手。没时间，还是不想看？他不知道。他更喜欢她戴着白手套的样子。但仔细想想，他不在乎。

或许事情就是这样发生的。早上他还是一个人，然后刚到下午，校长推开门，一个女孩走进来，就成了两个人。他们在学校门口等对方，在爬楼梯时擦肩而过，在课堂上互相偷看，在课间休息时见面，肚子里仿佛藏了个蝴蝶结。

这还是第一次有女孩让他的视线变得模糊。

他感觉目标已经接近，仿佛在等待，忧伤之中又混杂着一丝陶醉，一丝痛苦。

或许她给她遇到的每个男孩都表演手套的把戏？或许她的手并不是真的像个螃蟹钳？或许这一切只不过是在演戏，目的只是吓吓他？

就跟活死人的眼睛一样。

还有那个舌吻。

他抬起头。惨白的阳光浸没在潮湿灰暗的天空里，空气颤抖着，化为蒸汽。一束冷冷的光照亮了平原。明天会下雨，天气会转凉。斯泰拉要说，

1.胡克船长（Capitaine Crochet），又译铁钩船长，《彼得·潘》中的虚构人物，他有一只手是一个铁钩。

得给驴子弄点口粮，给乌龟弄点稻草。苏珍会去摘最后一批四季豆，乔治会穿几串洋葱准备过冬。

明天他就问她那个问题。

"哎，达科塔，你愿意跟我交往吗？"

愿意，不愿意，不愿意，愿意。

他从来没想过，一个词就可以让他幸福得要命，或者悲伤得要命。

*

"您好，瓦伦蒂夫人！"

"您好，博迪龙夫人。"

两位女士在一排排购物车旁边相遇了。天上飘着细细的、让人浑然不觉的小雨，沾湿了衣服，不过她们也没想到要避雨。在停车场，购物车吱嘎作响，人们不耐烦地尖叫着快点快点，车门砰砰响。斯泰拉把她的红色甘果停在了两辆车中间，其中一辆贴满了骷髅头和交叉的骨头状的贴纸。她把狗留在了农场里。天黑了，购物车车棚上面那盏路灯的灯泡坏了。

"据说他们是故意的，"博迪龙夫人说，"这盏灯一直都不亮，可真巧啊，明明大家需要的就是这一盏！我真搞不懂。"

斯泰拉心想如果一切都能搞懂，生活是不是就会容易一些。她不确定。

博迪龙夫人在钱包里搜寻一个硬币。

"什么都看不见，真是不容易啊！"

斯泰拉塞进一个塑料币，取下一辆购物车。

"一切都顺利吗，瓦伦蒂夫人？"

"一切都很顺利，谢谢。"

博迪龙夫人停顿了一下，似乎是想表示，看到斯泰拉一切都顺利，她感到很诧异，然后她用甜腻腻的声音继续说：

"我为我儿子法布里斯组织了一次下午茶会，时间是在明天傍晚。我准备得有点晚了，但是……他好像邀请了你们家的汤姆。"

"汤姆什么也跟没我说。"

"法布里斯很喜欢他。"

"您真好心。"

"汤姆长得很像您，您知道吗……"

斯泰拉心想，他是我儿子，大概率会长得像我。我是该赞同她呢，还是不理她？

她微微一笑，点了点头，仿佛是在感谢她的夸奖。

"我的购物单有一条胳膊那么长，"博迪龙夫人叹了口气，"我得给他们做一大堆蛋糕，还要买可乐……他们会很高兴的。"

"肯定的！祝你好运，博迪龙夫人。我先走了，我赶时间。"

勉强还算客气吧，博迪龙夫人回味着，可是这条橙色背带裤！她自恃又高又瘦，就觉得自己什么都能穿。不管怎么说，她看上去仿佛并不知情。我本来能跟她提一句的，可是她溜了。这样也好！没错，轮不到我来告诉她。呸！我没有硬币！我记得我扔了一个在汽车的烟灰缸里。这玩意儿，想找的时候永远都找不到！

斯泰拉把购物车推到了超市的走廊上。她手里攥着苏珍写的购物单。面团、米饭、黄油、食用油、醋、糖、面粉、含氨水的晶杰牌清洁剂、海绵、索帕兰卫生纸、舒洁纸巾、乔治的无盐面包干、苏珍的焦糖布丁、橄榄油、谷物，还有这个啦，那个啦。只有必需品，没有多余的。

我很想把购物车里填满多余的东西。购物时既不看标签，也不看是否在促销。

如果有一天我有钱了，我会买多余的东西的。

而且这些钱是要属于我自己的，因为我不想碰雷·瓦伦蒂留下来的钱。那笔钱是留给妈妈的，是赔偿和利息之类的。她需要的，恰恰是学会如何花掉这笔钱。现在她还不会。她约好了去银行。这笔钱……当这种事发生在您头上时，您就会知道这并不容易。

至于我的钱，我在慢慢攒。没有人知道。我一个月去银行两次，以后就能口袋里钞票满满了。一大捆一大捆的钞票撞击着我的大腿。还能保暖。

这是我的报复。

公证员为什么这么着急见我们呢?

某天晚上,阿德里安睡觉时,她倚靠着他,呼出的气一股牙膏味。她在他耳畔喃喃道:"我爱外表贫穷、内心富有的男人,而不是相反的。"

他转过身,咕哝着"晚安"。

他说她胸无大志,可是他呢,他想去火星上喝香槟。

她问:"为什么你不再看语法书和词典了,为什么你早上出门工作之前不再摘雪花莲了呢? 以前你会摘来,放在我的卡车的发动机罩上……"

你还记得吗?

他睡觉时,脸上会怒气冲冲的。就像他讨厌山,讨厌天空和火山,讨厌比他更强大、更可怕的所有事物一样。我看着他睡觉,坠入了他的童年。我全都理解。

理解,或许是一件了不起的事。

她还不能忘了给动物们买成袋的干面包。本杰明帮她留了一些。十五千克一袋,卖七欧元。就放在"宠物食品"柜台后面。在商店最里面。

她隔着很远就看到了。三大袋,放在地上。他没忘。她应该拿两个购物车的,除非发生奇迹,不然一个肯定装不过来。

一位女士从袋子前面经过,把价格标签遮住了一半。她苗条、纤细、风情万种,穿着一条高腰牛仔裤,好像是流行款,还有一件海军蓝的短上衣,脖子上围着一条带圆点图案的纱巾,很别致。她的颈背和鬓角都长着金黄色的毛发,剃过了,一绺发丝垂下来。跟我以前一样。我敢打赌她有一只猫。她的购物车装不满。她一个人生活。

我喜欢想象别人的生活。这让我放松。

斯泰拉在晚上商店几乎空了的时候去购物。最后一批顾客在高高的天花板下面游荡，看着标签。他们想打发时间。没有人等他们。在鲜肉和肉制品柜台，人们开始整理香肠、瓦罐、硬皮肉酱冻和肥肠砂锅，用水冲洗肉案。卖肉的人穿着灰色大靴子，白围裙上沾着血，正在擦刀子，一副心事重重的样子。喇叭里的通知回响在一片空旷之中，又反射回来，因为已经没有什么能吸收声音的东西了，让人恍惚觉得自己是在极地白色的浮冰上，代替太阳的就是霓虹灯。

购物车装满了，她的脑袋空了。她从卖鱼的人面前经过。他的睫毛那么长、那么弯，就像化了妆一样。

斯泰拉认识他。这个人以前是水手，现在选择了陆上生活。他想带两个儿子去踢足球，让他们背诵课文。

她站在两位女士后面，她们买了鳗鱼，在等卖鱼的人帮忙处理。

"您要去皮吗，嗯？"其中一位说，"两边都去。我不喜欢鱼皮，黏糊糊的，而且也太油腻了。"

明虾正在促销。她想给每个人买一大把。汤姆很喜欢吃虾，苏珍也是。

"……我要跟你说件事，"那个戴着蝴蝶形眼镜、涂玫红色口红的棕发高个子女士宣布，"如果一个男人背着妻子出轨一次，他就会出轨十次、百次。"

"你是说给我听的？"她的闺密自尊心受到了伤害，于是反驳道。

"不，说给我自己听的。"

"热热出轨了？"

"出了一次，所以……"

"你在怀疑他？"

"男人是被欲望支配的，这事大家都知道。"

我也在怀疑吗？以前我从来不怀疑。但自从阿德里安去巴黎出差……首先，为什么出差？为什么如此频繁？她刮了刮眉毛，扯着其中一根。在杀鱼的霓虹灯昏暗的灯光下，她眯起了眼。冰块垫层边上在滴水。他在衣服上花的精力，还有他对餐桌、餐具、花和礼仪的关注，都让我生气。我不属于那个世界。

而且我以此为豪。

她觉得自己在撒谎。撒谎！

还不如直接说你穿着工地靴和橙色背带裤，觉得自己配不上他了。你羡慕那些穿着直筒裙，穿高跟鞋跟穿拖鞋一样可以随意小跑的女人。她们还涂指甲油！长长的秀发飘飘荡荡，面色匀净，笑意盈盈，牙齿整齐，腰身纤细。

怎样才能变成她们那样呢？

是因为母亲把其中的奥秘低声告诉了小女儿？父亲则宣布，这是我的女儿，我的美人，我的挚爱……？

或者是因为早餐里添加了维生素？有上好的咸黄油，自己家有别墅，有一位杏黄色皮肤的祖母，还有一位袖口有花边的外祖母，勺子是银质的，司机穿着制服，在装饰奢华的地方办舞会，有烛台，男孩子们笑着，在唇边留下吻痕。那么优雅、那么轻松、那么……

你多么渴望成为那样的女人。

可是有什么办法呢？

你买报纸，买杂志，在丝芙兰挑好，然后在网上买，对着镜子试。然后都扔掉了。你看奥尔唐丝·柯岱斯的博客。你是在《她》杂志上发现的网址。她的 T 恤是标准码的，但是很贵，非常贵。你可能会买一两件。

为了讨他欢心？

为了讨他欢心。

她耸了耸肩，赶走了这个想法。只有当被爱的那个人不再与您灵魂相通，只有当他把目光投向别处，他才会出轨。身体不会成为束缚。灵魂才是领路人。因此在相爱时，关注的应该是灵魂。那些女人，她们可能都不知道自己有没有灵魂？

"我想要六大把明虾，麻烦您。"

卖鱼的人低下头，把白色的小铲子插到虾里面，然后倒在秤上。他称了重，贴上价格标签，微笑着问道："还要别的吗？"

这是一个美食爱好者的温暖微笑。

"十三欧十分，瓦伦蒂夫人。"

她把购物单揉皱，扔进购物车。

这天晚上，收银的是斯蒂芬妮。

她们是初中同学。斯蒂芬妮经历了斯泰拉失聪的那段时期。当时雷·瓦伦蒂震破了她的鼓膜。斯泰拉学会了读唇语。"只是熟能生巧而已，"她炫耀着，"而且这样一来我的世界里只剩下安静，我想用什么把它填满，就用什么把它填满。"有一天在游泳池里，她戴着鼻夹，从最高的跳台往下跳，身子像牧羊棍一样直挺挺的，这时她听到鼓膜里传来一阵爆炸声，她的听力又恢复了。医生说这是个奇迹，想在医学学会发表一份声明。雷·瓦伦蒂提出反对。他可不想让别人知道，他曾经像打一块石膏一样打她。那段时期过后，斯泰拉保留了读唇语的技能。

这个技能有时很有用。

高一时，斯蒂芬妮去考销售和销售技能职业能力证书。她会一边涂指甲油一边夸口，在他们那一行，介绍商品尤为重要。她谈论多样化用途、库存管理、销售策略、商业阶段。阿明娜嘲笑她，断定她的脑子只有燕子脑子的一半大，说她肯定会去卖身的。两个女孩打了起来。得把老师叫来，才能把她们分开。

斯蒂芬妮和维奥莱特是朋友，每当有男孩子经过时，两人都会担忧地往上拉一拉 T 恤。

直到现在，阿明娜到家乐福购物时，都会避开懒洋洋地待在柜台前的斯蒂芬妮。

斯蒂芬妮跟维奥莱特失去了联系。"她对我没兴趣了,"斯蒂芬妮叹了口气,"我不过是家乐福的收银员。从一个收银员身上是得不到什么东西的。雷·瓦伦蒂去世之后,她就去了巴黎,我就知道这些。或许哪天还能再联系上……"

她似乎不太相信这一点。

三个家伙互相捶着胸膛,尖叫着、咒骂着,把一些商品撞歪了,她正在整理。她抬头看着天,斯泰拉从她的嘴唇判断,她说的是"就因为这样,我才不喜欢上夜班"。

那几个家伙兴冲冲地跳来跳去,用拳头敲着手掌。

"要破纪录了!"

"相处不会愉快的,不会!"

"他们在火奴鲁鲁什么都没见!"

他们把购物车里的东西放在传送带上,有冷冻猪扒、油煎食用的意式丸子、擦成条食用的鲁斯图库鲁奶酪、雀巢维也纳咖啡、需要煎成金黄色的小山羊奶酪、白吐司、哈瑞宝蒂利比比糖果、怪物蒙克薯片,还有几瓶啤酒。

在他们前面,那位打扮俏丽、穿高腰牛仔裤的矮个子女士正在把她买的东西装进米色冷藏袋里。

"瞧这个火柴杆儿!真是没滋没味!"

"我可不会碰,她跟黄鼠狼一样!"

"哎,伙计们,别胡说八道!"第三个人喊道。

他弯了弯膝盖,握住裆部,大笑起来,斯泰拉瞥到他有三颗黑色的臼齿,是后来补的。

"她不是女的,是个娘娘腔的同性恋!"

"什——么!"体形最壮的男人喊道,他的胳膊上文着三条青蛇,"别说了!堵住嘴!"

矮个子女士回过头，投来凶狠的目光。她戴着黄镜框眼镜，霓虹灯照得她脸色苍白。她脸颊凹陷，鼻子轮廓分明，眉毛颜色很浅。她的颈背粉红透黄，有红色大理石斑纹。她涨红了脸。她的手在颤抖，她的手腕那么细，都快拿不动那些水了。她把水放在购物车上，准备离开，这时一个家伙伸出腿，踢了一下购物车的小轮子，购物车径直滑向画着雪花、松树和烤干酪的圣诞广告牌。

"白雪公主，替我们向圣诞老人问好！"

"死同性恋！"

"赶紧滚，不然就把沙子硬塞进你身体里！"

"真高雅，这用词！"斯泰拉倚着购物车，胳膊架在装面包干的袋子上，对他们说，"你们碰下试试，看我怎么收拾你们。这事甚至让我有点兴奋。"

她语气平静，就像一位母亲在给儿子读菜椒番茄酱的配方，"菜椒"这个词吓到了孩子。

三个男人打量着她，觉得很好笑。

矮个子女士赶在购物车撞到松树和烤干酪之前把它扶住了。她朝斯泰拉的方向点了点头表示感谢，微微一笑，眼镜蒙上了一层雾气。她脸上流露出恐惧，这让三个男人兴奋起来，于是朝她扑来。她推着购物车的扶手杠，赶紧跑远了。

三个家伙看着她离开，咒骂着："他×的，这是个男人！不是娘们儿！真疯狂！"

斯泰拉在他们背后，用唇语问斯蒂芬妮："那是男的还是女的？"她一字一顿地问。

"是男的。"斯蒂凡妮模仿她的样子回答。

"是男的？"斯泰拉很诧异。

"没错！"斯蒂芬妮瞪大了眼睛，眼球骨碌转，"不过他涂粉底，画眼线。"

那几个家伙朝斯泰拉转过身，松开腰带，扯了扯牛仔裤，把口袋里的钱拿出来。

"他×的！我不行了！卡住了。"文着三条青蛇的男人嘀咕道。

"加油，把衣服脱光，给这些女人见见世面！"

斯泰拉插嘴：

"好，就这样！真是花花公子，你们要完蛋了，赶紧付钱滚蛋，不然我就要报警了。"

斯蒂芬妮朝她打了个手势：算了，算了。

"噢！这个女人！真会虚张声势！"

"夫人下巴上还有胡子呢！"

"裤子里还有那玩意儿吧！"

"你以为我是塔希提女人？"那个有黑牙的家伙发了个小舌颤音，挪了一下骨盆，贴着斯泰拉。

斯泰拉没有动。

"滚开，浑蛋！"

"哇！笑死我了！再重复一遍！"

"你听到了，小鸡鸡？"

另外两个憋着笑，吐了口唾沫。

"哎，她很了解你啊！这个肥婆！"

小鸡鸡气疯了，扑到斯泰拉身上。

"我弄死你！"

斯泰拉抓住他的胳膊，扭着它。

"你在等什么？动手啊。"

她挺直腰。一米八的个子，还穿着工地靴，能把那个家伙的脚踩碎。

他面部扭曲，趔趄了一下，但在同伴面前忍住了呻吟。

"让她玩玩吧！"他的牙咬得咯咯响，"她应该是来大姨妈了，那种时候总是脾气很差！"

斯泰拉抬起一条腿，用膝盖撞他的裆部。

他发出一声哀号，摔倒在地。

斯泰拉盯着另外两个人，跳到这个人身上，踩着他，然后一脚把他踢开了。

"滚吧！别回来。我告诉你，我有武器。"

她朝斯蒂芬妮转过身，补充道："开枪之前得警告。这是法律规定。"

她把手伸进背带裤的右口袋，摸了摸早上拿的长螺丝刀。那几个家伙看到凸出来的东西，感受到了威胁，互相递了个眼色，把东西放进购物车，付了钱，朝她竖了个中指，消失了。

矮个子女士站在写着"**出口**"的玻璃大门前面。她全都看到了。

她转过身，走了。

斯蒂芬妮盯着斯泰拉，目瞪口呆。

"真的吗？"她咕哝道，"你有武器？"

斯泰拉大笑起来。

"连做梦都不可能有！这些家伙，你认识吗？"

"从来没见过！"

"那位矮个子女士呢？"

"也不认识。但我确定是男的。有胡子。"

"女人也有长胡子的啊！"

"什么样的都有，"斯蒂芬妮叹了口气，"疯疯癫癫的人到处都是。"

斯泰拉微微一笑，把购物车里的东西全都拿到了传送带上。

"你从来没有害怕的时候！"斯蒂芬妮崇拜地说，"从小时候开始，你就不害怕……"

"我只是不表现出来，但其实怕得要命。"

"你的把戏隐藏得很好……是因为雷·瓦伦蒂吗？"

"他没让我少吃苦，这是肯定的。"

"那件事应该让你很心烦吧……"

"你说的是他的死？不，我完全不在乎。"

"不是。我说的是初中！"

"什么，什么初中？"

"呃……初中要以他的名字命名。太夸张了！因为说到底，雷·瓦伦蒂……明明可以找到更好的！"

"你在说什么？"

"你不知道吗？"

"知道什么？"

斯蒂芬妮瞥着斯泰拉的口袋。她真的有枪吗？

"斯蒂芬妮，怎么了！不是枪……"

斯泰拉拿出螺丝刀，放在柜台的传送带上。

"说吧，直说吧。怎么回事，开什么玩笑？"

斯蒂芬妮把报纸递给她，但她不想看。"给，你看看，我把它留了下来，因为上面有尼斯洋葱塔的食谱。"她连文章的标题都没瞥一眼，生怕无耻的谣言会成真。如果我不看，那它就不存在。没有证据。别人就无法说服我。

她让斯蒂芬妮给她朗读一下文章的标题。

斯蒂芬妮读了。

初中的名字，奠基仪式，铜管乐队，乐队的女队长，穿制服的消防队员，他们的红色卡车，消防水枪，市长先生，省长先生，议员先生，费利埃夫人——校长。提议用雷·瓦伦蒂这个名字的就是她。市长先生同意了，雷·瓦伦蒂是个一流的消防员。

那一天会交通堵塞。现在还不知道奠基仪式哪天举行，但一切都计划好了。不该出现不和谐的音符，破坏那么美好的一天。

那是属于英雄的一天。

属于雷·瓦伦蒂的一天。

斯泰拉听着，胯部贴在九号柜台边上，手扶着传送带。

她驼着背，弯着腰，被打败了。

不幸降临了。

*

在车里，汤姆的脸贴在冰冷的车窗上，看着风景倏忽而过。车加速时，玻璃摇摇晃晃，他感到牙齿在打战。他额头滚烫，脑子里像有两把钳子。

他把丑丑的夹克衫领子竖了起来。他决定了，等圣诞节的时候，他就让妈妈给他买一件鹅牌夹克。她肯定不想买："你知道得花多少钱吗？跟在干面包片上跳布雷舞[1]，不把它踩碎一样贵！"她反驳得理直气壮。他听了会很生气，但同时也很自豪。

他要把存钱罐打碎。那是一头陶瓷小猪，是他四岁时苏珍给他买的。他从来不想往里面放钱。把钱给一头猪！只有傻子才会这么干，不是吗？这件事苏珍会负责的。他每掉一颗乳牙，或者每上一次光荣榜，她就往里面放钱。

夜幕降临，如灰色的潮水一般淹没了树木、房屋和教堂。借着车灯的光，他隐约看到一只兔子在田野里跑，跑到了耕地外面。它跳来跳去，窜上窜下，昏头昏脑，溜过去躲到了树林边上。哦哟，从昨天到现在，好像过了十年。他看着自己在车窗里的影子，心想他的鼻子和耳朵是不是长了一截，然后揉了揉眼睛。该死！这个女孩！她简直是在我的脑子里，开了一家以她的名字命名的子公司。我无时无刻不在想她！

"你去参加法布里斯·博迪龙的生日会吗？"莱昂纳多·迪索萨问道，一屁股坐在了他旁边的位置上。

莱昂纳多住在公墓路和文内里路的交叉路口。汤姆没有回答。莱昂纳多戴着装弹簧的牙套，说起话来唾沫四溅。他爱吹牛，因为他跟莱昂纳多·迪卡普里奥同名，不过要说这两人有什么相似之处，可得好好找找！他还要再重十公斤，还要变成棕发，弄得像螺丝那么卷。

"你没有收到短信？"莱昂纳多继续问。

"收到了。"汤姆说，转过脸对着窗户。

达科塔从来不给他发短信。要怎么跟她联系呢？在她的笔袋里放纸条？还是写信？可是在哪儿买邮票呢？

"你怎么回的？就在明天。好像有些很棒的游戏！"

"这取决于……"

1.布雷舞，法国中部奥弗涅等地的双拍或三拍节奏民间舞蹈。这种舞蹈华丽典雅，16 世纪成为宫廷舞蹈，19 世纪成为古典舞蹈。

"取决于什么？"

取决于达科塔。但他没说话。她会不会让他把她送回栅栏后面的那幢白房子？她会不会吻他，用……

"法布里斯的妈妈，该死，她真烦人！她每天都送儿子上学！这个可怜虫！"

"她也没有别的事可干。"

"今天早上，她跟学监说了大半天，你知道她说了什么吗？"

"不知道！"

"你听了脑子得爆炸！"

这是莱昂纳多·迪索萨的问题，除了唾沫四溅之外的另一个问题。他迟钝、笨拙，没办法一下子说完一件事。得先组织句子，拐弯抹角，之后才能说到点子上。他在学校里读自己的作文时，还没讲到结尾大家就睡着了。

"她说我们这个初中，要用跟你一样的名字了……"

"叫汤姆初中？"

有时候，他会变成一个什么问题都难不倒的人。有一天在法语课上，他声称"苹果"这个词是一个古代的词演化而来的，这个词的意思是人们会昏厥，会倒在一堆苹果和鹅身上。所有人都瞧不起他，他总是不明白为什么。

"不，你这个傻子，叫雷－瓦伦蒂初中。"

"初中？雷－瓦伦蒂？你是疯了还是怎么的？"

"真的，我发誓。今天早上的报纸上有。你妈妈还不知道吗？"

"应该不知道，不然她会气疯的！"

"呃……我觉得这很酷啊。"

"没错，但你是个傻子啊！"

汤姆站起身，换了个位子。

莱昂纳多·迪索萨在他背后叽里咕噜的，用膝盖撞着椅子。

"你才傻呢，去你的瓦伦蒂！"

*

　　阿德里安推开仓库的门。这间仓库是他从一个邻居——兹比格那里租的。那个家伙太胖了，连在拖拉机的座位上都坐不住。他的肉会溢出来，得收紧身子才能坐在上面。他穿格子衣服。当人们看不到格子出现在田里的麦穗上方时，就会知道他摔倒了，就跑过去扶他。是几个顽皮的男孩子给他取了"兹比格"这个绰号，意思是大块头[1]。兹比格很吝啬。他会把钱放在垫子下面枕着睡觉，入睡的时候还在想着怎么赚更多的钱。阿德里安租他的房子没办手续。"你谁也别说，我谁也不说。就这么定了！"

　　阿德里安凝视着那台几乎全新的搅碎机，那是他在欧塞尔附近的一个拍卖会上发现的。它是灰黄色的，像一台巨大的烤面包机，每小时的搅碎量可达二百吨。价格是十万欧元。真走运。他从埃德蒙开户的银行贷了款。银行工作人员以为他是在给埃德蒙采购。他没有纠正。他把工作人员弄糊涂了。诱惑太大了，值得冒险一试。一台搅碎机的价格通常会是这个价格的五倍。那家企业提交了破产申请，正在变卖设备。老板好高骛远，导致了破产。清算人不想拖拖拉拉的，他手头上有很多工作。这个区域到处都有人在申请破产。"好惨啊！"老板哀叹道。"我恨啊，你们知道吗，我恨啊！我让十四个人失了业！这十四个人都有老婆孩子，有房子供，可我呢？我还得拍拍帽子，拍得蓬松一点，去跟他们解释。怎么解释？"

　　阿德里安把自己的卡给了他，以防万一。那个家伙接过去的时候还在重复"我恨啊，我恨啊"。

　　他开始的时候也只有三个人。他会让布布、侯赛因和莫里斯失业吗？他这么做，对埃德蒙·库尔图瓦不厚道。他不知该如何面对他。

1.兹比格（Zbig），发音近似于大块头（the big）。

他已经越过一次白线了……

埃德蒙有钱、有人脉、有经验，但他还有冲劲和敏锐的嗅觉吗？能迅速拔剑出鞘吗？广阔的市场正在等待着这台灰黄色的搅碎机。埃德蒙已经不饿了，埃德蒙已经吃饱了。他谨小慎微，忧心忡忡。他得找他谈谈，**开诚布公地谈**，问问他是否同意坦陈投资金额、市场前景和投资回报。要强调必须加快速度，**快速行动**。

他总是尽量推后，仿佛在担心危险。

怕哪里会出来什么人？

他还不知道。

人们真的知道打击从何处降临吗？

还有什么时候降临？在他童年时代做的第一个噩梦里，他梦到自己死了。他不想醒过来。他想去见那些已经离开的人。一个朋友去世时，最痛苦的莫过于想到他走在了前面，在笑着。他见过很多人死去。有时候他心想自己血液里是不是流淌着冷漠。得过段时间，他的血才会变热。有时候他会把手放在心脏上，感觉就像把手插进了冰里。

电话响了，是博尔津斯基。

"哎……我在回想我们的午饭……"

太晚了，老兄，你已经签字了。文件就在我包里。

"还有我们的谈话……您知道……"

"是的。"阿德里安紧张地说。

这一刻他等了很久，他不能后退。

"您似乎认识不少人，我也是。我要向您推荐一桩生意……"

他停顿了一下。阿德里安听到了沉重的呼吸声。

"向您或者向库尔图瓦先生推荐……我不知道。"

阿德里安沉默了。他开了灯，等待对方更进一步。

"我可以先找您谈，然后您跟埃德蒙·库尔图瓦协调。"

"实际上……"

"也可以不找他。"

博尔津斯基的呼吸声越来越重，充满了暗示和假设。

"如果您跟库尔图瓦先生分享……那就不是一样的比例了。"

"再看吧……"

"这是一桩大生意，科苏利诺先生，一桩大生意。可能保证您在几个月里都有进项。您再想想，不要犹豫。周一，我就得做决定了……"

"好的。"

"三天，您有三天时间考虑。"

阿德里安挂了电话，举起双臂，拉伸了一下。他走了几步，转过头看着月亮，是一弯弦月，透过玻璃窗闪烁着奇异的光芒。它就像一颗钻石，闪耀在苍穹中，照亮了仓库！多么美！生活多么激动人心！

他感觉有一股荒诞的力量，让他飘飘然。

他应该很难等上三天再给他打电话。

整个童年时代，他一直听别人说要奋斗。世上没有弱者的容身之处。你想成为蚯蚓还是咆哮的雄狮？你自己选，但是放聪明一点，过马路之前要先看两边，保持头脑清醒。

他的祖父狠狠地敲了一下他的颈背。

博尔津斯基。他可能是跟埃德蒙·库尔图瓦串通好了。

这通电话是个陷阱。可能吧。

没有人能轻易骗过一只老狐狸。埃德蒙·库尔图瓦累了、倦了，但他依然是只狐狸。

可能吧。

过往的经历与他并肩前进，为他出谋划策，让他保持警醒。这是一个人。生活是一个人。我们对他说话，他做出回应。要有耐心，等一等再回复。

"我该跟埃德蒙谈谈吗？"他问那弯弦月。

*

　　汤姆咒骂着莱昂纳多下了车。他抓住对方的书包带，把他拽倒在地上。司机俯身对着方向盘，正在微笑。每天晚上，这群淘气包都要宣战。他在他们这个年纪的时候，也不比他们更机灵，开的也是同样的玩笑。莱昂纳多刚才经过过道时，对着汤姆放了一个屁。

　　"你不觉得闻起来像爆米花吗？"他做了个鬼脸。

　　汤姆跳起来，扑到前面，想要抓住他，但莱昂纳多冲到门旁边，下了车。他们继续算账。

　　"妈妈不在吗？"

　　汤姆把书包扔在桌子上，盯着乔治和苏珍，仿佛他能不能活下去都取决于他们的回答。

　　"她不在吗？"他怒气冲冲地重复了一遍。

　　莱昂纳多这个蠢货，对着他放了个屁！还告诉他一个该死的消息！如果确有此事，那个众所周知的消息就是真的了。这个家伙先是用初中的名字来刺激他，最后又放了个屁。

　　"她去家乐福了。"

　　苏珍在围裙上擦了擦手，朝乔治转过身。

　　"你在哪里见到的兹比格？"

　　"他在处理山毛榉。那些树被蘑菇吞掉。该死的蘑菇朝着树根下手，然后，哎呀，就只能把树砍倒了。不然它们也会自己倒下。"

　　"肯定的，今年夏天太热了。"

　　"在那里，他又跟我说了一遍狐狸和母鸡的事。他气坏了，他有五十只鸡被狐狸吃了！"

　　"尤其是他还看到了……"

　　"没了母鸡，他就什么都没了，要哭瞎了。他可没那么厉害，能把埃菲尔铁塔舔成尖尖的。"

　　"别这么说。他机灵着呢。"

汤姆不耐烦了。他可不在乎什么母鸡啦，山毛榉啦，埃菲尔铁塔啦。他想知道妈妈是否已经知道了初中的事。

而且他还饿了。他要饿死了，能吃下一大块面包。得用点鬼点子。

"他在想攻击它们的会不会是游隼，"乔治一边继续问，一边拿出一把小刀，展开，"因为他家里的野鸡也遭到了毒手。"

"真不敢相信！"苏珍喊道，用木勺子敲着她宽敞的前胸，"可是不管怎么说，爬树的肯定不是狐狸！没听说过这种事。"

乔治检查着刀锋，没有回答。

"我能吃一点肉饼或者火腿吗？"汤姆说。

"不行，得等你妈妈回来。"

"可她什么时候回来啊？"

"你等着就行了。去洗洗手吧。明天的作业写了吗？"

"就因为这样他才想到了游隼，"乔治说，"上个星期，他在农场上空发现了一只。它在天上盘旋着，飞得很慢……兹比格当场就想拿着枪去追。"

苏珍在思考。她把下巴缩进脖子的褶皱里，木勺在胸前弹来弹去，她轻轻摇着头，仿佛她要有一个惊人的想法了，一个要把她的脑子带走的想法。

"依我看，他是喝多了！他一个人住，喝了酒就不知道自己在说什么了。一只游隼！不可能啊……为什么他在那里的时候，戴卷发夹的死神没有降临呢？"

汤姆斜着眼看着稳稳地放在奶酪盘边上的一块卡芒贝尔奶酪。那是一块流心奶酪。他伸出胳膊，手在漆布上来回移动，假装是刮碎屑，利用苏珍怒气冲冲地谈论游隼、死神和卷发夹的空当，拿走了卡芒贝尔奶酪，塞进嘴里，闭上眼睛。卡芒贝尔舒缓了他的心情，他立刻感觉压力变小了。一切都是莱昂纳多编出来的。跟那个屁一样，目的只是要激怒他。要让初中用雷·瓦伦蒂的名字！不可能。莱昂纳多总是忍不住告诉别人坏消息，仿佛只有坏事应该发生，好事不行。

"你们知道初中的事了吗？"汤姆想先搞清楚。

苏珍皱了皱眉。

"你成绩不好？拿不到优秀学生公民证书了？"

"今天上午的报纸好像已经登了。"

"我还没来得及读呢。"

"据说要改名为雷－瓦伦蒂初中。"

苏珍抓着木勺，朝汤姆挥舞着，威胁着他。

"你也开始了！先是游隼，现在又是雷－瓦伦蒂初中！接下来又要编造什么？在月球上唱卡拉OK？好像生活还不够复杂一样！还得再加一把火！"

乔治注视着指甲——他已经用小刀刮干净了——忧伤而痛苦地摇了摇头。

"他说得对，苏珍。确实要改名为雷－瓦伦蒂初中了。"

"别这么说！"

"但就是这样……"

苏珍握紧了勺子。

"公证员就是因为这事打电话来的？"

"感觉不太好……"

"斯泰拉知道了吗？"

"我还没有勇气告诉她……我觉得这么想的不止我一个。消息已经传了一段时间了，她还是毫不知情。"

"我的天哪！"苏珍叹息道，手指交叉，仿佛在祈祷。

"最好还是让爸爸来告诉她吧。"汤姆提议。

"只有他能让她咽下这口气了。"乔治说。

"但是不一定非要咽下！"汤姆突然爆发。

乔治摊开胳膊，表示无能为力。

"那你想怎么办啊，嗯？"

"我不想让我的初中改名为雷－瓦伦蒂初中，我不想！"

"可是这事确实要发生了，汤姆。"

乔治疲倦地盯着他。悲剧又回到了这座房子里，连剧名都没改，还是雷·瓦伦蒂。

当他还是个孩子的时候，世界是单纯的。有天堂，有地狱，有炼狱。人们可以选择永生，或者在地狱被炙烤。为人正直？那就升入天堂。做了蠢事？那就在炼狱停留。如果是个浑蛋，那就在地狱被炙烤。火苗舔着我们的双脚，铁烧着我们的屁股，永远无法摆脱。

他知道上帝是存在的，就在某个地方，默默地看着。他躲在某处，是因为他不想留下证据。我们要信任他，对他的存在深信不疑。上帝是无须证明的。

他这一辈子，时时刻刻都在注意别下地狱，小心提防着。如今，一切已混为一谈：天堂，地狱，好人，无赖。

连初中都要改成一个浑蛋的名字。

*

超市的停车场，斯泰拉朝红色甘果车走去。她眨着眼睛，咒骂着："这不是真的，这不是真的！"她挺直身子，拦住购物车。她得回到柜台，让斯蒂芬妮把每个词都重复一遍。

她听到远处传来一阵疯笑，嚷着："我可逮住你了，嗯，我可逮住你了！你以为你能摆脱我吗，要知道，雷·瓦伦蒂是**不可能被毁灭的**！小美女斯泰拉，我们俩之间，永远不会结束。初中还要改叫我的名字！啊！啊！啊！我抓住你的小胡子了，我们俩谁先笑……"

她倚着购物车，扶着摇摇欲坠的面包袋子，推着车来到了甘果旁边。

三个家伙靠在他们的汽车上，就是甘果旁边那辆贴着骷髅头的。他们抽着烟，喝着酒，伴着车里传出来的音乐晃着身子。他们回过头看着她，吹着口哨，咻咻，咻咻，咻咻，还用拳头敲着车门，打着节拍。

似乎是在等什么人。他们看了看手表，又看了看电话。远处，那位矮个子女士把买的东西整理好，钻进一辆白色克里奥。

斯泰拉打开甘果车的后备厢。雷－瓦伦蒂初中，这不可能，上天是怎么回事，为什么非要不停地用铁砧砸我的脑袋？

几个男人正跟随着节拍晃肩膀。

声音越来越大。

他们盯着她，吃了一惊。什么？她不害怕？

文着三条青蛇的那个开了口，嘲笑她："需要搭把手吗？"

"或者有别的需要吗？"另一个喝着啤酒的冷笑道。

斯泰拉把一大包"阳光洗涤剂"塞进后备厢的一个角落，疲惫地说："我把你们切成两半，看你们还能怎样。"

"她在找我们呢，看啊！"小鸡鸡喊道，"快点，伙计们，快点……如果你不走，我要困在这里了。"

有文身的那个仔细端详着斯泰拉，想猜测她是否会开枪。

他们互相递了个眼色。

"哎，伙计们，要来的不是里通吗？"小鸡鸡指着远处一辆车的车灯吼道。

那辆车开过来，停在斯泰拉的车旁边。上面下来一个家伙，穿着一件黑皮长款大衣，戴着一顶黑帽子。

这是非洲人里通。他每年夏天都到突尼斯去度假，所以有了这个绰号。他去杰尔巴岛，他说那里是安全的。那边有装甲车保护游客，有瞭望塔，有带刺的铁丝网，而且又很便宜，谁不去就太傻了，与其老死，还不如裸着身子在太阳底下晒死。

"我到处找你们！"里通大喊。

"我们约好了，不是吗？"有文身的那个说。

"约好了在消防队见面！不是在这里。"

"你没说停车场？"

"消防队的停车场，不是超市的！"

斯泰拉往前走了一步，她被非洲人里通的大灯照得眼花。

"斯泰拉！你在这里干什么？"

"你认识她？"小鸡鸡惊呆了，问道。

"嗯，是啊……这是雷·瓦伦蒂的女儿。"

"雷·瓦伦蒂！**那个**雷·瓦伦蒂？"

"是的。"

他朝斯泰拉转过身，斯泰拉交叉着胳膊，在一边等。

"她什么也没告诉我们。"

"她可能有自己的理由。"

"该死！雷·瓦伦蒂的女儿！请原谅我们，夫人！我向您发誓……"

雷的笑声在黑夜中再次响起。"你看到他们提到我时毕恭毕敬的样子了吗？我抓住了你的小胡子，你也抓到了我的，我们俩谁先笑，给我口交一次！"

斯泰拉把两只拳头伸进口袋，咆哮道："我不是雷·瓦伦蒂的女儿！"

"呃……你应该引以为豪，而不是相反！"有文身的那个人说。

"来吧，伙计们，我们得走了，她疯了！"还在喝啤酒的那个下了命令。

"我不是雷·瓦伦蒂的女儿！我不是雷·瓦伦蒂的女儿！"

"斯泰拉，平静一下，"非洲人里通说，"他们是新来的，刚到消防队。"

"可不是嘛！告诉他们，雷是个无赖！"

"走吧，"有文身的那个说，"我们撤！"

斯泰拉看着汽车远去，后车灯亮起又熄灭。她俯身对着甘果车的引擎盖摊开胳膊，嘴贴着冰冷的金属，低声说："我再也坚持不住了，我再也坚持不住了，我想让这一切都停止。"

她把甘果车停在农场前面时，已经是晚上十点了。二楼的卧室里亮着灯。空气里有鸟、凉风和麝香的味道。鹅躁动不安地乱叫着，科斯托和卡博摇着身子朝她跑来，像休假的水手一样，斯泰拉抚摸了它们的脑袋。

乔治把两条狗留在了外面，提防狐狸再次到访。

厨房里一股柴火味。鹦鹉埃克托尔在笼子里扑扇着翅膀。它抓着铁杆，怒气冲冲地咕咕直叫。在斯泰拉回来之前，它绝不睡觉。

她轻轻拍了拍笼子上的毯子。

"睡吧,老兄,睡吧。我回来了。"

它嘀咕着,发出刺耳的尖叫,她听到它在铺满笼子的面包皮、谷粒和玉米穗之间走来走去。*咳咳咳咳,咳咳咳咳,没门,没门* [1]。

"你不高兴?我也不高兴。可是我呢,我是有原因的。"

它长长的喙在笼子的栏杆上啄了一遍,反驳道:*没门,没门*。

她脱下重重的靴子和圆领毛衣,解开背带裤的带子,松开头发,揉了揉颈背,长长地叹了口气,笼子里的小家伙也原封不动地模仿了一遍。

"我得去睡觉了。你也好好睡吧。"

埃克托尔咯咯叫着,变换着调子说道,*晚安,好好睡觉,晚安,好好睡觉* [2]。

她爬上二楼,推开汤姆房间的门。

他在睡觉,或者说在假装睡觉。他没穿睡衣上衣,把它卷成一团扔在了床脚,只穿了裤子和一件 T 恤。十一月份,夜已经凉了,他可能会着凉。她太累了,也就没检查。

"好好睡吧,我的爱。"她倚着门框低声说。

"妈妈!"

他从床上坐起身。走廊里的光照亮了他的 T 恤,上面写着"**重新发现你自己**"。还是今天早上那件 T 恤。他没有冲澡。

"为什么人们总觉得要发生悲伤的事,而不是幸福的事?"

"我不知道,我的爱。睡吧,明天你会累的。"

阿德里安躺在床上,没脱衣服。他的膝盖上放着一堆文件。他都有黑眼圈了,他一边翻阅文件,一边算数。他拿着一支笔,在指间转来转去。

他抬起头,微微一笑。

"你去哪里了?"

"家乐福。

1.原文为英语,下同。
2.原文为英语。

"这么晚？"

"是的。"

"你为什么没打电话？"

她倒在他身上，一声不吭。

他用一只胳膊搂住斯泰拉的肩膀，抚摸着她脖子上的皮肤，碰触到了她的微笑。

"我在担心。"

"抱歉。"

"你想现在谈谈吗？"

"不想。"

他抚摸着她的肩膀，她的胳膊，她的腿。

"没什么大不了的。"斯泰拉低声说。

他吻了一下自己的食指，然后按在斯泰拉的嘴唇上。

她贴着他转了个圈，压抑着怒气，说："会好起来的，会好起来的，最后不会是这样的！"反抗的弹簧绷紧了，颤动着，她紧贴着阿德里安。

"你怎么了，柳芭？你发烧了吗？"

她叹了口气。她想把脑袋上的牢笼锉断。

"有我在呢，"他说，"跟我说说。"

她太沉重了。她都能吐出石头来。

阿德里安在沉思。小心，要签一些别的合同，这样才能不依赖那个俄国人。可能要去趟市政厅。一份"取暖木柴"协议？可以保证我百分之十的营业额。对，但我还没有木柴搅碎机。

跟埃德蒙谈谈。不要冒险……

他扫了一眼五斗橱。斯泰拉的帽子躺在一双工地手套和一件肥大的白色宽袖口羊毛套衫上。他的目光又回到帽子上，边缘都碎了。一股浓烈的胡椒味涌上他的头，他皱了皱眉，很困惑。他闭上眼睛，呼吸着正在消失的最后一缕香味。

"我多想……"斯泰拉咕哝道。

他想起那个阴暗的楼梯，他滑了一跤，也让别人滑了一跤，产生一阵火花，可能还吵了一架，不，那场冲突很克制，没有进行到底。

"娶我吧，求你了，娶我吧……"斯泰拉结结巴巴地说。

"你说什么，柳芭？"

富凯酒店楼梯里的那个女孩！他仿佛又看到了她愤怒的眼睛，涂了粉的皮肤，饱满的嘴唇，浓密的眉毛，完美的鼻子，后来她还说了什么？他努力回想着那股香味，想回忆起她说的话。

"阿德里安……求你了……"

"我听着呢，柳芭……"

她在邻桌吃午饭。博尔津斯基嚼着牛排，擦了擦油腻的嘴。他在找妓女。博尔津斯基……他脑子里冒出一个想法。就像信箱里应该有信封一样，这事真是显而易见！为什么他之前没有想到呢？他就该这么干。这样他就能同时把各个方面都兼顾到了。

他的胳膊在斯泰拉的背上滑动，他把她拉到自己身边。

"娶我吧，"她低声说，"娶我吧。"

他挤出一个微笑，眼神涣散地盯着天花板。没有人可以指责他什么！恰恰相反！他戴着面具往前走，在黑暗中前行，犹如火中取栗。

他的微笑消失了。他不能再担心下去了，时间会与他结盟。他用一只手紧紧搂住斯泰拉。柳芭！柳芭！他幸福得想喊一声。他忍住了，咬着嘴唇。得换一盏顶灯了，现在这个光线惨白，阴森森的，让他感到沮丧。

*

费利埃夫人依稀觉得，她的光荣时刻到来了。她脑子里只有一件事：雷-瓦伦蒂初中奠基仪式。报纸上发表的那篇文章让她兴奋不已。她喜气洋洋地站在学校门口，感谢每一位向她表示祝贺的家长。

汤姆在学校的栅栏前等达科塔，又假装不是在等她。他把书包打开又合上，跟诺亚说着话。诺亚想用一双篮球鞋跟汤姆交换三次数学练习。但是汤姆的目光没有离开街角，因为**她**应该会出现在那里。

今天她会穿什么衣服呢？她会把头发扎起来吗？她会嘴角上扬开心地

微笑，还是会像个乞讨的老太婆？我是朝她走去，还是假装冷漠？如果她快速从我身边经过，咔嚓，咔嚓，我不在乎你，那怎么办？

班上的傻子亚当·瓦扬突然呵斥他："嗬，瓦伦蒂！你就要有自己的初中了，太酷了！"

亚当是个小胖子，他戴着厚厚的玻璃眼镜。他父亲是面包商，会给儿子所有的朋友发糖。他会亲自把哈瑞宝绿洲、粉色爱情、扭扭乐、破冰者、奶嘴糖塞到他们手里，所以亚当有很多朋友。

汤姆没有回答。

汤姆没有动。

汤姆屏住了呼吸。

达科塔刚刚出现在街角。

她从一辆深色车窗的大轿车上下来。那是一辆奥迪。她一身黑衣，黑裙飘荡，穿着圆领上衣，长发披肩，眼睛漆黑，红嘴唇闪闪发亮。她充满神秘感。

汤姆心里激动不已。他努力捕捉着达科塔的目光。他连站都不会站了。穿着这件该死的夹克衫，他看上去肯定傻乎乎的，黯淡无光。她又回到车边。一扇车窗摇下去。一个白头发男人探出头。他打着黑领带，穿着白衬衣，戴着墨镜，浓密的头发剪得很短，很白，一张大嘴，鼻子长长的。达科塔整理了一下自己的领结，吻了他，男人也像在吻她，她说了几句漂亮话，他微微一笑，露出一排白色的牙齿。噢！跟假牙一样！汤姆失望地注意到了这一点。

达科塔很爱父亲。她很想待在车里，一整天都陪着他。在纽约的时候，有时候他们会这么做。当时他们刚到那里，被这座城市，被摩天轮、救护车的鸣笛、碎石路下面的地铁的震颤，还有马路上的洞吓到了，她在路上扭伤了脚踝，也是右脚。她父亲叹了口气，很不愉快。于是她装出骄傲的样子问："右脚踝意味着什么，爸爸？有什么意义吗？"他去哪里都带着她，把她介绍给别人，说："这是我的女儿，她想参加会议。"

然后不做任何解释。她坐在远一点的一张椅子上，手放在膝盖上，穿着一件蓝色白领子的长袖开襟羊毛衫，听他讲话。他是世界上最英俊、最聪明、最耀眼的男人。能成为他的女儿，她感到无比荣幸。在她酝酿这个想法时，一阵恐惧混进了她对她父亲的爱。如果她不配做他的女儿怎么办？如果他意识到了这一点，决定把她换掉怎么办？给我换一个小女孩，我检查过这个，她惹我心烦。在这种隐秘的恐惧的刺激下，她的爱变得愈发强烈，但一直充满警惕。如果这一刻他能回过头，能看着她，在所有穿灰衣服的人面前说出："没事的，宝贝！我爱你！[1]"她愿意付出全部。他没有回头。如果他在想什么东西，他就站起身，假装在打高尔夫球。他晃着胳膊，向右拉伸，再向左拉伸，把球送到球穴区，然后再坐下。酷，那么酷。在他做决定的时候，那些穿灰衣服的人就咬钢笔。她尝试记住句子末尾的词，想在之后的谈话中用上，*资本市场，中央银行，递延利息，浮动利率贷款*[2]。除了让他高兴，她没有其他的心思。他温情脉脉地看着她，当然，有时候也觉得她好笑，但她最希望看到的，是他把自己视为一位合作者。她需要变得极为出色。她需要忘记这只螯虾钳子一般的手。不，不，他并没有以此为耻！他不是那种男人。但他应该希望女儿完美无缺。有时候他的目光会落在纱巾上，她隐约感觉他的微笑背后藏着愤怒。这正是她希望改变的。

她做到了。她不知道怎么做到的，但确实做到了。与其说我关注这个细节，还不如想想别的。例如我的脑子里有什么，有什么让我与众不同的东西。

有谁可以说我完美无缺，我走在卓尔不凡的道路上？没有谁。

他会忘记螯虾钳子的。

她温柔地抚摸着父亲的面庞，低语道："晚上见，温柔的爸爸，我爱你[3]。"

---

1. 原文为英语。
2. 原文为英语。
3. 原文为英语。

他没有回答，沉浸在一个专注的微笑里，她闭上眼睛，想把这个微笑印在心里。然后她把手放在父亲的肩膀上，承诺："不要生气，**爸爸**，你大可以相信我！"

他再次微微一笑，觉得很好笑。他很宽容。

她气恼地转过身。

汤姆被拥向校门口的一群学生围住，继续看着她。达——科——塔。达——科——塔。你在我心里跳舞，你前进又后退，你转着圈，我想闭上眼睛，你过来吻我，达——科——塔，达——科——塔，你尖尖的小舌头击打着我的牙齿，击打着我的味蕾，搜寻，搜寻，你想去哪里，我们就去哪里，达科塔。

"哟！瓦伦蒂！你真厉害！你上报纸了！我父亲看到你的名字了。"卡米勒舔着一大块圆硬糖说道。

"不一定是真的！"汤姆气冲冲地回答，他一抬手，把闯过来的这个人赶走了。

达科塔消失了，他看不见她了。

"都上报纸了，我跟你说！"

"让开！你真让我头晕，让我清静清静！"

我正在幻想下一次亲吻，我在想我今天会多么幸福，会不会跟昨天一样幸福。

"瓦伦蒂上报纸了！瓦伦蒂上报纸了！连初中都……"

达科塔朝他走来，胳膊上系着那条画着绿鸭子和疯长的蓝色草的纱巾。汤姆仿佛听到了水汩汩作响，鸭子嘎嘎叫，草在风中窸窸窣窣。这个女孩就像个大屏幕。

她瞥见了他，莞尔一笑。黑裙在她的腰间跳舞，长发飘飘，夹克衫在风中唰唰作响。她盈满了空气。汤姆后退了一步，让她过来。

她的黑 T 恤上用银色字母写着"就是今天了[1]"。天哪,她要准备做什么?他睁大了眼睛,不想错过达——科——塔在身边的一秒。这天上午天气很好,学校广场上红棕色和黄色的树排成一道篱笆,显得天空色彩明媚,到处闪耀着幸福。很快她就触碰到他了,他感觉到了她的呼吸,还有她柔软的皮肤。

她已来到他面前。

她停下,与他四目相对。

"很高兴见到你,汤姆。"

他没说话,他在出汗。一小片云雾从他嘴边飘出。他不希望让这片云雾蒸发,希望它能成为**他们的**云雾。希望以后他们能十指相扣,谈起这片云雾。

"如果你愿意,过会儿你可以来我家吃午饭。我一个人在家,而且……"

"只是……妈妈会来接我的……不过没关系,她会理解的,她人很好。"

"这样我会很高兴的。"

她的长发飘飘摇摇,他们跑到了她纱巾里的小溪边,像鸭子的羽毛一样,像被微风吹拂的芦苇一样颤抖着……她微笑着,就像一个优雅的公主在邀请一个乞丐用餐。

就是今天了,就是今天了。她要吻我了,她要吻我了。

他们面对面站着,空气变得更加澄澈,给他们镀上了一层珠光。她,光芒闪耀,平静如水。他,浑身颤抖,几近窒息。他忘记了该如何呼吸。学校的铃声响了。得回去了。他无法迈出一步。她会坐在教室的什么地方?有人给她安排位置吗?

如果她能……

"哟!瓦伦蒂!你读报纸了吗?该死的!瓦伦蒂!这是你女朋友,达科塔?你可没告诉我们啊?"

他们大笑着跑开了。

卡米勒又回来了,还带着一群人,像一群条纹乱糟糟的斑马。

1.原文为英语。

汤姆耸了耸肩膀。**就是今天了，就是今天了！**她都邀请我共进午餐了。他的目光又回到达科塔身上，在她水汪汪的眼睛里沉沦。

她眼睛紧闭，像锁了两道锁。灰色的大门上，密布着圆点和网格。她的嘴边像有两个苦胆在抽搐，仿佛要吐出毒液。

"瓦伦蒂？你姓瓦伦蒂？"

"呃……是的。"

"就是雷·瓦伦蒂那个瓦伦蒂？"

"是的。"

"他是……"

"我的外公。"

她抬起右手，伸直胳膊，对着他做了个开枪的手势：闭上左眼，对准他两眼之间的位置，模仿子弹的声音，**达姆——达姆**[1]。

达姆——达姆，我要杀了你。

达姆——达姆，我再也不跟你说话了。

达姆——达姆，你死了。

"忘了我。"

"达科塔……"

"忘了我。"

"我怎么你了？"

她释放了身上的魔鬼。魔鬼灼烧着她的嘴和她的瞳孔，扭曲着她的脸，加快了她的呼吸，加剧着她的痛苦。她泪流满面，浑身颤抖。

她转过身，小黑裙飘飘荡荡，书包飘飘荡荡，长发飘飘荡荡，头也不回地走远了。

学校的铃声响了一遍又一遍。热尔泽先生在喊他："哎，瓦伦蒂！

1.达姆弹，一种子弹名。

得回去了，快，快，走吧！"汤姆垂着胳膊，听不到声音了，也呼吸不了了，眼睛像被硫酸灼烧着，他从热尔泽先生身边过去，他喊道："你的书包，瓦伦蒂！你的书包！"汤姆说："是因为我姓瓦伦蒂，是因为这个吗？"

*

公证员的等待室摆着一些绿植作为点缀，天花板上装了一排聚光灯作为光源，房间被刷成米白色，唯一一扇窗户上挂着栗色的窗帘。莱奥妮坐在椅子上打寒战："你觉得贝罗师傅为什么想见我们？"斯泰拉在听绿植后面的扬声器播放的背景音乐。

"等候室里放的还是棕榈和橡胶树。"她注意到。

公证员打开办公室的门，拍了拍手表的表盘，急匆匆地穿过等候室，打了个手势让他们跟上来。

"你们好！我让你们来我的办公室，是因为有事要通知你们，但我们没有时间了。锁匠在等我们。我到车里再跟你们解释。"

莱奥妮和斯泰拉跟在他后面，惊讶不已。斯泰拉回头看着橡胶树。花盆里的土是干燥的，有裂痕。

公证员让她们先走。他从公文包里拿出办公楼的钥匙和一个有黄色拉链的苏格兰式手袋，给门上了两道锁。

斯泰拉的目光跟随着公证员，他把公文包夹在了腋下。我不喜欢用公文包的男人，我不喜欢这位公证员。我也不喜欢他的名字，贝罗师傅。听上去像一种性病的名字。

莱奥妮一手遮着脸，用一根手指揉着眼睛。她穿着一身黑衣。"没必要穿成哭哭啼啼的寡妇的样子。"斯泰拉嘀咕道。"还是得穿，"莱奥妮反驳道，"不然这个人会怎么想呢？雷去世还不到三个月。"

他们一路小跑，朝一辆很大的黑色雪铁龙跑去，缓冲器和车身上全是污泥。公证员为莱奥妮打开了前车门。斯泰拉坐到了后排。

"我跟银行约好了。"他一边扣安全带一边说。

"哪家银行？"斯泰拉问，她决定既然他都没花费多少力气，那她也这样。

"您父亲开户的一家银行……"

"因为雷·瓦伦蒂在好几家银行开过户？"

公证员叹了一口气，仿佛已经厌倦了解释。

"这是惯例，当有人去世时，公证员会与死者开户的银行机构取得联系。等一段时间过后，一般是三四个月左右，如果一切顺利，这些机构就会回复，告知死者账户上有多少钱……"

"可是这个，我们很快就知道了啊！"

"是的，查瓦伦蒂先生的账户不难。但他还有个保险柜。"

"他没有保险柜。"斯泰拉断言。

"你们错了。是他母亲费尔南德·瓦伦蒂夫人给我们提供的线索。她提到了金条，她想收回去，她不同意让金条落入你们手中。然而这是违法的。"

"您想见我们就是为了这事？"

"是的。我们去银行打开这个保险柜……"

斯泰拉的脸颊贴着车窗，她瞥到了她给汤姆买自行车的那家商店的橱窗。已经一年半了！是汤姆自己发现的这辆车，是一辆黄色的山地车，车座很高，有防滑大车轮，框架坚固，十八挡速度可选。他给它画了一幅画，晚上盯着它入睡。然后一个平安夜，在松树下……

为什么今天早上汤姆没来吃早饭？她们将近十一点才离开家。今天是星期六。但这不是理由。

"你见汤姆了吗，今天早上？"她问母亲。

"没有，他应该在睡觉。"

"十几天前，银行写信告诉我，瓦伦蒂先生在他们那里有个保险柜，得找人打开。开箱时，需要你们二位、我本人，还有一位拍卖估价人在场。"

"拍卖估价人？"斯泰拉很诧异。

"是的，里面可能有需要鉴定的财产。我猜测你们没有保险柜的钥匙……"

"没有，"斯泰拉说，"我们都不知道它的存在。"

"我找了一位锁匠。他得当着银行负责人、拍卖估价人和我们的面，撬开保险柜。"

"我们必须到场吗？"莱奥妮在颤抖。

"这是法律规定，夫人。您得在场，我们得当证人。我得提醒您，在这种情况下，开锁费高达九百二十欧元。"

"九百二十欧元！他可不用心烦了！"斯泰拉叹了口气。

"行情就是这样，瓦伦蒂小姐。"

"我的天哪！"莱奥妮呻吟着，咬得下颌骨嘎吱作响。

"停下，妈妈……停！"

别再发出这种声音了，它让我想到医院、空旷的走廊、雷的耳光和叫喊声。她咽了咽唾沫，仿佛是想说服自己似的，说道："他死了，妈妈，他死了。结束了。"

那天晚上，汤姆是怎么说的？

"为什么人们总觉得要发生悲伤的事，而不是幸福的事？"

她又一次自言自语道，今天早上我没有见到汤姆。

这一次，她觉得事情不正常。

当您得知一件让您震惊不已的事情时，您可以做出两种反应。要么您立刻理解，然后做出回应；要么您不理解，然后呆若木鸡。您等待这个消息到达您的脑子，等待您的脑子把它解读完，然后向您的身体发出指令：哭泣、大笑、叫喊或攻击。

没有人会有同样的反应，那些眼睛干涸的人，可能比热泪滚滚的人更难过，或者更喜悦。

这天上午，在雷·瓦伦蒂的保险柜前，莱奥妮和斯泰拉目瞪口呆，她们发现了五根用报纸包着的金条，放在一块绿色毡布上。她们说不出话来，用目光询问着对方，凝视着排得整整齐齐的金条。她们再次对视，在彼此的眼睛里寻找答案。面对银行工作人员、公证员和拍卖估价员严肃的神情，她们明白了这是认真的，但不知道应该怎么想。

公证员把手伸进去，确认了没有其他东西。“有时候，”拍卖估价员向斯泰拉解释道，“会发现珠宝、精致的象牙制品和卷成管状的大师画作。这时候就需要对这些物品进行鉴定，并申报继承。”

公证员摸来摸去，找啊，找啊，噘着嘴说：“没有，没有，没有别的了。”就在这时他耸了耸眉毛，嘟囔道：“我觉得……”

他的手碰到了一个信封，拿出来交给莱奥妮。莱奥妮又把它交给斯泰拉，她再也不想跟雷·瓦伦蒂有什么关系了。

信封上写着“**婊子**”，是雷亲手写的。

斯泰拉从里面拿出三张照片，上面有一个小女孩。照片已经泛黄，是从报纸或杂志上剪下来的。她有多大？七八岁？照片是什么时候拍的？没有日期。

一个喜气洋洋的小女孩，在翻着筋斗，她伸着胳膊，像木偶一样，大笑着。她在吃棉花糖，紧紧地抱着一个巨大的蓝色长毛绒熊猫。

这些照片意味深长。裁剪的方式让人感到阴森森的，令人困惑，是用剪刀很粗暴地剪下来的，仿佛是在杀害这些照片。不是一个心软的、很注意孩子的线条、姿势和滑稽动作的父亲剪的，也不是一个被穿短袜的少女的曲线所打动，变得细心而又认真的男人剪的。这是一个疯子剪的，他把这个孩子当成了靶子，在四处找她。

斯泰拉通过照片的切口，感受到了愤怒和狂暴。她用手指抚摸着剪坏的边缘，听到了咬牙切齿的声音："我要剥了你的皮，我要找到你，你以为你到了安全的地方，那你就错了。"

她确实听到了，还是以为自己听到了？

每当她在照片上，或者在大街上看到一个微笑着，对大人充满信赖的小女孩，泪水就会涌上来，刺痛她的眼睛，她就想大喊："不要伤害她，求您了！"

是谁把这些照片放进了保险柜？

是雷·瓦伦蒂还是费尔南德？

还是他们两个一起放的？

费尔南德知道这个小女孩的存在吗？她知道这个小女孩发生了什么事吗？她是雷的什么人？

斯泰拉的目光又落到照片上。这个小女孩翻着筋斗，吃着粉红色拉丝糖，紧紧抱着蓝色熊猫。她的额头前面有一缕头发，卷成了旋涡状，黑黑的直刘海飞舞着，弄乱了她满头柔顺的秀发。我也是，我的额头上也有个旋涡，我讨厌它。我把它浸在双氧水中，想把它漂白，与其他头发融为一体，这样别人就看不到了。但小女孩似乎不在乎这个。

她展现着自己，天真而温柔。

小女孩们总会这样献出自己吗，还是说等她们今后成为女人，女性的诅咒降临到她们身上时才会如此？因为一位女性，总是会以受到诅咒而终结。她们习惯了，仅此而已。习惯了男性的粗暴，习惯了世界的粗暴，习惯了男性世界的粗暴。她们拿出自己身上的粗暴，把他驯服，对他说："突突突，别再伤害我了"，或者"轻一点，别那么大声。别让我受那么多苦，别让我头昏眼花。"

她就是这样对付雷·瓦伦蒂的。

　　斯泰拉俯身看着最后一张照片，小女孩伸着脖子，棉花糖粘在脸上，脏兮兮的。有人在她右眼上方扎了些小孔，这吸引了斯泰拉。那是用裁纸刀的刀尖扎的小口子，清晰可见。她翻过照片。报纸背面，有人用黑色记号笔画了一个靶子，靶心的位置是个骷髅头。

Trois baisers

第二部

"你跟卡特先生的午餐愉快吗，亲爱的？"约瑟芬摘下眼镜，摩挲着鼻梁问。

炉灶上的水果蛋糕正在噼啪作响，散发着红色系水果和糖加热后的味道。一罐敞开盖子的醋栗果冻放在一块芝麻油酥饼旁。

约瑟芬和佐薇坐在某个星期天从旺夫跳蚤市场买来的一张木桌旁，正在用放大镜检查着什么东西，奥尔唐丝对此视而不见。

这样更好。

她母亲和妹妹有些兴趣爱好，往好里说呢，让她打哈欠，往坏里说呢，让她毛骨悚然。自从跟加埃唐分手以后，佐薇就一副飞升的加尔默罗会修女的样子；约瑟芬的脸上总是泛起温柔的微笑，连奥尔唐丝见了都想往上面打一层蜡。就算她们戴上百合花环，唱起"他出生了，神圣的孩子"，她都不会大惊小怪了。我爱她们，我爱她们，这一刻要发生什么，我才会讨厌她们呢？

她打开水龙头，接了一杯水。

"有问题吗？"约瑟芬问。

"没有，怎么了？"

"你看上去一脸困惑……"

困惑又生气。约瑟芬把第二个词咽到了肚子里。她学会了不要离女儿太近，否则女儿受到侵犯，就会大喊。上周一，她冒冒失失地跟她打听加里的消息，奥尔唐丝吼道，她再也受不了别人侵犯她的隐私了，她受不了这种侵犯，别人应该尊重她。她摔上门，赌了三天气。约瑟芬连书都不敢翻了，咖啡杯也不敢刷了，生怕惹恼她，招来"杀身大祸"。

她更不敢低声问一句：出什么事了，我的小宝贝？要聊天，需要有两个人，两个心平气和的人。

"你不喜欢富凯酒店吗？"佐薇抬起头问。

"喜欢。"

"我想去上烹饪课，然后当主厨。我会开一家三星爱心餐厅。没有理由把美味佳肴都留给大腹便便的有钱人。我戴厨师帽好看吗？你吃了什么？"

"我想不起来了。"

"什么！你去了一家三星餐厅，却对饭菜心不在焉！"

"她可能是不想告诉我们。"约瑟芬说。大女儿的行为让她困惑，她端水杯的样子就像拿着一支口红，在嘴唇上来回移动，目光空洞。

"我又不是问你有没有遇到命中注定的男人，我只想知道你有没有吃烤海螯虾和火腿土豆泥！难道这也成了冒失的问题？"

"对，没错，是很冒失。"

约瑟芬朝佐薇打了个手势，让她别说了。佐薇拿着放大镜打着瞌睡："这朵花多美啊，妈妈，太阳一般的花蕊，周围一圈黑刺，放在白色天鹅绒的背景上，镶上一圈闪闪发光的紫色卷边，这是一朵三色堇吧？"

这简直是上帝之作。

为什么人们总要寻找上帝存在的证据？实际上只要摘一朵花，就能找到证据，无须多言语。他存在，他在我内心燃烧，我为他而倾倒，感到平静而幸福，噢，幸福极了……然后……他逃跑了。

我重新寻找他。

我等待他，我守候他，我倚着窗户。他回来了，对我打了个手势，我的心里又填满了幸福。

他就在这里。

证据何在？我说话就像唱赞美诗。

或许这朵花能让奥尔唐丝平静下来？

奥尔唐丝没有听，奥尔唐丝一声不吭，奥尔唐丝拿着杯子在嘴边转，盯着厨房窗边白色的窗帘，有红色的小船在上面行驶，是用十字绣针法绣上去的。

奥尔唐丝想回答，但不知道说什么。

为什么我变得如此无精打采？

不声不响。

她乘坐战车驶入富凯酒店，离开时却只能徒步行走，还丢了长剑，神经紧张。她走在香榭丽舍大街，沿着维克多·雨果路一直到了托卡德罗，在保罗·杜美路右转，从布封小道过去，一直走到拉斐尔大街，他们家的公寓就在那里。

她走路的时候，没有注意到任何一个可能让她对腰间的褶皱、西装领子和斜纹包产生灵感的细节，没有抓拍任何一个服装怪异的女孩的身影。以前她会拍下来，再修图，放在博客上。进行"修图前""修图后"对比。这是她的看家本领，奥尔唐丝"动一动小猫爪"，就能把路人变成卡拉·迪瓦伊[1]。女孩们争着抢着让奥尔唐丝·柯岱斯给她们换衣服、改发型、化妆，追捧她在网上发的小玩意儿、小窍门和地址。她对时尚了如指掌，熟知一千零一种成为巴黎女郎的方法。她拒绝接广告，这样才能揭发和嘲笑他们。所有的细节，她走在大街上就能指出来。

吃完午饭离开时，她什么也没看到，什么也没听到，什么也没感觉到，只有一条狗跟着她，她一脚把它踢开了。

为什么？

她皱了皱眉，咬着杯子沿儿，在光滑的凸面玻璃上磨着牙，啃着杯子，咬得嘎吱作响。

1.卡拉·迪瓦伊（Cara Delevingne, 1992—），英国演员、模特，代表作品有电影《纸镇》《星际特工：千星之城》等。

事情就那么发生了，我想，是的，发生了！在富凯酒店的台阶上。我在打电话。我的包撞到了一个男人。我跟跄了一下。他抓住了我，用他的大手抓住了我，把我扶正。就几秒。勉强算是几秒……

我想让他把手掌放在我的腰间，他的肚子贴着我的肚子，我想扑到他的嘴边，吻他，吻他……

洁白的大窗帘上，红色的小船扬帆远航，无忧无虑，这时一阵狂风把它卷入了深渊。一团黑影突然冲进厨房。杜·盖克兰跳到奥尔唐丝腿上，用后脚支撑着站起来，摩擦着她的胯部。她俯下身，拽它的耳朵，对着它的鼻孔吹气，它舒服地哼唧起来，打了个喷嚏。

富凯酒店的那个男人……

他搂住了我。他很强壮，能扶得住我。他冰冷、强硬，像一副不会微笑也焐不热的盔甲。他灰色的眼睛看起来斩钉截铁。把您拖到断头台的刀片下，眼都不眨一下。

我摔倒了，我还想再摔一次。

"我想去看看昂丽耶特，"佐薇宣布，"你跟我一起去吗，亲爱的奥尔唐丝？"

奥尔唐丝端详着妹妹，仿佛她是在跟她借丹碧丝棉条。

"你疯了吗？"

她抬起头看着天。

"你为什么不给在死谷丢了腿的人织一副护膝呢？"

"她是我们的外婆……她一个人生活，没有收入，得靠当门房才能活下去，我觉得……"

"昂丽耶特？没有收入？"

"她早上六点就要倒垃圾，打扫卫生，分发信件，用吸尘器吸地，还要打蜡……"

"这样怎样！马塞尔会维持她的生活。他很慷慨。她睡觉的床垫里装满了金子，翻身的时候会叮当响。"

"她没有丈夫了，也没有孩子了，她只有我们，我指的是你和我，因为对她来说，妈妈不算数。我这么说你不会难过吧，亲爱的妈妈？"

约瑟芬一边微笑，一边听佐薇谈论她的妈妈昂丽耶特，仿佛说的是在大街上随便遇到的某位老太太。

"亚历山大也可以去看她，"奥尔唐丝反驳道，"那是她的外孙。"

"他住在伦敦，你又不是不知道！他不会坐欧洲之星过来的！你得来，这是一件善事。"

"狗屁善事。"

"你这么说，只是为了掩饰你也有良心。"

"不对。我谁都不爱。我讨厌爱，什么用都没有，只会浪费时间、精力、体力和……"

爱情是个屁。它让人窒息。

爱情是种病。

爱情分文不值。

除了我对加里的爱。

噢，加里！我都可以起诉你虐待了。

"骗子！你爱妈妈，爱我，爱杜·盖克兰……"

佐薇掰着指头数。

"你爱加里……"

"这跟你无关。"

"还有小马塞尔……"

"这与你无关。"

佐薇微微一笑，把一绺栗色的发丝缠在了手指上。

"昨天我去他家了，他还对我说你们会结婚的。他是认真的，你知道……你很久没有见他了吧？"

"晚上我画画的时候，我们会视频聊天……他睡得不多。对了，我的意大利织物到了吗？"

"你跟他见面的时间不多。"

"我没有时间。我得工作。妈妈……到了没有？如果没到，我得给工厂打电话了。不该由我来打，应该是西斯特龙打。他那个人，什么都不管！"

"他变了，小马塞尔。他很奇怪，奇怪极了。"

"没有，你的织物还没到，至于你，佐薇，别这么说小马塞尔，这样不好。"约瑟芬一边反驳，一边扑上去护住了她面前的油酥饼，命令佐薇不要碰。

"可是，妈妈，我说得没错。就连你也……"

"发生了什么？"奥尔唐丝困惑地问。

"他只是耳朵越来越长，越来越尖，脑袋也变了形。他掉头发，一年就长高了十二厘米。别人都以为他十五岁了，其实他才七岁！"

"他长大了，仅此而已。"奥尔唐丝说。

"可是我呢，我觉得另有隐情。"

"是什么呢？"

"就是说呢，我不知道。或许是荷尔蒙，或者是第三种性别在推动……"

"佐薇！"约瑟芬抗议道，"这样不好……"

她喘不上气来，把油酥饼吐了出来。奥尔唐丝做了个鬼脸。佐薇一边轻轻拍着母亲的后背一边说："他很奇怪，我向你发誓。他那对大耳朵，再加上向后仰着、像被风吹倒了一样的脑袋……就像北海沙滩上的一个沙丘，还稀稀落落长着几根草……"

"他从来就跟其他的孩子不一样。"约瑟芬喘不上气，在努力地把卡在喉咙里的一小块油酥饼吐出来。

"他根本就不上学，"佐薇继续说，"他声称这是浪费时间，说他赢了那么多比赛，根本没必要上学。"

"他又赢了一个？"

"是谷歌竞赛的孵化器奖。他获得了一万美元的奖学金，他在做一款应用，可以让不同的孩子交流。还有另外一个，是以声音传播为基础的，可以促进大脑分泌 5- 羟色胺，产生愉快情绪。他有很多想法！"

"也有很多钱?"

"他不在乎钱,他想让别人给他清静,让他好好工作。很棒,对不对?"

"如今的小孩就是这样,"奥尔唐丝说,"他们有了自己的事业,就不把法律啦,学习啦,条条框框啦放在眼里了。这让我感到沮丧,觉得自己老了。我走得不够快。"

"可他还是个孩子呢!"佐薇喊道。

"世界正在全速变化,小马塞尔一直走在前列。"

"所以他耳朵长得跟望远镜一样?脑袋上还长着鸭子的绒毛?"

"他已经进入了另一个维度。大家都想变形,但无能为力。你能看到一切都在摇摇晃晃吗?你感觉到暴力、慌乱和迷失方向了吗?而他呢,他全都理解了、消化了,他坐上了粒子加速器。"

"这一点倒是肯定的!你知道他做了什么吗?"

佐薇像辩护律师一样,对着姐姐挥舞着放大镜,一副能言善辩的样子。

"我需要他给我解释解释我新手机里的一个东西,于是我去见了他。他的办公室有协和广场那么大,到处都是文件,还有一位女秘书……"

"女秘书!"

"必须有!他那里事情那么多!他得接待各个国家的名流显贵和科学家。她很特别。她躲在一堆文件后面,只能从办公桌下面看到她的脚,两只很大的脚……无论是冬天还是夏天,她都穿着厚厚的灰色长筒袜和橙色的帆布鞋。她熟知平方根、涨潮退潮时刻表、收获和季风的日期、各国首都、国内名菜、各种颂歌。她会讲拉丁语、希腊语、德语、俄语;因为要读但丁,所以也会讲意大利语;会讲英语,因为可以更好地欣赏莎士比亚;会讲西班牙语,因为她爱上了堂吉诃德。她给自己的小摩托车取了个名字叫罗西南多[1]。"

"她叫什么?"

1.堂吉诃德的马的名字。

"波普利纳[1]……"

奥尔唐丝大笑起来。

"这是玛丽·包萍[2]啊!"

"小马塞尔非常喜欢她。他说出一句话的上半句,她就能接出下半句。我到了他那里,把手机递给他,他对我说千万不要把我的新号码告诉他,他要自己猜。他朝波普利纳递了个眼色,流出一点口水,然后集中注意力。我觉得很好玩,但他很严肃,把左手放在我的手机上,眼睛闭着,很用力地闭着,周围挤出很多皱纹……"

"然后呢?"奥尔唐丝问。

"他用右手在自己的手机上输入我的号码,然后……我的手机响了。这不是心灵感应,因为我都不知道我的新号码。他很厉害,是不是?等等,这还没完!"

佐薇看着妈妈和姐姐,她们张大了嘴,眉毛弯成了弓形,一字不漏地听她说话。她们相信她,知道她要宣布一个更加惊人的消息。佐薇微笑着,开心极了,喜悦汹涌澎湃,铺展开来,遍布她的全身,爬到了她的腿上,她想唱歌,想讲下去,想学一个新词,想去探索世界,内心的喜悦如此美好。

"到了午饭时间。若西亚娜问我们想不想吃东西,她做了土豆泥焗牛绞肉,我说吃,我要饿死了,她的厨艺又很不错。小马塞尔回答说没有必要,他已经看过食谱了,已经饱了。他对我说:'肉泥非常美味!'他又补充道,'真是疯狂,利用人类的大脑竟然能做那么多事。我们只用了其中的百分之十,要努力用到百分之百,甚至更多!'"

"若西亚娜应该会手足无措吧。"约瑟芬说。

"应该说,他一点都不平庸!"奥尔唐丝喊道,"尤其是他说话的时候,我根本听不懂。"

"世间的一切并非都是合理的,"佐薇得意扬扬地说,"小马塞尔就

---

1. 意为"府绸,毛葛"。
2. 玛丽·包萍(Mary Poppins),澳大利亚裔英籍儿童文学作家 P.L. 特拉弗斯著名系列小说主人公的名字。

证明了这一点。"

"我要去看看他。"奥尔唐丝决定。

"先去看昂丽耶特吧，这样你就做了一件善事。"

"别再说你的善事了！我又不指望上天堂。"

自从跟加埃唐分手，在中学毕业会考中获得优秀的评语之后，佐薇就献身上帝了。这是我神圣的爱人，她声称，承认这一点让她满脸通红。人们把上帝从世间赶走了，我在自己心里接纳了他。没有了上帝的世界令人难过。我需要无限、理想与和谐。要转身对着阳光生活，而不是鼻子贴着大地，感受着情感上的悲惨，靠火种[1]之类的东西生活。我不想为了新款苹果手机或相亲网站心扑通扑通跳，把时间消耗在玩平板电脑，或者追某个穿泳裤的女歌手身上，我想要伟大、壮美、摄人心魂的东西。

让喜悦为之爆发。我想成为一座火山。

这是一个春日，树伸展开绿绿的嫩枝条，微微颤抖着，鸟儿唱着歌在筑巢，天空的光照显得巴黎更加美丽，她感觉自己无比需要去爱别人，把自己融化在爱情里，成为一个怀抱更宽广、心灵更开放的自己。她寻寻觅觅，这份爱的冲动会落在谁头上，是一个男人还是一个女人，或是一条鬈毛狗？她对自己说：不，不会的，会是所有的男人，所有的女人，所有的鬈毛狗。她感觉幸福在她的心里爆发了，仿佛她正中靶心，摘到了月亮，还得到了几分钱。

"你们把订购的 T 恤打好包了吗？"奥尔唐丝问。

"好了，"约瑟芬说，"伊菲姬尼明天去邮寄。"

"'三分钟热度'这款要缺货了，"佐薇指出，"卖得太快了。"

奥尔唐丝放松下来，手不再紧紧抓着杯子。她的 T 恤能卖几千件。她

---

1. 火种（Tinder），一款交友软件。

准备进军中国市场。她在那边找到了一个代理商。每件货的成本是一点六欧元，售价在五十到八十欧元之间，依款式而定。裁剪无可指摘，有纯棉的、纯丝绸的，有印字的、不印字的，有低领无袖的、露背的、长的、短的。Hortensecortes.com，875 886位用户。她取得了声势浩大的成功，以至于每天都在想该如何应对需求。

"我在里面放了砂纸，"佐薇说，"还有小卡片和'法国制造'的菱形水果糖，全都是按照你的要求来的。"

奥尔唐丝设计了几句标语，伊菲姬尼用烧热的熨斗熨上一层塑膜。

三分钟热度

注意！我很快就会厌倦

冒险家

斯宾诺莎说得对

不要对我指手画脚

我拒绝循规蹈矩

我讨厌规则

不要哭，你让我心烦

一，二，三，跳

有钱，貌美又出名，问题在哪里？

就是今天了

她的公司名叫奥尔唐丝·柯岱斯公司（Hortense Cortès Herself），简称HCH，总部位于伦敦。她在圣马丁学院的同学尼古拉斯负责行政和财务，以及英国分公司。他发了福，秃了头，但效率提高了。她需要他。"我盯着你，你可不能骗我，否则我就用开罐器切断你的喉咙。"她雇用了佐薇和伊菲姬尼，给她们全球总收入的1%作为工资。你们的脑子里要牢牢记住：不能罢工，不能抗议，听从指挥，把工作做到无懈可击。伊菲姬尼同意了。佐薇也是，约瑟芬微微一笑。

奥尔唐丝扬起下巴的样子就像个军官。

伊菲姬尼等门房关门后工作。每天下午一点到四点,她都会拿出熨衣板、加热熨斗。她很自豪能参与这场冒险。1%的钱两个人分,这不算多,但总比没有好。而且,这种事谁都说不准,说不定这样能发财呢?阿梅莉亚阿姨是怎么说的?"涓涓细流,汇成江河。"

佐薇按照奥尔唐丝的详细指示把 T 恤衫折叠好,在奥尔唐丝画的标签上写上地址,标签非常漂亮,上面是一座蓝白红三色的埃菲尔铁塔,它抬着一条腿,在跳法国康康舞。

她把赚到的钱分给大街上坐在纸箱上的人,给小老头和小老太太。她需要热情洋溢,生活才能更美好。

每天都有一百多件 T 恤寄往世界各地。一切都要完美无缺,我靠的就是信誉,奥尔唐丝反复说。Cré-di-bi-li-té(信誉),这五个音节是这家公司的基石。

奥尔唐丝·柯岱斯的博客上出售的不只是 T 恤,还有套头毛衣、短外套、连衣裙、衬衫、裤子。有一些她拿来做测试的款式。负责生产的是叶莲娜·卡尔霍娃,或者说是谜一般的罗伯特·西斯特龙。他在玛黑区找到了加工商——他们是土耳其人和中国人,裁剪连衣裙和大衣的水平堪比裁缝大师。

西斯特龙。对于这个人,奥尔唐丝不知该做何感想。他们互相观察、互相较量,避免见到对方。自第一次见面开始,他就心怀敌意。奥尔唐丝不信任他,叶莲娜说她是胡编乱造,西斯特龙是自己的**奴仆**。"胡说,"奥尔唐丝反驳道,"奴仆也会咬主人的腿肚子。"他似乎很专业,可靠又踏实,但怎么说呢……他也很乏味?透明?或者执拗又凶残?

她不知该如何形容。

"我有一个美妆建议,可以用在你的博客上!"佐薇说。

她每周拍两次小视频，提供化妆或造型建议。听到"造型"这个英语词，约瑟芬做了个鬼脸。"你得习惯，妈妈，很快大家就不说法语了。""噢，不行，"约瑟芬反对，"那样太难过了！"负责拍视频的是奥尔唐丝的一个实习生，名字叫奥克塔夫。佐薇贡献出了自己的眼睛、嘴和睫毛。

"你？化妆建议？"奥尔唐丝微微一笑。

佐薇兴奋得战栗起来。

"我去了帕西街卡拉的店里，询问怎样把口红保持一下午……"

"我要向加尔默罗会举报你！"

佐薇"噗"的一声吐了口气，一绺头发飘起来，左脸颊上挤出一个酒窝。

"首先在嘴唇上涂一层底色，涂上粉，然后用刷子把口红刷上去。我试了，然后……嗒嗒嗒，成功了！这个窍门能给你增加多少用户？"

我希望摆脱叶莲娜，不再需要她的钱。我想要自由。

叶莲娜把所有的大门都朝我打开，从中国的工作室，到意大利的工厂，但这是为了什么？她都九十二岁了，应该一天到晚待在床上，狼吞虎咽地吃土耳其软糖，读甜甜腻腻的小说，在女主被抛弃时滴几滴眼泪，在情人骑白马归来时号啕大哭。她对我如此慷慨，未免可疑。善良的仙女是不存在的。

白马王子也不存在。

然而那个身披盔甲的男人抱住了她。

她再也不想动了。

我想忘掉他。爱情是个屁。

她突然想到了这句口号，可以印在 T 恤上。

爱情是个屁。把它吹跑吧。

"我想到了一句话，可以贴在 T 恤上！"佐薇喊道，"*爱情之美：付出越多，收获越多。*"

"没用，太长了。可笑。"

"爱情：付出越多，收获越多。"

"软弱无力，像棉花糖。"

"去爱吧，您会变得富有。"

"一股修女的味道。"

"我姐姐真让我心烦。"

"这条不错，我用了！"

佐薇比我更会维护自己，她会把姐姐撵走，约瑟芬一边想，一边计算她吃了几块芝麻油酥饼。她已经五十岁了，每吃一块油酥饼都胖一斤。五十岁了，应该忍饥挨饿。这是奥尔唐丝说的。不要微笑，免得加深皱纹。不要哭，免得长眼袋。走路、跑步、睡觉。五十岁了，又变成小孩了，得听指挥，站直，不要吃糖，这样也不行，那样也不行。

她刚满五十岁。她的情绪就像弹簧。前一天还在高空飞翔，第二天就摔得粉碎。看见被碾压的鸽子要哭，接着又蹦蹦跳跳地买了件迷你裙。

但她不敢穿。

她大笑，她哭泣，她看待任何事都悲观，把什么东西都刷成粉色。她瘫倒在公共场合的长椅上，盯着双脚，心想这辈子完蛋了。

她太想吃油酥饼了。她在激素疗法、欧米伽3和蜂王浆之间犹豫。妇科医生建议她轮流使用，还鼓励她："加油，柯岱斯夫人，要抗争。"她递过医保卡，把脚收回来，放到椅子底下。她把篮球鞋收好，不再跑步。杜·盖克兰患上了风湿，再也不离开坐垫了。然后……跑步对它来说已经没有乐趣可言，跳水坑也是，也不能侧着身子倚着树，看鸭子啄来啄去、拉布拉多在冰水里蹦蹦跳跳了。

菲利普昨天没有给她打电话。

前天也没有。

她留了三条言。

有时候，晚上她把灯关上时，心想再也不会打开了。

想着夜里会发生点什么。

想着就要结束了。

但不知道什么要结束。

上个周六，晚上很晚的时候，她在大学做完一场题为"中世纪儿童衣着"的讲座，回到家，推开女儿房间的门。奥尔唐丝在工作。她对女儿说："晚安，我的爱，关灯吧，明天再干吧。"她不知道为什么要说这些话。或许是习惯使然。或许是在那几分钟里，她想当一个妈妈。为了女儿，哪怕去天涯海角。

奥尔唐丝抬起头：

"你气色不好，应该用点遮瑕膏。我有一款很好用的，如果你想要的话……"

"我累了。夜晚太漫长了，而且……"

"当心！你的好日子只剩下最后几年了，很快你就没有用了。"

约瑟芬咬着嘴唇关上了门。

没有用了。

唯一能让奥尔唐丝感到害怕的，或许就是那位曾经在纽约为她提供住宿的俄国伯爵夫人……

一天下午，叶莲娜来敲门，她旁边还站着一名严肃的背书包的男人，名叫罗伯特。她做了自我介绍，说自己是叶莲娜·卡尔霍娃伯爵夫人："很高兴认识您，柯岱斯夫人。"她问佐薇能不能给她做一杯热巧克力，要放很多巧克力和山羊奶，巴黎的天气如此潮湿，湿气都渗入她的骨头了，她想起她在诺夫哥罗德度过的童年，那时她躲在堡垒的低洼处，躲避冰冷的风，以及敲击着金色穹顶的冰雹。这是很久以前的事了……

她裹着披肩，列举了她觉得奥尔唐丝有哪些优点：绘画和裁剪天赋，富有独创性，意志坚定，工作能力强，有勇气，此外还发明了这种不可思议的面料，能遮住肥肉，不管什么女人穿上都能变得惹人遐思，其中就包括她……她已经过了五十岁很多年了，很多很多年了，但她就不多说了。"一个漂亮女人永远都不会公开自己的年龄，也不说自己有多少钱，或者有几个情人，尤其是数量已经超过一千时，在这个问题上能自鸣得意的可不只是傲慢的唐璜……不，不，某些女人也可以胃口很大，也可以精于此道……不是吗，罗伯特？为什么您脸红了，亲爱的？我扯远了，我扯远了，我在想什么呢？"

"啊……亲爱的夫人……请叫我约瑟芬吧。"

"那么亲爱的约瑟芬，我忘了给您介绍罗伯特·西斯特龙，我忠诚的秘书，明智的顾问，我的左膀右臂，我的眼睛，我的耳朵……他把自己全都献给了我。他了解我的情况，知晓我的秘密，熟悉我的脾气，不是吗，罗伯特？"

罗伯特·西斯特龙向约瑟芬问好，神情严肃地朝她鞠了个躬。这个男人长得像个瓶子。他没有肩膀，没有腰，没有屁股。如同一条穿着衣服的蛇，约瑟芬心想。我不会信任他的。

伯爵夫人装模作样，装出惊讶的、冒失的、博学的小姑娘的样子，约瑟芬一边凝视着这位掌握着亡夫遗产、令人敬畏的寡妇，一边努力听着这场内容丰富而跳跃，甚至有些混乱，让人摸不着头脑的谈话。"诺夫哥罗德，莫斯科，圣彼得堡，流放，库尔布瓦，郊区，工厂的烟囱，漆黑潮湿的避难所，也就是他们的住处，背井离乡、贫困悲惨的父母，在这艘不幸的木筏上，穷人难道不会剥削穷人吗？最后，身手矫健的让－克洛德·潘古安出场了，对，我说的就是潘古安，这是他的姓。他在按下扳机的那一刻，向一个老俄国人买下了卡尔霍娃伯爵这个称号，这件事没有人知道。生活的四轮豪华马车在前行，生活的南瓜车在颠簸，要鱼子酱还是水性软膏，口袋里钞票满满还是鼻子对着臭水沟，伯爵和伯爵夫人，无赖和女无赖，舞会，庆典，钻石。他把手放在我屁股上，他阴郁的眼睛如天鹅绒一般，他嘴唇炽热，他的吻让我倾倒，他离开时溅了我一身泥，他摔上门，如同一场旋风，哭泣不断，叫喊不停，我在他的耳畔说我爱你，耳光和亲吻轮番上演，但是我们活着，我们活着！我们让扶手椅到处飞。我们在树叶里翻滚。我们挥霍钱财。有的人吵吵嚷嚷，戴着面纱。我可怜这些平庸的人，他们受到了无聊和道德的伤害。然后突然……啪嚓一声！他背叛了我。为了一个叫米米·平松的女人。她朝我扑过来，偷走了我的男人。为什么？因为她比我年轻二十岁，屁股圆润，乳房坚挺。我们斗不过这样的数字。于是，我昂着头，离开了。我去了纽约，逃到了那里，真崩溃，在小炉子上做面团，玻璃碎了，只好用纸盒挡风，下着雨，罗伯特打来电话，告诉了我巴黎的消息，给了我一点钱，让我买裙子和炖牛肉。然后某天早上，潘古安死了，他不懂节制，他车开得不慢，车围着树转了一圈，给了他一个拥抱和致命的一吻。几百万、几十亿遗产，再加上高更、郁特里罗[1]和雷诺阿的作品，全都落入了我的口袋，生活又重新掀起高潮。伊夫·圣罗兰，啊，伊——夫！卡尔·拉格菲尔德，啊，卡——利托！安娜·温图尔[2]，可可·香奈儿，胸衣布料，奥尔唐丝，加里，啊啊，加里，多么迷人的小伙子！还有伊丽莎白，我的朋友伊丽莎白，她长久以来一直统治着背信弃义的阿尔比恩[3]，我是她的六号朋友，我们在白金汉宫金碧辉煌的穹顶下喝茶……我很想再喝一点这种稠稠的、回味悠长的巧克力，您做得很成功，佐薇，我很少喝到如此美味、如此神秘的东西，您有信仰吗，我的小姑娘？不要回答我，没这个必要，上帝就在您心里。天使在您的上空飞翔。在这样幼小的身体里，有一颗多么美好的心灵啊！"

她喘了口气，总结道："最后总结一下，我对令爱奥尔唐丝寄予厚望，准备帮助她，当她的顾问，更重要的是想**资助**她。把一个新品牌投入市场要花很多钱。举办一场高级时装表演要花多少钱，您有概念吗？没有？三十万欧元！至少需要这么多。这还没算上小点心、橙汁、香槟、气泡水、马卡龙、鱼子酱和鲑鱼呢，这样才能哄骗渴望奢华和闪亮的食客、记者和饕餮者。太可怕了，他们就像洪水一样，让人目瞪口呆！"

几个"r"音撞在了一起。叶莲娜盯着约瑟芬，眼神像翻白眼的猛禽。

约瑟芬疑惑不解，结结巴巴地说着感谢的话。

但她还是问了个问题："奥尔唐丝知道您来我们家吗？"

1.即莫里斯·郁特里罗（Maurice Utrillo，1883—1955），法国风景画家。
2.安娜·温图尔（Anna Wintour，1949—），《时尚》杂志美国版主编。
3.阿尔比恩，英格兰旧称，代指英国。此处的伊丽莎白指英国女王伊丽莎白二世。

"不知道。为什么？"

"我希望您跟她说一声。"

"您这么怕女儿？"伯爵夫人一边反驳，一边从红色锦缎花纹的天鹅绒包里拿出一块绿色长条土耳其软糖，一口吞了下去，"我同情您，夫人。"

约瑟芬垂下眼睛。

佐薇把卡尔霍娃伯爵夫人拜访的事讲给奥尔唐丝听，她似乎并不惊讶。叶莲娜只是想向她的母亲表达敬意。

"一个女人是不会向另一个女人表达敬意的。"佐薇纠正道。

"会，不过……叶莲娜是个男人。只是她不知道这一点。"

奥尔唐丝不相信这个男人。

叶莲娜为什么要在一个新人身上投那么多钱？她明明可以赞助任何一个服装品牌，或者资助一位有名的设计师。

她从各个角度考虑了这个问题，一无所获，但她得承认，她需要叶莲娜。卖 T 恤赚的钱不够举办第一次表演。

"你听到我说的话了吗？"约瑟芬问。

"没有。我在想别的事。"

"再过几周就是圣诞节了……"

"现在才十一月！"

"我最好去见见那位女士，你知道……"

约瑟芬说不出斯泰拉的名字。对她来说，这件事几乎是痛苦的。她仿佛又回到了父亲的床边，看着他光着屁股起起伏伏。

"你说的是你父亲吕西安·普利索尼埃在去世之前孕育的那个女儿？"奥尔唐丝把每一个词都说得清清楚楚，把情况说得明明白白。

"是的。"约瑟芬啃着油酥饼说。

"斯泰拉？你同父异母的妹妹？"

"斯泰拉。还有她的母亲，莱奥……"

"你父亲的情妇？"

"对，莱奥……妮。"

约瑟芬结结巴巴。

"斯泰拉和莱奥妮。我们的新家庭……"奥尔唐丝低声咕哝道。

她把杯子靠在牙齿上，转着杯子。

"我们得跟动物一样，父母和孩子一起长大，然后每个人都要离开……"

"噢！没有了你们，我就活不下去了。"约瑟芬反对。

"还不只是斯泰拉和莱奥妮呢。"佐薇眉开眼笑地说。

"啊，真的吗……"奥尔唐丝叹了口气，"他们家人很多吗？"

"你明明知道！"

"我忘了。"

跟即将举行的时装展览无关的一切，都被她从脑子中清理出去了。她可以跟一个人聊上半小时，但第二天就认不出他来了。这些人很生气，只好继续走路。这不是她的问题。

"跟她说说，妈妈，跟她说说。"佐薇急得跺脚。

约瑟芬清了清嗓子。

"说啊，"奥尔唐丝说，"我又不会吃了你！"

"你吓到她了！"佐薇抗议。

"不是，佐薇，"约瑟芬纠正道，"奥尔唐丝没有吓到我，当时的情况是……我父亲当时四十岁，已婚，而且是一家之主，然后又有了一个情妇，还孕育了一个孩子，这很奇怪，不是吗？"

"他四十岁了，还能勃起，仅此而已。"奥尔唐丝说，"你和佐薇，你们俩真蠢！"

"我们不蠢，"佐薇反抗道，"我们对幸福有自己的看法。如果幸福就意味着蠢，那也管不了啦！随着时间的流逝，很多人都想犯蠢呢。所有人都幻想着幸福，但大家都尽力克制，怕的就是犯蠢。我受够了大家这样指责幸福！"

"平静一下，佐薇宝贝，平静一下！"

"你的偏见和宣判快把我烦死了。"

约瑟芬似乎没听到，她继续说：

"所以，有莱奥妮，斯泰拉……"

她掰着指头数着，每说一个名字就伸开一根手指。

"阿德里安，汤姆，还有两位是苏珍和乔治，他们是莱奥妮父母的老仆人，角色就像祖父母一样，如果我没理解错的话。"

"他们总是一起出门吗？希望能给他们打个折。"

约瑟芬没有理会女儿嘲笑的语气，怯怯地说：

"我想先邀请莱奥妮和斯泰拉……"

"来我们家？绝对不行。"

"我邀请她们去别的地方吃完饭，你们过来见见。"

"肯定不行！我没有时间！"奥尔唐丝喊道。

"我倒是很愿意去。"佐薇说。

"我已经认识斯泰拉了，她给我留下了很好的印象，"约瑟芬说，"我想见见莱奥妮。"

"你想怎样就怎样，只要不在这里见就行。"奥尔唐丝说。

"也是，"约瑟芬也意识到了，"我们这个公寓……"

"……乱七八糟，这是我的错。你可以直说，我不会生气的。"

公寓里到处都是半身模特、缝纫机、托架、成卷的布、蓝图、照片、挂在墙上的草图、电脑、打印机、成卷的白纸、样品布料、铅笔、彩色记号笔、CD、DVD、裂了纹杯底漆黑的咖啡杯、在茶托上融化了的糖、堆在地上的书、复制的画……这么多东西挤在一起，乱作一团，堆成圆柱形，直通天花板，"我们跟住在森林里一样。"佐薇说。

最后，还有奥克塔夫和泽尔达，他们是让-雅克·皮卡尔[1]派来协助奥尔唐丝的实习生。奥克塔夫拍视频，在网上引起轰动，还收发包裹、做咖啡、填写订单、接电话、在布料上贴标签、编目录。泽尔达帮忙裁剪、加衬布、

---

1. 让-雅克·皮卡尔（Jean-Jacques Picart, 1947—），法国奢侈品、时尚和高级时装顾问，富有影响力。

做缝纫，佐薇不在、安托瓦妮特去纽约的时候，她还要当模特。她个高、苗条、有耐心，只有一个缺点：出汗以后闻起来臭臭的。

"你吓她，所以她才出汗，臭烘烘的。"佐薇生气了。

"别说了，我怎么会吓到所有人！"

"但这是真的。而且，你总是一副臭脸，像狗一样嚷嚷，还咬人。你是不舒服还是怎么了？"

"没错，公寓太乱了。"约瑟芬瞥了一眼被挂着假皮毛大衣的衣架挡住的厕所门，叹了口气。

上面挂着连衣裙、裤子和上衣，摊开展示着。一些带条纹的款式吸引了约瑟芬的目光。在中世纪，穿条纹衣服是不被看好的。这是因为《利未记》第十九章第十九节写道：Veste quae ex duobus texta est non indueris[1]。只有被流放的人、被天主弃绝的人、麻风病人、妓女、异教徒、小丑、耍把戏的人、叛徒、不忠的人才会穿这种衣服，用以昭示他们的耻辱。条纹和黄色一样，是魔鬼的徽章，标志着背叛、欺骗和疾病。

"我暂时没有别的办法。叶莲娜应该会给我租一个工作室，我还在等。"

"没关系，"约瑟芬微微一笑，"我们习惯了。"

"想一想我成名的那一天。在光荣面前，混乱一点又算什么？"

"我们去外面吃午饭。"约瑟芬重复道。

"她什么时候来巴黎，你同父异母的妹妹？"

"她告诉我，跟她一起来的还有她的……"

"她的丈夫？"

"她的男友，他经常来这里出差。"

"或许你跟她能成为朋友。"佐薇说。

"别说傻话！"奥尔唐丝发出一阵嘘声，"家人越少，行动才越方便。家庭是十九世纪的产物，目的不过是束缚女性，让她们产生犯罪感。这是奴隶制的一种变体。"

---

1. 不可用两样掺杂的料做衣服穿在身上。——原注

"斯泰拉很有魅力，"约瑟芬反驳道，"她的男友好像……"

"这两个人是'我从乡下来，鞋子里还有马粪'先生和夫人？他是卖火鸡还是卖猪的？"

"奥尔唐丝！你太可恶了！"

"你说他们是老实人，我可从来都不相信。"

"因为老实不算优点？"

"他们就是所谓的斜着眼看人的丑家伙。"

"你应该是难过极了，才会说出这种话。"佐薇宣布。

奥尔唐丝抬头看着天。

"管他呢！不管怎么说……我确定她的男友是个乡下人，身上一股山羊的味道。"

"跟他们见一次面能花你多长时间？喝杯咖啡只要十分钟？斯泰拉或许能给你灵感？妈妈觉得她很美。"

"这是真的，"约瑟芬说，"她个子高，瘦瘦的，是个真正的模特。"

"呸！你对模特了解多少？"

"我看报纸。我的身体也许在衰老，但我的眼睛还看得见……"

约瑟芬的声音走了调，快要哭出来了。奥尔唐丝窘迫地皱了皱眉。

"好了，不要哭！那我来吧，但是就十分钟。不能再多了。"

内线电话机响了。佐薇放下放大镜，接起电话。有人用美式英语吼道："我的天哪，什么乱七八糟的狗屎！得给这幢大楼里的什么人做什么，才会有人给你开门？"

"安托瓦妮特！"奥尔唐丝喊道。

既然是这样……

既然纽约超模安托瓦妮特，人称肉感黑人版碧姬·芭铎[1]，来敲了门……

既然奥尔唐丝嘶吼着 *miss you so much, tell me now*[2]...

---

1. 碧姬·芭铎（Brigitte Bardot, 1934— ），法国演员、歌手、模特，代表作品有《上帝创造女人》《穿比基尼的姑娘》等。

2. "我好想你啊，现在给我讲讲……"——原注

　　既然在厨房里，她们张口闭口只谈**时装周** [1]、克莱斯勒大厦和《时尚》杂志的封面……

　　那她就自己去普罗尼路看昂丽耶特吧。

*

　　得解决这个问题，她的家庭在以肉眼可见的速度缩小。

　　在九月之前，一切都还正常。亚历山大是她的亲表哥，这个角色他扮演得完美无缺。他住在伦敦，会开着那辆旧牵引车 [2] 来巴黎看她。这辆车是他为了庆祝自己的二十岁生日，从切尔西的二手市场买来的。

　　他们坐上牵引车，去贝尔维尔的大维齐尔吃东西。他们坐在大厅的一角，点了热茶、蜂蜜蛋糕、布丁、烤蛋白挞和金黄色的酒，谈论他们的未来。亚历山大想跟父亲一样进入艺术行业，佐薇在犹豫要不要加入加尔默罗会。"你好好想想吧，露拉比 [3]。"——他是这么称呼她的——"加尔默罗会很苦。要穿粗呢袍子，戴荆棘冠，受笞刑，久久地站在石板上忏悔，没有热水，没有暖气，没有无线网络，没有电视。做完弥撒，做完苦役之后，也没有海绵宝宝 DVD 让你放松！""你觉得我会一直被关起来吗？"她嚼着剩下的一点柠檬挞问道。

　　他们又点了一份蛋挞、一份巧克力布丁、一份草莓蛋糕和一壶热茶。

　　还有一大杯朗姆酒。

　　为了虚张声势。

　　亚历山大认定虚张声势是件很重要的事，这样会让人敬畏。你虚张声势的时候，没有人知道真正的你是什么样的，你就可以清静了。如果你是透明的，别人就会径直进入你家，一直打扰你。想要受到尊重，隐蔽和距离是必要的。

---

1. 原文为英语。
2. 牵引车（Traction），雪铁龙的一款车型。
3. 露拉比（Lullaby），意为摇篮曲。

他说得没错。别人去她家，就跟去磨坊一样。

她也没觉得有什么不方便的。

如果他进入苏富比艺术学院[1]，那么一切就会不一样了。

多亏了父亲的人脉，他开始在网上做艺术品中介。他搜罗正在找经纪人的艺术家，还有需要从中协调的画廊。他幻想着发现下一个凯斯·哈林[2]、未来的巴斯奇亚[3]、一位怪诞的罗斯科[4]。或者为什么不是贾斯珀·约翰斯[5]？他是在世的最伟大的艺术家，露拉比，他做梦都想成为他的经纪人。

他不再离开位于伦敦市中心的布卢姆茨伯里校区。

他卖掉了牵引车，买了一件鹿皮夹克、一个蝴蝶领结和几条长裤。裤子是白色的。他用旁氏祖母绿发胶把头发固定在一侧。

为了虚张声势。

他没有很多时间花在佐薇身上了，尽管他一边开着法拉利，一边发誓他对她的爱就像一头白象那么大。他给她发语音短信的时候就是这么说的，她相信他。

他来巴黎的时候，他们就庆祝了一番。

他们一直走到了大维齐尔。他们数着有多少座桥，观察着塞纳河的水位和阿尔玛桥轻步兵雕像的脚，欣赏着亚历山大三世桥的路灯。"他跟我的名字一样，他应该是最英俊的，我不在的时候你要好好照顾他。"他对佐薇说。

他们坐在露台上，胳膊放在桌子上，无话不谈，直到这家店关门。"大清扫了！"亚历山大说。

他不喜欢闲聊，他希望获得思想和感情的融合。"每个词都要让我的

---

1. 苏富比艺术学院（Sotheby's Institute of Art），英国著名艺术学院，位于伦敦。
2. 凯斯·哈林（Keith Haring, 1958—1990），美国新波普艺术家。
3. 尚-米榭·巴斯奇亚（Jean-Michel Basquiat, 1960—1988），美国新表现主义艺术家。
4. 马克·罗斯科（Mark Rothko, 1903—1970），美国抽象派画家。
5. 贾斯珀·约翰斯（Jasper Johns, 1930—），美国当代艺术家。

五脏六腑破裂，加油，露拉比，把我的五脏六腑掏出来吧！"

差不多总能达到这样的效果。

"我真幸福，亲爱的佐薇，我在做我热爱的事，我在适合自己的位置上。这是一种闻所未闻的奢侈。我一天到晚欢喜不已。你知道一天到晚欢喜不已是什么样的感觉吗？"

"知道！"佐薇抬起头望着天空，对着她的爱人说。

"我想吞掉整个世界。得找到一个词来形容这种感觉……"

"欢腾？"

"在这个世界上，没有很多欢喜不已的人。The world is pretty gloomy, isn't it[1]，亲爱的？"

他朝她俯下身，深吸了一口气，说："真遗憾啊，你不是个男的！我要娶你为妻。"

"亚历克斯[2]，你是我的表哥。我们不能结婚。"

"噢，真难过！"

"我还是无限爱你，这一点不会变。"

她刮着盘子里的软面饼的一角，像老修女一样充满智慧地说："欢愉转瞬即逝，不留痕迹。你会记得一次高潮吗？我反正不会。但是在做爱的过程中，人们觉得触碰到了永恒……"

"注意你的用词，露拉比，否则你在天上的未婚夫要生气了。"

"噢，不！他不是这样的。他希望人们相爱，他了解爱情的威力和强大。"

"或许他不了解英镑、欧元或美元，甚至是卢比的威力？我野心勃勃，但一分钱也没有。"

"不了解。他不把钱放在眼里，摧毁这个世界的是撒旦。我帮奥尔唐丝卖 T 恤赚的钱，都分出去了。如果你想要的话，我也可以给你……"

"绝对不行。我们两人之间不能谈钱！"

亚历山大停顿了一下，叹了口气。

---

1. 世界还是很阴郁的，不是吗？——原注
2. 对亚历山大的昵称。

"我也绝对不想问我父亲要……"

"这是一种高贵的姿态。"

"无论如何,他都不会给我一分钱的。他说我应该边干边学,靠自己努力。他把联系方式和地址借给我,已经很仁慈了。"

"他还出钱供你上学,这也不容易。"

"这段时间,他就像个高中生一样心不在焉。我觉得他是想再开一家新公司,要么就是爱上了什么人。"

"不是除妈妈以外的什么人,我希望。"

"我一无所知,我只是注意到了他精力十足。如果一个男人边刮胡子边低声唱歌,那他就是恋爱了,对不对?"

"是我妈妈。他爱的是我妈妈,不是别人!"

"忘了这件事吧。我胡说的。不过可以确定的是,他不会资助我。我只能去买六合彩了……"

"或者祈求上帝,祈求他赐予你实现梦想的途径。"

"你不想为我祈祷吗?"亚历山大摆弄着巧克力布丁问。

佐薇摇了摇头。

"你应该自己努力。"

"求你了,露拉比……我给你带哈洛德百货的布丁和肉馅羊肚[1]。"

"不行。你祈祷一下又能有什么风险呢?"

"我有其他的事要做,而且我也不知道要说什么。"

"上网查查……"

"我所有的时间都在上网。"

"查一查'我向您致敬,玛利亚'和'天主',然后背下来。"

他看着她,仿佛她在建议他用粪便洗脸。

"用心试一下。不要作弊,不要看手表,你会得到……"

"多少?"

1.肉馅羊肚,是一道传统的苏格兰菜。制法是先将羊的胃掏空,将里面塞进剁碎的羊内脏,如心、肝、肺,再加上燕麦、洋葱、羊油、盐、香辣调味料和高汤等,制成袋(现在常用香肠衣来代替羊胃),水煮约三小时,直到鼓胀而成。

"你需要的数额。"

"五万欧元？"

"一点没错。"

"你怎么这么确定？"

"上帝喜欢企业家。"

"上帝是资本家？"

"他受不了无所事事者、寄生虫、懒蛋和意志薄弱的人。"

"你太厉害了！服务生，来两杯醇香的朗姆。我表妹疯了。"

亚历山大盯着佐薇的眼睛，像在透露一个秘密一样低声说："我在想，你加入加尔默罗会究竟好不好……把胳膊捆起来……嗯嗯嗯嗯嗯嗯嗯，真是美妙不已。"

"停！"佐薇生气了，"我跟你说加尔默罗会的时候是认真的。"

"我也是认真的！你不会享乐，我的小表妹，你的加埃唐什么也没教会你。他在性爱方面是个傻子。"

"你呢，你上了邪路！"

"这是谁的错？英国好学校的错。我在法国的时候还要乖一些。"

服务生拿来两个小杯子和一瓶陈年朗姆酒，是十五年前生产的，进口自古巴。亚历山大在酒瓶上写上了"佐薇宝贝和放荡儿亚历克斯"。这是他们的酒瓶。

亚历山大感谢了服务生，轻轻拍了一下他的屁股。他给自己倒了酒，又给佐薇倒了一点。她反驳道："你很清楚，只要喝一小杯，我就烂醉如泥了。"

"那我们庆祝什么呢，表妹？"

"庆祝欢腾。"

"不，我觉得我心情低落又恶毒……"

他想了想，在金黄色的酒里浸湿了嘴唇，咂了咂嘴，然后挑衅地宣布："我要为我不称职的母亲的健康干杯，她既不爱我，也没有教育过我……更没有让我幸福……"

"哦，不！别又开始了！你每次喝酒都要抱怨。"

亚历山大继续说，对着天花板抡着胳膊：

"致伊丽丝·杜班！我的母亲。"

佐薇没有举起酒杯。

"我还要提醒你，她没有同情心，冷漠，除了美一无是处。这个女人不爱任何人。连她自己也不爱。真是可悲！"

"嗒嗒嘀嗒嗒。"佐薇嘀咕道。

"她的心里全是陈词滥调。她死得很可悲。她让我变聋了，变瞎了，变成了书呆子，对所有人所有事无动于衷。这绝对是一条罪行：她挖走了我的心！"

"你真会夸张！"

他赌气又固执，脖子缩在肩膀里，皱着眉头。

"把你的手放在我的心上，它都不跳了。我再也受不了了！我是一个移动的空壳。她让我对爱情和女人失去了兴趣。除了你。你是我心里唯一还活着的部分。"

他任由脸滑落在佐薇的肩上，闭上眼睛，胡思乱想，哼唱着**"我需要的只是爱"**[1]……

"我觉得我喝醉了，表妹……"

他直起身子，睁大眼睛，睫毛忽闪了一下，朝佐薇转过身。

"你真的觉得我会成功吗？"

他盯着她，一脸严肃。他的脸就像打了蜡的面具，眼圈变黄了。

"回答我，露拉比。这很重要。"

"我确定。你就是在艺术品堆里长大的，你认识所有重要的画廊商人，你知道该如何宣传艺术家。没有人比你更适合这个位置。"

"这倒是不假。但这还不够……"

"你帅气，聪明，反应快，大胆，狡猾。而且……"

"……"

"你的脚丫子很大！"

1.原文为英语。

亚历山大大笑起来。

"你说得对！你说得很对！五万欧元又不是世界末日。我去筹钱。"

"这就对了。"

"要不我把你绑架了？把你卖给一个酋长……"

他恢复了清醒，把杯子里的酒喝完。

"我在胡说八道。对不起。我真是粗鲁！"

他用左右手轮流扇自己耳光。

每次都是这样：亚历山大喝了朗姆酒，说起自己的梦想，发神经，滚到桌子下。佐薇把他推进出租车，让他回家。

她沿着乔治－曼德尔大街一直走到了特罗卡代罗广场，去坐公交车。她喜欢公交车，喜欢门开开关关的嘶咻声，报站的丁零丁零声，路上的颠簸，还有"要求停车"的红色字母。

特罗卡代罗是三十路的首发站。佐薇确定能找到位置坐下。透过窗户，她观察着行人、玻璃橱窗、迈着碎步小跑的狗、摩托车、唠唠叨叨的人。人们低声埋怨着，按着喇叭，咒骂着。黄色的起重机在挂圣诞节的装饰品。可是还有整整一个月呢！为什么这么着急？

她闭上眼睛，听着铃声，看着驯鹿和海鸥在飞舞。她喜欢巴黎，巴黎的街道，建筑物的白石头，烟草店的红色招牌，咖啡馆服务生的白围裙，药店的红十字，卢森堡公园黑色的栅栏，沥青蓝色的驳船，黄色的交通信号灯，为了躲开车扭了腰的棕色鸽子。

很快人们就会在客厅里装饰起圣诞树。奥尔唐丝会板着脸，问过这些节日有什么用，只会妨碍人工作。"加里回来吗？"亚历山大问道，"准备圣诞树下的礼物时，要不要把他计算在内？"不知道，什么也不知道。

雪莉呢？也没有消息了。一天晚上，她打电话来了。她说她要去委内瑞拉。她说出委内瑞拉这个地方，是因为组成这个单词的字母像在跳桑巴舞？有可能。

说到雪莉，什么事都确定不了。

我想要一个很大的家。

我想要一个蠢透了的圣诞节。

她把额头紧贴在公交车冰冷的车窗上。这天晚上，天早早地黑了。冬日灰暗的美感让她心安。不知道为什么，阳光会让她觉得冷。

她不知道太多事情，已经有一段时间了。她不明白时间是怎么流逝的。

比如那个六月。

中学毕业会考评语优秀的那个月。

她跟加埃唐分手的那个月。

那是一天晚上。他们躺在房间的床上。她在读塞维尼夫人的一封信。他在敲手机键盘。她心想，他在跟谁说话呢，跟谁都无所谓。他把手放在她的大腿上，她垂下眼睛。

这只手让她困扰。

这只手的主人让她困扰。

故事结束了。

雪上加霜的是，她一直以来的好朋友蕾雅这段时间过得不顺利。她的男朋友维克多跟一个瑞典人跑了——她会用冷蜡油脱毛。他见了以后，会兴奋得像一头驴。蕾雅把佐薇拖到动物园去看驴，但是那天驴没有兴奋。"当你被关起来的时候是不会兴奋的。"佐薇说。"你又知道什么？"蕾雅低声埋怨。"那你跟我想法不同，你就只想着这个了！"

她们怒气冲冲地分开了，后来在刮"星闪"（Astroflash）的时候又和好了，赚了四十欧元，又投在了"金指头"（Tac-O-Tac）和大富翁上。"大富翁要五欧元！"蕾雅喊道。"你生病了。在生活中要冒点险，"佐薇断言，"否则你就会一事无成。"

她是对的：那一天，她们每个人赚了一百欧元。从此之后就一直在刮。

她们每周去法里德那里买一到两次彩票，两个人十指相扣，点一杯咖啡，取出一枚二十分的硬币，然后一边刮一边窃窃地笑着。

蕾雅也去让人用冷蜡油脱了毛。她邀请维克多去听吸血鬼周末[1]的音乐会。音乐会结束后，她去了维克多的房间，把他拉过来靠着她，承认她也……他把她当成了妓女，把她扔到了楼梯平台上。蕾雅的心情变得很低落。她嘴对瓶喝玛丽莎酒。佐薇不知道说什么。没有人会因为一个女孩没有毛就爱上她。

"你和维克多之间应该没有什么要紧的要闹到分手的事，就因为……"

"就因为女性的……"蕾雅嘟哝着，泪流满面。

她们笑了起来，往对方身上扔哈瑞宝鳄鱼糖，打了一架，狼吞虎咽地吃了一整盒巧克力马卡龙，吐在了洗手盆里。

蕾雅振作了起来。多亏了亨里克，一个在树叶上写诗的荷兰人。在他眼里，树叶不再是绿色的，太阳不再是黄色的，大海不再是蓝色的。他裹着床单读诗，头戴一顶羊毛帽，脖子上围着一条围巾。

然后是七月、八月、九月，倏忽而过，如同一个月。佐薇不想再离开巴黎。她读了普罗佩提乌斯[2]的《哀歌集》，其中第二卷第十二章写道："不管是何人把爱神描绘成小男孩的样子，难道你不觉得他有一双妙手？他看到恋人们没有理智地生活，因为些许波澜，就牺牲巨大的利益。"她沉思着这些词句，赞美着普罗佩提乌斯："你说得对，我的前辈，没有人能给我如此伟大的幸福。我的幸福，要到别处寻找。"

在瓦尔米码头开花的栗子树下，她突然停住了，自言自语道："可是如此伟大的幸福在哪里呢？"

她望着天，听着树里的鸟叫，俯身去摘一朵花，捡起啤酒罐、烟头和麦当劳的包装，扔进垃圾桶，用平底鞋的鞋尖清理了人行道。她需要清理干净，打扫干净。她把洗碗池、浴室、窗户和客厅的门把手擦得闪闪发亮。

---

1. 吸血鬼周末（Vampire Weekend），美国独立摇滚乐队。
2. 普罗佩提乌斯（Propertius，约前50—约15），古罗马诗人，以写作哀歌体诗歌，特别是爱情哀歌闻名。

她在等什么人。不知道是谁。等待让她变得沉重、恶心。她把手放在肚子上，惊异于自己没有怀孕。

为了让母亲开心，她注册了文科预科一年级。她将来要当老师，或者法国国家科学研究中心的研究员，或者其他的什么。

有一天她去坐公交车，正是初秋，她把两只手放在肚子上，非常轻柔地画着圈按摩着，公交车遇到堵车了。司机按着喇叭，叫喊着，挠着脖子，但是无济于事，车纹丝未动。她回过头看着克莱贝尔路，瞥到拉斐尔宾馆对面有一位中长发的老太太坐在长椅上。她穿着宽大的灰色大衣，围着一条土气的围巾，双腿叉开。她双腿叉得太开，都有点奇怪了。据说她是被胡乱扔在长椅上的，不愿意花费力气爬起来。经过的人看都不看她，或者干脆加快脚步。车堵住了。佐薇凝视着这个穿灰大衣的女人。她搜遍全身想找一点钱，结果只找到一张地铁票、一个发圈和一包利口乐甘草糖。她把钱包忘在了家里。

公交车开动了。她扭着脖子，尽可能长时间地看着那件灰色大衣。它消失时，她觉得自己像飞起来了，像一个苦行僧一样转着圈，分散成碎片，落在了一个名字也叫佐薇的小女孩的篮球鞋上。她有着同样的鼻子，同样的嘴巴，同样的酒窝，同样的圆脸庞，同样乱糟糟的栗色头发，但她脑袋里装的东西不一样。这个新佐薇经过了挑选、整理和丢弃。她无拘无束。

她还在找论据。

加埃唐？你离开他是对的，他是个无趣的人。你的学业？还不错，你认真对待了。钱？你不需要。别人会给你的。别跟你姐姐说，她会把你当成傻子。你会看到，我会让你充满喜悦。从简单的事入手，然后再做难的。你喜欢栗子奶油吗？

这个新佐薇，她有趣极了。她的眼底涌动着一股温泉，散发着香味，飘到人们身上。她灿烂地微笑着，跟他们打招呼。

她在公交车上摇摇晃晃，溜进了另一个世界。眼泪在她的脸上流淌，滚落到她的大衣上。她无法控制自己。她哭了又笑，所有人都看着她。她从来没有这么哭过。不对，她父亲去世的时候，她这么哭过。他被鳄鱼吃掉的时候[1]。她意识到，自从父亲去世以后，她就没有资格流泪了，她得克制自己，免得母亲和姐姐更难过。

这一天，在公交车上，她清空了自己的蓄水池。她变得焕然一新，干干净净。

她要迎接某个人。她不知道是谁，但她得做家务。

她一直走到了外祖母昂丽耶特·戈罗贝兹做看门人的公寓。

可是请注意：她可不是一个随随便便的看门人。

*

昂丽耶特·戈罗贝兹一辈子只爱一样东西：钱。只要能攒几欧元，她不惜去抢、去骗人、去威胁。她的理由让人无法反驳："生活没有伺候我，我只好自己动手。"

她当看门人的报酬很少，还得再凑一点。她七十二岁了，没有时间等了。她改了身份证上的出生日期，才在十七区一幢有钱人的大楼里找到了这份工作。刮一刮，用黑记号笔改一改，再复印一下，花招就成功了。她年轻了二十岁。她戴着大帽子和又细又长的手套，穿着正式的套装，神情严肃，让人眼前一亮。接下来只要拿出女性的骨气，控诉一番，就成功了。"我丈夫离开了我，我女儿被谋杀了，可怕的社会新闻！伊丽丝·杜班，您听说过她吗？[2] 我孤苦伶仃，身无分文。我不讨厌工作，我用不着费多大劲、花多少力气就能让公寓井井有条。如今，美德在贬值，真是遗憾。"

她的公寓很舒服，有漂亮的浴室，有通风的卫生间，一间装饰着粉色壁画的卧室，一间可做门房和客厅的大房间。穿过一个很大的落地窗，可以进入一个小院子，她在那里种了球茎植物和花苗。每个月一千欧元，住宿、

---

1. 参见同一出版社的《鳄鱼的黄眼睛》。——原注
2. 参见同一出版社的《乌龟的华尔兹》。——原注

照明和暖气费用都包含在内。可以接受。她只要凑齐钱就可以了。

因为她还充满希望。

她走进普罗尼路二十六号的大厅那天，奢侈之魔咬住了她的心。她倚着一根仿大理石柱子。大理石、檐壁、挑檐、锯齿装饰数不胜数。她踉踉跄跄，张大了嘴，要求把她那一份给她。她刚刚把手放在了一幢真正的房子上。马塞尔·戈罗贝兹每个月给她的一千五百欧元变成了微不足道的一串铜钱。一千五百欧元可能是在楼梯上跑的那个孩子的零花钱，孩子都没跟她打招呼。就这么匆匆一算，她有了主意。大理石和象牙的大厅散发着通奸、财政阴谋、背叛、牵连的味道。这里是一片肥沃的土地，只需要开垦一下就可以了。

这一天诞生了"昂丽耶特系统"。这个系统的基础是：生活是一连串的阴谋，研究一下，完善一下，使其为我们所用，让我们发财致富。

简直可以写成一首儿歌了。

她"不小心"打开了推荐信，断言她收到的时候就是开封的，现在的邮局，您知道……她在信里发现了臭气弹一样的秘密，或者不该看的发票，于是赶紧去敲诈收信人。她突然撞到一个年轻人在放手推车的地方卖大麻，威胁说要送他去警察局，或者悉数告诉他的父母。这位青少年为了改邪归正，不得不去干杂活。他去倒垃圾，给楼梯打蜡，用吸尘器吸地，声称他想帮助这个惹人怜惜的老太太。他的父母惊讶不已，夸奖了他，也赞美了昂丽耶特对他们的孩子产生了良好的影响，增加了给她的圣诞礼物的预算。青少年也能从中获益：昂丽耶特对他的罪行视而不见，从他的收入里抽百分之十作为佣金，装入自己口袋。至于对付通奸的丈夫或妻子，被她抓到在下班时间开着老板的车的司机，撕下假睫毛、擦掉亮亮的口红、脱下高跟鞋、展开迷你裙，去给二楼假惺惺的那家人照看孩子的保姆，或者被她拦住、发现大衣里装着银餐具的保姆，她用的也是同样的招数。要犯罪也要靠想象力，昂丽耶特熟知套路。

她精通卑劣的阴谋。一股恶毒的气味从她的眼睛里飘出来，她笑的时候，声音就像生了锈的栅栏在绕着合页转动。她什么都想要，什么都嫉妒，见了幸福的场景就深恶痛绝。她渴望使坏，对谋利充满狂热，在此驱使下，她就在门房的入口守候着受害者。

这个残酷、冷漠、唯利是图的女人只有一个弱点：奥尔唐丝。这个小家伙跟她那么像……她真希望奥尔唐丝能来她的门房看看她。这样她在业主们面前也能提高一点身价。她让佐薇传话给她。"来看看我吧，我给你准备了一个惊喜。"奥尔唐丝回答说她没有时间。有一天，争辩完了之后，昂丽耶特在一张广告单的白边上写道——她很在意不要浪费白纸——"来看我吧，不然就太晚了，我老了，健康状况不容乐观，"奥尔唐丝回复道："你会活很久的，恶毒恒久远。"

这一天，昂丽耶特挤出一滴老泪，冲走了眼角的一块眼垢。

她想知道奥尔唐丝的时装表演何时举行。她会想到邀请我吗？

奥尔唐丝没等来，佐薇倒是来了。她倒是心肠好，这个小佐薇。她是一块没有味道的甜点，一个不加黄油的圆面包。她只有一个优点：她会带来奥尔唐丝的消息。

有时候也有约瑟芬的。

她对这个女儿毫不在乎，从来也没爱过她。她只想知道那两部小说赚了多少钱。有几个零，投入多少，收益多少，得交多少税。她不停地问佐薇问题。"我和妈妈之间，我们从来不谈钱。"真是两个白痴！天真到这个地步，把她惹恼了。她邪恶的目光仿佛要把佐薇切成两半，炙烤着她。真是个傻子，彻头彻尾的傻子。眼神充满信任，脸颊上洋溢着幸福，鞋子上的纽扣一样的鼻子，肌肤白里透着粉。一看她，她就想打哈欠。目光一落在她身上，立刻就移开了。可是奥尔唐丝呢？想不盯着她看都难。佐薇呢，越是打她，她可能还越高兴。她天真过了头，傻乎乎的。总是想做好事，总是醉心于鸡毛蒜皮的小事。她们的父亲也不是个耀眼的人物。当然，他的死算是别出一格，毕竟没有多少人是被鳄鱼吃掉的，但以此来弥补一生之中其他时刻的平庸，已经为时过晚。

*

到昂丽耶特家时，佐薇在门房的入口瞥到一位女士正在跟外婆热烈地讨论着。那是一位裹着狐狸皮的老太太，右胳膊上挂着一个有锦缎花纹的红色天鹅绒包。我认识这个包，佐薇轻轻吮着嘴唇想，我想我也认得出她的口音，就像石子在俄国的草原上滚动。她轻轻闭上朝着大街敞开的门，进入大厅，躲在一根柱子后面观察。

她的手机振动了一下，是蕾雅的一条短信："猜猜发生了什么。""不知道。""猜猜嘛。""亨里克？""对啦。"佐薇抬起头思考，这时她看到了卡尔霍娃伯爵夫人瘦瘦的身影从狐狸皮下面露出来。她把手机塞进口袋，竖着耳朵听。伯爵夫人窃窃私语，抚摸着她的皮衣，打开包，拿出一块粉色长条的土耳其软糖，吸了进去，然后拿出一个黄色的大信封。昂丽耶特瞥了一眼大厅，确认没有人在看她，于是抓过信封，塞进了夹克衫的口袋。

伯爵夫人咕哝了几句话，潦草地写了一张字条，递给昂丽耶特，整理了一下她的狐狸皮。把稀薄的头发抓蓬松，宣布："不能让这个小姑娘成功！您明白吗？"

昂丽耶特弯下腰，咕咕哝哝表示感谢。

"我做好了一切准备。"伯爵夫人用威胁的口气补充道。

她回过身，朝街道的方向走去。昂丽耶特赶紧上前，打开门，腰弯成了两段，伯爵夫人走出阴暗处，朝阳光下走去。

柱子后面，佐薇愣住了。我没有疯，确实是叶莲娜·卡尔霍娃。她在跟外婆来往。她们两个串通一气？目的是什么？要结盟反对谁？那个不能成功的小姑娘是谁？在什么事上成功？那个黄色的信封呢？应该装满了钱。

她的背紧贴着柱子，仿佛站得直直的，就能把思路理清楚。昂丽耶特应该在仔细检查那些钱，清点、计算。她应该很讨厌我来敲门。我还是回家，告诉奥尔唐丝吧。

*

奥尔唐丝双腿伸开架在办公室的沙发上，头枕着小马塞尔的膝盖，斜眼看着一绺头发，检查着发梢，做了个鬼脸。

"分叉了吗？我看不清楚。"

"为什么你不多过来看看呢？"小马塞尔抚摸着奥尔唐丝圆润的肩膀说，"你好美……你让我觉得好舒服。可是我呢，我孤零零的，没有朋友。没有人分享是一件很让人难过的事。我从来没有。"

他穿着一条灰色法兰绒的裤子，一件红白格子的坎肩，一件白衬衣，打着一条黑领带。当奥尔唐丝打电话通知她要过来时，他跑到房间里，把衣架和抽屉翻了个底朝天，试了好几套衣服，然后选了红白格子坎肩和灰色法兰绒裤子。然后他去问母亲的意见。若西亚娜表示赞同，心里一阵难过，他费这么大劲，可不是为了我！她轻轻地拍了一拍脸颊，惩罚自己冒出一个这么可恶的想法。

奥尔唐丝听到了小马塞尔的评论。

"我也是，我也没有朋友，但我过得非常好。我不停地工作。我在寻找工作室的首席裁缝，帮我制作我的服装系列。急着呢！"

"工作室的首席裁缝？你不是什么事都自己做？"

"不是。我构思、绘图，描述我想要的具体是什么样，然后请工作室的首席裁缝制作。通常由从香奈儿、拉克鲁瓦或迪奥退休的女员工担任。她们连一颗纽扣都了解得清清楚楚。"

"真的吗？纽扣有那么重要吗？"

"你都想不到有多少种！酚醛树脂的、象牙的、珠光的、铅玻璃的、植物象牙的、珐琅的、玻璃的、塑料的、皮革的、麂皮的……我忘了！首席裁缝对这些了如指掌。"

"这种人多吗？既然是退休的，应该不怎么年轻了……"

"十几个，或许吧。她们重返职场，完成一个系列。八周时间，报酬大概是一万欧元。她们很抢手。"

奥尔唐丝停下来，仔细看着一绺头发，放在手指间捻着，弄得沙沙作响。

"钙对头发有好处吗？"

小马塞尔没有回答。如果他没有回答，那说明他不知道。他觉得没必要把这一点说清楚。

她到的时候，他正在口述，让秘书写一封信，是关于某款手表的专利的。这款手表可以探测出佩戴者正在接触的人的心情。一个通灵者在表盘上亮起。红色，危险！快跑。橙色，小心，保持距离。绿色，您可以放心了。

"好用吗，你的手表？"奥尔唐丝问。

"它能把大脑记录下的身体的温度、心跳速率、唾液腺的分泌、眼皮的跳动结合起来，进行分析，转化成电波。手表接收信号，在屏幕上表现为三种颜色。这样你就知道了你在接触的是什么人，这个人是不是想对你好，是不是一个肉食性动物……"

秘书在打字，什么问题也没问。她注意力很集中，眼镜上都有水汽了。

"这是你发明的吗？"

"对。但这个项目不是我独立完成的。有一群研究者，他们正在对供自闭症少年用的机器人进行优化。我的发明更低调一些。"

"你要在你父亲的工厂制造这款手表吗？"

"对，已经开始大量销售。卡萨米亚正在走向多样化。我们变成了象征创新和未来的品牌。只出售发饰、盘子、沙发和围裙的时代结束了。我们走过了怎样的路程啊！"

波普利纳点头表示同意，眼睛亮晶晶的。不用怀疑，她爱上了老板。

奥尔唐丝一边揉头发，一边想着手表。

"你在发明这款手表的时候想到了谁？"

"想到了跟别人不一样的孩子。"

"你想说你自己？"

"或许吧。"

"你一点都不想上学吗？"

小马塞尔做了个鬼脸。

"我在学校里什么都学不到。那里教的东西全都过时了。老师都累了，他们声音慵懒地背诵着课程，数着距离下一次度假还有多少天。太整齐划一了。所有人都要一模一样，想法一模一样，写的东西也一模一样。我喜欢差异。此外，我跟大家也不一样……"

"你比大家都好！"

他低下头，悲伤地微笑着，补充道："我希望帅气一些。"

他的脸像个橄榄球，上面长着橙色的绒毛。他的耳朵长而细，像天线一样轻轻晃动着，眼睛是乳白色的，眼球凸出，向太阳穴方向延伸，下颌骨像是在下巴里融化了。他的皮肤是透明的，可以猜出血管里的血在往哪里流，还可以观察到正在工作的大脑、神经元之间的连接和噼啪作响的突触。

"哎，你没有打火机吗，我来把这些分叉烧掉？"

"我不抽烟。"

"火柴呢？焊枪呢？"

"你疯了吗？"

"这是外婆的小窍门。烧一烧头发，能让它更牢固。得把一绺头发卷起来，然后竖直，让发梢立起来，接近火焰……"

他凝视着她，赞叹不已。

"我喜欢你说的一切。你让我感到如此幸福！我抚摸着你的肩膀，喜悦的波涛抬升着我的身子，温暖着我的腰间，充斥着我的……"

"小马塞尔！停下！这不好笑。"

奥尔唐丝直起身子，坐好，直挺挺地靠着沙发靠背。她把赤裸的脚放在地上，在地毯的白色长毛里搜寻着，希望能找到一点热量、一点勇气，然后再跟小马塞尔说话。她知道她要伤害他了，她不喜欢这个想法。

"我有事跟你说，是重要的事。"

"把你的头放回我的膝盖上。"

奥尔唐丝不情愿地照做了。

"小马塞尔！"

"我的感官打开，像虞美人一样绽放，我呼吸着你，品尝着你，感受着你……"

"小马塞尔！停下！"

小马塞尔闭上眼睛。一个灿烂的微笑让他的脸热了起来。

"嘘，"他命令道，"我在翱翔。"

"你经常被这种感情攫住？"

"我想到你的时候会这样。可是今天，非常强烈……"

"你才七岁，小马塞尔。七岁！"

"请你不要贬低我。我是个男人，请尊重我的男性身份。"

奥尔唐丝看着他，犹豫着。她咬了咬嘴唇，然后张口宣布。

"我得跟你说件事。"

小马塞尔恢复了平静，揉了揉眼睛，调整了一下领带。

"你要离开加里？"

"不！太可怕了！你怎么能说这个？"

"这只是一个假设，不过很可能是真的，因为……"

奥尔唐丝抓住他的胳膊，打断了他。

"你看到了什么？"

"奥尔唐丝，再说第一千次，我不是通灵者，我只是对脑回路进行了开发，这样我就能去别的地方，看到一些东西，但是我不能预测未来。"

"我不想离开加里。"

"除非将来结了婚……"

"可又不是明天就结，好吗？"

小马塞尔凝视着她，着了迷。

"你不能阻止我……"

"小马塞尔……这事很严肃。我正迷惑着呢……"

她犹豫了一下，把话说完了。

"因为一个男人。"

"我知道。我只是希望你能体贴我一下，不要跟我谈这件事。"

他脑袋耷拉下来，胳膊沿着身子垂着，蜷缩成一团，想消失在沙发垫底下。

"你是怎么知道的？"

他坐立不安，摆弄着几根头发。

"还有多少对手等着我去打败？"

"回答我：你怎么知道的这个男人？小马塞尔！"

她几乎是喊出来的。

小马塞尔低着头，抓着沙发扶手。

"有一天，我想跟你聊聊。我太久没有你的消息了。打你手机你没有接，我就打了你家里的电话。是你母亲接的，她对我说，你约了人去富凯酒店吃午餐了，于是我就连通了富凯酒店，找到了你。"

"她为什么非要跟你说这个！她总是在我背后！总是想知道我怎么样了，诸如此类的事。真受不了！"

"她爱你。她也无能为力。"

"这不是借口。"

奥尔唐丝生气了，轻轻咬着拇指。

"好……你看到了什么？"

"我看到了白色的桌布、漂亮的盘子、好看的玻璃瓶、香豌豆，还看到了卡特先生，他很好，卡特先生。他笼罩着美丽的光环。一点都不坏。你可以信任他。他不是骗子。"

"皮卡尔跟他说过我，嗡嗡，嗡嗡，嗡嗡，他想让我在时装演出结束后，到波道夫·古德曼百货 [1] 参加一次特销活动。我的系列被介绍给了广大的美国客户！他只看了草稿！你明白吗？更好的是，他还准备给我找商业渠道……可能是百货公司里的一个**角落**，也可能是一个手机应用，他还不确定。"

"但更重要的是……奥尔唐丝，我看到了邻桌的那个男人。这个美男子仿佛身披铠甲，冷漠、强硬，但是英俊，那么英俊……"

1.纽约百货公司，十分高雅，货物十分昂贵。——原注

"啊！"奥尔唐丝喃喃自语，"你也觉得！"

"他用目光吃了你，抚摸着你的头发，打开你在桌子下面的双腿……"

"停，小马塞尔！太尴尬了！"

"他见了你，如同饿狼一般。他一边跟谈话者讨论，一边仔细端详着你的每一寸肌肤。你把男人们都弄疯了，奥尔唐丝。"

他像不堪重负的男人一样叹了口气。

"我才不在乎呢。"奥尔唐丝说，"然后呢？"

"我跟着你去了通往厕所的楼梯。我看到了那一幕……可怕的一幕。我整夜未眠。眼泪打湿了床单，我的喉咙能吐出火来……"

"你看到了？你看到了！噢，你应该帮我！"

"绝对不行！"

"那你就是不爱我……"

"你怎么能这么说？"

他盯着她，愤怒不已，眉毛都气歪了。

"跟他连通。你大脑里还保留着他的印记吧？"

小马塞尔表示肯定。

"开始吧。"

"现在？已经晚上八点了。马上要吃晚饭了。"

"不要找借口。佐薇告诉我，你不需要吃饭，你只要看看食谱就够了。跟他连通吧，告诉我你看到了什么……"

"波普利纳要回来了，我们今天晚上还有工作呢。"

"这就奇怪了！她已经走了。她拿走了她的东西，还对你说明天见。"

波普利纳穿上大衣，拿起包，说："我要去邮局寄信，路过报刊亭的时候给你买杂志。"她穿着橙色的帆布鞋和灰色的长筒袜，颈间系着一条粉白格子的围巾，穿着亮亮的黑色防水衣，拿着印着奥黛丽·赫本照片的乘车优惠卡。她看着飘落的雨，又说道："青蛙有汤喝了，一滴一滴都喝了，我要淋湿了。别说没用的话，我还是赶紧走吧。"

然后她走了。

“她说话的时候总是押韵吗？”奥尔唐丝问。

“这是一种排解压力的方式。”

“她压力很大？”

“她知道我对你的感情。有一天，我向她吐露了，心里的悲伤要溢出来了，她安慰了我。从那之后，只要我一提你的名字，她就吞下一颗溴西泮[1]，喝一点洋甘菊茶。”

“小马塞尔！快点！连通吧！”

“奥尔唐丝，你没有看到我很难过吗？”小马塞尔双手捂着胸口，呻吟着。

“告诉我他在干什么，是单身吗，有没有对象，类似这种事情。我对他一无所知……”

“你感觉不到我有多爱你吗？”

他抬起头，用炽热的目光看着奥尔唐丝，眼睛仿佛带着荧光。

“我也是，我非常爱你。你很清楚这一点。我应该受到夸赞，因为说实话，你是那么与众不同。比如说，我都不知道我是不是愿意挽着你的手走在大街上。”

“像恋人一样？”小马塞尔满怀希望地说。

“说到底，或许是吧，”奥尔唐丝噘着嘴妥协了，“这样就够了，你看，这是爱的证明。”

“但你就是不爱我。”

“得等你长大……”

“我长高了十二厘米！现在我一米五一了。”

“等你梳一梳头发……”

“我的头发怎么了？”

“你的头发……呃……可能有点稀疏……你可以买瓶固发液。”

棕色的绒毛点缀着小马塞尔的头颅，像太阳炙烤的稻田，稀稀拉拉长

---

1. 一种抗焦虑药物。

着几棵瘦弱的小苗。

　　"再来一点发胶……这样会更有型。"

　　"你帮我买吧？"

　　"就这么说定了。现在，求你了，告诉我你看到了什么……"

　　"你会告诉我怎么涂吧？"

　　"会，会。"

　　"或者更进一步……你帮我涂吧？"

　　"It's a deal[1]."

　　"我们听着很舒缓、很忧伤的唱片，开一瓶香槟，你给我按摩头颅……"

　　"说好了！求你了，小马塞尔……"

　　"你把手指放在我的脑袋上！我真幸福，我活过来了。幸福不在于拥有，而在于等待欢愉。"

　　小马塞尔从沙发上蹦起来，跳着，跳得越来越高，连续做了两个空翻，调整了一下格子坎肩，清了清嗓子，闭上眼睛，紧紧地闭着，连太阳穴上的血管都鼓起来了，缓慢地跳动着。

　　"你准备好了吗？"

　　"我准备好了。"

　　"你确定你不会后悔？"

　　"确定。"

　　"我提前告诉你：当我描述我看到的内容时，不会掺杂任何个人的感情。我就像跟自己割裂了开来。如果我出现什么反应，那也是由穿过我身体的电波造成的，不一定是我自己的反应。因为不要忘了，一切都是由电波和振动造成的。"

　　"好的。我觉得没问题。"

　　他伸出右手食指，朝着前方，就像面对着红海的摩西，仰着头，数着五，四，三，二，一，零，然后用空洞的声音讲述道："我看到一个宽敞的餐厅，它同时也是厨房，是在乡下，两条大狗躺在地毯上，一只鹦鹉在角落

---

1. "好的。说好了。"——原注

里叽叽喳喳的，在啄食一大块面包，壁炉里烧着火。一个十岁或十一岁模样的小男孩在房间最里面看电视。他长着金色的头发，穿着一件大 T 恤和一条牛仔裤，两条腿搭在扶手椅的扶手上。他很可爱……很优雅！他过来咬放在矮桌子上的橄榄和西红柿，有人责备了他。他嬉笑着，成功偷走了一半香肠！我真想成为他的朋友！我们可以一起玩。我们可以谈论一些话题，嗯，你知道……男人之间的话题。我想知道有没有这个可能。我得想一想……"

"我才不在乎这个小男孩！那个男人呢，你看到那个男人了吗？"

"他坐在桌边。但他不是一个人，一共有四个人。"

"怎么会有四个？你是说……"

"对，是两对夫妻。男人坐在那里。他旁边是一个漂亮的金发女人，噢，天哪，她可真漂亮！"

"比我还漂亮？"

"高挑、纤细、爆炸头、眼睛很蓝，手又细又长，优雅的脖子往前伸着，胸倒不是很大。她放下一块熟肉酱干酪蛋糕，一块西红柿樱桃蛋糕，还有一块，里面的馅料是……"

"是他妻子吗？"

"哎呀！闻起来真香。在厨房的角落里，锅里装着奶油焗蘑菇扇贝和油光闪亮的蔬菜泥，我想知道里面是不是有鲜奶油，你知道，就是乡下才有的那种美味的奶油……"

"哎，那是他妻子吗？"

"我还不知道。"

"你还看到了什么？"

"还有另一对夫妻……就平庸一些了。他们靠得有点紧。男的呢，四十五岁左右，头快要秃了，不是很自在，他扯了扯衬衣领子，脖子发炎了，脸颊红红的，像个穿着节日盛装的伐木工。女的是棕色鬈发，矮矮胖胖。她看起来很善良。他们俩肯定是一起的。他们手拉着手，对视微笑。他的手很大，跟屠夫一样，哎哟……女的走开了，擦了擦胳膊。有点粗暴啊，这个男人！"

"另外两个呢？"

小马塞尔疑惑地噘了噘嘴。他用两根食指指着，伸出胳膊，转着圈，仿佛在搅动着空气，想让火苗烧得更旺。

"那个男人的感情似乎不是很外露。他在沉思。"

"他们在谈论什么？"

"我听不太清楚，因为有杯子和瓶子的声音，有音乐，还有鹦鹉叽叽喳喳的叫声。他们在喝开胃酒。啊没错……等一等……他们本应该前一天晚上一起吃晚饭的，但是那个男人有事耽搁了。"

"太让人激动了！没有别的了吗？"

"他们在同一家公司工作。我看到了板材、螺栓、钢板、铁路轨道、汽车车身、汽车发动机，还有一台正在往外冒火的大型机械。"

"这是个马戏团？印第安人的营地？"

"矮胖的小女人应该叫朱莉，因为鹦鹉在不停地喊朱莉，朱莉。伐木工在嬉笑，他缺了几颗牙。小男孩回来了，他问了点事情，被告知不行。他看起来真的很酷。你觉得他会成为我的朋友吗？"

"如果声音和画面能够同步，那就太好了。"

"我还是刚刚掌握这种方法，还在摸索呢。以前，我只能看到一些短暂的画面，再后来可以接收到幻灯片，不久之前才以影片形式呈现。或许有点模糊，但已经进步了。"

"太疯狂了！是怎么实现的？"

"最开始，我得对这个人有清晰的印记，这样才能在空间中对其进行定位。然后，我激活大脑穹隆里的细胞，也就是由位于连接海马体和下丘脑的胼胝体下方的神经纤维构成的白质……"

"我明白。"奥尔唐丝微笑着，她对自己的穹隆一无所知。

"我让这些细胞像刚启动的发动机一样躁动不安，我集中注意力，把所有的离心力都发送出去，等它碰触并深入印记时，就会变成向心力。然后印记会发出振动，触碰到我要找的人。这样就仿佛形成了一个穿越空间的鱼叉。连接剧烈振动，振动靠近原始的印记，填满了它们之间的空隙，编织成一组图像，这个人就呈现在了我的眼前，我就**看到**了。这真让人筋疲力尽，但我确实能**看到**。"

"你是想说，真让人陶醉！"

"一开始，影片是没有声音的，后来才出现声音，时而清楚，时而模糊。进展还不是很顺利。我一开始从这个男人的视角看这个场景，然后其他的印记也凝固了，互相填充，开始振动，所以我也能接收到了。我可以从一个人切换到另一个。"

"太不可思议了！我也能做到吗？"

"得经过训练。你应该首先对大脑的各部分进行定位，以便激活正确的区域。想象一下你不小心按下了视神经交叉处……"

"这是什么？"

"是左眼和右眼的视神经相汇和交叉的地方。"

"我会变成瞎子？"

"或者开始斜视。或者一个眼睛往上去，另一个往下。"

"成了卡西莫多了，是吧！我可一点都不想尝试。"

"得非常了解自己的大脑才行。"

"对了，那个高个子金发女人，她叫什么？"

"我不知道，鹦鹉没有叫她。就算其他人叫了，我也听不到，淹没在喧闹声里了。她没有说话。她在观察，眉头紧锁，仿佛她看到的是悲苦的场景，她在拔眉毛。男人拍了拍她的手指，让她停下。"

"他们吵架了？"

"没有，但他似乎生气了，身穿节日盛装的伐木工人惹他了。不得不说，这个人没什么礼貌。他挥舞着刀，说话时满嘴都是吃的，嚼东西的时候还发出声音。这惹那个男人生气了。金发美女明白了是怎么回事。她把手放在男人的大腿上，让他平静下来。"

"他看起来冷酷无情，很是危险。"奥尔唐丝想入非非地说。

"当他看着朱莉时，他的脑子里一团糨糊。他有些分裂。他很爱她，但她让他为难。"

"仿佛他对什么东西十分渴望，但她阻止了他？"

"对，是这样。他迫不及待地想成功，想赚钱。这是个杀手。但她拦住了他的路。噢！你刚刚出现在了他的脑海里！"

"我？"

"他在回想楼梯上的那一幕，他把你抱在怀里的那一幕。他微笑着，扶着你，感觉拥有了你，我甚至可以跟你说，他有反应了……"

"噢！小马塞尔！"

"他有反应得很厉害。他想……"

"小马塞尔！"

"我跟你说的都是我看到的……如果你愿意，我就停下。"

"别呀。唉，好吧……太尴尬了。我们之间是不该谈论这种东西的。"

"我提前告诉过你了。不管怎么说，他平静下来了。他把你驱赶出了他的脑海，想到了一台巨大的黄色机器，一台硕大无比的烤面包机。奇怪……金发美女身子歪过去靠着他，他的放纵里有某种兽性的东西。他搂住她。他的脸舒展开来，她笑了。笑声很紧张，有点勉强。她把男人的手拿到嘴边，吻了一下。噢！像个公主！他们之间的联系很紧密，非常紧密。"

"别强调了！"

"这让人难受，我知道。还不如不知道。"

"别说了！到金发女人的脑子里，看看我在不在里面。"

"等一下！我刚刚捕捉到了她的一点想法，是在她把脑袋紧紧靠在男人身上的时候。有一点……"

"她想到了什么？"

小马塞尔的眼睛里流露出诧异。

"哎呀！"

"什么？"

"这说不通啊！"

"你倒是说啊，说啊！"

"她出现在了养老院或者医院的房间里。她在跟一位女士说话，一个满头白发、奶奶辈的人，她躺在床上，肚子上盖着一床很大很厚的绿色鸭绒盖脚被。头上戴着一顶脏兮兮的灰帽子。她穿着栗色的羽绒服，手上套着很厚的袜子。跟手套一样。"

"手套?"

"她摘下来,在鸭绒盖脚被里搜寻了半天,拿住一些钱,递给金发女人,有点犹豫。金发美女把钱装进了口袋。钱在她口袋里鼓鼓囊囊的。"

"她正在瞄准老太太?她有刀吗,还是有枪?"

"没有。她在跟她说话。她在要更多的钱。她说'他'需要更多,说一次艳遇要花很多钱。老人挣扎着、反抗着,但还是给了钱。然后她朝金发女人伸出手指,威胁她……"

"威胁她什么?"

小马塞尔摇着头,叹了口气,沮丧不已。

"结束了,奥尔唐丝。我只有一点印记,无法捕捉到一切,不够用了。我们改天再试试。"

"你挂了?"

"什么都没有了,屏幕上全是雪花!"

*

他在想什么?斯泰拉心想。

他做了晚饭,选了酒,跟杰罗姆握了手,吻了朱莉,用一条胳膊搂住我的肩膀。他说话,微笑,搂着我。很快,我们就去睡觉了,他会说话,会微笑,会搂着我,然后他说晚安,或者跟我做爱,因为我钻到了他身边。

一直是这样,自从……

自从我拒绝了那一捆灰袜子。

不,是后来开始的。

是因为一个女人?

还是别的东西?

他保持着平衡,他不知道该往哪边倒。

他想过拿起包离开,他经常这么做。她从他的肩膀,从他不由自主、细若游丝的微笑里，读到了逃跑的欲望。

没有人能从我手里把他抢走。他是我的男人。

如果有人把他抢走了呢？

那我一辈子都会生不如死。

朱莉穿着一条紧紧裹在身上的裙子。

她肚子和胯上的褶子都能数得出来。为了节食，她选择了小一码的，呼吸都很困难，她呻吟着，接近窒息。

她快要闷死了，倚着洗碗池的边缘。

"我想要减掉一公斤，我恳求我的身体放弃肥肉，我忍饥挨饿，可它毫无反应。真是一头蠢驴。"

斯泰拉大笑起来。

"你为什么要笑？"朱莉受到了伤害，问道，"又不好笑。"

"你还记得上初中的时候，谁用过'蠢驴'这个词？"

"不记得。"朱莉在赌气。

"特纳小姐，我们的英语老师。'你们真是蠢驴。'她还在'âne'（驴）和'bâté'（蠢）这两个单词的'a'上面画了三顶小帽子！"

"啊对……我想起来了。"

"她很有气质，我觉得她美极了。"

"你记得这么清楚？"

"对……在我看来，她自由、独立、美貌。高高的个子，踩平底鞋，披着长披肩，穿着骆驼毛大衣、直筒裙和男式开司米套头毛衣……"

"鼻子很长！"

"她的表达方式真不可思议。我不知道她跟谁学的法语……应该不是个绅士。"

"你说得对！有人惹她生气的时候，她会说：'不，可是……您还没在我的眼睛上拉完屎呢？'"我们永远无法在她的眼睛上拉屎了，朱莉叹了口气。

"为什么？"

"我在不二价遇到了埃米莉·罗比内，她告诉我特纳小姐去世了。半个月之前。突如其来的癌症。到最后，她瘦了很多，都没法坐下了。她刚满五十岁。这病是突然得上的。得上三个月她就走了。埃米莉说她的精神受到了重创。"

朱莉费力地喘了口气。

"解开腰带吧，"斯泰拉叹气道，"这里也没有外人。"

"绝对不行！那得像什么样子啊？"

"你宁愿爆炸？"

"对你来说倒是容易，你又瘦又美。"

"你也美啊。你真让我生气！美又不止一种方法。胖乎乎的人也可以很有魅力。比如，她也不瘦，玛丽莲……"

"她一辈子都在节食。"

朱莉把一只手放在裙子上。

"今天晚上我得像小鸟一样啄食了，你不会生气吧？"

"晚饭是阿德里安做的，他精通营养学，你一克都不会重的！"

"这倒是新奇。"

"如果只是这样就好了。"斯泰拉叹了口气。

杰罗姆带来一大瓶香槟，对它赞不绝口，仿佛他对怎么吹牛皮烂熟于心。

"这是葡萄种植者在收获后，在优选产品中进行严格挑选、酿制出来的，堪称完美与纯正的典范。只有极少的霞多丽酒能达到这样的巅峰。"

他的鼻子闪着光，于是他拿出手帕擦了擦，然后搂住朱莉的腰。他的一双大手红通通的，指甲又短又黑，弄脏了她的蓝裙子。

"生产商是个了不起的家伙，对我不错。他给我打了折。如果你们愿意，我可以照顾你们一下。"

阿德里安和斯泰拉摇了摇头，表示他很好心，不过不用了。

他明白过来，脸红了。

"我得好好对待她，我的小鹌鹑。她已经习惯了最好的，我得赶上她的步伐。"

“你为什么这么说？”朱莉反驳道，“我是穷养大的。”

“哎……哎……我知道我在说什么！”

在餐桌上，他一边说“祝你胃口好”，一边把餐巾夹在衬衣领子里，切沙拉，舔了舔刀，讲述上一次他是怎么把汽车运到汽车修理厂的，人们算他换了两次汽油。确实要换两次。

“我对他们说我不是游客，我要笑死了。”

阿德里安不苟言笑。

他准备了奶油焗蘑菇扇贝、小份的蔬菜泥、蒸苦苣、一盘奶酪和一份巧克力舒芙蕾。杰罗姆问舒芙蕾是不是皮卡尔家的。他觉得皮卡尔家的商品棒极了。“不过要注意在回来的路上不要化了，我呢，我准备了密封袋。我做事井井有条。”

“一份舒芙蕾！”朱莉喊道，“那我不能碰了。”

“为什么？”阿德里安问。

“我的裙子！我的婚纱！”

“你可以明天再开始节食……”

“我每天晚上都这样对自己说。”

“我爱你，我的小鹌鹑，不管有没有减重。”杰罗姆说。

他重复了一遍，忍住了一阵狂笑：“再胖一百斤也爱[1]！一百。”

朱莉脸红了，斯泰拉勉强笑了笑，阿德里安出于礼貌咧了咧嘴。

“你跟他在一起应该不会厌烦，”斯泰拉说，“你不会抑郁的！”

“我呢，我没有时间抑郁，”杰罗姆打断她说，“我会直接酗酒。但那是在遇到我的小鹌鹑之前。她让我变得稳重起来了。她让我恢复了尊严。那时我刚夹着尾巴，四处漂泊回来，此前我的妻子，那个贱人……”

“杰罗姆！”朱莉低声说。

“好吧……我回来之后，朱莉没有抗议，她什么也没问，指了指我的办公室，对我说干活吧。我永远也忘不了。不管什么时候，如果有人胆敢

1.“再胖一百斤也爱”（avec ou cent kilos）与上面一句“不管有没有减重”（avec ou sans kilos）发音相同。

伤害她，我保证让他得意不了多久。我会弄死他，说到做到！"

"谁说要伤害朱莉了？"阿德里安冷冷地盯着杰罗姆说。

"我只是泛泛而谈。我会往前看。以前有个家伙骚扰我母亲，呃，我就锯断了他的汽车的车轴，让他撞上了树。"

"他没死吧？我希望。"阿德里安嘲讽地问。

"没有。但他住了很长时间的院，长到足够他反思，不会再犯错了。如果有人找我麻烦，我就是这么干的。"

"他只是想说他爱我，会保护我。"朱莉轻轻拍着杰罗姆的胳膊说。

"好……"斯泰拉打断了她，"我们说点别的吧？"

"好的，你说得对，不然气氛太凝重了……"朱莉回答道。

杰罗姆扬了扬下巴，以示威胁。

"我只是说不应该责怪你，我的小兔兔。我只说到了这里，到此为止。别的什么也没说。"

斯泰拉朝朱莉递了个眼色，意思是他喝多了吗？朱莉摊了摊手，表示我也不知道他中了什么邪。

阿德里安站起身。

"你们到火旁边坐着吧，我来收拾。"

"需要帮忙吗？"杰罗姆问。

"谢谢，不用了。我想自己整理……"

*

"你今天晚上过得愉快吗？"斯泰拉问，她盘腿坐在床上，一手拿着一瓶卸妆水，另一只手拿着棉片。

她露着额头，头发用一块黑色长布条束在后面。

"杰罗姆惹你生气了。我看得出来。"

阿德里安微微一笑。微笑转瞬即逝："猜猜我在想什么，祝你好运。"

"他是个正直的家伙，"斯泰拉说，"他是死里逃生回来的。"

阿德里安抓起一份关于木材和塑料在能源生产中的前景的报告，浏览起来。

"我知道。这甚至变成了他的身份证。姓名：正直的家伙。职业：死里逃生。"

"他的故事，他见了什么人都讲。那是他的战绩。是世界上最了不起的东西。"

"呃……但毕竟也不简单。"

"我们甚至都不确定他是否去了棕榈树下。如果真是那样，也算不了什么。他把妻子扔进了池塘，把买六合彩的钱装进了自己口袋。这就是你所谓的丰功伟绩！"

"你真苛刻。"

"有人证实吗？"

他一拳打在枕头上，把它拍实。

"还有自从他当上女老板的'未婚夫'之后，他就一副小头头的样子！"

他打了个手势，给"未婚夫"这个词加上引号。

"你应该去看看！只要一有人开卡车在工地上稍微快了点，他就吹起口哨，要求人遵守秩序，还要大讲一通安全的事。有一天，他跟朱莉在办公室里，吻着她的脖子，还问我：'你今天去哪里了？我在废钢铁厂没看到你。从现在开始你得把你的时间安排告诉我们，我的老兄。'我没有理会这个穿着肥大的哈雷·戴维森[1]T恤的可怜虫。此外，他还在破坏工地的氛围。"

"这我倒没注意……"

"你一直在路上。"

"这不妨碍……他们相爱。我呢，我很高兴我的朋友终于收获了幸福。他是个正直的家伙。"

"我知道。你已经跟我说过了。"

"那你为什么要这么说呢？明明心里不是这么想的。"

阿德里安合上报告，盯着斯泰拉。

1.美国摩托车品牌。

"那你呢，你为什么要用十万美元的乳液卸妆？你不是利多超市的冠军？"

斯泰拉的乳液是二十欧元的，她正在玩弄白色和金色相间的瓶塞子。

"你有情人了？"

"我想让皮肤软软的，保持美丽……"

"可你一直都很美啊！"

"那我得说，你跟我这么说的次数还不够。"

"我不喜欢说……"

"或者你没有让我感觉到。"

"这成了我的错？"他微笑着问。

"你得照顾我。"她降低声音说。

"你不需要任何人。"

"你得照顾我。"她又重复了一遍。

他把文件扔到地上，抓住斯泰拉，把她抱起来，放在他身上，抱在怀里。

"你是最撩人的女人。我要向你证明这一点！"

他点了一根烟，一边抽一边看着天花板。这个玻璃灯泡真得换换了，让人感觉是在市游泳馆一样。就差氯水的味道、消毒脚池和泳裤上断开的橡皮筋了。哪里不对劲？我要赶紧行动。不需要别人弄得我心痒痒。我受不了等待、装模作样和惺惺作态了。我想全速前进。朱莉发现了什么，在这头獯身上？他的脑子就像一个充电毛绒玩具。她也不傻。或者她变傻了？他呢，他总是把手放在她的背上，叫她"我的小鹌鹑，我的小兔兔"，脸上挂着那种刚刚签了第一份无固定期限合同的家伙的灿烂微笑。他在搞什么？好吧，我们都有阴暗的一面，可是他呢，他否认了这一点，宁愿让别人来怜悯他……

"你在想什么呢？"斯泰拉说，头枕着阿德里安的胸膛。

阿德里安把烟灰抖在床单上的烟灰缸里。

"跟往常一样，你没必要问。"

"你看这会儿我们心情都乱了。"

"真的吗？"

"你心不在焉的。"

"你害怕了？"

斯泰拉把一根手指插进阿德里安的胸毛，呼吸着他的皮肤散发出的龙涎香味，没有回答。

"你害怕，所以你要涂很贵的美容霜，因为你觉得这样能驱散恐惧。"

斯泰拉挪动了一下，把被单拉到腰上，鼻子贴着阿德里安肩膀的凹陷处，像一只正在寻找热量的小动物。

"你觉得我用的面霜贵吗？"

"是的，有点。"

"你在想我用哪儿来的钱买的？"

"是的，有点。"

"这是我的事。"

"我没有问过你。"

"这是真的。"

"你说你不想碰雷的钱。"

"那是妈妈的钱，不是我的。你惹我生气了，阿德里安。"

"我在注意你。"

"然后呢？"

"当我的手滑到床下面时……"

他弯下腰，伸出胳膊，手在地上划拉了一下，从床底下拿出一些女性杂志——《她》《红秀》《时尚》，随意扔在床单上。

"这是什么，这一堆？"他问，"你从来没化过妆，从来没对衣服产生过兴趣……"

他抓着一本《她》，浏览起来。

"你在这堆破烂里找什么？"

她又想到了奥尔唐丝·柯岱斯的博客。从侧面照来看，这位博主精力十足，她穿着米色防水衣，没有系扣子，露出青铜色的长腿，手插在口袋里，脖子上系着一条苏格兰花呢围巾，发色是时髦的浅栗色，面孔像个想挥霍生命的天使。她浑身流露着自然、优雅和美丽。**这个女孩是她的外甥女。**她还不习惯。她差一点就订购了"**我拒绝循规蹈矩**"的 T 恤。她没敢买。这个穿防水衣的女孩吓到她了。她不想让阿德里安看到照片。这个女孩太美了。

　　她伸出手，拿过杂志。

　　他直直地看着她的眼睛。

　　"你害怕我会心猿意马？"

　　"这种事永远也说不好……"

　　"说得好像我愿意这么做一样！"

　　"这是你自己说的。"

　　"那你怎么办？"

　　"我杀了你。"

　　这是一个一切都被击碎的夜晚，一个偏离正轨的夜晚。

　　总会有这样的夜晚。

　　她想哭。但愿他不要走，但愿他永远不要走。但愿是她搞错了……

　　斯泰拉的眼睛亮亮的，缩着下巴。

　　"斯泰拉，"他仿佛在跟小孩说话一样，"我会在这里。我会一直都在。"

　　他用一根手指在她的肩膀上滑动。她闭上眼睛，歪了歪脖子，让手指向上滑到她的头发里。

　　"雷 - 瓦伦蒂初中的事，你打算怎么办？"

　　"宣战。"

　　"然后呢？"

　　"初中永远也不能叫瓦伦蒂这个名字。"

　　"你需要我帮忙吗？"

　　"不用。这是**我的**问题。"

　　他重新回到枕头上，凝视着天花板、顶灯和市游泳池一般阴森森的灯光。真可笑，之前我没注意到这些细节。

"那我有什么用？你能跟我说说吗？"

她没有回答，在找他的手，让他继续抚摸她。他移开了。

"我什么用也没有。"

他站起身，抓起裤子，穿上套头毛衣，下了楼。把门砰的一声摔上了。

他生气的时候，就去沙利在桑斯开的店。那里卖劣质的香槟，有裸体女孩在跳舞，她们乳头上贴着亮片，一边在客户的鼻子底下转着绒球，一边盯着手腕上的手表。

她没有听到发动机的响声。

他应该是坐在长椅上，划一根火柴，吐出一口烟。

这段时间他抽烟抽得很凶。

她呢，她就指望着香槟度日。

*

阿德里安凝望着漆黑的天空。这是个没有月亮，没有风，没有枝丫摇曳的夜晚。一个让人迷失自我的夜晚。他在等眼睛习惯夜色，辨认着形状。他喜欢各种形状慢慢凸显出来的时候。他驯服了黑夜。

他不明白，为什么她总是把他挡在圈子之外。圈子内部永远是那些人：莱奥妮，乔治，苏珍。还有雷·瓦伦蒂。

但是没有他。

斯泰拉走在路上，回头望着过去。回望过去无助于成长。我要冒险，我不知道会不会触底，但我要往前看。我要成功，哪怕要跨越鸿沟，或是弄虚作假。我讨厌美德这种想法。仿佛只能按照一种方式行事——高贵和公正的方式。生活不是这样进行的。美德是富人的饰物。穷人尽心安排，筋疲力竭，用尽计谋，到头来只是火中取栗。

他经常想起他在阿拉米尔的两个女友。她们刚满十九岁。她们需要钱。一个要买一双冬天的鞋子，另一个要喂养两个瘦瘦的孩子。城里驻扎了部队。军官们胸前挂着绶带，口袋里装着卢布。他们在街上巡视，闪闪发亮的靴子落地有声。晚上，他们会出城，一把一把地撒钱。居民们受到了侮辱。两个女孩各自挑选了一位军官，目的不过是买毛皮靴子和廉价饰物，填满三个冰箱，还有买毛绒玩具。她们手挽着手，说说笑笑，从临时营房回来，说："我们没必要那么讨厌他们，那两个家伙也不是那么惹人厌，我们甚至还得到了好处，不是吗？""既然已经这么做了，还要做更多。我的孩子们可以熬过冬天了！"更漂亮的那个女孩总结道。

我想我找到了解决办法，可以让朱莉参与进来，但是今天晚上，我不想这么做。她的脑袋冻僵了。她什么都不想了。或者说，她只想着杰罗姆。

明天是周一，我要给博尔津斯基打电话，跟他说行。

*

是因为我不愿意改名叫科苏利诺夫人？因为我拒绝了那捆灰袜子？可是只有等一切都安排好了才能动手，不是吗？否则就是撒谎了。

然而瞬间过后，仿佛有某种关联似的，仿佛非这样不可似的，她心想我要把那个老家伙掏空。我要让她一分钱都不剩。

我要把她掏空，我要替照片上的那个小女孩报仇。那个孩子是谁？他在找她吗？他强奸过她吗，还是想要强奸她？他为什么要画一个靶子呢，仿佛要杀了她？

她看上去那么自信，那么快乐，那绺头发在她的额头上打着转儿，把刘海都弄乱了。

所有招惹手无寸铁的弱者的人，她都想杀掉。她心里的仇恨还那么鲜活，占据了所有的位置。

只要我没有把老家伙掏空，救出孩子，我就不会自由。我得走到底，直至尽头。哪怕在路上会失去一切。

就这样。

*

汤姆从卧室的窗边，观察着坐在长椅上的父亲隆起的后背，以及香烟的红点在黑暗中划出的一道道痕迹。他听到了阿德里安在房间里的脚步声，穿靴子的声音，走在楼梯上吱吱嘎嘎的声音，大门先打开又砰的一声关上的声音。他们又吵架了。他爱爸爸，他爱妈妈，他不希望他们分开。他们每一次互相谩骂，都是为了雷·瓦伦蒂和初中的事。他忍受不了雷·瓦伦蒂了。他忍受不了跟他用同样的姓了。雷死的时候，人们对这个龌龊的家伙大加赞美。他们流着口水，他们认识了一位英雄。之后，他们很快回到自己家里，在电视上看到了火灾的画面。他听到他们说："真是疯了。"看电视新闻印象会更加深刻，不是吗？

人们以为，一个十一岁的孩子是不懂这些东西的，也注意不到嗓音里的细微差别和目光里的虚伪造作。但他不是这样。这是母亲教他的。噢，她什么也没说。她的话不多，但什么都逃不过他的眼睛。他什么都能捕捉到。可以确定的是，一个故事牵涉的大人越多，麻烦事就越多。

诺亚的父亲总是跟他妻子吵架。"因为小鸡鸡的事。"诺亚说。有一天，诺亚当着全班同学的面喊道："哎，瓦伦蒂！我父亲在沙利的店里看到了你父亲。"真让人羞愧！诺亚的父亲是个废物。有一天，诺亚抓到他在跟一个女人舌吻。父亲给儿子买了一双乔丹的鞋，堵住了他的嘴。在那之后，诺亚就有了惹人注目的鞋子。

还有了一件鹅牌夹克。

父亲不想离婚，因为他的妻子有铠甲护身。她有公司、漂亮的房子、漂亮的汽车、漂亮的游泳池。而他只有漂亮的皮囊。

香烟的红点熄灭了。

他父亲还在长椅上。

然后他回去了。

汤姆宁愿如此。

或许他们会和好，在床上和好。通常会这样结束。他们不再说话，只有叹息和低低的叫喊。

这同样让他害怕。

*

"你经常这么做吗？"奥尔唐丝问。

她又恢复了她最喜欢的姿势：头枕着小马塞尔的膝盖，脚架在沙发扶手上。

"做什么？"

"监视别人……"

"我只做过一次，我父亲怀疑一个合伙人欺骗他。结果无济于事：我听不到声音。那个家伙在说话，但我什么也听不到。"

"一点也听不到？"

"我觉得恶心。我尝试根据那个家伙的嘴型判断，解读出一些类似于'当心我的屁股'或者'屁股想做什么就做什么'之类的话……"

"就像色情电影的名字！"

奥尔唐丝闭上嘴，思考起来。如果她有这种天赋，她肯定会不停地使用。小马塞尔怎么会这么乖，不滥用呢？她问："告诉我，你按照承诺我的，检查过叶莲娜了吗？"

"检查过了，她是可靠的。"

"你搞错了吧！"

"她是个好人。"

"我不这么觉得，我觉得我才是对的。"

"没有人是完美无缺的。"

"就是她，阻止了你研究我的布料……我们两个都有很多想法。可是她断然拒绝了。"

"她想要领导权，而且只能由她一个人领导，这样才能下达清晰的指令。"

"你指的是能消耗脂肪的紧身衣那件事？"

"是的，没有别的。我们的布料可以给手机充电，或者作为热源，凭借这些想法，足以扰乱指令。这样我们就离开了时尚界，进入了电力市场。她有着敏锐的嗅觉，你要相信她。"

"她太老了，不知道年轻人喜欢什么。"

"你错了。她能量充沛。当我捕捉到她的印记后，我用尽了力气才跟得上她。这个女人就像大炮的火药一样……"

"我很想知道，我们监视的人，能感觉到自己正在被人观察吗？是否会扰乱他们……"

"他们不会注意到的。"

"你确定？"

"我一无所知，我回答得太快了。"

"这就是我喜欢你的地方，小马塞尔。你会说类似于'我回答得太快了'之类的话。你诚实，我想我爱你整个人。"

"你爱的人太多了，亲爱的奥尔唐丝。等我们结婚后，希望你不要那么见异思迁了。你知道你的问题是什么吗？"

奥尔唐丝摇了摇头。她不确定是否愿意知道自己的问题在哪里。

"你太有女人味了，得要好几个男人才能满足你。"

"我是世界上最孤独的女孩！我跟我的缝纫机一起睡觉，跟我的剪刀说话，抚摸着我的布料卷，跟软尺一起高潮！我不跟男孩睡觉已经有……"

她举起胳膊，表示已经有无限久的时间了。

"你在撒谎，公主……"

"你确定你没有打火机吗？我得烧一下头发。"

小马塞尔叹了口气，他累了。

"你在撒谎，公主，你在撒谎……"

"我没有撒谎……我不愿去想这件事。如果我想的话……"

她怒气冲冲地交叉胳膊，放在肚子上。

小马塞尔扯了扯格子坎肩，又扯了扯太紧的领结，把一根柔软的手指放在奥尔唐丝脸颊上。

一滴眼泪流下来。

*

她上一次见加里的时候……

是在机场。

是在机场的卫生间里。

他们到了那里。

他坐了夜间航班。从爱丁堡到纽约，中途停靠鲁瓦西[1]。要在玻璃大厅里等六小时，那里摆着枯败的绿色植物，冰冷的人造革长椅，还有晾着鞋子、仰面朝天打着呼噜的旅客。

他给她打了电话。

"奥尔唐丝·柯岱斯？"

她看了一眼电脑上的时间。凌晨十二点四十五分。她刚刚完成一件大衣，花了 400.5 个小时。她计算了时间。

"奥尔唐丝·柯岱斯，你睡了吗？"

"没有。我在工作，你在哪儿？"

她在 K 厅 2E 登机口见到了他。

他们隔着玻璃墙看到了对方。她在走廊上，他在里面。当时是十一月中旬，空气中残留着不寻常的热度，散布着夏天的热气。温和的夜晚，闻起来一股煤油味。霓虹灯的大字闪耀在黑暗中。他们把手贴在玻璃上，直到贴在一起。额头和鼻子也贴在了一起。他们也贴在了一起。她的脸颊滑动着。她的脚下有污泥和废油的痕迹，还有烟头和脏纸巾。橡胶垫已经烂了，从边上脱落下来了。她把一根手指伸进去。为了确认她不是在做梦，确认

_____
1. 即巴黎的夏尔·戴高乐机场。

加里的确来了。

他走出去，伸出胳膊，把她拉进了 K 厅。

他把她抱在怀里，把她裹在厚呢子大衣里，摇晃着她往前走。她瘫软下来，说："我想要你，好想，好想。"他的套头毛衣像夜晚一样冰冷，他的厚呢子大衣摩擦着她的额头。

一个胖胖的黑人清洁工拖着一辆小推车，车上装满了扫帚、刷子和维修工具。她穿着一件天蓝色的工作服——上面用红线绣着"夏尔·戴高乐机场"——戴着橙色橡胶手套。她用懒洋洋的声音对他们说："你们好，恋人们！"她眼睛亮起来，扭了扭胯。

大厅里灯光惨白，几近绿色。一台大功率通风机在他们头上呼啸，吹得小广告飞来飞去。她心想谁会在鲁瓦西的标志牌上贴小广告。

没有人会读。

然后她什么也没再想。

他们在残疾人卫生间里做了爱。

他把海军蓝色的厚呢子大衣铺在地上，把套头毛衣卷起来做成靠垫，躺在她身上。他用一只手拨开奥尔唐丝的头发，梳理着她的头发，把它放在一边。他想看着她的眼睛。奥尔唐丝，我想念你，可我却不知道！在这一刻，没有什么能让她分心。她不想浪费半秒。她的嘴角还残留着牛奶咖啡的味道，目光躲在发绺下面，嘴唇饱满，温热。他们重新认识了对方，一点一点地认识。

我现在就想死掉，别的我都不在乎了，我要成为他的亡灵，这样他就能继续占有我。我需要他的身体，他的味道，我的肚子，我的大腿。我想要他。我想要他在我的肌肤里。为什么要有那么多寂寞的夜晚，嘴里咬着大头针？有什么意义？

她的大脑立刻回答道，快感只会持续三十秒，如果那个家伙天赋异禀的话，最多不过两分半钟，可是工作会让她忙一辈子，让她存在于世。

她的大脑通常有道理。

几个男人进来了。

他们在洗手池里尿了尿，用英语咒骂着该死的飞机，该死的地方，该死的啤酒，该死的法国人，该死的女孩。

"我们在男厕所里？"奥尔唐丝低声说。

"我不知道，我没注意。"加里说。

他用胳膊围住她的脸，凝视着她。

他抓起一缕头发，把它摊开，把它捋顺滑，然后抓起另一缕，掂量着，整理着，清点着，她颤抖着，还在等他继续。

"他们不可能看到我们，他们喝得太醉了……"她看着旁边低声说，努力掩饰着自己的心慌。

他为什么要这样盯着她？他真的把她忘了吗？

她看着镀铬钢制的扶手杠、天花板和墙。栗色的油漆剥落了，她注意到了有些地方用浅黄色修补过。他们应该是没有想好用黄色还是栗色，或者是栗色油漆不够了，最后用了黄色。

那几个家伙试着在洗手池里洗脚。他们失去了平衡，咒骂着该死的法国洗手池。发明坐浴盆的不是这些混账吧？不管怎么说，这东西一点用都没有，得把我们的鞋子也刷一刷。接下来是一场吹毛求疵的谈话，内容是必须要在洗脚的同时刷鞋子。加里叹了口气："真不可思议，算了，我坐下一班飞机吧，我们走吧。"

他们逃到了喜来登酒店的七三六号房间。

房间里闻起来有樱桃香氛和蒸汽熨过的床单的味道。

他关上门，把磁卡放在电视柜上，一根手指按在奥尔唐丝的嘴唇上。

"我们不说话，好吗，我们不说话。我们只有一夜，不要浪费。"

她点了点头。

她有那么多话要说，还不如沉默。

他们一整夜都在朝对方游去，大汗淋漓，气喘吁吁，什么也看不见，舔着对方的汗水，投入对方的怀抱，喘着粗气离开，喘一口气，然后再钻进喜来登酒店七三六房间的大床。他们筋疲力尽，在两次拥抱之间轻声说着一些问题。

金鱼气泡形状的词语。

永远？忘记？你？我？誓言？六十六号街？

再占有我吧……

我的妻子，我娇小的妻子……

黎明时分，他们迟钝而昏沉，瞥到光线透进房间里的一层层遮光帘，悲伤而顺从地等待闹钟响起。

第二天，他坐接驳车去登机口。离开之前，他把围巾缠在了她的脖子上。绕了三圈，像三条项链。他最后抽出的是左手无名指。她低下头，看着羊毛戒指。她想哭。最后一个吻绵长而激烈，他赶时间。巴士司机按了按喇叭，伸出脑袋，打趣道："哎，那个家伙！你想让我替你吗？"

他上了接驳车。

车开走了。

她坐在一个白色标桩上，目光茫然。她尝试计算他们何时会再见面；数字飞舞着，像朦胧的丝线渐渐模糊。

她忘了对他说，他的厚呢子大衣太小了。

他看上去很可笑。

*

"好啦，你都知道了，"她低声跟小马塞尔说，"那是我们的最后一夜，而且只持续了一夜。是在鲁瓦西。今年夏天，他在苏格兰的城堡里，那里没有因特网，没有网络，没有电话。只有一台老设备，声音与幽灵的叹息一样微弱。可是一切都重新装修过。依我看，他外祖母……"

"你是说英国女王陛下……"

"……她不知道有因特网这种东西。她让人修理了墙和屋顶，安装了暖气，摆了一台钢琴，但是其他的……"

"已经不错了，公主。那里得有多少千米的墙，多少公顷的屋顶啊！"

"他得去城里才能给我打电话。我们先约好，可是等到了时间，我们都不知道该说什么。我们滔滔不绝地说着空话，这让我沮丧。我不再给他打电话。我需要工作。他应该也是这么觉得的。如果你能跟他连通就好了……你告诉我他在哪里，在干什么……"

"我拒绝监视加里。他是我的情敌，我尊重他，我会光明磊落地跟他竞争。"

"哑！注意言语！注意言语！"

小马塞尔抗议："你应该感到荣幸，爱你的人是一位英勇的骑士。我说的是我自己，当然。"

奥尔唐丝挪了挪脑袋，生气了。

"自从他回到纽约，因为有时差，我们谈话的味道就像福尔马林一样。我们就像两具尸体，躺在各自的棺材里聊天。你们那边怎么样，椅子铺上软垫了吗？没有穿堂风，也没有凸出来的钉子吧？于是我就不给他打电话了，他也不给我打了。我们没有赌气……只是断了联系。"

她把一缕头发夹在指间，斜着眼往上看。

"而且他一直在出差……竞赛啦，音乐会啦。我怀疑他出门只是为了找借口。"

"你伤心了？"

"我工作。我测试颜料、刺绣、布料，加棉衬的、染色的、褪色的，设计印花布，尝试裁剪，奥克塔夫向我展示了一种搭配，我说行，或者不行，或者再看吧……"

"奥克塔夫，这个人是谁？"

"我的助手，他穿绿色和紫色的衣服，把头发染成白金色，涂黑色口红。他喜欢男孩子。"

"我又少了一个对手！"

"我们搜寻，摸索，突然我产生了一个想法，一切都凝结了。没有人敢动。我禁止别人耸眉毛或者翕动鼻孔。彻底的沉默。我找到了我一直在找的**那件**东西。可能是一件淡黄绿色与白色格子的提花燕尾丝领小上衣，搭配一条交织有金属丝线的淡黄绿色直筒裙，或者是一套不错的复古粗花呢套装，改动了一两个细节，要火起来了。真让人兴奋不已，我幸福到了骨子里……"

"啊！我喜欢这个想法！"

"我不需要任何人，尤其不需要加里。如果他在巴黎，我们还得去听爱乐音乐会，去看电影，在大街上闲逛，真是太无聊了。到头来只会相互厌弃。总之……"

她叹了口气，把手搭在脖子上，按摩着颈背，向后仰着头。

"自从那个人从富凯酒店的楼梯里冲出来……"

"注意你的用词，奥尔唐丝。我七岁了，心里的伤……可能永远无法恢复。"

"别人七岁的时候，还在读《米奇》，抱着小狗熊睡觉呢。"

"你真残忍！你受了多少苦！

"我挨了一巴掌。你明白吗？我从来没有迷失过方向。要在平时……"

要在平时……

我是冠军，想要什么就有什么，我大步向前，讨厌谁就顶撞他，把我的秘密攥在拳里。我戴着紧贴着面部的面具，仿佛化了妆。我永远不会卸妆。

我是不是要在长沙发上躺一躺？

有一次，有人想送我去看心理医生。是那个疯子罗茜。她向我挑衅，当时我们一群女孩在萨格港过周末，在玩真心话游戏。**真心话还是大冒险**[1]。

"你知道你患的是什么病吗，奥尔唐丝？"

"别说了！我都不知道这个词是什么意思！"

"你患的是害怕被抛弃综合征。"

1.原文为英语。

"这是什么？"

"你害怕被人抛弃，所以你完全封闭起来，免得受苦。这样一下子，你就什么也感觉不到了。"

"我什么都感觉不到？那加里呢？你管这叫什么？"

"加里是你的借口。你对自己说：我是个女人，我恋爱了，证据就是我有加里。然而这是个借口！"

"哈哈！我要摔倒在地上了，直不起腰来了！依你看，我被谁抛弃了？"

"被你父亲。"

"我父亲？这真是我这辈子听到的最好笑的事了！"

"你不喜欢这样，但事实就是如此。"

"我父亲没有抛弃我。他被鳄鱼吃掉了，他本来想跟它成为朋友的。他朝它敞开怀抱，它却张开了长满牙齿的大嘴……我知道，从概率上讲这种事不多见，但就是被他遇上了。"

罗茜看着我，惊讶得张大了嘴。

"噢！对不起！我无意伤害你！"

"我父亲爱的只有我。如果说我的自我意识如此强烈，那**正是**因为我父亲从来，从来没有抛弃我，恰恰相反，他**一直**，**一直**都爱我、尊重我。至于你说的心理医生，他总可以等我嘛，用纸折小鸡玩呗！"

"可我只是想帮你啊，我！"

"你看，这一点我可不确定。"

"你在暗示我奸诈？"

奸诈**而且**阴险。坏透了。

"为什么你不去纽约看加里？"

"我不能，小马塞尔。我不能。"

"为什么？"

"因为那个誓言。"

"什么誓言？"

"六十六号街誓言。"

有一天他们坐在叶莲娜那幢房子的窗边，房子位于哥伦布街和六十六号街的交叉路口。加里拉着奥尔唐丝的手。他用黑色比克笔，沿着她的手腕写上"竭尽全力保持争强好胜，不要惹任何人厌烦"。

"真是感谢；"奥尔唐丝咒骂道，"多美的诗啊！"

"这是个合同。"

"你能展开讲讲吗？"

加里用那种偶尔会有的怪异方式微笑了一下，仿佛是在冲着房间另一头的某个人微笑。

"这句话的意思是：你永远不要因为我而放弃做任何事。"

"我不明白。"

"我不希望你为了避免伤害我而放弃任何东西……"

"一件东西还是一个人？"

"都不行。"

"哪怕是一个男人？"

"哪怕是一个男人。"

"你宁愿我跟一个我喜欢的男人走，也不希望我因为怕你痛苦而放弃他？"

他们四目相对，神情就像祭坛台阶上的新婚夫妇一样庄严肃穆。

"如果你放弃了某个梦想或者某个人，你就失去了一部分自我，失去了争强好胜之心。你就什么都做不了，就会变得尖酸、偏颇、丑陋。"

"你没夸张吧……"

"我得承受你的坏脾气带来的后果，我一点都不想这样做。"

"如果我想不惜一切代价珍惜你呢？"

"我会离开你。"

"**什么**？"她推了他一下，大喊道，"永远不要这么说，加里·沃德！"她踢了他一脚。

　　"我们永远也不会分开，你明白吗？这一点你要记在心里。不要用这些愚蠢的誓言，告诉我怎么跟你相处！我会去做我喜欢做的事，因为这样我会高兴，只要我高兴，我就一直做。"

　　他想靠近她，但她奋力挣脱了，威胁说要把他撞下去。他吻着她的胳膊，低声道："奥尔唐丝，求你了。"她大喊："放开我！放开我！"

　　他声音温柔地解释道："我不希望我们成为那种一边找钥匙、停车、吃蛋黄酱配冷鳕鱼，一边还要互相憎恨、互相指责的情侣，让对方来承担自己的懦弱、恐惧和背叛。我想让大街上的人见了我们都回过头来看，低声说他们看起来真幸福！我们呢，我们微微一笑，回答说我们不是看起来幸福，我们是**真的**幸福，我们幸福极了，活力四射，充满能量，脑袋里有两万个想法，两万个工作现场。你明白吗？"

　　奥尔唐丝想了一下。

　　"那这个誓言对你也有效吗？"她的声音勉强能听得到，"你也不会为了我放弃任何人或任何事？"

　　"当然。"

　　他把手放在心脏上，像背书一样说道："我承诺我不会因为你，奥尔唐丝·柯岱斯，放弃任何可能会给我滋养、使我受益的东西。我承诺我会如饥似渴地对待生活，努力变得伟大、慷慨，对一切保持好奇，对美充满热望……"

　　"而且永远在我身边。"

　　"而且永远在你身边。这样我们随着年龄增长，会更加才华横溢，虽然不会更加聪慧，我们会永远在一起，只要我们都愿意。"

　　她喜欢这个想法。她心想我要一直数到十四。如果在数到十四之前，有一辆黄色的出租车在街角转弯，那我就答应。于是她开始数，数到八点五的时候（她觉得加上零点五会更刺激），一辆黄色出租车停在了窗下。一个穿绿色毛衣，背上写着数字十四的小男孩下了车。

　　他们躲在窗户后面击掌。"说好了，发誓，吐口唾沫。"一个家伙大喊一声。他要抱怨了。是个秃子，他擦了擦脑袋。他们赶紧滚到地板上，喘了口气，腿交缠在一起。

"六十六号街誓言"就这样诞生了。

"真美,太美了,"小马塞尔叹息道,他略微有些嫉妒,心想我要想出更好的点子。

"正因为这样,当他在苏格兰或纽约弹钢琴时,我才能一连几个月待在巴黎。我们遵守着六十六号街誓言。"

"你不去想任何可怕的事?"

"如果你不知道,就不痛苦。如果你乱挖,就会挨打。"

"告诉我,他真的打算跟你白头偕老吗?你没有跟他说你们要结婚?"

"小马塞尔!你想想吧。我不能活在一个结局已经规划好了的童话故事里。"

"那他就应该像绅士一样退出,给我让位。"

"那你跟他决斗吧,我想不出别的解决方案。"

小马塞尔想了想,撸了撸袖子,交叉胳膊放在胸前,仿佛已经下定决心。

"明天,我就去报名上手枪和击剑课。我尽量不杀他。"

"你倒是好心。我欣赏这一点。"

办公室的门开了。若西亚娜·戈罗贝兹站在门口不动。她搓着手,仿佛不敢闯入儿子的洞穴,要找个借口。她穿着一件十分精致的黑色圆领上衣,一条灰色羊毛裙,搭配黑色紧身袜和紫红色高跟浅口鞋。她擦掉了口红,浅色嘴唇显得老,她知道这一点,于是润了润唇,这样显得稍微红一点。在儿子面前,她总是很注意梳妆打扮。警觉,敏捷,"充满活力",她的心理医生这样评价。得让他忘记,他父亲已经七十四岁了。她摆弄着一条金链子,链子下面垂着一只玉蝴蝶。

"太晚了。您跟我们一起吃晚饭吗?马塞尔会很开心的。"

"我们还没结束呢,母亲。"

若西亚娜的嘴角垂落下来,伤心得如同一个强颜欢笑的人。她努力把两片嘴唇的接合处上扬,想挤出一个微笑,但是失败了,陷落下来,变成了一个痛苦的鬼脸。

"他很久没有见过你了，奥尔唐丝。他会高兴的。我做了糖渍柠檬塔吉锅炖鸡肉[1]。"

"太好了！"奥尔唐丝说，"我要饿死了！"

沙发尽头的小马塞尔耸了耸眉毛。

"妈妈，你别生气，但我不会吃的。"

若西亚娜缩了缩脖子。

"你要吃！我们十分钟之内开饭。"

"我在节食，我得塑形。"

"真荒谬！"若西亚娜揉搓着玉蝴蝶，生气了。

她拉扯着链子，于是蝴蝶从左边晃到右边，又从右边晃到左边。它开始转起来，像发了疯的钟摆。

"小马塞尔，我得提醒你，在你这个年纪……"

"别坚持了，妈妈。我的大脑是规划好的。明天十二点半之前，什么东西都咽不下。"

"真是疯了！你正在长身体呢！"

"我的脑子已经记录了我的需求，为时已晚。所有的线路都封闭了。哪怕只吃一粒米，也会有危险。"

"我的天哪！"若西亚娜双手合十喊道，"这个孩子要把我弄疯了！"

"我不是孩子，我是男人。"

"不，你才七岁。你就是个孩子，是我的孩子！"若西亚娜生气地扯着链子，仿佛听到了报警信号。

"我是男人，而且四肢健全，如果你想知道真相的话。我很快就能……这不是我说的，是……"

"停！我不想再听你说任何东西了！"

若西亚娜摇晃了一下，倚着门。

"小马塞尔，我禁止你……"

"嗯，母亲？"

1.塔吉锅炖菜是一种有名的摩洛哥炖菜。

"禁止你再提你的器官发育情况，这种话是不该当着母亲的面说的。"

"好的，母亲。请你原谅我。"

"叫我妈妈！我受不了这种客气的语气了，我想要的是爱、温柔和亲吻！"

"词语就是一张面具，目的只是掩饰口是心非……"

"去洗手吧，然后坐在桌前。胃病正肆虐呢。"

若西亚娜被儿子的傲慢打败了，走开了。脚步声在走廊上响起。她不是径直往前走的，而是撞到了一边的墙，又撞到了另一边。

"我来尝尝你的塔吉锅炖菜，若西亚娜！"奥尔唐丝喊道。

她朝小马塞尔转过身，教训他："你太夸张了！你不能跟你母亲谈论性！"

"我不希望她继续拿我当小孩。我是个男人。我希望别人把我当成男人看待，尊重我。"

"但这不可能！"

"五楼的女士不是这么说的。"

"什么？"奥尔唐丝目瞪口呆，一字一顿地问。

"五楼的女士用图片给我讲解了性，作为交换，我给她的儿子上数学课，那是个大白痴。我取得了进步，白痴没有。"

奥尔唐丝挺直了身子，仿佛是被弹簧弹起来的。

"真是个疯女人！"

"这么说吧，她感受到了我的魅力。"

"她可能会因为这事进监狱！小马塞尔，求求你了……脚踏实地吧！你脑子里的这些经历会把你弄出毛病来的。"

"绝对不会。"

"你跟这位女士干了什么？"

"我问你跟加里干了什么吗？"

"没有。"奥尔唐丝妥协了。

"那就请你明白，我不会告诉你的。"

奥尔唐丝震惊不已，抓住他的胳膊，坚持问道："你是说你们……？"

"你说你饿了，不是吗？我们走吧。"

"回答我，小马塞尔。你跟这位女士是什么关系？"

"这是我的私人生活。"

"就等一秒。"

她把小马塞尔的下巴捏在指间，强迫他看着自己。

"你母亲多大了？"

"四十六岁……她还能生呢，哎！有一天，她跟我父亲说贝还没坏呢。我以为她说的是饭菜，结果不是！她在暗示自己的子宫。"

他攥紧拳头，声音走了调。他往后仰着的额头、他闪着光的歪眼睛、他塌着的鼻子、他天线一样的耳朵，全都开始颤抖。他闭上眼睛，压抑着他的忧伤。

"小马塞尔……你因为这个难过？"

他阴沉着脸，下嘴唇卡着上嘴唇，颤抖得越来越厉害，一边打嗝一边说：

"我……感觉……我……在这里碍事……他们不爱我。我不符合……他们对一个孩子的……期待。我是个……残次品，奥尔唐丝。"

"不是！"

"我母亲……看我的样子……就像看集市上的……怪物。她神经……紧绷……受不了了。她每个星期……都换珠宝饰品……还不停地……摆弄着，她两天就……去看一次……心理医生……她指甲都没了，都被她……啃掉了……我不知道……你注意到没有……她……在掉头发。我威胁到了……她的健康。"

他眼泪要流出来了，但努力忍着，扭着他的红白格子坎肩上的纽扣。他拉伸了一下，喊了一声，仿佛在驱赶一头黏糊糊的丑陋野兽：

"有一天……我听到她说……马塞尔，让我再怀个孩子……但这次，要个正常的……**要个正常的，奥尔唐丝！**"

他咆哮着，像一张拉开的弓一样躺在沙发上。

"然后……我父亲回答……他说:'这是……我的错,舒佩特[1],我们怀上他的时候……我太老了。'"

"噢!小马塞尔!这太可怕了。"

"真让人难过……好难过……等……一……下,还……没……完……呢。"

他把手放在仅有的几根头发上,轻轻拍着自己的脑袋、颈背和胸脯,先屏住呼吸,再深吸一口气,然后一下子吐出来:"我怀疑他们想除掉我。"

"你疯了!他们很爱你!"

"我觉得我父亲明白了我是什么样的,但是我母亲……**我母亲**,只要一有机会,她就会换掉我!"

"你不想吃她做的饭,就是因为这个?"

他的脚定住不动,努力去够鞋尖。他摇摇晃晃的,抚慰着自己的伤痛。他开始从右边晃到左边,哼唱着一首沉闷而绝望的歌。

"你害怕她会给你下毒?"

他点了点头,声音低低地说:"我很爱她。她轻盈,如奶油一般,甜美、温柔,但这些话我跟她说不出口……我哑口无言。我就是他们的奴隶。"

"你跟她说,跟她说啊!没有什么事比不说话还要糟了。"

"我们两个人都卡住了,两边都有自己的立场,剩下的只有恼怒、刻薄和指责。"

"于是你发明了另一种为自己提供营养的方法……"

"我很难过,亲爱的奥尔唐丝。如果说我的大脑能正常运转,有时候甚至超出了我的期待,那也是以损害其他器官为代价的……我的生活是一片遍布石头的荒漠。连一棵能给我带来快乐的棕榈树,一片能使我

---

1. 舒佩特(Choupette),老佛爷卡尔·拉格斐的爱猫的名字,在这里是马塞尔对若西亚娜的爱称。

解渴的绿洲都没有。我稀奇古怪，我打扰别人，我没有同学，没有朋友，要想得到心爱的女人，还得跟人决斗。我是个不一样的男人，命运凄惨至此。"

他用鼻子吸了口气，头缩在肩膀里，嘴唇扭曲着，吸着鼻子，在裤子上摩擦着手，蜷缩成一团。偶尔打一个嗝，于是他的胸膛颤抖起来，一阵痉挛袭来，让他折断了腰。他呻吟着，低声埋怨着，就像一首阴郁的歌，攫住了奥尔唐丝，一种陌生的感情让她喘不上气来，那就是怜悯。

怜悯变成了爱，激发了她把这个孩子抱在怀里、安慰他的欲望。

女性之心奇怪地抽搐了几下，一瞬之间把铁石心肠化为慈母之心。

她从未遇到过这种纯洁的、无私的冲动，也就是做善事、付出、照顾别人的欲望。小马塞尔不再是个男人，她也不再是个女人，这是两个紧紧相拥的灵魂。

"正因为你跟别人不一样，我才爱你！你觉得如果你跟其他的七岁小孩一样，我会一下午都跟你在一起吗？"

他仰起脸，露出微笑。

"真的吗？"

"我爱你，小马塞尔。或许不是你希望的那样，但爱有一千种方式。总之……我也不是专家。提到这个话题，我甚至会感到恶心。"

"你爱我？"他结结巴巴地说，"你不是为了让我高兴才这么说的吧？"

"不是。"

"也不是出于怜悯？"

"也不是。"

"也不是因为看到我难过，你会心烦？"

"听着，小马塞尔……我们不会花上两个小时，围绕动词'爱'发表长篇大论，讨论为什么爱，怎么爱。我爱你，到此为止，不要问我为什么。"

她生气地耸了耸肩膀，举头望天。

194

"所有的感情都一样，就像被柏油粘住了！我对你发誓，投入爱情是需要勇气的。"

这时，奥尔唐丝见证了最惊人的转变。

小马塞尔的脸舒展开来，变成了画着《一千零一夜》的扇面，染成了粉红色，紫色，旭日的颜色。他肩膀耸立，鼻孔扩张，汗珠沿着额头往下滑，他幸福洋溢，泪流满面，嘟囔着："噢，多么喜悦！噢，多么快乐！喜悦燃烧着，快乐膨胀着。我是个男人！我存在，因为她爱我！"

"而且尊重你！"

"奥尔唐丝尊重我！"

"还有，我珍惜你。"

"我差点……"

"我绝不希望你难过。"

"我会尽力。"他朝她转过身，用盈满爱意的目光看着她，承诺道。

他明白了。痛苦之中总会迸射出些许幸福。幸福就是流泪，就是长刺。否则人就变成混凝土了，就像那些烂电影里一样。他再也不会难过了，或者他难过的时候，就会对自己说：耐心一点，耐心一点，我的痛苦会变成黄金。

他的心激动不已，脚蹬来蹬去，他颤抖着，笼罩着蒸汽，心突突跳着。

"你感觉还好吗？"奥尔唐丝担心地问。

"还好，还好。只是……"

他打开衬衣领子，解开领带，透透气。

"我热！我热！我沸腾了！"

"你病了？"

"没有。但这比生病还好，奥尔唐丝。好太多了！"

她看着他，疑惑不解，忍住没有伸手去摸他的额头，他出了点汗，她不喜欢出汗的人。

"我可以请求你一件事吗？"他扭着鞋带问。

"可以。"

"我可以吻你吗？我太幸福了，我要爆炸了，我得减减压。"

奥尔唐丝吃惊地后退了一步。

"吻我？"

"吻你的嘴。"

"吻我的嘴！"

"通常情况下，人们说我爱你，然后就接吻。流程就是这样的。因为你对我说……"

"对，没错……"

"除非你心里不是这么想的……"

"是！是！"

我得弄清楚！总是遇到该死的感情问题，您给它一点指甲屑，它就把您的胳膊卸下来。

"对我来说，这将是巅峰，是对我的幸福的确认。如果说一个吻不是一道封条，或者一份永久申请书，那它又是什么呢？"

奥尔唐丝担忧地盯着他。

"你还好吗？你确定？你不是昏了头吧？"

他喉咙发紧，说不出话来，发出嘶哑的让人听不懂的声音。

"你不要像吻五楼的女士一样吻我，好吗？"奥尔唐丝问。

他咽了口唾沫，吞下一口气。

"好的，"他说，"我们闭上眼睛，拉着手，你重复一遍你爱我。要慢慢地，一字一顿地说。我要把这一刻记录下来，我想使坏的时候就拿出来回味一下。"

他靠近她，拉起她的手。奥尔唐丝僵住了，有些紧张，满腹疑虑。不管怎么说，这事都不正常。我要**吻**一个七岁的小男孩了！对，可是……她的脑子里有一个微弱的声音，世界日新月异，我们正走向另一个世界，那里满是小马塞尔、远程传输、噼啪作响的大脑,开放你的思维,答应吧。很快人就要分成两类了,跟得上变化的人,以及拒绝变化、循规蹈矩的人。

这时她听到了小马塞尔近乎庄严的声音,似乎是在回应她的思考:"放开自己吧,奥尔唐丝。我是男人,我来吻你……"

"可是你不会借此……"

"我会很纯洁的,相信我。"

奥尔唐丝按了一下小马塞尔纤弱的手。

他又靠前一些,呼吸变得沉重。他闻起来有玫瑰奶油的味道,衬衣领子散发着肥皂屑的味道。他们的嘴唇轻轻擦过,互相爱抚着,按压着,像吸盘一样吸在一起。小马塞尔闭上眼睛,发出低沉的喘气声。

奥尔唐丝低声说:"我爱你,小马塞尔。"他也回应道:"我爱你,奥尔唐丝。"然后松开她,感动不已。

他跳起来,转着圈,兴奋不已:"我吻了你,奥尔唐丝,我吻了你!我触碰到了苍穹,并且没有跌落。"

他举起胳膊对着天花板,脖子上的血管膨胀起来,握紧拳头,全身心地感谢着上天。他不再是一个体弱多病、长着一颗鱼脑袋的小孩,而是一个勇敢的男人,邀请了地球和太阳来参加他的幸福之宴。

"你真帅气,小马塞尔!你真帅气!"奥尔唐丝喊道。

"还没结束呢,小公主。我会给你惊喜的!从今往后,什么都拦不住我了。我要惹石头发笑,让驼子跳舞!"

*

在天花板很高、有深色细木工装饰的餐厅里,奥尔唐丝狼吞虎咽地吃着糖渍柠檬鸡肉。

她获得了许可,用手抓着吃,不想浪费一丝一毫。她下巴油乎乎的,意醉神迷地吃着嫩嫩的肉、油腻的酱料、美味的柠檬、烧焦的洋葱,这真是一顿美餐，若西亚娜，一顿美餐！若西亚娜轻轻晃着她的玉蝴蝶。

马塞尔·戈罗贝兹开了一瓶西蒙娜酒庄的红葡萄酒，背诵着一连串辞藻华丽的句子，在西蒙娜的车里，开车的是我，按喇叭的是你！你按了我的铃，西蒙娜！把你的贡多拉停好，西蒙娜，来我给你通一通管道！若西亚娜指着小马塞尔咳嗽了一声，马塞尔立刻停下，用餐巾捂住嘴。他们或许喝得有点多，但他们很幸福。既没有客套，也不用装模作样。若西亚娜心想，我们多久没这么开怀大笑了？

凌晨十二点半，奥尔唐丝宣布她要回去了："跟你在一起的这个下午我倍感荣耀，小马塞尔，但我得回去工作了。"小马塞尔叫了出租车："我不喜欢让你一个人走在巴黎的夜色里。"

楼梯平台上，在她立起防水衣的领子时，他向她索一个吻，但她逃走了。

"不能养成习惯。循规蹈矩会杀死爱情，我的爱人。"

听到这些话，小马塞尔头晕起来。多么细腻，多么美妙，多么强烈的女性直觉！

跟五楼的女邻居，就是纯粹的性爱。

他回到桌边，父亲正在抽雪茄消食，母亲在厨房里。

他解开坎肩的口子。他感觉身体笨重，充满了血。出于对母亲的尊敬，他尝了鸡肉，配了酱料，在里面蘸了面包。他的大脑一片迷茫，混沌不清。为什么他要切断"食欲"这条线路，然后毫无预兆地将其复原？这个问题触发了一阵双相电流，让他的神经元热起来。他的脑袋噼啪作响，发出一阵烤猪肉的味道。

马塞尔惊呆了。

"你没闻到一股烧焦的味道吗，儿子？"

若西亚娜在厨房里，把塔吉锅冷冻起来。明天她要做一道红酒蘑菇烧兔肉。后天做香橙鸭。

她把锅里倒满沸水，这样过一夜，就可以去除油脂了。小马塞尔吃了很多塔吉锅炖菜。他又变成了她的小宝贝，让她那么宠爱、那么珍惜的小宝贝，她的心尖尖，她身上掉下的肉，她的奥地利圣甲虫像，她美妙的孔雀羽毛。他之所以胃口那么好，是因为他爱我，不是吗？

"今天晚上很愉快，父亲。情绪高涨！"

马塞尔·戈罗贝兹打了一个响嗝，整个人都跟着晃了起来。

"真厉害，父亲！多么美妙的表演！"

"这是胃的忏悔……"

两个男人集中注意力，听着这个嗝在吊顶下面奔驰。

"这个奥尔唐丝真了不起。"马塞尔说。

"而且很有头脑，构思巧妙！她从来不说陈词滥调，从不老生常谈。她发人深省。父亲，我不知道你是否同意我，有的人总是废话连篇，没有比这更让人筋疲力尽的了。也不是说我们跟不上他们的步伐，只是他们太累人了。"

"这种人多着呢，我的孩子！"

马塞尔抽着雪茄，想入非非。然后他压低声音问："告诉我，儿子，你是把她强奸了吗？她的神情有点懒洋洋的，流露出心满意足的女性之态。"

"我吻了她，过程很愉快。"

"是作为她的表弟或弟弟，像一个阿尔萨斯人那样吻了她？"

"不，父亲！像炎热草原上急切的情人一样。"

"亲在嘴上？"

"嘴对着嘴，呼吸相连……"

"我的老天啊！老婆，拿苹果烧酒来！"

小马塞尔闭上眼睛，去追寻那段珍贵的回忆。他热烈地追寻着，以致回忆着了火，点燃了他的脑袋。

他喊了一声，从椅子上摔下来，在地板上打滚。

"小马塞尔！"马塞尔喊道，"若西亚娜！小马塞尔感觉不舒服。快叫消防员来，让他们拿消防水枪来！"

若西亚娜瞥到儿子倒在地上，像个死去的孩子一样苍白。

"我的儿子！我的爱！我的美！你把他怎么了？他看上去敏感又柔弱，不该粗暴对待他……"

"可是我什么也没做啊！他跟我说起了奥尔唐丝的一个吻，是亲在嘴上的，然后他闭上眼睛，我听到他的脑袋发出声音，就像灯泡里的灯丝断了。他径直倒在地上。我可怜的老婆！拿醋来，擦在他的太阳穴上，我去开一瓶酒，应该能让他醒过来。上天啊！我摇摇晃晃、踉踉跄跄的。上帝啊，如果你听得到我说话，我会供养你的神甫二十年，为他们提供美酒和圣餐面饼！"

父亲和母亲像发了疯的陀螺一样旋转着，一个去厨房里找醋，另一个去客厅找陈年的波旁威士忌酒。

他们回到躺在地上的儿子身边，轻拍着他，轻轻吻着他，把酒灌进他的嘴里，用醋擦着他的太阳穴，让他的鼻孔热起来。

小马塞尔摇摇晃晃地醒了过来。他睁开眼睛，摸着额头。

"我的脑袋！我可怜的脑袋！"

"不要动，我的爱，我的美，我的平方根，"若西亚娜说，"你刚才不舒服。"

她让他闻了闻醋。小马塞尔转过脸，感到恶心。

"我知道发生了什么！"马塞尔晃着一根大拇指，装出博学的样子喊道，"你想打动奥尔唐丝，所以让你的穹隆进行了深度运转。你把影片和所有的喧闹声都投射到了大屏幕上。你同时调用了图像和声音。"

小马塞尔微微动弹了一下。

"我跟你说过多少次了，要珍惜自己？你总是向你可怜的脑袋提出太多要求。它肯定会着火。"

"我知道，父亲，可是……"

他脸红得像个正在把花束递给未婚妻的男人。

"奥尔唐丝想打听什么事，对吗？你也想装机灵。声音**和**图像同时出现！我跟你说过一百次了，这不理智。你还没有掌握步骤呢……"

小马塞尔用一条胳膊支撑着自己，皱着眉头。

"你知道，父亲，就是视频让我筋疲力尽。"

"什么视频？"若西亚娜问，"你们在说什么？"

"之后我就像被雨淋透了一样……声音还行，但是图像！我在想有一天我是不是能做到……我得找到其他的电波。声音是一个网络，视频是另一个网络。

"正是如此！这是科学上的一次跃进。你会获得诺贝尔奖的。而且，我还想着请人为我做一套衣服，领奖时穿……一套直纹的燕尾服……要不要夹里呢？我们三个坐头等舱去斯德哥尔摩，我会在最好的宾馆里订一套国王套房。"

"诺贝尔奖？小马塞尔？"若西亚娜喊道，"可是为什么啊？"

"老婆，你生了个天才！"

"我可没有这个本事。"若西亚娜对着酒瓶口喝了一大口陈年老酒，叹息道。

"或许，"小马塞尔思考道，"我应该吃铁、镁和钾，让自己更加强壮……"

"还有你要学会对女人说不！"马塞尔雷霆大怒，"如果你听凭奥尔唐丝指挥，她想怎样就怎样，那她永远也不会想要你的。女人不喜欢弹簧，她们更喜欢能扛得住的硬汉。"

"她那么高兴。你应该看看她直直地盯着我的样子……"

小马塞尔停顿了一下，微笑着，意醉神迷地重复道："我吻了她！我吻了她！"

他站起身，爬到椅子上，交叉双腿，把手放在膝盖上，还沉浸在梦里，低语道："我用我的魅力、我的智慧和我的威严征服了她。我是个令人钦佩的男人。"

若西亚娜生气了，再也受不了了，发怒了："但你的脑袋还差一点就着了火！"

马塞尔瞪了她一眼。

"什么都别怕，母亲。我的大脑会习惯的。大脑是可延展的。只有一动不动的人，才会因为不用大脑而让它变得脆弱。"

若西亚娜把儿子带到一个套着苏格兰花呢织物的长椅旁边，命令他躺下。

"别想了，我的小宝贝，你的大脑会再次发热的。我给你泡一杯药茶，在你的额头上放一块纱布。"

"噢！妈妈，你真好！我们携手前进时，生活是多么美好啊……我爱你，我一辈子都会爱你。你是全天下最好最好的妈妈。"

若西亚娜捕捉到了每一个爱的字眼，一直在嘴里反复念叨着。

*

在奥尔唐丝闭上眼睛亲吻年幼的小马塞尔时——那是一个很纯洁的吻，但毕竟也是一个吻——佐薇正在特罗卡代罗终点站乘坐三十路公交车回拉斐尔大街，发光告示牌的红色字母显示，到达终点需要六十二分钟。

一位年长但矫健的男士坐在她身边，正在读《费加罗报》，戴着一副白手套。他使劲晃动着下巴，同时嘟嘟囔囔，表示赞同或反对。他还时不时地从报纸上抬起头，想象着一段对话，然后继续埋入印刷纸张中。我真喜欢这些老年人啊！他们的故事都写在了脸上。他们的皱纹讲述着他们的矛盾，他们的危机，药丸的出售，军役的结束，饼干制造业和紧身裤的腾飞，邮局和家庭主妇的衰落。他们能激发人们翻阅的欲望。在我看来，这位男士精力充沛，而且意志坚定。

他会让我暂时不去想我的烦心事。

她在普罗尼路时见到了即将引发争吵的一幕，感到不快。而且她要对此负责。仿佛她不该看到或听到她看到或听到的一切。

奥尔唐丝会说什么呢？她会是什么反应？佐薇应该**原原本本地**汇报那一幕吗？她不知如何是好，只能祈求上天。上天经常迅速回应她，从来不给她窥探的机会。

她回想着那些可怕的话语："**不能让这个小姑娘成功！您明白吗？我做好了一切准备。**"这个信息清楚明白，咄咄逼人。但她们指的是谁？这才是问题所在。说还是不说，美化还是不美化，要怎么**做**呢？佐薇咬着拇指尖祈求道，这时那位矫健的男士晃动了一下，雷霆大怒："当然得前进了！人都是懦弱的。得加油！勇往直前！向这些野蛮残暴的人宣战！"

佐薇哆哆嗦嗦地端详着他，捕捉到了他敏锐的目光，清楚地听到了他的话。"得学会为了信念而牺牲。"他拍了一下报纸总结道，真是缺乏勇气！多么温暾，多么懦弱！

"温暾"这个词扫清了佐薇最后的犹豫。在圣约翰的《启示录》的第三章，耶稣是怎么说的？"你既如温水，也不冷也不热，所以我必从我口中把你吐出去。"

不要优柔寡断！

她要告诉奥尔唐丝。

*

在拉斐尔大街，约瑟芬坐在转动的洗衣机前，里面塞满了抹布、餐巾、牛仔裤和袜子，她双手捧着手机。那是菲利普送给她的生日礼物。就在不久之前。他们在普吕尼耶餐厅吃了晚饭，步行到了维克多·雨果大街。他们手牵着手，呼吸着清新的空气。他们观赏着凯旋门的灯光，蓝色、白色、红色，看到了"法国万岁，自由万岁"的字样，甚至还看到了"不要怕，您无法阻止我们活着并且兴奋不已"。这天晚上，她感谢上帝还活着，而且就在她的脚边。

她产生了一个想法，是给所有那些……

她低声祈祷了一次。

然后……

她看到了自己在橱窗里的影子。

她在想自己有没有变胖。还有她的头发！乱七八糟的，朝各个方向飞舞。她紧紧握着菲利普的手。他那么英俊，那么优雅，那么轻而易举地保持着英俊和优雅。一句老歌词在她的脑海里盘旋："一个如此英俊的男人！他会改变心意，把你丢掉。"那些词语大笑着，嘲讽着她。她已经习惯了。从童年时代起，她就被人责骂。她把这些字眼抹去，但有时候它们会卷土重来。她正要说：好吧，好吧，你们说得对，我会把他交出来的，这个男人太好了，我配不上他！

幸福，就是无所畏惧之时。

这天晚上，在普吕尼耶餐厅，他把这个手机送给她，现在，手机在她手里沉默着。

他为什么没有给我打电话？

他为什么不回复我的信息？

奥尔唐丝说过了，她要在戈罗贝兹家吃晚饭。

佐薇不会回来迟的，她想工作一整夜。

只有她一个人，一个人在厨房里。厨房是唯一能给她安慰的空间。

他没有接电话。

已经五天了。

他把我忘了吗？

她蜷缩成一团，一阵冷风吹进她的胸膛。

我要想一想即将在蒙彼利埃举行的下一场讲座的引言。"中世纪女性的社会地位。"处女，已婚或寡居。没有其他选择。二十五岁以后还单身，会被视为耻辱。人们会把你关进修道院。女人们年纪轻轻就结了婚，丈夫"有矫正她的权利，甚至可以给她放血"。

他为什么没有给我打电话？

当时的女孩十二岁成年，男孩十四岁成年。

他是不是向我隐瞒了什么事？

她把手机放在桌子上，盯着洗衣机的小窗口，看着衣服旋转。

或者我开头用几句话讲讲劳作的女性。在乡下，村妇没有播种权，虽然"土地"这个词是阴性的，但只有男性可以播种。她们要承担更为艰苦的农活。在战争时期，她们要帮忙修建城墙，运送石材、滚烫的石灰、泥浆、梁木，还要给背上的孩子喂奶。

我要不要讲一讲，为了惩罚流产的女人，人们会把她们埋到地里，直至腐烂？

为什么要有这么多阴郁的想法？

*

内线电话响了。约瑟芬回过神来，起身去接。

"妈咪！我忘记带钥匙了！"

约瑟芬按了一下红色按钮，溜进浴室，在鼻子上重新扑了点粉。不能让佐薇猜出来，是冷风吹进了她的胸膛。

"怎么样，妈咪？我去昂丽耶特家了。"

"她好吗？"

昂丽耶特一直很好。无论寒暑，她都会骑动感单车，用划船机，这些东西是她从垃圾堆里捡回来的，装在院子的一个角落里，顶上有黄色压缩木料的挡雨防护板。

"昂丽耶特简直是青铜做的。"

"她对你和善吗？"

她有时候会跟佐薇说，你就像个希腊双耳尖底瓮，像个小西葫芦。佐薇微微一笑，如果她要恶毒，那是她的问题，不是我的问题！我们应该同情恶毒之人，他们是不幸的。

"实际上，妈咪，我没有见她。"

要讲一讲她如何在柱子后面等待，讲一讲昂丽耶特、叶莲娜，还有她听到的话。**不能让这个小姑娘成功！您明白吗？我做好了一切准备。**

她们开了几罐拉贝勒伊鲁瓦兹沙丁鱼罐头，那是世界上最好的沙丁鱼，约瑟芬每次打开的时候都要照例这样宣布，还开了一瓶琵博酒庄干红葡萄酒，加里寄来了一箱，一共六瓶，是今天早上用 DHL 快递送来的。"献给奥尔唐丝，也献给约和佐薇，我生命中的另外两位女士。"他用红色比克笔写道。他应该是没别的笔用，他是个优雅的男孩，深知细节的重要性。

她们品尝着沙丁鱼，聊着天。

主要是佐薇在说。

她要交一篇作文，主题是维克多·雨果的《九三年》。

"我之所以爱雨果，是因为他研究了善与恶的问题，并且思考了恶的来源。如果人们相信上帝，就可以对可憎的战争、强奸、酷刑和社会的不公做出解释。他说我们多多少少**都是**有罪的，说革命的恐怖是真正的恐怖，革命党人应该对此负责，但保皇党也有责任，正是他们的傲慢和忽视，导致了恐怖的发生。他还提出了良心的问题，这个问题如今已经没有人谈论了。为什么？

"因为所有人都把错误推到别人身上，没有人愿意为此负责。"

佐薇又吃了一罐沙丁鱼，继续说道："你还记得《良心》这首诗和它的最后一句吗？'眼睛已进了坟墓，注视着该隐。'你不知道我对这首诗的印象多么深刻！"

"你们小时候，我经常给你们读这首诗。我觉得它很有力量，对孩子们来说很有画面感。你们害怕死了，躲到了厨房的桌子底下！"

"雨果拒绝把人分成绝对善良的和绝对恶毒的，这就是我爱他的地方。如果你对个体的人进行研究，你会发现人是个奇迹。无论是他的身体，还是他的头脑。只有当他加入某个群体时，他才会变坏。突然之间，他既不善良了，也不温柔了，也不仁慈了。他想控制别人，咬人、伤人、害怕别人把他当作傻瓜。暴力会抬高一个人的身价，但温柔永远不会。除非这个人是甘地。这个例外证实了这条规则。至于我，我希望无论群居的人还是个体的人，都能保持善良。"

她的鼻子下面沾着番茄酱，困惑地微笑着。

我多想靠着她的肩膀，给她讲讲没有接到电话的五天。佐薇会给出解释的。哪怕是最微不足道的问题，她也会理解，而且会仔细分析。

但是我不能。她是我的女儿，不是我的闺密。

"我很喜欢这些沙丁鱼，尤其是番茄酱汁的。"

"我是特意给你买的。"

"谢谢你，妈咪。今天晚上是在过节啊！你没事吧，你确定吗？你看起来很难过。"

"我在想那次午餐……你知道，跟莱奥妮和斯泰拉的午餐，斯泰拉给我打过电话了。我们定好了日子。"

"我们再开一罐吧？"

"当然可以！"约瑟芬笑着，女儿的贪吃让她感动，"罐头在洗碗池上方的壁橱里。斯泰拉的男友会来跟我们会合，一起喝咖啡。他约了商务午饭，但他答应会来。"

"我迫不及待地要认识他们了。"

"你能再跟奥尔唐丝说说，让她到场吗？如果我这么做，她会生气的。"

"她当然会来了！她只是装出难缠的样子，其实是个温柔的小姑娘。"

"你真这么觉得？"约瑟芬微笑着。

佐薇点点头，嘴里塞满了食物。

"你不要担心。你是因为这个脸色不好？"

"我今天过得不顺利。学生、同事、备课、会议……"

"你不想再写一本书？"

"我得找到主题。这东西可不会从天而降，你知道。"

"我可以给你找一个，如果你愿意的话……"

"没这么简单。不是我去找主题，而是主题找到我。我得耐心等待。"

"你的每一本书都取得了成功……"

"真的吗？"约瑟芬心不在焉地说。

"不管怎么说，妈妈，你写了**两本书**！"佐薇喊道。

"对，可是……"

"可是什么？"

"我累了，我看待什么东西都悲观。"

"你想让我给你讲个有趣的故事吗？"

约瑟芬摇了摇头。有趣的故事只会让她难过。

"你见过韭葱唱歌吗？"

"没有……"

"因为我见过胡萝卜'说唱表演'[1]。"

约瑟芬勉强笑了笑。这是一个心不在焉、怅然若失的浅笑。佐薇把最后一块沙丁鱼放进了母亲的盘子里，帮她在一块面包片上涂了黄油。

"吃吧！这样你就能振奋起来。"

"告诉我……你有亚历山大的消息吗？"

"没有。而且很奇怪……我给他留了言。他可能不在伦敦。"

佐薇拿出手机，发现关机了。

"呸！没电了！"

她充上电，手机开始响个不停。她瞥了一眼屏幕，发现很多信息是蕾雅发来的。

"我完全忘了！我在昂丽耶特家时，她给我打来了电话，好像有很重要的事。"

"那你给她回电话吧，我去收拾收拾。"约瑟芬提议。

"不。她应该是鼻子上长了个水泡，或者是跟男朋友吵架了……每次都是一场惨剧！"

"跟我说说，他怎么样？"

"亨里克？你认识他？"

1.此处的"说唱表演"（rapper）发音跟"擦成丝儿"（râper）相同。

"不是，亚历山大。"

"我们上一次聊天时，他似乎异常兴奋。我听到了他身后的声音，好像是有人在庆祝。菲利普似乎也不平静！我试图审问亚历克斯，但他挂了电话，没有时间，佐薇，没有时间！他真是个商人啊，永远那么着急。他误入了歧途。他的灵魂会迷失的。"

"啊……"约瑟芬摆弄着最后一点沙丁鱼，懒洋洋地把一块面包浸到了番茄酱里。

这得多少卡路里？她忍不住想。

"妈咪！你有什么东西瞒着我。"

"没有……"

"确定？"

约瑟芬露出一贯英勇的微笑，确认一切都好，非常好，不过她弄了一地碎屑，得去找铲子和小扫帚。

佐薇站起身去打扫。约瑟芬看着女儿擦了擦盘子，冲了一下，放进洗碗机。她又拿了一块海绵擦桌子，把一缕恼人的头发绕到脑后，冲洗了海绵，一边干活还一边跟她聊天。

"说起跟斯泰拉和莱奥妮的午餐，你应该去维克多·雨果大街的煌膳餐厅。店主是个有趣的中国人。"

"你是怎么认识他的？"约瑟芬一字一顿地说。

"我有个朋友在那里工作。他在那里洗碗，但在洗盘子之前，他会揩干净剩下的调味汁，好像就算绕路前往也是值得的。"

佐薇抚摸着肚子。她可能会成为主厨。或者加尔默罗会修女。或者主厨**兼**加尔默罗会修女。或者主厨**兼**加尔默罗会修女**兼**维克多·雨果。

钥匙在大门的锁眼里转了一下，奥尔唐丝把自己扔在椅子上。

"我要爆炸了！我又吃又喝，就像一头猪。明天我会长出一条开瓶器一样的尾巴和一个粉红色的猪嘴。"

她脱下博柏利，解下长围巾，手腕上几条手链叮当作响，大把地抓着头发往上撩了撩，晃了晃。她的身子也在摇晃。铃铛声响起，三个美妙的音符，让人觉得仿佛置身于魔法少女的酒吧。

"你们还没睡？是在庆祝什么？"

她的目光落在那瓶琵博酒庄干红葡萄酒上。她惊呆了，用怀疑的语气问道："是巧合还是……"

"嗒嗒……"佐薇喊道，"是加里的礼物！还有一句短话。是用红色比克笔写的，好吧，但我们不在乎！"

奥尔唐丝看了看酒瓶的标签，开心地喊了出来。她攥着拳头，像举哑铃一样挥舞着，喊道：好！好！好！我是最棒的！乒乒乒，我赢了！[1] 燕尾服和闪光的河狸胡子都是我的了！

"你可以翻译一下吗？"佐薇困惑地问。

奥尔唐丝没有听到。她微笑着，仿佛脖子上挂着金牌一样，伸着胳膊和腿，继续大喊：好！好！好！我是最棒的，哇，哇，[2] 我大获全胜，燕尾服和闪光的河狸胡子！

"好了！"佐薇喊道，"好了，我们明白了，我们耳朵里没有塞香蕉！你翻译一下？否则下一次我有什么不可思议的事情要宣布时……"

奥尔唐丝突然停下来，转身对着妹妹。

"什么样的事，佐薇宝贝？你去了修道院，要先敲晨钟，然后去洗厕所？对这种事我都不会抬一抬眉毛的。"

"你真恶毒，"佐薇噘着嘴说，"真恶毒。我不理你了。"

"不。我是实话实说。我觉得这太荒谬了，但你要对自己的人生负责。如果你想让我闭嘴的话，得找点别的东西。哎哟哟！塔可和药丸！[3]"

她继续望着天空跳印度舞。

佐薇思考了一下，改变了主意：

"我有个独家新闻！跟你密切相关。是类似于松脆的烤长棍面包那样的事，不是瑞格丽特[4]那样的！还算可怕。让人听了发抖。那么我们来交换吧，

1.原文为英语。
2.原文为英语。
3.原文为西班牙语。
4.法国南特的一种甜点，是用加糖的薄壳包裹着果酱制成的。

用你的跟我的换……"

"我不相信你。你真会吓唬人。"

"你搞错了，是不是，妈妈？"

奥尔唐丝不再指手画脚，向妈妈投去询问的目光。

"佐薇说得对，"约瑟芬说，"这是件奇怪的事。我不知道该怎么想……"

"啊！压根不是什么好事，煮熟了，烤坏了？"奥尔唐丝说，目光里透着怀疑。

"你猜得远着呢。"佐薇说，教训姐姐并没有让她不高兴。

奥尔唐丝收起号角和响葫芦，晃着胳膊跟跄了一下。

"如果我是你……"佐薇继续说，"我会竖起耳朵听的。"

"好。"奥尔唐丝坐下来，斩钉截铁地说，"我们把牌都摊到桌子上，有什么就说什么。谁先开始？"

"你，因为我的是重磅消息。"

"这么严重？"

"是的，亲爱的。"

奥尔唐丝感觉自己不占上风，就像在屈尊亲吻卫兵。她停顿了一下，然后说："为什么我看到酒瓶激动不已？"

她又停顿了一下，微微一笑，半闭着眼睛，脸颊变成绯红的。一段回忆涌上心头，搂着她的腰。

"因为……"

她吸气，呼气，再吸气，把肩膀往后仰，转动肩膀。

"就是……琵博干红曾陪伴我在纽约度过一夜，就是我绘制首个系列的那一夜。加里出去了，我在等他，我开了一瓶酒，是在离家不远的酒水商店买的，一边工作一边喝完了。他回来时，我已经醉了。他把我抱在怀里，抱到床上，度过了**销魂蚀骨**的一夜！所以……如果他给我寄这瓶酒，那意味着……**嗒嗒**！"

约瑟芬和佐薇听得十分专注，让她有些不好意思。

"也就是说……他已经准备好了重温那些令人无法忘怀的夜晚，他爱我，而且我赢了这一局！"

"哪一局？"约瑟芬和佐薇问，她们无法**想象**奥尔唐丝遇到了情敌，或者遭遇了危险。

"这个，这个之后再说！这是一场赌博，我得留几张王牌。"

"骗子！"佐薇说。

"不。我是精明的战略家……万一你讲的东西一文不值……"

"你真让我惊讶！"

轮到佐薇了。柱子，伯爵夫人，昂丽耶特，门房，还有……**不能让这个小姑娘成功！您明白吗？我做好了一切准备。**

"我就知道！我就知道！"奥尔唐丝吼道，"她和西斯特龙在耍阴招。感觉他们要背叛我。"

她拍着厨房的桌子。琵博干红的瓶子晃了晃，歪向一边，差点掉下来，她扶住了。平静下来。不要发火。保持平静。想一想椰子，白沙滩，舔着脚趾的海水，闪着珠光的贝壳。

或许叶莲娜说的不是我？

"她为什么要朝我开枪？那样也会损害她的利益。"奥尔唐丝想着，大声说。

"是的。"约瑟芬和佐薇说。

"她投进去的钱都会打水漂……"

"或许时装系列只是一个借口，她在利用你……但利用你干什么呢？"佐薇说。

"我不知道，她有那么多钱！那么有钱的人会幻想些什么？"

"他们不会幻想。这就是他们的问题。"

奥尔唐丝目光一片茫然，努力理解着。

"按照她的说法，她卖掉了郁特里罗的一幅画，资助了两个，三个，不，十个系列。因为她的地下室里还有很多，郁特里罗的、雷诺阿的、德加的、马奈的、图卢兹－洛特雷克的……"

"如果你当初跟我一起去了，"佐薇说，"你可以直接问她的。"

"我跟小马塞尔待了一下午。"

"然后呢？你觉得他怎么样？"

"几乎可以用帅气来形容了。"

"帅气？你是抽了烟，隔着烟雾没看清楚？"

"我向你发誓，他身上有种奇怪的东西，打动了我……"

"哎哟哟！你真的抽了！"

"停，佐薇！你很清楚我从来不抽烟。我不会去碰任何这种东西。我太珍惜我的大脑了。还有我的皮肤、我的头发、我的牙齿。"

"好吧，可是……小马塞尔帅气？"

"或许是一种别具一格的帅气，但也算帅气。他的内心有真正的亮光。"

"**你竟然能说出这种话？**"佐薇一字一顿地说。

"他给你讲述了他在电视方面的经验？"

"他的脑子里有那么多东西！我都跟不上他。你知道他每周都接待荷兰、瑞典、美国、日本等国家的专家和大学教授吗？他用一周就学会了芬兰语，两周就学会了挪威语。他还想去驯鹿和极光的国度[1]。"

"他正好给我进行了电视直播……但在叶莲娜的事上，他或许弄错了。他对我说，她就像乞力马扎罗的雪一样纯洁……"

"你会知道的。不管怎么说，发生在你身上的事，对你就是好的。"

"你是从哪里读到这一句的？福音书里？"

佐薇耸了耸肩。

"如果小马塞尔说她是永恒的白雪，那她就是。"

"真的吗？"奥尔唐丝小声说。

"你想一想。她不仅**全额**资助了你，而且还在给你找工作室，找一位前任首席裁缝来协助你。这是因为她相信你。"

"但如果是这样，她为什么要说这句话？"

"她应该是在说别人。如果你愿意，我可以回到昂丽耶特那里，问问她。但作为交换……你跟我说说加里的事？"

"啊，你倒没有迷失！把葡萄酒递给我！**我的**葡萄酒和**我**销魂蚀骨

_____

1. 指芬兰。

的一夜！对了，你会继续打理我的博客吗？这段时间，我连一分钟都拿不出来！"

约瑟芬在听女儿们聊天。她们似乎觉得生活特别容易！可是我呢，我总有一只脚是跛的。她们把生活打发成泡沫，打发成奶油，等变成白色，再浇上焦糖。想到美食，她舔湿了嘴唇。她放松下来，流起了口水，来一份草莓蛋糕？一份火烧香蕉？一份安德鲁埃店里的提拉米苏？自从菲利普不再打电话，她的冰箱里就装满了甜食。有时候，因为贪婪地想着他，她还会用手指捏着吃。

"今天下午我在克雷拉丹的店里买了一份草莓蛋糕。诱惑到你们了吗，女儿们？"

"凌晨两点钟吃？"奥尔唐丝惊讶不已，"发生了什么，妈妈？你恋爱了？"

"对，"约瑟芬说，"而且很幸福。"

*

洗完澡，刷完牙，梳完头发，穿上白粉相间的条纹长款睡衣以后，佐薇读了蕾雅的短信。

"急！你在搞什么？我有事跟你说！佐薇薇薇薇薇薇薇薇！回复我！"
发了三十四遍。

她明天再回复，她得写个论文框架。她在《九三年》里读到了感兴趣的段落，她要把雨果所写的内容与当今法国的局势进行对比。她是在读《九三年》的残稿时产生的灵感。维克多·雨果先写下了这一段，然后又删掉了。他觉得对那个时代来说太危险了。把这个段落保留起来，留给另外一个世纪的读者。

她打开书，沉浸在选段中。

自始至终都在革命，除了革命别无牵挂，这就是丹东和罗伯斯庇尔。

自始至终都在革命，说的是丹东；除了革命别无牵挂，说的是罗伯斯庇尔。

马拉则是另一种。

罗伯斯庇尔和丹东以各自的方式期冀，马拉则是憎恨。

马拉并不专属于法国大革命；马拉是从前那种人，他深沉而恐怖。马拉是古老而巨大的幽灵。如果你们想知道他的真名，那就朝着深渊喊出"马拉"这个词，深渊底部会传来回声，回复你们：悲惨！

问及马拉，深渊也会呜咽。

马拉是个病人。

……

马拉不仅病态，而且恶毒。他找机会宣泄他的恶。他患上了狂犬病。这种闻所未闻的狂犬病，取代了他的智慧。这种狂犬病的本质，不过是无数的绝望，即便得到满足，它也不会消失，在吞噬之后，还会继续咬人。

……

马拉相信。马拉没有受什么苦，但他就是痛苦本身：别人没有伤害他，可他要复仇。他复仇为的是什么？为的是人类遭受的所有的恶。何处复仇？随处都可。何时复仇？随时都可。至于他，他没有什么好抱怨的，却气得口吐白沫。

……

这些人，多多少少还算是人，他们是废墟里的官员；他们的任务，就是覆灭。恐怖围绕着他们、包裹着他们、看守着他们，直到把他们杀死。一天上午，群体的恐怖化身为一个女人，拿起刀，走进他们的房间，把他们杀死在浴缸里。人们绞死了"布鲁托少校"夏洛特·科黛[1]，人们说：马拉死了。不，马拉没有死。供入先贤祠，抑或扔进下水道，这都无所谓，他明天就会复活。

多美啊！佐薇叹了口气。句子升级为预言。词语连接在一起，跳跃着，

1.夏洛特·科黛（Charlotte Corday），法国大革命时期刺杀马拉的刺客。

承载着阴森的预测和悲惨的疯狂。

我到了修道院还能读维克多·雨果吗?

电话响了。

是蕾雅。

"你疯了吗? 至少发了三十四条信息! "

"佐薇! 你在干什么? 我真有重要的事! "

"我去外婆家了,手机没电了。现在我跟维克多在一起。"

"维克多? 我的前任? "

"维克多·雨果。伟大无边的维克多。"

"佐薇! 你真是够了! "

"告诉我,你有学习的时候吗? 好像没有吧。"

"我压力大得要死了! 我得给你讲讲……"

"说吧。"佐薇揉着脚指头说。

她准要告诉我,她涂了新日霜,眼睛下面出现了两道蓝色痕迹,她过敏了,但不知道是对什么过敏,她没有时间写论文,你可以给我讲讲你的想法吗,就一次,佐薇,我向你保证。

"我提前告诉你,"蕾雅说, "这事真让人揪心。我的脑袋都成了一片片的了,就像火锅一样。"

佐薇听到蕾雅咳嗽了一声,清了清嗓子,然后说:

"你还记得我们买的彩票吗? "

"记得。"

"你全都记得吗? "

已经凌晨一点四十了! 照这个速度,她得等到四点或者四点半才能说到点子上。

"是的,蕾雅。我们每周二和周五去卖烟的地方买彩票,然后去法里德的小酒馆,我们点一杯咖啡,倒入一小罐牛奶稀释,然后我们就在那里刮啊刮,但上个周二我们没来得及全刮完,你把剩下的彩票装进你的防水衣口袋,说以后再说……"

"是的。就是这样，事情就是这样发生的。"蕾雅说，仿佛佐薇的话就是救生圈，所以她拼命抓住。

"蕾雅？你怎么了？我很担心你。"

"你还记得我们买过两张五欧元的大富翁的彩票吗？你觉得虽然贵，但还是值得的……"

"蕾雅！现在是大半夜！明天，我八点钟还有课，我没写完论文，而且我困了。"

"那好吧……我们中奖了。"

"我们中奖了？这又不是我们第一次中奖。你是疯了还是怎么了？"

佐薇听到蕾雅咽了口唾沫。

"问问我中了多少。"

"蕾雅！你真让人头昏！"

"我得让你做好准备，我的意思是让你准备好迎接冲击。"

"好了，说吧！"

"十万欧元！**就一张大富翁！**"蕾雅喊道，句子末尾没控制好，走了调。

佐薇松开电话，捂住耳朵。她眼睛火辣辣的，手掌在冒汗，连发根都湿了。

"佐薇？你还在吗？"

佐薇拿起电话，清了清嗓子。

"在——"她声音小得像一只被公交车碾过的蜂鸟。

"也就是每人五万欧元。"蕾雅点明。

她就像大喇叭一样喊道，仿佛在告诉同伴的同时，她终于能把这个消息消化了。

佐薇努力回忆着，那天在法里德的店里，当她把一块糖浸到咖啡里，酒吧的其他顾客一边观看马赛队和巴黎圣日耳曼队的比赛一边打闹时，她们是怎么说的？她们说如果中了奖，就把钱给我们的父母，给兄弟姐妹，给大街上潦倒的穷人，用于癌症、肺结核和艾滋病研究，帮助不幸的儿童，捐助爱心餐厅，剩下的我们自己留着。

好，但留多少呢？

讨价还价开始了。

日子一天天过去，剩下的份额在逐渐减少。

一开始是五五分，后来变成了89∶11。不过，是蕾雅这么分。至于佐薇，她不知道自己会不会全部捐出去。最后她得出结论……如果……真有那么一天……如果她真赢了那么多钱，那将是对她的一种考验。届时我将知道我是哪种女孩。

是不是了不起的女孩。

于是她睡不着了。

她祈求上帝，让这一天永远不要降临。

可它还是降临了。

"五万欧元，每个人！哎哟哟！"佐薇惊慌失措地喊道。

"我跟你说了，真让人揪心。"

佐薇思考着，把长T恤拉扯到了脚下，压在脚指头下面，像是搭了个帐篷，把鼻子埋进开口处。吸气，呼气。她突然被什么东西触动了。是一个跟钱、大富翁、大杯咖啡、法里德每次给她们的一大把小块巧克力完全无关的想法。一个让人高兴一千倍、振奋一千倍的想法。

"蕾雅……"

"嗯？"

"你发现我们赚了十万欧元，立刻想到了给我打电话？你坚持打，坚持打……打了三十四遍！"

"是啊……彩票是我们一起买的。"

"但你本可以自己留着，什么也不告诉我！我已经忘干净了！"

"呃，不行。肯定不能这样。"

"你**太好了**。我很高兴能有你**这么好**的朋友。"

"好吧，佐薇，可是我们得认真谈谈……"

"告诉我，大富翁的彩票，你是在哪里找到的？"

佐薇想知道**一切**。仿佛听到蕾雅把这件事大声说出来，她才会觉得更确信、可靠、**真实**。

"它们一直在我的派克大衣口袋里。你知道，就是只要下雨刮风，我母亲就会逼我穿的那件……很丑的粉红色的。"

"对，你说得对，确实丑。"

"今天早上，她又逼我穿，还可怜兮兮地敲诈我。大概就是说，如果你拒绝，我就不给你零花钱了，还把我送你的丽派朵[1]芭蕾舞鞋要回来。你看看，唉……我发了一通牢骚，她不听，我只好穿上派克大衣，然后买了焦糖棒[2]，但只是为了气她。因为牙医禁止我吃焦糖棒，而我母亲很喜欢那位牙医，对他言听计从，我确定她会屈服！于是我买了很多焦糖棒，装进了口袋，然后……"

"你是最棒的，蕾雅，最棒的！"

"……于是我发现了那两张大富翁。我在地铁上刮开了……**放在我膝盖上……在地铁上**……当时我很平静。我对面坐着一个非常帅气的人，我用觊觎的目光看着他，慢吞吞地刮着。我确定不会中奖。然后我觉得我要死了，耳朵嗡嗡响。我们中奖了！**中奖了！**"

"**真不可思议！**"

"我害怕死了！我们要怎么办？"

"嗯，我们先去兑奖。"

"我害怕弄丢，害怕有人攻击我们。"

"不会的！"

"我不敢坐地铁了，也不敢看别人了，不敢微笑了，生怕别人看到。"

"这事又没写在你额头上！"

"你怎么知道？"她喊着，声音越来越尖，仿佛有个疯子拿着斧头在追她。

"停，蕾雅！我想告诉你，如果我们中奖了，那说明上帝朝我们眨了眨眼，我们就是被保佑的。"

---

1. 丽派朵（Repetto），法国顶级时装芭蕾鞋品牌，创建于 1947 年。
2. 焦糖棒（Carambar），法国食品企业德莱保罗·阿扎尔公司于 1954 年推出的一种长条形糖果。

"保佑？"

"对，被天上的天使保佑。"

"佐薇，严肃一点，别说什么天上的天使了！"

"不行！正因为……"

"别说了，佐薇，**别说了**。对了……我要把这事告诉亨里克吗？"

"你谁也不要说，要保守秘密。"

"我守不住秘密！什么事情都不能告诉我。如果哪一天你有一个秘密，**千万**不要告诉我。"

"你不要跟任何人说，这样更简单一些。至于亨里克，你们只要不见面就行了，你感冒了，会传染别人的。今年冬天的病毒是致命的。"

蕾雅闭上嘴，佐薇听到她的嘴在响动，应该是在咬嘴唇。

"十万欧元，佐薇！十万欧元！我的那部分，我要全部自己留着。"

"你得捐出一部分。要与人分享……"

"绝不！我以前的确那么说过，但现在，一切都变了。"

"这件事以后再说。在此之前，你先好好收着。不要弄丢了。"

"这下好了！我害怕了！你不该这么说的。"

"平静下来，蕾雅。平静下来。"

"可是万一……"

"应该说，这不仅仅是钱的问题……我发现了我有个了不起的朋友，而且我向你保证，这比钱还要好。你把彩票藏在哪里了？"

"藏在一只鞋里。一只旧鞋子里。"

佐薇号叫起来，生气了。

"假如你母亲想整理你的东西，把你的旧鞋子挑了出来，怎么办？她随时都在整理，你的母亲，就是个怪人。把该死的彩票放在**别的地方**！"

"放在我那个配了大锁的秘密盒子里？"

"完美！"

"我们什么时候见面？"

她们在同一个班，但选的课不一样。佐薇学拉丁语，蕾雅学德国文学。

"明天下午，"佐薇说，"可以吗？"

"你几点下课？"

"下午四点。"

"好。我在门口等你，然后我们就跑回家。你知道吗，我想我可以买一吨塔加达[1]草莓糖了……用塔加达草莓糖在我房间里堆一座小山，该有多么美好……"

"你知道吗，蕾雅，你的灵魂一点都不高贵！"

"不！恰恰相反！我的灵魂非常高贵。我可以什么都不告诉你，可是我没有那么做。我甚至没有**想过**那么做。你看到我的灵魂有多高贵了吗？"

五万欧元！太多个零了。

佐薇扯着T恤，重新把脑袋缩进领口里，呼吸着沐浴液和洗发水的味道。

五万欧元！

她可以买到幸福了。

有一天她曾在一部美国电影里看过这种场景。一位百万富翁在发钱。这里发一百万，那里发一百万，他走在大街上，为别人带来幸福。这个家伙，把所有的钱都发出去之后，轻轻吹着口哨，手指搭在裤子背带上。他幸福而平静。因为他让人们走出了困境？或许吧，但更重要的是他跟自己达成了一致，跟自己想过的生活达成了一致。

走出电影院以后，她也感觉到同样的轻松。大雨倾盆，她没穿雨衣，也没带雨伞，人们互相推挤着。汽车把离人行道太近的行人溅了一身泥。她心想，当人们跟生活达成一致时，生活会那么美好。

她停了下来，重复着那个句子……当人们跟生活达成一致时，生活会那么美好。当人们跟生活达成一致时，生活会那么美好。当人们跟生活达成一致时，生活会那么美好。仿佛她也把手指搭在了裤子背带上，走在阳

---

1. 塔加达（Tagada），哈瑞宝的一种红色糖果。

光下。

她这样唱着走在大雨里，这样唱着走在大街上，这样唱着跳上了地铁的台阶。

持续了两周。

然后她把这件事忘了。

*

就在这天晚上，在佐薇发现大富翁的魔法和友谊的力量时，奥尔唐丝微笑着钻进了被子。这一夜太幸福了，无法工作。更确切地说，幸福都要溢出来了。幸福到要爆炸。

她刚刚逃过了一场不幸。

她差一点失去加里。

如果她失去了加里……

她的笑容僵住了，眉毛弯成了三道，嘀咕了几句，摇了摇头。

琵博酒庄干红葡萄酒传递的信息很明确：加里·沃德回来了。

奥尔唐丝·柯岱斯从来不去想自己是否聪明、谨慎、机智、有才华、灵敏、洞察力强、漂亮、有魅力、光彩照人、在世界上独一无二。她就是奥尔唐丝·柯岱斯，这句话包罗万象。她也从来不为自己的健康、活力、幸运和天赋道歉。不要指望她怀疑这一切。怀疑是一种可怕的噬咬，会把世界上最美的女孩变成脏水桶里的拖把。

她可怜那些跟别人比较的女孩，那些害怕"太过了""不够""没那么好"的女孩，那些离自己的偶像还差几厘米、几公斤的女孩。仿佛存在一个衡量所有人的量杯！人们决定**变成**什么样，就会**是**什么样。当然，需要费点劲。要宣布**我想变成这样**，然后正中靶心。不要打偏。有一天加里向她解释，"罪恶"这个词的第一层意思就是"偏离靶心，打偏"。

罪恶，就是与自我擦肩而过。

就是认识不到自己的价值。

就像她母亲那样。

有一天她陪母亲去参加业主大会。约瑟芬声音颤抖着，要求更换楼梯的地毯，现在的磨损了，有的地方已经碎了。她有几次差点摔倒。业主们拒绝了——这项开销没有必要！奥尔唐丝看到母亲因为不够沉着而败下阵来，还道了歉，简直目瞪口呆。

在回来的路上，她问："你觉得今天晚上你的出席是有建设性意义的吗？"

"呃……这句话的意思是……"

"你的观点得到了别人的重视吗？"

"呃……没有。"

"你离开的时候失望又沮丧吗？"

"我害怕在这些人面前说话。"约瑟芬叹息道。

"如果你想让别人尊重你，那你就得要求别人听你发言，威胁他们说你会上诉。他们会害怕，很快就会换地毯。那一天，你就会被战栗击中，发现'我敢这么做，而且我赢了'。你知道这一点吗？"

"不知道。"

"这是世界上最美好的战栗，而且它**就在你的手边**。"

"我要试一试。"约瑟芬承诺。

"非常感谢！"奥尔唐丝说完，把自己关进房间开始工作。

这天晚上，她坐在地上，对着一条裙子的卷边，嘴里咬着很多大头针，咕哝了很久。她一边给布衬垫上着浆，一边嘀咕："**这位女士真的是我母亲吗？**"

*

是的，可是……

有时候生活会变得复杂。

一个古老的精灵对你施了咒语。

然后……

这是一位叫卡吕普索的精灵，是个技艺精湛的小提琴家，她的脑袋像树鼩一样，插在一根标杆上。苗条，几近瘦弱；苍白，几近惨白；稀少而乌黑的头发拢到脑后，编成一条辫子，垂在一边；大扇风耳；鼻子突出在尖尖的脸上。卡吕普索很丑，**但很优雅**。

没必要尝试理解她或者衡量她。任何量杯都不适用于卡吕普索。她可以对抗厘升、分升、克和公斤。她正中了**自己**的靶心，俘获了一位英俊、高贵、迷人、慷慨、才华横溢的男士的心。

一位叫作加里·沃德的男人的心。

卡吕普索不会单打独斗。她有同党。她有一群伙伴，那就是莫扎特、巴赫、勃拉姆斯、贝多芬、舒伯特、舒曼、德沃夏克，还有很多很多，他们会陪伴她演奏四分音符、二分音符、八分音符、四分休止符、不太快的行板、小快板、升"发"、降"西"。这些音符在小提琴家的裙子里窸窣作响，诱惑靠得太近的人。

就像奥尔唐丝的美会吸引男人，并就地炙烤他们，卡吕普索的魅力会把他们裹住，带领他们飞至苍穹。

在茉莉亚学院举行的一次音乐会上，她在奥尔唐丝的眼皮底下劫走了加里。[1] 卡吕普索拨动琴弦刚刚弹奏起贝多芬的奏鸣曲，加里就……消失了！

她算是察觉到了这件事。

她用工作麻痹自己，不去想加里和卡吕普索。加里和卡吕普索在苏格兰。加里和卡吕普索在欧洲或美洲参加比赛。加里和卡吕普索在纽约。加里和卡吕普索手牵手穿过中央公园。加里把嘴贴在……一想到这里，她就觉得仿佛有人在往她的眼皮下扎针。她绷直身子，闭上眼睛，

1.参见同一出版社的《姑娘们》第三卷。——原注

朝那个画面开枪，脑子里发出砰砰的响声，用食指指着，形状像手枪一样。

一切都混乱起来。她摇摇晃晃。

但她绝不会倒下，她确定自己会占上风。

因为奥尔唐丝·柯岱斯相信**幸福**。她已经决定了要幸福，她确信幸福是可以制作出来的，就像制作花边或焦糖一样。

她愿意相信神圣的爱，就是会经历考验、笑对危险的那种爱。例如佩涅洛佩和尤利西斯，施曼娜和罗德里戈，希斯克里夫和凯瑟琳，西拉诺和罗克珊[1]之间的爱。她是施曼娜、凯瑟琳和罗克珊，加里是她身边出色的男人。

为了生活。

她感谢加里没有对她撒谎。他沉默，但他不撒谎。她也不会主动问。重要的是，我依然十分**敬重**他。她故意选择了这个过时而庄严的词语，意在说明他做出这种行径，换了别人是很难尊重他的……不！我不会为他脸红。在他们的寥寥几次通话中，他向她描述了他所在城市的云朵是什么形状的，城墙是什么颜色的，为此她心怀感激。

此外，如果他不伤害她，那说明她在他心里是有分量的，不是吗？

这天晚上，他回来了。

从纽约寄来的一箱美酒，总共六瓶，说明了这一点。六瓶酒漂洋过海寄来，对她说，哎，奥尔唐丝·柯岱斯！**别忘了六十六号街誓言！**

明天她就给他打电话。

一辆车在她窗下行驶。然后停下了。

发动机还在转。

---

1. 四对情侣分别出自希腊神话、皮埃尔·高乃依的《熙德》、艾米莉·勃朗特的《呼啸山庄》和埃德蒙·罗斯丹的《西拉诺·德·贝热拉克》。

奥尔唐丝听到一个女人祈求的声音，求求你不要抛弃我！

车门摔上。女人在黑夜中哭泣。她呻吟道："我再也不会纠缠你了，我保证！"

可怜的女人！她什么都没弄明白。

明天我就给他打电话……

或者后天。或者大后天。

或者再往后。

再看吧。

那也太随便了。他寄来一箱葡萄酒，我就回心转意？我想在六十六号街誓言里补充一条：**被冒犯者会复仇，复仇一百次，而不是一次。**

加里会等。他会担心的。

他会想为什么她不打电话？再等一会儿……这不正常，发生了什么？她是不是在电梯暗处遇到了一个英俊的外国人？她是不是正跟他躺在床上，在他身下呻吟？

他捂住眼，**不去看。**

他瘫倒在钢琴上。

她满意地微笑着。

在手上擦着滋润霜，按摩着手指和手腕。

她关掉床头灯。钻进轻柔的被子里。她扭来扭去，吐出一截舌头，表示她在思考，精心策划着复仇。

加里·沃德会等的……该等多久就等多久。

*

加里·沃德没有等。

他不迷茫也不绝望。

他甚至不难过。

他做了决定。

一箱琶博干红意味着他投降了。

由奥尔唐丝来决定。原谅，还是不原谅？假装什么都没发生？

他不在乎。他该干什么干什么。

没有奥尔唐丝的那些星期，是那么漫长，他是怎么活下来的？

哦，他现在才觉得那么漫长！

快半年了。

情欲让他战栗。奥尔唐丝！奥尔唐丝！我想把她的身体铺开，细细查看她，与她纠缠。我想去过她创造的生活。伟大的、丰盈的生活。

奥尔唐丝·柯岱斯创造的生活与众不同。

他夸赞她拥有所有的美德。慷慨大方，至高无上，宽宏大量。她从来没有提过卡吕普索，从来没有用一个恶毒的词来中伤他。

她无视她。

如果有人把她抢走了，那么面对他，我会同样冷血而优雅吗？

他想跟她聊聊墙、镜子、烟囱、厚厚的地毯，还有种在银花盆里的一束束蕨草。

奥尔唐丝·柯岱斯对爱情的定义，您知道吗？

"爱情，就是双方都可以独立生活，但他们还是决定共同生活，因为他们相爱。"

她歪头靠着他的肩膀，补充道："这就是我们的故事，对吗，加里？"

还有她用瓦次普[1]发给他的那句话呢？

是谁说的……谁说过什么？

1.瓦次普（WhatsApp），一款免费即时通信软件。

读到这句话时，他正要推开杜安瑞德[1]的门去买牙膏，在人行道上愣住了，脸涨得通红，仿佛她在用手指指着他。

对，对，他记得。

你的所作所为铸就了你。

就是这句。

你的所作所为铸就了你。

如果我撒谎，我就是谎话精？

如果我作弊，我就是个骗子？

如果我伤害了奥尔唐丝·柯岱斯，我就是个坏蛋？

一天晚上，在纽约。

就是那天晚上，他**下定了决心**。

他是前一天回来的，刚参加完苏格兰的一场比赛。确切地说是在格拉斯哥。他和卡吕普索一起参加的。演奏的是勃拉姆斯的一首奏鸣曲，他们整个夏天都在练习。

这天晚上，在纽约……

他和里科一起，走在下城区的柯察街上。十二月的冷风噬咬着他们的鼻子和耳朵，冰块雕刻着他们的下颌。里科不停地拍着手，保持暖和；他忘了戴手套。暴雨如注，黑黢黢的水坑淹没了街角。他们不得不从水坑上跳过去，小心不要滑倒。

"我怕是要摔断手腕了！"里科低声抱怨。

他们在"拉斯和女儿们"餐厅吃了晚饭。加里选了熏鲑鱼配奶油、洋葱和小西红柿，还选了一大块巧克力蛋糕作为甜点。里科点了鲱鱼土豆配一小杯伏特加，还有一份烤面条布丁。他们评论了各自的菜，解释了为什么这么选，还打了分。

"我们就像一对老夫妻，"加里说，"默默地吃饭，然后评论。该想

---

1. 杜安瑞德（Duane Reade），美国的连锁药店和便利店。

想离婚的事了……"

"让我找个好律师，来拔你的毛。你的 CD 赚了不少专利权特许费吧？"

"你开什么玩笑？我只能拿售价的百分之一！真正赚钱的是演唱会，不是 CD。你很清楚的……"

里科把盘子里的奶油擦干净。

"你应该去当小白脸。你有着炭火一般的眼睛，高个子、棕头发，又浪漫，女人们会为你疯狂的。"

"别说了，你这个卑鄙的奉承者。你是有事求我吗？"

他们走出餐厅，来到装点成圣诞配色的街道。

柯察街一派节日氛围。粗电线上挂着红色和绿色的纸灯笼，摇摇晃晃的。窗户上贴着一个衣衫褴褛的圣诞老人。他丢了一只靴子；可以看到他的小腿肚子耷拉着，样子怪异可笑。人们对他指指点点，开着玩笑。他们伸出胳膊抓住他露在外面的那条腿，拍着照片。

加里移开了目光。

里科是从工作室来的。他整个下午都把自己关在那里，跟卡吕普索一起排练，准备即将在俄亥俄州的克利夫兰举行的音乐会。他们得另找一位钢琴家。加里拒绝了。他"感觉"不想去。"那是你对她没有'感觉'了。"里科反驳道。

里科默默地爱着卡吕普索。他得跟她在一起待三天。想到这个他就会焦躁不安。他像吃聪明豆[1]一样把布洛芬吞了下去，向加里投去目光，似乎在询问：你跟她到哪一步了？加里假装没有懂。

里科壮起胆子。他的黑眼睛灼烧着，想知道答案。他调整了一下红帽子，似乎是为了找准自己的位置，为了尝试理解这位被两个女人觊觎的男人。"奥尔唐丝怎么样？还在巴黎？"加里回答说："对，对，她工作很忙。"

在经过那个丢了一只靴子的圣诞老人时，里科又一次提出了同样的谜题："如果有一天一场大火把你家烧毁了，卡吕普索和奥尔唐丝都被关在里面，但你只能救一个……"

---

1. 雀巢出品的一款彩色巧克力豆。

说到这里，他像往常一样停顿了一下，往前伸了伸下巴，低声说了一句加里不太明白的话："vamos, hombre! Ármese de valor[1]！"

"……你会选择救哪个？"

说完他把脑袋缩进肩膀里，惊异于自己的勇气。

"又来了。"加里说着，在小纸杯蛋糕烘焙店前面的勿街和王子街交叉口拐了弯。

这家店的蛋糕、华夫饼和冰激凌是全纽约最好的。

"那么……救哪个……"

"别说火灾的事了！真讨厌。"

"因为你不**想**回答。如果你回答了，你就自由了。你应该做出**选择**的。不选择会让你筋疲力尽。我还得再补充一句，不要让你太过可爱了。"

里科说得没错。

他从苏格兰回来时，跟奥尔唐丝在鲁瓦西度过的那一夜让他错了位。

他跟卡吕普索的步调不再一致。

他步履匆匆。走向何方？他不知道。他不想放慢脚步等她。恰恰相反，他加快脚步，就是为了消失在街道尽头。

他心想我这样不对，她爱我，她把自己完完全全献给了我，但转念一想，她太慢了！她挽着我的手，让我感到多么沉重！有时他朝她转过身时，得费点力气才能认出她。他的目光在她身上停留，变得模糊，仿佛想让她平静下来。这还不够！每一天，他们之间的分歧都在加深。他们看到的不再是同样的蓝色、同样的绿色，听到的不再是同样的"哆"、同样的"咪"，当公园里的天鹅争夺一块不新鲜的面包，或者瞥到一只松鼠倚着树干啃食忘在草里的麦当劳时，他们也不再微笑。

他们不再和谐。

就连他们的乐器都不再回应对方。

有时他们演奏同一支曲子，但不再和谐。

1."加油，我的老兄！拿出点勇气来！"——原注

他任由手垂下来，肩膀塌下来，坐在钢琴凳上弯着腰。她停下来，瞪大了眼睛，用痛苦的目光质询他。这种默默不语、欲说还休的痛苦让他难以忍受。他在思考，但她的眼睛就像两栖动物的一样！怨恨，咬着嘴唇，说："没关系，没关系，我们重新开始。"然后愤怒地重新开始。

然后……是他演奏得太快了，漏了一个节拍，忘了色调的变化，和弦出现了失误。生气。道歉。她温柔地抬起手，试图安抚他，低声说："没关系，你累了，我们过会儿再重来。"他反驳道："不行！不行！我简直像用一只脚在弹琴。**说啊**，你这么**说啊**，你总要向我道歉，真让人生气。就跟母亲对待孩子一样！"

这次突然爆发了。

眼泪模糊了卡吕普索的目光，她喉咙紧缩，眼里闪过逆来顺受的屈辱。她低下头，盯着脚，摩挲着栗色过膝制服裙的纹理。他的目光跟随着她的指甲，因为长了硬茧而变形的指甲，在裙子上摩挲的指甲，在**栗色的、过长的、裁剪不合身的**裙子上摩挲的指甲，他觉得这一切都缺乏品位，不够优雅，不够……他不知道该怎么说！不够像**奥尔唐丝·柯岱斯**？他扯下椅背上的厚呢子大衣，一边往工作室外面冲，一边说："我得透透气！"

他往前走，肩膀往前倾，如同一只公羊冲撞着人群。他撞到了沿着百老汇的坡道往上走的人，把一只手伸进草丛般的乱发里，攥紧拳头，把一绺头发扯来扯去。当痛苦变得过于剧烈，他放开手，像重返沙滩、瘫倒在沙子上的溺水者一样呼吸着。

他在百老汇没完没了地走来走去。在哥伦布转盘广场转圈。在全食超市喝了白色平底大口杯装的牛奶咖啡。狼吞虎咽地吃了几个葡萄干松饼。听到驾敞篷马车的马跑累了，马蹄声嗒嗒嗒，在碎石路上扑隆扑隆扑隆。他抬头望天：我现要怎么办？我不会回鲁瓦西，在宾馆开一间房。

她会劈头盖脸嘲笑我的。

有一天在哥伦布转盘广场，他瞥到了美洲路和中央公园南门交界处的那家酒水商店的橱窗。奥尔唐丝喜欢去那里。老板不苟言笑。他默默不语，任顾客选择。在橱窗中间，在铺着皇室蓝天鹅绒的陈列架上，庄严地摆放着一瓶酒。他走上前，眨了眨眼睛，把厚呢子大衣的领子立起来。风呼啸着，如冰冷的箭。

他辨认着标签，"琵博酒庄干红 2012"。琵博干红，他隐约想起什么事。哦，对了，当然！这是奥尔唐丝喜欢的一种红酒，产自圣艾米利翁[1]。一天夜里在他排练时，她一边画画一边喝了一整瓶。他见到她睡在桌子上，胳膊搂着酒瓶。他把她抱到床上，脱下她的衣服，让她躺下，轻轻摇晃着她。

这天夜里，她做了噩梦。她仿佛**看到了**父亲正被鳄鱼吞噬。她惊恐地醒过来，啜泣着，说："我想救父亲，但当时我太小了，加里，他去世的时候我太小了，你知道他为什么会死吗？因为他软弱、善良。要想成功，就得强硬、自私，只想着自己，只想着自己的工作，忘记其他一切。"

她想为父亲报仇，把他做梦都想得到的成功和财富送给他："你明白吗，加里？"

他安慰了她，向她保证她会成功的，她会成为一位伟大的、伟大至极的奥尔唐丝·柯岱斯，说他会带她坐直升机飞越曼哈顿。

这天夜里，奥尔唐丝·柯岱斯是个无限悲伤的小女孩。

奥尔唐丝。奥尔唐丝·柯岱斯。奥尔唐丝乒乓砰。

他做出了选择。

现在只需告诉卡吕普索。

这是另一件事了。

他们是在茱莉亚学院认识的。里科、马克、卡吕普索和他，四人组成了一个四重奏。他们学习、吃午饭、表演，她演奏小提琴，他弹钢琴。里科在两种乐器之间犹豫，他焦虑而谨慎。马克会讲有趣的故事。

"你们知道那个大嘴蛤蟆的故事吗？"

1.圣艾米利翁（Saint-Émilion），葡萄酒产区，位于波尔多东北部。

他用两根食指扯着嘴唇，扯到变了形，做了一个大大的鬼脸。

"青蛙遇到了一条鳄鱼，问它：'你吃了什么东西？'鳄鱼回答道……算了，我不讲了。你们太无聊了。你们应该鼓励我一下，给我加加油！你们真没意思。如果奥尔唐丝在就好了……"

加里、卡吕普索和里科不约而同地打起了瞌睡。

"什么？我说了什么蠢话？是不该说奥尔唐丝，还是不该说大嘴巴？"

"我们继续？第三小节，哆，哆，咪！"加里命令道，"一，二，三……"

可是晚上……

他们离开学校时……

他用棕色的发绺遮着脸，说："我需要一个人待着。或者我有个想法，我得干会儿活。"

他没看卡吕普索。

他不再陪她走到一百一十号街，走到被五颜六色的花坛包围的红砖楼，那里挂着一辆辆自行车，像一簇簇藤萝。他在与七十二号街平齐的中央公园西门入口处停了下来，前面是以《永远的草莓地》作者名字命名的约翰·列侬公园。他看着阴云密布的灰色天空说：我们明天再见？Take care[1]。

即便**专属于他们的**曲子，他们的起床铃声，他们的清晨颂歌——朱塞佩·威尔第的《F 大调圆舞曲》，也无法将他们重新拉近。

他懦弱。噢，他多么懦弱！

一切都成了他逃跑的借口。他感觉自己的灵魂就像个犯人，窥探着天空，想要越狱。

他仰着脸，研究着云彩。大朵的云，小球状的云。前者就像一个掉了牙、挺着大肚子的巫婆。稍远处，一条阿富汗猎狗大摇大摆地走着，一只独角兽在摆姿势，两个南瓜在地上滚。

---

1. "好好照顾自己。"——原注

这不是我的错。

如果说情欲消失了，这不是我的错。

如果说我想路过鲁瓦西，这不是我的错。

如果说奥尔唐丝跳上了出租车，这不是我的错。

如果说我们重逢于卫生间的地上，这不是我的错。

每天晚上，离开茉莉亚学院时，他都会去跟放在皇室蓝天鹅绒宝座上的那瓶琵博酒庄干红葡萄酒打招呼，陛下安否？他嘲笑它拘泥的姿态，哼唱着肖邦的夜曲，吃着松饼想，怎样才能让**她**知道我思念**她**呢？

一天晚上，他一直盯着霓虹灯管下闪闪发光的皇室蓝天鹅绒，突然想到了选择琵博干红作为他的信使。它会替我跟奥尔唐丝、跟巴黎、跟法国对话。它会替我告诉她，我想见她；告诉她，我想念她，离开了她我就无法呼吸，夜不成寐；告诉她，我需要她的肌肤、她的热度、她的味道；**告诉她，我想让她回来。**

他神情坚定地推开店门，双手放在柜台上，朝着看店的人大喊："我想让您寄一箱这种玉液琼浆到法国，也就是六瓶。"

"可是……"柜台后面的人嘟囔起来。

"会让我破产？"

"会让您破费……"

"是为了示爱，亲爱的朋友。弄得体面些，拜托了！要做就做出价值，不然就不做。我受到的就是这样的教育。我目光远大，活得顶天立地，热爱伟大的事物。"

"如您所愿！"那人摇着头抱怨道，表示他已经尽了他的义务了。

他没说错。加里破产了。他存起来的钱，本打算是跟里科一起去乞力马扎罗山冒险用的，现在全都花在了一箱寄往法国的葡萄酒上。

"用非洲最高峰换一个女人的微笑！"加里递信用卡的时候宣布。

字是用红色比克笔写的，让葡萄酒的光芒黯淡了几分。

可那个人找不到别的笔了，总得在包裹上加一句话吧。

*

卡吕普索静静等待。

她试图躲起来，试图消失。

她观察着加里的缺席和沉默，他逃避的目光，他紧贴身体的胳膊。

她心想他有烦心事，但不想强加于我。她就闭上嘴，用无限仰慕的目光，给予他无穷无尽的爱。

这份沉重的馈赠激怒了加里。他转身，找借口逃跑，寻寻觅觅，变成了一个随风飘荡的人。

她明白自己激怒了他。

昨天还是前天，在爱丁堡机场，他还那么殷勤热烈。

他们在苏格兰皇家学院的比赛中获得了第一名。他们收到了祝贺、经纪人发来的信息，还有工作邀约。他们一条条读着，脸上发热，喊道："你听，真不可思议，对不对？你掐我一下，掐我一下！"

他们买了吉百利巧克力手指饼干，一边吃一边开心地喊着，就像两个开心的疯孩子一样，坐在机场的长椅上。

比赛是在格拉斯哥举行的，但是他们绕道爱丁堡去拜访照看加里的城堡的农户。到了最后一刻，加里才决定多待几天。卡吕普索得回纽约。她要去美国一家极好的艺术机构应聘，得去试演。

"我得绕着领地转一转，"加里解释道，"我得自己打理，你知道，我不想把一切都丢给我外祖母。她年纪大了，已经九十二岁了，你明白吗？她启动这些工程已经是很好心了，我不想太过分了，所以我……"

"你不需要道歉，"她伸手摸着他的脸颊说，"我完全理解。"

"是的，是的，你说得对。这不算大事。只是……"

他说出这些话时，神情是那么忧虑。

忧虑，而且还——现在她知道了，还心不在焉。

她笑了起来，开始说个不停，为的是阻止他为了讨好自己而撒谎，为的是缓和即将宣布的坏消息带来的冲击。她感觉到了他要出发，冲向别的城市，去寻找别的奇迹。格拉斯哥比赛的成功让他展开了翅膀。

然后，他突然内疚起来，把她抱在怀里，让她免遭不幸。

"也就是一两天的事。我自己去比较好。你不会觉得有意思的，要在淤泥里走……"

"我明白了，加里，我明白了。"

可说什么都阻挡不了滔滔不绝的辩解。

"你要开始排练了，准备格罗布斯特公司的试演。这次试演很重要。你要好好休息，保持精神饱满。"

他微笑着，眼里闪着光芒。他极力表现得有说服力。

登机时，他微微抬了抬行李箱，免得她伤到手指和手腕。他选了一个靠近舷窗的座位，给她买了她最喜欢的苏打水——巴氏橙味汽水，还有她喜欢的蛋糕——殿斯酥饼。他还脱下套头毛衣，搭在她的肩膀上。这份殷勤让她心绪大乱。他一直对她体贴入微，可是这一天，她觉得自己成了世界上最重要的人。她情不自禁地抱住他，低声说："我会思念你的，我会思念你的！"他笑了，拍了拍她的肩膀，补充道："周二我一到纽约，就给你打电话。"他当着旅客们的面吻了她，旅客们都看着他俩，被这个如此温柔的吻感动了，她心想这个吻将绵延一生。

飞机起飞后，她叹息道：不可能有人会比我更幸福。不可能。如果每个人一辈子的幸福都是定量的呢？我今天是不是一口吞掉了所有的量？

她用加里的套头毛衣紧紧裹住自己，心想所有的情侣都会对不幸充满恐惧。

"幸福"（bonheur）总是与"恐惧"（peur）押韵，你无能为力。

她的试演成功了。她演奏了贝多芬的《春天奏鸣曲》，像是在向加里抛媚眼。这是属于他们的奏鸣曲。她是踮着脚尖跳着舞离开的，确信她会获选。

她没有理会驶往麦迪逊的M1、M2路公交车。不，我要走回去，您走吧！我的内心充满喜悦，不能被公交车的嘈杂锁住。

明天是星期二，他会回来。

明天是星期二，我们会同床共寝，我会在幽暗中侧身细察他的睫毛。

瓜奈里[1]捶打着她的腰间，她朝东哈莱姆区走去。

她在列克星敦和九十八号街看到系着气球的冰激凌车停在学校前，微微一笑。

她经过一百号街和列克星敦交叉路口的劳埃德胡萝卜蛋糕店，微微一笑。在这家店可以买到世界上最美味的胡萝卜蛋糕。

她推开这家橙色商店的窄门，买了一个有核桃和葡萄干的胡萝卜蛋糕。

她咬着有糖的那一层，刺痛了嘴唇。

她朝一百一十号街和麦迪逊走去。

明天他就来了，明天他就来了……我会在他的怀里睡去。

我要回去再给他买个胡萝卜蛋糕吗，还是不买？

星期二一整晚，她都在等他打电话。

星期三，他没有出现在学校。他的飞机晚点了。他手机没电了，没法给我打电话。

星期四也没有。

她等了一晚上，输入了他的号码。

他接了。她的心咯噔一下，把手放在胸膛上。

"你回来了吗？"

"是的。"

"你为什么没有给我打电话？"

"不为什么。"

他语气干脆，接近生硬，她被吓到了。

隔壁房间的电视发出巨大的吵嚷声。G 先生在看 NBC 台的"美国好声音"，为了不错过任何信息，他调高了音量。她玩弄着桌子边缘，手指在

1.瓜奈里家族是意大利著名小提琴制造家族，此处指小提琴。

棱角上来回摩擦，把鼓起勇气打电话之前一点点咬着的金枪鱼三明治剩下的碎屑拨弄到了一边。

"你想跟我见面吗？"

"我累了，我在飞机上赶了个东西。"

"你什么也不需要？你确定？"

"不需要，我要睡了。"

依然是同样疏远、带有敌意的语气。

"我可以过来给你……"

她在恳求见他的权利。她咬着嘴唇把话咽了下去。

"不，这不是个好主意。"他生气地回答。

"好吧……明天见。好好睡觉吧。"

她故意装出轻松的语气。她声音减弱，挂了电话。

她想弄明白原因。她感觉害怕极了，站不起来，也无法伸手去抓前面的水杯，喝点水解开她喉咙里的结。

现在是广告休息时间。G 先生走进厨房，嘟囔了些什么，她没听懂。他打开冰箱，找了一瓶啤酒。卡吕普索看了看他，但似乎没有看见。一阵冷风让她后背发凉。

他瞥了她一眼，嚷道："你浑身发白。你吃了石灰吗？"

第二天，她上学迟到了，坐在教室最后面。是伊扎克·帕尔曼大师的课。这位大师对一部钢琴和小提琴作品——勃拉姆斯的 D 小调奏鸣曲——进行了仔细分析：

"演奏过程中要注意呼吸平缓，留出空间，让人感觉是在即兴创作，手腕要灵活，指间距要均匀，注意拇指。"

她瞥到了坐在第一排的加里，旁边是里科。他侧身对着里科，跟他说话，然后又把脖子伸向了伊扎克·帕尔曼。她的心跳得快要停止了，太阳穴上渗出了汗珠，耳朵堵住了，什么也听不到。她闭上眼睛，让别人以为她确实在听。

这堂课快结束时，她恢复了精神。大师总结道："……这个音就确定了，它会持续下去，等它结束吧！"

结束。

结束？

她的美好情事有没有可能已经结束了？

她靠近加里，微微一笑，露出抱歉的神情，站在远处，免得威胁到他。她伸出双臂抱住自己。因为假想出来的寒冷而打着哆嗦。里科问她是否同意大师最后一句评论。"同意。"她点了点头说，那句话真美，真有力量！她费了好大力气，才用近乎正常的口气说出了这句话，以至于她都听到了耳朵里的血在响。里科看着她，她的评价如此平庸，让他感到惊讶，她也脸红了。

加里迅速转过身，想躲开她，但她还是从他的眼睛里看出了不耐烦和恼火，以及明知在作恶却又无法自控的懦弱。他跟一个路过的女孩说了话，缠着她不放。他大笑起来，女孩也模仿着他，像马嘶鸣一样叫着，说："好的，等你愿意的时候。"

她又战栗起来。她不想倒下。她想站着，微笑着，做出一副未受伤害的样子。

从前她不知道，时间可以过得这么慢。

他把手伸进头发里，她闻到了他身上的香水味。些许绿苔藓，一束青草，些许香根草，一朵茉莉花，一块弄皱的床单，他赤裸的双腿放在我的腿上，手抚摸着我，欢愉的潮水涌上头，然后……

她逃跑了，眼里噙着泪水。她熬过了几个钟头，把它们一一打败，还打败了负隅顽抗的不幸。

她一整天都在躲着他。她重新看了调子，把自己关在工作室里练习巴赫的《恰空》。这首曲子是巴赫在妻子去世时写的，它舒缓，庄严，是一首葬礼进行曲，每一个和弦都浸润着在内心流淌的眼泪。她停留在了第一页上，面对着一连串由三四个音组成的和弦，胳膊酸痛，手扭曲着，迎接同时发出三个音的挑战。她努力地排练着，从头开始，不放弃。

晚上快九点她离开工作室时，音乐已经吸收了她的痛苦。巴赫让她筋疲力尽。她忘记了一切。

连**他**都忘记了。

她下楼梯时，还在回想着琴弓和手指的位置，哼着缓慢的曲调。巴赫的妻子去世时，他在离家很远的地方旅行。他直到三四个月后才得知死讯。那个时候没有电话，在痛苦来临前，可以赢得三四个月的时间。

她已经学会了《恰空》的第一页。这是个好兆头，会给她带来好运。

在楼梯拐弯处，她轻轻跳了一下，然后……撞到了加里。

"你还好吗？"他问，因为白天没有看到她，但现在见到她这么开心，松了一口气。

她读懂了他脸上的感激，疲惫不堪地叹了口气。她真是把自己白白折磨了一通。他在忙别的事呢。**别的事**。

"还好，我在工作，练习《恰空》的第一页。"

"格罗布斯特公司的试演呢？顺利吗？"

"他们会录取我的，一定会。我很优秀。"

她强颜欢笑，祈祷这话听起来不算假。

"你是最棒的！"

他说这句话时没有微笑。他是认真的。

"谢谢。"她红着脸说。

"你是那么有天赋，那么有天赋……"

几个元音的发音那么抑扬顿挫，充满柔情。她听着，把它们谱成了五线谱上的音符，do-u-ée（有天赋）变成了 Do-ré-ré（哆—来—来）。从孩提时代开始，她唱音阶的时候就能获得安慰。

他们朝出口走去。他推开玻璃门，让她先走，她和她的瓜奈里。

"该死的瓜奈里！"他开玩笑说，"永远都在那里，赖着不走！"

嘲笑小提琴，嘲笑它太占地方成了他们的惯例。他想用这个简单的句子跟她重新建立联系。

她跳着舞往前走，小提琴在腰间。

"你看到了吗？"她哼唱着三个音符，"天黑了！"

"现在是十二月了，是一年当中白昼最短的时候。"

他用教师的语气提醒她注意季节的变换。

她接上话头，贪婪地想着美食：

"到处都是圣诞气息，商店的橱窗，一推开就叮当作响的门，松脆的栗子，洛克菲勒中心[1]，溜冰场，还有……"

她突然停住，差点脱口说出，**我们**去看溜冰的人转圈圈吧，盼着他们摔倒，然后我们大笑起来，你和我一起。你，是我的爱人；我，是你的爱人。

不行，不行，现在就把我的手伸进他的厚呢子大衣的口袋，还为时过早。

还是放在小提琴旁边吧。

他们还没有想好圣诞节做什么。

但她明白他们会一起度过。

他们当然会一起度过！

她是多么隐忍又多么多疑，才会在昨天和前天怀疑这一点？她真是疯了！

一个吻，只要一个吻，就能让一切重新变得简单、美妙、清楚。听起来有点傻，但当恋人亲吻您时，是那么美好。就算说傻话，也是那么美好，爱情也随之变得充满灵感、光芒四射。我们十指相扣，身体一同弯曲，灵魂在同样令人诧异的沉默中互相询问，发生了什么事，让我以为我失去你了？嘘——我得闭嘴了。我不能谈论任何会惹我们生气的事，不能提及让我们差点分手的昨天或明天。我们痊愈了。之前患的是什么病？我不知道。不过应该不严重，因为我的瓜奈里填补了他的位置。

宁静侵袭了她的身体。

她按照加里的节奏调整了步伐，跟随他走在纽约的夜色里。她闻着地铁口的温热的味道，细雨刷洗过的街道的味道，还有喊着"贝果、香肠、热狗、

1.洛克菲勒中心（Rockefeller Center），纽约著名地标，是一个由 19 栋商业大楼组成的建筑群，由洛克菲勒家族出资建造。

可乐"的黄色小棚子里飘来的甜爆米花味。

　　他还会吻我的，虽然他闭着嘴，但他的嘴唇在说话。希望他的嘴贴着我的嘴时温柔一点，但仿佛又在碾压，为了诉说他的愤怒！惹他生气的人是谁？冒犯他的人是谁？他的吻会告诉我一切。我会咬着他的嘴唇说：你什么都可以对我做，你什么都可以对我说，你是我的爱人。他会用温暖而紧实的手揉着我的脖子，内疚地叹着气，低声说：原谅我好吗，你可以忘记吗？

　　"小心！"加里喊道，"你差点被车撞到！"
　　一辆车从她身边驶过，擦到了她的小提琴。她往后踉跄了一下。
　　"对不起。"
　　"你疯了！"
　　"我刚才像在做梦……"
　　"你的小提琴呢？你想过它吗？"
　　她诧异地看着他，脸色苍白，双手颤抖。
　　他俯下身，把她拉到自己身边。
　　"你还好吗？你确定？"
　　"确定。"
　　他的香水味钻进她的脑袋。
　　"卡吕普索……"
　　"嗯，加里。"
　　"我可以先走吗？你不会做什么傻事吧？我跟一个朋友约好了……"
　　"一个朋友？"
　　"是的。"
　　"但我以为……"她结结巴巴地说。
　　她贴着他，搂住他。
　　"不，"他说，"不。"
　　"吻我，"她祈求道，"吻我。"

"卡吕普索，看着我。"

他捧住她的脸。

"卡吕普索……"

"吻我！"

这话几乎是喊出来的，仿佛是为了让她的梦回来。

"卡吕普索，结束了。"

"结……束？"

"我在巴黎再次见到了奥尔唐丝。"

她听到了"奥尔唐丝"，听到了"巴黎"，没站稳，踩到一根又长又滑的管子，摔倒在地上，倒在树下、树根、花草下，倒在很远很远的地方，在一个美妙的墓地里。

她倒在地上，睡着了。

加里弯下腰，把她抱到怀里，想把她扶起来。她又再次倒下。他抓住她，往她的眼睛和嘴里吹气，喊着：卡吕普索，卡吕普索。她没有听见。他拍了拍她的脸。她像液体一样流动着，什么都做不了。没有生命迹象。他摸了她的脉搏，慢慢地数着。她的嘴里呼出温热的气。她倚着他的肩膀睡着了，小提琴还在脚下。

他一直把她抱到公园旁边的矮墙下，用目光搜寻着出租车。

他要把她送回家。

送到 G 先生家。

卡吕普索经常谈起他。

这是她祖父尤利西斯·穆涅斯的一位朋友。八十年代，他们在迈阿密比斯坎大道的一家破旧的小酒馆相识。G 先生演奏打击乐，尤利西斯·穆涅斯演奏小提琴。G 先生断言他是艾灵顿公爵[1]的表弟。证据是什么？他们同样优雅。

1.爱德华·肯尼迪·艾灵顿（Edward Kennedy Ellington, 1899—1974），美国作曲家、钢琴家，爵士乐史上最有影响的人物之一。

他把一个房间租给了卡吕普索，作为交换，她帮他熨衣服。他是个爱打扮的男人。他有一大堆带花边的衬衣，卡吕普索熨得筋疲力尽。

*

加里敲门时，G 先生正要出门。他头戴一顶栗色大毡帽，戴着墨镜，穿着黄色皮革大衣，脚踩黄绿相间的鳄鱼皮靴子。

他打量着把卡吕普索抱在怀里的加里，问道："她的小提琴没丢吧，我希望？"

加里指了指他背上的黑盒子。

"发生了什么？"

"她昏过去了，我想。"

"她出了什么事？"

"没有。"

"您跟她说了什么，伤害到了她？"

加里脸红了。

"您说了结束了，或者类似的话？"

加里抱紧卡吕普索，让她不要听。

"肯定是！她太容易动感情了！"

他长叹一声，盯着加里。

"她这个样子已经很久了？"

加里点了点头，尴尬极了。他肩膀上的肌肉在疼，鼻子发痒。他想把卡吕普索放到床上或者沙发上。

"我就知道会这样……这个姑娘太紧张了。我总是这么说她。"

加里的鼻子在厚呢子大衣的领子上蹭了蹭。

"您是加里吧，我猜？"

"噢！抱歉，我还没做自我介绍。"

"她太爱您了，但您受够了，是这样吗？这种事很常见……"

他撇了撇嘴。

一股廉价的古龙香水味熏得加里头晕。他做了个鬼脸，站得远一点，呼吸着旁边的空气。

"您尝试过让她苏醒吗？"

"试过了。我甚至还打了她的耳光……噢，非常轻柔地……"

G 先生丝毫没有告诉他该让卡吕普索躺在哪里的意思。

"您觉得，我能不能……"加里说着，用目光搜寻着沙发。

"只是……我要出门……"

加里清了清喉咙打断了他："对不起。得让她躺下，休息休息……"

"您觉得……"

"应该不是很严重，可是……"

"这种事永远也说不清。可能会变复杂。说不好，真的说不好。该死的狗屎一样的生活！"

他脱下大衣，但没摘帽子。如果他能摘下眼镜就好了，加里心想，跟史提夫·汪达[1]讲话可不容易。

"来吧，跟我来。"

加里紧紧抱住卡吕普索，走进一条阴暗潮湿的走廊，那里闻起来像发霉的旧纸张。

卡吕普索的房间朝向一片空地，空地上堆满了汽车座椅、冰箱、散热器、被打穿的电视、破碎的椅子。房间里有一张狭窄的床，上面铺着一条白色的鸭绒盖脚被，旁边有一个床头柜，一盏配蓝色灯罩的床头灯。地上堆着乐谱，还有一把稻草椅子和一个乐谱架。

"我知道，"G 先生嘀咕道，"这里不是里兹大饭店，但也没有多少人住得起里兹大饭店。"

"我可以让她躺在床上吗？"

"把她的衣服脱了，给她盖上被子。您知道，我不想碰她。那样是不对的。"

1.史提夫·汪达（Stevie Wonder, 1950—），美国盲人歌手、作曲家、音乐制作人、社会活动家。

他转过身，加里脱下卡吕普索的鞋子、栗色的裙子和栗色的套头毛衣，给她盖上白色鸭绒盖脚被。她任人摆布，脑袋从加里的一个肩膀滑到了另一边。

G 先生俯身看了看她。

"呃……她没死吧？您确定？"

加里惊跳起来，恐惧不已。

"没有！您看她还在呼吸呢。"

"很微弱……"

"没错，但也是在呼吸。"

"该死的狗屎一样的生活！走，我们到旁边去。"

他关上门，将门把手转了几圈，直到锁孔咬合，然后打开走廊上的灯。

"我怎么跟尤利西斯说呢？如果她醒不过来，我得给他打电话……"

他把加里推进阴暗的走廊。一盏露在外面的灯泡发出苍白的光，照在墙上，勾勒着他的轮廓，他栗色的毡帽变成了飞碟的样子，隐约透出威胁之意。多么奇怪的家伙，加里心想，跟卡吕普索多么不搭调！

G 先生倒在一张椅子上，用长长的棕色的手轻轻拍着桌子，端详着加里。他手上戴着一个大银戒指，上面有一只展翅高飞的雄鹰。

"所以您是她的男人……"过了一会儿，他说。

加里涨红了脸，耸了耸肩膀，掩饰他的窘迫。

"可以说，她是爱您的，是的，她爱您。她做事从不半途而废。您从哪里来？是欧洲吗，我猜？英国？"

"解释起来有点复杂……"

"是混血儿？"

"可以这么说……"

墙上满是艺术家的照片，路易斯·阿姆斯特朗、艾拉·费兹杰拉、乔治·格什温、查理·明格斯、柯曼·霍金斯。G 先生抬起手，指着一位坐在钢琴前的优雅男士，那是在一家爵士酒吧里。

246

"那是艾灵顿公爵，我的表兄。他是个天才，他是作曲家、乐队指挥、钢琴家，五十年的职业生涯，五十年的成功。"

"是的，我了解他的音乐。"

"他写了一千首曲子，创造了一千种标准。您知道《感伤情怀》[1] 这首歌吗？每次听到它，我都会哭泣。"

"我用钢琴演奏过。"

"公爵去世于纽约，距离这里不远。在这条街尽头有一座雕像。"

"卡吕普索曾经指给我看过。"

"啊！她跟您谈到过他。这让我很高兴。他是个伟大的家伙！您见过他出场时引起的轰动吗？他是个真正的公爵，不是吗？"

他头发上涂着发膏，留着雅致的小胡子，戴着蝴蝶结，穿白衬衫和无尾长礼服，笑容光彩夺目，的确，这个男人风度不凡。

"正因为如此，别人才称他为公爵。至于我，我想跟他一样优雅。为了向他致敬。"

加里默默点头。他在想卡吕普索有没有睁开眼睛，往走廊的方向瞥了一眼。

"您在担心她？"

"我想知道……"

"嗯……去看看她吧！"

卡吕普索躺在床上，呼吸微弱，眼睛闭着，胳膊贴着身子。小提琴放在旁边。

"她还在睡。"他回到厨房说。

"这是休克，肾上腺素导致的休克。当出现过于激烈的情绪时，身体产生了短路，以保护自己。否则心脏就会爆炸。我了解过一次。正是因为公爵。他跟一个女人刚刚分手，然后她倒在了他的脚下。就这样！"

他把手指掰得噼啪作响。

---

1. 原文为英语，In a Sentimental Mood.

"**晕倒在地**[1]。地上有个水坑，都可以在里面洗澡了。人们真以为她死了。"

他咬着嘴唇，沉默了一会儿。

"让我心烦的是尤利西斯。卡吕普索是他的掌上明珠。他会恨您的。为了供她上学，他背负了巨额债务，您知道吗？"

他叹了口气，把长长的腿伸直，拿出一支烟，夹在指间转着。

"他把自己的小提琴给了她！那个瓜奈里是他以很荒诞的方式买到的。如果有朝一日再见面，我会给您讲讲的。一个价值两百万的小提琴！不得不买。尤利西斯是一位伟大的小提琴家，曾获得哈瓦那音乐学院的一等奖。他的职业生涯一片光明。然而他流落到了迈阿密，跟罗西塔结了婚，生活啊……"

他重复了好几遍生活啊，仿佛他很了解生活，对其评价不高。

"生活啊……人们对其充满信心，到头来却一场空。您还年轻，等等看，您会看到的。它会摧毁一切。"

"也不总是这样，"加里说，G 先生的这个预言让他不太舒服，"幸福是存在的。"

"卡吕普索就是从天而降的幸福，您看看您把她弄成了什么样子！"

他耸了耸肩，强调幸福是毫无用处的。

香烟在他的指间旋转，他若有所思地捏了捏它。

"请注意……我很希望她一切顺利，那是她应得的。她不是落汤鸡。她努力奋斗是为了赚钱。"

他摇了摇头，盯着空气中的一个点。

"尤利西斯·穆涅斯没有孩子吗？"加里问，"我是想说，所以他才把一切都倾注在了孙女身上……"

"有，但都没有成器。尤其是他的儿子奥斯卡，就是个恶棍。他想让自己的父亲破产！他最后混得不好，不知去了哪里。可能是墨西哥。尤利西斯为了家庭牺牲了健康。结果呢，他连一点感激都没得到。悲剧啊！悲

1.原文为英语。

剧啊！爱，真正的爱，是他从卡吕普索身上获得的。这种事真是疯狂，我从来没有见过。"

加里有种奇怪的感觉，那就是他可以离开，G 先生能自己讲下去。或许人老了就是这样，可以捏着一支烟对着空气说话，忘记头上还戴着帽子。

"您知道他是怎么称呼卡吕普索的吗？*我的小心肝，我的爱，我热情的天使*[1]。他的妻子罗西塔对我说，当他让卡吕普索演奏小提琴时，可以听到绵绵的情话，就像做弥撒时的赞美歌。"

加里意识到自己对卡吕普索了解不多。

"她六岁时，有人用扳手砸了她的脸。[2]她容貌被毁，住了一个月院。医生重新缝合了她的一只眼睛，给她植了皮，下巴里植入了钉子。她像在地狱里走了一圈。她从来没哭过，从来没抱怨过。这个姑娘连恶龙都不怕！"

他把香烟放到嘴边，抽了起来。

"我们可以给她喝一小杯朗姆酒？"G 先生建议，"要不就喝满满一大杯，或许她能醒过来？"

"我不这么觉得。她很需要睡眠。"

"我很爱卡吕普索，您知道。"加里低声说。

"别用'很'这个字眼，它会破坏一切。真让我生气……您走吧！回去吧，我会照顾她的。"

他把加里推到门口，仿佛急于赶他走。

他找来一瓶朗姆酒，往一个写着"我是艾灵顿公爵的表弟"的杯子里，倒了满满一杯。他要对小姑娘做什么？他又倒了满满一杯。明天再说吧。如果不知道该怎么做，那就不该着急。

他摘下帽子，把头发慢慢理平。

1.原文为西班牙语。
2.参见同一出版社出版的《姑娘们》第二卷和第三卷。——原注

是时候把那个小白脸赶出门了，不然他会把卡吕普索的事和盘托出。她出生在迈阿密杰克逊纪念医院，母亲叫埃米莉，埃米莉高贵的父母住在公园大道，是共和党的资助者。人们把埃米莉送到了她在迈阿密的一个叔叔家，因为她的父母正在离婚，当时她才十七岁，得让她远离这一切。埃米莉爱上了尤利西斯，是的，尤利西斯，一个五十岁的、靠在工地上打工养活一家人的美男子。然后发生了该发生的事：她怀了尤利西斯的孩子，所以尤利西斯不是卡吕普索的爷爷，而是**她的父亲！是她的父亲**。她生下孩子，然后抛弃了她。但这还不是整件事里最可怕的。事情后来才变得复杂起来，血腥起来……[1]

生活就是这样，不是吗？

最后，一个周日晚上，电视上的《60分钟》节目报道了茱莉亚学院的一场音乐会，卡吕普索在演奏小提琴。当时埃米莉正在和她的一位意大利情人朱塞佩·马泰奥内蒂在一起。朱塞佩是个好配偶。这天晚上，她抬起头，瞥到了屏幕上的女儿。我的女儿！我的爱！她一心只想找到她，用尽了一切办法来敲我的门。

G先生很生气。他顶撞了她，但她总会回来。G先生禁止她跟卡吕普索说话，**不能让她得知真相**。可是有一天，埃米莉遇到了卡吕普索，对她说，快来，我要做你的朋友；快来，我要这样那样；快来，我要给你化妆；我要告诉你，你真美。幸运的是，他赶在她吐露实情之前阻止了她。那将引发多少混乱！

不过……如果他打电话给尤利西斯，就会引发一连串麻烦。尤利西斯会大喊大叫，坐上飞机，走下飞机，指控他失职。这不就是谋杀吗？卡吕普索可能会死。她是会做这种事的人。她做事从来不半途而废。

第二天早上，卡吕普索依然没动。

---

1. 参见《姑娘们》第二卷。——原注

他把卧室的门打开一条缝，吹了两三声口哨，又闭上门。

晚上，他走到床边。她躺在那里，苍白，一动不动。她的脸上几乎已经没有了血色，手也是。她的指甲末端几乎变成了绿色。她就像一具尸体。他不想掀开被子。她可能已经浑身冰凉。

他抓起她的一条胳膊，举起，放开，它垂落下来。

他扒开她的眼皮，卡吕普索的一只眼睛露出来，是白色的。他低声喊卡吕普索，卡吕普索，她没有眨眼，然后眼皮又合上了。

他抓住她的手，放在她的小提琴上，让她的手指在琴弦上滑动。

她没有动弹。

毫无生气。不存在。听不见。

死了?

他抓起帽子、大衣和手套，戴上墨镜，下楼上了街。他需要广阔的空间，迈着大步子走路。他想去看看道路尽头的公爵。

他要问他：嘿，公爵，女人是怎么一回事?

在广场正中间七米高的柱子上，公爵站在他的钢琴旁。他在向从他脚下路过的人打招呼。

今天，这里空无一人。

G 先生抬起头，开始说话。有时候公爵会回应他。或者他想象的确是公爵在回应。他感觉身处困境的自己没那么孤独了。

"从昨天晚上开始，她就一直在睡。她纹丝未动，我用力扒开她的眼睛，是白的。你记得奥纳西斯[1]为了杰基抛弃卡拉斯的时候吗? 你告诉我，卡拉丝哑了。她失声了。她待在家里一动不动，只能等死。你觉得卡吕普索想死吗? 公爵，我该怎么办? "

---

1. 即亚里士多德·奥纳西斯（Aristotle Onassis, 1906—1975），希腊船王，曾为希腊首富。在第一次婚姻失败后，他认识希腊女歌唱家玛丽亚·卡拉斯并与其成为恋人，后来将其抛弃，与美国前总统约翰·肯尼迪的遗孀杰奎琳·肯尼迪（昵称为杰基）结婚。

公爵裹着大衣，擦了擦眼镜片，努力听他的表弟在说什么。他竖起耳朵，踮起脚尖。公爵没有回答。公爵根本不在乎他。公爵在用目光搜寻他的粉丝，他不明白广场为什么一片空旷。平时他们会挤在我的脚下，他们去哪里了？他们不爱我了吗？

"好！我明白了。我走了。我得独自走出困境。"

他不想回到公寓。

他不想面对一个**死人**。

这就意味着，他要在圣诞老人中间，在提前三个星期播放"我漂亮的圣诞树"的店铺中间溜达？还要溜达一整晚！

还是找个酒吧，喝个烂醉吧。

*

加里回到家。他打开 iPod 听起了广播。跟 G 先生聊完之后，他想听听《感伤情怀》。是跟科尔特兰[1]合唱的版本。他走到厨房的吧台后面，烧上水，选了茶叶，想到了母亲，想到了雪莉喝茶的仪式，我好久没有她的消息了……

他输入了一个号码。

"**你好，妈妈！**[2]"

"加里！是你！一切都好吗？"

"我想听听你的声音。"

"噢！你打电话来，我很高兴……你在做什么？"

水壶里的水在唱歌，他把它倒进茶壶里。第一步：用沸水浸泡茶壶。

"妈妈，你还记得我跟你说过的那个女孩吗……卡吕普索……今年夏天跟我一起去苏格兰的那个……"

"你很爱她，我想。"

---

1. 即约翰·科尔特兰（John Coltrane, 1926—1967），美国爵士乐萨克斯管演奏家、作曲家。
2. 原文为英语。

"是的。整个夏天都非常顺利，甚至顺利得有些过头。然后就消逝了。"

"爱情？欲望？狂热？"

"所有这些，全都消逝了，跟降临的时候一样。我什么都做不了，我无能为力。"

"她状况很差？"

"非常差。"

"你有犯罪感？"

"你是说……"

"你觉得你们不会继续了，但你不想让她痛苦？"

"我对她说，我再次见到了奥尔唐丝，说结束了，于是她陷入了深度睡眠。我无论怎样都无法把她唤醒。"

"她要睡一百年。"

"一百年！"

雪莉大笑起来。她听到了儿子声音里的恐惧。

"除非白马王子来唤醒她，然而白马王子是不存在的……"

"你觉得她会死吗？"

"她会醒过来的，这是肯定的。"

"你确定？"

"是的，亲爱的。这就是第一次失恋之痛，你会觉得要死了，觉得触碰到了深渊，但必须走这一步，才能成长，才能成为一个很好的人。没有经历过这种痛苦的人是平庸的。"

"她会忘记我？"

"会的。在睡眠期间她会改变，成为一个全新的女人。她会独立完成改变，不需要王子来吻她。"

第二步：把三勺茶叶放进茶壶里的过滤器，倒入沸水。浸泡三分半钟，取出茶叶。

"你呢，你还好吗？"他说着，重新盖上茶壶盖。

这个英式茶壶是他母亲送的。

"是的，我的爱。我很好。"

"你不是要去委内瑞拉吗？"

"我留在了伦敦。我明白了旅行不能解决问题。"

"问题会一直跟随着你？"

"正是如此。于是我留了下来，我反复思考。"

他微笑着，想象着雪莉正在思考，泡着一升又一升的茶，选择下一个愤怒目标的样子。他母亲有着敏锐的正义感，会把时间花在大肆攻击恶人上。她最喜欢的对手是售卖劣质食品的人，他们把油腻多糖的东西，卖给没有钱一天吃五到六种蔬菜或水果的穷人。

"我爱你，妈妈。"

"我爱你，儿子。"

他挂了电话，很幸福。

取出茶叶。他母亲是个了不起的女人。她鲁莽、脆弱，但是了不起。她把儿子卷进了她的愤怒，她的苦役。但是她一直尊重他，从来不利用他。

他从橱柜里拿了一盒**巧克力山核桃曲奇**[1]，放在钢琴架上，闻着茶的味道。他坐在凳子上，让凳子转了一圈，伸了伸胳膊，把手指掰得噼啪作响。他喜欢温顺甜美的女人？他在听《感伤情怀》的开头。**咪—来—咪—来—咪—来**。卡吕普索。这是一场甜蜜温情的旅行，一段音乐独奏。**咪—来—咪—来—咪—来，咪—发—嗦—拉—咪—来**。可是他不能忽略奥尔唐丝。**拉—嗦—拉—嗦—拉—嗦—拉**！

奥尔唐丝。她没有打电话来说那箱红酒收到了。他把肘部放在键盘上，奏出一串不和谐的音符。

为什么她没有打电话来？

拉—嗦—拉—嗦—拉—嗦—拉！

"奥尔唐丝·柯岱斯？"

"哪位？"

1.原文为英语。

"好像你不知道一样！"他生气地埋怨。

"抱歉，我接电话的时候没有看名字。我正在参加工作会议……"

"是我，**加里**。"他气冲冲地喊。

"加里？你怎么样？纽约天气好吗？"

"奥尔唐丝！停！你收到我那箱红酒了吗？"

"你那箱什么……这边有噪声，我正在开会……"

"我那箱葡萄酒！"

"啊，对……还有一句话，是用红色比克笔写的。这样可不算优雅，用红色笔。"

"当时我手上只有这个。"

他还要道歉！这个女孩真让他疯狂。

"我更希望你用蓝色或黑色笔写。"

"奥尔唐丝！"

"是，加里？"

"停下！太蠢了。"

"我觉得蓝色或黑色更优雅。这是一个风格问题，是一种说不清楚的魅力，你看，我喜欢的男人就是有魅……"

"你想报复我？"

"我不知道你指的是什么。"

"奥尔唐丝！"

"听着，加里，你太悲怆了。你的嘴边只有三个词，其中包括我的名字，还有你……"

"奥尔唐丝，我珍惜你。"

"我听不见。"

"我珍惜你。"

接下来是一阵长长的沉默。加里晃了晃电话，害怕连接断开了。

然后奥尔唐丝的声音像喇叭一样响起。

"证明这一点！"

"可是……可是……奥尔唐丝！你……你对我……"

"证明这一点！"

加里听到电话咔嗒一声挂了。

事情本该如此。她要让他为卡吕普索的事付出代价，昂贵的、非常昂贵的代价。她要剥下他的皮，做成一件大衣。她在六十六号街誓言里加了一条：你对我做的事，我会让你付出一百万倍的代价。

他料到了这一点。

可是他没有料到的，是她语气里的那一丝潇洒，那种愉快的音调，像是拖着长腔，流露着慵懒和欢愉，咪—来—咪—来—咪—来，低声哼唱着：管好你自己吧，你在想什么呢，我周围还有别的男人呢……

他在凳子上愣住了，停住了往嘴边递曲奇的手。**奥尔唐丝有爱情，奥尔唐丝有情人，奥尔唐丝的生活里有一个男人。**

*

G 先生踏上第五大道，沿着西奈山医院、犹太博物馆、古根海姆博物馆这一路线，穿过八十六号街，瞥到一家亮着灯、但空无一人的唐恩都乐[1]，给正在把富豪送回他们宽敞温暖公寓的黑色轿车让了路，然后不知怎的，他在埃米莉·库利奇的公寓前停了下来。有一天她草草地写了个地址给他。"如果你改变主意，就来看我吧，我们谈一谈，不管怎么说，她都是我的女儿。"

向她求助理智吗？

为什么不呢？说到底，那是她的**母亲**。卡吕普索是从她的肚子里出来的。

门房没有站在柜台后。他应该是去地下室找东西了。

那他就没必要报上名字，让人通报了。他要出其不意地拜访埃米莉。她不会拒绝跟他谈谈的。

1.唐恩都乐（Dunkin' Donuts），著名甜甜圈连锁店，创始于 1950 年。

上一次，他对她有些粗鲁，甚至称得上粗暴。他应该没给她留下好印象。

他钻进电梯，按下十七楼。

他穿过一个小客厅，那里摆着米色独脚小圆桌和假花作为装饰，还有一座雕塑，表现的是一群赤脚吹笛、头发上插着花的牧羊人。

他在找 17B 公寓，是左边最后一间。

首先要给她留个好印象。他站直身子，把帽子戴得很低，系紧领结，伸手要去按门铃。

他听到了叫喊声、音乐声和节日的喧闹声。他犹豫着要不要按门铃。他会打扰到她的。明天再来吧。

然后他想到了卡吕普索冰冷的身体、毫无生气的胳膊和变绿的指尖，于是按了门铃。他知道这不是个好主意，可是他一部分的自我已经不想再照顾卡吕普索了，他想要清净，于是他告诉自己得试一试。

*

对埃米莉·库利奇来说，这是一个重要的夜晚。

朱塞佩·马泰奥内蒂终于求了婚，她要**结婚**了。

他跟她约好了第二天下午五点在位于市中心的市政厅见面。他们要排队，签订一份文件，确立他们的婚姻状况，断定两人均非重婚，举手在一位忙碌的雇员面前宣誓，交三十五美元，然后这事就解决了。之后他们会在意大利举办一场盛大的婚礼，邀请妈妈、家人[1]和朋友出席。

朱塞佩提前告诉她，结婚前夜，就不要指望他了；他要跟小姑娘们一起喝喝酒，埋葬他的单身汉生活。她用孩子的语气问："那我呢，我也可以跟女朋友们一起庆祝吗？"他回答说："可以，**但你不能跟小伙子们一起玩。**"是用法语说的。

他想装高雅的时候，就说法语。

1.原文为意大利语。

这天晚上，她见到了女朋友们。她们带来了性爱玩具、细带泳裤和吊袜带。几个姐妹嫉妒得流下了口水，觊觎她的订婚戒指。其中只有一人为她高兴。那就是吉娜。她冲上去抱住了埃米莉。埃米莉躲躲闪闪，在客厅里踱来踱去，都没能坐下喝一杯香槟。

"停，埃米莉！你把我转晕了！"

"我害怕，吉娜，怕他会取消。"

"你疯了！是他向你求婚的，这是真事。"

"是谁告诉你的，他不是跟三四个女孩求了婚，现在正犹豫**最后**究竟娶哪个？"

"**看看你的戒指，傻瓜！**没有人会把这么大一块宝石送给一个即将被抛弃的女孩。你坐下吧。"

"我不能坐。我老是想去厕所，我怯场了。"

"我呢，我怯场的时候会便秘。"

"我有个绝招，可以帮助拉便便，"夏琳钻进她们中间喊，"你们想知道吗？"

"不想！"其他人喊道，"我们在吃鱼子酱，真不是时候。"

"我们接下来去哪里？我想跳舞。"特里说。

埃米莉继续在拥挤的客厅里转圈圈。她穿着十四厘米高的高跟鞋跟跟跄跄，得扶着墙走。

"这是我最后的机会了，姑娘们。这是我人生最后的机会了……他们不会让我再上电视了。他们会找到比我**更年轻的、皱纹更少的人**。我要被赶走了。我应该在长第一条皱纹的时候就自杀，但我当时没有勇气。"

她瘫倒在一个墩子形状的垫子上，叉开腿，两条胳膊放在脚踝中间，任由鞋子掉落下来。她揉着脚，眼泪都快要掉下来了，这时她们听到有人按门铃。

"是谁？"姑娘们咆哮道。

"可能是朱塞佩？"

"或许是个越狱的男人？"

"噢，不！我们说了不要男的！"

"男人们让人害怕，男人们散发着臭味！"

当她们去卡兹奇山[1]夏令营时，就声嘶力竭地唱了这首歌。

埃米莉艰难地站起身，把鲁布托[2]鞋子拿在手中。她摇摇晃晃地走到了门口。像每次开门时一样，她缩回肚子，拨开挡在眼睛上的一绺头发。

她身后的姑娘们躺在地毯上，用胳膊互相推搡着，咯咯地笑着，把勺子伸进朱塞佩让人寄来的一公斤半的鱼子酱罐头里，试图猜测这位不速之客是谁。

埃米莉拿开门上的安全链条。她把鲁布托鞋子抱在胸前，睫毛膏晕开了，口红也涂到了嘴唇外面，一只乳房从袒胸露肩的衣服里跑了出来。

"是个男的！"姑娘们吼道。

"是个英俊的黑人，他有个漂亮的大……"

"G 先生？"埃米莉惊讶地喊了出来。

"你得来一趟。卡吕普索病了。"

"卡吕普索……"

"是的。卡吕普索，**你的女儿**。"

"卡吕普索生病了？"

"她需要你。"

埃米莉看着他，仿佛看着一片虚空。她眨了眨眼睛，往后仰了一下，又重新站直。她想扶住墙，但没有找到墙在哪里。周围的一切都在飘荡。G 先生说出了卡吕普索的名字，无限的忧伤将她击中。这忧伤如此沉重，让她无法确定自己的肩膀是否能承受得起。

"你一个人，可以做点什么……"

"我？"

1.卡兹奇山（the Catskills），美国纽约州奥本尼西南方的一处高原，是阿利根尼高原的最东部。

2.克里斯提·鲁布托（Christian Louboutin, 1963—），法国高跟鞋设计师，1991年以自己的名字建立个人品牌，其招牌红底高跟鞋极受推崇。

"你是她的母亲。"

"你知道他们不想让我上电视了吗？他们说我太老了。他们把我赶走了，我是通过**邮件**得知的。第六页上写了。我没有节目了，完蛋了，没救了。去垃圾桶吧，老家伙！"

她挥舞着鲁布托鞋子。

"噢，G 先生，生活真是太不公平了！"

"埃米莉，卡吕普索在我家里。从昨天晚上开始她就一直在睡。她一动不动，不吃东西，或许已经死了。我不知道该怎么办。"

"我明天要结婚，G 先生。跟我的意大利男人，你知道吗？朱塞佩……他向我求婚了。你明白吗？"

"我不能跟她单独待着。"

"我明天要结婚。我要结婚，你明白吗[1]？"

姑娘们听到"结婚"这个词，再次齐声唱起"*男人们让人害怕，男人们散发着臭味！*"

她们爆发出一阵恶毒的笑声。

"你的朋友们，她们的状态真奇怪。"

"我们喝了点酒，然后……"

"你只要去看看她怎么样了，跟她说说话，强迫她吃点东西，拉着她的手，我不知道……你要去做妈妈该做的事！"

"我随后就来，我向你保证。"

"你已经没有时间了，怎么……"G 先生说。

"我没有告诉他，我有个女儿。"

埃米莉把手放在黄色皮革大衣的领子上，轻柔地抚摸着。

"我应该保持头脑冷静，应该想想我自己。我指望的就是我这副皮囊……他们把我赶走了，他们把我赶走了……"

G 先生听着她讲话，似乎又没有在听。他向她点了点头，然后头不停地摇来晃去，一百八十度地转着，忧伤而机械。

---

1. 原文为意大利语。

他按了电梯，从口袋里拿出一根冰糖细条酥，放在嘴里嚼着。

他只能通知尤利西斯了。

*

周六上午，尤利西斯抵达拉瓜迪亚机场。

G 先生坐了 M60 路公交车。全程七十五分钟，两美元。尤利西斯不了解这座城市。他容易动怒，行走不便。总之有很多理由要去机场接他。

G 先生在一大群游客里瞥到了他。尤利西斯穿着一件花衬衫，拖着一个小小的黑色行李箱，戴着一顶稻草帽，把一件羊毛套头毛衣搭在肩膀上，仿佛那是多余的。他微微有些跛，挂着一根拐杖。这里是冬天啊，我的老兄！你会着凉病倒的。我该怎么办呢，遇上这两个病人！

瞥到 G 先生后，尤利西斯把系着套索的胳膊举过头顶挥舞着，用洪亮的声音跟他打招呼："你好，兄弟！"[1]G 先生很尴尬。他钻进人群，这些人都在等待从迈阿密飞往纽约的这班航班的乘客。但尤利西斯继续用西班牙语大喊。人们回过头看着他，最后只能让他先走，他们被这个指手画脚，还用拐杖威胁他们的家伙吓到了。

"人多的时候我都会这样做，"尤利西斯在出租车里说，"人群就会散开，我吓到他们了。"

他拒绝坐公交车。他年纪大了。他走到所有人面前，指了指拐杖和那条坏腿，抢先打了车。

"所以我的小姑娘怎么样了？"他瘫倒在出租车座椅里，把黑色小行李箱放在膝盖上，问道。

"她已经睡了三天了，我不知道该怎么办了。我甚至去见了埃米莉……"

"她母亲？"尤利西斯用充满威胁的语气大声问道，"你去见了那个……"

---

1. 原文为西班牙语。

他用紧绷的食指刮了刮下巴。

"我想她或许可以……"

"卡吕普索如同一颗钻石。对待她,需要技巧。只有一位艺术家出马,才能把她救回来。这是心理学的内容。"

"药物不行吗?"

"不行。得轻柔地把她唤醒……那个埃米莉,简直一无是处。"

"可是你爱过她。"

"我没有**爱**过她。我只是想跟她**发生关系**。区别大着呢。只是她给我生下了卡吕普索,然后……"

他清了清嗓子,手指拨弄着小行李箱的锁,然后转过头朝着窗户,声音哽住了:"卡吕普索,我不希望她遭遇不幸……**我不希望!**"

房间里,卡吕普索在睡觉。

旁边放着她的小提琴。

尤利西斯冲过来。他没有时间摘帽子,也没有时间喝一瓶啤酒。他朝卡吕普索俯下身,抚摸着她的脸庞、眼睑和额头,拨开她的头发。"亲爱的,是我,亲爱的[1],醒醒。"她没有回答,于是他十指交叉,闭上眼睛,在她耳畔低声祈祷着:"我的爱,我的希望,我的栀子花,我的过去,我的未来,我在这个世界上的珍宝,我爱你,我崇拜你,我亲吻你的手指,你的脚。卡吕普索,我的爱,回来吧!回到这个世界。不要丢下我一个人,不要抛弃我,如果你离开,我会死的!对我微笑吧,向我伸出双手,告诉我,你在听但你没有力气,用你的气息把你的爱带给我,我会把这一缕气息化为一阵狂风[2]。"

他的话语变成了嘶哑的喃喃自语。他重复着:"回来吧,我的爱,不要让死亡女神把你带走,她是个骗子,她向你发誓如果你跟着她就不会再

1.原文为西班牙语。
2.原文为西班牙语。

受苦，可她这是在**撒谎**！还有你的小提琴，你把它忘了吗？还有挤在你身边的那些人，莫扎特、巴赫、贝多芬、拉威尔、勃拉姆斯、舒曼、舒伯特，他们全都在，他们都在祈祷你醒来。你没听到吗？"

卡吕普索在休息，她的脸像涂了一层百合花粉一样苍白，眼眶变成了蜡黄色，嘴唇像擦了白粉。血似乎已经撤离了她的身体，她气息微弱，胸膛微微起伏。

G 先生差点落泪。

她正要离去。她又见到了**爷爷**[1]，然后离去。

"拿出你的小提琴，尤利西斯！拿出小提琴，演奏啊！"

"可是你要我演奏什么呢？她又听不到！"尤利西斯吼道，把帽子扔在地上。

"**演奏啊！**"

"我已经不会演奏了。自从二十年前我把我的小提琴给了她，我就再没有碰过了。看看我的手指，看看我的手，这是泥瓦工的手。"

"**演奏啊，尤利西斯，演奏啊！**"

G 先生把小提琴从箱子里拿出来，拿起琴弓，把小提琴和琴弓递给尤利西斯，尤利西斯推开了。

"我们最好还是把她送到医院吧……"

"先演奏。"

"你不是认真的。我们先把她送去……"

"你真懦弱，尤利西斯。你说了一大堆情话，但是需要你承担责任时，你却逃跑了。说说容易。真到了演奏，又是另一回事了。这需要胆量。可是你没有。你可以在机场大喊大叫，可是面对她，你就没种了，你真让我头疼……"

尤利西斯低下头。他的下巴贴在胸膛上。他垂着脑袋，像脱了臼，胳

1.原文为西班牙语。

胳膊弯着贴着大腿，什么用场也派不上。一个老人弯成了两半。

G 先生把小提琴递到他怀里。尤利西斯犹豫着伸出一只手。他抚摸着木头，把琴弓在脸上摩擦着。

"拿起小提琴和琴弓，缝合她的伤口吧。音乐，不仅听起来悦耳，而且能让死者起舞，把他们带回生者身边……加油，尤利西斯，加油！"

"闭嘴！**滚开！**"

G 先生关上门，走进厨房。他开了一瓶朗姆酒，喝了一杯。爱情只会带来不幸。他知道这一点，所以一直远离爱情。友谊也是。可是爱情，就像口袋里的一根鞭炮，永远是点燃的。

尤利西斯凝视着瓜奈里光滑镀金的木料。他的手指拨动了琴弦。他把粗粗的手指放在那么细的琴弦上。他掠过琴弦，把自己吓了一跳。他触动了听觉，掠过琴马和发出来、嗦、发、咪几个音的弦轴。他的指尖变得灵活起来。

他把小提琴放到下巴下面，垫片靠着肩膀。站直，确保两只脚位置正确，慢慢地晃了晃，下巴把小提琴夹住了。他放松肩膀、胳膊，放松整个身体。再放松下颌骨和颈背，拿起琴弓，放在琴弦上，闭上眼睛。

他又一次听到了他的小提琴发出的声音。他的瓜奈里。他的眼睛湿润了。他滑动琴弓，往前冲，再次滑动，迈出第一步，第一个滑步，闭着眼睛，像一个裂开的无花果一样微笑着，第一个和声响起……是儒勒·马斯内 [1] 的《泰伊思冥想曲》。

这支曲子，是那么遥远！

他当时十二岁，还穿着他的第一条长裤。

他又哭又笑，为离去的女儿哭泣，为重新归来的小提琴欢笑，他展现着自我，颤抖着，不想让这一切结束。

---

1. 儒勒·马斯内（Jules Massenet, 1842—1912），法国作曲家，音乐教育家。

他忘记了琴弓可以缝合伤口。

他演奏。他不再有妻子，不再有孩子。他不再害怕，他又回到了二十岁。我的公主，既然你决定了要离开，那我就把一切都告诉你。我跟你撒了谎。我要告诉你实情，然后你就睁开眼睛，你向我保证，好吗？

"卡吕普索……"

琴弓上移，再往上移，撕扯着曲调。

"我是你的父亲，你的母亲就是埃米莉，那个纠缠着你的女人，我做了一件蠢事，那就是想离你远一些。我不想让你得知真相，我为我的离开感到羞耻，我是个禽兽，是个畜生。我只是一个男人，**亲爱的**[1]。我是一个不完美的男人，但我全心全意地爱着你……"

他围着床转，他演奏，跟她说话："我的女儿，我美丽的女儿，我为什么要跟你撒谎呢？我的谎言带来的只有不幸。"

卡吕普索听到了"'我的女儿'，我的爱，我美丽的**女儿**。"

她听到了"你的母亲，埃米莉"。

她听到了小提琴声，《泰伊思冥想曲》。

她半睁开眼睛，瞥到了尤利西斯在她的房间里摇晃着身子演奏。如同一个大街上的舞者，一个表演吞下小提琴的人。他向后仰着脖子，变得高大起来，肘部高举，手腕弯曲，踮着脚尖，然后又落下，仿佛一张滑下的帆。然后帆再次扬起，庄严肃穆。她感觉像是在隔着一块玻璃看他。然后小提琴的声音击碎了玻璃，她抬起手，她的手在**动**。她闭上眼睛，转身看着玻璃后面的世界，那个属于睡眠和死亡的白色世界。可是泰伊思这首曲子抓住了她，钻进她的身体，她心想我没有死，她抬起手，抬起胳膊，尤利西斯看到了伸出的手飘浮在空中，仿佛要脱离身体，在房间里飞……

他停止，跪倒在地，感谢上帝，感谢马斯内，感谢小提琴把卡吕普索从沉睡者的王国里救了回来。他在被子上撞击着额头："你在吗？你在吗？

1.原文为西班牙语，下同。

卡吕普索，我的女儿，我心爱的女儿。"

他说了"我的女儿"？

我这是在哪个世界？

是在生者的世界吗？还是在死者的世界？这里的一切都被原谅了，一切都被废除了，剩下的只有爱，在这里，爱要么被允许，要么被禁止。

他说了"我的女儿"，我略感惊讶。

我知道这一点。我对他的爱那么伟大，那么强烈，只可能是一个女儿对父亲的爱。**我的爸爸**。我回到了地球上。**我的爸爸演奏了《泰伊思冥想曲》**。

她睁开眼睛。

她要求喝水。躲在门后的G先生跑去拿了一杯，递给她，让她直起身子，低下头，小口小口地喝。

卡吕普索喝了水，脑袋垂落到枕头上。

"我以前就知道。"

"你以前就知道！"尤利西斯大喊。

"我明白，**祖父**，我明白，但让我烦恼的不是这个。让我烦恼的是加里。埃米莉和你，你们的事已经过去了。"

"你恨我吗？"

"你永远是我亲爱的**祖父**。我们都不需要父亲，也不需要母亲，只需要一个无条件爱你的人，他会坐在第一排，为你鼓掌。"

她转头朝着窗户。

"加里……"

"不要跟我说他！"尤利西斯怒气冲冲地挥起了拳头。

"我无条件地爱他，但对他来说过于沉重了。"

"你会忘记他的。**你会忘记他的。**"

"忘记他？"她的声音小得让他的心都冰冻了，"如果我忘记他，那说明我要死了。或许我已经死了……只是我不知道。"

"不，你没有死，**亲爱的**。你会慢慢变热的。看看你的手，已经是粉嫩温暖的了。"

卡吕普索垂下眼睛看着自己的手。她的手放在被子上。她的手毫无用处，因为他不会再握着它们，不会再亲吻它们。

"我要学会没有他，也要活下去。"

她瞥到了椅子上加里的套头毛衣。是她从爱丁堡出发时，加里搭在她的肩膀上的。她伸出胳膊去抓套头毛衣，尤利西斯递给她，她接过来，揉搓着，呼吸着，寻找着他的味道，他爱她时的味道。

因为他爱过我，不是吗？

所以我们可以停止爱？

第二天上午，在厨房里，尤利西斯从行李箱里拿出一个很大的黄色特百惠保鲜盒。

"这是什么？"G 先生问，他正一边喝啤酒，一边准备做培根红辣椒炒鸡蛋。

"**古巴牛肉丝！**"尤利西斯喊道，他在腰间系了一块布条，"这是我的罗西塔做的，她想让小姑娘醒过来。"

"好像是一种古老的调味菜。"

G 先生撕下裹着培根片的塑料包装，把红辣椒切到锅里，锅里的油噼啪作响。

"她得吃饭了。"尤利西斯说。

"不能吃这个！这太油腻了，也太难消化了，会害死她的。"

"你知道什么，**外国佬**？上好的肉，配上洋葱、青椒、三瓣大蒜、小茴香、西红柿、白酒，让她的胃享受一下！这是她小时候最喜欢的菜，她会把盘子都舔干净的！"

"尤利西斯！她刚刚醒过来。"

"明天，我就把她带走。"

"带到哪儿？"

"迈阿密。带到栀子花、百合和含羞草中间。"

"可是她的学业……已经是最后一年了。她就要……"

"我为她制订好了计划。我全都安排好了。其实之前我就……"

他清了清嗓子。

"她上电视时，有个家伙跟我签了合同。他想为她代理事务。他是世界上最好的经纪人。他签约的都是最厉害的人。"

G先生没有回答。他知道在这种情况下，跟尤利西斯对着干根本没用。

"他是通过学校得到的我的号码，因为在茱莉亚学院，卡吕普索的资料里有**我的**地址，**我的**名字和**我的**电话号码！"

"我知道，尤利西斯。"

"因为我是她的**父亲**。"

"我知道，尤利西斯。"

"我真是个傻子！真是个傻子！我才想到这一点！"

他用掌心拍了拍额头，整理了一下布条。

G先生表示赞同，又问："那个为了卡吕普索的事给你打电话的人，是个好经纪人吗？"

"他是最好的，我跟你说。我答应了，但补充说要等她完成学业才行。现在她不能再上学了。不能让她再去见那个男孩。她可能会再度陷入昏迷。只要一年，我告诉你，她会让卡内基音乐厅[1]人满为患！她将开启一段无限美好的职业生涯。"

"再看吧……"

"至于那个小傻瓜，他以后从卡内基音乐厅前面经过时，将只能仰视她，海报上的她高高在上，用才华碾压他。你等着看吧！"

*

加里坐在二楼二十一号工作室的钢琴前。

卡吕普索没回学校。

走廊里，有人说她已经去迈阿密了："她跟那个经纪人签了合同，您知道，就是把大牌尽收囊中的那个，对，她要到芝加哥演出，要当第一小提琴手，

1.卡内基音乐厅，美国古典音乐与流行音乐界的标志性建筑。

对，第一小提琴手。据说她有能力，有才华。她会跟希拉里·哈恩[1]一样，成为巨星！"谣言还在不断夸大。

谣言有时候就是真的。

他不敢给 G 先生打电话。

我明天再打吧，如果她的情况恶化，他应该会提前通知我的。

他演奏巴尔达萨雷·加卢皮[2]的《第五奏鸣曲》第一乐章。音乐仿佛来自一个毛绒玩具熊，音符一个个流淌出来，像是在催孩子入眠。

仿佛卡吕普索回过头，轻盈地，无比轻盈地挥着手，对他说再见。

仿佛她在对他微笑，絮语道："我爱你，好好照顾自己。"

仿佛在说："结束了。"

　

一天，他输入了 G 先生的号码。

他问卡吕普索好点了没有。他还问，她什么时候回学校。

"为什么？你想她了？"

他不知如何回答。

"她去迈阿密了，小傻瓜。"

*

法里德推出了招牌巧克力，他自豪地指了指吧台上那台机器，它正在调配浓稠、温热、芳香的深色液体。他把巧克力端上桌，在茶碟边上放了两块斯派库鲁斯[3]饼干。

佐薇和蕾雅品尝着，闭着眼睛。

"你们觉得怎么样？"吧台后面的法里德迫不及待地问。

"美味，"佐薇说，"我还要再来一点。"

"我请你们喝！"法里德放下心来——因为他在这台机器上投了很多

---

1. 希拉里·哈恩（Hilary Hahn, 1979— ），美国传奇小提琴家，曾获格莱美奖。
2. 巴尔达萨雷·加卢皮（Baldassare Galuppi, 1706—1785），意大利作曲家。
3. 斯派库鲁斯（Spéculoos），一种在荷兰和比利时流行的饼干。

钱——喊道，"每人一杯？"

"不管了，我要一杯。"佐薇舔着嘴唇说。

"所以呢？"蕾雅压低声音说，"你打听过了吗？"

"**那张**彩票在你身上吗？"

"在，在我胸衣里。然后呢？**我们要怎么办？**"

对于中了十万欧元这事，佐薇似乎并不在意。

"我给国家彩票集团打了电话。得先跟办事员确认我们是否真的中奖了……"

"你是想说……"蕾雅结结巴巴地说，惊讶地张大了嘴。

"你有可能是弄错了，我们根本就没中奖。"

"这不可能！"

"然后我们跑到图尔比戈街，拿身份证和银行账户证明兑换支票。你有银行账号吧？"

"有。"

"我也有。一切就绪。"

"也有一种可能，"蕾雅说，"我看错了，我们没有中奖。你觉得我会弄错吗？"

她咬了咬指头，刮了刮鼻子，然后试探着问：

"因为我说我不愿意分享，所以我们会受到惩罚？"

"这事得看你的良心。"

"你说……如果我马上捐出奖金的百分之三十，能帮助我们中奖吗？"

蕾雅想了想，然后改变了注意。

"百分之二十五。我决定了。我捐出百分之二十五，留下百分之七十五。"

"好。我们走吧？"

"我害怕，佐薇，我害怕。你想要支票还是转账？"

"先看看我们有没有中奖吧！"

确实中奖了。

蕾雅扑到佐薇身上，像一条贪婪的章鱼一样紧紧抱住她。

"这些钱我们要怎么花？"

佐薇凝视着趴在厨房桌子上写作的母亲。她母亲总是在厨房工作。她有她的诀窍，手一翻就把书和文件整理好。妈妈，如果你知道我发财了，而且是第一次发财，那该多好啊。一想到这个，她就感到阵阵快乐袭来。如果她愿意，她就可以改变别人的生活。

让自己变得重要。

让别人亲吻她的手。

让别人尊重她。

她想干什么都可以。

想到这一点，她立刻自责起来，决定跟钱保持距离，保持戒心。钱会迅速吃掉你的头脑和心灵。

保持距离。

为什么不摆脱它呢？

她下楼去门房看伊菲姬尼。到了她给奥尔唐丝打工的时间了，要用熨斗把标语熨到 T 恤上，在标签上标好地址。佐薇闻到一阵烧焦的味道。

"一切都好吗？"她围着熨衣板转了一圈，问道。

"完美。你呢？还在跟上帝联系吗？"

"是的。他很好。他亲吻你。生意怎么样？"

"你看看桌子上，我刚刚花光了定金，买了最新款 Mac[1]。是给孩子们买的。"

"啊……那你呢，你什么也不需要吗？"

"不需要，我的小可爱。我工作，赚钱。这样不好吗？"

伊菲姬尼放下熨斗，疑虑地看着佐薇。

"你中了六合彩？"

---

1. 苹果公司开发的一种计算机。

"没有的事，我只是来问问你的情况。"

"你没做什么买卖吧？要说现在，到处都有像你这样的年轻人靠贩毒赚钱，给自己买东西。"

"你疯了！"

"我倒宁愿是疯了。你看起来有点怪……甚至还有点可疑。"

"没有的事。"

"那你就让我干活吧。我可没那么奢侈，在这里闲聊。我还没发财呢。"

佐薇推开公寓门，听到阵阵笑声和叫喊声：不！就是！我跟你说了！这不可能！佐薇去哪儿了？

门口放着几件她不认识的大衣，还有两个贴着航班标签的旅行袋。纽约，纽约。她停下来等了一会儿，辨认出那是菲利普和亚历山大的声音。

她在客厅里跳了起来，张开怀抱……

"我来了！"

她拥抱了菲利普，又扑过去抱住亚历山大的脖子，亚历山大搂住她，揉捏着她，舔着她。有时候她会想，她表哥是不是**也**不喜欢女孩，或者他是不是把自己当成了一条狗。

"露拉比！你去哪里了？"

"去伊菲姬尼那里了。"

如果我能跟他讲讲大富翁彩票的事就好了！但是如果我把秘密告诉亚历山大，那大家就都知道了，这些钱就**真真切切地**存在了。但现在，我还可以**无视**它的存在。

"你们在吵什么？"

"她不知道！她不知道！"亚历山大喊着，仿佛脸颊都要扯破了，"可怜的孩子！你坐下，我们给你讲讲。"

他像身披长袍的罗马议员一样讲了起来。

他在旺夫的跳蚤市场闲逛，当时是一个清晨。大口杯里飘出咖啡的香味，商人们正抱着杯子暖手。那些家伙把货物拿出来，放在油腻的毯子上。都是些乱七八糟的东西，突然……

"我看到了一幅画。也不算一幅画，而是……一块残片。上面画的是放在白布上的荷罗孚尼的手和胳膊，来自《砍下荷罗孚尼头颅的犹滴》这幅画。我的胸膛上像被人插进了一把匕首。"

他刺了自己一下，倒在沙发上，奄奄一息，惹来一阵笑。他直起身子，继续说："我马上反应过来，眼前是一幅杰作。那个家伙想要五百欧元。我去找了批发商，我的账户上有三百一十欧元。你还记得吗，佐薇？"

佐薇记得，她本该把钱取出来的。

"我回到了伦敦。我把这块残片拿给了爸爸看，你想一想，露拉比，这是卡拉瓦乔[1]画的一幅画，专家们已经找了四百年。"

"这块脏布头……我觉得太贵了。"

"太完美了。"他扬起下巴，瞪大了眼睛，眼球滴溜滴溜转，突出此事事关重大，"卡拉瓦乔的一块布头，抵得上法兰西银行的一层楼。"

"你要把它卖掉，还是留着欣赏？"

"等一等，你说得太快了！"

他叹了口气，这个表妹表现得不够戏剧化，让他沮丧。

"我头晕目眩，仿佛脑袋被人用铁器重击了一下。我和爸爸想了一下，然后……我们把这块残片夹在胳膊下去了纽约，去找人鉴定。"

为了显得更严肃，菲利普接上他的话："我有个朋友在那边，他在大都会工作，是欧洲艺术部主任。"

"西尔弗斯通先生，"亚历山大打断了他，"他的鼻子就像个皮没刮干净的土豆……"

"得对这幅画做 X 光透视。"菲利普继续说。

"我们对它进行了清理、分析，用了红外线。我们见了很多专家，那些人爸爸全都认识，整整一个星期，我们都在等鉴定结果。他们关注了这位大师在四百年前使用的厚涂手法，讨论了'明暗对比'、斜射光、'反悔'、姿势的戏剧性……"

---

1. 米开朗基罗·梅里西·达·卡拉瓦乔（Michelangelo Merisi da Caravaggio，1571—1610），意大利巴洛克派画家，代表作品有《圣乌尔苏拉殉难》《圣马太蒙召》《拉撒路的复活》等。

"这幅画的秘密逐渐被揭开。真令人兴奋。"

"……仿佛我们走进了这幅画，我们被它的魅力吸引住了。时间已经不复存在。我们睡不着，我们浮想联翩，做各种假设，想让它重见天日。连睡觉的时候也在盼着第二天马上到来，起床的时候也盼着晚上能知道更多消息。"

"亚历山大表现得很完美。这笔生意他处理得像个老手。"

"证明这块残片来自这幅画容易吗？"佐薇问。

"卡拉瓦乔没有画任何草图，"菲利普说，"在画之前没有打任何草稿，他是直接在画布上画的，不过，画上有一处修饰……"

"一处什么？"

"一处修改。就是画家画错了，直接在作品上改。"

"昨天上午，"亚历山大滔滔不绝地说，"鉴定结果出来了，这块残片被认定是真品。我差点昏过去。"

"亚历山大可以自己开公司了，推荐他信任的艺术家……"

"我想感谢佐薇，"亚历山大突然严肃起来，说道，"那个周末，是她带我去了旺夫跳蚤市场，早上七点去的。我抱怨了一番，拖拖拉拉的。她向一位老先生承诺过，要给他一件暖和的大衣和几副手套。"

"神圣的佐薇，为我们祈祷吧！"奥尔唐丝笑了。

佐薇冲着姐姐吐了吐舌头。

"你都这么有钱了，那今天晚上你就请我们吃饭吧，小气鬼？"奥尔唐丝说。

"好。我们去哪儿？"

"我知道一家很好很好的餐厅。"佐薇说。

"露拉比，我可以跟你谈一分钟吗？有很重要的事。"

佐薇惊讶地看着他。她扬了扬下巴，睁大了眼睛，仿佛在说怎么了，怎么如此神秘。

她还没恢复平静，亚历山大就把她拉到了她的房间里，关上门，说：

"啊，我情况不好。非常不好。"

"为什么？"

"你能给我点钱吗？"

"你太夸张了！你刚刚靠卡拉瓦乔的帮助赚了几百万，就来找我借钱。"

"我还一分钱都没赚到呢，虚张声势只是为了把这笔生意做到底。我一个铜板都没有，银行账户已经严重透支了。我不确定今天晚上我的银行卡能不能用。如果我摘下面具，就会失去尊严，更糟糕的是，失去父亲的尊敬。你还在为奥尔唐丝工作吗？"

"嗯，是的……"

"借钱给我，让我付餐厅的账。"

"总共才五个人去餐厅！"

"不然我就得和盘托出了。我对爸爸说我的小生意很赚钱，我不需要**他的钱**！"

"为什么？"

"因为我想独自处理。"

他扮成小猫的样子，脸蛋在她胳膊上蹭着，喵喵直叫。

"求你了，亲爱的露拉比……"

"你太夸张了！"

"谢谢，露拉比。"

"可是接下来你要怎么办？怎么填补透支的金额，付鉴定费，这一大堆怎么办？"

"我要去银行借钱。毕竟我有个重磅理由！如果他们不冒点险，那就太蠢了。你看到我让他多么骄傲了吗！"

"谁？"

"我父亲！他的眼睛就像装在了滚珠轴承上，转动着看着我。我真幸福！你爱我吗？"

"爱。"

"爱到疯狂？"

"还要更深。"

"这不存在。"

"存在，对我来说是存在的。在爱这件事上，我们不会计较。"

*

奥尔唐丝把菲利普拉进了房间里，向他展示自己的"工作室"。约瑟芬待在厨房里，用一个小勺子当镜子看着自己。她习惯性地撇着嘴，小勺子提醒她注意，别做这个动作了，否则你的嘴角会下垂的，你会看上去又**老**又**尖酸**。她吓了一跳，然后恢复了平静，把嘴角往上提，装出幸福女人的样子微笑着。

他回来了，他没有坐飞机去找一个插着鲜花戴着项链的塔希提女人。她对着小勺子微笑着，这时她感到菲利普搂住了她的肩膀。

"你怎么样，我的甜心？"

"很好。"

"哎呀，你这里很挤。每走一步都会撞到一卷布。你为什么不来伦敦，住在我们家呢？"

她往后仰着头，靠着他的上衣。

"我也很想啊！可是佐薇还需要……"

他把嘴贴在她的嘴上，一种熟悉的幸福感席卷了她的全身。他来了。她不再害怕。一种别人无法提供的信任将他们联结在一起。

"我没有给你打电话，你没担心吧？"

"有点……"

"我和亚历克斯，我们太幸福了。我们没有注意到时间流逝。拿着那幅画，想着它是卡拉瓦乔亲手画的，那种情绪是那么……"

他紧紧地抱着她。

"你没有怀疑我吧，我希望……"

"没有！我很清楚你是在准备一个惊喜。但我不知道是哪一种……"

她进步了，她学会了撒谎。

*

收到朱莉的指示后，斯泰拉离开废钢铁厂，朝桑斯方向去。她瞥到了起重机是往后歪的。她忘了把螺丝拧紧。她明天再拧。

她得先想一想，得买点面包今天晚上吃。得去兽医那里买点药膏给驴擦。还得去跟初中校长谈谈……

她不会去跟初中校长谈。

这件事唤醒了她身上可怕的愤怒。她想大声喊：**是谁给你们出的这个主意？是你们自己想到的？你们知道雷·瓦伦蒂是谁吗？**

她又听到了雷尖酸的笑，他用刺耳的声音说着脏话："我亲爱的小姑娘！这是反抗的女性的愤怒！我喜欢你黑黑的、狂野的样子，喜欢你心怀深仇大恨的样子。你知道为什么吗？"他大笑起来，"因为我总会赢，我还要再亲吻你一次！"

她大喊**不**，这一次，赢的是我。你不会再拥有我了。

还有信封照片上的那个小女孩，她也是受害者吗？**所有的女人**都要过这一关。那个小姑娘摆脱了你，所以让你疯狂？

照片上没有日期，找不到任何可以解开这个疑团的线索。不过她确定这是瓦伦蒂干的另一桩龌龊事。这些事您应该都不知道，校长女士。

她咬住舌头，免得吼出声来。她脑子里这些喧闹声，是时候停下来了。她要像小时候那样做。她要以怨报怨，与自己结成联盟。这是她的专长。

她经常这样做，所以可以重新开始。

她伸手打开收音机，听到了新闻提要，洪灾、谋杀案，美国一所学校的残杀。她立刻关掉了，然后拿起一张丢在杂物盒里、没有外包装的 CD，听到了带着鼻音但非常洪亮的歌声在驾驶室里响起："我想飞越海洋，遇见飞翔的海鸥，回忆过往的一切，或者走向未知。我想摘下月亮，为什么不拯救地球，但在此之前，我得跟父亲聊聊，跟父亲聊聊。"

是谁在**我的**卡车里听了席琳·迪翁？

最近是谁开了**我的**卡车？

除了朱莉、布布、莫里斯和侯赛因，他们偶尔会开。但这些人每次都会提前告诉我。每次都会。

奇怪，真奇怪。

她展开朱莉给她的地址，又看了一遍地址。她要去木匠那里装上瓦砾，再去当坦家卸下来，他那里有个小土丘需要加固。当坦是个军火商，他建了一个射击场，顾客可以在那里练习。那边有射击场，俱乐部，无数的美酒，还有富有英伦气息的绿草坪。那里变成了猛男们**不可错过之地**[1]，他们幻想着在此地挥舞拳头，或者宣战——向野味宣战。他们消耗着子弹。斯泰拉心想把瓦砾送到那里，建一个两米见方的小土丘能有什么用。什么用都没有，可能朱莉另有打算。她不知道朱莉是怎么想的。自从杰罗姆和阿德里安在吃那顿饭时发生了冲突，朱莉就一直躲着她。

她在木匠那里拉了货，在当坦那里卸了下来，车斗一翻就完成了。进展十分顺利，这让她心情很好。她要在城里转一转，买点面包，再去兽医那里。然后……既然她想去巴黎，那就得好好打扮一番。她注意到了《她》杂志上的一双靴子，肯定能在桑斯大道的圣玛丽娜商店买到。

她把卡车停在了停车场，向狗狗们解释了她要离开一小时，给了它们两块饼干，亲吻了它们的脸。看好汽车！她伸出食指指着它们，命令它们在车上守着，保持警惕。

两条狗躺在后排的座椅上，哈着气。它们了解这首歌。

她双手插进背带裤口袋，一边走一边看橱窗。教堂底下的房产中介公布了待售的房屋图片和价格。但是价格过高的没标，免得让老主顾感到沮丧。她逗留了片刻，看到一则广告，共和国大道十九号有一幢漂亮的房子在售，那是一幢有黑栅栏和绿草坪的白房子。她仔细看了照片。没错，但是房子前面有一座很丑的雕塑！是一匹插满锋利铁片的马，上面还骑着个牛仔，正在踢马肚子。我很想要这幢房子，但不要这个牛仔。她弯下腰去看价格，没标。这幢房子应该很贵。

她在橱窗前犹豫起来，要买裙子、套头毛衣，还是短外套？她找到了圣玛丽娜的靴子。推开门，试穿，把背带裤的下边卷起，在柜台付了

---

1. 原文为英语。

钱。鞋后跟叩击着人行道的路面。她在一家花店的玻璃门前照了照镜子。一百二十欧元。价格并不划算。汤姆还想要一件鹅牌夹克作为圣诞节礼物。他没有明说,是她自己猜的。她咬了咬嘴唇,捏着眉毛,拔下一根,然后说呸,我完全有这个权利!

她买了面包。

她又去兽医那里,买了药膏。门口的姑娘递给她一管免费的,店里正在促销,还对她抛了个媚眼。她们以前是同学。她知道**真正的**雷·瓦伦蒂是什么样的。一天晚上,她邀请斯泰拉去了她家,第二天要考试,这样斯泰拉就可以安心地睡觉了。

愤怒再次涌来。她的心怦怦直跳。

她走进丝芙兰,试了香水,还有一支口红。售货员提议给她化妆。工作服上的标牌上写着她的名字吉娜。吉娜戴的是假睫毛,能看得出来,粉底也太厚了,也能看出来。她说话时脖子上的肌肉会突出来,像在举哑铃。可她笑起来多么美好,我想让个好人来接待我。我确定她工资不高。或许她给我化妆,能多拿点奖金?或许她的上司会过来,心想真不错,她逮住了一个顾客,我给她发奖金吧。

斯泰拉坐在一张高椅子上。吉娜给她贴上舒洁纸巾,说起甜言蜜语。"您的眼睛那么美、那么蓝,得好好凸显一下。""噢!您额头上的这一小绺头发真有趣,就像鬓角的鬈发一样,太好玩了,您的皮肤有点干,我们来补点水。""您知道这款日霜吗?它含有多种维生素,效果神奇。"斯泰拉放松下来,任由吉娜的手像蝴蝶一样翻飞,听她讲着补水、固定、底妆的保持、CC 霜、BB 霜、脂肪层、用**刷子**刷在脸上的腮红。这些单词,她有一半都不知道,但这位有着运动员脖子的售货员喋喋不休,动作轻柔,笼罩着她。为什么我和阿德里安之间没有话说了?过去我们可以整夜整夜地聊天以及做爱。为什么?她睁开眼睛,端详着她的黑指甲,然后又用套头毛衣的袖子遮住。

"您做指甲吗?"

"啊不做……"姑娘笑了,嘴咧得像电视屏幕那么大,"我呢,负责的是面部美容。"

她往后退了一步，端详着她的成果，问道："您觉得怎么样？"

斯泰拉回头看着镜子，只见镜中的女人那么美，她都认不出来了。

"这是我吗？"

"当然是！"

吉娜大笑起来，脖子上青筋凸起，斯泰拉真怕会爆开。

"我得每天都来见您。"

"您想买哪个？补水效果极佳的日霜？眼影、腮红、刷子？告诉我……还有这款CC霜，它会改变您的生活。它可以滋润皮肤、提升肤色、保护肌肤。可以说是不可或缺的。"

"贵吗？"

我很想留点钱给汤姆买鹅牌夹克。

吉娜挂着电视屏幕一般的微笑，一一说了价格。斯泰拉陷进凳子里，盯着靴子尖，想要赢回一点尊重。

"我要想一想。"

吉娜的笑脸变成了哭脸。她把舒洁纸巾取下，一下子全扔进垃圾桶，意思是都白费了。吉娜不是个好人。

"如果您改变主意，我就在那里。"她说着，抿了抿嘴唇。

她朝另一个猎物转过身。

斯泰拉从凳子上下来。最后又看了一眼镜子，感到很满意。

"斯泰拉！"

是阿明娜。她正在柜台付钱，使劲朝这边挥手。

"我们去喝杯咖啡？"阿明娜说。

她们在一家酒馆坐下来，紧靠电动弹子台，点了两杯咖啡。

"你消失了！从今年夏天开始，你就杳无音信了。我给你留了言，可是……"

"雷去世之后，我和妈妈都不堪重负。"

阿明娜微微一笑。

"你知道我离开医院了吗？一个月前走的。我受够了！"

斯泰拉表示不知道。阿明娜是护士。

阿明娜小口抿着咖啡，她的嘴唇裂开了。加班从来不多发工资，带薪假期永远休不了，她受够了。

"那你现在在做什么？"

"我在圣西尔疗养院工作。有人告诉我那里有个岗位，我就挤了进去。那里的老人和善，工作平静，我周日休息，工作日还可以再休一天，也就是周三。我很喜欢周三。它让我想起小时候的日子。"

她把嘴嘟成小管子的形状，免得伤到嘴唇。她嗓音很尖。

"雏菊疗养院，名字很美，不是吗？只是并没有雏菊！"

她想笑，但迟疑了一下。因为嘴唇疼。

"房间宽敞漂亮，洒满了阳光……"

"我知道，雷的母亲费尔南德就住在那里。"

"我不知道你了解这件事。我不想告诉你，怕吓到你。"

"从法律上来说，她是我的奶奶。我得时不时去看看她，我正好是周三去的。所以我们从来没见过面。"

"你知道有人来看她吗？是她的公证员，还有一个有点怪的女人。至于我，我从来没见过她，但所有人都说她怪怪的。"

她模仿起卡车司机耸起肩膀，鼓着腮帮，缩着脑袋，扬着下巴，像一条怒气冲冲的看门狗。

"这是绿巨人浩克！"斯泰拉微笑着说。

"那是一个很高的女人，头上系着纱巾，戴着墨镜。她径直闯入房间。人们问费尔南德这是谁。她咆哮道：'这跟你们无关。'于是我们就不管了。"

"进那家疗养院，就像进磨坊一样。从来没有人问我问题。"

"他们应该知道你是她的家人。"

"这事又没写在我额头上。"斯泰拉说。

"你为什么要去看费尔南德？"

"因为我母亲，她坚持要我去。"

"她自己不去吗？"

"我想她是害怕，但与此同时，她那颗天主教徒的良心在低声告诉自己，她应该照顾费尔南……复杂着呢。所以我就去了，我们不怎么说话。我受不了她，她对我也不温柔。"

"我知道。"阿明娜把手放在斯泰拉的胳膊上。

"你知道初中的事吗？"

阿明娜摇了摇头。

"他们想改名为雷 - 瓦伦蒂初中。"

"不！"

"是的，我对你发誓。"

"你气疯了吧？"

"谁第一个觉得这是个好主意，我就先把他的眼睛抠出来。"

"这是谁想出来的？"

"不知道，我还在消化这个消息。这道坎我过不去。**完全不行**。"

她在用手指拔眉毛。阿明娜温柔地抓住她的手，把它摊开。

"别伤害自己，斯泰拉。"

斯泰拉抽出手。

"除了这个，你其他方面怎么样？"她用尖尖的、颤抖的声音低声说，"你跟人见面吗？你庆祝过吗？"

"昨天晚上我见了玛丽。我们一起吃了晚饭，然后……"

"玛丽·德尔蒙特。"

"是的。"

"自从雷去世后，我就没有她的消息了。"

"她有点讨厌你。当我说'有点'的时候……"阿明娜撇了撇嘴，"意思是她非常讨厌你。"

"可是为什么？"斯泰拉吓了一跳。

"她说你因为雷的事强迫她[1]……说她可能会被人逮住，被报社解雇。"

---

1. 参见《姑娘们》第三卷。

"她夸张了！她还在为'自由共和国'工作？"

"是的。"

"他们没有搬家？"

"没有。如果你想见她，先给她送花吧……她可能会把你赶走。"

斯泰拉微微一笑，她刚刚想出一个办法。她抬起胳膊又要了一杯咖啡。阿明娜点了一杯无咖啡因的，否则她的心脏会跳个不停，睡不着觉。

服务生放下两杯咖啡，请她们付钱。斯泰拉拿出钱包，阿明娜把嘴嘟成圆形，发出突突突的声音。

"我来付，我请你。"

她付了钱，让他把零钱留着作为小费，拿出唇膏，涂在嘴唇上。

"说到底费尔南德还是运气好，最后住进了雏菊疗养院。那边的人待她不错。她虽然高位截肢，还是挪着屁股到处去。真该看看她的样子！她的胳膊真有力气！你注意到她把鸭绒盖脚被抓得多紧吗？从来不放手。她拒绝别人给她洗那条被子，连下楼看电视的时候也裹着。她没有额外支出，一分钱都不用花。不知道她的钱都用到了哪里。"

阿明娜朝斯泰拉侧过身子，补充道："贝罗师傅，就是那位公证员……他经常来。他总是拿着一个小手提箱。依我看，里面装满了钞票。老太太应该藏了不少钱。"

雷有那么多生意，攒了很多钱。他们两个人分，他一箱，他母亲一箱。就算他出了什么事，他也希望母亲能什么东西都不缺。而且这样也能解决他的问题。跟母亲分完之后，别人也就不会注意到他的收入了。

"有一天，索菲亚娜听到公证员对她说：'瓦伦蒂夫人，这些钱您究竟要用来做什么呢？'她抱怨道：'这跟您无关。'他没有反驳。"

"她应该给他一笔佣金。"

"他在供养她，这是肯定的。但为什么呢？"

"完全不知道，阿明娜。也不感兴趣。"

阿明娜换了个话题，说她遇到了一个男人。是个美国人，鳏夫，带着个女儿。他是葡萄酒批发商。他直接向生产商采购，然后卖到全世界。正因为如此，他才在圣沙朗定居，并辗转于勃艮第、香槟区、卢瓦尔葡萄酒区和巴黎。坐上飞机，他就能飞到波尔多。他有自己的直升机，可能是租来的。

"如果我没理解错，他跟妻子之间产生了一些麻烦。她自杀了。但发生了什么事我完全不知道……总之，我很清楚我恋爱了。"

阿明娜一只手放在心脏上，言语之间仿佛已经是那个家庭的一员。提到那场悲剧时，她似乎也在难过。

"我是两年前在医院遇到他的，他来的时候我不在岗。英俊的家伙！他来见受重伤的女儿。是雷把小姑娘送到急诊的。"

"雷？他当时还是消防员？"

"我不知道，但把小姑娘放在医院的人确实是他，还有他母亲。她戴着大大的墨镜，遮住了脸。她一直处于受惊吓状态，一句话也没说。得给她开镇静剂。小姑娘浑身是血，可怕极了。她父亲一句话也没说，我也没提问。他是个有趣的家伙，我喜欢他。跟他在一起感觉很好。他跟圣沙朗的男人不一样。对了，你有雷的朋友们的消息吗？蒂尔凯还坐着轮椅，待在破房子里无所事事，还有热尔松，我听说他投身政界了，当上了市参议员，不可能吧，你敢相信吗？我心想谁会去看管车库……"

斯泰拉没有听下去。阿明娜滔滔不绝，让她想出了一个办法，她开心不已。她要去执行一项计划。她抓住了一条线索。这是很长时间以来，她酝酿出来的第一个解决方案。

在此期间，她要瞄准费尔南德，然后她要回丝芙兰，去找吉娜，买下**所有的**化妆品和刷子。

还有给汤姆的鹅牌夹克。

所有人都要过圣诞。

*

　　她把车停在了位于雏菊疗养院前方两百米的超市停车场，穿上一件长款防水衣，把背带裤挡住，系上腰带，用纱巾把头发拢起来。她从后视镜里看到头发乱成了一团，压都压不平。她又想到了雷的保险箱里的小女孩。为什么他要在信封上写下"婊子"？没有人会说一个调皮的小女孩是婊子。她戴上墨镜。每次去看费尔南德，她都会乔装打扮一下。她不希望有一天，有人会把鸭绒盖脚被里消失的钱和她联系在一起。

　　还要注意：只能在周三去雏菊疗养院。

　　她选择周三拜访，真是有远见。

　　在门口，斯泰拉躲过了拥堵的轮椅和闲逛的人群。这一天是美容日。一个老太太在理发，另一个在做美甲。小老太太们把手指分开，等待指甲油晾干。她们评论着指甲的颜色。其中有个胆子大的，选择了杏黄色，正在欣赏手指。一对夫妻手拉着手，坐在黄色人造革长椅上，凝视着水族箱，看鱼在里面转圈圈。墙上贴着一张海报，说这天晚上六点安排了卡拉OK，会给大家录一张CD，售价十欧元。一个小老头正在餐厅里踮着脚尖练习唱《雪落》，想象自己正搂着一名舞伴。

　　费尔南德的床头柜上放着雷的几张照片。婴儿时期的雷，四岁的雷，四年级、五年级的雷，初一、初二、初三、初四的雷。穿着消防员制服的雷，佩戴勋章的雷，在爱丽舍宫跟希拉克握手的雷。把母亲抱在怀里的雷。还有亲吻费尔南德的雷，那张照片上她闭着眼睛，仿佛在接受圣餐。

　　费尔南德想知道一切。自从上次见她以后，雷怎么样了？他是不是换了一份好工作？他的钱够用吗？他吃得好不好？他有朋友吗？他不会太无聊吧？他偶尔也出门吧？

"可你儿子，他又不是加入了地中海俱乐部[1]。他是越狱逃跑的。"

"但他毕竟有玩的权利啊……我很想去看看他。没有他，我的生活了无生趣。如果我给你很多钱，你会开车带我去吗？"

斯泰拉语气生硬地接了她的话。不能告诉任何人她要见雷，否则警察会去抓他的。

"他们会逮住他，把他扔进监狱。因为，我提醒你，他假装跳进火里，其实是在逃跑，当时他已经完蛋了。有一大堆诉讼在等着他呢。所以……你最好还是闭嘴吧。"

斯泰拉责骂了她，老太婆狡猾着呢。如果斯泰拉对她客气，她会觉察到不对。她已经在怀疑斯泰拉为什么要来通风报信了。"因为你付了我钱！你以为我会无偿做这些事吗？"

这个被她长期虐待的孩子把她责骂了一通，费尔南德气疯了，她皱着眉头，把鸭绒盖脚被拉到下巴下面，用高傲的口气问："你把我要的东西带来了吗？"

她想要证据，证明她给斯泰拉的钱都送到了雷手里。她不相信。她心想越狱这件事是不是斯泰拉胡编出来的，目的是把她的钱抢光。这两个月以来，斯泰拉一直来看费尔南德，剥她的皮。每次要两三千欧元。他越了狱，要花很多钱！很多很多钱。要给很多人塞钱。斯泰拉把雷的一张照片递给她，照片上雷和费尔南德站在一辆鲜红的镀铬敞篷汽车旁边，摆着姿势。莱奥妮想把它撕掉。斯泰拉夺了过来，说："还有用呢。"

"他对我说：'把这张照片给妈妈，会唤起她的回忆。'这是他仅有的一张你们的合影。他说话的时候眼里噙着泪。"

费尔南德把照片翻过来。

"他没在背面写字？"

她用炯炯有神又恶毒的小眼睛盯着斯泰拉。

"你疯了吗？你想让他把地址和电话也写上？是不是还想让他画幅地

1.地中海俱乐部（Club Med），法国连锁度假集团。

图，让别人轻而易举地找到他？"

费尔南德皱了皱眉。

"连给母亲写字条也成了危险的事？"

"没错，字迹能证明很多东西。写字者的年龄、健康状况、压力水平。这些你大概不知道吧？你从来不上网吧？"

老太婆被激怒了，发出一阵呲呲声。

"呃，你应该上的……"

费尔南德生气地闭上了嘴，咬牙切齿。或许斯泰拉说得对。她每周一都在电视上看《铁证悬案》，二十年之后还能靠 DNA 找到凶手，所以……

她眯起眼睛，俯身看着照片。

"把放大镜拿给我。"

斯泰拉没有动。

"把放大镜拿给我。"

"要说'请，斯泰拉'。"

费尔南德冷冷地看了她一眼。

"请把放大镜给我。"

"斯泰拉。"

"斯泰拉。"

"现在你完整地重复一遍……"

斯泰拉打了个手势，像在指挥合唱团。她伸出胳膊，用食指指着，在空中画了一道曲线，手往上提。

费尔南德敲着鸭绒盖脚被，发出一阵纸张被弄皱的声音。她动了动，扭了扭身子。

"小婊子！"她啐了一口。

"只要你不完整地说出那句话，你就得不到奖励。"

"你跟你母亲一样蠢。就是这样，你们俩真是绝配！"

"请把放大镜给我，斯泰拉。你照做，不然我就把照片撕碎。他会伤心的，你知道……"

费尔南德蹬着腿，晃着肩膀，最后粗暴地大喊：

"请把放大镜给我，斯泰拉。"

"很好，你表现出了对我的尊重。这让我高兴。"

费尔南德从斯泰拉的手里夺过放大镜，仔细检查着照片。她变了一张脸，面部线条松弛下来，发出一阵长长的赞叹。

"真英俊，我儿子真英俊。这么英俊的人，是不会撒谎的。"

她把放大镜放下，又拿起，继续看她儿子。

"他一个人生活？"

"不知道。"

"我给了你这么多钱，你应该透露一点。我早晚会受够的。"

"我只知道，他住在巴黎克利尼昂库尔门附近，在小纱巾路。"

"克利尼昂库尔门？"

"我本来不该告诉你的，可是……他为你们俩规划好了。离开，远走高飞，去墨西哥。他在那边有熟人，他说你们要去那里躲一躲。"

费尔南德微微一笑。她闭上眼睛，扬起脸，仿佛想要捕捉一束墨西哥的阳光。

"到墨西哥，他和我。"她低语道，幸福不已。

"只是这一切要花很多钱。要办假证件，买机票，还有……他想在梅里达附近的海滩上买一幢小房子。他说要把你抱在怀里，让人给你洗海水浴……"

老太婆幸福地流起了口水，她的脖子就像一碗波浪起伏的英式果冻。她瘫倒在枕头上。

"我对他说，我不知道你会不会给这么多钱……"

费尔南德恢复了镇定，抓住鸭绒盖脚被，拉开边上的一条拉链，搜了一番，拿出一捆又一捆的钱。

"要多少？"

*

斯泰拉回到农场时，莱奥妮来接她，跟在她身边嗡嗡叫。她脸颊两片绯红，怀里抱着一件织物，想藏起来。

苏珍瘫倒在沙发上，在看电视上的真人秀。一群智商跟海绵动物差不多的女孩正在为一条细带泳裤争吵，互相辱骂。

"你就看这个，苏珍？"

"她们太蠢了，让我觉得自己还算聪明。傍晚看这个让人心情舒畅。"

"汤姆在吗？"

"在他房间里。他回来的时候怪怪的，你得跟他谈谈。"

"阿德里安呢？"

"也在自己房间里，他在工作。男人刻苦，天气下雨。"

斯泰拉让莱奥妮看了她的靴子。

"我准备好去巴黎了……"

莱奥妮摸了摸皮革，看了看鞋跟，夸赞了她。

"我呢，我给你准备了一个惊喜……"

她把怀里的盒子递过去。

斯泰拉打开。

"一条迷你裙？"

这可不是随随便便的一条！莱奥妮使用了多种印花和色彩，组合使用了布头和皮革。配上一条大腰带，侧面有两个斜着的小口袋。又厚，又紧身。而且**性感**。

斯泰拉仔细看了看，翻过来覆过去地看。

"太好了，妈妈！是你做的？"

"在拼接工作坊做的。我是在翻报纸的时候产生了这种想法。"

"配上黑色连裤袜，"斯泰拉说，"会……"

"……很美，而且很适合你。"有人在她身后说。

是阿德里安。

他悄无声息地下了楼。有时候斯泰拉觉得自己是跟一只猫生活在一起。

"我要穿着去巴黎……"

阿德里安微微一笑，伸出胳膊去抓斯泰拉，她笑着躲开了。

"……跟你一起去。你下次去的时候，我陪你一起。也把莱奥妮带去。我们要去跟约瑟芬吃午饭，你来找我们喝咖啡。我已经跟她约好了。"

"你真美……你的眼睛怎么了？"

斯泰拉把背带裤的下边卷起来，露出靴子。阿德里安发出一阵赞叹声，竖起大拇指。

"今天，我变成了一个真正的**女孩**。我找人给我化了妆，**去买了东西**，在人行道上散了步，跟**一位朋友**喝了咖啡。我们谈论了**男孩子和女孩子们**。"

她转着圈，眨着眼睛，展示着她天鹅绒般的肌肤和她的迷你裙。她任由自己摔倒在椅子上，大笑起来。

"做一个**游手好闲的女孩**真好啊！"

阿德里安凝视着她，感动不已。

今天上午他给博尔津斯基打了电话。他同意了。

他们约定在巴黎共用午餐，商定协议。只要确定他们的合作基础就可以了，是他希望的五五分，还是博尔津斯基要求的八二分。如果是后者，我就不跟进了。我想要公平，不然就算了。

我不会松口的。

斯泰拉唱着歌上楼去了汤姆的房间，告诉他晚饭做好了。她听到了锅炉的隆隆声，乔治应该是找人修过了，没必要换，这样更好。因为她更想把老太婆的钱花在别的地方，而不是花在换锅炉上。还得解释钱是哪里来的，她可解释不了。

她捡起台阶上的一只袜子和一件脏 T 恤。她又去找另一只袜子，但没找到。这就是袜子的神秘之处，它们从来不会成双成对地待太久。

汤姆坐在床上，看着一只苍蝇撞到了威卢克斯玻璃上。他在嚼毛衣袖子。

"汤姆……你还好吗？"

他没有回答，眉眼间透着执拗，似乎想保守秘密，但不确定能不能做到。

"我认得出这个鬼脸，"斯泰拉微笑着，"说说吧！"

"没必要，你不会相信的！"

"会，我听着呢。你说吧。"

"吉米·冈回来了。"

"吉米·冈？"

"对，你记得吗？就是我编造出来的那个朋友。"

斯泰拉努力回忆，想起来了。

"他回来了。我确定。"

"但你已经不是小宝宝了，你长大了，你不需要……"

"跟以前不一样……他在我的脑子里，跟我说话。"

"别胡说，汤姆！"

"这是真的。他还向我口述了一篇完整的作文。"

"那这篇文章肯定不错！"

"嗯，你会看到的……"

"要不我们明天再来谈这件事？晚饭已经做好了。"

"不，是你想谈的，那我们就谈谈吧。你坐下别动，听着。"

斯泰拉坐在床上，伸手去碰眉毛。

"我解释给你听……"

"会很长吗？"

"妈妈！"他生气地喊。

"好。我什么也没说，开始吧。"

他盘腿坐在她对面，看上去兴奋不已。

"今天下午，有人来检查我们的法语老师蒙德里雄夫人的课，她压力很大。检查员就坐在教室后面，蒙德里雄夫人含混不清地说，她本来打算让我们写作文的。'很好。'他说，'那我就可以检查学生们的拼写和语法水平了。'我们拿出本子和钢笔。作文题目是'您与月亮谈话'。我们坐在那里，挠着头，啃着指头，就连新来的那个小姑娘，平时在作文课上非常能写的，这次也咬起了钢笔。我们在笔袋里乱翻，把拉链拉开又拉上。然后……我听到了一个低低的声音对我说：'别着急，我来帮你。'我看了看，是不是真有人在跟我说话，没有。我又重新开始思考。然后又来了，这个低低的声音对我说：'来吧，我替你写。'我在脑海里回答：'你是谁啊？'我脸都红了，心想大家都听到了。可是没有人看我，不知道为什么。我任由钢笔在白纸上写，就这样开始了。老师把作业收了起来，她把我的递给了检查员。真的写得很棒，妈妈！检查员惊讶不已。他看着蒙德里雄夫人，反复说：'呃，夫人……'他过来检查我是不是在膝盖上藏了一本书，或者类似的东西。"

斯泰拉疑心地撇了撇嘴。

"你不相信？等一等，我读给你听。老师给我的作文打了二十分和三个加号，把它还给了我。"

他打开书包找他的作文。

"等一等……啊，在这里。你准备好了吗？不是很容易懂，你得集中注意力……我都没完全弄懂。"

他清了清嗓子，拨开一绺头发，开始了：

"我凝望着房子旁边的月亮
直到它停驻于
一扇窗
休憩于此
这是旅行者的权利
我转过身望着它
仿佛面对一位异乡女子
没想过对她不敬，这时她拿出单片眼镜
给自己戴上

"这一句我没懂，当时声音噼里啪啦的，听不清楚，我只写了大概的意思。

"然而从未有女子如她这般
激起我的好奇

因为她无手无脚

形状飘忽……

如同一颗头颅

出于疏忽被人砍下

遗世独立，色如琥珀

飘荡在苍穹

"你觉得怎么样？"汤姆说。

"太美了！"

"那个声音给我拼写了难写的词和过去分词。有时还告诉我怎么断句。"

斯泰拉看着儿子。他是不是在平行世界里活着，而她一无所知？他是在另一个世界里成长的？这个孩子与众不同。他经常要求她，给他生个小弟弟或小妹妹。跟母亲从公证员那里回来时，她担心他是不是离家出走了。她到处找他。她在他的避难所——阿德里安在房前的大橡树上搭的台子里，找到了一盒小学生牌饼干、一个**超级米奇**[1]的相册和一瓶藏在吊床下面的可乐。这首诗或许是他在那里写的，他不敢说是自己写的，于是就编造出了这个低低的声音，还有假想的朋友。

至少他没有作弊或抄袭。

她皱了皱眉，刮着眉毛，拔下一根，做了个鬼脸。

"那个低低的声音说，这首诗出自一个美国女人之手，一个叫艾米莉·狄金……什么的人，我没有记住她的名字。"

"可这样别人要指责你抄袭了！"

"它说没有人读过她的作品，她为人们所遗忘，说在圣沙朗，我完全不用担心。我拿到了二十分和三个加号！"

"对，但这样不好，你作弊了。"

1.原文为英语。

"**我没有作弊**，因为我对你说的是实情。那个低低的声音说，太好了，这是为了让别人认识她，读一读这个叫艾米莉·狄金……什么的人，对大家都有好处，还说学校真是一无是处，还不如开些聪明的玩笑。"

"聪明的玩笑？你假想的朋友就是这么称呼在课堂上作弊的？"

"啊！你看，你也相信了。你谈论他的样子，就像他真的存在一样。"

"你把我弄累了，汤姆，去洗澡换睡衣，我们要吃饭了。"

"你真无趣，我的生活里发生了这么厉害的事，你却说什么洗澡和睡衣！"

"汤姆！你要听话！"

*

汤姆没有和盘托出。

他不能讲述写完关于月亮的诗以后，在操场上发生的事。这跟雷·瓦伦蒂有直接的关系，他不想在母亲面前提起这个话题。她太**容易动怒**了。

但是他想谈谈达科塔。这样他能放松些。

他可以信任他的朋友吉米吗？

既然他再次出现了，说明他有个好理由。他是来帮他追求达科塔的，而不仅仅是来口述作文的。不过，这篇作文也让他在达科塔面前赢回了一点面子。她向他承认，她**非常**喜欢这首诗。好吧，之后她就像个暴躁的牡蛎一样自闭了，不过……也算是开了个头。

自从达科塔知道他姓瓦伦蒂，就不理他了。她父亲开着深色车窗的大车来操场门口接她，她就消失了。

我窥探着她，努力捕捉她的目光，要控制住吻她的欲望，心像爆米花一样跳个不停。

没错，就是这样，我对女孩一无所知。

这天下午，就在作文课以后，他们来到操场上，交换了一大堆糖果，比如扭扭乐、奶嘴糖和破冰者，他们嘴里发出各种声音，吹着泡泡，感觉凉凉的，各种颜色都有。吃完以后他们打着寒战，于是他们扭打起来，就不冷了。她在角落里读书。有人说："更糟糕的是，达科塔这个名字真差劲，不知道你父母是从哪里找来的！""或许他们不识字！""或者她出生的时候，她父母喝醉了！"她从地上捡起一截铁丝网，朝那些弱智扔去。她差点把威廉的一只眼睛打爆。他及时躲开了。然后她喊道："达科塔，是纽约最美丽的建筑的名字，约翰·列侬就住在那里！"呜啦啦，我想，她不是要成名吧，我把脑袋缩进了肩膀里，躲过了这场谋杀。

"约翰·列侬是谁？一种草莓味口香糖的名字？"诺亚问。

"或者一种长着花骨朵的绿植？"阿娜伊斯冷笑道。

"我不跟乡下人说话了！"她回答道，埋头继续看书。

她怀里抱着一个画着人像的维奥莱特牌布包，包是正面朝下放的，看不到上面的画。

"你有个维奥莱特包？别人会嫉妒你的！"诺亚喊道。

"噢！女人啊！她有个维奥莱特包！真让人羞耻！"

"大家会让你把包吃下去的！"

他们开始围在她身边，发出嗞嗞嗞嗞的声音。

我害怕极了，感觉心飞到了南美洲。我心想我得动一动了。感觉不妙。

"她有权喜欢维奥莱特，"我说，"在纽约，所有人都背维奥莱特包。"威廉看着我，仿佛在说，你懂什么？我没有继续说下去。

"包是你从**纽约**带来的？"米拉问。这个头发像饴糖一样黄的小姑娘总是举着胳膊，仿佛是害怕有人用拳头打她。

"是今天早上我在行李箱最里面找到的。"达科塔说，眼睛没有从书上移开。"我不知道是谁放在那里的，我觉得很丑。"

"丑？"米拉反抗道，"你想交换吗？"

"如果你愿意的话。"

"你喜欢哪种音乐？"

"我喜欢的，你不认识。"

"我呢，我不喜欢法国歌手。我更喜欢美国女歌手，蕾哈娜、碧昂丝……"达科塔没有回答。

男孩子已经放弃了，他们找到了另一个更让人兴奋的话题。

休息的铃声响了，大家回去了。我靠近达科塔，我闻到了刚割过的青草味，我心想我很愿意带她来我的树上。我觉得她应该对我说谢谢，这是最起码的。她扭过头。

"有问题吗？"我问。

"我不爱你，仅此而已。我不想跟你说话。"

"可你还是说了！"

"那是因为你的诗。我把你抹掉之后，你就不存在了。"

"你至少应该跟我解释一下。"

"没必要，瓦伦蒂。"

仿佛她对着我的脸啐了一口。我心想，那个低低的声音应该悄悄告诉我一些计划，几首诗歌，让她再来吻我。

他一有机会，就从那幢白色台阶的房子前面经过，用毛衣帽子遮住脸。他尝试偷看窗户后面的她，穿着小黑裙和圆领上衣、长发、红唇、黑眼睛眯着、颧骨高耸的她。他想知道她听不听音乐，看不看电视，写作业的时候咬不咬比克笔，是不是光着脚，他们家是谁做饭。他仔细看着漂亮的白色墙面、黑栅栏和无可挑剔的草坪。共和国大道十九号，高级街区，富人街区。这里的人买得起鹅牌夹克。姑娘们在操场上读书，不害怕男孩子围在身边。

是**瓦伦蒂**这个姓触发了一切。

为什么？

她根本不可能认识雷·瓦伦蒂。他去世的时候，她应该还在纽约。那是去年夏天的事。她还没有回法国。

之前呢？

或许她之前认识他？

他看着花园里的雕像，那匹愤怒的马，奇怪的马。马蹄是用矫形外科的假体做的，尾巴上挂着一串香蕉。一匹插满锋利铁片的马。千万不能掉到上面，这是肯定的。或许是放在那里，用来砍入室盗窃犯的。他拍了张照片，上网去查。这是约翰·洛佩的作品，此人来自南达科他州。

达科他……

不知道为什么，他觉得要想解开谜团，关键在于这位牛仔和他的马。

*

对斯泰拉和莱奥妮来说，这是重要的一天。

她们出发去巴黎，跟约瑟芬共进午餐。

她们一大早就起了床，所有人都跟她们一起醒了。天还黑着，狗蜷缩在壁炉旁边。鹦鹉还在笼子里盖着被子睡觉。

早餐时，阿德里安向斯泰拉保证，他会来找她们喝咖啡。

"我不能取消午餐，它对我、对我们、对我们的未来都很重要……"

"我们的**未来**？"斯泰拉反驳道，"哎，应该是件严肃的事。"

她说话的语气讽刺而恶毒，仿佛他还是那天那个浑身污垢的家伙，背着包下了火车。不管怎么说，他是这么理解的。

然后她补充道："我觉得你步伐太快了。你野心勃勃，我不喜欢这样。"

"你更喜欢以前那个小伙子？"

"对。"

"呃，他已经不存在了。你不会喜欢躺在那么软的床单上睡觉的，软到不知道抚摸你的是我的手，还是床单，对吗？"

"我更喜欢你拿着灯泡，还擦破了我的皮肤的样子。"

他没有笑。

他们没再说话。他们都要去赶火车。但出发的时间不一样。他坐的是八点二十六的，她的是九点二十六的。

汤姆回来时，说他已经喂了牲畜，换了水，他能跟他们一起去巴黎吗？

*

"在法国等国家，行业环境正在发生剧变。不幸的是，新的法律制定的标准会使小厂商纷纷破产。只有大厂商才能活下去……"

"埃德蒙·库尔图瓦的废钢铁厂不算大厂商？"阿德里安问。

"不算。那个时代已经结束。埃德蒙·库尔图瓦没有看到两种东西的到来：生态标准**以及**塑料、木材、纸板、纸张等新材料。钱要在这里赚。不能在钢上面赚，五年前钢价是二百五十欧元一吨，现在跌到了五十欧元。铜也一样，价格跌了一半。这些您都知道啊！"

"是的。"

不对，他觉察到了，但他并不**清楚**。因为埃德蒙不让他了解这些东西。得让博尔津斯基讲下去，他学习。就像靠语法书学法语一样。

"纸板的回收价是二三十欧元，处理一下能卖到一百欧元。将来我们用到的包装盒会越来越多，例如把中国的玩具运到欧洲时就需要。还有电视、沙发、冰箱这些劣等货，也要倾销到这里。生意还要做到印度、俄罗斯、亚洲。欧洲的技术还是领先的。但不会领先太久了……"

"还是会领先一段时间的……"

"对。例如，我给你们运去一大船旧纸，总共一千五百吨，是我以四百欧元一吨的价格从中国台湾买来的，你们加工成 A4 纸再运给我，我以一千五百欧元一吨的价格售出。利润我们两个分。"

"塑料呢？"阿德里安问，"更有前景，不是吗？"

"塑料会成为明日的老虎机。这玩意儿火着呢。所有人都赶紧跑去，舌头烧得难受，对她垂涎三尺，要把她吃掉。"

阿德里安微微一笑，他想到了斯泰拉。她说得对，他变得太快了。对，但想要发财，就得赶紧行动。反应要快，不要把时间浪费在要不要加入这种问题上。

"塑料是必由之路，所有人都会走这条路。如果我们从今天就开始准备，会领先的。"

阿德里安摇了摇头，仿佛这个道理他也懂。

"说到塑料，"博尔津斯基继续说，"其实很简单。有了搅碎机就可以分拣塑料，您把干净的留在欧洲，我把脏的卖到亚洲、卖到印度。我们可以取长补短，我跟您说。您有技术、有名气，而我掌握一些国家，能把什么东西都卖过去……如今的塑料，就是从前埃德蒙·库尔图瓦的废钢铁。可以赚很多很多钱。"

"我想赚钱。赚很多钱。"阿德里安微笑。

"我喜欢别人说真话。如果有人对我说假话，我会杀了他……"

他不再微笑。阿德里安受到了警告。

出租车停在克利希大街的一幢楼前。这里是小巴黎餐厅，一个红帐篷，旁边贴着两名裸女图。一名穿旧燕尾服的服务生走上前，打开车门，接过小费。

博尔津斯基选择了这家靠近皮加勒区的餐厅，或者说这家小酒馆。这里从早到晚都有表演，都有应召女郎。博尔津斯基指了指红帐篷和两个裸女，用肘部撞了一下他的前胸，冲了进去。

"这里，真是太好了。"他冷笑道，"找姑娘很容易，而且比在香榭丽舍便宜。"

衣物寄存处的姑娘用油腻的红嘴唇亲了他的嘴，他拿出一百欧元，让她把大衣放好。

"你什么时候来都行，亲爱的！"说着，她朝阿德里安抛了个媚眼，一边把围巾塞进大衣袖子里，一边低声说，"你不用交钱了。"

博尔津斯基打着招呼，拍了一个姑娘的屁股，找到领班，指了指他想要的座位。表演还没开始，服务生走来走去，正在发菜单、开瓶塞、上香槟，音乐声渐渐变高。

"您那台搅碎机，是多大功率的？"博尔津斯基刚坐下就问，"得马上多买几台。仓库呢？得扩建。能做到吗？"

"现在的仓库是租来的，偷偷租的。在那边找仓库应该不难。"

"我得过去看看。"

"我才刚刚开始……您可能会失望。"

"您跟库尔图瓦谈过了吗？"

"还没有，但我会去谈的。"

"您确定？这不是好主意。那个男人完蛋了。"

"我不想背着他行动。我一无所有的时候，是他接纳了我……"

"您太感情用事了！这在生意场上没有好处。"

"我得遵从我的良心。"

"良心？那是什么？"

"是内心深处的声音，它会告诉您什么好，什么不好。"

"不懂。"

他大笑起来，清了清嗓子。

"我呢，我知道什么好什么不好，这就够了。"

博尔津斯基抬手喊了服务生，点了一瓶香槟和"一些肥腻的小玩意儿"。服务生把领结扯得咔嚓作响，回答道："要上等香槟吗？"博尔津斯基点了点头，服务生喊道："好的，先生[1]。"走开了。

"我想发财，但我不想变成浑蛋。"阿德里安说，"那样我会感觉脸上像打了蜡。"

"还是良心问题！"

"我会跟库尔图瓦先生谈谈，我会提议合作。如果他想加入，那就加入，不然就我们俩来筹划。"

"利润呢？"

"我们五五分。"阿德里安说。

博尔津斯基手摸着下巴，摆出一副思考的样子。他变成了两半，一半是秃鹫，一半是猫头鹰。时间一秒一秒流逝，沉重而缓慢。阿德里安一动不动。他只能看到猫头鹰温顺的小圆眼睛。

---

1. 原文为英语。

"不行。"博尔津斯基说。

"那，就不签合同。"阿德里安语气生硬，给了他一击。

博尔津斯基用掌心搓着下巴，重新变成了食肉的秃鹫。

"我们喝香槟、吃肥肝，过会儿再谈？"

阿德里安点了点头。他可能太粗暴了。在俄国，任何情况下都不该顶撞谈话者，要永远让对方觉得他赢了。

"您什么事都要向库尔图瓦汇报？"博尔津斯基微微一笑，略显嘲讽。

阿德里安直直地看着他的眼睛。

"是的。"

"您在撒谎。"俄国人吐了口唾沫，咬着嘴唇，目光咄咄逼人。

他不可能知道买搅碎机的事。我没跟任何人说。莫里斯、布布和侯赛因都不可能告诉他。他们不认识他。他来过工地，但只来过两三次，从来不待很长时间。他跟埃德蒙讨论一下，然后就走。可这样一来……他究竟知道什么？

他们的讨论被一个抓着话筒，自称弗雷多的男人打断了。他有一双绿色电眼，嘴唇鲜红，黑黑的脸上涂着粉红色胭脂，跳到挂满红色帘幕的小舞台上。表演要开始了："女士们先生们，欢迎来到小巴黎，这里是最好的地方，跟最漂亮的女孩和……（打鼓声响起）男孩在一起！'"

一个穿着长筒网袜、胸部袒露的女服务员把一份荧光粉色的方形肉饼放在他们面前，上面点缀着一片柠檬和一个红色的小三角形。她的嘴像鸭子一样，不情愿地微笑着，介绍道："鱼，先生们。"阿德里安觉得他就是个文盲，女服务员在教他英语。他看着化学合成的鱼肉饼，上面插着一块甜菜，也可能是甜椒，或者是塑料。

在他左边，一个演过一集《在阳光下》的女孩正往她的男伴——一个戴眼镜、穿灰色紧身西装的秃子——身上蹭。她眼里闪着光，感觉是恋爱了，正炫耀着手上镶着白钻石的大戒指，指甲也刚修理过。她开心地玩着，看

---

1. 原文为英语。

着戒指闪着光，喊道，哎呀！是真的，你没有不在乎我，我的大灰狼。大灰狼笑了。他戴的是结婚戒指，但女孩的不是。

他们谈论着地中海俱乐部和沙滩茅屋，这时弗雷多靠近，拿起他们桌上的小标签，宣布他们赢了一瓶**货真价实的**香槟，是从皇家美酒的产地兰斯直运过来的。

大灰狼的脸腾一下红了，他的小女人鼓着掌，高兴得唾沫四溅。

她贴着他，扯了一下暴露的衣服，露出两个大白球。

"下次你送我耳环吧，好吗，我的大灰狼？"

博尔津斯基贪婪地看着女孩的乳房，然后目光又落到阿德里安身上。

"您不找姑娘吗？"

"我有妻子，我爱她。她是个很美的女人。"

博尔津斯基看着他，仿佛他刚刚说了句蠢话。

"您真是太感情用事了！"

这话从他的嘴里说出来，绝不是赞美。

弗雷多穿着粉色加绒西装和凹凸不平的粉色鹿皮鞋，弯腰在舞台上踱来踱去。他一只手放在胯部，腰弯成了两半。

帘幕升起。舞女们迈着小步子走过来，她们穿着宽松的带粉色花朵的芭蕾舞裙，花朵有深粉和浅粉两种，原地踏步，跳着，旋转着。虽然涂了粉，依然能看到她们在出汗，涂了发胶的头发硬邦邦的，裙子的布料磨损得厉害，快要裂开了。

"*大玫瑰，小玫瑰，女士们先生们，大玫瑰，小玫瑰，女士们先生们*[1]，巴黎是全世界的一朵花！"

"要做塑料生意，得招一群人进行培训。花四个月教他们技术。分拣塑料，这是一门学问。因为含溴的塑料对健康有害。"

"我知道。"阿德里安说着，把加了明胶的化学合成鱼肉推到沙拉里

的一片叶子下。

"我们一开始先招八个人……然后迅速扩张。至于含溴的塑料，我们就运到欠发达国家。"

"或者掩埋。"

"太贵了！不过我们能生产出近乎纯净的塑料，您会看到的。"

他搓了搓手。

弗雷多让一大群人上了舞台，服务生跳着舞，他们穿着污垢闪闪发亮的紧身裤，一手端着托盘，笑容像长方形一样僵硬。粉衣舞女扭动着，摇着屁股，向大厅里的顾客抛着媚眼。

"今天晚上，我要选左边第三个！"

"很好的选择！"阿德里安低声说，表演让他感到恶心。

舞台上掀起一阵呛人的灰尘，刺痛了他的喉咙。他喝了一口酒，酸到让人窒息。

他看了看手表。他要迟到了，斯泰拉会生气的。

*

约瑟芬在特罗卡代罗广场的公鸡餐厅订了一个位子。以前，她和卢卡经常在那里见面。或者说她经常在那里等卢卡。有一半的时间他不会来。她就再走回家。[1]

我是怎么忍受他那么对我的？她一边想，一边拿出粉盒对着镜子检查牙齿是否干净。她出发前打开了一盒蛋糕，害怕牙上沾着巧克力屑。

佐薇说好了要来，奥尔唐丝还不知道。

约瑟芬盯着门口，迫不及待地想认识莱奥妮，并与斯泰拉再次见面。

斯泰拉先进来了。她金发，高挑，发绺乱蓬蓬的，大衣没扣，里面穿

---

1. 参见同一出版社的《乌龟的华尔兹》。——原注

着一条厚布迷你裙和一件宽松款黑色套头毛衣，戴金属大耳环，穿靴子。莱奥妮跟在她后面，瘦削，脸红红的，走路时弯着胳膊，躲在长款珍珠灰色防水衣里面。她不停地把一绺垂到额前的头发往后拨，想把它缠到耳后，但它总是散开，她只能再伸手去弄。

约瑟芬拥抱了斯泰拉，握住莱奥妮的双手。

"很高兴见到您……"

莱奥妮踉踉跄跄，伸手去抓椅子。得让她坐下。

"很抱歉，但是……您跟他太像了。吕西安，吕西安……这……噢，抱歉……可是我……我的天哪！"

斯泰拉朝母亲俯下身："你还好吗，妈妈？还好吗？"

约瑟芬让服务生拿一杯水过来。

斯泰拉帮莱奥妮把防水衣的领子敞开，轻轻拍了拍她的脸。

"坐到长椅上吧，会好一点。"

莱奥妮盯着约瑟芬。

"我没有想到……太傻了。我太傻了。让人看笑话了。"

服务生拿来一杯水。

莱奥妮小口小口地喝了下去。

"我可以叫您约瑟芬吗？"

*

一个高空秋千从天花板上垂下来。

"女士们先生们，"弗雷多宣布，"飞天秋千上的飞天人 [1]……"

在第一排，有位红套袖红脸颊的老太太双手合十开始祈祷，伴着吊在天花板上的高空杂技演员缓慢的节奏晃起脑袋。

"……跟教堂一样高，跟圣母院一样高 [2]！维克多·雨果，埃斯梅拉达，

---

1. 原文为英语，下同。
2. 原文为英语。

吉娜·劳洛勃丽吉达[1]和安东尼·奎恩[2]！"

她的丈夫留着小胡子，叉着胳膊，挺胸靠着椅子，瞪着眼吹着口哨，像个行家。飞天秋千上的飞天人往他的头发上撒了些滑石粉。他大笑起来，一阵白雾落在了家禽胸脯肉冻配蘑菇，以及带黑色纹路的棕色长方形肉冻上。

节目接连不断，戴假发的侯爵夫人，吉卜赛舞女，侧手翻，大劈叉，大厅里媚眼翻飞。

博尔津斯基又着胳膊，盘算着他的生意。

"不，想好了，我要右边第二个。她的肉更多！"

他朝阿德里安眨了眨眼。

然后……

四位摩托车手戴着头盔，骑着四辆鲜红的铃木摩托，轰鸣着上了舞台。头盔落到地上。他们把长长的浅黄色假发散开，扯掉上衣，撕碎裤子，变成了穿细带泳裤的姑娘。

她们是粉红女郎，是侯爵夫人，是舞女，现在又成了什么？真是没完没了。我就不该接受。在这种地方吃商务午餐，是什么馊主意？

阿德里安朝博尔津斯基俯下身。

"您能原谅我离开一分钟吗？我得打个电话。"

博尔津斯基没有听。他在找另一个女孩，咔咔地打着响指，仿佛在说，如果她过来坐到他大腿上，就有一大笔钱在等着她了。

*

她们谈起吕西安。莱奥妮讲述了他们第一次在面包店相遇的情景。我

1. 吉娜·劳洛勃丽吉达（Gina Lollobrigida, 1927—），意大利女演员、摄影记者、雕塑家，电影《巴黎圣母院》中埃斯梅拉达的饰演者。
2. 安东尼·奎恩（Anthony Quinn, 1915—2001），墨西哥演员，电影《巴黎圣母院》中卡西莫多的饰演者。

在他身后，发现他是扁平足，他回过头，我们一见钟情。后来我又在烟草店见到了他，当时他在玩填字游戏。他在找一个词，"六个字母，意思是无赖主教"，我说是波吉亚，他夸了我。

她还讲了为跟吕西安再次见面，她如何把安眠药倒进了她婆婆费尔南德的杯子里。她跨过阳台，他在车里等她，所有的车灯都关掉了。他们深夜出发。清晨，她再爬上阳台回房间。

"幸运的是，我们住在底楼和二楼中间的阁楼，不算高。我丈夫去协助西班牙消防员了。我独自待了三个月，又见到了吕西安。"

她把手放在斯泰拉的胳膊上。

"我们孕育了绝妙的女儿。"

约瑟芬听着，感动又略显尴尬，因为要想象父亲说甜言蜜语，带莱奥妮去看电影，在车里等她的样子。他们做了情侣们会做的一切。

"您连一张他的照片都没有吗？"斯泰拉问。

"我母亲再婚的时候都扔掉了，但我留下了一张。"

她从包里拿出吕西安的一张照片，上面的他拿着钓鱼竿，戴着鸭舌帽，对着镜头吐舌头。

"我母亲讨厌这张照片。我呢，我觉得这张很像他。他不把自己当回事。他唱《圣克鲁斯的邮递员》……"

"而且他读里尔克。"莱奥妮说。

对于这位陌生人，斯泰拉想知道的那么多。她看着照片，他是为什么死的？为什么他没有等我？他从来不知道我的存在……他会爱我吗？如果是他把我抚养成人，我会不一样吗？她思考着要怎么做，怎样跟一位不存在的男士，一位不认识的男士说话。她生气了，她不知道为什么。餐厅里太热了。她不该穿这件圆领毛衣的。

她听到雷·瓦伦蒂大笑起来。他报复了出轨的妻子！他应该打了人！她还在莱奥妮的肚子里的时候，就挨了打。她不想参与这场笑意盈盈的聚会。圣克鲁斯的邮递员，扁平足，六个字母意思是无赖主教的词。

她任由莱奥妮说下去。

莱奥妮激动起来。她的脸变了色，她向前歪着身子，躁动不安地讲着。

她发出一阵大笑，捂住脸，然后继续。仿佛她在沉睡许久之后终于醒来，终于掌控了自己的生活。

斯泰拉坐在一边，压抑着难以言表的痛苦。为什么我毫无感觉呢？我是怪物吗？阿德里安在做什么？他说好了要来的。

我什么都听不懂了。

佐薇先来了。她买了一大束白玫瑰和丁香，递到莱奥妮和斯泰拉面前，说："我是佐薇，很高兴见到你们！"她久久地握着斯泰拉的手，然后扑上去吻了她："不管怎么说，你都是我的姨妈。你们住在哪里？我很想点一个朗姆巴巴蛋糕。"

然后奥尔唐丝来了。她走路的方式独一无二。那不是往前走，是劈开前面的空气，仿佛那片空气也属于她。她穿着米色长款大衣，戴着墨镜，搭配到脚踝的黑裤子和平底鞋。头发披散着，涂了鲜红的口红，微笑起来牙齿闪着光。

她打招呼的时候没有弯腰。她摘下眼镜，微微一笑，仿佛在感谢大家的到来。她的目光从莱奥妮身上扫到斯泰拉身上，仿佛在检查她们，然后朝莱奥妮转过身。

"那么，是您……"

约瑟芬怕她问出冒失的问题，插了话："这是莱奥妮，亲爱的。你知道……"

"我的外祖父，他是个什么样的人？每次我想跟妈妈谈这件事，她都会哭起来，我就得给她擦眼泪。"

"他是个美妙的男人。谨慎，优雅，有文化，谦虚，专注……"

斯泰拉假装挠手腕，看了一眼手表。

"您在等什么人吗？"奥尔唐丝说。

"阿德里安，我的……男友。他在跟一位客户共进商务午餐。但他会过来的。"

她很想知道是什么样的家伙，能吸引这样一位不可思议的女性。因为斯泰拉……妈妈说得对，她就像个模特。

服务生给奥尔唐丝端来一杯咖啡，给佐薇端了一份朗姆巴巴蛋糕。约瑟芬点了一杯去咖啡因的。

"妈妈告诉我，您在钢铁业工作。"奥尔唐丝说。

"是的，我开卡车，穿背带裤、大靴子，戴清洁工的手套，搜寻每个公司的垃圾桶，收集货物……"

"女性在这种环境中不是很艰难吗？"

"女性到哪里都艰难，总要跟男性打交道。"

她收回目光。奥尔唐丝心想她是不是伤害到了她。

"我很喜欢您的裙子，您是在哪里买的？"她换了个话题。

斯泰拉放松下来，莞尔一笑。

"是妈妈做的。"

"您吗，夫人？"

"您叫我莱奥妮吧。"

"您是怎么产生的这个想法？我的意思是，把不同的材料织在一起。布料似乎是剪开又重新组合的。我可以看看是怎么做的吗？"

"看吧。"斯泰拉说。

奥尔唐丝把手放在裙子上。

"是把布头收集起来缝合成的，好像是这样。缝合时的纹理似乎……"

"不是随便缝的……"莱奥妮指出，"您看，我这样拿着布，然后……"

她给奥尔唐丝演示了一下，奥尔唐丝想了想说："聪明，太聪明了！我要向您买下这个想法。"

"噢！我送给您了，"莱奥妮说，"我有很多想法。"

"您知道她也看您的博客吗？"斯泰拉说，"我儿子汤姆教会了她用电脑，她就上网浏览。"

佐薇品尝着她的朗姆巴巴蛋糕。她对布条完全不感兴趣。她凝视着母亲幸福的脸，莱奥妮光芒四射的脸，发现奥尔唐丝对斯泰拉感兴趣，心想这位新姨妈真漂亮。没错，但是……她的心里有一块阴影，充满愤怒的黑色阴影。她的生活应该不容易。

*

克利希大街，在汽车、公交车、排气消音器的嘈杂声中，阿德里安给斯泰拉打了电话。

"我跳上了出租车！"

"我们结束了。"

"我来了。斯泰拉……斯泰拉……"

"是吗？"

"等我，求你了，等我。"

表演到最后，一群裸女唱起了歌，贴着身子互相拍着屁股。她们戴着埃菲尔铁塔形状的帽子，一边扭动身子糟蹋着一首歌，"啊小女人，巴黎的小女人，啊小女人，巴黎的小女人！"

顾客们鼓着掌，就像企鹅扑扇着鳍，往桌子上扔钱，让演出继续。服务生悄悄地把钱都拿走了。到了最后一个滑稽动作，一片叫好声响起，然后他们提了提裤子，或者拉了拉胸衣带子，拥向出口。排成两排的汽车在等他们，他们一边说笑一边过了街。

这一堆人，他们在幻想什么？

博尔津斯基坐在那里。一个女孩紧贴着他。她的裙子滑到了上面，圆润的大腿若隐若现。"小鸟在哪里，小鸟在哪里？"她咯咯地笑着。

阿德里安在阴暗中清了清嗓子，提醒他们他还在。

"我想我得走了，我还有约会。"

"你，到包厢里等我吧！"博尔津斯基朝女孩说，女孩摇摆着身子走了，像只大肥鹅，"这个女孩真不错。我觉得她很好。"他在空中画着曲线，表示他要好好享受一番了。

阿德里安没有回答。

"好，"博尔津斯基说，"我们达成一致了吗？"

"五五分，我不会改变主意的。"

"好，既然您坚持，那就五五分吧，您去跟库尔图瓦谈妥。如果您让他合伙，要算在您的份额里。您搞定了就给我打电话，我们就开始。"

"好。"

"不用签文件了，我们击掌为誓。咱们那儿都是这么做的。您忘了吗？"

他忘了。

*

阿德里安走出小酒馆，看都没看衣帽间的女孩。

进展太快了，有什么东西不对劲。

是他说了什么，还是做了什么，让博尔津斯基变得这么好说话？这个俄国人觉察到了他身上的什么缺点？这种转变肯定是有原因的。我流露出了弱点，被他利用了。他得出结论，要来欺骗我。不如先把我想啃的骨头丢给我，然后再从我这里拿走。

在从阿拉米尔到桑斯的漫长旅途中，阿德里安弄懂了人和人类行为，学会了猜测他们。他跟随着他们的思路，感觉到他们在犹豫、前进、后退、预谋、放弃。更重要的是他能辨认出谁百分之百会背叛他。

博尔津斯基有百分之八十的概率会背叛他。

他只剩下百分之二十的安全区域。

该他上场了。

*

奥尔唐丝喝完了咖啡，她看了看手表。

"我得走了，我跟我的首席裁缝约好了。我迟到了，希望能打到车。"

"餐厅前面有很多车。"佐薇舔着吃朗姆蛋糕用的勺子说。

"我很高兴认识你们，"奥尔唐丝朝莱奥妮和斯泰拉俯下身说，"再见，妈妈，**再见**[1]，佐薇！”

“再见，亲爱的，约会愉快！”约瑟芬说。

奥尔唐丝手指交叉。

“我回来讲给你们听。”

“我们留在这里吧，嗯，妈咪？”佐薇说，“我们没有约会。我们不想变得有钱又有名。我还想再吃一个朗姆巴巴蛋糕。”

她朝奥尔唐丝灿烂地微笑了一下，奥尔唐丝朝她吐了吐舌头。

*

奥尔唐丝穿好大衣，拢起头发，戴上墨镜，看了看时间，骂了句：“我要迟到了！”好几辆出租车经过，她抬起手，但是都没停。一个女孩走上前，犹豫着，她踩着很高的高跟鞋，像走钢丝的杂技演员一样。奥尔唐丝想朝她吹口哨，让她摔倒。她想起了萨沙·吉特里[2]的一句名言，是加里告诉她的：“高跟鞋是给厌倦了被人亲吻额头的女人发明的。”

他们当时在纽约。他们一整夜都在庆祝，她按摩着脚，加里给她端来最后一杯鸡尾酒。他喜欢发明各种鸡尾酒。他用布条蒙住了她的眼睛，不让她看到他在调配器里倒了什么。混合好之后，他递给她，说：“你猜猜里面有什么。”每答对一次，他就脱下她的一件衣服。最后她赤身裸体躺在他的怀里，他们做了爱。

她想念他。

即使他不在，他也在她的生活里占据着重要的位置。

一辆出租车靠近。她伸手让它停下。它开过来停在她面前。

一个男人下了车。他俯身付钱给司机，回过头，看到奥尔唐丝，惊呆了。

是富凯酒店的那个男人。

1.原文为意大利语。

2.萨沙·吉特里（Sacha Guitry, 1885—1957），法国剧作家、演员、导演和编剧。

他们看着对方，眼睛都没眨。仿佛这很正常，他们事先约好了。

"您的电话！"她说。

他有点头晕。

"您的手。"他回答。

她伸出手。

他拿出一支黑色毡笔，写下他的号码。他的手指沿着她的手腕，沿着她的胳膊往上滑，然后坠落到奥尔唐丝腰间，把她拉过来。她任由自己被抓住，钻进他怀里，搂住他的脖子，吻了他。

©Editions Albin Michel–Paris 2017

著作权合同登记号：图字 18-2022-030

图书在版编目（CIP）数据

三个吻：全二册 /（法）卡特琳娜·班科尔著；唐洋洋译 . -- 长沙：湖南文艺出版社，2022.3
ISBN 978-7-5726-0006-7

Ⅰ . ①三… Ⅱ . ①卡… ②唐… Ⅲ . ①长篇小说－法国－现代 Ⅳ . ① I565.45

中国版本图书馆 CIP 数据核字（2022）第 025301 号

上架建议：畅销·外国文学

SAN GE WEN：QUAN ER CE

三个吻：全二册

作　　者：[法] 卡特琳娜·班科尔（Katherine Pancol）
译　　者：唐洋洋
出 版 人：曾赛丰
责任编辑：匡杨乐
监　　制：邢越超
策划编辑：韩　帅
特约编辑：王　屿
版权支持：刘子一　文赛峰
营销支持：文刀刀
封面设计：梁秋晨
版式设计：潘雪琴
出　　版：湖南文艺出版社
　　　　　（长沙市雨花区东二环一段 508 号　邮编：410014）
网　　址：www.hnwy.net
印　　刷：三河市兴博印务有限公司
经　　销：新华书店
开　　本：880mm × 1270mm　1/32
字　　数：614 千字
印　　张：20
版　　次：2022 年 3 月第 1 版
印　　次：2022 年 3 月第 1 次印刷
书　　号：ISBN 978-7-5726-0006-7
定　　价：79.80 元（全二册）

若有质量问题，请致电质量监督电话：010-59096394
团购电话：010-59320018